Die Familie Wolkenrath kommt 1920 von Dresden nach Hamburg. Die Mutter kauft von geerbten Goldstücken ein großes Haus, das zum Lebensmittelpunkt für die ganze Familie wird. Die Töchter Lysbeth und Stella feiern 1922 Doppelhochzeit. Doch beide werden ihr Glück nicht als Ehefrau und Mutter finden: Lysbeths Ehe wird bald geschieden. Mit Hilfe von Aaron, einem jungen Studenten, beginnt sie heimlich ein Medizinstudium. Stella geht mit ihrem Mann Jonny nach Afrika und verliebt sich in das Land und seine Bewohner. Doch Jonny ist nicht nur im Umgang mit den Schwarzen brutal, auch Stella behandelt er schlecht. Schließlich kehrt sie ohne ihn nach Hamburg zurück. Gemeinsam meistern die beiden so unterschiedlichen Schwestern die Herausforderungen der Zeit – und bewahren ihr großes Geheimnis.

Elke Vesper wurde 1949 in Hamburg geboren, studierte Germanistik, Romanistik, Geschichte, Philosophie und Psychologie und promovierte über französische Literatur. Sie war als Fremdsprachenkorrespondentin, Lehrerin und Tanztherapeutin tätig. Sie hat zahlreiche Romane veröffentlicht, in denen starke Frauenfiguren eine zentrale Rolle spielen. Elke Vesper arbeitet neben dem Schreiben als Psychotherapeutin, hat drei erwachsene Kinder und lebt in Hamburg.

Weitere Informationen finden Sie auf www.fischerverlage.de

Elke Vesper

Die Träume der Töchter

Die Geschichte der Wolkenraths

FISCHER Taschenbuch

Weitere Romane von Elke Vesper
im FISCHER Taschenbuch Verlag:

Die Frauen der Wolkenraths (Band 70320)
Die Wege der Wolkenraths (Band 18630)
Der Wille zur Liebe (Band 19434)

FSC
www.fsc.org
MIX
Papier aus verantwortungsvollen Quellen
FSC® C083411

Erschienen bei FISCHER Taschenbuch
Frankfurt am Main, Oktober 2018

Satz: Pinkuin Satz und Datentechnik, Berlin
Druck und Bindung: CPI books GmbH, Leck
Printed in Germany
ISBN 978-3-596-70375-3

»... freilich ließ es sich nicht leugnen, dass Häuser einatmen und ausatmen, Wände sich mit Seufzern vollsaugen und die Wände sie auch wieder abgeben. Häuser strahlen ja durchaus menschliches Glück und menschlichen Kummer aus. Jeder normale Mensch würde zusammenbrechen unter der Last von Gefühlen, die ein Haus birgt, und doch konnte Hass selbst für ein Haus zuviel werden. Es war gefährlich, zu hassen.«

Nayantara Saghal, Die Memsahib

Dieses Buch widme ich meinen Töchtern Anja Jacobsen und Mareike Vesper, die so unterschiedlich sind und doch jede auf ihre Weise schön und kreativ, voller Weisheit und Unvernunft, deren Lachen ebenso die Wände zum Wackeln bringt wie ihre Tränen. Ich danke beiden für alles, was sie in mein Leben brachten und bringen, vor allem aber für ihre Liebe, die sich durch keine meiner zahlreichen Schwächen je beirren ließ.

1

Johnny, wenn du Geburtstag hast ...«

Stellas Stimme besaß ein ganz eigenes, unvergleichliches Timbre. Sie klang nach Bar und Alkohol und Zigaretten, dabei sehr unschuldig, sie war klar und präzise, dennoch voll Geheimnis, sie klang, als würde Stella gleich in Gelächter ausbrechen, selbst wenn sie dramatisch die Augen schloss und ihr Publikum zu Tränen rührte.

»Neuerdings dein Lieblingslied ...«, meinte Alexander, ihr Bruder, anzüglich. Sie schnaubte kurz durch die Nase und sang weiter bis zum Schluss: »... dass du doch jeden Tag Geburtstag hätt'st.«

Lysbeth zog ihren Bruder Johann vom Stuhl hoch. »Komm, es wird höchste Zeit, dass du tanzen lernst. Stella, spiel einen Onestepp!«

»Hallo, du süße Klingelfee ...«, sang Stella lachend und begleitete sich dabei auf dem Klavier. Ihr Bruder Alexander wurde seit frühester Kindheit Dritter genannt. Sein Vater hieß, ebenso wie dessen Vater, auch Alexander, was für endlose Konfusion gesorgt hatte. Bis aus Alexander »dritter Alexander« und dann der einprägsame Name »Dritter« wurde. Dritter setzte sich mit einem Dreh seines hübschen kleinen Hinterns auf einen Hocker neben sie und improvisierte ein paar Takte. Stella warf ihm einen Blick aus ihren veilchenfarbenen Augen zu, der jedem anderen Mann in die Hose gefahren wäre, Dritter aber warf nur einen ebensolchen Blick zurück und fuhrwerkte wie ein Teufel auf den Tasten herum.

Johann, acht Jahre jünger und einen enormen Kopf kleiner als Lysbeth, entzog ihr mit einem Ruck seine Hand. »Ich bin doch kein Kleinkind! Hör auf, mich rumzukommandieren«, maulte er.

»Oho! Unser Kleiner wird erwachsen«, kommentierte Eckhardt den lauen Wutausbruch seines jüngsten Bruders. »Komm, Lysbeth, meine schöne Schwester. Wenn der Kleine nicht will, ich halte die Stange!«

Er fasste um ihre Taille und schob sie in zackigen Tanzschritten, den Arm bald oben, bald unten, durch das Klavierzimmer der Gaerbers. Einen Moment lang war Lysbeth versucht gewesen, ihm eine Ohrfeige zu verpassen. Jeder wusste doch, dass sie keine schöne Schwester war, und die Anzüglichkeit mit der Stange verletzte sie immer wieder, auch wenn sie seit frühester Kindheit alle möglichen Ausdrücke gewöhnt war: Bohnenstange, Stangenspargel oder nur Stange mit allen möglichen Adjektiven – dürr, lang, platt, trocken, mager, um nur einige zu nennen. Aber sie liebte es nun einmal zu tanzen, auch mit ihrem Bruder Eckhardt, der zwar ebenfalls einen Kopf kleiner war als sie, aber in den Schultern beweglich und ein begeisterter Tänzer. Sie wusste ja auch, dass er es nicht böse meinte. Außerdem passierte es ihr in den letzten Wochen gar nicht so selten, dass sie Worte hörte wie: »Schöne junge Frau«, oder »Welcher Zauber liegt in Ihren Augen«, oder »Sie sind ein Engel«, wobei ausnahmsweise nicht ihr Wesen, sondern wirklich und wahrhaftig ihr Äußeres gemeint war.

»Abklatschen!« Vor Eckhardt und Lysbeth stand mit einem strahlenden Lächeln auf den blutrot geschminkten Lippen Eckhardts Verlobte Cynthia Gaerber. Ohne aus dem Takt zu kommen, griff Eckhardt nach seiner neuen Dame und schwenkte sie durch den Raum. Stella und Dritter spielten einen Onestepp nach dem andern.

Schwer atmend setzte Lysbeth sich nieder. Was für ein wundervoller Abend, dachte sie. Wie herrlich sich unser Leben verändert hat, seit wir aus Dresden abgereist sind. Geflohen, korrigierte sie sich spöttisch, denn es war keine Reise, es war eine Flucht gewesen. Ihr Vater hatte Dummheiten gemacht, arge Dummheiten. Er hatte sich hier und dort Geld geliehen, ohne es zurückzahlen zu können. Er hatte seine Gläubiger vertröstet, bis die ihn verprügelten und Schlimmeres androhten. Erst als ihm das Wasser bis zum Hals stand, hatte er sich seiner Frau anvertraut, die, wie es nun einmal ihre Art war, einerseits praktische Konsequenzen gezogen, andererseits Alexanders Beichte für sich behalten hatte. Alexander selbst hatte seinen Kindern kurz vor der nächtlichen Abreise sein Fehlverhalten gestanden.

Vor vier Tagen erst war die Familie Wolkenrath – die Eltern Käthe und Alexander und die Kinder Lysbeth, Alexander, Stella, Eckhardt und Johann – in Hamburg angelangt und wohnte seither bei den Gaerbers, der Familie von Eckhardts Verlobter Cynthia. Natürlich nur so lange, bis sie ein eigenes Domizil gefunden hatten. Lysbeth schien, als habe sich in diesen wenigen Tagen ihr ganzes Leben zum Besseren gewandelt. Das lag nicht nur daran, dass das Haus der Gaerbers einfach wundervoll gelegen war – das nahe Elbufer lud zu romantischen Spaziergängen ein –, dass es hier immer ausreichend zu essen gab, zudem noch köstlich zubereitet, und dass sie im Haushalt nichts selbst tun mussten. Es lag nicht einmal an der Großzügigkeit der Räume, die so vieles ermöglichten. Man konnte tanzen, Klavier spielen, zu zehnt gemeinsam am großen Esstisch sitzen. Überhaupt schluckte das riesige Haus mühelos die ganze Familie Wolkenrath mit ihren immerhin sieben Personen. Nein, dass Lysbeth sich hier so wohlfühlte, lag vor allem an Lydia, der Hausherrin.

Lydia Gaerbers dunkle Stimme klang vom Nebenraum, dem Salon, wohin sich die beiden Elternpaare jeden Abend nach dem Essen begaben und über alles Mögliche redeten, herüber und übertönte sogar das Klavier.

»Es war doch Ludendorff selbst, der Prinz Max von Baden ermächtigt hat, der alte Fuchs wollte doch nur die Verantwortung von sich abwälzen, damit er hinterher behaupten konnte, die deutsche Armee wäre im Felde ungeschlagen gewesen.«

Lydia nahm kein Blatt vor den Mund, und Lysbeth fühlte sich sehr zu ihr hingezogen. Ebenso erging es ihrer Mutter, das spürte Lysbeth, und es freute sie, denn Käthe hatte eine schlimme Zeit hinter sich, seit Fritz gestorben war. Fritz, der geheime Geliebte der Mutter, Fritz, der Vater von Stella. Fritz, der nach dem Krieg Kommunist geworden und beim Kampf für die Republik gestorben war. All das wussten die Schwestern erst seit kurzem. Die Brüder hatten es nicht erfahren, und wenn es nach Lysbeth ging, würde es auch dabei bleiben.

Lydia hatte die Wolkenraths eingeladen, so lange bei ihnen wohnen zu bleiben, wie es ihnen beliebte. Sie hatte ihnen die Wohnung in der ersten Etage ihres großen Hauses zur Verfügung gestellt. Dort hatten früher Lydias Eltern gelebt, die noch vor dem Krieg gestorben waren. Seitdem standen die zwei Zimmer leer, denn für Gäste gab es noch ein Extrazimmer, wo jetzt die drei Söhne der Wolkenraths, Dritter, Eckhardt und Johann, wohnten. Die beiden Töchter hatten das kleinere Zimmer zugeteilt bekommen, wo sie auf Sofas schliefen, während Käthe und Alexander das Ehebett benutzten. Manchmal fragte Lysbeth sich, ob ihre Eltern überhaupt noch ein Ehebett brauchten. Für eine junge Frau von siebenundzwanzig Jahren, immerhin noch Jungfrau, dachte sie ungewöhnlich offen und selbstverständlich an Sexualität. Sie empfand keinerlei Scheu bei dem Gedanken, dass Käthe und Fritz eine leidenschaftliche Liebe verbunden hatte. Ohne Leidenschaft und Liebe hätte ihre Mutter sich niemals für ein solches Doppelleben hergegeben, aus dem sogar noch ein Kind hervorgegangen war.

Lysbeth lauschte zum Salon. Zum Glück war es in beiden Familien nicht üblich, dass nur die Männer über Geschäfte und Politik und die Frauen lediglich über Mode und Haushalt sprachen. Lydia und Käthe beteiligten sich lebhaft an der politischen Diskussion über permanente Geldentwertung und die Lüge vom Dolchstoß.

Gerade sprach Lydia davon, dass sie 1918, also während des Krieges, auf einer Tagung in einem alten Thüringer Schloss gewesen war. »Ich habe sogar Cynthia gefragt, ob sie Lust habe, mich zu begleiten, aber sie hat nur wie ein verschrecktes Kaninchen geguckt.« Lysbeth spitzte die Ohren. So etwas war während des Krieges möglich gewesen?

»Lydia hat von Beginn an keinen Hehl daraus gemacht, dass sie diesen Krieg widerlich und unvernünftig fand. Ich glaube, Cynthia war ihre Mutter unheimlich. Das gesamte Vaterland führte den Krieg zumindest im Geiste mit, nur ein einziger Mensch stellte sich gegen das nationale Anliegen: Lydia Gaerber. Gegen einen so mächtigen Strom zu schwimmen, schien Cynthia lebensgefährlich. Womit sie ja nicht unrecht hatte.« Karl-Wilhelm Gaerbers Stimme drang auffallend hell und gepresst in Lysbeths Ohren.

»Versteck dich mal nicht hinter deiner Tochter!« Lysbeth zuckte zusammen. Das klang scharf. Die folgenden Worte klangen noch schärfer. »Hätte ihr Vater eine eindeutige Haltung für oder gegen den Krieg eingenommen, wäre es Cynthia leichter gefallen, sich eindeutig gegen mich zu stellen oder aber stillschweigend mit einem von uns übereinzustimmen. So aber spürte sie neben dem irritierenden Gegensatz von allgemeiner Autorität und meiner Meinung vor allem, wie unglücklich der Vater über mich war, weil ich Dinge aussprach, gegen die er keine Argumente wusste, die ihn als Geschäftsmann jedoch noch mehr in Schwierigkeiten brachten, als er ohnehin schon war.«

Lysbeth hielt den Atem an. Stritten sich die beiden dort in aller Öffentlichkeit? Sie hatte nie einen Streit zwischen ihren Eltern miterlebt.

»Der Vater bin ich«, klang es da trocken von nebenan. Alle lachten.

Wenn auch beklommen. »Wenigstens hat Cynthia den Vorschlag ihrer Mutter abgelehnt.«

»Die Mutter bin ich!« Das nun folgende Lachen klang bereits etwas gelöster. Käthe und Alexander Wolkenrath schienen sich darauf einzustellen, dass in diesem Hause nicht nur über Politik freimütig debattiert wurde, sondern auch über eheliche Zwistigkeiten.

»Ich kam mir vor wie eine Verräterin.« Lysbeth zuckte zusammen. Cynthias Atem streifte ihre Wange. Sie hatte nicht mitbekommen, dass der Tanz beendet war und Cynthia sich neben sie gestellt hatte. »Ich habe sehr schmerzhaft gespürt, wie sehr meine Mutter unter ihrer Einsamkeit litt und wie sehr sie sich eine Verbündete wünschte, aber ich habe nun mal nicht ihre Courage.«

Aus dem Nebenzimmer drang Lydias Stimme. »Ich konnte den Anblick der Versehrten nicht ertragen. Es gab täglich mehr von ihnen. Ich litt mit den Müttern der Gefallenen, als hätte ich selbst einen Sohn verloren. Mir wurde speiübel angesichts des Hungers in den Gesichtern der Menschen. Mein Glück war mir peinlich: Mein Mann war nicht eingezogen. Ich hatte keinen Sohn zu verlieren. Und meine Tochter war sooo brav. Ich musste keine Angst haben, dass sie als Soldatenliebchen aus Versehen geschwängert würde. Zu allem Überfluss hatten wir immer noch genug zu essen. Es war nicht so üppig wie früher, aber Anna, unsere Köchin, zauberte von irgendwoher täglich etwas Leckeres auf den Tisch.«

Lysbeth sah, wie ihre Mutter nickte, und sie wusste, was sie dachte. Sie hatte um zwei Söhne im Krieg gebangt, Fritz, ihren Liebsten, hatte sie zu guter Letzt bei Bauern verstecken müssen, sie hatte eine Tochter, die zum Soldatenliebchen geworden war, und eine, die sich mit dem Chirurgenbesteck so gut auszukennen lernte, dass sie ihren Mund immer mehr verschloss.

Lysbeth, die Cynthias Nähe fast vergessen hatte, schreckte wieder leicht zusammen, als mit heißem Atem in ihr Ohr geraunt wurde: »Meine Mutter hat ganz besonders unter der Indifferenz meines Vaters gelitten, unter seiner Drückebergerei, seiner Angst. Sie bekam einen seltsamen, juckenden Ausschlag an den Armen. Nachdem ich ängstlich abgesagt hatte, an der Konferenz teilzunehmen, hat sie sich die Arme fast blutig gekratzt. ›Dann fahr ich eben allein, kein Problem‹, hat sie gesagt. Aber die Blutstropfen auf ihren Armen waren voller Vorwurf.«

Lysbeth blickte kurz neben sich. »Du hast dich schuldig gefühlt?«, fragte sie leise. Allerdings war es gar nicht nötig, leise zu sprechen, denn Stella und Dritter hauten kräftig in die Tasten, spornten sich gegenseitig an, improvisierten auf dem Klavier und hatten gar keine Augen für die beiden jungen Frauen, die sich an die Tür zum Salon pressten. Johann hatte schon vor einiger Zeit den Raum verlassen, und Eckhardt war ebenfalls nicht da.

»O ja«, wisperte Cynthia. »Ich weiß nicht, ob du dies Gefühl von Schuld kennst. Es macht, dass du dich schwer und träge fühlst, auch wenn du dünn bist. In der Schule war ich zu feige, um den Hurraparolen der Lehrer ein einziges der Argumente meiner Mutter entgegenzusetzen. Zu Hause war ich zu feige, ihr Verrat am Vaterland oder wenigstens am Vater vorzuwerfen, und auch zu feige, ihn darauf hinzuweisen, dass seine unentschlossene Haltung alles nur noch schlimmer machte.«

»Lydia hat gepackt, sich kühl von mir und Cynthia verabschiedet, und dann fuhr sie los.« Karl-Wilhelm klang, als wirkte die Trauer in ihm nach. »Wir waren mitten im Krieg, versteht ihr, es ging nicht um eine kleine Seereise.«

Lysbeths Blick wurde von ihrem eigenen Vater angezogen. Diesen Gesichtsausdruck hatte sie bei ihm noch nie gesehen. Er sah aus, als wolle er Karl-Wilhelms Frau an dessen Stelle übers Knie legen und zur Räson bringen. Gleichzeitig wirkte er voller Respekt, ja, geradezu Ehrfurcht vor Lydia. Und es kam Lysbeth so vor, als wecke die auf ein grünes Sofa gegossene zierliche Frau männliche Gefühle in ihm.

Lydia wirkte unverschämt jung. Nein, alterslos, entschied Lysbeth. Mit den blonden halblangen Wellen war sie die einzige Frau im Haus, die keine kurzen Haare trug. Käthe hatte ihren langen, inzwischen ergrauten Zopf nach Fritz' Tod abgeschnitten, die jungen Frauen Stella, Lysbeth und Cynthia trugen die modischen Pagenschnitte. Alle sahen irgendwie hart aus, allein Lydia wirkte weich und sehr weiblich. »Ich hatte zwar die schlichteste Kleidung im Koffer, die ich finden konnte, dennoch stach ich unter den Teilnehmern der Tagung heraus, als wäre ich blitzblank zwischen lauter leicht angeschmuddelten Menschen. Ich selbst bemerkte es sofort mit Entsetzen, die anderen schienen mich hingegen kaum wahrzunehmen.«

»Für meine Mutter begann ein neuer Abschnitt in ihrem Leben. Und wir wurden unwichtig.« Cynthias Hüfte lehnte sich gegen Lysbeths. Sie waren beide gleich groß, schmal, fast mager, ohne Busen. Für beide war die aktuelle Mode wie gemacht. Bohnenstangen, dachte Lysbeth spöttisch. Zwei Bohnenstangen, die sich aneinanderlehnen. Der Hüftknochen von Cynthia drückte hart gegen den ihren. Sie empfand das Bedürfnis, etwas abzurücken, aber sie wusste, dass sie Cynthia damit verletzen würde. Cynthia hatte keine Geschwister. In ihrem Näherrücken lag Schwesternsehnsucht. Wenn du wüsstest, was ich für eine famose Schwester habe, dachte Lysbeth.

»Das Schloss war von einer überwältigenden märchenhaften Romantik. Im ersten Moment habe ich die ganze Welt drumherum vergessen, sogar den Krieg. Aber die Teilnehmer haben mich schnell in die Realität zurückgerufen.« Lydias Stimme klang plötzlich hoch und aufgeregt wie die eines jungen Mädchens. »Meine Freundin Antonia war auch da. Ihr müsst sie irgendwann kennenlernen. Sie ist Jüdin. Unglaublich! Immer schon war sie unglaublich. Sie hatte ihre Tochter mitgenommen, die war damals sechs. Ein lebhaftes Wesen. Ganz unbeschadet von Hunger und Not hüpfte die Kleine durch die Kriegstage.«

»Antonia, Antonia, immer Antonia«, flüsterte Cynthia wütend.

Lysbeth drehte ihren Kopf zu Cynthia. »Sollen wir uns dazusetzen?«, raunte sie. »Ich komme mir irgendwie schäbig vor. Der Lauscher an der Wand …« Was sie nicht sagte, war, dass sie genug von Cynthias heißem Atem hatte, von ihren spitzen Hüftknochen und überhaupt von dieser eigenartigen Vertraulichkeit.

Ohne eine Antwort abzuwarten, schlenderte sie in den Salon, der mit einigen Sofas, Sesseln und kleinen Stühlchen genug Platz bot für eine große Gruppe von Gästen.

Lysbeth setzte sich auf ein winziges gold-braun gestreiftes Biedermeiersofa, auf dem noch niemand saß. Cynthia rutschte mit einem lässigen Schwung neben sie, zog die Beine hoch und lehnte sich vertraulich gegen Lysbeth, die gar keine Chance hatte auszuweichen.

Lydias Blick streifte sie forschend. Dann beschloss sie, einfach im Gespräch fortzufahren. Sie berichtete begeistert von der Konferenz während des Krieges. Dort trafen sich Jugendvereine, Pazifisten, Theosophen, Sozialpolitiker, Anarchisten, Jünger chinesischer Weisheit, des Buddhismus, indischer Atemkunst – eine bunt zusammengewürfelte Gesellschaft mit unterschiedlichsten Auffassungen. Das Einzige, was alle verband, war die Forderung nach schnellster Beendigung des Krieges, nach Frieden ohne Annexionen und nach einem Völkerbund. Ansonsten vertrat jeder leidenschaftlich und kompromisslos seine Richtung. Sie stritten untereinander, was das Zeug hielt. In der *Freideutschen Jugend* gab es einen linken Flügel unter Führung des Studenten Buntfalter, der sich als Schriftsteller vorstellte. Energisch stritt er mit Pazifisten, Vegetariern, Gottsuchern und abergläubischen Wirrköpfen. »Ich habe seine Nähe sehr gesucht«, gestand Lydia. »Ich fand ihn begabt und geistreich. Aber er war so jung, und ich habe mich noch nie so alt gefühlt wie in diesen Tagen.«

»Gnädige Frau Lydia«, erhob Alexander Wolkenrath Einspruch. »Sie sind jung und schön, wie können Sie nur so denken!« Lysbeth suchte den Blick ihrer Mutter, die ihr verschwörerisch zulächelte. Alexander zeigte sich von seiner Kavaliersseite, aber es kam ihm von Herzen, das hörte nicht nur Lysbeth. Sie liebte die Geschichte, wie die Eltern sich kennengelernt hatten, sie wusste, wie sehr die Mutter von der charmanten, zuvorkommenden Seite Alexander Wolkenraths bezaubert gewesen war. Manchmal blitzte sie wieder hervor, so wie jetzt, und dann wurden Käthes Augen immer noch weich, so wie jetzt.

Lydia sprang auf und verschwand mit einem geheimnisvollen: »Ich bin gleich zurück«, Richtung Küche. Und wirklich war sie im Nu wieder da, mit einer Flasche Champagner in der Hand. Anna, die ihr folgte, trug ein Tablett mit funkelnden Kristallkelchen.

»Alle herkommen!«, rief Lydia energisch ins Nebenzimmer, wo Stella und Dritter immer noch vierhändig auf dem Klavier experimentierten.

Lydia ließ den Korken aus der Champagnerflasche knallen und schenkte in jeden Kelch ein wenig des sprudelnden Getränks. »Meine liebe Käthe, lieber Alexander und alle Kinder der Familie Wolkenrath«, sagte sie feierlich, »ich möchte, dass wir uns duzen. Mir ist es sowieso immer wieder rausgerutscht. Nun lassen Sie uns darauf anstoßen, dass wir alle eine Familie geworden sind und immer mehr zusammenwachsen wollen!«

Stella griff als Erste nach einem Glas und schmetterte: »Ah, ça ira, ça ira, ça ira, lahaha familjehe, ça ira!«

»Das ist ein Revolutionslied«, gab Karl-Wilhelm mit einem leise rügenden Unterton zu bedenken.

»Ist das nicht schön!«, jubilierte seine Frau und bewegte sich anmutig im Raum, um mit jedem anzustoßen. »Aufs Du! Auf die Revolutionen, die wir zukünftig gemeinsam anzetteln wollen!«

Alle lachten, und Stella sang noch einmal ihre Abwandlung des Liedes, das die Aristokraten an den Laternen baumeln sehen wollte. Karl-Wilhelms Lachen allerdings klang beklommen.

Als alle sich wieder gesetzt hatten, nun auch Stella und Dritter, bat Käthe um eine Fortführung der Beschreibung dieser Tagung. »Wer ist denn dort aufgetreten?«, fragte sie. »Wurden Vorträge gehalten?«

Bereitwillig griff Lydia den Faden wieder auf. »Ja, zum Beispiel hat der Student Brandwetter vom *Geschichtsverein* einen Vortrag über ›Die große Französische Revolution und die Pariser Kommune von 1871‹ gehalten. Die Verbindung zur Gegenwart hat er sehr geschickt eingeflochten. Zu guter Letzt hat er die deutschen Intellektuellen aufgerufen, den großen französischen Vorbildern zu folgen und für eine neue, bessere Gesellschaftsordnung einzutreten.«

»Seht ihr«, alberte Stella herum, »die Französische Revolution ist allgegenwärtig. Wahrscheinlich haben sich auch die Kieler Matrosen darauf berufen, als sie ihre Offiziere einen Kopf kürzer machen wollten.«

Käthe warf ihr einen scharfen Blick zu, aber Stella jauchzte nur auf, weil Dritter sie ins Knie gekniffen hatte. Die beiden wirken wie ein Liebespaar, dachte Lysbeth, und es versetzte ihr einen Stich. Noch nie hatte ihr Bruder Dritter sie mit der Aufmerksamkeit bedacht, die er für Stella hatte.

Als hätte sie Stellas Einwurf gar nicht gehört, sagte Lydia: »Brandwetter hat einen wirklichen Brand in meinem Herzen entfacht.« Alexander lachte amüsiert. Lydia lächelte ihm zu. »Er hat mich an meine Jugend erinnert. Das war schmerzlich und beglückend. So gern wäre ich noch einmal jung gewesen! Alles hätte ich anders gemacht! Nie wieder einen Hamburger Pfeffersack geheiratet, niemals wäre ich in diese Falle getappt, in der ich das Gefühl hatte, bei lebendigem Leib zu verfaulen.«

Alle hielten den Atem an. Sogar die beschwipste Stella, die mit ihrem Bruder herumalberte, riss erschrocken die Augen auf. Da klang ruhig Karl-Wilhelms Stimme, als hätte nicht Lydia ihn, sondern er sie gerade verletzt: »Das meint Lydia nicht so. Das dürft ihr nicht so ernst nehmen. Manchmal neigt sie zu radikalen Formulierungen. Und ihre Ideen verändern sich auch von Tag zu Tag. Zum Beispiel ist sie nach dem Krieg auf einem anderen Kongress gewesen. Von dem kehrte sie als Märchenerzählerin zurück.«

Erstaunt bemerkte Lysbeth, wie Lydia errötete. Was passierte da gerade zwischen den Eheleuten? Märchenerzählerin?

Im Raum machte sich ein peinliches Schweigen breit. Kurz nur, aber es wirkte endlos. Stella leerte hastig ihr Glas und erhob sich, leicht schwankend. »Auf, auf, Dritter, mein Schatz! Wir spielen weiter. Die Musike, die Musike ruft!« Dritter war im Nu auf den Beinen. »Kommt doch alle mit rüber«, sagte er mit einem schmelzenden Blick auf Lydia. Er legte eine Hand auf ihre Schulter, ebenso kurz, kürzer noch als zuvor die Schweigeminute gewährt hatte, aber es war, als ströme neues Leben in Lydia. »Ja«, sagte sie leise, »das ist eine gute Idee.«

In diesem Augenblick liebte Lysbeth ihren Bruder sehr. Sie wusste, wie wenig tief sein Mitgefühl ging, aber immerhin war er in der Lage, mit ein paar Worten, einem Blick, einer Berührung genau das Richtige zu tun, um Lydia aus ihrer Beschämung zu reißen.

Als wäre sie es ihrer Würde schuldig, sagte Lydia, ohne ihren Mann mit einem einzigen Blick zu streifen, als spräche sie allein zu Dritter, an dessen Augen sie sich festhielt: »Du warst im Krieg. Du weißt, dass alle, die den Krieg erlebt haben, verändert zurückgekommen sind.« Er blieb stehen und hielt ihrem Blick lächelnd stand.

Lysbeth stockte der Atem. Es wirkte, als würde Lydia umfallen, wenn er seine Aufmerksamkeit jetzt von ihr abzöge.

»Ich war nicht im Krieg«, sagte Lydia trocken, »denn ich bin eine Frau. Ich glaube, ich habe mir das verübelt. Aber dort auf dem Schloss lernte ich, dass der Krieg nicht nur geschadet hat. Nein, so ist es falsch. Aber ich habe Menschen kennengelernt, die sich der Lehre der Zerstörung nicht verweigerten. Die wahre, aufrichtige Worte sprachen.«

Es kam Lysbeth so vor, als vibriere Lydias Körper. »Ich habe dort etwas ganz Besonderes erlebt. Ich habe unmittelbar daran teilgenommen. Altes brach zusammen, und Neues keimte auf. Ein junger Frontsoldat, ein Arbeiter, hat seine Gedichte vom Grauen des Krieges vorgelesen. Dafür hätte er ins Militärgefängnis kommen können. Es waren keine schönen Verse, alles andere als Kleist und Lessing, aber sie waren rau und wahr. Darin lag eine Schönheit, die mich erregt hat. Expressionistische Maler, eben von der Front zurück, haben ihre verstörenden Zeichnungen von Hand zu Hand gehen lassen.« Plötzlich brach sie in ein leichtes, amüsiertes Lachen aus. »Mein Gott, was tu ich hier? Ich verderbe euch allen den Abend. Kommt, lasst uns rübergehen! Lasst uns genießen, wie gut wir es haben.«

Selbstverständlich erhob sich allgemeiner Protest, dass Lydia keinesfalls irgendjemandem den Abend verdarb. Alexander bat sogar darum, mehr von dieser Konferenz zu hören. Doch Lydia ging, eingehakt bei Dritter, ins Nebenzimmer und bat die beiden Geschwister, ein paar Abendlieder zu spielen, sodass alle sich noch einmal im gemeinsamen Gesang der schönen deutschen Volkslieder zusammenfinden könnten, bevor sie schlafen gingen.

Stella sah ihren Bruder fragend an, der zuckte mit den Schultern. Und nun geschah etwas, das Lysbeth nicht mehr für möglich gehalten hatte. Käthe setzte sich in diesem Augenblick allgemeiner Unentschlossenheit ans Klavier und stimmte »Der Mond ist aufgegangen« an. Ihr Spiel war anfangs vorsichtig, man hörte, dass sie das Instrument seit Jahren nicht mehr benutzt hatte, doch nach wenigen Tönen ging eine Verwandlung mit ihr vor, die auf die Gesichter im Raum ein andächtiges Staunen zauberte. Käthe, die harte, traurige Frau, wurde weich und jung.

Ein Abendlied nach dem andern perlte von ihren Händen auf die Tasten. Sie kannte alle Texte und sang mit klarer, heller Stimme, und nach und nach fielen alle ein. Sogar Stella und Dritter erinnerten sich an die Lieder ihrer Kindheit.

Eine Woche später zog die Familie Wolkenrath in die Feldstraße am Heiligengeißfeld. Auf dem Kopfsteinpflaster der breiten Straße rumpelten Pferdekutschen und Autos. Schwarz und blattlos säumten Linden die Feldstraße rechts und links. Käthe und Alexander waren glücklich, in dieser Straße mit den schönen alten Häusern eine große Wohnung gefunden zu haben. Dennoch waren alle ein wenig traurig, von der Elbchaussee fortzuziehen. Ihnen war auch klar, dass jetzt wieder Schmalhans Küchenmeister sein würde. Sie besaßen nicht die gutgefüllte Speisekammer der Gaerbers, und hier gab es auch keinen Hof wie in Dresden, in dem wenigstens Kartoffeln und Möhren angepflanzt werden konnten. Ebenso würde ihnen die berühmte Gemüsesuppe der alten Tante Lysbeth fehlen, die bis zu ihrer Abreise immer wieder in Notzeiten ihre Stimmung aufgehellt hatte.

Natürlich war es im Grunde nicht die Suppe, sondern die Tante selbst gewesen, die so wohltuend auf die gesamte Familie Wolkenrath eingewirkt hatte. Vor dem Krieg hatte die Tante allein in ihrem Häuschen bei Laubegast gewohnt. Dort arbeitete sie als heilende Kräuterfrau und Helferin in sämtlichen Fragen, die mit dem Kinderkriegen zusammenhingen, einschließlich Abtreibungen. Sie hatte ihr Wissen an die siebzehnjährige Lysbeth weitergegeben, und sie hatte Stella geholfen, als diese, dreizehnjährig, schwanger war, indem sie Adoptiveltern für das Kind gefunden hatte. Als die Familie Anfang 1921 nach Hamburg floh, kehrte die Tante wieder nach Laubegast zurück. Mit ihren neunzig Jahren sei sie zu alt, hatte sie erklärt, um diesen Wechsel noch mitzumachen.

Die neue Wohnung der Wolkenraths befand sich im zweiten Stock und hatte sechs Zimmer, die Toilette lag zwischen zwei Etagen im Treppenhaus. Dritter, Eckhardt und Johann schliefen in einem Zimmer, auch wenn sie nun Männer waren. Aber das kannten sie ja schon. Ebenso wie die Mädchen, auch wenn sie nun Frauen waren. Alexander und Käthe hatten ein Schlafzimmer. Dann das Wohnzimmer. Darauf bestand Käthe. Das Klavier hatte wie durch ein Wunder die Reise heil überstanden. Es bekam einen Ehrenplatz im Wohnzimmer, das Stella mit allerlei Schnickschnack so ausstaffierte, dass es dem Salon der Gaerbers ein wenig ähnelte.

Zwei Räume der Wohnung waren dem Geschäft vorbehalten: *Elektrogroßhandel Wolkenrath und Söhne*. In Wirklichkeit trieben sie Handel mit allem, was sie kriegen konnten. Taten eine große Ladung Fischkisten auf und verkauften sie am Hafen. Ergatterten einen Schwung Pullover und verkauften sie Stück für Stück. Im Geschäft herrschte Chaos, aber Begeisterung. Sie lebten von der Hand in den Mund, aber sie lebten besser als die Arbeitslosen, die auf den Straßen bettelten.

Der Krieg hatte ein Millionenheer in die Städte und aufs Land zurückgekippt. Wie Müll, verbraucht, vernichtet, beschädigt, lagen die Menschen nun in den Städten herum. Die deutschen Männer hatten im Krieg nahezu alles verloren, was einmal von Bedeutung gewesen war. Vor allem ihre Würde und ihre Moral. Vor dem Krieg waren die Männer diktatorische Patriarchen gewesen. Frau und Kinder hatten nach ihrer Pfeifen zu tanzen. Die Männer, die aus dem Krieg zurückkehrten, taten so, als könnten sie dort wieder anknüpfen. Aber ihr Rückgrat war gebrochen, und ihre Frauen hatten ihre eigene Kraft erprobt. Die Kinder waren von den Vätern enttäuscht, hatten sie doch in der Schule gelernt, dass Deutschland unbesiegbar wäre.

All dies schwappte in jede einzelne Familie hinein. Auch in die der Wolkenraths. Jedoch war Alexander Wolkenrath noch nie der Patriarch in der Familie gewesen, diese Rolle hatte der alte Volpert, Käthes Vater, innegehabt. Aber der war tot, und seitdem stand Käthe vollkommen auf ihren eigenen Füßen. Außerdem besaß sie eine ganz besondere Urne. Angeblich lag darin die Asche ihrer Mutter, in Wirklichkeit aber versteckte Käthe dort Goldstücke, die ihre Eltern für sie gespart hatten. Von diesem Schatz wussten zwar ihre Töchter Lysbeth und Stella, aber keines der männlichen Familienmitglieder. Irgendwann wollte Käthe davon ein Haus kaufen, so wie ihr Vater es ihr geraten hatte. Doch erst einmal mussten sie sich in Hamburg zurechtfinden.

Im Laufe der ersten Wochen trug Lydia diskret einiges zur Wohnungseinrichtung bei, indem sie von Zeit zu Zeit mit einem Möbelstück auftauchte, das sie angeblich nicht brauchen konnte. Das Wohnzimmer ähnelte immer stärker ihrem Salon, en miniature, versteht sich. Es war das Zentrum des Familienlebens. Dort wurde jeden Abend auf dem Klavier geklimpert. Stella und Dritter spielten vierhändig die neumodischen Rhythmen, dass es allen in den Füßen zuckte. Käthe aber rührte es nicht an, obwohl ihre Kinder sie immer wieder darum baten. Sie versteckte ihre Hände am liebsten, denn sie waren in den vergangenen Jahren von der vielen Hausarbeit rau und knochig geworden.

»Ein Klavier geziemt sich für Menschen mit Bildung und Stil«, sagte Stella. Und sie sahen auch aus wie Menschen mit Bildung und Stil. Die Töchter stets nach der neuesten Mode gekleidet. Stella und Cynthia hatten Lysbeth vor einiger Zeit schon zum Friseur geschleift, seitdem trug auch sie ihre blondem, dünnen Haare zu einem Pagenkopf geschnitten, was bei der großen, überschlanken jungen Frau erstaunlich raffiniert aussah. Cynthia hatte ihr zwei kurze Hängerkleider von sich geschenkt. Eins in Grün und eins in Feuerrot. Dazu hatte Stella der Schwester den passenden Lippenstift gekauft. Lysbeth wirkte wie eine völlig veränderte Frau. Als Dritter sie in dem roten Kleid sah, pfiff er anerkennend durch die Zähne. »Ich versteh den Maximilian«, sagte er. Lysbeth blickte ihn erstaunt an. »Du willst doch nicht behaupten, du hast nicht gemerkt, wie der hinter dir her ist?«, bemerkte Dritter spöttisch. Lysbeth zuckte die Schultern. Von Männern, die angeblich hinter ihr her waren, wollte sie nichts hören.

Nicht nur die Frauen der Familie waren immer schick und modern. Die Söhne gingen stets in Anzug und mit Hut aus dem Haus, die Schuhe gewienert, das war Soldatenehre.

Seit der Verlobung mit Cynthia war Eckhardt aufgeblüht. Er fühlte sich der Jugend wieder zugehörig. Sein Verstand arbeitete wieder einigermaßen vernünftig. Vor drei Jahren noch, nachdem er im Krieg mit einem Splitter im Kopf verschüttet und wie durch ein Wunder gerettet worden war, hatte er den Segen dieses Wunders angezweifelt. Wer wollte schon ein verblödeter Krüppel sein, der sich mühte, die richtigen Worte zu finden? Jetzt aber fiel er keinem mehr besonders auf. Sicher, seine überragende Intelligenz von vor dem Krieg war dahin. Aber daran erinnerte er sich selbst kaum mehr. Die Narbe am Kopf sah man nicht unter dem Haar. Die zeitweiligen Migräneanfälle, verbunden mit dunkler Schwermut, hielt er vor anderen verborgen. Dann blieb er drei Tage lang im Bett. Die Vorhänge mussten zugezogen sein, weil er keine Helligkeit ertragen konnte. Er erbrach sich und litt still vor sich hin. Die übrige Zeit aber war er Teil einer vergnügten Gruppe, die aus seiner Verlobten, Dritter und seinen beiden Schwestern sowie Freunden von Cynthia, Maximilian von Schnell, Jonny Maukesch und Leni, bestand. Seit die jungen Leute einander auf Cynthias und Eckhardts Verlobung kennengelernt hatten, verbrachten sie viel Zeit miteinander. Jonny und Maximilian hatten während des Krieges als Erste Offiziere der Kriegsmarine gedient. Leni war Lehrerin und Jonnys Verlobte.

Manchmal fuhren sie zu siebt in Maximilians offenem Auto durch die Gegend, dann saßen die Frauen auf den Schößen der Männer, was ein großer Spaß war.

Nur Johann stand immer ein wenig abseits. Er war peinlich klein, er war nicht besonders klug, bei weitem nicht so schlau wie Eckhardt vor dem Krieg und nicht einmal so schnell im Denken wie Eckhardt nach dem Krieg.

Mit Bewunderung und zunehmendem Neid folgte Johanns Blick dem großen Bruder Dritter, der immer wilder, kantiger und gefährlicher wurde. Auf der Reeperbahn, die um die Ecke der Feldstraße lag, kannte Dritter sich bald besser aus als die meisten Hamburger. Johann aber fürchtete sich vor dieser Vergnügungsmeile.

Dritter kommandierte Johann herum, wie es ihm Spaß machte. Bei Eckhardt achtete er auf kameradschaftliches Verstehen. Eckhardt war die Brücke zur Elbchaussee und zu Hamburger Geschäftsleuten, die sich nicht leicht Fremden öffneten. Dritter vermied sorgfältig, Eckhardt auszustechen. Er wusste, dass ihm das mit Leichtigkeit gelingen würde. Besonders bei Cynthia hielt er sich sehr zurück. Ihre Mutter Lydia hingegen überschüttete er mit Komplimenten, überrollte sie mit seinem Charme, nahm sie mit seinem einschmeichelnden Blick gefangen.

Johann wurde weder mit zur Elbchaussee noch zur Reeperbahn genommen. Das war ihm eigentlich recht. Er war überaus glücklich, nicht mehr bei Lydia Gaerber Gast sein zu müssen. Mit ihren unpatriotischen Ansichten gehörte sie für ihn zu der verhassten Gruppe der Roten und der Juden, Vaterlandsverräter, die Deutschland den Stoß in den Rücken versetzt hatten. Lydia trug Schuld daran, dass der Krieg verloren war. Johann hasste sie geradezu, es ekelte ihn, dass sie eine Frau war. Auch zur Reeperbahn wollte er eigentlich nicht mit. Tanzen war ihm ein Gräuel. Die aufreizend geschminkten Frauen, die rauchten und rumhurten, einschließlich seiner Schwestern, empfand er als abartig und gefährlich. Wenn es nach ihm ginge, würde er sie mit deutscher Seife schrubben, einschließlich ihres Mundes, aus dem unflätige Worte und obszönes Lachen drangen, und einschließlich ihres Geschlechts. Aber er war sich nicht sicher, ob seine Schwester Stella überhaupt jemals eine anständige deutsche Frau werden könnte.

Leider ging nichts nach ihm. Er gehörte nicht dazu. Johann, der Kleine. Johann, das Muttersöhnchen. Johann mit den dicken Fingern, der weder Klavier spielen noch reiten, noch schießen, noch Frauen aufreißen konnte. Johann, der nie eine gute Gelegenheit auskundschaftete, nicht fürs Geschäft, nicht fürs Vergnügen. Johann, der sich dranhängte, aber nicht selbst aktiv war. Johann, der nie ein wirklich findiger Unternehmer werden würde.

»Mensch, Johann«, sagte der Vater Alexander ein ums andere Mal, »wir leben in Zeiten, wo die Karten neu gemischt werden. Heute kann man reich werden, wenn man die Augen offen hält.« Doch vergeblich. Johann machte nicht den Eindruck, als würde er von der Nachkriegswirtschaft profitieren können.

Keiner bekam mit, als Johann Freunde fand, die ihn als ihresgleichen aufnahmen. Ihm war, als wäre er endlich in der Familie gelandet, zu der er in Wirklichkeit gehörte.

Im Spätsommer, die Linden verabschiedeten sich gerade von ihrer Zeit des süßen Duftes und des klebrigen Saftes, passierte etwas Verhängnisvolles. Johann wollte die Wohnung verlassen, obwohl es erst Nachmittag war. Man hatte seinen Kaffee getrunken und ein Glas Rum dazu, gleich sollte weitergearbeitet werden.

Da sagte Johann leichthin: »Ich geh denn mal …«

Dritter schaute irritiert auf.

Eckhardt warf einen misstrauischen Blick zum Flur. »Guck mal, Dritter«, sagte er grinsend, »Johann ist sehr dick geworden.«

Dritter schoss aus dem Zimmer. Bevor Johann die Wohnungstür erreicht hatte, erwischte er ihn. »Hier geblieben, Bürschchen!«

Er griff unter Johanns Mantel und pfiff durch die Zähne. Mit einem Ruck zog er einen Pullover heraus und dann einen nach dem andern. Die Pullover! Die Goldpullover, die aus ihrer wunderbaren Gelegenheit stammten.

Eine wundersame Gelegenheit sogar, denn Lysbeths Verehrer Maximilian von Schnell bemühte sich ungemein, der Familie Wolkenrath von Nutzen zu sein. Maximilian war zwar als Erster Offizier zur See gefahren, er hatte sogar den Matrosenaufstand miterlebt und war beinahe erhängt worden, aber er war zugleich und zum Glück ein Fabrikantensohn. Sein Vater besaß eine Fabrik, in der nordische Pullover hergestellt wurden. Er verkaufte sie teuer. Maximilian sorgte seit einiger Zeit dafür, dass die als Ausschussware deklarierten Stücke billig der Familie Wolkenrath zukamen, ja er fügte sogar noch einige perfekte Pullover hinzu, denn ihm war sehr daran gelegen, die etwas spröde Dresdnerin milde zu stimmen. Wofür die Brüder schon sorgen wollten, denn die neue Einkunftsquelle für *Wolkenrath und Söhne* wirkte geradezu unversiegbar. Die in Männersachen vollkommen naive Lysbeth ahnte allerdings überhaupt nicht, dass das Pullovergeschäft etwas mit ihr zu tun hatte.

»Du Dieb!«, zischte Dritter und schlug zu. »Bruderdieb!« Und er schlug noch einmal zu.

Eckhardt stand daneben, die Fäuste geballt, die Augen zusammengekniffen, um im schummrigen Flur besser sehen zu können. Dritter schlug zu, bis Johann wie ein nasses Bündel Pullover auf die Erde sackte. Alles ging recht leise vonstatten. Die Mutter in der Küche hatte nichts vernommen.

»Und nun verschwinde!«, befahl Eckhardt streng. Er schloss die Tür hinter dem Bruder, der sich auf allen vieren davonstahl.

Dritter wischte sich die Hände aneinander sauber, rückte das Hemd gerade und den Schlips. Als das Telefon klingelte, ging er gemessenen Schrittes hin. »Wolkenrath und Söhne«. Das klang so ruhig und gelassen, als hätte nicht eben eine kleine Prügelei zwischen Brüdern stattgefunden. Es war ja auch eigentlich keine Prügelei gewesen, sondern eher ein pädagogisches Disziplinieren. Der kleine Bruder hatte seine Lektion hoffentlich gelernt.

Am Telefon vernahm Dritter nach kurzem Schweigen in breitem Ruhrpottdialekt: »Is dä Hännes do?« Dritter stutzte, dann grinste er. Seine Stimme wurde weich wie geschmolzene Butter: »Dä Hännes? Nein, gnädiges Fräulein, mein werter Bruder Johann hat soeben das Büro verlassen. Soll ich ihm etwas ausrichten … und von wem denn bitte?«

Er grinste Eckhardt an und feixte. Doch der tat so, als achte er gar nicht auf das Telefonat, und blätterte in Kalkulationen, die ungeordnet auf einem der drei Schreibtische lagen. Die Kalkulationen waren seine Aufgabe, die Berechenbarkeit von Zahlen beruhigte ihn, er liebte es, sich damit zu beschäftigen.

»Dat Sophie …« Dritter konnte das Lachen kaum mehr zurückhalten, nun schaute auch Eckhardt auf und zog fragend die Augenbrauen in die Höhe. »Nun, Fräulein Sophie, das ist ja sehr bedauerlich, ich werde es meinem Herrn Bruder ausrichten. Sie sind heute Abend leider verhindert und bedauern es sehr, aber es sei nicht anders möglich. Ja, selbstverständlich. Servus, Mademoiselle.«

Er hängte den Hörer ein und schüttelte einen Augenblick lang den Kopf, dann brach er in wieherndes Gelächter aus.

»Dat Sophie! Ich werd verrückt, unser Kleiner hat eine Damenbekanntschaft gemacht, ich fass es nicht.«

»Na los, spuck aus! Was war das für eine Nudel?« Eckhardts Wangen waren leicht gerötet, in der letzten Zeit hatte er eine Vorliebe für Klatschgeschichten entwickelt. Und dass Johann, der noch kleiner war als er, einem Mädchen den Kopf verdreht hatte, das auch noch die

Dreistigkeit besaß, in der Firma anzurufen, das ging über Klatsch weit hinaus.

»Dat wor dat Sophie. Dat Sophie klingt blutjung, ich würd mal sagen, zwanzig, aber höchstens.« Alexander kannte sich mit Frauenstimmen aus. Er kannte sich auch mit Frauenhänden, Frauenküssen und all dem Übrigen aus, was mit dem andern Geschlecht zu tun hatte. »Und sie klingt, als könnte sie unserm Kleinen Suppe kochen. Wär nicht von Übel, paar Muckis muss er noch entwickeln, kann sich ja nicht von jedem zu Brei schlagen lassen.«

Eckhardt grinste. Seine Cynthia war nicht die große Köchin, aber sie war eine feine Dame. Auch wenn sie einen Pagenkopf trug und mit der Zigarettenspitze herumfuchtelte, weil sie meinte, die moderne Frau müsste rauchen. Er fand das nicht gerade seriös und zeigte ihr das auch, indem er manchmal etwas wortkarg wurde, aber im Großen und Ganzen war Cynthia ganz eindeutig ein Mädchen aus besserem Hause, und darauf kam es an.

So etwas hatte nicht einmal Dritter vorzuweisen. Dritter, dem das Mädchen weggelaufen war. Darüber sprachen die Brüder nie, nicht einmal nachts, wenn die Lichter aus waren und Eckhardt nicht einschlafen konnte, weil aus Dritters Ecke Zigarettenrauch quoll.

Auch in dieser Nacht schaute Eckhardt zu dem rötlich glimmenden Licht, das sich durch den Tabak fraß, bis es endlich erlosch. Wie so oft malte er sich Dritters Kummer wegen dem Mädchen aus, das von einem anderen ein Kind bekommen hatte, wenig später als ein Jahr, nachdem Dritter gesagt hatte: »Wenn ich zurückkomme, heirate ich sie, das ist klargemacht.«

Mit einem warmen Gefühl der Sicherheit glitten seine Gedanken zu Cynthia. Seit Ende letzten Jahres waren sie nun schon verlobt. Zum Glück waren sie sich einig, dass sie nicht so bald heiraten wollten.

Vor zwei Wochen war leider etwas geschehen, das Eckhardt zugesetzt hatte. Mitten auf der Reeperbahn war er Askan von Modersen geradezu in die Arme gelaufen. Sie hatten einander männlich auf die Rücken geklopft und gemeinsam mit Dritter und Jonny Maukesch ein Bier darauf getrunken, dass sie alle den Krieg überlebt hatten. Askan hatte sich danach verabschiedet, mit Bedauern, wie er sagte, aber er hatte eine Verabredung, und am kommenden Tag wollte er wieder aufs elterliche Gut in Sachsen fahren, das er seit Kriegsende führte, da sein Vater inzwischen gestorben und der Betrieb für die Mutter viel zu groß war.

Eckhardt musste die Tränen der Freude über das Wiedersehen mit aller Gewalt unterdrücken. Beim Abschied klopften sie sich nicht einmal die Rücken, sondern verbeugten sich nur zackig voreinander. Auch da musste Eckhardt wieder alle Kraft aufwenden, damit er Askan nicht um ein Wiedersehen bat.

Dabei war er doch froh gewesen, dass er diesen Mann mit seinem teuflischen Einfluss so lange nicht gesehen hatte. Und er wollte ihn auch nie wiedersehen!

Aber heiraten wollte er nicht so bald.

All diese Gedanken bewirkten eine irgendwie angenehm schwebende, müde Leichtigkeit, nun, nicht gerade Leichtigkeit, Eckhardt und Leichtigkeit, das passte nicht zusammen, aber trotz des Zigarettenrauchs, der in seiner Kehle kratze, kehrte Freundlichkeit in Eckhardts Seele ein, eine versöhnliche Wärme. Er schlief ein, bevor der Glimmstängel erloschen war.

»Sag mal, wusstest du, dass Johann eine Freundin hat?« Dritter fragte als Erstes die Mutter. Die schüttelte energisch den Kopf. Dann fragte er die Schwestern. Die kicherten ungläubig. Also wusste niemand etwas davon.

2

Wie kann Jonny bloß ein solches Gänschen wie Leni heiraten wollen? Leni ist Lehrerin.« Stella spuckte das letzte Wort aus, als handle es sich bei Lehrerinnen um etwas Ähnliches wie lästige Kriechtiere.

Dritter lachte meckernd.

Sie saßen im *Alsterpavillon*, den die Hamburger »Kachelofen« nannten, weil er ebenso gebaut war, und tranken Limonade. Dritter sah aus wie ein Dandy. Umwerfend attraktiv mit seinem markanten Gesicht, den breiten Schultern, den gestreiften Hosenbeinen, die er lässig übereinandergeschlagen hatte, vor allem aber mit diesem Blick, den er Frauen zuwarf: Unter leicht gesenkten Augenlidern, ein schneller scharfer Blick mitten ins Herz. Keine konnte ihm widerstehen. Und wenn ihm eine widerstand, legte er sich besonders ins Zeug, stellte eine innige Stimmung her, erzählte offen von den Schmerzen, die es ihm bereitet hatte, als Beatrice, seine Liebste, ihn so schmählich betrogen hatte und für ihn mitten im Krieg verloren war. Danach widerstand ihm auch die Hartgesottenste nicht mehr.

»Leni ist ganz nett«, sagte er blasiert.

Jetzt war es an Stella zu lachen.

Wer Stella vor dem Krieg gesehen hatte, hätte sie nicht wiedererkannt. Sie trug einen Pagenschnitt, die eigentlich roten, wilden Haare bändigte sie jeden Morgen zu einer glatten Kappe, und weil Rot wirklich vollkommen aus der Mode war, trug sie die Haare schwarz gefärbt. Eine schwarzhaarige Frau mit veilchenfarbigen Augen. Die Veilchenfarbe trat noch besonders hervor, weil sie ihre Wimpern täglich eine halbe Stunde lang schwarz und schwärzer und lang und länger tuschte und ihnen zum Abschluss mit einer neumodischen Wimpernzange einen runden Schwung verlieh. Ihre Lippen waren blutrot geschminkt, ihre Brüste kaum noch sichtbar, da sie sie abschnürte. Sie trug modische Hängekleider. Mit einem Busen hätte sie darin schwanger ausgesehen, und das wollte sie nun wirklich nicht.

Allein wenn Stella lachte, breit, ansteckend, hemmungslos, war sie unverkennbar sie selbst. Und sie lachte häufig, denn sie wusste, dass ihr Lachen die Männer verrückt machte – und ihr Hüftschwung und wie sie an ihrer Zigarettenspitze nuckelte. Im Augenblick allerdings war sie nicht so wahnsinnig daran interessiert, Männer verrückt zu machen, im Augenblick ging es ihr ausschließlich um Jonny Maukesch. Kapitän Jonny Maukesch! Sie musste ständig an ihn denken. Das war ihr noch nie passiert.

Dabei hatte sie am Anfang nur gedacht, dass er gut aussah und etwas Zwingendes hatte. Dass er eine gute Partie war, ließ sie völlig kalt. Sie hatte nicht im Geringsten das Gefühl, unter die Haube zu müssen. Im Gegensatz zu Vorkriegszeiten war eine unverheiratete Frau Mitte zwanzig nichts Besonderes. Auch dass sie keine Jungfrau mehr war, hatte die Männer, mit denen sie in den letzten Jahren zu tun gehabt hatte, nicht davon abgehalten, sie ihren Müttern vorstellen zu wollen, natürlich auch den Vätern, sofern die nicht im Krieg gefallen waren, und ihr einen Heiratsantrag zu machen. Stella hatte sich bemüht, keinen zu verletzen. Sie hatte gelacht, aber nicht verächtlich, sondern auf eine Weise, die den Männern gefiel: geschmeichelt, kokett, irgendwie die Männlichkeit ihres Gegenübers bestätigend. Aber sie hatte nie mit »Ja« geantwortet.

Nein, gelangweilt hatte sie sich während des Krieges nicht.

Stella hatte sozusagen ein Studium der Männer betrieben und war dabei völlig unversehrt geblieben. Keiner hatte sie verletzt. Keinem hatte sie sich ausgeliefert. Und wenn sie auch zahlreiche Erfahrungen im Bereich der körperlichen Liebe gesammelt hatte, so hatte sie sich doch keinem hingegeben.

Sie wusste jetzt, nach acht Jahren Studium, was Männer wollten, wie Männer dachten, wie Männer sich ausdrückten und was sie verschwiegen. Sie hatte gelernt, wie sie Männer in ihren Bann ziehen und wie sie Macht über sie ausüben konnte. Es war alles ganz anders, als es Mädchen ihrer Generation beigebracht worden war.

Es ging nämlich überhaupt nicht darum, lieb und nett zu sein. Ganz im Gegenteil. Man musste mal unglaublich lieb und sanft und zärtlich und aufmerksam sein und dann wieder wie ein Biest. Dann musste man Krallen zeigen, ihn nicht ranlassen, unerreichbar sein. Es gab Frauen wie sie, Frauen, die sich nicht einem Mann auslieferten, weil sie ihn liebten, die sich nicht schwängern ließen und im Lazarett noch heirateten, sondern Frauen, die sich gut kleideten, auch im Krieg zu essen hatten und ihre Talente pflegten, die sie von Männern unabhängig machten. Diese Frauen waren nicht schlechter als die anderen. Sie wussten nur, dass Liebe einen dicken Bauch, aber keinen vollen Magen macht. Sie wussten, dass es die Männer waren, über die man Bescheid wissen musste, um das eigene Talent durchzusetzen, denn Talent reichte nicht aus, um erfolgreich zu sein. Mit Talent allein überzeugte keine Frau einen einflussreichen Mann.

Stella hatte eine Schauspielerin, Sonja, kennengelernt, die ihr gesagt hatte, worauf es ankam. »Männer sind wie Luftballons«, hatte Sonja gesagt. »Wenn du draufdrückst, wenn du nach einem Engagement, nach Unterstützung oder gar nach ihrer Liebe jammerst und schreist, weichen sie zurück, weiter und weiter. Wenn du loslässt, kommen sie näher. Und wenn du mal drückst, mal loslässt, mal drückst, mal loslässt, geraten sie in Wallung. Dann kommen sie in Bewegung, dann werden sie verrückt. Alter Trick. Erst dann darfst du von einem Engagement sprechen. Andere Frauen fangen dann von Heirat an, Frauen wie wir sprechen von einem festen Vertrag. So und nicht anders musst du es machen!«

Stella hatte sich daran gehalten. Es hatte keinen gegeben, der ihr nicht verfallen war. Beinahe hätte sie sogar einen Schallplattenvertrag bekommen, aber das hatte sich zerschlagen.

Jetzt allerdings musste sie immer an Jonny Maukesch denken.

Er war weiß Gott nicht der erste Offizier, mit dem sie es zu tun hatte. Er war auch nicht der erste blauäugige schneidige Mann, der sich in den Schultern wiegte und strahlend blaue Augen hatte. O nein.

Aber, verdammt nochmal, er war der Erste, der sie interessierte. Und ausgerechnet er sollte unerreichbar sein? Das wollte sie nun wirklich nicht akzeptieren. Aber sie fühlte sich wie ein kleines, unerfahrenes Mädchen, wenn sie ihm begegnete. Sie verlor völlig die Kontrolle über die Situation und hatte nur noch das drängende Bedürfnis, von ihm geküsst zu werden.

»Dritter, du musst mir irgendwie helfen. Gib mir einen Rat!« Ihr Ton war schmeichelnd, in ihren Augen lag ungekünstelte Hilflosigkeit.

Dritter schlug ein Bein über das andere und zupfte die Bügelfalten gerade. »Du willst einen Rat?«, fragte er gedehnt. »Vergiss ihn! Ich verstehe überhaupt nicht, wieso du so verrückt nach ihm bist. Fritz hätte gesagt: Das ist ein verdammter Konterrevolutionär.«

»Ich versteh es auch nicht«, antwortete Stella mit einem gequälten Lächeln. Ihr kamen die Tränen. Fritz hätte in diesem Zusammenhang nicht erwähnt werden dürfen. Seit kurzem erst wusste sie, dass er ihr leiblicher Vater war, aber auch vorher hatte sie ihn wie einen Vater geliebt. Er war als aufrechter Revolutionär gestorben. Natürlich wäre er entsetzt gewesen über die Faszination, die Jonny Maukesch auf sie ausübte. Ja, aber er war tot. Wenn Fritz noch lebte, wäre sowieso alles anders, dachte sie traurig.

Als er die Tränen der Schwester sah, zog Dritter irritiert die Augenbrauen in die Höhe. So kannte er sie nicht. Er war kurz davor, ihr davon zu erzählen, was ihn belastete. Eckhardt hatte eine Vorladung zum Gericht bekommen. Eine Vaterschaftsklage. Dritter kannte die Frau. Gut. Zu gut. Er zückte sein silbernes Etui und bot seiner Schwester eine Zigarette an.

Lysbeth hatte in Hamburg ihre alte Leidenschaft neu entdeckt: Das Theater. Diese Stadt hatte so ein breites Angebot. In manchen Wochen ging Lysbeth viermal ins Theater. Da war das Schauspielhaus, das Thalia-Theater, das Altonaer Theater und neuerdings die Kammerspiele, in denen moderne expressionistische Stücke gezeigt wurden, die Lysbeth ganz besonders interessant fand. Oft wurde Lysbeth von Lydia Gaerber begleitet. Lydia kannte manche der Expressionisten persönlich, sie war überhaupt sehr informiert, was das moderne Kunstleben anging.

Lysbeth hatte aber auch kein Problem damit, allein ins Theater zu gehen. Früher hatten Eckhardt und sie sich gemeinsam für die Welt auf der Bühne begeistert, aber jetzt war er angeblich abends nach der langen und anstrengenden Bürotätigkeit zu müde. Viele Abende verbrachte er noch über den Büchern der Firma *Wolkenrath und Söhne,* da er für die Buchhaltung zuständig war. Seine Verlobte Cynthia las unglaublich viel. Sie empfand das Theater als zu einengend. »Wenn ich lese«, sagte sie, »kann meine Phantasie die Bilder schaffen, das Theater setzt sie mir immer schon vor.« »Meine Phantasie hingegen«, pflegte ihre Mutter Lydia auf diesen Ausspruch schnippisch zu entgegnen, »kann beides vertragen, die Bilder des Theaters und die Worte der Literatur.«

Lydia fand sich oft und gerne in der Feldstraße ein. Sie liebte es, mit Alexander Wolkenrath und seinen Söhnen zu plaudern. Vor allem aber liebte sie es, weg von ihrem Mann zu sein, der immer häufiger in eine trübsinnige Schweigsamkeit fiel.

Lysbeth fand Cynthia erschütternd langweilig, und ganz besonders ärgerte sie, dass sie eher aussahen wie Schwestern, als sie und Stella es taten. Beide waren sie groß, sehr schlank mit langen Gliedern, beide blond und beide irgendwie unscheinbar. Nicht hässlich, einfach so, dass Männer sie übersahen.

Lysbeth wusste nicht, dass sie durchaus etwas Besonderes ausstrahlte, etwas, das man erst auf den zweiten Blick entdeckte. In Lysbeths Innerem lagen Klarheit und Leidenschaft. Eine Tiefe, die ihr Glanz verlieh. Ihr Leben, das innere wie das äußere, war erfüllt von Gedanken, Gefühlen, von Bildern und Träumen, von Geheimnissen, die niemanden etwas angingen, und von Liebe. Und vom Feuer der Leidenschaft. Ihre Liebe gehörte vor allen anderen der kleinen Angelina, ihre Leidenschaft galt der Medizin.

Lysbeth liebte ihre Nichte Angelina mit der ganzen Kraft ihres

Wesens. Angelina war jetzt fast zehn Jahre alt, ein kluges, manchmal freches, sehr lebhaftes Mädchen, das zu Lysbeth eine innigere Bindung hatte als zu ihrer Adoptivmutter, von der sie bis jetzt nicht einmal wusste, dass sie nicht ihre leibliche Mutter war. Und Stella ahnte nichts von Lysbeths Beziehung zu ihrer Tochter.

Seit sie in Hamburg wohnten, fuhr Lysbeth einmal monatlich zu ihrer alten Tante nach Laubegast bei Dresden. Dass sie bei diesen Gelegenheiten auch Angelina besuchte, die auf einem Bauernhof in der Nähe lebte, wusste niemand außer Käthe, die sich regelmäßig danach erkundigte, wie es ihrer Enkelin ging.

Ja, Lysbeths Liebe gehörte Angelina, ihre Leidenschaft der Kunst und der Medizin. Während des Krieges hatte sie im Krankenhaus viel gelernt. Sie hatte festgestellt, dass ihr bei Blut und Eiter und Schmerzensschreien nicht übel wurde. Sie war ganz allein von dem Willen beseelt, Leben zu retten, und zwar so zu retten, dass es möglichst unbeschadet blieb. Natürlich wurde in Kriegszeiten die Chirurgie nicht gerade elegant betrieben. Es wurde eher zu viel abgeschnitten als zu wenig, aber dennoch hatte Lysbeth gelernt, den Unterschied zwischen einem Schlachter und einem Arzt mit Ehre im Leib zu beurteilen.

Sie wünschte sich nichts mehr, als Medizin zu studieren. Ärztin zu werden, das war ihre geheime Sehnsucht. Aber sie hatte nicht einmal Abitur gemacht. Und in ihrer Familie hatte noch nie jemand studiert. Sie behielt ihre Sehnsucht für sich. Vielleicht loderte sie deshalb so besonders hell.

Wen wunderte es da, dass ihr das Frausein eher als Last schien denn als ein Schatz, den sie pflegte, damit sie für ihre weiblichen Reize möglichst viel eintauschen konnte, solange sie noch einen Tauschwert bedeuteten.

Einmal hatte sie sich während des Krieges in einen Arzt verliebt. Aber er war verheiratet und hatte zwei Kinder. Sie hatte ständig versucht, gleiche Dienste wie er zu bekommen, doch als er sie dann einmal nachts küsste, musste sie feststellen, dass ihr das unangenehm war. Verliebt war sie in den Arzt, nicht in den Mann. Sie war besessen von seinen feinen Chirurgenhänden, doch nicht, weil sie von ihm berührt werden wollte, sondern weil sie in der Lage sein wollte, so zu operieren wie er.

Eigentlich interessierte Lysbeth sich nicht für Männer. Sie war siebenundzwanzig Jahre alt, eine alte Jungfer. Wirklich Jungfer. Mit Häutchen und allem. Aber darauf war sie nun wirklich nicht stolz. Ganz im Gegenteil, sie hatte sich während des Krieges sogar manchmal wirklich verliebt, in den einen oder anderen der Soldaten, die in den Krankenhäusern, in denen sie aushalf, betreut wurden, da sie mit ihren Armstümpfen oder gänzlich ohne Beine mehr Hilfe brauchten als diejenigen, die durch einen Splitter im Kopf den Verstand ganz oder beinahe verloren hatten wie ihr Bruder Eckardt.

Leider waren alle, in die sie sich verliebt hatte, gestorben. Wundbrand, Lungenentzündung oder einfach Mutlosigkeit. Lebensunlust. Lysbeth hatte es aufgegeben, sich zu verlieben. Sie hatte sich damit abgefunden, als alte Jungfer zu sterben. So schlimm war das nun wahrhaftig nicht!

Auf Eckhardts und Cynthias Verlobungsfeier hatte Lysbeth sehr hübsch ausgesehen, das wusste sie. Und sie hatte mit Graf von Schnell getanzt. Der Graf war überraschend interessiert an ihr gewesen. Und es war ihm gelungen, sich für Lysbeth interessant zu machen. Der junge Mann, ja, er schien ihr jung, jünger als sie selbst, war einfach nicht von ihrer Seite gewichen. Neuerdings besuchte er oft Lysbeths Brüder in der Feldstraße, und wenn sie zu mehreren ausgingen, wirkte es fast, als wäre Lysbeth für ihn Luft. Sie war schon lange zu dem Schluss gekommen, dass Graf von Schnell sich dafür schämte, auf der Verlobung zu viel mit ihr getanzt zu haben. Sie hatte schon überlegt, ihm einfach zu sagen, er solle sich nichts draus machen und sich ihr gegenüber doch ganz natürlich verhalten. Andererseits wollte sie ihn mit so einem Satz nicht in Verlegenheit bringen. Er war ihr längst genauso wichtig oder unwichtig geworden wie alle anderen Männer.

Wie perplex war sie deshalb, als sie von einem Theaterbesuch nach Hause kam und Maximilian von Schnell mit hochrotem Kopf aufsprang, als sie in den Salon trat, wo er mit Käthe bei einer Tasse Tee saß. Mit zackiger Verbeugung und glänzenden Augen begrüßte er Lysbeth.

»Herr von Schnell ist überraschend vorbeigekommen«, half Käthe den beiden aus der Verlegenheit. »Er hat uns einen kleinen Besuch abgestattet, ist das nicht reizend?«

Lysbeth zog ihre Handschuhe aus und nahm ihren Hut ab. »Ja, ganz reizend«, sagte sie, mit ihren Gedanken immer noch bei dem Stück, das sie gesehen hatte, *Die Maschinenstürmer* von Ernst Toller, ein eigenartiges modernes Drama.

Käthe, die aus Erfahrung wusste, dass Lysbeth jetzt ganz in Gedanken versunken aus dem Salon in die Küche verschwinden, sich einen Tee zubereiten würde und den Besuch vergessen hätte, noch bevor sie im Mädchen-Schlafzimmer angekommen wäre, sagte schnell: »Stell dir vor, Lysbeth, Herr von Schnell hat so interessant davon erzählt, wo er überall auf der Welt schon gewesen ist.« Dabei schenkte sie Lysbeth aus der feinen Teekanne in die dazu passende Tasse etwas von dem dampfenden Apfelschalentee.

Lysbeth musterte den Gast über die Tasse hinweg. Ja, sie hatten sehr schön miteinander getanzt. Sie erinnerte sie sich jetzt wieder an das angenehme Gefühl, als sein Atem ihren Nacken berührte und seine Hand auf ihrem Rücken lag. Doch das war zehn Monate her. Danach waren sie unzählige Male in der Gruppe mit ihren Geschwistern und Jonny Maukesch und seiner Verlobten ausgegangen. Er hatte mit ihrer Schwester getanzt, mit Cynthia, mit Leni, aber nie mit ihr. Einmal hatten sie sich wieder längere Zeit unterhalten. Da hatte er von Afrika erzählt, wo er vor dem Krieg häufig in den deutschen Kolonien gewesen war. Doch auch dieses Gespräch war schon Wochen her.

Sie sah ihn an. Er sah so jung aus. Und so unbeschadet durch den Krieg. Wie alt mochte er sein? »Wie alt sind Sie?«, fragte sie ihn geradeheraus. Sie hatte sich während der Jahre im Krankenhaus einen direkten, etwas schroffen Ton angewöhnt. Es hatte keine Zeit gegeben für Schnörkel und Süßholzraspeln.

Er guckte erstaunt, dann brach er in lautes Lachen aus. »Wissen Sie, gnädige Frau«, sagte er an Käthe gewandt, »ich sagte Ihnen bereits, dass ich immer an Ihre Tochter denken muss. Und ich bin jetzt überzeugt: Es ist diese frische, direkte Art, die mich anzieht. Einfach erfrischend.«

Wenn du dich da mal nicht irrst, dachte Käthe. Lysbeth hatte manchmal etwas Direktes, so war es wohl, oder es klang so, weil sie einfach fragte, wenn sie etwas wissen wollte. Ansonsten aber war Lysbeth so verschlossen und in sich gekehrt wie keines ihrer übrigen Kinder.

Über all ihre Kinder wusste Käthe recht gut Bescheid. Sie wusste, dass Dritter ein Filou war, sie wusste, dass Eckhardt sich eigentlich aus Frauen nichts machte, und sie wusste, dass Johann von einem schlimmen Minderwertigkeitskomplex geplagt war. Sie wollte gar nicht so genau wissen, was Stella mit Männern anstellte. Aber sie hatte keine Ahnung, was eigentlich in Lysbeth vor sich ging.

»Ich dachte, man dürfe nur eine Frau nicht nach dem Alter fragen«, bemerkte da Lysbeth mit einem charmanten Lächeln, das Käthe völlig überraschte.

»Ich bin 1894 am 13. Juni geboren«, antwortete Maximilian von Schnell, und Mutter wie Tochter gaben ein lautes Geräusch des Erstaunens von sich. Er schüttelte den Kopf, sein Blick wanderte von Käthe zu Lysbeth. Was habe ich falsch gemacht?, fragte der Blick.

»Da bin ich auch geboren«, erklärte Lysbeth schlicht. Sie dachte nach. »Ich bin müde«, sagte sie. »Ich gehe jetzt ins Bett. Es tut mir leid, ich hätte mich gern länger mit Ihnen unterhalten. Auf Wiedersehen!«

Sie reichte ihm die Hand. Er erhob sich und hauchte mit tiefer Verbeugung einen zarten Kuss über ihren Handrücken. »Auf Wiedersehen, Fräulein Wolkenrath!«, sagte er mit belegter Stimme. Als sie die Tür erreicht hatte, räusperte er sich. Sie drehte sich zu ihm um. Er stand da wie angenagelt. »Ich würde Sie gern zum Tanz einladen! Am Sonntag zum Tanztee ins *Atlantik*. Wären Sie einverstanden? Nur Sie und ich.«

Na endlich, dachte Käthe. Lysbeth nickte. »Ja, mit Vergnügen.«

»Ich hole Sie um drei Uhr ab. Einverstanden?« Er blickte sich nach Käthe um. Die nickte zustimmend.

3

Zum Jahreswechsel 1921/22 mussten die Wolkenraths sich entscheiden, wohin sie gehen wollten. Sie hatten zwei Einladungen erhalten. Eine von den Gaerbers, die wie jedes Jahr ein Silvestermenü für eine erlesene Schar von Gästen planten. Die andere von Leni. Ihre Eltern wollten ein großes Fest feiern, das vor allem für ihre Tochter und ihren Schwiegersohn in spe sein sollte.

Cynthia hatte etwas nörgelnd erklärt, dass Anna jedes Jahr das gleiche Menü bereite: vorweg eine klare Suppe, danach Fasan, Klöße, Rotkohl und als Nachspeise Schwarzwälder Kirschtorte.

Leni hatte gesagt, dass ihre Eltern ein letztes Mal, bevor Leni ausziehen, ihren eigenen Hausstand gründen und die ehrbare Ehefrau eines Kapitäns abgeben würde, ein ausgelassenes Fest mit vielen jungen Leuten feiern wollten. Es sollte Kartoffelsalat, Frikadellen und Würstchen geben, dazu eine Bowle, und nachts würden Berliner mit Marmeladenfüllung angeboten. Alles mit wenig Aufwand. Als einzigen Luxus hatten sie eine kleine Gruppe arbeitsloser Musiker engagiert, die mit Gitarre, Akkordeon und Geige zum Tanz aufspielen sollten.

Es war keine leichte Entscheidung. Stella, an der es nagte, dass Leni und Jonny Maukesch ihre Hochzeit auf den 2. April festgelegt hatten – den ersten hatten sie vermieden, um deutlich zu machen, dass ihre Ehe kein Aprilscherz sein sollte –, plädierte dafür, zu den Gaerbers zu gehen. Am liebsten wollte sie dem Kapitän Maukesch nie mehr begegnen.

Lysbeth und Maximilian von Schnell waren seit dem Tanztee im *Atlantik* ein öffentlich anerkanntes Pärchen. Sie liebte es, mit ihm zu tanzen, mochte gerne mit ihm reden, und sie fand ihn sogar für einen Offizier erstaunlich liberal in manchen seiner Ansichten, zum Beispiel, was die Berufstätigkeit von Frauen betraf, die er durchaus begrüßte. Maximilian war Jonny Maukeschs Freund, deshalb würden sie selbstverständlich bei Leni feiern.

Käthe und Alexander nahmen die Einladung der Gaerbers mit Vergnügen an.

Eckhardt hatte verkündet, er wolle überall feiern, wo Dritter nicht sei. Es hatte einen Riesenkrach zwischen den Brüdern gegeben. Anfang Dezember hatte Eckhardt vor Gericht erscheinen müssen, weil eine gewisse Germute von Müller eine Vaterschaftsklage gegen ihn angestrengt hatte. Bei der Gegenüberstellung waren sowohl Eckhardt als auch die junge Mutter perplex gewesen. Sie kannten einander tatsächlich. Und zwar hatten sie sich bei einem Tanztee im *Ballhaus Trichter* auf St. Pauli gesehen. Sie hatten allerdings nicht ein einziges Mal miteinander getanzt. Eckhardt hatte die ansehnliche junge Frau mit den großen Brüsten und der schmalen Taille in den Armen seines Bruders beobachtet, ohne jeden Neid – er mochte keine großen Brüste.

Eckhardt hatte sich noch nie in seinem Leben so beschämt gefühlt wie vor dem Richter, der sich viel Mühe gegeben hatte, die ganze Geschichte zu verstehen. Zu guter Letzt hatte er für die Sache »von Müller gegen Wolkenrath« einen neuen Termin anberaumt, nun mit Alexander Wolkenrath als Beklagtem.

»Wie dumm und dazu unmoralisch bist du eigentlich!«, hatte Eckhardt seinen Bruder angebrüllt, sobald er ihn nach dem Prozess zu Gesicht bekommen hatte. Das allererste Mal in seinem Leben war er von Wut so überflutet, dass er schrie, bis seine Stimme sich überschlug. Er hätte am liebsten auf Dritter losgeprügelt, mitten in sein hübsches Gesicht, aber so viel Kontrolle besaß er noch, dass er davor zurückscheute.

Dritter hatte sich alle möglichen Entschuldigungen ausgedacht, die Eckhardt noch rasender gemacht hatten.

»Ich hab gar nicht gesagt, dass ich Eckhardt heiße, ich habe wahrscheinlich gesagt, mein Bruder heißt Eckhardt, und sie hat es falsch verstanden.«

»Wir waren nur eine einzige Nacht zusammen, die war keine Jungfrau mehr, das Luder sucht nur einen Dummen.«

»Sie hat gesagt, sie ist verlobt, aber ihr Verlobter ist ein Langeweiler. Bestimmt hat sie am nächsten Tag mit dem geschlafen, von dem ein Kind gekriegt, und dann hat er sie verlassen, jetzt will sie mir die Chose anhängen.«

Eckhardt hatte immer wieder nur: »Du lügst! Du lügst! Du verdammter Lügner!«, brüllen können, bis Dritter sich schließlich abgewendet hatte. »Wer schreit, hat unrecht!« Dann war er gegangen. Eckhardt stand mit geballten Fäusten und hängenden Armen da. Er hasste seinen Bruder.

Natürlich war Dritter Alexander zur Zahlung von Alimenten verurteilt worden. Natürlich wollte er sich dem entziehen.

Er hatte Eckhardt das Versprechen abgenommen, der Mutter nichts von dem Prozess zu erzählen. Eckhardt hatte als Gegenleistung gefordert, dass Dritter niemals mehr im Leben seinen Namen irgendwie in den Dreck ziehen werde. Dritter hatte feierlich, aber mit spöttisch verzogenen Mundwinkeln »auf seine Ehre« geschworen. Eckhardt wusste, wie wenig solch ein Schwur wert war, aber ihm fiel nichts ein, das Dritter mehr bedeutete. Und auf das Leben seiner Schwester Stella wollte er ihn nicht schwören lassen.

Den Ausschlag für die Silvesterfeier gab Lydia Gaerber. Sie sagte zu ihrer Tochter: »Wenn ich du wäre, würde ich nicht zu Hause bleiben. Hier wird es entsetzlich langweilig. Es kommen die alten Honoratioren, es wird politisiert und über die den Bach hinuntergehende deutsche

Wirtschaft räsoniert. Wenn ich könnte, würde ich mit euch tanzen gehen!«

Cynthia graute es vor den politischen Diskussionen, die seit einiger Zeit in ihrem Elternhaus wieder ständig geführt wurden. Die Reichsbank hatte die Reparationszahlungen in Goldmark leisten müssen. Um den inländischen Verpflichtungen nachzukommen, hatte sie Geld gedruckt, das nicht gedeckt war und dem kein Warenangebot gegenüberstand. Das hatte zu einem Desaster der Geldentwertung geführt. Als man merkte, in welchem Tempo das Geld an Wert verlor, war es bereits zu spät. So hatte sich der Kurs der Mark seit 1914, also vor dem Krieg, wo ein Dollar 4,20 Mark wert gewesen war, bis Ende 1921 auf 188 Mark, also auf das Vierzigfache, erhöht.

Keiner wusste, dass Karl-Wilhelm Gaerber, als er den Krieg nahen sah, seine Fabrik verkleinert und ein Guthaben auf der Bank angelegt hatte, das er in Friedenszeiten wieder in seine Fabrik stecken wollte. Dieses Vermögen schmolz seit Kriegsende tagtäglich. Es war noch nicht armutsbedrohlich. Er hatte immer noch sein Auskommen. Sie hatten das Haus und genug zu essen, aber er fühlte sich wie ein jämmerlicher Versager, der dabei war, das von seinem Vater Erarbeitete zu verspielen. Täglich verfolgte er die Inflationsrate bang in die Zeitungen, und täglich wuchs seine Angst. Er schämte sich entsetzlich wegen seiner unternehmerischen Inkompetenz, wusste er doch auch, dass viele der Hamburger Unternehmer aus der jetzigen Situation sogar Profit schlugen, indem sie mit der täglichen Geldentwertung spekulierten. Davor empfand er aber geradezu Panik. Nachher würde er auch alles andere noch verlieren. Der Gedanke war ihm unerträglich. Also starrte er auf den fallenden Geldwert und war wie gelähmt.

Cynthia fand die Gespräche über Geschäfte, Geld und die rote Gefahr furchtbar langweilig. Also sagte sie kurzerhand zu Eckhardt: »Ich will bei Leni feiern. Das ist meine Freundin. Nächstes Jahr heiratet sie. Dann bekommt sie ein Kind. Dann ist Schluss mit Feiern.« Das klang nörgelig, ein Ton, den Cynthia in der letzten Zeit häufig anschlug. Eckhardt wusste auch, warum. Jonny Maukesch hatte getan, was ein anständiger Mann tut: Er hatte um Lenis Hand angehalten. Cynthia fragte sich natürlich, wann Eckhardt dem endlich nacheifern würde.

So entstand Silvester die eigenartige Konstellation, dass Käthe und

Alexander mit ihrem Sohn Dritter bei den Gaerbers feierten, Cynthia Gaerber, Eckhardt und Lysbeth hingegen bei Leni. Stella hielt sich die Entscheidung bis zum letzten Augenblick offen. Johann sagte geheimnisvoll, er werde »woanders« hingehen.

»Stell sie uns doch endlich mal vor, dat Sophie!«, witzelte Dritter, worauf Johann wieder geheimnisvoll antwortete: »Ja, sehr bald!«

Was keiner wusste, war, dass Sophie, das Mädchen aus dem Ruhrpott, Tochter eines Bergarbeiters, das in Hamburg im Schlachthof arbeitete, im dritten Monat schwanger war und Johann und Sophie so schnell wie möglich heiraten wollten. Sophie hatte Johann schon ihrer großen Familie vorgestellt. Acht Geschwister und die Mutter waren nach Hamburg gekommen, um Johann kennenzulernen. Ihr Vater war im Krieg gefallen. Nun drängte Sophie darauf, auch in die Familie Wolkenrath eingeführt zu werden, aber Johann scheute davor zurück. Wenn er die kleine dralle Sophie mit den Augen seiner Geschwister anschaute, konnte er förmlich die spöttischen oder geradeheraus verächtlichen Bemerkungen über sie hören. Am meisten Angst allerdings hatte er davor, dass Sophie sich in Dritter verknallen könnte.

Was auch keiner wusste, war, dass Johann Silvester mit seinen neuen Freunden feiern wollte, den Männern, die für ein neues, sauberes Deutschland zu sterben bereit waren.

Erst im allerletzten Augenblick, am Morgen des 31. Dezember, entschloss sich Stella, mit zu Leni zu gehen. Vor allem, weil sie nicht ohne Lysbeth sein wollte. Vom Aufstehen an fühlte sie sich seltsam schwach und traurig. Seit sie denken konnte, hatte sie keine Silvesternacht ohne Lysbeth verbracht. Sie war ungewöhnlich anhänglich und trostbedürftig. »Große Schwester«, sagte sie. »Heute musst du ein bisschen auf mich aufpassen, sonst weine ich nachher noch.«

Im Laufe des Tages nahmen ihre Schönheitsvorbereitungen sie vollauf in Anspruch. Als sie endlich fertig waren, stieß Dritter einen anerkennenden Pfiff aus. »Ihr solltet Leni nicht so in den Schatten stellen«, rügte er sie ironisch. »Sonst läuft ihr nachher noch der gute Kapitän davon.« Er blinzelte Stella zu, die so tat, als bemerke sie das nicht.

Voll staunender Begeisterung begutachtete er seine Schwester Lysbeth. Sie sah aber auch hinreißend aus. Sie trug ein Abendkleid aus smaragdgrüner Seide, ein Hängerchen, das an der Hüfte mit einer großen silbernen Brosche gerafft war. Es hatte schmale, mit silbernen Paspeln verzierte Schulterbänder. Um ihren Kopf trug sie ein ebenso verziertes grünsilbernes Band, von dem einige Perlen in ihre Stirn fielen. Sie verkörperte perfekt das herrschende Frauenideal: Sie sah aus wie ein Knabe, der wie eine Frau aussah. Ihre hellen Wimpern hatte sie schwarz getuscht, ihr hellblauen Augen schillerten wie die einer Katze.

»Man kann Max beneiden!«, sagte Dritter und strich seiner Schwester über den nackten Arm. Sie bekam eine Gänsehaut und schlug ihm auf die Finger. »Lass das!«

Stella entsprach trotz Bubikopf nicht dem augenblicklichen Schönheitsideal. Sie war einfach viel zu weiblich, selbst abgeschnürt waren ihre Brüste noch sichtbar, und da die Hänger ihre schmale Taille unsichtbar machten, hingegen ihre runden Hüften betonten, wirkte sie stämmiger und rundlicher, als sie eigentlich war. Sie fand sich abscheulich, hatte den ganzen Nachmittag ein Kleid nach dem andern anprobiert, bis sie schließlich ein schlichtes aus tomatenrotem Stoff gewählt hatte. Der Stoff war so zart, dass er ihre Figur wie ein Nachthemd umschmeichelte, sodass ihre Formen sichtbar wurden. Sie entschloss sich kurzerhand, ihre Brüste heute nicht abzubinden. Sie legte keinen Gürtel um die Hüfte, keinen Schmuck an, kein Haarband. »Jeder muss nutzen, was er hat«, sagte sie kategorisch. »Und ich habe Busen und Hintern.« Sie schminkte ihre Lippen im gleichen Rot wie das Kleid und zog Schuhe mit sehr hohen Absätzen an. Im Gegensatz zu der großen Lysbeth konnte sie sich das leisten. Sie bürstete die schwarzen Haare, bis sie glänzten. »Fertig ist der Lack«, sagte sie und posierte vor ihrem Bruder. »Na ja«, bemerkte er gedehnt. »Lysbeth ist eleganter als du.« Er schlug ihr lachend auf den Hintern. »Du siehst ziemlich nackt aus.« Sie wirbelte herum und schlug sofort auf seinen Hintern zurück. »Und du solltest aufpassen, dass die Dame des Hauses dir heute nicht dahin greift. Sie guckt nämlich immer ziemlich lüstern hinter dir her.«

»Stella, hör auf«, forderte Lysbeth streng. »Ich will nicht, dass du so über Lydia redest. Lydia ist eine Dame, du bist ein Gänschen.«

»Auch Damen können lüstern sein«, kicherte Stella und sah ihren Bruder beifallheischend an. »Oder?« Dritter grinste geheimnisvoll. »Ein Kavalier genießt und schweigt.«

Leni wohnte in der Kippingstraße, ein winziges kopfsteingepflastertes Sträßchen, das zwischen Bundesstraße und Kielortallee lag. Hier standen rechts und links in Reihen wunderschöne Häuser, die um die Jahrhundertwende für die Offiziere der Kaserne in der Bundesstraße gebaut worden waren. Leni wohnte leider auf der Nordseite, wo die Häuser etwas schlichter gestaltet waren.

Die Feier fand in den beiden durchgehenden großen Zimmern in der Beletage statt. Der Salon mit dem Fenster zur Straße war gemütlich eingerichtet mit einem plüschigen roten Samtsofa und zwei Sesseln, in denen man versank. Das Esszimmer nach hinten hinaus war für den heutigen Anlass leer geräumt worden, damit getanzt werden konnte. An der Wand stand ein langer Tisch mit den Speisen.

Lenis Mutter hatte Häppchen mit Käse oder gekochtem Ei und Anchovis, mit Schinken und saurer Gurke belegt. Außerdem gab es wie angekündigt Kartoffelsalat mit Frikadellen und Würstchen.

Außer den drei Wolkenraths und Cynthia waren noch sieben andere junge Leute erschienen, zu denen auch Maximilian gehörte. Alle kannten sich irgendwie untereinander, und als die Musik einsetzte, wurde bald ausgelassen getanzt.

Irgendwann, als die drei Musiker ihre erste Pause machten, ging Stella zu ihnen und sagte: »Ich bin Sängerin. Ich hab Lust, ein bisschen was mit euch zusammen zu machen!« Die drei waren sofort Feuer und Flamme. Sie glichen ihr Repertoire ab und einigten sich auf fünf Titel: *Die Männer sind alle Verbrecher; Johnny, wenn du Geburtstag hast; Du sollst der Kaiser meiner Seele sein; Ganz ohne Weiber geht die Chose nicht* und *Ach Jott, wat sind die Männer dumm.*

Nach kurzer Pause griffen die Musiker nach ihren Instrumenten; diesmal war Stella die Sängerin. Wieder einmal stellte sie ihr schauspielerisches Talent unter Beweis. Im Nu hatte sie alle in ihren Bann gezogen. Sie sang mit Ausdruck und Charme, und sie sang Jonny Maukesch nicht nur bei dem Johnny-Lied an, im Grunde sang sie nur für ihn. Dabei veralberte sie sich selbst und brachte ihn dadurch nur wenig in Verlegenheit.

Als Stella mit dem Lied *Ach jott, wat sind die Männer dumm* geendet hatte, brach begeisterter Applaus und lauter Jubel los. Leni sagte leise ironisch zu ihrem Verlobten: »Der jungen Wolkenrath hast du es aber angetan, mein Lieber!« Jonny sah sie ehrlich verblüfft an. »Angetan? Ich? Ach komm, das bildest du dir ein!« Er lachte. »Es würde mir schmeicheln!« Die beiden waren seit fast zwei Jahren verlobt. Sie gingen sehr vertraut miteinander um. »Sie ist meine beste Kameradin«, sagte Jonny von Leni, und sie sagte: »Er ist mein bester Freund.«

Nach ihrer Gesangseinlage wurde Stella von seltsamen Stimmungsschwankungen geschüttelt. Zuerst flog sie als wilde Tänzerin von einem zum andern. Danach flirtete sie mit einem der jungen Männer, Severin, der ihr wie ein Schlafwandler folgte, wohin sie auch ging. Dann sprach sie, die Hände gesittet im Schoß gefaltet, mit den einzigen älteren Gästen der Feier, den Nachbarn, die auf der gegenüberliegenden Seite der Kippingstraße wohnten.

Deren Haus war größer und schöner als das von Lenis Eltern. Es lag nicht nur auf der Sonnenseite, es hatte auch nach vorne hinaus zwei verglaste Veranden, eine im Hochparterre, die aussah, als wäre sie so groß wie ein kleines Zimmer, eine kleinere, wie ein verglaster schmaler Balkon im ersten Stock. Oft schon war Stella davor stehen geblieben und hatte sich gewünscht, einmal in einem solchen Haus zu wohnen.

»Ihr Haus besitzt eine magische Wirkung auf mich«, erzählte sie dem Paar, das hoch in den Fünfzigern sein mochte. Die dickliche Frau lächelte geschmeichelt. »Eigentlich wollen wir ausziehen«, sagte sie. »Wir haben keine Kinder, das Haus ist zu groß für uns, und mein Mann will sich auch aus dem Dienst zurückziehen.«

»Ja, jetzt sollen die Jungen ran«, nuschelte der grauhaarige Mann, der in Uniform erschienen war.

Durch Stella ging ein Ruck. Einen Augenblick lang brannte sie vor Verlangen, dieses Haus zu besitzen. Sie dachte an das Gold in der Urne der Mutter. Gier glitzerte in ihren Augen. Dann war es wieder vorbei.

»Wollen Sie das Haus verkaufen oder vermieten?«, fragte sie höflich.

»Wir wollen es verkaufen«, antwortete der Mann. Stella betrachtete die vielen Orden auf seiner Uniform, überlegte, ob sie sich diese erklären lassen sollte, nahm dann aber Abstand davon, denn plötzlich wurde sie müde vor Langeweile in der Gegenwart der beiden. Trotzdem hörte sie höflich zu, als die Frau erklärte, dass man in den augenblicklichen Zeiten der täglichen Geldentwertung äußerst vorsichtig damit sein müsse, Besitz zu verkaufen. »Haus und Grund sind feste Werte«, stimmte ihr Mann zu. Er schob das Kinn energisch vor, als wolle er seinen Worten Nachdruck verleihen. Stella schickte einen hilfesuchenden Blick zu Severin, der sofort verstand.

»Darf ich bitten?«, stand er schon vor ihr. Sie bedankte sich mit einem liebenswerten Lächeln bei den älteren Leuten und hüpfte hinter Severin her. Ihre Füße wollten sich bewegen, ihre Hüften wollten schwingen.

Nach ein paar Tänzen lehnte sie neben Severin an der Wand und beobachtete kühl und fast angewidert das Treiben. Er versuchte noch eine Weile, mit seiner Stimme die Musik zu übertönen, schwieg dann aber wie sie.

In diesem Moment fand sie sogar an dem wundervollen Stuck an der Decke und an den vielen im Zimmer verteilten Blumen nichts als Missfallen. Wie in einem Schloss sieht es hier aus, dachte sie abfällig. Die Eltern von Leni machen aber auch ein Wesen von ihr, als wäre sie eine Königin, dabei ist sie nichts als eine Lehrerin, und sie sieht nicht einmal besonders gut aus.

Natürlich kann sie nichts dafür, dass sie in den Hüften etwas breit geraten ist im Vergleich zu ihrem schmalen Oberkörper, dachte Stella reumütig. Auch dass ihre Nase nach vorne hin etwas abfällt, als hätte sie einen Schlag drauf gekriegt, ist selbstverständlich nicht ihr Verschulden. Trotzig erlaubte sie sich offene Kritik an Leni: Dass sie in diesem Haus herumstolziert, als wäre sie etwas Besonderes, das ist eindeutig ein sehr peinlicher Auftritt.

Jonny Maukesch hatte noch keinen einzigen Tanz mit Stella gemacht. Er hatte zwar auch nur einen einzigen Walzer mit seiner Braut getanzt und sonst mit keiner anderen Frau, nicht einmal mit seiner Schwiegermutter in spe, was doch der Anstand gefordert hätte. Aber das minderte nicht Stellas Unzufriedenheit. Alle Männer wollten mit ihr tanzen! Wieso ausgerechnet Jonny nicht? Schlecht gelaunt summte sie vor sich hin: »Johnny, wenn du Geburtstag hast, dann singe ich für dich, die ganze Na-acht, Johnny …«

»Ich nehme Sie beim Wort, Fräulein Wolkenrath.«

Stella war kurz überrascht, sie hatte nicht gemerkt, wie er näher gekommen war. Dann hatte sie sich wieder gefangen. Sie lächelte ihn offen an. »Ich hoffe das sehr … Jonny!« Ohne seine Aufforderung abzuwarten, schlang sie einen Arm um seine Schulter, bis ihre Fingerspitzen fast seinen Nacken berührten, und legte ihre rechte Hand wie selbstverständlich in seine linke. Jonny Maukesch, überrascht, war viel zu sehr Kavalier, um ihr jetzt einen Korb zu geben. »Sagen Sie bloß nicht, Sie können nicht tanzen«, gurrte Stella. »Kommen Sie, es geht ganz einfach, ich zeige es Ihnen.«

Zu seinem Glück wurde gerade ein langsamer Walzer gespielt, und Jonny konnte nichts falsch machen, wenn er einfach auf der Stelle von einem Fuß auf den anderen tappte, bis Stella ihm mit leichtem Druck ihrer linken Hand zu verstehen gab, auf welchem Takt er einen großen wiegenden Schritt nach vorn machen sollte. Stellas Gesichts glühte vor Eifer, und bald machte es auch Jonny Maukesch sichtlich Spaß.

Als der Tanz endete, ließ Stella ihn nicht los. »Sehen Sie«, sagte sie, »es geht ganz einfach. Sie machen das wundervoll. Aber jetzt dürfen Sie nicht aufhören. Es ist wie beim Reitenlernen. Man muss so lange auf dem Pferd bleiben, bis man dessen Rhythmus in den eigenen Körper übernommen hat. Bis man mit dem Pferd verschmolzen ist.«

Der nächste langsame Walzer begann. Stella hob ihr Gesicht und blickte Jonny Maukesch tief in die Augen. Ihre Schenkel bewegten die seinen. Er verhaspelte sich leicht mit den Füßen, aber dann fand er den Rhythmus, und bald bewegten sie sich wie ein Körper.

Sie brachte ihm noch Charleston bei, den neuen Tanz, und dann drehten sie sich selig im Raum zu Walzerklängen. »Fräulein Wolkenrath«, sagte Jonny Maukesch außer Atem, »ich hätte nie gedacht, dass mir das Tanzen so viel Spaß machen könnte.« Da stand Leni neben den beiden und klatschte in die Hände. »Ich habe die älteren Anrechte«, sagte sie lachend, aber Stella bemerkte sehr wohl, dass nur ihr Mund lachte, in ihren Augen funkelte Mordlust.

»Du kriegst ihn besser zurück, als du ihn weggegeben hast«, sagte sie fröhlich, »von nun an ist er ein Tänzer.« Nach einem angedeuteten Ballettknicks entfernte sie sich hüpfend.

Zu Mitternacht erhoben sich alle, die Männer salutierten, die Frauen standen kerzengerade, und sangen das Deutschlandlied von Hoffmann von Fallersleben.

Früher war bei solchen Anlässen *Heil dir im Siegerkranz* gesungen worden, das hörte aber schlagartig mit dem Krieg auf. Dieses Lied teilte sich die Melodie mit der englischen Königshymne – eine Schande für einen Deutschen, der die Engländer hasste. Seitdem erklang Fallerslebens Hymne, eigentlich ein Trinklied: »Deutsche Frauen, deutsche

Treue, deutscher Wein und deutscher Sang« hieß es in der zweiten Strophe. Aber seit die Alliierten Siegermächte 1918 versucht hatten, das Lied zu verbieten, hielten die national Gesinnten umso verbissener daran fest.

Im Jahr 1921 war nun eine vierte Strophe hinzugekommen, die den Salon in der Kippingstraße mit Inbrunst und Schmerz erfüllte.

Deutschland, Deutschland über alles
Und im Unglück nun erst recht.
Nur im Unglück kann die Liebe
zeigen, ob sie stark und echt.
Und so soll es weiterklingen
von Geschlechte zu Geschlecht:
Deutschland, Deutschland über alles
Und im Unglück nun erst recht.

Stellas schöne Altstimme fehlte zwar nicht, aber sie sang mit sehr gemischten Gefühlen. Der Ausdruck der Ergriffenheit auf den Gesichtern ekelte sie an. Sie kannte diese Situation, hatte sie während des Krieges häufig genug erlebt. Da gab es diese schwärmerische Begeisterung auf den Gesichtern, wenn das Deutschlandlied gesungen wurde. Auch da hatte Stella Widerwillen bis hin zu Ekel empfunden. Sie hatte an zerfetzte Leiber gedacht und an Tausende von Gefallenen. Sie hatte daran gedacht, was Fritz über den Krieg sagte und wie der Großvater das Gemetzel verabscheute.

Auch jetzt betrachtete sie mit Widerwillen den militärischen Schneid der durchweg uniformierten Männer. Das waren die gleichen Leute, die ihren Vater umgebracht hatten! Sie gebärdeten sich so heilig, dabei waren sie Mörder!

Gleichzeitig strebte ihr ganzer Körper zu Jonny Maukesch. Sie wollte sich an ihn drängen, wollte seine Hände auf ihrer Haut spüren, wollte wissen, wie es sich anfühlte, von ihm geküsst zu werden. Sie hatte während der vergangenen Wochen versucht, sich über ihn zu täuschen, aber während sie ihn da stehen sah, stramm militärisch, ließ die schonungslose Ehrlichkeit, die ein Teil ihres Wesens war, es nicht zu, dass sie sich selbst belog. Ja, er war ein erbärmlicher Militarist. Einer von denen, die für Fritz' Tod verantwortlich waren, die ohne mit der Wimper zu zucken, sämtliche Mitglieder der KPD einsperren oder gleich abknallen würden. Sie verachtete ihn. Sie hasste ihn. Und sie wollte ihn.

Während sie sang, blickte sie zu ihm hin. Ihre veilchenblauen Augen schimmerten wie die eines gierigen Raubtiers. Neben Jonny stand Leni. Ergriffen sang sie gemeinsam mit ihm das erhabene Lied. Da traf ihr Blick den von Stella. Sie stutzte, dann blieb ihr kurz die Stimme weg.

Nach Mitternacht wurde das Fest noch ausgelassener. Von nun an wurde Champagner getrunken. Jeder Gast hatte eine Flasche mitgebracht.

Stella fühlte sich, als würde Champagner durch ihre Adern quirlen.

Seit Lenis und ihr Blick sich getroffen hatten, tat Stella so, als gäbe es keinen Jonny Maukesch im Raum. Er war für sie fortan Luft. Sie blickte einfach durch ihn hindurch, wenn er vor sie hin trat, sie anlächelte oder ihr zuprostete. Das war zu demonstrativ, sie wusste es wohl. Es musste Leni noch mehr beunruhigen als ihr hungriger Blick während des Deutschlandliedes. Aber das war ihr egal. Sie war zu betrunken für Skrupel.

Um drei Uhr morgens fragte Stella sich, wo eigentlich ihre Schwester abgeblieben war. Sie durchwühlte ihre Erinnerung, wann sie Lysbeth zum letzten Mal gesehen hatte. Die Bilder des Abends wuselten wild durcheinander, immer war Jonny Maukesch dazwischen.

Stella befahl sich, die Gäste noch einmal durchzugehen, der Reihe nach, um ihre Schwester Lysbeth ausfindig zu machen. Sie sah Eckhardt vor sich, daneben Cynthia, beide lauthals singend. Sie spürte noch die Wange des Bruders an ihrer und seinen süßsäuerlichen Geruch, als sie einander ein frohes Neues Jahr gewünscht hatten. Lysbeth fehlte in ihrer Erinnerung. Wo war sie abgeblieben?

Stella suchte das Zimmer mit den Augen ab. Die Gesellschaft war kleiner geworden. Die älteren Nachbarn fehlten, ebenso einige junge Leute. Außerdem fehlten Lysbeth und Maximilian. In Stellas Magen tat sich ein Loch auf. Ihre Schwester war nicht da! Und sie war offenbar mit einem Mann verschwunden! Ungeachtet dessen, dass Stella viele, viele Male schon in Gesellschaft eines Mannes eine Abendgesellschaft verlassen hatte, sorgte sie sich furchtbar um die Schwester. Lysbeth war so naiv! Lysbeth war so gutwillig! Lysbeth hatte keine Ahnung von Männern!

Wenn Lysbeth mit einem ging, war das etwas Ernstes. Wenn Lysbeth etwas Ernstes hatte, heiratete sie nachher noch und ging fort. Fort von der Familie. Fort von ihrer kleinen Schwester.

Stella wurde übel. Du hast zu viel getrunken, meine Liebe, schalt sie sich selbst aus. Du gehst jetzt zur Toilette, kotzt, und dann gehst du zu Fuß nach Hause. Allein. Die Feldstraße ist nicht weit entfernt, ein Fußmarsch wird dir guttun.

Die Toilette, die sich auf der halben Etage zwischen dem ersten Stock und dem Hochparterre befand, war besetzt. Stella hatte das Gefühl, nicht mehr warten zu können. Also begab sie sich nach unten, wo das Gartenzimmer und der Keller lagen. Dort, so wusste sie, war auch ein Klo. Es war schummrig unten, nur im Gartenzimmer brannte eine Lampe, die bis in den Kellerflur hinein etwas Helligkeit verbreitete. Stella tastete sich die Treppen hinab und riss die Toilettentür auf.

Sie übergab sich in einem riesigen Schwall. Alles, was sie in der Nacht gegessen hatte, kam wieder heraus. Sie keuchte und würgte. Als endlich alles draußen war, fühlte sie sich ausgelaugt wie nach einem dreistündigen Fußmarsch. Sie kippte sich Wasser ins Gesicht und betrachtete sich im Spiegel. Sie sah entsetzlich aus. Die Wimperntusche war verlaufen und hatte ihre Augen rundum schwarz gefärbt. Ihr Gesicht war bleich, die Lippen blau. Die Haare, feucht von Schweiß, klebten an der Stirn und im Nacken. Alles in allem sehe ich aus wie ein Stinktier, sagte sich Stella mit dem letzten Galgenhumor, den sie noch aufbringen konnte. Sie versuchte, mit Handtuch und Wasser die Schminke aus ihrem Gesicht zu entfernen, bis sie im Spiegel ein kleines blasses Mädchen erblickte, um dessen Gesicht sich schwarze Locken ringelten. Sie spülte ihren Mund aus, gurgelte ein paar Mal, um den ekligen Geschmack zu vertreiben, und beschloss, sich fortzuschleichen. So mochte sie keinem begegnen.

Leise verließ sie die Toilette. Als sie hörte, dass von oben jemand die Treppe herabkam, eilte sie durch den Flur zum Gartenzimmer. Sie versteckte sich hinter der Tür. Doch die Schritte tappten ebenfalls den Flur entlang bis zum Gartenzimmer. Die Tür nach draußen war nur angelehnt. Schnell huschte Stella hinaus in den Garten. Die Kälte zog im Nu durch ihr dünnes verschwitztes Kleid bis auf ihre Haut.

Sie lehnte sich gegen die Hauswand und horchte. Da trat jemand in den dunklen Garten. Ein Mann. Im Schein des Lichts erblickte sie ein Profil. Scharf sog sie Luft durch die Zähne. Jonny.

Er hatte sie nicht bemerkt. Er zündete sich eine Zigarette an und inhalierte tief.

Stella begann zu summen: »Johnny, wenn du Geburtstag hast, dann bleibe ich bei dir, die ganze Nacht …«

Ein Ruck ging durch den Mann. Er warf die Zigarette im hohen Bogen auf den feuchten kalten Boden, wo sie im Nu verglühte, drehte sich zu der im Dunkel stehenden Stella um, machte einen Schritt auf sie zu und noch einen. Sie blieb gegen die Wand gelehnt stehen und wartete. Da stand er vor ihr. Sie hob ihm ihr Gesicht entgegen. Es war blass, ungeschminkt und statt eines glatten Pagenkopfes hatte sie Locken. Ihre Augen aber leuchten gieriger denn je.

Wie magnetisch voneinander angezogen, näherten sich ihre Gesichter, bis ihre Münder sich gefunden hatten. Der Kuss durchströmte Stella wie heiße Schokolade. Jonny legte seine Hand in ihren Nacken, von dem aus es wie Stromstöße durch Stella fuhr. Sie stöhnte auf. Wieder küsste er sie, immer wieder. Sie konnten nicht voneinander lassen.

4

Stella wusste, wo Jonny Maukesch mittags speiste, vorausgesetzt, er ging nicht zu seiner Verlobten. Also wartete sie nach der Silvesterfeier zwei Wochen ab und fand sich dann ebenfalls um die Mittagzeit im Rathauskeller ein.

Sie wollte als Erste dort sein. Sie wollte, dass er hereinkam, sie sah, stutzte und sich dann zu ihr an den Tisch setzte. Andersherum hätte es gewirkt, als hätte sie ihn gesucht. Dieser Eindruck sollte auf keinen Fall entstehen.

Und so geschah es.

Sie hatte Dritter benutzt, um Erkundigungen einzuholen. An welchen Tagen Leni lange in der Schule war. An welchen Tagen Jonny im Ratskeller aß. Der sicherste Tag war also Dienstag.

Es war schneidend kalt. Stella trug einen kleinen, eng anliegenden tomatenroten Hut, dazu passende Lederhandschuhe in der gleichen Farbe. Ihr flaschengrüner Wintermantel war eng geschnitten, aber nicht tailliert. Der hohe Pelzkragen umschmeichelte ihr schönes Gesicht.

Als sie den Ratskeller betrat, war es, als ob eine Welle durch den Raum flutete. Aller Augen wendeten sich zu ihr. Bewundernde und auch lüsterne Männerblicke. Außer der Bedienung hinter dem Tresen war keine Frau anwesend.

Stella tat so, als bemerke sie das Aufsehen nicht, das sie verursachte. Sie steuerte auf einen Tisch zu, von dem aus sie einen guten Blick auf den Eingang hatte, wo sie gleichzeitig aber nicht auf dem Präsentierteller saß.

Sie legte ihre Garderobe ab und reichte sie dem Kellner mit hoheitsvoller Gebärde. Er bemühte sich, ihr an Majestät nicht nachzustehen, blickte leicht über sie hinweg, während er distanziert lächelte. Der einzige Mann im Raum, der nicht auf meine Brüste schaut, dachte Stella amüsiert. Vielleicht ist er homosexuell?

Kaum saß sie, trat Jonny Maukesch durch die Tür. Obwohl er seit Kriegsende nicht mehr zur See fuhr, trug er einen Kapitänsmantel.

Schneidig sieht er aus, dachte Stella. Wir werden ein schönes Paar abgeben. Sie war sich völlig sicher, was sie wollte. Sie hatte einen Plan gefasst, sie würde ihn umsetzen, und sie würde gewinnen. Selbstverständlich. Er hatte keine Chance. Und Leni sowieso nicht.

»Fräulein Wolkenrath, Sie hier?« Erstaunt zog er die Augenbrauen hoch, wodurch das Blitzen seiner eisblauen Augen noch stärker zur Geltung kam.

»Herr Maukesch, das Gleiche könnte ich Sie fragen ...« Mit einem charmanten Lächeln reichte sie ihm ihre Hand. Sie bot sie ihm nicht zum Handkuss, obwohl sie wusste, dass ihm Handküsse durchaus geläufig waren. Sie hatte jede einzelne Kleinigkeit dieses Treffens geplant, auch diesen Händedruck. Ein leichter Druck ihrer Hand in seiner. So besiegelten sie einen Bund. Einen Geheimbund. Den Geheimbund ihrer Liebe.

Er setzte sich ihr gegenüber an den Tisch.

Der Kellner war schon herbeigeeilt, um Jonny von seiner Garderobe zu befreien. Unter dem Marinemantel trug er Zivil, einen sehr gut geschnittenen dunkelblauen Anzug.

Stella ließ sich von ihm beraten, was man hier essen sollte. Sie entschied sich für das Gleiche wie er, Kasseler mit Grünkohl, ein deftiges

Gericht in der kalten Zeit, obwohl sie genau wusste, dass sie diesen fettigen Kram nicht herunterkriegen würde. Jonny bestellte ein Pils, und Stella schloss sich einfach an, obwohl Bier nicht gerade das Getränk der Dame war. Sie plauderten eine Weile, als wäre die in der Luft hängende Spannung gar nicht da. Schließlich, noch bevor das Essen gekommen war, zündete Stella sich eine Zigarette an, riss ihre Augen dramatisch auf und brachte eine Spannung in ihre Hände, bis die Zigarette zitterte. Ein leichter Tremor. Sie hatte ihn geplant, er würde Jonnys Schutzinstinkt wecken.

»Jonny, ich muss Ihnen etwas gestehen …« Sie blickte ihn aus ihren großen veilchenblauen Augen an, als wollte sie sagen: Tu mir jetzt nicht weh, ich bin ganz schwach, ein Tier in der Falle. In deiner Falle.

Dabei ging es darum, ihn in die Falle zu locken.

Sie bemerkte, wie seine Augen weich wurden, wie sein Gesicht die Farbe wechselte. »Fräulein Wolkenrath …«, sagte er heiser.

»Um ehrlich zu sein«, sagte sie mit einem weichen Lächeln, »habe ich Ihnen hier aufgelauert, ich muss mit Ihnen sprechen.«

Er war verstummt. Ihre Offenheit hatte seine Panzerung durchbrochen.

»Es ist so, Jonny, ich habe mich in Sie verliebt. Ich muss Tag und Nacht an Sie denken. Und ich habe einen Heiratsantrag bekommen, muss mich bis April entscheiden. Ich liebe diesen Mann nicht, er kann Ihnen nicht das Wasser reichen, aber ich bin eine Frau …«

Sie ließ offen, was für eine Frau in dieser Situation von Bedeutung war. Er durfte seine eigenen Vorstellungen von einer Frau hineinlegen. Eine Frau, die einen Mann liebte und einen anderen aber vielleicht heiraten würde.

Eine dramatische Geschichte. Stella hatte sie sich in allen Einzelheiten ausgedacht. Sie enthielt alles, was nötig war, um Jonny von Leni wegzulocken. Zuerst einmal weckte sie seinen Beschützerinstinkt. Er musste sie nun auf eine Weise behandeln, die irgendwie fürsorglich war. Zudem gestand sie ihm ihre Liebe, was ihn noch mehr entwaffnete und gleichzeitig sein männliches Selbstbewusstsein kitzelte. Und sie wusste sehr gut, dass dieser männliche Teil sehr empfänglich war für Schmeicheleien aller Art. Und das Beste: Sie lockte sein Konkurrenzgefühl einem anderen Mann gegenüber. Die männliche Konkurrenz war ihr größter Trumpf.

Jonnys ganzes Leben, so hatte sie begriffen, war darauf ausgerichtet zu siegen. Er hasste Niederlagen. Er war geradezu süchtig nach Siegen. Würde sie ihm nur ihre Liebe gestehen, wäre sie zu leichte Beute, so aber, mit einem anderen Heiratsantrag im Rücken, lockte sie ihn zum Kampf. Er würde sie keinem anderen einfach so überlassen. Nicht bevor er sie selbst gehabt hatte.

Das aber wäre erst das nächste Kapitel der Geschichte.

Jonny Maukesch erbleichte. Betont ruhig ergriff er sein Feuerzeug, steckte sich einen Zigarillo mit sehr dunklem Tabak in den Mundwinkel und setzte es in Brand. Einige Male inhalierte er tief. Er wirkte überlegen, aber Stella sah ganz genau, dass er mühsam darum rang, seine Fassung wiederzufinden. Sie hatte ihn an der Angel, so viel war sicher.

»Fräulein Wolkenrath …«, sagte er wieder.

Sie zog ihre Augenbrauen in die Höhe, legte ihr Köpfchen schräg und bedachte ihn mit ihrem zauberhaftesten Lächeln, einer Mischung aus Schüchternheit, Verletzlichkeit und der Bereitschaft, seine Frau zu werden.

»Ja?«, hauchte sie.

Er verstummte. Räusperte sich. Seine Ohren werden rot, dachte sie zufrieden. Gleich wird er mich fragen, ob wir uns heute Abend sehen können. Es bereitete ihr großes Vergnügen zu erleben, wie der harte Jonny Maukesch wie Butter in einer Bratpfanne vor ihren Augen schmolz.

In diesem Augenblick brachte der Kellner ihr Essen.

Beide stocherten gleichgültig darin herum. Besorgt trat der Kellner nach einiger Zeit an ihren Tisch und erkundigte sich, ob irgendetwas nicht in Ordnung sei.

Jonny Maukesch hob seinen Blick, und Stella ahnte, dass sich gleich die in ihm geballte Spannung in einem Gewitter über dem Kellner entladen würde. Das Blau seiner Augen hatte sich in ein dunkles Donnergrau verwandelt. Schnell und mit äußerster Liebenswürdigkeit sagte Stella: »Keine Sorge, das Essen ist superb. Wir beide scheinen uns gestern Abend den Magen etwas verdorben zu haben. Machen Sie sich keine Sorgen!«

Jonny schluckte und fügte hinzu: »Bringen Sie mir bitte einen starken Kaffee und einen Korn!«

»Selbstverständlich!« Der Kellner verneigte sich vor Stella: »Und der gnädigen Frau vielleicht einen kleinen Magenbitter?«

Stella erschrak kurz. Gnädige Frau? Nicht Fräulein? Sah sie so alt aus? Dumme Ziege, schalt sie sich. Du selbst hast ihn auf die Fährte gelenkt, dass ihr gestern Abend gemeinsam verbracht habt. Er vermutet jetzt, dass du Jonnys Frau bist.

Sie schenkte ihm ein süßes Lächeln. »Bitte auch einen Kaffee und einen Korn.«

Schweigend saßen Stella und Jonny Maukesch voreinander. Er war zutiefst aufgewühlt, das sah man ihm an.

»Jonny«, sagte Stella, »wenn Sie wüssten, wie sehr …«

»Bitte, Fräulein Wolkenrath«, unterbrach er sie. »Bitte!«

Sie ließ ihn die Tränen sehen, die ihr in die Augen stiegen. Sie hob ihre Handschuhe auf, zog sie nervös an, zog sie wieder aus.

»Ich muss immer an Sie denken«, stieß sie schließlich hervor. Und das entsprach schließlich auch der Wahrheit. Sie musste immer an ihn denken. Er hatte irgendetwas an sich, das sie berührte, das sie beunruhigte und das dazu führte, dass sie ihn auf gar keinen Fall einer anderen Frau überlassen wollte.

Endlich straffte er sich. Er setzte sich gerade hin und blickte ihr voll in die Augen. »Ich denke auch oft an Sie, Stella.« Seine Stimme klang warm und entschieden. »Darf ich Sie heute Abend zum Essen einladen?«

Stella lachte amüsiert auf. »Das wäre Geldverschwendung, Jonny.« Sie wies auf ihre leeren Korngläser. »Wir sollten uns vielleicht lieber mit einer Pulle Korn an die Elbe setzen.«

Sie bemerkte seinen entsetzten Blick, in den sich kleine Sprenkel von Vergnügen stahlen. Sie biss sich auf die Lippen.

Verdammt, schalt sie sich. Du hattest alles so gut eingefädelt. Und jetzt benimmst du dich schon wieder wie ein Gassenjunge!

»Verzeihen Sie«, sagte sie schnell und legte ihr Köpfchen wieder schräg. »Wenn ich aufgeregt bin, bekomme ich manchmal so einen seltsamen Humor.«

Er lachte. Es klang, als hätten ihre Worte ihn von einer Last befreit. Er legte seine Hand auf die ihre. Eine warme, große männliche Hand auf ihrer zarten, kühlen Frauenhand. »Ich liebe es, wenn eine Frau Humor hat«, sagte er. »Wann treffen wir uns am Elbstrand? Ich kaufe den Korn, besorgen Sie die Gläser?«

Stella warf ihm ein verschmitztes mädchenhaftes Lächeln zu, in dem ein Versprechen geheimer Übereinkunft lag. Wir werden uns heute

Abend sehen. Und wir werden uns in der Kälte des Elbstrandes gegenseitig erhitzen. Mit Korn und Küssen. Und nach heute Abend werden wir ein Paar sein. Du wirst mich heiraten, Jonny Maukesch, und nicht die andere. Und ich werde deine Frau sein, erstmalig in meinem Leben werde ich mich einem Mann wirklich schenken.

Sie wusste nicht genau, was es war, das sie Jonny Maukesch so hartnäckig begehren ließ. Dieser Teil ihrer Person lag für sie im Dunkeln. Aber in ihr war eine große drängende Sehnsucht, die Frau dieses Mannes zu sein.

»Du bist gemein«, sagte Lysbeth. »Du hast Lenis Leben zerstört.«

Sie gingen an der Elbe entlang. Den gleichen Weg, den Stella und Jonny vor einem Monat spät in der Nacht noch Arm in Arm zurückgelegt hatten, nachdem sie in der Geborgenheit von Jonnys Militärmantel beinahe getan hatten, was eine anständige junge Frau nicht an einem kalten Elbestrand tut, zumindest nicht, bevor der Mann seine Verlobung mit einer anderen gelöst hatte. Zum Glück hatte Stella sich noch rechtzeitig an ihre Vorsätze erinnert und so Jonnys begehrliche Hände sanft zurückgeschoben. Sie wusste, dass Männer eine Art Code in sich trugen, der besagte: Eine Frau, die sich dir schnell hingibt, tut es vielleicht auch mit anderen und wird keine gute Mutter deiner Kinder sein. Also beherzigte sie diese Erkenntnis und verhielt sich getreu der Frauenweisheit: Locken und blocken.

Doch es fiel ihr schwer. Jonny Maukeschs Berührungen, seine Küsse, seine Nähe hatten eine solche Fieberhitze in ihr entfacht, dass sie die Kälte der Januarnacht überhaupt nicht spürte.

Am nächsten Tag schon war sie sich nicht mehr sicher, ob es wirklich ihr Begehren nach seiner Nähe gewesen war oder ob es nicht vielmehr ihr hitziges Wollen war, ihn von Leni loszueisen. Doch das war letztlich egal. Sie hatte ihn gewollt, und sie hatte ihn bekommen.

Vor drei Tagen hatte er Leni eröffnet, dass er sie nicht heiraten könne. Nun lag sie mit einem Nervenzusammenbruch im Krankenhaus.

Stella schlang den Umhang aus Kaninchenfell fester um ihre Schultern. Sie steckte die Hände wieder in den Muff aus dem gleichen Fell, beides ein Geschenk, das ihr Jonny vor drei Tagen gemacht hatte, um endgültig zu beweisen, dass nun Stella die Frau war, die er beschenkte.

»Ach, weißt du«, sagte sie leichthin zu ihrer Schwester, »Tante Lysbeth hat mir damals ja aus gutem Grund geraten, ein Studium der Männer zu betreiben. Ich habe es getan. Männer sind stark und etwas dumm. Deshalb führen sie Kriege, machen Boxkämpfe und schlagen sich miteinander. Und sie bestimmen über ihre Frauen. Was haben wir Frauen ihnen schon entgegenzusetzen? Wir müssen gemein sein, um uns zu holen, was wir wollen. Sonst können wir nur untergehen.«

»Stella!« Lysbeth baute sich vor der Schwester auf und ergriff sie an den Schultern. »Das darfst du nicht sagen! Ich will nicht gemein sein. Ich kann gar nicht gemein sein. Und ich muss auch nicht gemein sein. Maximilian und ich sind einfach glücklich miteinander.«

Stellas hübsches Gesicht verzerrte sich für einen Moment zu einer Fratze. Sie hatte manchmal ein seltsames verstohlenes Verhalten bei Maximilian bemerkt. Es waren nicht die lüsternen versteckten Blicke auf ihre Brüste. Das kannte sie von fast allen Männern. Nein, Maximilian hatte noch etwas anderes. Etwas Zurückgehaltenes, Verborgenes. Sie wusste nicht, was es war, aber sie war entschlossen, ihn umzubringen, wenn er ihre Schwester irgendwie verletzen würde.

Über all das würde sie aber kein Wort zu Lysbeth verlieren, das war vollkommen klar. Also wand sie sich lässig aus der Umklammerung und sagte schnippisch: »Meine liebe Schwester, du glaubst doch nicht im Ernst, dass ich nicht weiß, wie gern du Medizin studieren würdest. Und warum geht das nicht?«

Lysbeth steckte ihre Hände in ihren weißen Fellmuff. Seit sie mit Maximilian von Schnell verlobt war – eine kleine Verlobung, er hatte sie nur gefragt, ob sie seine Frau werden wolle und ihr einen Ring an den linken Ringfinger gesteckt –, trug sie elegante Kleidung, die er ihr schenkte. Schließlich war seine Familie im Pullovergeschäft tätig, da lernte er viele Menschen aus dem Modebereich kennen und kam immer wieder an exklusive Stücke, die er Lysbeth überreichte mit der ausdrücklichen Bitte, ihren Stil etwas zu verändern.

Anfangs hatte es Lysbeth verunsichert und befremdet. Doch dann hatte sie gedacht, dass es nur angemessen war, sich nun, da sie in eine reiche Familie mit Eleganz und Stil heiratete, von ihrem zukünftigen Gatten helfen zu lassen, wirklich in seine Kreise zu passen. Zumal sie bisher den Fragen der Mode so gut wie gar keine Bedeutung eingeräumt hatte.

»Wenn Eckhardt Medizin studieren wollte, hätte er die gleichen Probleme«, murmelte sie. Sie war sehr erschrocken, wie weh es tat, von Stella an ihren geheimen Wunsch erinnert zu werden.

»Ja, weil er sich nicht lange konzentrieren kann mit seinem zerschossenen Gehirn«, entgegnete Stella grob. »Und weil er so wenig Feuer im Leib hat wie ein Karpfen, aber wäre er wie du, würde er ein Notabitur machen und zur Universität gehen. Das weißt du so gut wie ich!«

»Ich könnte das doch auch machen«, entgegnete Lysbeth leise.

»Du?« Jetzt war es an Stella, sich vor der Schwester aufzubauen und sie an den Schultern zu packen. Sie erschrak, als sie die zarten Knochen durch den Mantel hindurch spürte. »Du bist dünner geworden«, sagte sie rau, »was ist los?«

Behutsam wand Lysbeth sich aus dem Griff, den Stella ohnehin schon gelockert hatte. »Ach.« Sie versuchte, ihre Befangenheit fortzulachen, aber sie wusste, dass sie Stella nicht täuschen konnte. »Weißt du, ich kann manchmal nichts essen. Maximilian will so bald wie möglich heiraten und Kinder bekommen, und ich hab etwas Angst davor. Ich weiß nicht, ob ich das wirklich will.«

Schweigend gingen sie nebeneinanderher, ihre zarten Stiefelchen knirschten über den Sand. Sie hatten zwar lange wollene Unterhosen an, aber ihre Füße froren. Dennoch vermieden beide den Vorschlag, sich in ein Café zu setzen. Ihr Gespräch war viel zu intim, um für irgendwelche anderen Ohren bestimmt zu sein.

»Habt ihr schon …?«, fragte Stella vorsichtig. Sie hatte mit ihrer Schwester bisher noch nie über Sexualität gesprochen. Das war etwas, das sie für Lysbeth als unpassend empfand. Wie betrunken sein. Wie Schimpfworte benutzen. Wie ohne Damensattel auf einem Pferd sitzen.

Lysbeth errötete. Stella griff nach ihrer Hand. »Entschuldige«, sagte sie weich. »Ich dachte nur, dass du vielleicht auch *davor* Angst hast …«

Ohne ihr die Hand zu entziehen, sagte Lysbeth in einem sehr sachlichen Ton: »Ja, wir haben schon. Er will schließlich heiraten und Kinder bekommen. Ich hatte mir gedacht, dass es vorher notwendig ist zu überprüfen, ob wir auch zusammenpassen.«

Stella ließ vor Überraschung die Hand ihrer Schwester los. »Ob ihr zusammenpasst?«, fragte sie erstaunt. »Hast du denn schon so viel Erfahrung, dass du weißt, was zu dir passt?«

Diesmal errötete Lysbeth so stark, dass sie aussah, als hätte sie hohes Fieber. »Dieses Passen meine ich nicht!«, stieß sie hervor. »Ich meinte, ob wir organisch passen. Sein Organ zu meinem Organ. Ich habe mich in gynäkologischen Fachbüchern genau informiert. Ein männliches Glied, das für eine weibliche Scheide zu groß ist, kann sogar zu Verletzungen führen.«

Stella lachte laut auf. »Du wolltest ausprobieren, ob sein Schwanz für dich zu groß ist? Vor zu klein hattest du ja wohl keine Angst, oder?«

Lysbeth schlug einen schnelleren Schritt an. Stella versuchte kurz mitzuhalten, dann fiel sie zurück. Die Schwester hatte längere Beine als sie, und außerdem wollte sie jetzt vielleicht allein sein.

Der Abstand zwischen ihnen wurde langsam größer.

Das schwarze Elbwasser klatschte in kleinen kippeligen Wellen ans Ufer. Der Himmel hing grau und tief über dem Fluss. Von Ferne erblickte Stella einen Dampfer. Sie dachte an Jonny Maukesch. Wieso fuhr er eigentlich nicht mehr zur See? Dahin gehörte er doch!

Erstmalig, seit sie ihm begegnet war, fragte sie sich, womit er eigentlich sein Geld verdiente. Er war 1919 nach Hamburg gekommen. Seitdem ging er, wie er sagte »Geschäften« nach. Aber welche Geschäfte waren das eigentlich? Seine Firma, ja, er besaß sogar eine Firma, hieß *Balle, Sauer und Maukesch,* aber was verkaufte oder kaufte oder stellte er dort eigentlich her? Sie beschloss, ihn bei ihrem nächsten Treffen unbedingt danach zu fragen. Schließlich musste sie doch wissen, was ihr Zukünftiger tat.

Ganz in Gedanken verloren prallte sie plötzlich gegen Lysbeth, die auf sie gewartet hatte.

»Es hat mir wehgetan, aber es war auszuhalten«, sprudelte es aus ihr hervor. »Ich habe ja auch gelesen, dass sich die Scheide noch dehnt. Aber Maximilian will es seitdem immer wieder. Und ich stelle mir vor, wie entsetzlich es sein wird, wenn wir erst ein gemeinsames Schlafzimmer haben. Darf ich dann abends vorm Einschlafen kein Buch mehr lesen, weil er immer diese eheliche Pflicht einfordert?«

Stella kicherte. »Blas ihm doch einen«, sagte sie leichthin. Als sie die entsetzten Augen ihrer Schwester sah, biss sie sich auf die Lippen. Immer wieder fiel sie in diesen Jargon, den sie mit Dritter gelernt hatte, der aber mit allen anderen Menschen unpassend bis gefährlich war. Jonny würde sie nicht mehr heiraten wollen, wenn sie so mit ihm sprach. Und seine elegante Mutter würde sie als Hure deklarieren und hochkant zur Tür hinauswerfen.

Zumindest entsprach das ihrer Vermutung. Denn bisher hatte sie Edith noch nicht kennengelernt. Das sollte erst in der nächsten Woche geschehen.

»Blasen?«, fragte Lysbeth gedehnt. Sie kannte küssen, streicheln, tanzen, sprechen und seit kurzem auch verkehren. Aber blasen? Sie stellte sich vor, wie sie in seinen Mund blasen würde. Nein, das wäre unangenehm. Über seine Haut? Seinen Nacken vielleicht? Ja, wenn sein Atem über ihren Nacken strich, war das ein sehr aufregendes Gefühl. Sehr viel angenehmer, als wenn er ihre Brüste drückte.

Stella griff wieder nach Lysbeths Hand. Sie trugen beide Handschuhe, dennoch spürte sie die Kraft und Sensibilität in Lysbeths Händen.

»Du musst Ärztin werden, Lysbeth«, sagte sie beschwörend. »Oder wenigstens so etwas wie die Tante. Ich kann mir einfach nicht vorstellen, wie du leben kannst, ohne Menschen zu heilen. Und ohne deine Hände zu benutzen.«

»Blasen?« Lysbeth sah auf ihre kleine Schwester herab. Im Augenblick fühlte sie sich nicht im Geringsten wie die überlegene, die große Schwester. Und sie war es ja auch nicht. Stella war die Erfahrene von ihnen beiden. Stella war die Frau. Sie selbst war doch eigentlich noch ein Mädchen, auch wenn sie auf die dreißig zuging.

»Bitte, Lysbeth«, sagte Stella gequält. »Das ist mir so rausgerutscht.«

Lysbeth schlug den Weg nach oben ein. »Lass uns eine heiße Schokolade trinken«, schlug sie vor. »Und auf dem Weg sagst du mir jetzt, wohin ich blasen soll, damit Maximilian mich abends ein Buch lesen lässt, wenn wir verheiratet sind.«

»Na gut, du hast es so gewollt«, sagte Stella von oben herab. »Blasen bedeutet, dass du das Glied des Mannes in deinen Mund nimmst wie eine Trompete, auf der du bläst.«

Lysbeth blieb wie angewurzelt stehen. »Das meinst du nicht ernst«, stieß sie hervor. Stella sah sie ängstlich an. Ihr war durchaus bewusst, dass anständige Frauen solche Gespräche nicht führten. Aber ihre große Schwester sah keineswegs wie ein Racheengel aus, nein, ihre Augen weiteten sich, und ihr Mund verzog sich amüsiert in den Mundwinkeln, bis sie in ein breites, lautes Lachen ausbrach.

»Wie eine Trompete!«, japste sie zwischen Lachkollern. »Das ist ja zum Schießen komisch.« Sie wischte sich die Tränen fort, die über ihre Wange liefen. »Stella, du bist unglaublich.«

Zaghaft schloss Stella sich Lysbeths Fröhlichkeit an, bis beide Schwestern außer Atem vor Lachen waren.

Als sie endlich voreinander saßen, die heiße Schokolade vor sich, brachen sie von Zeit zu Zeit wieder in albernes Kichern aus, sobald sie einander anschauten.

Ihre Hände wurden warm, ebenso wie ihre Füße, ihre Wangen nahmen eine rosige Farbe an. Im Café war nicht viel los, aber alle Anwesenden hatten Mühe, ihre Augen von den beiden fröhlichen jungen Frauen abzuwenden, so viel Glanz strahlten sie aus, so viel Eintracht.

»Ich hab dich lieb«, sagte Stella nach einiger Zeit und legte ihre Hand auf die ihrer Schwester. »Und wenn er dir wehtut, musst du es mir sagen. Dann mach ich Hackfleisch aus ihm.«

Lysbeth lächelte verloren. Ihre fröhlichen Augen wurden von plötzlicher Traurigkeit überschattet. »Ich habe dich auch lieb, kleine Schwester«, sagte sie. »Und ich fürchte, dass ich aus Jonny Maukesch viel eher Hackfleisch machen muss als du aus Maximilian von Schnell.«

»Wieso das?«, fragte Stella alarmiert. Hatte Lysbeth etwa von ihm geträumt? Seit sie drei Jahre alt war, träumte Lysbeth manchmal von Situationen, die sich später wirklich ereigneten. Zumeist schreckliche Situationen.

»Weil du einen Mann viel mehr lieben kannst als ich«, antwortete Lysbeth sanft. »Ich fürchte, ich werde dieses Dingsda nie wie eine Trompete behandeln können, sondern immer nur wie etwas, das mir Zeit raubt und Mühe macht.«

»Ja, aber liebst du Maximilian denn nicht?«, fragte Stella erschrocken.

Lysbeth entzog der Schwester die Hand und legte sie wieder um den Becher voll dampfender Schokolade. »Ich weiß nicht genau«, sagte sie nachdenklich. »Bevor wir … na, du weißt schon, dachte ich, dass ich ihn liebe. Ich mochte mit ihm zusammen sein. Er tanzt gut. Er bringt mich zum Lachen. Und ich möchte auch gerne Kinder bekommen …«

»Aber?« Stella musterte die Schwester. Sie sah gut aus, seit sie die Verlobte von Maximilian von Schnell war. Ihr blonder Pagenschnitt, die blauen Augen mit den schwarz getuschten Wimpern. Der feingeschwungene zartrote Mund. Wie magnetisch angezogen blickte sie wieder zu Lysbeths Händen. Große, schmale, feingliedrige und doch sehr kräftige Hände. Diese Hände hatten menschliche Körper gehalten, verbunden, entbunden, geschnitten, genäht. Geheilt. Das war die Liebe, die Lysbeth Menschen bisher gegeben hatte.

Lysbeth zog ihre Hände vom Becher weg und legte sie in ihren Schoß, als wolle sie diese vor Stellas Blick verbergen.

»Ach, vielleicht gar kein Aber«, sagte Lysbeth in einem energisch abschließenden Ton. »Maximilian ist ein sehr netter Mann. Er liebt mich. Er wird für mich sorgen. Wir werden Kinder bekommen, und er wird mich respektieren. Das ist ein Frauenschicksal, das nicht auf viele nach der Hochzeit wartet. Wahrscheinlich kann ich es nur noch nicht glauben, wie viel Glück ich habe. Lass uns über etwas anderes sprechen.«

5

Es war wundervolles Wetter an diesem Tag im Juni 1922. Die Hamburger spazierten an der Alster entlang, die Frauen trugen Sommerkleider, die Männer gingen ohne Hut. Die Stimmung war, wie immer bei wolkenlosem Himmel in Hamburg, von mediterraner Leichtigkeit. Doch mitten in den sonnigen Tag hinein schrien die Zeitungsverkäufer durcheinander: »Walther Rathenau ermordet!«

Johann, der, arbeitslos, mit seinen ebenfalls arbeitslosen Kumpanen von der Gruppe *Wiking* in der Innenstadt unterwegs war, um »Judengeschäfte« aufzuspüren, griff hastig nach der nächsten Zeitung. Die Leute rissen den Verkäufern die Blätter aus den Händen. Die sommerlich entspannte Atmosphäre war jäh zerstört. Walther Rathenau, der Minister des Äußeren, war auf offener Straße in seinem Auto von einem anderen Wagen aus durch unbekannte Täter mit einer Maschinenpistole erschossen worden. Die Menschen blieben auf einem Fleck stehen, lasen fassungslos die Neuigkeit, einige Frauen brachen in Tränen aus.

Nicht nur in Hamburg, in ganz Deutschland, machte sich Entsetzen breit.

Johann und seine Kumpane feixten: »Endlich kriegt die Judenrepublik, was sie verdient.«

»Leute, wir müssen nach Bergedorf!« Die fünf Männer, alle so jung, dass sie zu ihrem großen Leidwesen nicht am Ersten Weltkrieg teilgenommen hatten, machten sich auf den Weg zum Hauptbahnhof.

Im Bergedorfer Gasthof *Stadt Hamburg* warteten im Hinterzimmer schon zehn andere Männer auf sie. Verschwiegen, eine konspirative Gruppe, fanden sich die Männer des Bundes *Wiking* regelmäßig hier zusammen. Es waren zumeist ältere Männer. Sie trugen das Kreuz der Baltikumkämpfer am Rock, hatten unter Ehrhardt am Kapp-Putsch teilgenommen und besaßen keine andere Meinung zur Politik als die, dass sie noch einmal putschen wollten. Die Jungen allerdings waren drauf und dran, den Bund zu verlassen und sich zur Sturmabteilung von Hitler zu melden. Der Mann hatte Schneid. Noch hingen sie allerdings mit zäher Treue am Chef ihres Bundes, einem Soldaten, der im Ersten Weltkrieg einen Arm verloren hatte und in seiner dekorierten Uniform herumlief. Aber gerade er redete in letzter Zeit davon, dass sie alle zu den Nationalsozialisten gehen sollten. »Einigkeit macht stark!«, sagte Hermann, der alte Recke. Und die Jungen erschauderten ehrfürchtig, bereit, ihm in den Tod zu folgen, wenn er sie aus seinen stahlgrauen Augen unter den weißen buschigen Augenbrauen anblitzte.

Seit Anfang des Jahres gab es eine NSDAP-Ortsgruppe in Hamburg. Der erste Leiter war der Tabakladenbesitzer Josef Klant. Die Gruppe war mit ihren zweiunddreißig Mitgliedern nicht größer als die vielen anderen nationalistischen Zirkel. Aber Johann – und nicht nur er – fand, dass sie noch etwas Besonderes hätten. Sie waren überall dabei. Auch die Bombenattentate der vergangenen Monate waren gewiss nicht ohne ihr Zutun geschehen. Sie hatten einen »Sturmtrupp« gebildet, besaßen eine eigene Fahne und leisteten einen Treueid, der dem »Führer Treue und Gehorsam bis in den Tod und der Fahne Treue und Gefolgschaft bis zur Erkämpfung des Sieges« gelobte. Das war doch etwas! Das gab dem Leben wieder einen Sinn! Das berührte Johann in der Tiefe seines Herzens, das schier zerfressen war von seinem Drang nach Erhöhung.

Die *Wikinger* waren stolz auf das, was in den letzten Wochen geschehen war. Am ersten Junitag war ein Sprengstoffanschlag auf das

Denkmal für die Opfer der Revolution von 1918/1919 auf dem Hauptfriedhof in Ohlsdorf verübt worden. Das war der Auftakt gewesen. Zwei Tage später und dann noch einmal nach zehn Tagen wurden Bomben in die kommunistische Buchhandlung Carl Hoym Nachf. in der Admiralitätsstraße geworfen. Ebenso ins Haus der *Freideutschen Jugend* und das Büro des KPD-Organs *Hamburger Volkszeitung*. Es sollte Unruhe und Angst geschürt werden, also ging es Schlag auf Schlag. Am 17. Juni wurde eine Handgranate in das Wohnzimmerfenster des verhassten Kommunisten Ernst Thälmann in der Siemssenstraße 4 deponiert und mit Zeitzünder in Gang gesetzt. Dass Thälmann überlebt hatte, war, wie sie es nannten, Künstlerpech.

Akteure waren die Leute von der *Sprengkolonne Warnecke* gewesen, die zu der Münchner Organisation *Consul* gehörte. Aber es gab viele kleine Gruppen, viele Bünde. Und alle waren bereit. Sie wollten die Republik stürzen, die »Judenrepublik«, und sie wussten, dass sie nicht allein standen. Es gab nicht nur die alten arbeitslosen Offiziere und Soldaten, auch viele einflussreiche Bürger sympathisierten mit ihnen, sogar Politiker der Deutschen Volkspartei.

Thälmann war leider nicht tot. Nun aber Rathenau. Davor Erzberger, einer der Unterzeichner des Versailler Vertrages. Stolz beteuerten sie, dass die Täter ihre Kameraden seien.

»Jammerschade, dass wir nicht dabei waren, unser Bund.«

Der Kameradschaftsabend am Ende dieses Tages ähnelte einer Siegesfeier. Einer krakeelte: »Rathenau, schlagt sie tot, die Judensau.«

Ein anderer schrie: »Wir müssen uns beeilen, wenn wir noch eins von diesen republikanischen Schweinen in die Finger kriegen wollen.«

Voller Verachtung donnerte Hermann in den Raum: »Erst Erzberger, dann Rathenau: Eine schöne Republik, die sich ihre Leute wie Hasen wegknallen lässt!« Er gestikulierte wild mit seinem heilen Arm. Dann forderte er sie auf zu gehen. »Kein Lied?«, maulte einer der Jungen.

»Kein Lied!«, sagte Hermann streng. »Der Wirt soll keinen Ärger kriegen.« Auf einen nach dem andern schleuderte er Blitze aus seinen zusammengekniffenen Augen. Keinen ließ er aus. »Draußen zerstreut ihr euch«, befahl er. »Immer zwei zusammen! Tut zivil! Keine Scharmützel! Heute sind die Arbeiter überall, und die Roten haben das Sagen.«

»Nicht mehr lange«, grölte einer.

Ein anderer, einer von den Jungen, Ungestümen grollte leise: »Wir sind doch keine Feiglinge.«

Hermann erstach ihn mit seinem Blick. »Habt ihr verstanden?«, zischte er. Die Männer verließen gehorsam den Raum.

Johann hatte einen Tag nach seinem einundzwanzigsten Geburtstag geheiratet. Da war er schon der stolze Vater eines Sohnes, den er Hermann genannt hatte. Zu dritt waren sie nach Altona gezogen, wo Sophie kurz darauf wieder schwanger wurde. Altona gehörte nicht zu Hamburg. Dort waren die Mieten billiger, deshalb wohnten da auch vor allem Arbeiter. Als Johann nach Hause kam, herrschte Bewegung und Unruhe auf den Straßen, viele Männer, vereinzelte Frauen. Zornentbrannte Gesichter, laute Stimmen, wütende Gesten. Johann fing Wortfetzen, Satzfetzen auf. »Schandtat!« »So wie bis jetzt geht es nicht weiter!« Aber auch: »Keine Trauer um den Geldfürsten«, und »schlimmes Ende eines philanthropischen Ministerseins«. Und immer wieder: »Alarm!« »Alarm!« Was sich da schwarz in den Gassen zusammenknäuelte, trieb am nächsten Tag unter blutroten Fahnen hinaus, erzürnte Märsche durch Altona nach Hamburg. Überall fanden Demonstrationen statt, bei denen leuchtend rote Fahnen neben schwarzrotgoldenen geschwenkt wurden.

Der Tag war heiß. Johann verbot seiner hochschwangeren Frau und seinem Sohn hinauszugehen. Im Raum hinter den geschlossenen Fenstern hing die Luft dumpf und schwül.

Am 27. Juni, als Rathenau beigesetzt wurde, demonstrierten noch einmal die organisierten Arbeiter aus Hamburg und Umgebung. Ein beeindruckender, riesiger Zug.

Am Tag darauf trafen sich die *Wikinger* wieder in Bergedorf. »Habt ihr davon gehört, wie jämmerlich die Politiker am Grab geredet haben?«, fragte Hermann. »Nein.« Sie hatten sich zu Hause aufgehalten, die wütende Masse der Menschen hatte ihnen Angst gemacht. »Es war nichts als lauwarmes Gewäsch!«, höhnte Hermann. »So könne es nicht weitergehen in der Republik. Das war alles, was sie zu sagen hatten am Grabe des Mannes, der an ihrer Seite abgeschossen wurde wie ein toller Hund. Verweichlichtes Pack!« Er schlug mit seinem gesunden Arm durch die Luft, als wollte er den Säbel durch die Republik fahren lassen. »Ihr werdet sehen. Bald wird der Rauch ihrer zornigen Worte wie eine Wolke am Horizont verschwinden.«

Johann blickte kurz unmutig von Hermann weg auf den Boden. Er konnte ihm nicht in die Augen schauen, so widerlich war ihm der Mann gerade. Manchmal gebrauchte er so hochgestochene Worte. Dann erinnerte er Johann an Eckhardt. Und Johann hasste Eckhardt. Eckhardt, der fast so klein war wie er. Eckhardt, der trotzdem von Dritter respektiert wurde. Eckhardt, der im Krieg versehrt worden war und deshalb von Johann nicht gehasst werden durfte. Eckhardt, der in der Familie Wolkenrath seit jeher für seine anrührenden Worte in schönen Sätzen gelobt und bewundert worden war. Und der nach seiner Gehirnverletzung immer noch verehrt wurde, weil er einmal anrührende Worte in schönen Sätzen gesprochen hatte. Und der – weiß der Teufel, wie er das hingekriegt hatte – verlobt war mit einer von der Elbchaussee, vor der Dritter Verbeugungen machte, während er über Johanns Sophie lästerte.

Am meisten hasste Johann seinen Bruder Eckhardt wegen dessen arroganter Bemerkung: »Sophia, das heißt Weisheit. Wie die Menschen sich doch in der Namensgebung vertun können.« Johann hätte ihm die Faust in die Fresse gerammt, wenn er nicht einen Kriegsversehrten vor sich gehabt hätte. Der Hass aber war umso sengender.

Sie feixten in der Gruppe, weil am heutigen Tag, am 28. Juni, dem Jahrestag der Unterzeichnung des Versailler Vertrages, »zum Schutz der Republik: zur Aufrechterhaltung von Ruhe und Ordnung« alle Kundgebungen verboten worden waren.

»Damit hat die Regierung zugegeben, dass der Vertrag ihre Sicherheit gefährdet. Sie hat zugegeben, dass ihre Existenz verbunden ist mit dem Vertrag, der Knechtschaft und Elend über Deutschland gebracht hat. Sie hat eingestanden, nichts anderes als der Vollstrecker fremder Willkür auf deutschem Boden zu sein. Sie hat sich selbst des Verbrechens für schuldig erklärt, für das Rathenau mit Recht gerichtet worden ist. Hagen, nicht Siegfried ist der deutsche Held!«, schrie Hermann mit leidenschaftlich durch den Raum donnernder Stimme. »Die Republik ist schwach! Es dauert nicht mehr lang, und wir haben sie besiegt!«

Ja, Johann spürte, dass seine Stunde kommen würde. Er war nicht mehr der dumme kleine Schuljunge, der nicht dazugehörte. Er war auch nicht der Arbeitslose, der kein Geld nach Hause brachte und seine Kinder nicht ernähren konnte. Er war der Kamerad von Offizieren, denen man die Epauletten abgerissen hatte. In den Geheimbünden, die sich rund um ihn bildeten, schlossen sich starke Männer zusammen, die einmal Macht besessen hatten und sie wieder besitzen würden. Und dann würde er, Johann Wolkenrath, dazugehören!

6

Hättest du dich nicht etwas eleganter kleiden können?«

Stella blickte an sich hinunter. Was meinte Jonny damit? Sie war verblüfft, so hatte noch nie ein Mann mit ihr gesprochen. Mit den Händen prüfte sie ihre schwarzen Haare. Sie lagen eng an, keine Locke hatte sich geringelt. Sie nestelte an den oberen Knöpfen ihrer Bluse. Auch die waren verschlossen. Eleganter?

Sie lachte hell auf. »Guter Witz«, sagte sie. »Ich bin sogar drauf reingefallen.«

Jonny Maukesch musterte sie von oben bis unten. Einen Moment lang erschauerte Stella unter der kalten Fremdheit in seinen Augen. Doch dann drehte sie sich auf dem Absatz um, hohe weiße Pumps, auf denen sie ohne die geringste Unsicherheit tänzelte, machte ein paar kindlich hüpfende Schritte auf den Spiegel im Korridor zu und strich wohlgefällig über ihre Hüften. Sie trug ein hellblaues sommerliches Kostüm mit einer weißen Bluse. Wegen der Hitze keinen Hut, nur eine weiße Handtasche und weiße Pumps. Nun ja, dachte sie mit leichtem Spott, von zu wenig Eleganz kann wohl nicht die Rede sein, eher von zu wenig Pfiff.

Sie tänzelte zu Jonny zurück und hakte sich bei ihm ein. »Lass uns gehen, mein Kapitän. Deine Mutter soll nicht auf uns warten.«

Jonny Maukesch entzog ihr den Arm. »Bitte leg wenigstens etwas Gold an«, sagte er gepresst. »Meine Mutter legt Wert auf solche Dinge.«

In Stella flackerte Wut auf. Sie stellte sich vor Jonny Maukesch und stemmte ihre Fäuste in die Hüften. »Mein Lieber«, zischte sie. »Wenn ich dir nicht fein genug bin, um deiner werten Frau Mutter präsentiert zu werden, musst du einfach zu deinem Fräulein Lehrerin zurückkehren. Ich zumindest gehe jetzt so, wie ich bin, oder ich bleibe hier.«

Jonny Maukeschs Gesicht rötete sich vor Zorn. Eine Sekunde lang wirkte es, als wolle er Stella schlagen. Aber das schien ihr so abwegig, dass sie allein bei dem Gedanken schon wieder gute Laune bekam.

»Ach, komm, lass uns nicht streiten«, sagte sie versöhnlich. »Das ist viel zu albern«. Schnurstracks ging sie ins Wohnzimmer, wo sie die Mutter wusste, und sagte kichernd: »Mama, meine feine zukünftige Schwiegermutter legt Wert auf Schmuck. Kannst du mir etwas von deiner Mutter borgen?«

Käthe erhob sich von dem Sessel, wo sie gerade mit einem Buch gesessen hatte. »Wart einen Moment.« Sie versuchte, ihr Erstaunen zu verbergen. Jeder in der Familie wusste, dass Stella sich von Schmuck eingezwängt fühlte. Ketten schnürten ihr den Hals ab, Ringe hinderten sie beim Reiten, Broschen bedrohten sie mit ihren spitzen Nadeln. Stella trug ihren Körper als Schmuck, dazu Lippenstift und Puder und Wimperntusche, alles andere war ihr lästig.

Jonny Maukesch war hinter Stella ins Wohnzimmer getreten. Er fühlte sich unbehaglich, das sah man ihm an. Stella ahnte, was in ihm vorging.

Seine Mutter, das war ihr schon lange bewusst, war für ihn wie eine Göttin. Wenn er von ihr, Edith von Warnecke, sprach, wurde seine Stimme andächtig, manchmal sogar ehrfürchtig. Sie war schön, sie war gebildet, sie war elegant. Besonders stolz aber war er auf ihre Leistung, das zu werden, was sie geworden war. Denn sie war nicht als höhere Hamburger Tochter geboren wie zum Beispiel die Mutter von Maximilian von Schnell. Jonnys Mutter hatte sich ihren gesellschaftlichen Rang hart und diszipliniert erarbeitet.

In Peking, wo Jonny, Jonathan August Maukesch, 1890 zur Welt gekommen war, bildete seine schöne Mutter den strahlenden Mittelpunkt eines Kreises von reichen und gebildeten Menschen, und das erstaunlicherweise, obwohl ihr Mann keinen Adelstitel vorweisen konnte und als einer von mehreren Dolmetschern für die deutsche Botschaft nur subalterne Dienste leistete. In den diplomatischen Kreisen in Peking hatten es Menschen mit Adelstitel leichter als andere. Edith Maukesch aber war nicht von Adel, ganz im Gegenteil. Ihr Mädchenname Müller gereichte ihr in den europäischen Kreisen dort nicht zur Ehre. Deshalb verschwieg sie ihn auch, ebenso wie ihre Herkunft, die einer Schlachtertochter aus Buxtehude, einem kleinen Dorf in der Nähe von Hamburg.

Zum Glück hatte ihr Vater das Kapital seiner Tochter früh erkannt. Mit ihren hohen Wangenknochen, den großen, weit auseinanderstehenden grünen Augen und dem schmalen, feinziselierten Mund entsprach sie nicht unbedingt dem puppig süßen Schönheitsideal. Vor allem stand dem eine völlig unweibliche Willensstärke entgegen. Aber sie war ungewöhnlich anmutig und, wenn sie etwas wollte, von unglaublicher Disziplin.

Fleischermeister Müller hatte viel Geld in die Dressur seiner Tochter gesteckt. Diese Investition, das war dem Mann, der täglich mit Fleisch und Menschen umging, vollkommen klar, würde ihn davor bewahren, sich Jammertiraden seiner Frau anhören zu müssen, weil ihre arme Tochter es schwerer hatte als das hässliche Blag des Klempners, der so viel Geld verdiente, dass er später sogar einen jungen Adligen für seine Tochter würde kaufen können.

Schlachtermeister Müller schickte seine Tochter früh zum Ballett, wo die Lehrerin sich auf Ediths gegrätschten Oberschenkel stellte, um diese in einen schönen Spagat zu zwingen. Edith weinte dabei zwar vor Schmerzen, aber sie widersetzte sich nicht. Als sie in die Pubertät kam, hungerte sie gegen jeden Ansatz von Rundung und quetschte ihre schwellenden Brüste ab, denn eine Zukunft als Primaballerina schien ihr jedes Opfer wert. Zum Glück hatte ihr Vater nicht nur auf ein Pferd gesetzt, was Edith sehr beruhigte, als sich herausstellte, dass ihr Talent für eine Karriere im klassischen Ballett nicht ausreichte und ihr Körper sich trotz knappsten Essens zu weiblich gerundet hatte.

Edith hatte auch noch Klavierspielen gelernt und dazu mit süßem Sopran Lieder gesungen. Ihre Gesangslehrerin hatte sie die gepflegte, etwas hochnäsige Sprache einer höheren Tochter gelehrt, denn Schubertballaden nahmen sich auf Platt nicht besonders elegant aus.

Jonny hatte Stella erzählt, wie verzaubert er gewesen war, wenn seine Mutter ihm etwas aus der Zeitung vorgelesen hatte. Ihrer hellen klaren Stimme unterlief kein Nuscheln, kein Verschlucken einer Silbe. »Meine Mutter ist in jeder Hinsicht perfekt, sie erlaubt sich keinen Fehler«, hatte er betont.

Stella wusste, dass Jonnys Mutter streng urteilen würde über eine Schwiegertochter aus einer Familie, die weder adlig noch reich war.

Edith hatte ihrem Sohn die Trennung von Leni verübelt. Lenis Vater war Offizier, er hatte sich im Krieg Medaillen erworben, er stand General Lettow-Vorbeck nahe, einem guten Freund Edith von Warneckes. Wer hingegen war Alexander Wolkenrath? Ein unbedeutender Kaufmann, wohnhaft in der wahrhaftig alles andere als herrschaftlichen Feldstraße. Der einzige Pluspunkt, den die Familie aufweisen konnte, war ihre Verbindung mit den Gaerbers, die gewissermaßen Nachbarn der von Warneckes waren.

Jonny hatte tatsächlich Angst, dass Stella ihn blamieren könnte. Sie war manchmal so unverfroren. So vollkommen unweiblich. Allerdings war es auch möglich, dass sie seiner Mutter Respekt abringen würde. Edith selbst war nicht einmal in Peking im Damensattel geritten. Sie hatte ihn gelehrt, Tennis zu spielen, indem sie ihm eine schonungslose Gegnerin war.

Jonny verlor sich in Erinnerungen. Damals, 1900, während des Boxeraufstands, war seine Mutter völlig unerschrocken gewesen. Nie würde er den Augenblick vergessen, als er zum ersten Mal einem Gespräch über die drohende Gefahr lauschte. Es war im Tennisclub gewesen, im März 1900. Die Erwachsenen sprachen über die geheime Gesellschaft der gegen die Ausländer rebellierenden Chinesen. Sie tranken Gin Tonic und Whisky, das Ganze wirkte sehr gemütlich und die Gefahr sehr unwirklich. »Sie breitet sich aus«, sagte besorgt Herr Cordes, der gerade aus Shantung zurückkam. Herr Cordes war Dolmetscher wie der Vater. Robert Hart, der englische Botschafter, ein alter, vornehmer Herr, ein bisschen tattrig schon, bat um eine Erklärung, worum es sich eigentlich handelte bei den Boxern.

Dietmar Maukesch und Heinrich Cordes antworteten ihm einander ergänzend auf Englisch. Jonny, der die Sprache in der internationalen Gemeinschaft in Peking schon früh gelernt hatte, folgte dem Gespräch ohne jedes Problem.

»Ursprünglich handelte es sich um eine patriotische Vereinigung«, erklärte Heinrich Cordes. »Die Führer versichern, im Besitz von überirdischen Kräften zu sein, und jedem, der sich der Bewegung anschließt, versprechen sie den Schutz des Kriegsgottes, der ihn unverwundbar gegen Schuss- und Stichwunden macht. Sie betreiben im Freien Exerzitien, rhythmische Bewegungen, die aussehen, als würden sie boxen.«

»Sie verfolgen die Missionare«, schloss Jonnys Vater besorgt, »und bringen chinesische Christen zu Hunderten um.«

Jonnys Mutter lachte, während sie den Kopf in den Nacken warf, was ihre goldblonden halblangen Haare funkeln ließ. »Das macht mir keine Angst! Gegen die Missionare gerichtete Aufstände kommen schließlich ständig vor.«

»Aber ich habe Plakate gesehen, die die Ermordung sämtlicher Fremden ankündigen«, gab Mrs. Mears zu bedenken, die Gattin eines Zollbeamten.

Ediths grüne Augen schillerten wie die einer Leopardin. »Das ist kein ungewöhnliches Ereignis. Die Chinesen sind nun mal kleine Bestien.« Sie warf einen aufreizenden Blick in die Männerrunde. »Machen Sie sich keine Sorgen, meine Liebe«, sagte sie. »Wir sind gut beschützt.«

Ja, vielleicht würde seine Mutter in Stella eine Frau vom gleichen Schlag erkennen. Er empfand es manchmal so. Auch dass Edith heute Abend nicht nur ihren Sohn und ihre zukünftige Schwiegertochter zu sich eingeladen hatte, sondern eine kleine Abendgesellschaft gab, zu der sie sich herabließ, auch Stella zu bitten, bewies natürlich einmal mehr, wie stolz und unbeugsam sie war. Und welcher Prüfung sie Jonnys Zukünftige aussetzte. Denn bei Edith von Warnecke verkehrte die Crème de la Crème der deutschen konservativen Führung. Ihr zweiter Mann, Graf von Warnecke, war Kapitän. Bei ihm zu Gast waren die einflussreichen Reeder Woermann, Cuno und so weiter. Heute Abend, das wusste Jonny, würde auch General von Lettow-Vorbeck erscheinen.

Was würde der General zu Stella sagen? Für ihn existierten Frauen eigentlich nur als liebe Wesen, die dem Mann ein Zuhause boten. Eine Frau, die widersprach und die Fäuste in die Hüften stemmte, war Lettow-Vorbeck bestimmt noch nie begegnet. Außer natürlich Edith von Warnecke, aber sie war nun einmal eine Ausnahmefrau. Lettow-Vorbeck vergötterte sie geradezu. Aber Edith von Warnecke war eine elegante Frau von Klasse, Stella hingegen ein verspieltes Kätzchen.

Jonny Maukesch fuhr mit seinem Zeigefinger unter den Hemdkragen, der ihm in diesem Augenblick viel zu eng vorkam. Er schwitzte. Und er bedauerte, dass er sich mit dem kleinen Luder, der Stella Wolkenrath, eingelassen hatte. Jetzt steckte er mitten im Schlamassel. Sie hatte leider einen gar zu süßen Hintern. Und im Gegensatz zu Leni war sie sogar bereit, diesen lüstern an ihm zu reiben, bis ihm das Blut vom

Kopf zwischen die Beine gerutscht war. Es war gefährlich, weiblichen Körperteilen zu viel Macht einzuräumen. Sein Vater hatte das getan. Wie immer fühlte Jonny sich sofort beschämt, sobald er an seinen Vater dachte.

Zwei Jahre, nachdem Dietmar Maukesch seine Frau und seinen Sohn von China fortgeschickt hatte, gegen deren Willen, denn beide empfanden keine Angst vor den Chinesen, ließ sich der Vater aus der Ferne scheiden, weil er eine Chinesin heiraten wollte. Eine Woche lang verwandelte sich die stolze Edith Maukesch in ein Häufchen Elend und versank im Meer ihrer Tränen. Nach den Tränen kamen die Wutausbrüche. Wut nicht nur auf den Vater, sondern vor allem auf die schlitzäugige gelbe Nutte. Von nun an waren alle Frauen aus Kolonialländern gefährliche Bestien. Aus dem Opfer war ein Racheengel geworden. Den Vater gab es nicht mehr in Jonnys Leben. »Er ist für mich gestorben!«, sagte die Mutter. Also sagte auch Jonny: »Mein Vater ist tot, er ist für uns gestorben.« Ihn für tot zu erklären, war das beste Mittel gegen die Scham. Jonny schämte sich sehr, weil er der Sohn eines solchen Vaters war. Er leistete einen heiligen Schwur vor Gott, dass er jeden Keim in sich ausrotten wolle, der irgendwie vom Vater stammte. So wie Klaus von Warnecke wollte er werden, lieber noch wie der General von Lettow-Vorbeck, aber das schien ihm unerreichbar. Der General war übermenschlich. Er war ein Held. In Afrika hatte er die Hottentotten niedergeschlagen, in China die Boxer, im Krieg hatte er in Deutsch-Ostafrika gegen die Engländer die Stellung gehalten.

Was machte dagegen sein schwacher Vater? Heiratete eine Chinesin, angeblich zwar eine gebildete Frau, wie es in einem Brief an seinen Sohn stand, doch was war das für ein Gewinsel? Chinesische Bildung war die Bildung von Untermenschen. Jonny ekelte sich vor seinem Vater. Möglicherweise bekomme ich sogar noch Halbgeschwister mit Schlitzaugen, stellte er sich angewidert vor. Nein, daran wollte er nicht einmal denken. Der Vater war für tot erklärt.

Alle folgenden Briefe hatte er ungeöffnet beiseitegelegt.

»Bin ich so comme il faut?« Kichernd breitete Stella die Arme aus, drehte sich einmal um ihre Achse und flog Jonny entgegen. Schon hatte sie die Arme hinter seinen Hals geschlungen und ihre rotgeschminkten Lippen auf seinen Mund gepresst. Er löste ihre Arme, trat einen Schritt zurück und betrachtete sie entsetzt. Sie sah aus wie ein Weihnachtsbaum. Überall an ihr glitzerte es von Gold und Edelstein.

»Lass dieses Theater«, fuhr er sie an und wischte den klebrigen Lippenstift von seinem Mund. »Woher hast du überhaupt diese Klunker?«

Stella schwankte einen Moment, ob sie schmollen oder einfach über die Abfuhr hinweggehen sollte. Sie war ebenfalls aufgeregt. Aber anders als er. Sie wusste genau, wie sie Menschen für sich gewinnen konnte. Die Aussicht, auf einer Abendgesellschaft Grafen, Offizieren, Kaufleuten oder Kapitänen zu begegnen, ängstigte sie viel weniger, als wenn sie von Edith von Warnecke bei einem Tee-Tête-à-tête auf Herz und Nieren geprüft worden wäre. Stella war sich ihrer selbst vollkommen bewusst: Sie war schön, spritzig, charmant. Eine Welle von Aufmerksamkeit schwappte durch jeden Raum, den sie betrat. Ihre heutige Sorge war deshalb, dass sie zu viel männliche Aufmerksamkeit erregen und dass Edith von Warnecke das missbilligen könnte. Aus diesem Grund hatte sie das wirklich sehr brave Kostümchen angezogen.

»Meine Mama hat von der ihren einigen Schmuck geerbt«, erklärte sie, während sie sich der Broschen, Armbänder und Ketten entledigte. »Was ist der epochalen Bedeutung des heutigen Abends angemessen?« Sie neckte ihn mit einem kessen Hüftschwung, strich mit ihren Fingernägeln zart über sein Ohr. Sie wusste, dass er erschauerte, sobald sie seine Ohren berührte.

Grob griff er nach ihrer Hand und hielt sie fest. »Stella, lass die Scherze. Wir müssen gehen. Meine Mutter hasst es, wenn man zu spät kommt.« Mit einem kurzen Ruck entriss Stella ihm ihre Hand. Aus ihren Augen schossen Blitze. Jetzt bist du zu weit gegangen, mein Lieber, dachte sie und schwor sich, ihn das am heutigen Abend spüren zu lassen. Schweigend legte sie den restlichen Schmuck auf den kleinen runden Tisch im Wohnzimmer. Sie wechselte einen kurzen Blick mit ihrer Mutter, die sich wieder in den Sessel gesetzt hatte und ihren Roman in der Hand hielt. »Danke, Mama«, sagte sie und beugte sich hinab, um Käthe zum Abschied zu küssen. »Ich glaube, ich behalte nur diese.«

Käthe lächelte zustimmend. Sie hatte Stella schon zu der Perlenkette geraten, bevor sie die Schmuckschatulle geöffnet hatte. Perlen waren teuer. Sie waren dezent. Und sie unterstrichen den Glanz von Stellas Haut.

»Wir können gehen«, sagte Stella kühl zu Jonny. Majestätisch schritt sie vor ihm aus der Wohnung. Er verabschiedete sich zackig von Käthe, die ihm mit einem Blick hinterherschaute, den er zu seinem eigenen Glück nicht sah.

7

In Jonnys Daimler, der aussah wie ein dickes dunkelblaues Paket, fuhren sie von der Feldstraße zur Elbchaussee. Der Motor machte enormen Krach, an eine Unterhaltung war nicht zu denken. Das war Stella sehr recht. Sie war immer noch zornig auf Jonny. Der Zorn war gut. Er verdrängte jede Angst vor dem heutigen Abend.

Sie überlegte, wie ihre künftige Schwiegermutter wohl sein würde. Jonny hatte ihr erzählt, dass Edith Maukesch 1900, als sie auf Geheiß ihres Gatten aus China fliehen musste, am liebsten so schnell wie möglich zurück nach Peking gereist wäre. Sie hatte in Hamburg in der Hansastraße eine Wohnung gemietet, eine prächtige Wohnung von drei Zimmern mit hohen Decken und verspieltem Stuck. Trotzdem missfiel es ihr dort sehr. Sie musste alle Hausarbeiten selbst erledigen, Kochen, Putzen, Einkaufen, denn für eine Haushaltshilfe war kein Geld da.

Zwei Jahre lang hatte Edith Maukesch ihre Zeit damit verbracht, sich einen Platz in der Gesellschaft zu erobern. Das war nicht einfach gewesen. Eine mit ihrem Sohn alleinlebende Frau galt nichts, auch wenn ihr Mann in der Ferne einen wichtigen Posten bekleidete. Nicht einmal in den Tennisclub konnte sie ohne bedeutende Referenzen eintreten.

Graf von Warnecke, der Kapitän des Schiffes, mit dem sie nach Hamburg gekommen waren, unterstützte sie nach Kräften. Vor ihrem Sohn nannte sie ihn »Freund des Hauses«. Da er nur ein kleines Häuschen in Övelgönne besaß, hielt er sich während seiner Heimaturlaube viel bei Jonnys Mutter in der Hansastraße auf. Graf von Warnecke, Onkel Klaus, wie Jonny ihn nannte, hatte den Jungen schon auf der Überfahrt unter seine Fittiche genommen.

Als Graf von Warnecke der schönen Edith einen Heiratsantrag machte, hatte sie eine Bedingung gestellt: Ein Haus an der Elbchaussee, in dem sie, wie sie es aus China kannte, mit einflussreichen Persönlichkeiten auf gleicher Ebene verkehren könnte. In das kleine Kapitänshaus in Övelgönne zu ziehen war für sie unzumutbar. »Da fällt mir ja die Decke auf den Kopf«, sagte sie. Klaus von Warnecke zahlte den Preis für Edith. Sein Kapitänsgehalt reichte gerade aus, um das Haus in Övelgönne zu finanzieren. Also verkaufte er es und nahm für den Rest der Villa an der Elbchaussee einen Kredit bei der Bank auf, den er bis an sein Lebensende würde abzahlen müssen.

Bald nach ihrer Hochzeit führte Edith an der Elbchaussee ihren Salon auf eine Weise, die weitgereiste Menschen anzog. Zum Beispiel wurde General von Lettow-Vorbeck, ein Freund des Grafen von Warnecke, ein gern gesehener Gast der Mutter und Jonnys großes Idol. Heute sollte Stella ihn also kennenlernen.

Wenn es für Stella nicht mittlerweile selbstverständlich gewesen wäre, im Haus der Gaerbers aus- und einzugehen, hätte die Villa der von Warneckes sie eingeschüchtert. Es war ein klassizistischer Bau mit griechischen Säulen im Eingangsportal. Ein livrierter Diener öffnete ihnen und nahm Jonny den Hut ab.

Da eilte eine schlanke Frau in einem smaragdgrünen Abendkleid mit einem atemberaubenden Dekolleté auf sie zu, umarmte Jonny, küsste ihn herzlich und streckte dann Stella beide Arme entgegen. Sie trug seidige Handschuhe, die bis zu den Oberarmen reichten, von gleicher Farbe wie das Kleid. Stella ergriff die dargebotenen Hände und schaute der Frau in die Augen.

Sie war überwältigt. Und das wollte etwas heißen. Stella Wolkenrath so zu beeindrucken, dass sie nicht wusste, was sie sagen sollte, war eine außergewöhnliche Leistung. Edith von Warnecke war es gelungen.

»Meine liebe Stella«, sagte Edith mit strahlendem Lächeln, »es ist mir eine große Freude, Sie zu Gast zu haben.«

In ihren grünen Raubtieraugen flackerte es kurz gefährlich auf, dann war die Maske wieder perfekt. Der kurze Moment aber rettete Stella. Wenn du könntest, würdest du mir deine perfekten Zähne in den Hals schlagen, dachte sie und hatte ihre Fassung zurück. Mit Frauenkonkurrenz kannte sie sich aus. Beim Spiel: Wer ist die Schönste im ganzen Land, wer kriegt den Prinzen?, machte sie nie mit. Sie bekam ihn sowieso. In diesem Augenblick war sie sich dessen allerdings nicht mehr so sicher. Sie kam sich neben der hinreißenden Gastgeberin in ihrem biederen Kostüm wie ein Trampel vor. »Ich freue mich auch sehr«, sagte Stella mit einem schüchternen mädchenhaften Lächeln. »Jonny hat mir schon viel von Ihnen erzählt.« »Hoffentlich nur Gutes«, bemerkte Edith und zog Stella an einer Hand hinter sich her in einen großen Raum, der mit Fug und Recht als Ballsaal bezeichnet werden konnte. Der Boden war kunstvoll mit Parkett ausgelegt, der Raum erstrahlte von einem üppigen Kristalllüster an der Decke und vielen kleineren Kristalllampen an den Wänden, die das Lilienmuster im Stuck lebendig werden ließen.

Zum ersten Mal in ihrem Leben kam Stella sich vor, als trüge sie eine Tarnkappe. Keine Aufmerksamkeitswoge ging durch den Raum. Man beachtete sie gar nicht. Die grüne Nixe zog sie hierhin und dorthin, um sie diesem oder jenem wichtigen Menschen vorzustellen. »Stella Wolkenrath«, sagte sie zum Beispiel zu einem blasiert durch ein Monokel blickenden Mann, der Stella irgendwoher bekannt zu sein schien. »Eine Errungenschaft meines Sohnes. Ist sie nicht bezaubernd?«

Alles geschah in einer solchen Geschwindigkeit, dass Stella sich die Namen nicht merken konnte. Sie lächelte, hatte sich vollkommen für ihr mädchenhaft schüchternes Lächeln entschieden, das allmählich von einer Maske zum Ausdruck ihres wirklichen Gefühls wurde. Edith von Warnecke gehörte zur Generation ihrer Mutter und Lydia. Auch Lydia, dieses Elfenwesen, hatte Stella schon beeindruckt, weil sie ihr zeigte, dass Frauen nicht so altern mussten, wie ihre Mutter es tat, die graue Haare, einen Buckel und gichtige Hände bekommen hatte. Die nach Fritz' Tod aufgehört hatte, eine Frau zu sein, und sich in ein drittes Geschlecht verwandelt hatte.

Edith von Warnecke aber war unvergleichlich. Man konnte kaum glauben, dass sie die Mutter von Jonny Maukesch war. Sie hätte auch seine ältere Geliebte sein können. Anders als in der Rolle der verwöhnten geliebten Frau war sie nicht vorstellbar. Seltsamerweise brachte sie es fertig, dass die Männer um sie herum als Männer besonders in Erscheinung traten. Stella war fasziniert. Das war eine Qualität an Weibsein, die sie an sich selbst nicht kannte. Sie war zwar weiblich, erotisch, schön. Aber sie war auch Kumpel. Männer wurden neben ihr nicht zu so etwas wie der Verkörperung von Mann schlechthin. Edith von Warnecke hingegen gelang es, dass jeder Mann, den sie in ihrer

Nähe duldete, eine Verwandlung durchmachte. Aus jemandem, der im Augenblick zuvor noch wie ein hohles Ausstellungsstück von Uniform und Orden mit einem Glas Wein oder Sekt in der Hand dagestanden hatte, wurde ein lebendiges Wesen mit männlich gestraffter Brust und diesem Blick, den nur ein Mann auf eine Frau richtet.

Wie schafft sie das?, fragte Stella sich, und ihre Schüchternheit verschwand. Sie vergaß sich selbst, nur noch neugierig, den Zauber dieser Frau zu ergründen.

Dann stand sie vor General von Lettow-Vorbeck. Jonny war an seiner Seite. Eine Sekunde lang kam er Stella vor wie ein Fremder. Mit hündischem Blick hing er an seinem ordensgeschmückten Idol.

Stella hörte Fritz' Stimme. Ein scharfer Schmerz zuckte durch sie hindurch. Wie verächtlich hatte Fritz von diesem General gesprochen! Er hatte die Hottentotten in Namibia fast ausgerottet, er hatte in China die Worte des Kaisers wahr gemacht. Stella konnte sich nicht dagegen wehren, sie hörte Wort für Wort Fritz' Stimme: »Kommt ihr vor den Feind, so wird derselbe geschlagen! Pardon wird nicht gegeben! Gefangene werden nicht gemacht! Wer euch in die Hände fällt, sei euch verfallen! Wie vor tausend Jahren die Hunnen unter ihrem König Etzel sich einen Namen gemacht, der sie noch jetzt in Überlieferung und Märchen gewaltig erscheinen lässt, so möge der Name Deutscher in China auf tausend Jahre durch euch in einer Weise bestätigt werden, dass niemals wieder ein Chinese es wagt, einen Deutschen auch nur scheel anzusehen!«

Mein Gott, dachte sie, 1900, da war ich noch ganz klein, wieso erinnere ich mich so deutlich an dieses Zitat des Kaisers, das Fritz uns aus der Zeitung vorgelesen hat? Fritz' Gesicht tauchte vor ihr auf. Er war mein Vater, dachte sie und konnte ihre Tränen kaum zurückhalten. Wieso kamen die jetzt? Wieso kamen die hier? Fritz war seit Jahren tot. Sie hatte ihn damals betrauert, aber da hatte sie noch nicht gewusst, dass er ihr Vater war. Sie hatte um Fritz geweint, nicht um ihren Vater.

Wie durch Nebel vernahm sie Lettow-Vorbecks Worte: »Gnädige Frau, hat ihre kleine zukünftige Schwiegertochter denn schon einmal von Ihren Heldentaten in China gehört?« Kleine zukünftige Schwiegertochter? Das war sie, Stella. Kleines Töchterchen, das hatte noch niemand von ihr gesagt. Lettow-Vorbeck hat alte Augen, dachte sie kühl. Ob er wohl eine Frau hat?

Um Lettow-Vorbeck, Jonny und seine Mutter bildete sich allmählich eine Traube von Menschen. Und dann gaben die drei eine Vorstellung, die Stella wie perfektes Theater erschien.

»Meine Mutter hat mich zum Lesen angehalten, und ich liebte Abenteuergeschichten über Seefahrer, Indianer, Piraten. Als ich das erste Mal von den Boxern hörte, nahm es sich für mich aus wie eine spannende, phantasieanregende Abenteuergeschichte.« Das war die Stimme ihres zukünftigen Mannes Jonny Maukesch. So hatte sie ihn noch nie gehört. Er klang wie ein Bühnenschauspieler. Trotz ihres Befremdens zog er sie in den Bann seiner Geschichte.

»Ich machte mir Gedanken darüber, wie die Exerzitien der Boxer wohl aussahen. Ob es wirklich einen Zauber gab, der vor Schüssen und Stichen schützt. Ich hatte drei Berufswünsche: Ich wollte Lokomotivführer, Boxer oder Rennreiter werden. Wenn man durch Boxen wirklich Zauberfähigkeiten entwickeln würde, wollte ich dem eindeutig den Vorrang geben.« Alle Umstehenden lachten. Jonnys Augen leuchteten hell. Stella konnte den Jungen in ihm erkennen, den anderen ging es wohl ebenso. Da erklang Ediths melodische, angenehme Stimme.

»Im Verlauf des Monats Mai mehrten sich die Nachrichten von Gewalttaten in der Umgebung von Paoting fu und Peking. Das ganze Land schien erfüllt von Boxerbanden, die die Bevölkerung terrorisierten. Die Europäer in den entlegenen Stationen, die Bahnbeamten und Missionare waren in Gefahr, viele von ihnen kamen nach Peking oder Lient fu. Das *Tsungli Yamen*, das Auswärtige Amt, machte auf die Beschwerden der Gesandten hin die schönsten Versprechungen: Es wolle alles Mögliche tun, um die Unruhen zu unterdrücken, und tatsächlich wurden auch Truppen zum Schutz der Bahn auf alle Stationen kommandiert und in Peking bei allen Gesandtschaften Schutzwachen aufgestellt. Mein ... damaliger ...« In einer bedeutungsvollen Pause verdrehte sie leicht die Augen und fuhr spöttisch fort: »... Gatte machte ein sorgenvolles Gesicht, ich aber nannte ihn einen verweichlichten Angsthasen.« Lettow-Vorbeck lachte dröhnend. Ja, du bist dir verdammt sicher, dass du kein verweichlichter Angsthase bist, dachte Stella wütend. Sie war überrascht über die Vehemenz ihrer Wut, aber sie konnte nichts dagegen tun.

Jonny sprach in das Lachen hinein, das sofort interessierter Stille wich: »Als ich meine Mutter fragte, ob die Boxer auch Feuer speien könnten wie Drachen, sagte sie, die chinesische Regierung würde im rechten Augenblick energisch einschreiten. Für meinen Geschmack klangen ihre Worte zwar etwas übertrieben optimistisch, aber natürlich hatte ich sowieso keine Angst.« Lettow-Vorbeck schlug ihm anerkennend auf die Schulter. In diesem Augenblick stellte sich ein Mann neben Edith Maukesch. Stella betrachtete ihn neugierig. Es gab keinen Zweifel: Das musste Jonnys Stiefvater sein. Wieso hatte Edith sie eigentlich allen möglichen Leuten vorgestellt, nur nicht ihrem Mann? Er bemerkte ihren Blick und begrüßte sie mit einer angedeuteten Verbeugung. Über Stellas Rücken lief ein Schauer. Dies war der erste Mann in diesem Raum, der sie beachtete. Nicht wie ein Mädchen. Wie eine Frau. Sie lächelte ihn an. Er lächelte zurück. Edith von Warnecke hob den Kopf sehr langsam und betrachtete Stella unter halb geschlossenen Lidern von oben herab. Eine Sekunde. Zwei Sekunden. Stella machte ihre rundesten naivsten Augen. Zwei Frauen, die einander abschätzten. Die mit Blicken ihre Macht testeten.

Graf Klaus von Warnecke räusperte sich. Allein Jonny schien nichts bemerkt zu haben. Mit unveränderter Stimme erzählte er weiter. »Ich verbrachte die Tage mit Überlegungen, wie man sich gegen einen derart mächtigen Gegner verteidigen könne. Ich kam zu dem Schluss, dass man die Boxer mit ihren eigenen Mitteln schlagen müsse. Also ging ich zu meiner Mutter, baute mich breitbeinig vor ihr auf und sagte: Ich will boxen lernen. Sie war entsetzt.«

Stella sah die beiden vor sich. Zwei verblüffend ähnlich geschnittene Gesichter, oval mit hohen Wangenknochen und weit auseinanderliegenden Augen. Der einzige Unterschied lag in der Farbe der Augen, seine waren blau wie die seines verhassten Vaters.

»Boxen ist ein Sport für Proleten«, Jonny kopierte den Tonfall seiner Mutter. »Übe du dich im Reiten und Tennisspielen. Wenn du möchtest, kannst du fechten lernen, sagte sie. Fechten? Ich sah mich gegen die Boxer mit dem Fechtstab kämpfen, und es schien mir nicht einmal so unangenehm, eine Waffe zu benutzen, die länger war als ihre Arme. Trotzdem gefiel mir das Boxen besser. Es zielte mitten ins Gesicht, und dann fiel der Gegner um.«

Edith von Warnecke ließ ihr Lachen durch den Raum perlen. »Wenige Tage später allerdings ging alles drunter und drüber, und Boxen und

Fechten standen nicht mehr zur Debatte.« Sie blinzelte ihrem Sohn zu. Wir beide haben schon einige Schlachten gewonnen, sagte dieser Blick. Er nickte lächelnd zurück. Er ist in sie verliebt, dachte Stella erstaunt. Wenn er könnte, würde er sie flachlegen. Sie schüttelte über sich selbst den Kopf. Wie konnte sie nur etwas so Dummes annehmen?

Eine junge Frau bat Edith, ihnen mehr über die abenteuerlichen Ereignisse in China zu berichten. Wann konnte man schon etwas darüber von einem Augenzeugen hören.

»Gnädige Frau, ich höre es auch immer wieder gern«, pflichtete Lettow-Vorbeck zu. »Ich wurde ja damals, während Sie schon die Stellung gegen die Gelben hielten, gerade nach China verschifft, um die deutsche Flagge hochzuhalten.«

Die Mission des Kaisers erfüllen, dachte Stella zornig. Schlag sie wie ein Hunne! Sie war sehr erschrocken über sich selbst. Immerhin war die Hochzeit zwischen ihr und Jonny beschlossene Sache, und sie kam sich hier vor wie eine Revolutionärin, die am liebsten alles in die Luft sprengen wollte.

»Es war, glaube ich, Ende Mai«, sagte Edith nachdenklich, »als sich die Nachricht verbreitete, dass die Bahnlinie zerstört war. Starke Banden hätten die Station Fengtai angegriffen, ohne von den chinesischen Soldaten behindert worden zu sein.

Die Gesandten beschlossen, sofort Schutzwachen für die Legationen kommen zu lassen. Am 1. Juni kamen die ersten Truppen, die von allen freudig begrüßt wurden. Am 3. Juni, es war ein Pfingstsonntag, kamen, zusammen mit den deutschen Soldaten, auch die österreichischen an. Insgesamt waren es vierhundertzwanzig Mann. Die Ankunft der Soldaten wurde allerseits als eine große Erleichterung empfunden. Nicht nur die Europäer, auch alle chinesischen Diener, die eine entsetzliche Angst vor den Boxern hatten, glaubten, dass ihre bloße Anwesenheit genügen werde, um die Ruhe in der Stadt aufrechtzuhalten. Aber schon einen Tag später kam die Nachricht, dass kein Zug nach Tientsin mehr abgehen konnte, weil die Boxer zwei Stationen südlich von Henytai zerstört hätten, und die Bahnlinie unterbrochen war. Der versprochene Schutz der Regierung erwies sich also als vollständig ungenügend. Die Gesandten erkannten die Notwendigkeit, Verstärkungen von Tientsin kommen zu lassen.«

»Mit einigen deutschen Leutnants ritten meine Mutter und ich am

Abend aus, um uns anzuschauen, wie die Stadt sich verändert hatte«, warf Jonny ein. Er klang, als wäre er wieder zehn Jahre alt.

»Ja, ich wollte Jonny zeigen, dass jede Angst überflüssig ist«, sagte Edith knapp. »Deshalb erlaubte ich ihm mitzukommen.«

»Es war enorm beeindruckend!« Jonny hob die Arme, als wollte er alle Aufmerksamkeit, die ohnehin auf ihn und seine Mutter gerichtet war, in seinen Fingerspitzen bündeln. »Am Fuß der Stadtmauer war ein Posten von drei Chinesen als Schutzwache für die amerikanische Gesandtschaft aufgestellt. Um sich die Zeit zu vertreiben, hatten sich die drei Krieger in ihre Hütte, die aus einer großen Strohmatte bestand, zurückgezogen und spielten Hazard. Ihre Gewehre waren als Pyramide vor der Hütte zusammengestellt, auf den Spitzen der Bajonette war Wäsche zum Trocknen ausgebreitet, und unterhalb hing ein Vogelbauer mit einer Pekinger Lerche, die lustig zwitscherte. Alles wirkte friedlich, und meine Mutter lachte spöttisch über die Panik, die einige, vor allem englische Damen, ergriffen hatte. Ich bewunderte ihren Schneid, ebenso wie es die Leutnants taten, wie ich wohl sah. Ich wusste, dass sie von mir erwartete, ebenso schneidig und unerschrocken zu sein. Auf dem Rückweg gab ich der Stute die Sporen und galoppierte zeitweilig sogar den anderen voraus.«

»Wie alt waren Sie da eigentlich, Kapitän?«, fragte eine blonde junge Frau, deren hanseatische Erziehung von der Perlenkette bis zum elegant dezenten dunkelblauen Seidenkleid jedem in die Augen sprang.

»Zehn Jahre alt war mein Jonny«, sagte Edith von Warnecke stolz. »Aber er sah aus wie ein Dreizehnjähriger, und er begleitete mich überallhin, wie ein jüngerer Bruder. Er war tapferer als die meisten Erwachsenen.« Eine unschöne Bitterkeit verunstaltete ihr edles Gesicht für einen Moment, und es gab wohl keinen im Raum, der sich keine Gedanken darüber machte, wie es um die Tapferkeit ihres damaligen Mannes bestellt gewesen sein mochte.

Graf von Warnecke räusperte sich nervös. Stella sah ihm an, dass das Ganze ihn etwas langweilte. Er hatte dieser Vorstellung wohl schon einige Male beigewohnt, und auch wenn Edith beeindruckend war, so mochte sich ihre Faszination in der Wiederholung etwas abnutzen. Edith legte kurz ihre Hand auf seinen Arm und bedachte ihn mit einem bezaubernden Lächeln. Ungerührt fuhr sie in ihrer Schilderung fort.

»Die beunruhigenden Nachrichten mehrten sich von Tag zu Tag. Besonders die Chinesen sprachen von dem in nächster Zeit bevorstehenden Einzug der Boxermassen in Peking, dem Angriff auf die Gesandtschaften und der Ermordung sämtlicher Fremden. Sie hatten einen festen Glauben an die Unverwundbarkeit der Boxer und ihre Stärke.«

»Meine Mutter lachte nur darüber, ihr Mann hingegen sorgte sich immer mehr. Erstmalig sprach er davon, dass wir besser nach Deutschland zurückkehren sollten. ›Was für ein Blödsinn‹, wies sie dies Ansinnen empört zurück. ›Die haben doch nicht einmal Waffen! Schwerter, Lanzen, vielleicht ein paar alte Gewehre.‹«

»Nun ja«, sagte Edith versöhnlich. »Am Abend kam mein damaliger Gatte voller blauer Flecken nach Hause. Er erzählte, dass die Österreicher, weil sie sich ausgemalt hätten, dass die Chinesen wahrscheinlich bei Nacht unter Deckung der Dunkelheit anschleichen, jede Menge Fallen aufgestellt hatten. Zwischen allen Bäumen hatten sie Drähte gespannt, um Angreifer im raschen Lauf zu Fall zu bringen, sogar Tennisnetze hatten sie als Hindernisse aufgestellt.« Sie brach in helles Lachen aus, in das alle einfielen. Selbst Stella musste lachen, weil sie die Szene vor ihren Augen sah.

»Nicht alles war lustig«, gab Edith zu bedenken. »Mitte Juni vernahmen wir plötzlich ein tausendstimmiges Geschrei, das erst entfernt, dann immer näher und näher erscholl. Da stürzten auch schon einige chinesische Diener leichenblass herbei und riefen: ›Die Boxer kommen, wir sind alle verloren!‹ In den nächsten Minuten herrschte aufgeregte Geschäftigkeit. ›Wir gehen zur Botschaft‹, bestimmte Dietmar, ›da sind wir sicherer.‹ Alle Gesandtschaften waren mit einer zwölf Fuß hohen, starken Mauer umgeben. Wir rannten so schnell wir konnten. Man konnte deutlich hören, wie sich die heulende Menge näherte. Von der östlichen Hauptstraße sah man einen Feuerschein. Die Boxer hatten im Vorbeiziehen die Kapelle der amerikanischen Mission in Brand gesteckt.«

Inzwischen hatten sich alle Gäste um sie geschart. Kein einziger stand noch im Raum. In Abendgarderobe, wohlfrisiert, Gläser mit unterschiedlichsten Getränken in der Hand, standen Frauen und Männer um Edith und Jonny und Lettow-Vorbeck und lauschten. Edith blickte ins Nirgendwo, als wäre sie nach China zurückversetzt.

»Als wir die Botschaft endlich erreicht hatten, hasteten wir die Treppen hoch zu den anderen, die auf dem Dach standen, um möglichst viel erkennen zu können. Es fing gerade an, dämmrig zu werden, da bog die Menschenmasse auch schon um die Ecke, um sich wie eine ungeheure Welle auf die österreichische Gesandtschaft heranzuwälzen.«

»Tausende schwangen Fackeln«, unterbrach Jonny sie voller Begeisterung. »Sie kamen mit ohrenbetäubendem Geschrei bis zum neuen chinesischen Münzamt, das von der österreichischen Gesandtschaft nur durch ein altes Prinzenpalais getrennt war, und fingen an, Feuerbrände in das Gerüst des Vorgebäudes zu werfen. Es war ein beeindruckendes Schauspiel! Ich hatte nicht die geringste Angst. Ich war einfach nur hingerissen von den Bildern und der aufgeregten Stimmung!« Er blickte seine Mutter auffordernd an.

»Als dieses Feuer fing und die Boxer ihren Weg fortsetzten, gab Schiffsleutnant Winterhalder, der mit fünf Mann auf dem niedrigen Dach eines Hauses in der Nordwestecke postiert war und sie nur nahe genug herankommen lassen wollte, um eines guten Erfolges sicher zu sein, den Befehl: Feuer! Und aus sechs Mannlicher Gewehren knatterten Salven auf Salven in die nur hundertfünfzig Schritte entfernt stehende dichtgedrängte Menge. Nach einem ersten Aufschrei wurde es plötzlich totenstill. Es entstand ein Stoßen und Drängen nach rückwärts, und in einigen Minuten war die breite Straße, die eben noch von einem lebenden, dichten Menschenknäuel erfüllt gewesen war, wie ausgestorben. Nun stellten sie die Mitrailleuse, ein mehrläufiges Schnellfeuergewehr, auf der Straßenkreuzung außerhalb der Botschaft auf, um jede Annäherung zu verhindern.«

»In dieser Nacht wurde ich nicht ins Bett geschickt«, griff Jonny den Faden auf. »Spät in der Nacht, gegen zwei Uhr, zeigten sich am Ende der nach Norden führenden Straße wieder Lichter. Sie kamen näher und näher. Kein Zweifel: Es waren die Boxer. Man ließ sie nahe herankommen, dann wurde mit dem Maschinengewehr Feuer gegeben, worauf die Angreifer sich schleunigst wieder zurückzogen.«

Edith riss die Augen weit auf, und mit ihr taten es alle um sie herum stehenden Frauen, die an ihren Lippen hingen, als hinge ihr Leben davon ab. »Alle waren überzeugt, dass es viele Tote und Verwundete gegeben haben musste. Aber eine ausgesandte Patrouille fand nichts als ein paar Blutspuren, eine Menge Fackeln, die ihre Träger am Straßenrand in den Staub gestellt hatten, um dann in den tiefen beiderseitigen Gräben die Flucht zu ergreifen. Die einzige Leiche, die gefunden wurde, war die einer alten Chinesin, die ganz verbrannt und verkohlt war. Wie ein Kreuz an ihrem Hals bewies, ein unglückliche Christin.«

»Nachdem diese Nachricht in der Botschaft angelangt war, bestimmte sie«, Jonny wies lächelnd auf seine Mutter, »dass ich nun unbedingt schlafen müsse. Wir belegten eins der Gästezimmer der Botschaft, und ich fühlte mich viel wohler als in unserem großen Haus, wo die Eltern weit entfernt schliefen. Ich lauschte auf ihren Atem und schlief mit einem wohligen Gefühl ein, in aufregenden Abenteuern geborgen zu sein.«

Edith lächelte zärtlich, und man sah den umstehenden Frauen an, dass sie Jonny am liebsten über den Kopf gestreichelt hätten.

»Als wir am Vormittag zu unserem Haus zurückkehrten, fanden wir alles geplündert vor. An manchen Stellen hatte es gebrannt. Es war ein Bild totaler Zerstörung. Die Bediensteten waren fort. Ebenso die Pferde. Wir hatten kein Zuhause mehr. Einen Moment lang war ich eingeschüchtert. Aber dann beschlossen wir, in die Botschaft zu gehen und dort zu wohnen. Und es wurde sofort wieder lustig. Alle Hausfrauen in den Botschaften hatten Probleme. Die Köche, die Boys waren verschwunden, nur einige Kulis waren übrig geblieben. Und die Kulis trugen ihre Namen zu Recht, übersetzt lautet ku li ›bittere Kraft‹. Aber trotzdem sah alles picobello sauber aus, wie hoch es auch immer herging.«

»Meiner Treu«, bekräftigte Lettow-Vorbeck, »die deutsche Sauberkeit und Ordnung war Legende unter den Diplomaten, in China wie überall auf der Welt. Wie schmutzig es auch rundum war, im Haus der Deutschen gab es kein Staubkorn.«

»Wie ging es weiter?«, fragte ein junger Mann, der in Jonnys Alter sein mochte, aber nicht dessen militärische blonde Männlichkeit besaß. Er war schmal, feingliedrig und hoch gewachsen. Seine dunklen Haare, ebenso wie seine fast schwarzen großen Augen verliehen ihm ein südländisches Aussehen. Ein Jude, dachte Stella erstaunt. Und das hier? Das deutsche Militär, ebenso wie die Monarchieanhänger und diejenigen, die nach wie vor von der Dolchstoßlegende sprachen, verachteten die Juden. Zu der Mär, Deutschland hätte den Krieg nicht verloren, es seien die Roten gewesen, die dem Heimatland den Todesstich in den Rücken versetzt hätten, gehörte neuerdings, dass die Juden die Hintermänner der Kommunisten seien.

Der junge Mann schmachtete Edith mit seinen romantischen Augen an. Sie gab ihm ein verführerisches Lächeln zurück. »Mein junger Dichter«, sagte sie, »die Wirklichkeit ist oft viel aufregender, als ihr es in eurem Kopf phantasieren könnt. Am 14. Juni abends stieg im Norden eine rote Rakete auf, eine Signalpatrone, das verabredete Zeichen, um anzuzeigen, dass die belgische Gesandtschaft einen Angriff zu erwarten habe. Die Belgier ließen die Bande kaltblütig herankommen, um dann eine Salve aus nächster Nähe abzugeben. Der Erfolg war eine so eilige Flucht, dass nicht einmal die Toten, vier an der Zahl, mitgenommen werden konnten.

Da sahen wir von der Deutschen Botschaft aus wieder Fackeln vor der österreichischen Botschaft. Das Maschinengewehr wurde in Aktion gesetzt; dabei wurde der Draht der elektrischen Leitung abgeschossen und so das Licht ausgelöscht. Baron von Ketteler tobte über das Unvermögen der österreichischen Offiziere.« Wieder ließ Edith ihr helles Lachen ertönen. »Walzer tanzen ist alles, was sie können!« Die Umstehenden fielen zustimmend in ihr Lachen ein. »Jeden Abend verbrachten die Botschaftsangehörigen mehrere Stunden auf der Wache. Dabei unterhielten wir uns recht gut, es war eine Art geselliger Vereinigung, alle zehn Minuten kamen Patrouillen: Deutsche, Franzosen, Italiener, Japaner, die Offiziere und Herren der verschiedenen Gesandtschaften kamen nachschauen, was überall los war. Besonders von Interesse waren die Österreicher, die an vorderster Front standen. Ich half Paula von Rosthorn, die immer neue Vorräte von Gießhübler, einer Mineralwassermarke aus Niederösterreich, Bier und belegten Broten heranschleppte, die im Handumdrehen wieder verschwunden waren.«

»Es war entsetzlich heiß«, erinnerte sich Jonny, »erst in den Nächten wurde es frischer, sodass man Lust bekam, draußen zu sein. Meine Mutter hatte in diesen Nächten aufsehenerregend gute Laune. Sie flirtete, diskutierte, half beim Bewirten, brillierte mit ihren Kenntnissen über die Boxer. Ich war von meinem Vater abkommandiert worden, auf sie aufzupassen. Das tat ich. Ich war immer an ihrer Seite. Ich war sehr stolz auf meine tapfere Mutter. Sie zu schützen machte mich zum Mann.«

»Meiner Treu, ja!«, Lettow-Vorbeck nickte bekräftigend mit dem Kopf. »Edith, Sie sind wahrlich die Verkörperung der idealen deutschen Frau. Sie sind schön! Sie können reiten, schießen, kochen, Sie sind tapferer als mancher Mann. Sie sind einfach vollkommen!«

Einige Männer nickten. Man konnte förmlich sehen, wie die umstehenden Frauen schrumpften. Ja, wer konnte diese Vielzahl an Fähigkeiten schon auf sich vereinen? Stellas Gesicht war zur Maske erstarrt. Sie war kurz davor, einen ihrer wirklich gefährlichen Wutausbrüche zu bekommen. Was geschieht denn mit euren guten deutschen Frauen?, hätte sie am liebsten geschrien. Als ihr in eurem verrückten Krieg wart, haben sie alles in ihre Hände nehmen müssen. Alles! Und jetzt, wo ihr zurück seid und natürlich wieder arbeiten wollt, schickt ihr eure Weibchen wieder in die Küchen zurück. Und weil sie abgearbeitet und grau sind, geht ihr in Lokale und auf Feste wie hier und hofiert solche Paradiesvögel wie Jonnys Mutter, vor der euch allerdings augenblicklich der Schwanz schrumpfen würde, wenn ihr bei diesem Flintenweib im Bett euren Mann stehen müsstet. Ihr wütender Blick glitt zu Graf von Warnecke. Sofort reagierte er. Sie schauten einander gerade in die Augen. Stella lächelte. Sein Blick wanderte von ihr fort zu seiner Frau. Ja, es ging weniger darum, die Bestie zu zähmen, es ging darum, ihr einen Rahmen zu bieten, das verstand Stella. Und sie fragte sich, ob genau das vielleicht ihre eigene Zukunft war: Von Jonny einen Rahmen geboten zu bekommen, in dem sie brillieren konnte. Die Idee war verführerisch, aber sie fühlte sich auch schal an.

»Mein Vater wollte, dass meine Mutter und ich flohen. Aber wir hielten dem unseren deutschen Kampfesmut entgegen«, berichtete Jonny weiter.

Durch die Gesellschaft ging ein ehrfürchtiges Raunen.

Du lügst doch, dachte Stella. Das hatte mit Mut nichts zu tun, das war für sie und dich doch das Abenteuer eures Lebens.

Kühl und ungerührt sagte Edith: »Jeden Abend sah man neue Feuersbrünste. Am 16. Juni zogen die Boxer in die Chinesenstadt und zerstörten dort alle Läden, die europäische Waren verkauften. An diesem Tag herrschte ein heftiger Wind, der sich zum Sturm steigerte. Der Brand breitete sich mit rasender Schnelligkeit aus, und ein großer Teil der Chinesenstadt, das Stadtviertel, in dem sich die reichsten Läden befanden, wurde eingeäschert.«

»Gegen Abend gingen meine Mutter und ich mit vielen anderen auf die Stadtmauer, um das Schauspiel aus der Nähe anzusehen. ›Das ist das Großartigste, was ich je gesehen habe‹, sagte sie, und ich verlor jede Furcht. Ein Feuermeer! Rund um das halbkreisförmige Stadttor zogen sich an der Stadtmauer Basare entlang, auch diese waren natürlich in Brand geraten, und von da züngelte das Feuer hinauf nach dem großen Torturm. Das Sparrenwerk war gut ausgetrocknet, und als wir hinkamen, stand das riesige Gebäude mit den Hunderten von kleinen Fenstern und dem dreifachen Dach schon in hellen Flammen. ›Was für ein herrlicher Anblick!‹, rief meine Mutter aus und drückte meine Hand. Auch ich war vollkommen überwältigt.«

»Sie haben recht, Gräfin«, sagte der junge Mann, der auf Stella wie ein Jude gewirkt hatte, ergriffen, »so etwas kann man sich gar nicht ausdenken. Ihr Bericht ist pure Poesie!«

Dummkopf, dachte Stella. Wenn du gebrannt hättest und dein Zuhause verloren, hättest du das überhaupt nicht poetisch gefunden!

Edith aber lächelte ihn schmelzend an und sagte: »Ich sehe das Bild noch vor mir: Tausende von obdachlos gewordenen Leuten drängten sich im ausgetrockneten Bett des Kanals mit ihren wenigen geretteten Habseligkeiten zusammen. Wir konnten von oben in die bewohnten Häuser hineinsehen. ›Wie schwer sich die Armen entschließen können, ihr Heim zu verlassen‹, sagte befremdet einer der Leutnants aus Taku.«

»Als ich diese Worte hörte«, unterbrach Jonny sie, »dachte ich an meine Mutter, die ihrem zerstörten Haus keine Träne nachgeweint hatte. Die Chinesen kamen mir jämmerlich vor, wie sie bis zum letzten Augenblick zögerten, etwas von ihrer Habe zu retten. Und nun war es zu spät, erkannte ich mit Genugtuung. Alles brannte. Die Leute mussten rennen, um sich selbst zu retten.«

Seine blauen Augen funkelten stolz in die Runde. In diesem Augenblick wurde Stella übel. Will ich den wirklich heiraten?, fragte sie sich. Sie kam sich vor, als würde sie gerade in ein Leben schlittern, das überhaupt nicht ihres war, aus dem sie vielleicht nie wieder herauskommen würde. Sie fühlte sich plötzlich sehr bedroht.

»Am selben Abend«, fuhr Edith fort, »ging Auguste Chamot, der Besitzer des Peking-Hotels, mit einigen seiner Kulis nach dem östlichen Südtor, ließ die großen Torflügel schließen, verriegelte und versperrte das Tor und nahm den Schlüssel mit nach Hause. Die Boxer, die sich bis dahin in der Chinesenstadt mit Plündern beschäftigt hatten, sahen sich dadurch von der Manschurenstadt abgeschnitten und offenbar an der Ausführung ihres Programms für die Nacht gehindert. Das versetzte sie in eine namenlose Wut. Sie rotteten sich am Fuß der Stadtmauer zusammen und schrien: ›Sha, Sha! Bringt sie um! Tötet sie alle!‹«

Wieder unterbrach Jonny sie: »Diese Rufe, von Tausenden fanatischen Menschen ausgestoßen, bildeten einen so ohrenbetäubenden Lärm, dass es nicht zu beschreiben war. Das dauerte stundenlang in unverminderter Heftigkeit. Es war wie ein tosender Orkan. Man fühlte den Hass dieser aufgereizten Pöbelmassen, es drang mir durch Mark und Bein. Erstmalig hatte ich große Angst. Ich musste mich übergeben. Das war das Schlimmste. Meine Mutter hielt mir den Kopf. Ich schämte mich entsetzlich. Meine Mutter war so tapfer, und ich ein jämmerlicher Waschlappen. Das sollte nie wieder geschehen, schwor ich mir. Nie wieder. Aber es hörte gar nicht mehr auf.«

Voller Sympathie blickten alle auf Jonny.

»Der ist ein echter Held, der es wagt, eine Schwäche zuzugeben!«, sagte Lettow-Vorbeck und schlug Jonny auf die Schulter.

Edith fiel ein: »Von diesem Tag an wurden täglich Expeditionen zu Boxertempeln gemacht, denn viele chinesische Bürger verrieten diese Verstecke mit großer Bereitwilligkeit. Bei dieser Gelegenheit machten die europäischen, vor allem aber die japanischen Soldaten Jagd auf Silberbarren. Es entwickelte sich ein richtiges Jagdfieber. Die Boxer wurden in ihren Schlupfwinkeln aufgespürt wie die wilden Tiere – und Gefahr war ja keine dabei, weil jene mit ihren Speeren und Schwertern gegen die Feuerwaffen nicht viel ausrichten konnten. Ich hatte die ganze Zeit über viel zu tun. Ich kochte, hielt die deutsche Gesandtschaft einigermaßen in Ordnung. Und wollte überall dabei sein, wo etwas los war. Nachmittags halfen Jonny und ich beim Bau der Barrikaden.«

Edith von Warnecke blickte prüfend in die Runde. »Meine werten Gäste, was tun wir hier eigentlich? Es sollte ein festlicher, zwangloser, fröhlicher Abend werden, und nun rufen wir diese alten gespenstischen Geschichten wieder wach.« Sie klatschte in die Hände. »Schluss jetzt! Bestimmt haben meine guten Küchengeister inzwischen alles vorbereitet. Zu Tisch, meine Damen und Herren!«

Und wirklich war im Nebenraum, der fast ebenso groß war wie der Ballsaal, ein langer Tisch mit edlem Geschirr gedeckt, und an vier Seiten standen junge Frauen in schwarzen Kleidern und gestärkten Rüschenschürzchen. Stella saß zwischen General von Lettow-Vorbeck und einem älteren Herrn mit roten Hängebacken und dicken Patschhänden. Der Mann wurde ihr als Herr Kommerzienrat Dr. Müller-Eberling vorgestellt. Er roch nach saurer Milch, und Stella wurde wieder etwas übel. Rechts am Kopfende saß die Hausherrin, ihr gegenüber ihr Mann. Edith hatte sich umgeben mit ihrem Sohn zu einer Seite und dem südländisch aussehenden Dichter zur anderen. Der junge Mann bat sie inständig, zu erzählen, wie sie schließlich der Gefahr entkommen war.

»Oh, es kam alles anders«, sagte Edith leichthin, nachdem auch andere Gäste sie gebeten hatten, sie nicht mit halber Geschichte abzuspeisen. »Am Morgen des 20. Juni versammelten sich alle Vertreter beim französischen Gesandten. Sie beratschlagten, wie sie eine Audienz bei der chinesischen Regierung und den beiden kaiserlichen Prinzen erreichen könnten. Bislang hatten sie vergeblich versucht, vorgelassen zu werden. Es ging ihnen darum, Zeit zu gewinnen. Die Expedition Seymour sollte täglich eintreffen und der ganzen Situation ein Ende machen. Außerdem hoffte man, den Ministern und dem Hof die Augen zu öffnen über den Wahnsinn, ganz Europa, Amerika und Japan den Krieg zu erklären. Da sagte Herr von Ketteler: ›Ich gehe auf jeden Fall in Angelegenheiten meiner Gesandtschaft hin, und wenn Sie wollen, so werde ich bei dieser Gelegenheit eine Antwort auf Ihre Note verlangen. Ich nehme mir ein Buch und eine Zigarre mit und warte dort, bis jemand kommt, und sollte es bis morgen früh sein.‹ Er verließ darauf die französische Gesandtschaft und machte sich in Begleitung eines Dolmetschers auf den Weg. Seine Eskorte schickte er zurück, weil er fürchtete, der Anblick der Soldaten könnte aufreizend wirken. Kaum zehn Minuten, nachdem er die österreichische Barrikade passiert hatte, sprengten die ihn begleitenden Kulis verstört zurück mit der Nachricht seiner Ermordung. Heinrich Cordes, sein Dolmetscher, durch Schusswunden an beiden Beinen schwer verletzt, konnte sich dank seiner genauen Ortskenntnis in die mehr als einen Kilometer entfernt gelegene amerikanische Mission retten. Er konnte dann auch genauen Aufschluss darüber geben, wie sich alles zugetragen hatte. Er berichtete, dass Soldaten in voller Uniform auf Befehl eines Offiziers die Schüsse abgegeben hatten.

Da erst wurde allen der Ernst der Lage in vollem Umfang klar.«

Am Tisch machte sich betretenes Schweigen breit, das Lettow-Vorbeck brach. »Fernab von China hatte es einige außenpolitische Konferenzen gegeben. Auf Drängen der deutschen Regierung wurde für die

Truppen der Mächte, die zur Niederwerfung des Aufstandes eingesetzt wurden, ein gemeinsames Oberkommando geschaffen. Als dessen Chef akzeptierten die Mächte den Kandidaten Wilhelms II., Generalfeldmarschall von Waldersee, da die Rivalität zwischen den beiden Hauptkonkurrenten in China, England und Russland, es ihnen nahelegte, sich auf den Vertreter einer dritten Macht zu einigen. So kam ich nach China.«

Stella wusste, wie es weiterging. Aber sie hielt sich zurück zu sagen, was ihr auf der Zunge lag. Den erhofften Ruhm hatte Deutschland nämlich nicht geerntet, im Gegenteil. Als Waldersee Ende September in China eintraf, hatten die Truppen der anderen Mächte den Aufstand bereits blutig niedergeschlagen. Waldersees Tätigkeit bestand bis zum Mai des nächsten Jahres, in dem er China wieder verließ, darin, durch »Strafexpeditionen« ins Innere des Landes den Forderungen der Großmächte Nachdruck zu verleihen. Aufgefordert zu Terror und Grausamkeiten durch den Kaiser persönlich, angeführt von Offizieren und Unteroffizieren, die ihren Einsatz in China als die geeignete Gelegenheit ansahen, die Idee vom deutschen »Herrenvolk« praktisch zu demonstrieren, hauste die deutsche Soldateska in China tatsächlich wie eine Hunnenbande. Jonny Maukeschs Vater diente ihnen als Dolmetscher mit den kleinen gelben Menschen, die sich so gefährlich widersetzt hatten. Das hatte sogar Jonny ihr erzählt.

»Ja, aber Sie, Gnädige Frau …« Der junge Dichter war ein Bild der Begeisterung, seine Wangen glühten, seine Augen glänzten fiebrig. »Wie entkamen Sie dem Inferno?«

Edith warf ihm einen hochmütigen Blick zu. »Inferno?«, fragte sie spöttisch. »Entkommen?« Sie lächelte ihn an. »Ich sah keine Notwendigkeit für Flucht. Mein damaliger Mann allerdings bestand darauf, dass Jonny und ich China verließen.«

Vor Stellas innerem Auge liefen Bilder ab. Viele Male schon hatte Jonny ihr die Flucht aus Peking beschrieben. Sie stahlen sich zu Pferde auf allen möglichen Umwegen aus der Stadt. Jonny empfand das Ganze als schmachvoll. Ihn zumindest hätte der Vater bei sich behalten sollen, Jonny hätte den Schlitzaugen schon tüchtig eingeheizt. Diese Verräter! Lächelten immerzu und waren nett und freundlich, aber hinterrücks mordeten sie.

Dietmar kannte die Stadt wie seine Westentasche, er kannte viele Chinesen, und auch auf dem weiteren Weg wurde ihnen immer wieder geholfen. Nach einer zweitägigen Reise verabschiedete er sich, weil er sein Fortbleiben in Peking nicht erklären konnte und nicht als Verräter dastehen wollte. Edith und Jonny wurden von Hand zu Hand weitergereicht. Zwei Wochen später landeten sie auf einer Dschunke, der alles fehlte: Mast, Segel, Ruder. Aber mit einer Strohmatte wurde ein notdürftiger Schutz gegen den Nachttau und die glühende Sonne hergestellt. Das Wasser auf dem Fluss war nur wenige Meter tief, und sie steckten ständig fest. Die chinesischen Männer, die sich mit Stangen abmühten, die Dschunke voranzubringen, sprangen von Zeit zu Zeit ins Wasser, um das Boot zu schieben.

Nach einiger Zeit wurden Edith und Jonny auf ein anderes Boot umgeladen, ein einfaches flaches Fahrzeug. Es wurde eine Reise von vier bis fünf Tagen. Edith fragte ihren Sohn erstaunt: »Kannst du mir sagen, wieso diese Schlitzaugen deinen Vater so sehr lieben, dass sie all dies auf sich nehmen, nur um uns zu retten? Das finde ich doch sehr eigenartig.« Jonny zuckte nur mit den Schultern.

Eine leere Kiste wurde aufs Boot gestellt, und darauf nahmen Edith und Jonny täglich eine Mahlzeit ein, die aus Reis und Fisch bestand. Bänke gab es keine, und so mussten sie den ganzen Tag am Boden des Boots auf zwei harten Polstern sitzen oder liegen. Sie wechselten noch zweimal die Boote, ritten auf Mauleseln einige Tage über Land, landeten irgendwann auf einem Fischereidampfer und zwei Wochen später in Shanghai. Jonny sah aus wie ein weißhaariger Neger, so sehr waren seine Haare ausgebleicht, und so schmutzig war er geworden, Edith glich nicht mehr einer deutschen Göttin, sondern einem Tier, vor dem man sich in Acht nehmen musste. So lernte Klaus von Warnecke sie kennen. Gefährlich. Wild. Ein getriebenes Tier.

Er behandelte sie wie eine Königin und Jonny wie einen Prinzen. Edith entledigte sich nicht nur des Drecks, unter der respektvollen Fürsorge des Kapitäns entledigte sie sich jeder Schmach. Jonny sah, wie die Mutter plötzlich wieder wuchs, als gewänne sie ihren Stolz und ihre Schönheit zurück. Graf von Warnecke verehrte sie wie ein Wunder der Schöpfung, das ihm selbst gelungen war.

Vom anderen Ende des Tisches erklang nun die Stimme des Grafen von Warnecke, der seiner Frau offenbar die Beschreibung ihrer Flucht aus China ersparen wollte. »Ich bin den Boxern zutiefst zu Dank verpflichtet, denn ohne sie würde meine geliebte Frau vielleicht immer noch in Peking weilen. So aber gelangte sie schließlich auf mein Schiff.« Er lächelte ihr über den Tisch hinweg zu. »Das größte Glück meines Lebens!«

»Und meines«, gurrte Edith und hob ihr Glas, um ihm zuzuprosten. »Und Jonnys. Denn seitdem wollte er nicht mehr Boxer oder Lokomotivführer werden, sondern zur See fahren und Kapitän werden.«

Als wären sie erleichtert, dass nun endlich die Chinageschichte beendet war, stürzten sich gleich drei Frauen neugierig auf Jonny. »Warum will ein Junge Kapitän werden?« »Um fremde Länder kennenzulernen oder um sie zu erobern?« »Wegen der schicken Uniform?«

Lettow-Vorbeck lachte. »Wegen dem Empfang in den Häfen, meine Damen!«

Ediths Gesicht verschloss sich. Von solchen Dingen wollte sie offensichtlich im Zusammenhang mit ihrem Sohn nichts hören. Streng sagte sie: »Er wollte sofort, nachdem wir in Hamburg angelangt waren, auf einem Schiff anheuern, der dumme Junge. Aber das habe ich verboten. Erst musste er Abitur machen.«

Gegenüber von Jonny saß die junge Frau in dem blauen Seidenkleid, blond, brav, hübsch. »Wie wurden Sie eigentlich Kapitän, Herr Maukesch?«, fragte sie.

Auf Stellas Gesicht stahl sich ein spöttisches Grinsen. Wie wurden Sie eigentlich Kapitän, äffte sie im Stillen nach. Frag ihn doch lieber gleich, ob er dich nicht ficken will! Ach nein, solche höheren Töchterchen wie du wollen gar nicht ficken, die wollen geheiratet werden. Frag ihn doch, ob er dich nicht heiraten will. Er hat zwar mit mir gefickt, aber wer bin ich schon? Sie kippte ein Glas Sekt hinunter und merkte, dass ihr etwas schwindelig wurde. Schnell aß sie etwas von der Hamburger Aalsuppe. Fett und nahrhaft, dachte sie spöttisch, genau das Richtige, damit ich hier nicht aus dem goldenen Rahmen falle.

»Nun«, hob Jonny Maukesch sonor an, »nach dem Besuch der Hamburger Navigationsschule legte ich das Steuermannsexamen ab. Meine erste große Fahrt machte ich auf einem Segelschiff.«

Stella merkte, dass sie gleich einen Schluckauf bekommen würde. Schnell schaufelte sie noch ein paar Löffel der Suppe in sich hinein, die sie absolut ekelhaft fand. Sie sah die sich windenden Aale vor sich, ineinander verknäult. Sie hielt sich angestrengt zurück, um nicht zu sagen: »Ja, stellen Sie sich vor, mein Jonny hatte das erste Mal Sex mit einer Hafennutte. Sie hat ihn nicht viel gelehrt. Leider haben auch die nächsten Frauen ihm nicht anständig etwas beigebracht.«

»Oh, erzählen Sie, Kapitän«, säuselte das höhere Töchterchen, »wie war Ihre Jungfernfahrt?«

Stella hickste laut. Edith von Warnecke blickte auf ihren Teller. General von Lettow-Vorbeck war mit seiner Aalsuppe beschäftigt. Am anderen Ende des Tisches wurde über andere Themen gesprochen.

»Es ging durch den Golf von Biskaya«, antwortete Jonny stolz. »Das Schiff hieß *Bella.*«

»Bella?«, kicherte die junge Frau mädchenhaft. »Das heißt doch Schöne, oder?«

Stella hielt mühsam an sich. Sie merkte, dass sie sehr betrunken war. Offenbar hatte sie während des Chinatheaters Sekt in sich hineingekippt, ohne es zu merken. Du dumme Kuh, dachte sie. Schiffe werden immer nach Frauen benannt, und wo kein Frauenname parat ist, nennen sie ihr Schiff einfach mal *Bella,* womit sie keine Hündin meinen.

»Wir nennen Schiffe nach Frauen«, sagte da auch schon Jonny, und es schien Stella, als pumpe er seinen Brustkorb zu männlicher Imposanz auf. »Denn auf dem Schiff sind wir manchmal monatelang ohne eine Frau, nur mit dem Schiff …«

»Nur mit dem Schiff«, wiederholte das Mädchen andächtig, und General von Lettow-Vorbeck wiederholte den Satz mit aalsuppig gesenktem Kopf: »Nur mit dem Schiff …«

»Die *Bella* wurde in der Biskaya plötzlich von einem heftigen Sturm geschüttelt. Das Heben und Senken des Schiffes wurde für mich zum Symbol der Weite, des Unendlichen. Aber die Sonne wurde finster. Möwen kreischten. Sturm heulte auf. Ich verspürte nicht die geringste Übelkeit, selbst als die Brise eisiger wurde, empfand ich inneren Jubel. So ging das drei Tage und drei Nächte lang. Ich kämpfte an der Seite der Matrosen, um die Masten, die Segel, das Steuer. In der vierten Nacht bäumte die *Bella* sich nicht mehr so wild, nur ab und zu schwappte eine hohe Welle über die Reling, ansonsten lag sie hart beim Wind. Vier Tage wurde der Segler in dem gefährlichen Golf von Biskaya willenlos von der aufgewühlten See herumgeworfen, bis endlich das Wetter abflaute und es wieder hieß: Segel setzen!«

Die junge Frau legte theatralisch die Hand auf ihre Brust. »Wie aufregend«, keuchte sie. »Das hätte ich nicht überlebt.« Fasziniert beobachtete Stella aus dem Augenwinkel ihre zukünftige Schwiegermutter. Es schien so, als hätte diese das blonde Nichts an Frau eingeladen, um ihrem Sohn zu zeigen, dass es noch andere als Stella Wolkenrath gab. Doch sie war zu intelligent, zu wach und viel zu sehr vertraut mit den Dingen zwischen Mann und Frau, um diesem Mädchen weiterhin eine Chance zu geben. Außerdem langweilte sie sich. Stella beobachtete, wie Edith von Warnecke angestrengt versuchte, mit ihrem Nachbarn, dem Dichter, eine Unterhaltung in Gang zu setzen, die weder das Techtelmechtel zwischen ihrem Sohn und dem blonden Nichts störte noch ihre Nervosität irgendwie erkennen ließ.

Leider kam der Dichter ihr nicht zu Hilfe. »Ich habe vor ein paar Jahren versucht, einen Roman über den Matrosenaufstand zu verfassen«, sagte er in einer fast schon selbstmörderischen Ehrlichkeit. »Es ist mir leider misslungen. Ich habe einfach keine Ahnung von der Seefahrt. Aber ich bin von Neugier zerfressen, wie es auf See ist.«

»Nun«, sagte Jonny bedächtig, »nach zweijähriger wilder Fahrt, mit Salpeter beladen, lief die *Bella* in ihren Heimathafen Hamburg ein. Das war meine Jungfernfahrt gewesen. Ich ging zur Abmusterungsstelle, auch das zum ersten Mal. Zwischen Händlern und Dienstleuten, zwischen Schleppern von Freuden- und Boardinghäusern drängte sich die Besatzung. Meine Mutter wusste nicht, dass ich in Hamburg angelangt war. Ich rang mit mir. Sollte ich mit den Matrosen ins *Atlantikhaus* gehen oder heim zur Mutter und ihr das Geld und die mitgebrachten Geschenke geben? Im *Atlantikhaus* war Musik, Trompeten, Geigen und Ziehharmonikas, und Tanz, so hatte der Zweite Offizier es mir schmackhaft zu machen versucht. Die Frauen dort wären halb nackt, der Wein und der Whisky gut.«

Jonny machte eine Pause. Edith war ein wenig erblasst. Stella musterte sie forschend. Sollte sie diese Geschichte noch nicht kennen? Das junge Mädchen hatte schwer aufgeseufzt, als das Wort halb nackt fiel. Da sah Jonny seine Mutter an. Durch Stella fuhr ein scharfer Stich. Das war kein Blick eines Sohnes, das war der Blick eines Mannes zu einer Frau.

»Ich entschied mich, in die Hansastraße zur Mutter zu gehen. Wie entsetzt war ich, als das Schild an der Tür einen anderen Namen aufwies. Ich klingelte beklommenen Herzens, fürchtete, meine Mutter wäre inzwischen gestorben. Da wurde mir von einer fremden älteren

Frau mitgeteilt, dass die gnädige Frau Maukesch nun von Warnecke heiße und in Blankenese wohne. Hocherfreut machte ich mich eilig auf den Weg zur Elbchaussee.«

»Ja, mein Junge«, klang Klaus von Warneckes Stimme von der anderen Seite der Tafel. »Schöne Mütter behält man nicht ewig für sich.«

»Und was haben wir uns gefreut, dich zu sehen, braun gebrannt, so stark und so erwachsen geworden. Ein richtiger Mann«, sagte Edith von Warnecke schwärmerisch.

Stella erhob sich und verließ die Gesellschaft. Sie suchte die Toilette auf und erbrach die Aalsuppe in einem Riesenschwall. Danach ging sie schnurstracks zur Eingangshalle und dann zur Haustür hinaus. Draußen atmete sie tief. Ihr schien, als wäre ihr Brustkorb so eng, dass gar keine Luft hineinkam. Sie suchte den nächsten Weg, um an den Elbstrand zu gelangen. Dort zog sie Schuhe und Strümpfe aus und lief barfuß bis zum Wasser. Auch danach hatte sie keine Lust, auf hohen Hacken nach Hause zu stöckeln. Also ging sie weiter barfuß, bis sie endlich in der Feldstraße anlangte. Dort legte sie sich ins Bett, ohne sich die vom Straßendreck geschwärzten Füße gewaschen zu haben. Sie steckte den Kopf unter die Decke, damit Lysbeth sie nicht hörte, und weinte, bis sie keine Luft mehr bekam.

Stella befürchtete einen Riesenkrach. Aber nichts geschah.

Jonny hatte ihr Verschwinden zuerst gar nicht bemerkt. Erst beim allgemeinen Aufbruch der Gäste suchte er seine zukünftige Frau. Aber Edith raunte ihm zu, er solle noch einen Moment bleiben, sie wollte ihm etwas Wichtiges erzählen. Da vergaß er Stella wieder. Was seine Mutter ihm dann berichtete, versetzte ihn so sehr in Aufregung, dass er über Stellas Abwesenheit nicht mehr nachdachte. Edith von Warnecke verkündete stolz, das Haus an der Elbchaussee gehöre jetzt endgültig ganz und gar ihnen. Klaus von Warnecke hatte die Schulden, die 1910 noch so erdrückend für ihn gewesen waren, die sich seit Kriegsbeginn wegen der Inflation aber ständig verringerten, auf einen Schlag abgelöst. Da die Inflation seit Rathenaus Tod so enorm in die Höhe geschnellt war, hatte von Warnecke das Haus jetzt mit einem Monatsgehalt bezahlen können.

In Gedanken versunken, tuckerte Jonny nach diesem Gespräch und einem herzlichen Glückwunsch an seinen Stiefvater mit seinem Mercedes zur Hansastraße, wo er sich im gleichen Haus, in dem er als Junge mit Edith gewohnt hatte, ein möbliertes Junggesellenzimmer gemietet hatte. Wie so oft schon schien es ihm, dass die Inflation etwas sehr Gesundes hatte. Sie bewirkte eine allgemeine Verunsicherung im Reich, und das war gut so. Die Republik zeigte eindeutig, dass sie nicht in der Lage war, dem deutschen Reich Stabilität zu geben. Die Geldentwertung ließ die Starken erstarken, die Schwachen wurden ausgesiebt. Das war gut so, um diesem ganzen Gerede von Gleichheit, Freiheit, Brüderlichkeit endlich den Boden zu entziehen.

Bevor er in Schlaf fiel, fragte er sich noch, wie es geschehen konnte, dass Stella ihm an diesem Abend irgendwie abhanden gekommen war. Er hatte sie vollkommen aus den Augen verloren. Er kramte in seinen Erinnerungen, konnte Stella im Glanz des Festes aber nur von weitem entdecken. Sie war nicht unangenehm aufgefallen, dachte er beruhigt. Nicht leicht für sie, überlegte er mit einem gewissen Mitgefühl, so viele illustre Leute, gebildet, kultiviert, mächtig, und dann die kleine Wolkenrath. Ja, sie hatte sich wohl wacker geschlagen. Er war sehr zufrieden mit dem Abend.

Am nächsten Tag fuhr er mit einem Strauß Rosen in die Feldstraße, um sich bei Stella zu entschuldigen, weil er wohl zu viel getrunken hatte, um sich um ihre Heimfahrt zu kümmern. Stella nahm die Rosen überrascht in Empfang und sagte nach kurzen Zögern: »Ist schon in Ordnung. So etwas kann ja vorkommen.«

8

Die Geldentwertung wurde von Tag zu Tag katastrophaler. Im Januar 1923 lag der Dollarkurs bei siebentausendfünfhundert Mark, im August bei vier Millionen, im September bei 98,9 Millionen. Im Januar weigerte sich die Reichsregierung, den Versailler Vertrag einzuhalten. Sie lehnte es ab, weitere Reparationslieferungen und Zahlungen zu leisten. Daraufhin besetzten französische Truppen unter General Degoutte das Ruhrgebiet.

Es gab Tage, wo Käthe morgens für eine Zeitung fünftausend Mark zahlen musste und abends hunderttausend. In der Straßenbahn wurde mit Millionen bezahlt, Lastwagen karrten das Papiergeld von der Reichsbank zu den Banken, und vierzehn Tage später fand man Hunderttausendmarkscheine in der Gosse: Ein Bettler hatte sie verächtlich weggeworfen. Ein Schnürsenkel kostete mehr als vorher ein Schuh, nein, mehr als ein Luxusgeschäft mit zweitausend Paar Schuhen, ein zerbrochenes Fenster zu reparieren mehr als früher das ganze Haus, ein Buch mehr als vorher die Druckerei. Für hundert Dollar konnte man reihenweise sechsstöckige Häuser kaufen, Fabriken kosteten umgerechnet nicht mehr als früher ein Schubkarren.

Das Leben in Hamburg sah aus, als würde »Verkehrte Welt« gespielt. Halbwüchsige Jungen, die eine vergessene Kiste Seife im Hafen gefunden hatten, sausten monatelang in Autos herum und lebten wie Fürsten, indem sie jeden Tag ein Stück verkauften, während ihre Eltern, einst Leute mit einem dicken Bankkonto, als Habenichtse hungerten. Zeitungsausträger gründeten Bankhäuser und spekulierten in allen Währungen. Über allem erhob sich gigantisch die Gestalt des Großverdieners Stinnes. Er kaufte, indem er unter Ausnutzung des Marktsturzes seinen Kredit erweiterte, was nur zu kaufen war, Kohlengruben und Schiffe, Fabriken und Aktienpakete, Schlösser und Landgüter, und alles eigentlich mit nichts, weil jeder Betrag, jede Schuld zu null wurde. Bald war ein Viertel Deutschlands in seiner Hand. Absurderweise wurde ihm gehuldigt, wurde er nicht nur in Zeitungen, sondern von vielen der hungernden geschockten Menschen bejubelt wie ein Genie.

Die Arbeitslosen standen zu Tausenden herum und ballten die Fäuste gegen die Schieber und Ausländer in den Luxusautomobilen, die einen ganzen Straßenzug aufkauften wie eine Zündholzschachtel. Jeder, der nur lesen und schreiben konnte, handelte und spekulierte, verdiente und hatte dabei das geheime Gefühl, dass alle betrogen wurden von einer unsichtbaren Hand, die dieses Chaos sehr wissentlich inszenierte, um den Staat von seinen Schulden und Verpflichtungen zu befreien.

Eine ähnliche Tollhauszeit hatte es nie gegeben. Alle Werte waren verändert, nicht nur im Materiellen. Die Verordnungen des Staates wurden verlacht, keine Sitte, keine Moral respektiert. Auf der Reeperbahn wurde mehr denn je getrunken, getanzt, gehurt und gespielt.

Käthe kam das Ganze vor wie eine Apokalypse. Ihr bangte vor der

Zukunft, eine grauenhafte Reaktion konnte nicht ausbleiben. Aber sie war allein mit ihren Überlegungen. Alexander war wie in einem Rausch. Er wusste, wie man an der Geldentwertung verdienen konnte. Man musste einen Kredit aufnehmen, sofort wertbeständige Sachwerte kaufen, diese Sachwerte beleihen, sobald sie im Preis gestiegen waren, den Kredit sofort zurückzahlen, mit dem Überschuss neue Sachwerte kaufen. Und von vorn beginnen. Genügend Fabrikanten verdienten so tagtäglich am Elend der anderen. Wie gerne hätte Alexander auf diese Weise ein Häuschen erworben. Das Problem war, dass er für die Banken nicht kreditwürdig war. Sie bewilligten ihm keine großen Summen. Also musste er einen anderen Weg finden.

Er weihte Dritter ein, der vorschlug, mit einer hübschen Uhrensammlung zu beginnen. Mit Uhren kannte er sich besser aus als mit Schmuck. Uhren waren wertbeständig, Uhren waren kleine Wunderwerke der Technik, mit einer besonderen Uhr konnte ein Mann Eindruck schinden. »Außerdem wird der Spuk ja nicht ewig dauern«, sagte er. »Wer dann ein paar hübsche Uhren hat, ist fein raus.«

Den Anfang machten sie mit Geld, das Dritter sich von Lydia borgte. Bei ihrer Hochzeit hatte Karl-Wilhelm für sie ein eigenes kleines Guthaben angelegt, das jahrzehntelang hübsch gewachsen war und nun vor ihren Augen zu nichts schrumpfte. Sie nahm es nach erstem fassungslosem Erstaunen als Strafe für ihre Völlerei, während rund um sie herum die Menschen hungerten.

Als Dritter sie nun – sehr bescheiden – fragte, ob sie ihm vielleicht für eine Woche hunderttausend Mark für ein Brot leihen könnte, lachte sie nur und gab es ihm sofort. Ihm war vor ein paar Tagen eine wertvolle Schweizer Uhr von jemandem angeboten worden, der sein Vermögen verloren und nichts mehr zu essen hatte; nun schlug er zu. Eine Woche später konnte er Lydia die hunderttausend lässig zurückzahlen. Ein Brot kostete mittlerweile das Fünffache. Die in der Feldstraße gelagerten Waren der Wolkenraths wurden zwar nur noch kleckerweise verkauft, weil alle ihr Geld für Lebensmittel ausgaben, aber sobald die Wolkenraths Geld hatten, legten sie es in Uhren an.

Zum Glück hatten zu den von ihnen gelagerten »Gelegenheiten« auch einige Kisten Fischkonserven gehört, die sie teuer verkaufen konnten. Außerdem konnte sich die Familie davon eine ganze Weile ernähren. Zudem brachte Lysbeth von der Tante und vom Bauernhof immer etwas zu essen mit. Der Hunger der Wolkenraths war nicht so bedrohlich, dass Käthe den hundertmal erwogenen und ebenso häufig wieder verworfenen Schritt machen musste, die Urne mit den Goldstücken zu plündern.

Rund um sie herum wuchs das Elend täglich. Die Löhne der Arbeiter wurden jeden Morgen ausbezahlt. Die Frauen holten das Geld an den Fabriktoren ab, denn mittags wurden die Preise neu festgesetzt. Wer bis dahin nicht eingekauft hatte, bekam für sein Geld vielleicht schon nichts mehr. Arbeiter ohne Familie schlossen sich mit Nachbarn zu Einkaufsgemeinschaften zusammen.

Im April 1923 steigerten sich die Hunger- und Antikriegsdemonstrationen in ganz Deutschland zu riesigen Kundgebungen. Die Hamburger gingen wieder zu vielen Zehntausenden auf die Straße.

Im Mai verbot der preußische Innenminister, der Sozialdemokrat Severing, die Proletarischen Hundertschaften, die aus Anhängern und Mitgliedern der KPD, der SPD und den freien Gewerkschaften stammten. Sie hatten sich in Gruppen zu jeweils hundert gebildet, um rechtsextreme und faschistische Bewegungen abzuwehren.

Insgesamt verfügten sie über fünfzig- bis sechzigtausend Mitglieder. Die Hundertschaften waren normalerweise nicht mit Schusswaffen ausgerüstet. Bei gewalttätigen Auseinandersetzungen mit Anhängern der rechten Bünde wurden Spazierstöcke, Holzlatten oder Ähnliches verwendet. Allerdings verfügten die Hundertschaften für den Ernstfall über illegale Waffenlager. Der sozialdemokratische Polizeisenator von Hamburg, der schon im Dezember des vorigen Jahres auf die Arbeiter hatte schießen lassen, wollte nicht nachstehen, er folgte Severings Beispiel. Die Hamburger Arbeiter scherten sich nicht um das Verbot.

Im Juli stellten die Kommunisten die Losung zur Bildung von Arbeiter- und Bauernregierungen auf. In Schleswig-Holstein, Schlesien, Oldenburg und Ostpreußen streikten die Landarbeiter. Einige Hunderttausende verweigerten die Arbeit. Der Kampf gegen die Teuerung, gegen die Inflation und gegen die Massenverelendung steigerte sich zu Riesenstreiks, an denen Millionen beteiligt waren. Im August legte der Generalstreik das gesamte Wirtschaftsleben im Reich lahm.

Auch die Arbeiter der Papierfabrik Gaerber streikten. Karl-Wilhelm hatte sein gesamtes Vermögen verloren, und nun fühlte er sich dem

Hunger seiner Arbeiter nicht mehr gewachsen. Er beschloss, dem Ganzen ein würdiges Ende zu machen. Er wusch sich lange und sorgfältig, wienerte seine Schuhe, bis sie glänzten, zog seinen besten Anzug an und ging auf den Dachboden seines Hauses an der Elbchaussee. Dort hängte er sehr sorgfältig einen Strick an einen am Dachbalken befestigten Karabinerhaken. Er ging leise zu Werke, denn er wusste, dass unten in der Küche Anna herumwerkelte, und diese würde unerschrocken auf den Dachboden eilen, sofern sie dort seltsame Geräusche vernahm. Karl-Wilhelm war fest entschlossen, diese Sache jetzt nicht zu vermasseln. Er hatte genug falsch gemacht, dies hier würde er durchziehen. Bis zum bitteren Ende.

Er knotete die Schlinge, probierte, seinen Kopf hindurchzustecken und ob sie sich auch anständig zuzog. Dann stellte er sachte einen alten Stuhl unter die Schlinge, probierte noch einmal alles aus, und kniete schließlich vor dem Stuhl nieder. Er betete zu Gott, dass der seine Familie beschützen und ihm verzeihen möge.

Amen.

Er stieg auf den Stuhl, legte den Kopf in die Schlinge und stieß mit dem Fuß, so sachte, wie es nur irgend ging, den Stuhl fort. Trotzdem rumpelte er auf den Bretterboden. Karl-Wilhelm fluchte. »Verdammt!« Die zweite Silbe kam schon gepresst heraus. Ein Ruck ging durch seinen Körper. Er hatte wirklich ganze Arbeit geleistet. Sein Körper zuckte, der Halswirbel brach.

Anna fand den Hausherrn in der Mitte des Dachbodens an einem Strick baumelnd vor. Sie schrie zwar aus ganzer Kehle nach Hilfe, aber sie vergeudete trotz ihrer Angst und ihres Schreckens keine Sekunde. Suchend rannte sie durch den Raum, fand eine Gartenschere, stellte den Stuhl wieder auf und schnitt mit einem Ruck das Seil durch. Der Körper von Karl-Wilhelm Gaerber plumpste dumpf aufs Holz. Anna klopfte seine Wangen, pumpte seinen Brustkorb und brüllte dabei unablässig nach Hilfe. Doch sie war allein zu Hause. Schließlich setzte sie sich neben Karl-Wilhelm auf den Boden, bettete seinen Kopf in ihren Schoß, streichelte sein Gesicht und weinte.

Am gleichen Tag kam Stella aufgeregt nach Hause. Sie zog Lysbeth in ihr Zimmer und sagte: »Du musst jetzt unbedingt mit Mutter reden. Ich weiß nicht, worauf sie noch wartet mit ihrem Gold. Die Nachbarn von Leni, du weißt, die in der Kippingstraße, die wollen jetzt ganz sicher ihr Haus verkaufen. Aber nur gegen Gold, haben sie gesagt. Wer hat heute schon noch Gold?«

»Mutter«, antwortete Lysbeth trocken.

»Eben.« Stella fuchtelte der Schwester mit dem Zeigefinger vor der Nase herum. »Auf mich hört sie nicht. Aber wenn du mit ihr redest, könnte das etwas nützen. Das ist eine einmalige Chance!«

»Und du willst in der Kippingstraße wohnen?«, fragte Lysbeth zweifelnd. »Gegenüber von Leni?«

Stella richtete sich hoch auf. »Ich hab nichts gegen Leni«, sagte sie von oben herab. »Sie hat mir nichts getan.«

»Nein, aber du ihr«, entgegnete die Schwester trocken.

»Nein! Hab ich nicht. Was soll ich ihr denn getan haben?«

»Nun«, sagte Lysbeth ruhig und ohne jeden Vorwurf, »du hast ihr den Verlobten ausgespannt. Du hast ihre Hochzeit kaputt gemacht. Du hast, glaube ich, ihr Leben ruiniert.«

Stella schaute einen Moment lang still zu Boden. Wie sie es manchmal tat, wenn ihr etwas unangenehm war, zog sie die Unterlippe unter die Zähne. Endlich blickte sie wieder auf, sah die Schwester schräg an und konstatierte: »Erstens kannst du keine wirkliche Liebe kaputt machen. Zweitens hat Jonny gesagt, dass sie sich im Bett nie verstanden haben. Und drittens ...« Sie machte eine bedeutungsvolle Pause. »... drittens, drittens ist er kein besonders toller Liebhaber, manchmal kann er ein richtiger Langweiler sein. Vielleicht habe ich ihr Leben nicht ruiniert, sondern gerettet.« Triumphierend sah sie die Schwester an.

Lysbeth lachte hell auf. »Ich frage mich nur, warum du ihn denn unbedingt heiraten willst. So einen Langweiler.«

»Ich weiß auch nicht.« Stella richtete die Handflächen nach oben, als wollte sie zeigen, dass sie nichts dort versteckt hielt. »Ich bin nun mal verrückt nach ihm. Aber ich will auf keinen Fall mit Jonny allein wohnen.« Stella gab plötzlich ein Bild des Jammers ab. »Er wird ja viel unterwegs sein, wenn er jetzt wieder als Kapitän zur See fährt. Und auch wenn er da ist, ich will nicht allein mit ihm in einer Wohnung sein.«

Lysbeth nahm die Schwester in den Arm. Sie konnte sie nur zu gut verstehen. Maximilians Eltern waren nett, und das Haus in der Feldbrunnenstraße war prächtig und bot genug Platz für zwei Familien.

Aber auch Lysbeth hätte es lieber gehabt, wenn Maximilian mit zu ihrer Familie gezogen wäre.

»Gut, wir sprechen also mit Mutter.«

Am nächsten Tag bereits besichtigten die Frauen der Wolkenraths das Haus in der Kippingstraße. Sie bogen von der Bundesstraße in die kleine kopfsteingepflasterte Straße ein, und Käthe fühlte sich sofort heimisch. Die verschnörkelten eisernen Gartenzäune gefielen ihr ebenso wie die gediegenen Fassaden der Häuser. In den Vorgärten blühten bunte Sommerblumen. Das Haus der Conradis lag in der Mitte der kurzen Straße. Es kam Käthe vor, als wäre es das schönste weit und breit. Ein Erker nach vorne hinaus, eine verglaste Veranda neben dem Erker, und auch der kleine Balkon im ersten Stock war verglast.

Die Conradis empfingen sie freundlich und führten sie überall herum. Wie benommen folgte Käthe ihnen. Alles gefiel ihr. Sie begannen mit der großen herrschaftlichen Küche im Souterrain. Die Wände waren sehr schön gekachelt, grün auf weißem Grund, der Boden schwarzweiß. Der große weiße Herd bot die Möglichkeit, für viele Menschen Essen zuzubereiten. Sie traten aus der Küche hinaus auf eine kleine Diele, von der drei winzige Kellerräume, ebenfalls im Souterrain, zur Straße hinaus abgingen. Die beiden Türen zur anderen Seite führten zu Zimmern, die auf gleicher Höhe wie der Garten lagen. Sie traten in das große Zimmer, und alle drei Frauen stießen einen Ruf des Entzückens aus. An der Decke reichten Engel einander die Hände und schütteten Füllhörner über Käthe und ihre Töchter aus. Zum Garten lag eine große Fensterfront, durch die man auf zwei üppig blühende Rosenbüsche blickte. Eine großzügige zweiflügelige Tür führte zu dem kleineren Zimmer, durch das man in den Garten gelangte. Sie gingen hinaus und wandelten andächtig an lila und rosa blühenden Rhododendren, an gelb und rosa blühenden Rosen vorbei. Inmitten dieser Pracht lag ein Rasenstück wie ein Teppich, und in dessen Mitte erhob sich ein Apfelbaum. Frau Conradi schwärmte, wie wunderschön der blühe. »Dann blickt man von der ersten Etage auf eine rosa Wolke. Alle Nachbarn bewundern immer unseren Baum.«

In der Beletage lag der Salon mit dem Erker zur Straße hinaus, darin ein großer, gemütlicher lindgrüner Kachelofen. Durch eine breite Schiebetür gelangte man in das Speisezimmer. Jeder einzelne Raum war ein kleiner Palast. Wenn man die Schiebetür geöffnet ließ, raubte die Großzügigkeit einem den Atem. Daneben gab es noch ein kleineres Zimmer und nach vorne hinaus ein großes Badezimmer, in dem, oh Luxus, eine Badewanne stand.

Käthe und ihre Töchter staunten nur noch. In so einem schönen Haus war Käthe noch nie gewesen. Die Villa der Gaerbers lag so weit draußen, und sie war zwar schön, aber dieses Haus hatte etwas, was jene vermissen ließ: Bei aller Großzügigkeit strahlte es Geborgenheit aus. Im zweiten Stock war noch einmal die gleiche Anordnung wie in der Beletage: zwei große durchgehende Zimmer, getrennt durch eine Schiebetür. Daneben ein kleineres Zimmer mit Blick auf den Garten. Nach vorne zur Straße ein großes Badezimmer mit Wanne.

»Hier könnten Jonny und ich wohnen«, sagte Stella begeistert. »Das kleine Zimmer könnten wir zum Schlafen benutzen.«

Käthe sah sie erstaunt an. »Du würdest hier auch wohnen wollen?«

»Ja, natürlich«, antwortete Stella fröhlich. »Ich habe es mit Jonny schon besprochen.« Sie umarmte ihre Mutter. »Bitte, Mama, kauf das Haus, es ist ein Traum!« Sie fügte schnell hinzu: »Wir werden natürlich Miete zahlen, ist doch klar.«

Frau Conradi sagte wehmütig: »Ein Haus voller Kinderlachen, wie sehr habe ich mir das gewünscht.«

»Kinderlachen?« Stella blickte fragend.

Frau Conradi lächelte. »Sie heiraten doch, habe ich gehört. Sie beide. Da wird es doch bald so weit sein.«

Stella wollte gerade widersprechen, dass sie Sängerin sei und sich auf eine große Karriere vorbereite und dass ihre Schwester besser als jede Ärztin Krankheiten heilen könne und es eine wirkliche Vergeudung wäre, wenn sie beide ihre Zeit damit vergeudeten, Kinderpopos abzuwischen. Da sah sie Lysbeths seliges Lächeln und verschluckte die Worte. Auch Käthe hatte einen seltsam entrückten Gesichtsausdruck. Stella begriff. Kinderlachen, das war der Schlüssel.

»Ja«, sagte sie übermütig. »Ein Haus voller Kinderlachen, Lysbeth und ich werden einen Wettkampf veranstalten, wer schneller und häufiger wirft.«

Käthe sah sie skeptisch an. Stella fiel ihr abermals um den Hals. »Mama, bitte, kauf das Haus. Ein schöneres finden wir nicht!«

Am gleichen Abend noch bat Käthe ihren Mann Alexander um ein Gespräch. Alexander setzte sich auf den Sessel, als wolle er gleich wieder fortlaufen. In hastigen Zügen rauchte er seine Zigarette.

Er hat Angst, dachte Käthe. Er weiß nicht, was jetzt schon wieder auf ihn zukommt. Das letzte ernste Gespräch, um das sie ihn gebeten hatte, war vor mehr als einem Jahr, noch in Dresden, gewesen. Damals stand ihm das Wasser bis zum Hals. Er steckte in entsetzlichen Nöten, eine Schar Gläubiger war hinter ihm her, und er war vollkommen auf Käthe angewiesen. Damals hatte sie ihm einige Wahrheiten gesagt, und er war so weich und offen gewesen wie nie zuvor in ihrer Beziehung. Sie hatte den Eindruck gehabt, ihn wirklich berührt zu haben. Sie hatte gehofft, er würde daraus lernen, sich verändern. Aber kaum hatten sie sich in Hamburg in der Feldstraße niedergelassen, kaum hatte er mit seinem Geschäft wieder Boden unter den Füßen gefunden und besonders, seit die Inflation ihm ungeahnte Möglichkeiten bot, war Alexander wieder ganz der Alte.

Er zündete eine Zigarette an der anderen an. Käthe knetete ihre Hände und stieß hervor: »Alex, ich habe übermorgen einen Notartermin. Ich kaufe ein Haus. Das Haus wird nur mir gehören.«

Sie holte tief Luft. Sie erinnerte sich, wie sie bei dem damaligen Gespräch Gütertrennung verlangt hatte und wie Alexander gesenkten Hauptes darauf eingegangen war.

Alexander rutschte auf dem Sessel noch ein Stück weiter nach vorn. Wenn er jetzt geht, dachte Käthe, dann ist alles aus. Dann lasse ich mich scheiden.

Er kreiste einige Male die Schultern nach hinten, als müsse er sie lockern, blickte zum Boden, zur Seite, als horche er hinter ihren Worten her, kniff die Augen zusammen und fixierte Käthe erneut. »Mir scheint, du hast mir einiges zu erklären«, sagte er, nicht unfreundlich, aber sehr bestimmt.

»Ja.« In Käthe riss ein fester Damm, ganz leicht, nur ein Rinnsal drang hindurch, aber der Spalt wurde größer und größer. Alle dahinter verborgenen Geheimnisse drängten gegen den Damm. »Ja, ich habe dir wirklich viel zu erzählen. Willst du alles hören, auch das, was dir wehtun wird?«

»Ja, ich will alles wissen. Ich glaube, ich sollte es wissen.« Alexander blickte wieder nachdenklich auf den Boden. Wieder reckte er sich in den

Schultern, als drücke ihn etwas nieder. »Ja«, sagte er. »Auch wenn es wehtut. Ich will es wissen.«

Und Käthe erzählte. Alles. Die ganze Geschichte. Vom ersten Treffen im Café, von ihren Sehnsüchten und Hoffnungen und ihrer großen Verliebtheit. Von der Hochzeit und all den kleinen und großen Enttäuschungen. Davon, wie weh es ihr getan hatte, dass Alexander immer anderes wichtiger genommen hatte als sie. Wie unwichtig sie sich gefühlt hatte. Dass sie dachte, sie sei hässlich und er würde sie deshalb nicht viel beachten. Kaum küssen, selten streicheln, kaum zu ihr drängen. Immer so geschäftig. Und, sobald er mit ihr zusammen war, müde.

Alexander hatte sich in den Sessel zurückgelehnt, die Augen geschlossen. Sie wusste nicht, ob er ihr noch zuhörte oder ob er vielleicht eingeschlafen war. Sie kannte es von ihm, dass er einschlief, wenn etwas Unangenehmes passierte.

Es wurde ihr gleichgültig. Der Damm brach.

Sie erzählte davon, wie sie die Tante um Rat gebeten hatte. Von den Geburten. Und dann erzählte sie von Fritz. Die ganze lange wundervolle Liebesgeschichte. So groß, so traurig, so unbeendet.

Sie erzählte auch von Stella. Dass Stella Fritz' Tochter war.

Da entrang sich Alexanders Brust ein Seufzer, als würde etwas in ihm reißen. Käthe hielt inne, plötzlich voll schlechten Gewissens.

»Sprich weiter«, sagte er. Seine Stimme klang, als wäre er sehr erkältet.

Nun ist es auch egal, dachte Käthe. Der Rest ist nicht mal mehr so schlimm. Sie erzählte vom Gold und von den letzten Worten ihres Vaters. Dann beschrieb sie ihm das Haus und sagte abschließend: »Wenn du möchtest, können wir uns scheiden lassen. Aber von meiner Entscheidung rücke ich nicht ab.«

Alexander blieb sitzen, wie er die ganze Zeit gesessen hatte. Er bewegte sich nicht. Nur an seinen mahlenden Kiefergelenken konnte man erkennen, dass er nicht schlief.

Nach einer langen Schweigezeit öffnete er die Augen. Sie waren alt, blass und müde. »Ich war dir ein schlechter Mann«, sagte er resigniert, »ich weiß es längst. Was wollen wir jetzt tun?«

Käthe sah ihn fassungslos an. Hatte er ihr gerade die ganze Entscheidung zugeschoben? In ihr wallte eine dicke, heiße Woge der Wut auf. Wieder einmal wollte er keine Verantwortung übernehmen? Wieder einmal tat er so, als hätte das Ganze nur wenig mit ihm zu tun? Wieder einmal war er faul?

»Tja, was sollen wir tun ...«, sagte sie in einem schnippischen Ton, den sie selten anschlug, wenn sie es aber tat, sollte ihr Gegenüber sehr aufmerksam sein. Sie faltete ihre Hände und legte sie auf ihre Oberschenkel, als säße sie gerade in einem sehr formalen Gespräch.

Alexander erhob sich und ging zur Tür hinaus. Er sagte kein Wort. In Käthe fand ein entsetzlicher Kampf statt. Eine ganze Eiszeit kämpfte in ihr gegen eine Feuersbrunst. Eisig entschied sie, morgen die Scheidung einzureichen, glühend vor Wut erwog sie, hinter ihm herzulaufen und ihm den Schädel einzuschlagen.

Alexander kam zurück, eine Cognacflasche und zwei Gläser in der Hand. Ohne sie zu fragen, schenkte er die zwei Gläser bis oben hin voll. Er leerte sein Glas in einem Zug und füllte es erneut. Er zündete sich eine weitere Zigarette an, rauchte einige Züge und hob dann endlich den Blick. »Ich habe gedacht, es wäre alles wieder gut zwischen uns, aber das war wohl ein Irrtum. Ich habe dich schon einmal um Verzeihung gebeten, Käthe. Diesmal fällt es mir schwerer. Ich schlage vor, wir lassen erst mal Gras über die Sache wachsen. Ich weiß nicht, was ich jetzt noch mehr dazu sagen soll.« Er hob sein Glas und kippte es wieder hinunter.

Käthe war wie gelähmt. Alle Kraft war aus ihr gewichen. Und diesen Mann hatte sie geliebt? Dieser Mann hatte es fertiggebracht, sie all die Jahre an sich zu fesseln? Wegen dieses Mannes war sie nicht zu Fritz gegangen?

»Du bist ein erbärmlicher Schwächling!«, stieß sie hervor. »Meinetwegen kannst du sofort gehen! Ich halte dich nicht!«

Er schenkte das Cognacglas wieder voll und hob es in die Höhe. »Prost!«, sagte er lächelnd. »Prost! Auf unsere Ehe!«

9

Lust zu haben, jemanden zu heiraten, und es dann auch wirklich zu tun, sind zweierlei Dinge. Das merkten Stella und Lysbeth, ohne dass sie über diese Erkenntnis besonders froh gewesen wären. Beide wurden, je ernsthafter die Heiratspläne voranschritten, immer häufiger von Zweifeln gequält. Beide sprachen mit niemandem darüber. Beide dachten, sie wären nicht ganz normal. Und beide ließen sich immer wieder etwas anderes einfallen, um den Hochzeitstermin hinauszuzögern.

Es war Stella, die das Schweigen endlich brach.

Lysbeth und sie bummelten am Jungfernstieg an den Geschäften entlang. Sie hatten keine große Lust, in irgendein Geschäft hineinzugehen, und so landeten sie zu guter Letzt im *Alsterpavillon*, wo sie eine heiße Schokolade tranken.

»Ich nehme es dem Maximilian richtig übel, dass er dich mir wegnimmt!«, rief Stella aus. »Aber du heiratest doch auch«, gab Lysbeth zurück. »Schlimm genug«, entfuhr es Stella. Lysbeth lachte laut auf. »Warum tust du es dann?«, fragte sie, und man hörte ihr an, dass sie sich selbst das Gleiche fragte. »Weil … weil es nun mal beschlossene Sache ist«, antwortete Stella, »und Jonny ist ja auch ein fescher Kerl, wenn ich ihn nicht heirate, wen denn sonst?« Sie kaute auf ihrer Unterlippe herum. »Ich will ihn ja auch heiraten. Aber es graut mir vor meiner Schwiegermutter. Ich glaube, sie wird es feiern, als wäre es ihre eigene Hochzeit. Und all die Gäste! Ich kenne die meisten doch gar nicht. Und Jonny tut alles, was die Gnädige will.«

»Es geht mir haargenau so«, stieß Lysbeth aus, und es klang fast erleichtert. »Was können wir bloß tun?«

»Lysbeth!«, rief Stella da, so laut, dass die Leute an den Nebentischen die Köpfe zu ihr wandten. »Es ist doch ganz einfach: Wir machen eine Doppelhochzeit! Wieso sind wir nicht eher darauf gekommen?«

Lysbeth blickte einen Moment zweifelnd, aber dann zeigte ihre Miene mehr und mehr Begeisterung. »Genau«, sagte sie. »Wir machen eine Doppelhochzeit. So stärken wir beide uns, und unsere Schwiegermütter neutralisieren sich hoffentlich gegenseitig. Wieso sind wir bloß nicht eher darauf gekommen?«

Als die beiden den *Alsterpavillon* verließen, war es beschlossen: Sie wollten zu viert vor den Traualtar treten. Jetzt mussten nur noch Maximilian und Jonny überzeugt werden, aber das war nur eine Sache der Geschicklichkeit.

Und so geschah es. Lysbeth und Stella machten ihren Zukünftigen eine Doppelhochzeit so schmackhaft, dass jeder der beiden Männer am Ende dachte, es wäre eigentlich seine Idee gewesen. Die beiden Frauen entwickelten eine kleine Strategie. Sie sorgten dafür, dass sie zu viert zusammentrafen, bevor die Männer es ihren Müttern mitteilten. Jonny und Max müssen es voreinander bestätigt haben, so lautete ihr Kalkül, dann können sie anschließend nicht mehr den Schwanz einkneifen, wenn ihre Mütter ihnen die Hölle heißmachen. Im Gegensatz zu Stella und Lysbeth hatten Jonny und Maximilian gar nicht daran gedacht, dass das Arrangement ihren Müttern missfallen könnte.

Aber natürlich gab es Ärger.

Als wäre es das Selbstverständlichste der Welt, teilte Edith, der die Rolle der Gastgeberin besonderes Vergnügen bereitete, ihrem Sohn mit, dass in ihrem Haus gefeiert werden würde, Doppelhochzeit hin oder her. Die von Schnells besäßen zwar ein großes Haus in der Feldbrunnenstraße, aber, so argumentierte sie, ihr Ballsaal sei repräsentativer und ihre Villa für Feste wie geschaffen.

Marie von Schnell reagierte auf diesen Vorschlag mit distinguierter Empörung. Ihr Sohn und seine zukünftige Frau würden schließlich bald in ihrer Villa wohnen, ihr Sohn sei designierter Firmenchef, es ginge keinesfalls an, dass die Freunde und Geschäftspartner des Hauses von Schnell nicht zu einem Hochzeitsessen in die Feldbrunnenstraße geladen würden.

Beide Frauen, Marie von Schnell und Edith von Warnecke, empfanden es eindeutig unter ihrer Würde, sich zu einem Gespräch über diese Frage an einen Tisch zu setzen. Sie forderten ihre Söhne auf, gefälligst die »leidige Angelegenheit« in ihrem jeweiligen Interesse aus der Welt zu schaffen.

Maximilian und Jonny trafen sich im *Bierhaus Heckel*. Im Krieg hatten sie gelernt, in lebensbedrohlichen Situationen schnelle Entscheidungen zu fällen. Dieser Fall war nicht lebensbedrohlich. Und beiden war daran gelegen, dem andern deutlich zu machen, dass es nicht die Mutter war, die das Sagen hatte. Kurz und knapp schlug Jonny vor, den Polterabend in der Elbchaussee und das Essen nach der Kirche in der Feldbrunnenstraße stattfinden zu lassen. Kurz und knapp stimmte Maximilian zu.

Den Rest des Abends widmeten sie dem guten Bier und ihren Erinnerungen. Je betrunkener sie wurden, umso gefühlvoller beschworen sie ihre gemeinsame politische Sache, die bei Kriegsende, darüber waren sie wie in so vielem einer Meinung, keinesfalls untergegangen war.

Sie hatten sich während des Krieges 1915 in Wilhelmshaven kennengelernt. Jonny war, nach einigen aufregenden und erfolgreichen Einsätzen als Vierter Offizier auf dem SMS *Friedrich der Große* – der Kapitän hatte ihn gelobt und ihm eine große Karriere in Aussicht gestellt – ins Gasthaus *Zur alten Liebe* gegangen, um dort zu essen. Da saß ein alter Mann, hohlwangig mit ungepflegt weißem Bart, aber zwingend klugen Augen. »Komm her, mein Junge«, rief er Jonny zu sich an den Tisch.

Marineoffizier Maukesch folgte der Aufforderung, sehr unsicher, ob er nicht deutlich machen müsste, dass es unter seiner Würde lag, als Junge bezeichnet zu werden.

»Wie ist die Stimmung draußen?«, fragte der Alte.

»Aus-ge-zeich-net.« Jonny Maukesch schnellte die einzelnen Silben wie mit einer Schleuder in die Luft. Schlank, gebräunt, mit forciert forschen Bewegungen, war er der Inbegriff des erfolgreichen deutschen Offiziers. In diesem Augenblick setzte sich ein anderer Offizier zu ihnen an den Tisch. »Der verschärfte U-Boot-Krieg ist beschlossene Sache. Großadmiral von Tirpitz ...«, sprudelte er hervor.

Der alte Mann ließ ihn nicht ausreden. Seine Augen schleuderten vernichtende Blitze gegen die Begeisterung des jungen Offiziers. Ein paar der Blitze fielen auf Jonny, der sich noch gerader aufrichtete, als er ohnehin schon saß.

»Wie dumm! Wissen Sie, dass wir nur sehr wenige U-Boote haben? Damit wollt ihr England in die Knie zwingen, ihr Großmäuler? Ihr könnt nichts anderes erreichen, als Amerika zu brüskieren. Die Folgen werden entsetzlich sein.«

Der junge Offizier fragte empört: »Wer sind Sie eigentlich? Ich will Ihren Namen wissen!«

Ungerührt durch die Aufregung, die er mit seinen lauten Worten in der Kneipe verursachte, fuhr der Alte schneidend fort: »Die erste Konsequenz wird die Konfiszierung unserer halben Handelsflotte sein, die in ausländischen Häfen liegt, also eine Vermehrung der feindlichen Tonnage – was diese Esel nicht berechnen.«

»Esel?«, fuhr Jonny auf. »Wovon reden Sie, Mann?«

»Ich will Ihren Namen wissen, mit Ihnen rede ich nicht, wenn Sie sich nicht vorstellen!« Der junge Offizier, der sich selbst nicht vorgestellt hatte, erhob sich und sagte mit zackiger Verbeugung: »Gestatten, Maximilian von Schnell! Mit wem habe ich die Ehre?«

»Segg, Hein, die glöven wohl all, dat die Inglänner mit Kabeljauköpp smieten?«, fragte ein Matrose an einem entfernten Tisch in provokanter Lautstärke. Er hatte sich gegen die Vorschrift seine Mützenbänder so abgeschnitten, dass sie einem Heringsschwanz glichen. Ein anderer lachte: »Aber wie werden sie glotzen, wenn ihnen der Teufel einheizt.«

Der Alte nickte amüsiert. »Die zweite Konsequenz, ihr Grünschnäbel: Ihr werdet fünfhunderttausend glänzend ausgerüstete amerikanische Soldaten gegen unsere müden Truppen haben. Und die dritte: vierzig Milliarden bares Geld für die Gegner. Was folgt aus all dem? Mindestens noch drei Jahre Krieg, also der sichere Ruin. Ist etwas Wahnsinnigeres denkbar?«

Er hatte sehr laut gesprochen. In der Gaststätte herrschte atemloses Schweigen. Die Spannung stieg noch, als einige der Matrosen die Hände hoben und klatschten. Das Klatschen steigerte sich. Der junge Offizier ließ sich auf seinen Stuhl fallen.

»Ich vertraue der Obersten Heeresleitung. Ich vertraue der Genialität unseres Großadmirals von Tirpitz. Wie Hindenburg im Osten siegte, wird Tirpitz auf dem Meere siegen!«, gab Jonny mit vorgerecktem Kinn von sich.

»Bravo!«, sagte der Marineoffizier namens von Schnell. Es klang sehr erleichtert.

»Wie Moltke die Marneschlacht verlor, wird Tirpitz den Seekrieg verlieren. Mit noch katastrophaleren Folgen. Sein Plan ist ein Abenteuer und das größte Verbrechen am deutschen Volk!« Das war die Stimme des alten Mannes, der offenbar keine Angst vor erfolgreichen Offizieren kannte. Fragend aufgerissene Augen im Raum, dann knallte Applaus in die Stille.

Jonny blickte sich um, ob er einige der Klatscher kannte. Die würden an Bord etwas erleben. Doch da erhoben sich plötzlich die Matrosen wie ein Mann und schoben sich aus der Gaststätte, in ihrer Mitte den Alten. Weg war der Spuk.

Jonny fühlte sich gedemütigt. An der Nase herumgeführt. Es ging doch nicht an, dass die Aufrührer sich einfach aus dem Staub machten. Schließlich mussten sie auch noch zahlen. Ah, das war es. Zechprellerei. Damit konnte er sie erwischen. Aufgeregt rief er den Wirt zu sich. »Polizei!«, sagte er. »Rufen Sie die Polizei, Sie sind um Ihre Zeche geprellt worden!«

»Nö, Herr Kaptain«, sagte der Wirt bedächtig in breitem Platt, »dei hevt all tollt, allens!«

Jonny und der andere Offizier warfen sich hilflose Blicke zu. Im nächsten Augenblick zischte der andere: »Mir scheint, dass es sich hier um eine konspirative Wirtschaft handelt, vielleicht Spione, man sollte ein Auge drauf haben.« Jonny nickte.

Sie gingen gemeinsam zu den Offiziersunterkünften. Die Nacht hatte sich dunkel über die Stadt gelegt. Die Kasernen waren große, dunkle Schatten. In der Luft brummten Motoren. Die Signalstation zielte mit Scheinwerfern nach den Wolken. Jonny und Maximilian von Schnell hatten ihre Mantelkragen hochgeschlagen. Sie sprachen über ihre Einsätze, ihre Vorgesetzten, über lauernde Insubordination auf ihren Schiffen. Es war das erste Mal, dass Jonny dieses Wort aus dem Mund eines anderen Offiziers vernahm. Insubordination. »Ich finde, es gibt zu viele Matrosen, die sich nicht kriegsbegeistert zeigen«, sagte von Schnell niedergeschlagen und fügte hoffnungsvoll hinzu: »Wir müssten ihren Führern das Handwerk legen. Ich schwöre, das sind sozialistische Revolutionäre. Sie arbeiten insgeheim auf unseren Schiffen.«

Jonny dachte nach. Der Mann schien ihm allzu beunruhigt. Was er sagte, klang wie Schwäche. Jonny hasste Schwäche. Das hörte sich ja an, als hielte der Mann die Sozialisten für starke Gegner. Das durfte man nicht einmal denken. Jonny schnaubte abfällig durch die Nase: »Bebel ist tot. Ebert und Scheidemann sind für den Krieg. Wovor haben Sie Angst, Herr von Schnell?«

»Ich habe keine Angst«, begehrte der junge Offizier auf. »Ich sagte nur, es gibt subversive Elemente auf den Schiffen, und wir sollten sie dingfest machen. Was wir da heute Abend erlebt haben, war ja nur der übelste Abschaum. Aber auch die sitzen auf einem Schiff!«

Das klang plausibel. Jonny überlegte. Ja, was sie heute in der Kneipe erlebt hatten, war allerdings besorgniserregend. So etwas durfte kein zweites Mal geschehen. Beim Abschied drückten die beiden Männer sich fest die Hände und salutierten respektvoll voreinander. Sie würden sich wiedersehen, Ehrensache.

Das war ihre erste Begegnung.

Von nun an trafen sie sich regelmäßig, wenn beide an Land waren. Es erleichterte sie, miteinander die Sorgen um den zunehmenden Rebellengeist zu teilen und zu besprechen. Sie waren sich einig, dass den

Aufrührern so schnell wie möglich das Handwerk gelegt werden müsse. Einmal ausgekundschaftet, kamen Rebellen nach Flandern an die Front. Da starben sie angeblich wie die Fliegen. Das sollte den roten Geist unter den Matrosen ersticken.

Jonny gewöhnte sich einen leisen Schritt an. Unverhofft erschien er in den Mannschaftsquartieren. Es musste energischer gegen die rote Gefahr vorgegangen werden. Wenn Maximilian und er, die bereits auf das Du Bruderschaft getrunken hatten, jedoch die Kneipen der Matrosen aufsuchten, um sich angelegentlich etwas umzuhören, in der *Stammbeize* zum Beispiel, wo die Flandernleute Abschied feierten, wo an den Wänden Fotografien der Gefallenen hingen und wo der rote Geist mit Händen zu greifen war, verstummten die Gespräche, und ein Matrose nach dem andern verließ das Lokal.

»Wir müssten einen Matrosen finden, der bereit ist, uns Informationen zu liefern«, schlug Maximilian vor. Jonny stimmte zu. »Das kann doch nicht schwer sein«, sagte er, »wir brauchen nur einen, der klug genug ist, zur rechten Zeit am rechten Ort zu sein.« Mit einem Handschlag besiegelten die beiden, dass sie sich mit Feuer und Flamme auf die Suche begeben würden. Doch bevor Jonny sich intensiv darum kümmern konnte, wurde er mit anderen Aufgaben betraut. Zuerst stieg er in der Karriereleiter auf. Er kam als Zweiter Offizier auf die *Polarstern*. Dann traf ein besonderes Kommando ein.

Bei Nacht liefen sie aus, kamen in Sturm und Eis. Das Schiff sank und fast alle ertranken. Jonny nicht. Halb tot, erfroren fanden sie ihn, im Wasser treibend. Er kam ins Lazarett. Zwei Wochen verbrachte er dort. Zwei ungeduldige Wochen. Er hatte überlebt, war das nicht Beweis seiner Kraft – und seiner Leidenschaft? Ja, er hatte ein paar Erfrierungen, möglicherweise würde er seine Nase, seinen rechten kleinen Zeh und seine Finger nie wieder so spüren wie vorher, aber das war doch kein Grund, ihn nicht wieder an Bord zu lassen. Wie sollten sie gegen die Engländer und die Amerikaner gewinnen, wenn Jonny Maukesch verweichlicht im Krankenhaus Urlaub feierte? Sie sollten ihn rauslassen, verdammt! Sein allen Widerständen trotzendes grenzenloses Wollen des deutschen Sieges, sein bedingungsloser Einsatz schrie nach Lohn.

Es ging ihm wie bei Kriegsausbruch, von dem er im Sueskanal erfahren hatte. Umgehend hatte er sich auf den Weg nach Deutschland gemacht. Sein ganzes Wesen wollte Krieg. Er lechzte danach, seit ihm als Junge verwehrt worden war, gegen die Chinesen zu kämpfen. Er hatte an den Lippen Lettow-Vorbecks gehangen, wenn dieser von China, von Afrika, vom Kampf gegen die Hereros, gegen die Hottentotten berichtete. Bisher hatte er seinen Mumm nur beweisen können, indem er möglichst schnell und erfolgreich sämtliche Hürden übersprang, um als Kapitän auf See so zu herrschen wie ein General im Krieg.

Die Bleistiftfresser im Bezirkskommando aber hatten nach Kriegsausbruch keinerlei Gefühl dafür, dass er, Jonny Maukesch, keine Mühen gescheut hatte, um sich so schnell wie möglich dem Vaterland zur Verfügung zu stellen. Tagelang ließen sie ihn warten. Jonny fürchtete schon, der Krieg würde zu Ende sein, bevor er an ihm teilgenommen hatte. Bevor die Blätter fallen, wurde überall gesagt, haben wir gesiegt. Für Jonny klang das wie eine Drohung. Er konnte nicht mehr schlafen. Dieses Mal, das schwor er sich, würde es ihnen nicht gelingen, ihn rauszuhalten. Dieses Mal würde er teilhaben an der großen Sache.

Am vierten Tag, als er immer noch keinem Schiff zugeteilt worden war, meldete er sich kurz entschlossen zu den Seefliegern. Die nahmen ihn sofort. Am nächsten Morgen bereits erwachte er auf Helgoland. Er hatte angegeben, dass er ein Flugzeug bedienen könne. Das war eine Lüge gewesen. Aber er vertrat die Auffassung: Wer ein Schiff lenken kann, kann auch ein Flugzeug auf Kurs halten.

Der Truppe unter Generalleutnant Christiansen war es egal, ob er als Pilot ausgebildet war. Es gab nur wenige, und sie benötigten viele. Seine Ausbildungszeit war kurz. Er hatte recht gehabt: Ein Flugzeug in der Luft zu halten war keineswegs schwerer, als ein Schiff im Sturm vor dem Kentern zu bewahren. In den nächsten Monaten erhielt er verschiedene Kommandos als Beobachter und Navigationslehrer auf Norderney, Helgoland und Borkum.

Doch sein Herz schrie danach, die deutsche Marine auf See zu unterstützen. Während eines zweitägigen Aufenthalts in Wilhelmshaven setzte er Himmel und Hölle in Bewegung, um auf ein Schiff versetzt zu werden. Marine war die Elite unter den Soldaten. Auch die Fliegerei hatte natürlich einen besonderen Adel, aber ein Pilot befehligte eine Maschine, ein Kapitän befehligte Menschenmassen.

Zum Glück traf er seinen alten Freund Heinrich von der Tietz, der Zweiter Offizier auf dem SMS *Friedrich der Große* war. Tietz nutzte

Einfluss und adlige Beziehungen, und so wurde Jonny Maukesch der Marine in Wilhelmshaven überstellt, vorerst als Vierter Marineoffizier auf dem SMS *Friedrich der Große*. Dann würde man sehen. Er kehrte nicht mehr zu seiner Fliegerstaffel zurück. Sein neuer Vorgesetzter hatte zugesichert, die Sache für ihn zu regeln. Das war Jonny nur recht. Er schämte sich ein wenig, kam sich vor, als habe er Generalleutnant Christiansen verraten. Scham allerdings hatte ihn noch nie dazu bewogen, etwas klärend in die Hand zu nehmen, ganz im Gegenteil, wenn er sich schämte, versteckte er sich. Vor sich selbst wie vor demjenigen, dem er Unrecht zugefügt hatte. Konflikte auszutragen war nicht Jonny Maukeschs Stärke.

Seine Stärke war, dass er sich holte, was ihm zustand. So kam er auch mit einer Beförderung zum Ersten Offizier aus dem Lazarett wieder an Bord. Doch es schien, als wäre innerhalb der drei im Lazarett verplemperten Wochen aus der deutschen Marine ein Rebellenhaufen geworden.

Maximilian war inzwischen an Land abkommandiert worden. Und obwohl er offenbar befördert worden und seine Tätigkeit jetzt »strategischer Natur« war, wie er stolz erklärte, konnte Jonny ihn nur bedauern. Als der Freund ihm allerdings schilderte, was inzwischen geschehen war, spitzte er die Ohren. Maximilian hatte einen Matrosen gefunden, der bereit war, sich als Informant für sie zur Verfügung zu stellen. Von diesem wusste er einiges über die Stimmung unter den Matrosen.

»An den Wänden der Matrosenkneipen in Kiel prangen die Fotos der im letzten Jahr hingerichteten Rebellen. Darunter der rote Aufdruck: ›Sie haben uns getötet, weil wir dir, Kamerad, helfen wollten!‹ Es brodelt, Jonny, und ich weiß nicht, ob wir das noch in den Griff kriegen.«

Jonny überlegte, ob Maximilian vielleicht gar nicht wirklich befördert, sondern aus dem Verkehr gezogen worden war. Der ehemals so schneidige Offizier kam ihm ziemlich verweichlicht vor. »Was für Töne du spuckst«, sagte er verächtlich. »Der Sieg war nie näher als jetzt.«

»Mein Gott«, seufzte Maximilian, »sperr doch Augen und Ohren auf. Auf deinem Schiff sind sie mit Mann und Maus ersoffen. Die Leute hatten alle Mütter, Frauen, Kinder. Sie sind nicht die Einzigen. Die Heimat wird überschwemmt von Verstümmelten.« Er klang verzweifelt.

Jonny überlegte, ob Maximilian von Schnell vielleicht krank sei. Er hatte das erlebt. Tapfere, gestandene Männer bekamen plötzlich Heulkrämpfe, schlotterten vor Angst, wimmerten nach ihren Müttern. »Du kommst mir nicht in Ordnung vor. Hast du mal daran gedacht, Heimaturlaub zu beantragen?«, fragte er geradeheraus.

Maximilian von Schnell lächelte spöttisch. »Keine Sorge«, sagte er. »Ich weiß, worauf es ankommt. Im Gegensatz zu dir rücke ich aber von dem Spruch ›Immer feste druff‹ ab. Wir müssen strategisch denken. Und vielleicht müssen wir diesen Krieg auch strategisch beenden.« Er blickte sich vorsichtig um. »Das bleibt unter uns«, forderte er. Überrumpelt schlug Jonny in die dargebotene Hand ein. Nachdem sie auseinandergegangen waren, überlegte er aber, ob er den Kontakt vielleicht abbrechen sollte. Gleichzeitig fürchtete er, dass von Schnell mehr wusste als er.

Der Tagessold der Mannschaften wurde von dreißig Pfennig auf eine Mark erhöht. Die Urlauber bekamen Freifahrtscheine auf der Eisenbahn. Die drakonische Militärjustiz wurde bedeutend gemildert. Jonny kam sich manchmal vor, als wäre er der Einzige, der noch an den Sieg glaubte. Die Matrosen und Heizer spotteten offen über die »Siegesnachrichten«.

Den Offizieren wurde es unheimlich. Jonny Maukesch traute keinem mehr. Aber er zahlte. Der junge Kerl, den Maximilian ausfindig gemacht hatte, Peter Ullrich, wollte nach dem Krieg in Köln eine Kneipe aufmachen und brauchte dafür Geld. Wie seine Kameraden glaubte er nicht mehr an den Sieg. Allerdings glaubte er auch nicht an die Revolution. Also hörte er sich unter den Aufrührern um, sperrte die Augen auf und teilte den Offizieren Maukesch und von Schnell mit, was er erfuhr. Sofern sie ihn dafür bezahlten.

So wusste Jonny früh, dass die Besatzungen einzelner Schiffe an Land Geheimversammlungen abhielten. Seit Frühjahr 1918 gab es offenbar zwischen Kiel und Wilhelmshaven ein atemloses Wetteifern. Die Revolutionäre waren ständig in Bewegung: Kiel, Cuxhaven, Bremerhaven, Emden, Hamburg, Bremen, Oldenburg. Torpedoboot- und U-Boot-Leute kamen da wohl als versammelte Mannschaften zusammen. Das war nicht mehr zu ersticken, indem man die Aktivisten an die Front schickte. Es waren zu viele.

Wie erschüttert war Jonny, als er von Maximilian von Schnell erfuhr, dass General Ludendorff, der wahre Chef der Obersten Heeresleitung und alles andere als den Linken nahestehend, im September zuerst Hindenburg und den Kaiser informiert und dann am 29. September den greisen, seit Oktober 1917 in Berlin amtierenden Reichskanzler Graf Hertling aufgefordert habe, so bald als möglich ein Friedensangebot an die Kriegsgegner Deutschlands herausgehen zu lassen.

Das war für Jonny absolut undenkbar. Es stand nicht in den Zeitungen, war nicht an die Öffentlichkeit gedrungen. Wollte von Schnell vielleicht nur Jonnys Vertrauen prüfen? Bis dahin hatte die Oberste Heeresleitung nicht den Schimmer eines Zweifels an einem triumphalen Endsieg Deutschlands aufkommen lassen. Graf Hertling, so sagte von Schnell, verwirrt von Ludendorffs Ansinnen, war zum Kaiser gereist, hatte seinen Abschied erbeten und sofort erhalten. Und dann war Prinz Max von Baden mit der Bildung einer neuen Regierung beauftragt worden.

Jonny ging es wie Graf Hertling. Er verstand die Welt nicht mehr. Als Maximilian von Schnell versuchte, sie ihm zu erklären, indem er sagte: »Der Krieg ist verloren, Jonny, da kannst auch du nichts mehr machen«, war Jonny einen Moment lang versucht, den Freund zum Duell zu fordern. Aber Maximilian hatte ihm nur einige Male traurig auf die Schulter geklopft. Da erst begriff Jonny allmählich, dass ihm eine Niederlage bevorstand. Das durfte nicht sein!

Erst am 2. Oktober wurde den Führern aller im Reichstag vertretenen Parteien mitgeteilt, dass sich die Oberste Heeresleitung veranlasst gesehen hätte, »Seiner Majestät vorzuschlagen zu versuchen, den Kampf abzubrechen, die Fortsetzung des Krieges als aussichtslos aufzugeben. Jede vierundzwanzig Stunden könnten unsere Lage verschlechtern und den Feind unsere eigentliche Schwäche erkennen lassen.«

Aber es kam noch schlimmer. Am 5. Oktober las Jonny in den Zeitungen, dass Deutschland um Waffenstillstand zu bitten gezwungen war. Und dann stand da noch, dass Deutschland sich in eine parlamentarische Demokratie verwandelt habe. Und dass die neue Regierung den seit mehr als vier Jahren tobenden Weltkrieg, der so entsetzlich viele Opfer gefordert hatte, als endgültig verloren ansehe und daher sofort ein Gesuch um Waffenstillstandsverhandlung hinausgehen lassen würde.

Es war schlimmer als das Zusammenbrechen der *Polarstern* unter seinen Füßen. Da war nur ein Schiff gesunken, jetzt zerbrach seine

Welt und versank vor seinen Augen. Jonny verstand nichts mehr. Wieder war es Maximilian von Schnell, der mit einem zynischen Lächeln eine Erklärung anbot: »Der Ludendorff ist superschlau. Begreif doch: Prinz Max von Baden ist ein liberaler Mann. Er und der Sozialdemokrat Scheidemann geben Deutschland geschlagen, nicht Ludendorff und die Oberste Heeresleitung. Niemand wird also sagen können, unser Militär habe verloren. Nein, wir können sagen: Die Linken haben uns verraten!«

»Haben sie ja auch«, begehrte Jonny auf. »Du siehst es doch auf den Schiffen.«

»Ja, die Matrosen machen nicht mehr mit«, gestand Maximilian und nahm einen langen Zug aus seiner Zigarette. Er bedachte Jonny mit einem nachdenklichen, arroganten Blick. »Aber auch wenn wir es nicht zugeben: WIR haben den Krieg verloren, Ludendorff an der Spitze!«

In Jonny tobte ein Konflikt. Die eine Seite plädierte dafür, Maximilian von Schnell als Vaterlandsverräter an den Pranger zu stellen. Die andere Seite sagte: Alles, was er dir bisher unter dem Siegel der Verschwiegenheit anvertraut hat, ist wahr gewesen. Offenbar ist er viel informierter als du.

Auf diese Seite der Waagschale wurde ein schweres Gewicht gelegt, als Maximilian Jonny mitteilte, dass die Admiralität beschlossen habe, die deutsche Flotte zu versenken, bevor sie nach einem Waffenstillstandsabkommen den Feinden in die Hände fiel. Das war nach Jonnys Geschmack: Eher opfern wir unsere Schiffe mit Mann und Maus, bevor wir uns ergeben. Der Gedanke an den möglichen Tod konnte ihn nicht schrecken. Im Krieg musste man immer mit dem Tod rechnen, am besten hielt man sich für unsterblich. Aber er war fest überzeugt: Aus der geopferten Flotte würde eine neue auferstehen, groß und ruhmreich.

Er war dabei!

Am Morgen, als die Matrosen zu ihrer letzten Fahrt auslaufen sollten, ohne zu wissen, dass es in den Tod ging, setzte im Reichskriegshafen Wilhelmshaven fieberhafte Tätigkeit ein: Die Kriegsschiffe übernahmen Munition und Kohlen. Die Bordkapellen spielten: *Deutschland, Deutschland über alles* und *Puppchen, du bist mein Augenstern*. Die Matrosen, denen gesagt worden war, man wolle den Engländern in einer letzten Schlacht die deutsche Stärke zeigen und so die Waffenstillstandsverhandlungen unterstützen, arbeiteten nach Kräften. Allmählich passierte ein Schiff nach dem andern die Schleuse. Plötzlich wurde von den Signalbrücken eifrig über die ganze Flotte geblinkt: »man will sämtliche schiffe mit besatzung in see vernichten deshalb überall befehle verweigern – feuer unter den kesseln raus.«

Schon hatten Matrosen und Heizer der MS *Thüringen* und *Helgoland,* die an der Spitze fuhren, ihre Schiffe zum Stoppen gebracht und sie quer über die Fahrstraße gesteuert. Das war das allgemeine Kommando: »Halt!« Während die beiden Linienschiffe die Ankerflagge hissten, winkte es von ihren Signalbrücken: »wir rechnen auf eure kameradschaft – befinden uns im meutern.« Ein Schiff nach dem anderen ließ seine Anker fallen. Torpedoboote begannen die meuternde Flotte zu umkreuzen. Am Hafen schwenkten die schweren Geschütze der Küstenforts auf die Schiffe

Jonny, Erster Offizier auf der *Königin Luise,* stellte sich vor die Mannschaft und beschwor sie, ihren Verstand zu benutzen. »Ihr habt es doch gehört!«, schrie er, »Deutschland hat an Amerika ein Waffenstillstandsangebot geschickt. In wenigen Tagen könnt ihr nach Hause zu euren Frauen und Kindern. Warum riskiert ihr jetzt euer Leben?«

Er war zufrieden mit sich, seine Stimme zitterte kein bisschen. Andere Offiziere stellten sich neben ihn. Der Vierte Offizier, ein hirnloser Dummkopf, keifte: »Alle Meuterer an die Wand stellen und abknallen. Kurzen Prozess machen, aber dalli!« Er fiel um. Ein Heizer hatte ihn k.o. geboxt. Das war so schnell gegangen, dass Jonny nicht einmal mitbekommen hatte, wer das gewesen war. Die Matrosen grienten. Jonny ballte die Hand zur Faust. Er wusste, es galt jetzt, sich zu beherrschen. Dieses Schiff sollte, wie die ganze Flotte, auslaufen und versenkt werden. Mit Mann und Maus. Wenn die Leute das herausbekamen, würden sie ihr Leben retten wollen, da gab es kein einziges Argument mehr gegen das Meutern.

»Matrosen«, sagte er beruhigend und hob beide Hände, als wollte er die Mannschaft segnen. »Macht euch nicht unglücklich. Was wir heute vorhaben, angeordnet von der Admiralität, ist im Vergleich zu dem, was ihr hinter euch habt, nichts als eine kleine Spazierfahrt, eine Demonstration sozusagen. Wir wollen dem Feind zeigen, dass wir immer noch stark sind. Das müsst ihr doch verstehen. Ihr seid Deutsche. Deutsche Männer, deutsche Soldaten! Ihr habt doch Schneid, ihr habt gekämpft, ihr seid unbesiegt!«

Die Menge grummelte. Ein Matrose lachte: »Mit unbesiegt meint er, dass wir nicht tot sind.«

Wieder hob Jonny die Hände. »Die deutsche Marine ist unbesiegt! Und das ist euer Verdienst. Verdienst all der tapferen Matrosen, die mit ganzem Einsatz gekämpft haben. Wir wollen den deutschen Unterhändlern bei den Waffenstillstandsverhandlungen den Rücken stärken, indem wir jetzt hinausfahren, nur bis Helgoland – wie ein Mann. Leute, das dürft ihr nicht torpedieren! Ihr werdet uns doch nicht von hinten in den Rücken schießen!« Jonny spürte, wie die Menge vor ihm unruhig wurde. Bald hatte er sie. Einige schrien zwar: »Glaubt ihm nicht, er lügt!«, aber viele der Gesichter vor ihm wurden nachdenklich und bedrückt. Sie hatten gekämpft, und sie wollten ihrem Vaterland keinen Dolch in den Rücken stoßen, das stand für sie fest.

Da senkten sich die Geschützrohre der Küstenforts. Und über den Küstendämmen wehte das Flaggensignal: »nicht ergeben!«

»Leute, wenn die Torpedoboote Ernst machen, sieht keiner von euch Frau und Kinder wieder!« Da kam ein Winkspruch von *Thüringen* und *Helgoland*: »breitseite auf kreuzer und torpedoboote richten, schußsignal abwarten.«

Die Matrosen auf der *Königin Luise* zogen sich zu einer Besprechung in die Mannschaftsräume zurück. Der auf die Planken geschlagene Vierte Offizier kam langsam wieder zu sich. Keiner kümmerte sich um ihn.

Jonnys Verstand ratterte wie ein Maschinengewehr. Da hatte er eine Idee. Er folgte den Matrosen nach unten, stellte sich breitbeinig vor sie hin. »Ich schlage vor, dass ihr einige wählt, damit wir Offiziere mit denen den Sachverhalt ruhig klären können. Ihr seht bestimmt ein, dass es besser ist, wenn nicht alle immer durcheinanderreden, sondern in aller Ruhe besprochen wird, was geschehen soll!«

Seine Matrosen sahen sich an. Einige nickten zustimmend, dann ein paar mehr. In Eile wählten sie fünf Vertreter. Mit denen ging Jonny in die Offizierskajüte. Er bot ihnen Zigaretten und Schnaps an und schwor dann auf seine Ehre, dass die Flotte nur bis Helgoland fahren sollte. Das sei doch kein Grund zu meutern, oder?

Die Matrosen zogen ab. Jonny hatte den Eindruck, einen Sieg errungen zu haben. Er ging wieder an Deck. Dort raunten die Offiziere, dass auf anderen Schiffen mit der Verhaftung einzelner Meuterer begonnen worden war. Bekam man die Sache in den Griff?

In diesem Moment blinkte es vom Dach einer über die dunkle Stadt ragenden Kaserne: »eben geheimbefehl an flotte in händen, lautet: auslaufen unbedingt ausführen – antwort der flotte lautet: nicht ausführbar – verhindert verrat – setzt verdächtige gefangen. kiel ist wie ein mann.«

Plötzlich stürmte die Besatzung an Deck. »Wir brechen die Verhandlungen ab«, stammelte mühsam auf Hochdeutsch einer der Matrosen, den Jonny sehr schätzte und dem es sichtlich schwerfiel, seinem Vorgesetzten derart Kontra zu geben. Im nächsten Augenblick übernahmen Männer die Führung, von denen Jonny bislang nicht viel mitbekommen hatte. Offenbar waren dies die Mitglieder des revolutionären Zirkels. Sie nahmen sich einfach die Waffen und verteilten sie an die Mannschaft. Den Protest der Offiziere wischten sie ungeduldig fort. Sämtliche Geschütze wurden von ihnen schussfertig gemacht.

Der Zweite Offizier fragte Jonny leise und sehr ernsthaft, ob sie sich jetzt erschießen sollten. Jonny schnaubte empört durch die Nase. »Mann, bevor ich mich geschlagen gebe, muss mehr passieren.«

Später hörte er, dass nicht wenige Offiziere sich erschossen hatten.

Ein leichter Novembersturm kam auf. Die Schiffe dampften durch die Wellen in den Hafen zurück. Jonny ging von Bord. Keiner bedrohte ihn.

Um sich herum nahm er die hektischen Aktivitäten der Matrosen wahr. Sein Gehirn ratterte. Was konnte er jetzt noch tun? Er musste unbedingt Maximilian von Schnell treffen. Der war der Einzige, das begriff er jetzt, der in dieser Situation einen klaren Kopf bewahren würde. All die anderen Offiziere, mit denen er zu tun hatte, schissen sich in die Hose vor Angst und verloren den Verstand. Die ganze Nacht suchte Jonny nach Maximilian. Der schien sich in Luft aufgelöst zu haben. Immer wenn Jonny dort eintraf, wo sich Maximilian angeblich aufhalten sollte, war der Freund schon wieder fort. Irgendwann gab Jonny es auf und fiel in seiner Uniform aufs Bett. Es war ein furchtbarer Tag gewesen, er war so müde, dass er seinen Körper kaum noch spürte.

Am nächsten Morgen um zehn Uhr dröhnten die Straßen in Wilhelmshaven. Jonny schaute aus dem Fenster. Von allen Seiten strömten die in Blau gekleideten Matrosen herbei. Er rannte auf die Straße.

Kaum stand er da, griffen fremde Hände nach ihm, tasteten ihn ab, entwaffneten ihn und schoben ihn in die Mitte des Demonstrationszuges. Jonny marschierte mit.

Er hätte in Zivil gehen müssen! Aber es war nicht alles verloren. Er hatte das dringende Bedürfnis, sich möglichst viele Gesichter einzuprägen. Irgendwann, irgendwo, das schwor er sich, irgendwann wirst du zahlen. Du und du und du.

Sie erreichten die Kaserne der Marineinfanterie und -artillerie. Die Matrosen strömten heraus und folgten begeistert dem Zug. Eigenartigerweise versetzte diese Massenekstase Jonny in eine Art erotische Erregung. Er kannte dies Gefühl vom Kriegsausbruch. Er wehrte sich dagegen, aber die Begeisterung pulsierte durch ihn hindurch. Die Demonstration schwoll an. Die II. Matrosendivision kam dazu. Dann die Tausendmannkaserne. Die Werftdivision. Die Leute der Linienschiffe und der großen und kleinen Kreuzer. U-, Minensuch-, Vorposten- und Torpedobootbesatzungen. Die Marine-Luftschiffabteilung. Arbeiter. Frauen. Kinder. Alle schlossen sich an. Die Militärkapellen spielten die *Marseillaise*. Und im festen Schritt, alle mitsingend, langte der endlose Zug vor dem Gebäude des Chefs der Marine-Nordseestation an. Jonny verharrte zwischen den blau Gekleideten.

Auf dem Balkon der Station erschien ein Matrose, den Jonny noch nie gesehen hatte. Die Menschenmasse starrte zu ihm hinauf, als würde er das Heil verkünden. Lang gezogen, durch die hohle Hand, wie auf See, schrie er: »Kameraden, wir Mariner sind es satt, uns von unverantwortlichen kaiserlichen Korporalen und Offizieren wie ein Schindluder behandeln zu lassen. Wir haben den Stationschef gezwungen, unter vorläufiger Kontrolle des revolutionären Zirkels im Amt zu bleiben. Und ihm erklärt, dass er dafür verantwortlich ist, wenn von Seiten der Offiziere etwas gegen uns unternommen wird. Kameraden! Wer sich von seinen Vorgesetzten zu gegenrevolutionären Handlungen missbrauchen lässt, begeht Verrat an seinen Kameraden und wird auf der Stelle erschossen. Wahrt Disziplin! Und beweist aller Welt, dass ihr keine erbärmlichen Knechte seid, die nur Gehorsam leisten, wenn der Knüppel droht, sondern dass ihr seid: Männer – der Freiheit, der Ordnung und der Zucht. Und nun eilt nach euren Kommandos und wählt aus euren Kameraden heraus Soldatenräte, die unsern Sieg ausbauen. Die deutsche Revolution, sie lebe! Hurra! Hurra! Hurra!«

Dagegen war die Augustbegeisterung von 1914 ein Kindergeschrei, dachte Jonny, gegen seinen Willen beeindruckt und elektrisiert.

Langsam ging die Admiralsflagge auf dem Stationsgebäude nieder. Um Jonny herum toste gewaltiger Jubel. Wie von Zauberhand gehisst, wehten plötzlich überall auf den Häusern und Schiffen rote Fahnen.

Revolution!, dachte Jonny. Er fühlte sich sehr seltsam. Er war ein Einzelkind. Es war ihm völlig vertraut, allein zu sein. Andere hätten ihn einsam genannt, aber er nicht, oh nein, Jonny doch nicht! Er hatte gelernt, mit allem umzugehen, was irgendwie das Gefühl von Einsamkeit hervorrufen konnte. Nein! Es gab niemanden auf der Welt, der sich weniger einsam fühlte als Jonny Maukesch!

Aber auf einem Schiff, unter anderen, selbst wenn er sie strohdoof fand und keine Lust hatte, auch nur zehn Minuten mit ihnen zu plaudern, oder damals, bei Kriegsausbruch fühlte er sich … gewärmt … dazugehörig. Das war auch wundervoll gewesen. Er war ein deutscher Mann, ein deutscher Soldat, er gehörte zur Masse der Kriegsbegeisterten und ragte gleichzeitig als Elite heraus. Hier aber gehörte er nicht dazu, dies waren verfluchte Rebellen. Er war entsetzt über sich selbst. Die geradezu lustvolle Erregung war fehl am Platz!

Einen Tag später fand er Maximilian. Der war blass, aber nicht verzweifelt. Informiert – von Peter Ullrich wie von vielen anderen –, wusste er, was ablief. Aber er war nicht niedergeschlagen. Genau wie Jonny dachte er, dass der Sieg nur aufgeschoben war. Wieder einmal ließ er die Worte »Strategisch denken« fallen, diesmal protestierte Jonny nicht. »Wir müssen so schlau wie möglich durch diese Episode kommen«, sagte Maximilian mit fahrigem Lächeln. »Natürlich gibt es in Deutschland keine Revolution von Dauer, die SPD ist für die Monarchie! Aber jetzt müssen wir überleben, danach räumen wir auf!«

Jonny hatte wieder ein Ziel.

Am 11. November dröhnte wieder die Luft über Wilhelmshaven. Mehr als hunderttausend Soldaten und Arbeiter, Frauen und Kinder holten vereint aus zum letzten Schlag gegen den alten, morschen Staat: Die sozialistische Republik, sie lebe! Hurra! Kampfflugzeuge mit langen roten Wimpeln huldigten in Niedrigflug dem Geschehen. Die Kapellen der Kriegsschiffe spielten den Sozialistenmarsch. Entblößten Hauptes sang die Menge.

Die Luft zitterte. Es wurde dunkel. Sirenen und Dampfpfeifen der Kriegsschiffe schrien auf. Rote, weiße und grüne Leuchtkugeln explodierten über den Köpfen. Grell stachen die Scheinwerfer der Flotte in die Nacht. Der Mond war blass.

Jonny und Maximilian hatten sich von der Straße ferngehalten. Sie waren sich einig: Dies hier wird nicht lange dauern. Wir müssen es überleben!

Die Schiffe feuerten eine Breitseite nach der andern. In Kinos, Kaschemmen, Cafés und Theatern entstand Panik und überflutete die Gassen und die Straßen. Aufruhr! Überall Aufruhr! Auf allen Schiffen, in allen Kasernen. Die Revolution durchzitterte alles.

Im Offizierskasino tagten die Soldaten- und Arbeiterräte.

Peter Ullrich rannte zu Maximilians Quartier, um ihnen die Nachricht zu überbringen, dass alle Offiziere getötet werden sollten, als Rache für den Tod ermordeter Sozialisten. Angst stand in seinem Gesicht. Offiziere und Verräter. Er war ein Verräter. Aber auch er glaubte nicht, dass aus Deutschland eine sozialistische Räterepublik werden würde. Auch er hielt die Revolution für eine vorübergehende Episode. Man musste nur überleben!

Schwarze Wolken zogen über Wilhelmshaven. Die Flotte qualmte aus allen Schloten. Die Revolutionäre hielten sämtliche Zufahrtsstraßen zur Stadt, ebenfalls alle Wasserwege, den Strand, die Schleusen, alle Signalstationen an Bord wie an Land, die Post und die Telegraphen- und Fliegerstationen unter Bewachung. Gelände- und Straßenpatrouillen liefen.

Doch auch die Gegenseite wurde aktiv. Es gab nicht nur Matrosenfrauen und -liebchen, die mit der Revolution fraternisierten. Es gab auch Offiziersfrauen. Sie drängten sich in die Einfahrt und flehten um das Leben ihrer Männer, Brüder, Väter.

Ein Trupp schwerbewaffneter Matrosen verließ das Standquartier und besetzte die beiden Enden der Straße. Die Nacht des Schreckens begann. Es klopfte an Jonnys Tür. Man holte ihn ab.

Und wieder kam ein Sturm auf. Wie gut, dass wir nicht auf See sind, dachte Jonny ironisch. Regenschauer prasselten gegen die Fensterscheiben. Ein Lastauto nach dem andern kam mit verhafteten Offizieren durch die Toreinfahrt des Standquartiers in den großen Hof gefahren.

»Notlampen klar!«, schrien Matrosen durch das Haus. »Alarm! Alarm!«

Jonny saß neben anderen Offizieren auf der Pritsche des Lastwagens. Er zog sich tief in sich selbst zurück. So etwas geschieht manchmal, sagte er sich. Damals in China schien alles verloren. Und von wie vielen aussichtslos wirkenden Situationen hat Lettow-Vorbeck erzählt. Natürlich gibt es Niederlagen. Die einzige Frage ist doch, wer am Ende siegt.

Kirchenglocken begannen zu läuten. Die Sirenen und Dampfpfeifen verstummten. Matrosenstimmen erschallten. »Gas und Elektrizität ist überall in der Stadt ausgeschaltet. Sämtliche Truppenformationen haben alarmbereit gemeldet.«

»Los, runter!«

Jonny sprang wie die anderen gefangenen Offiziere vom Lastauto. Im Hof liefen sie den Befehlen nach. Wütende Matrosen brüllten: »Lauft, ihr Hunde!« Eine Wolke schob sich vor den Mond. Es war sehr dunkel. Jonny wusste genau, was sie beabsichtigten. Gleichzeitig hatte er nicht den geringsten Zweifel, dass sie scheitern würden. Neben ihm, hinter ihm, vor ihm klapperten die Offiziere vor Angst mit den Zähnen. Er nicht. Er würde siegen. Jonny Maukesch würde siegen!

Und er behielt recht. Sie gaben Jonny wie allen Offizieren Amnestie.

Er verachtete sie wegen ihrer Schwäche.

10

Männlich knapp teilten Jonny und Maximilian ihren jeweiligen Verlobten die Entscheidung mit, die sie über den Ablauf der Feiern gefällt hatten. Stella und Lysbeth waren mit allem einverstanden. Nun endlich begannen sie sich auf die Hochzeit zu freuen. Gemeinsam begaben sie sich auf die Brautkleidsuche. Es machte ihnen riesigen Spaß, das wundervolle Wäsche- und Bettenhaus *Möhring* zu erkunden. Es war, als würden sie eine kleine Reise unternehmen. Das Geschäftshaus in der ABC-Straße war einfach das schönste von ganz Hamburg. Es war sechshundert Quadratmeter groß, hatte Oberlichter und riesige

Schaufenster. Die Verkäuferinnen waren überaus freundlich und hilfsbereit.

Stella und Lysbeth begutachteten die Babywäsche, die sie herzallerliebst fanden. Fast bekam Stella doch Lust, bald, wie es sich gehörte, ein Baby zu bekommen. Und dann drehten und wendeten sie sich in einem Brautkleid nach dem andern. Nun ging es nicht nur darum, ein für den Stolz der Familien ausstaffiertes Püppchen zu sein, nun inszenierten sie das Ganze wie eine kleine Theateraufführung, die um zwei Schwestern kreiste.

»Wir sehen aus wie Schneeweißchen und Rosenrot«, kicherte Stella, als die beiden Frauen, blond und schwarz, in Weiß und Rosa vor einem Spiegel standen. Nach mehreren Besuchen von Geschäften in der Mönckebergstraße und am Jungfernstieg entschieden sie sich für ein zartes lindgrünes Kleid für Lysbeth und ein fast ebenso geschnittenes in Rosa für Stella, das sie zum Polterabend tragen wollten. Für die Kirche wählten sie zwei fast identische Kleider aus weißem Atlas mit einem zarten Schleier, der von Haarkränzen aus frischen Rosen gehalten werden sollte.

Jonny musste einige Mühe aufbringen, um seine Mutter von dem geplanten Arrangement zu überzeugen, aber schließlich errang er ihr Einverständnis. Ebenso ging es Maximilian mit seinen Eltern. Es war also beschlossene Sache: Der Polterabend sollte an der Elbchaussee und das Hochzeitsessen in der Feldbrunnenstraße stattfinden.

Niemand vergeudete einen Gedanken daran, dass die Eltern Wolkenrath vielleicht auch Interessen hätten. Niemand erwähnte den Hochzeitsbrauch, der vorsah, dass die Brauteltern die Hochzeit ausrichteten. Auch Käthe und Alexander nicht, sie hätten ein solches Fest gar nicht finanzieren können. Die Hochzeit war für den 25. Oktober geplant. Auch wenn die Inflation bereits Ende September absurde Ausmaße angenommen hatte, war ein Ende nicht abzusehen. Käthe hatte zwar mit ihren Goldtalern das Haus in der Kippingstraße gekauft, aber Milliarden auszugeben, um eine Flasche Sekt zu kaufen, lag weit jenseits ihrer Möglichkeiten. Edith und die von Schnells hingegen besaßen einen gefüllten Keller, eine gefüllte Speisekammer und genügend Quellen, um die Hamburger Geschäftsleute, Reeder, Kapitäne und Offiziere, die bei ihnen ein- und ausgingen, standesgemäß zu bewirten.

Edith von Warnecke gab für ihren Sohn ein Abschiedsfest vom Junggesellenleben, das weit über den Abend hinausstrahlte. Dass es allerdings bei den geladenen Gästen, die erschienen, ebenso wie bei denen, die ausbleiben mussten, besonders lange im Gedächtnis blieb, lag an der Koinzidenz der Ereignisse.

Der Polterabend fand am 24. Oktober statt. General von Lettow-Vorbeck konnte leider nicht kommen und ebenso einige andere Offiziere.

Einen Tag zuvor hatte in Hamburg ein kommunistischer Aufstand begonnen. An der Elbchaussee und in der Feldbrunnenstraße hatte man am Morgen davon aus der Zeitung erfahren. »Gegen fünf Uhr morgens drangen plötzlich in verschiedenen Stadtteilen größere teilweise bewaffnete Trupps in eine Anzahl Polizeiwachen ein.«

Kommunistische Kampftrupps hatten Waffen erobern und die Polizei außer Gefecht setzen wollen. Insgesamt wurden sechsundzwanzig Polizeireviere – von insgesamt fünfzig in Hamburg – hauptsächlich in Eimsbüttel, Winterhude, Langenhorn, Barmbek, Hamm, Borgfelde-Hamm, Wandsbek und Schiffbek bestürmt und immerhin siebzehn davon erobert. Wie später bekannt wurde, hatten sie geplant, die Innenstadt ringförmig einzuschließen und dann anzugreifen. Das allerdings scheiterte an der Übermacht der insgesamt aufgebotenen fünftausend Hamburger Polizisten.

Zentren der Kämpfe waren Eimsbüttel, Barmbek und Schiffbek. In Eimsbüttel besetzte am Morgen des 23. Oktober ein kommunistischer Kampfverband die Polizeiwache an der Müggenkampstraße und bezog auf den Dächern benachbarter Häuser Stellung. Gegen Mittag eroberte die Polizei die Wache und die umkämpften Straßen zurück.

Länger dauerten die Auseinandersetzungen in den kommunistischen Hochburgen Barmbek und Schiffbek, wo der Aufstand von der Bevölkerung unterstützt wurde. Nach Eroberung einiger Polizeiwachen verschanzten sich die Rebellen in und auf Mietshäusern zwischen der Volksdorfer Straße, der Drosselstraße, der Hochbahnstrecke und dem Pfennigsbusch. Sie errichteten über fünfzig Straßenblockaden aus gefällten Bäumen und Pflastersteinen. Nach heftigen Feuergefechten zog sich die Polizei zunächst zurück, konnte sich aber schon einen Tag später in verbissenen Barrikadenkämpfen durchsetzen. Zahlreiche Personen wurden verhaftet. In Schiffbek, das die Aufständischen weitgehend unter Kontrolle hatten, kam es am selben Tag zu einem etwa einstündigen Feuergefecht mit der Polizei. Es endete mit der Rückeroberung des Ortes und zahlreichen Verhaftungen. Hier versuchten die Kommunisten, eine Räterepublik zu errichten. Überall bauten sie Barrikaden auf, die jedoch ihre Wirkung verfehlten, weil Soldaten mit Panzerwagen anrückten.

Der Polterabend stand völlig unter dem Zeichen der Ereignisse draußen in der Stadt. Bei keinem von Ediths Festen war so laut und heftig debattiert worden wie an diesem 24. Oktober. Und noch nie war so ins Auge gesprungen, welche Abgründe zwischen den Männern und den Frauen, auch zwischen den Verlobten, lagen. Stella und Lysbeth blieben dicht beieinander, zumeist Hand in Hand. Sie führten »Frauengespräche«. Wo sie ihre entzückenden Kleider gekauft hatten, von wem sie die Hochzeitsrobe hatten schneidern lassen, und so fort.

Die Männer standen in Grüppchen zusammen und diskutierten. Immer wieder wurde die Frage aufgeworfen: Was wird aus Hamburg, wenn sich die Hafen- und Werftarbeiter dem Aufstand anschließen?

Schließlich hatte es während der vergangenen Wochen mehrfach wütende Demonstrationen von hungernden Frauen und Arbeitern gegeben, die ihre Familien nicht mehr ernähren konnten. Geschäfte waren geplündert worden, Schlachter bedroht, die ihre Ware horteten, weil sie zwei Tage später schon den dreifachen Preis erzielten. Seit dem 20. Oktober streikten die Hafen- und Werftarbeiter. »Wenn die sich anschließen, ziehen die anderen nach, dann ist uns eine Räterepublik sicher«, war der allgemeine Tenor der Gäste. Aber Edith, die sich selbstverständlich zwischen den Frauen und den Männern hin- und herbewegte, entgegnete mit gebieterischer Stimme: »Keine Zweifel an unseren Ordnungskräften! Der General ist aus gutem Grund nicht hier, andere Freunde ebenso. Die werden den räudigen Hunden schon zeigen, wo der Hammer hängt!«

Für ihre drastische Sprache erntete sie erstaunte Blicke und zustimmendes Schmunzeln, doch es gelang ihr, das Fest noch strahlender zu machen, als es auch ohne den Gegensatz zum Straßenkampf gewesen wäre.

Stella und Lysbeth nickten beschämt, als Käthe ihnen zuraunte: »Wenn Fritz noch lebte, würde er draußen mitkämpfen. Und wir schlagen uns hier die Wampe voll.«

Aber auch Käthe sah kurz darauf wieder zufrieden aus, und das nicht nur, weil sie gute Miene zum bösen Spiel machen wollte. Es beruhigte sie tatsächlich, dass ihre beiden Töchter endlich unter der Haube waren.

Während die beiden Paare sich in der St. Michaeliskirche das Jawort gaben, die Mütter der beiden Bräutigame laut aufschluchzten und Käthe einen kurzen Prozess der Versteinerung durchlitt, fanden am Vormittag des 25. Oktober die letzten größeren Gefechte in den preußischen Orten Bramfeld und Hellbrook statt, wo Aufständische aus Barmbek erneut Straßenbarrikaden errichteten und den Bahnhof Gartenstadt sowie einige Brücken der Walddörferbahn nach Hamburg besetzten.

Am Tag des Aufstandes hatte der Hamburger Senat versprochen, binnen Wochenfrist für wertbeständiges Geld zu sorgen. Innerhalb von zwei Tagen einigte er sich mit den Experten der Banken und der Handelskammer über die Gründung der *Hamburgischen Bank von 1923*. Während der Hochzeitszeremonie im Michel – alle vier Brautleute gaben ein kräftiges »Ja« von sich – nahm die Hamburgische Bank bereits ihre Arbeit auf. Gegen die Einzahlung von US-Dollars und anderer Devisen eröffnete sie ihren einhundertdrei Hamburger Gründungsfirmen Goldmarkkonten und brachte für den Barverkehr auf Goldmark und Goldpfennige lautende »Verrechnungsanweisungen« und »-marken« heraus. So demonstrierte der Hamburger Senat, dass er etwas tat, um das Inflationschaos zu besiegen. In der Bevölkerung regte sich zarte Hoffnung.

Während des Hochzeitsessens in der Feldbrunnenstraße und all der Reden, die auf die Brautpaare gehalten wurden, konnte Käthe nicht umhin, sich mulmig zu fühlen. So vieles passte nicht zusammen. Nicht die Kämpfe und die Armut draußen und die Verschwendung hier drinnen. Nicht ihre lebenslustige Tochter Stella, Tochter des Kommunisten Fritz, und der Offizier und Kapitän Jonny Maukesch, der seit Kriegsende konspirativ tätig war, die Republik zu untergraben. Nicht der Sohn Marie von Schnells, die der Inbegriff von Steifheit und Wohlanständigkeit war, und ihre sensible Lysbeth, die im Grunde keiner Regel folgte, sondern nur ihrer eigenen Wahrheit, auch wenn Lysbeth sich dessen oft nicht bewusst war.

Dennoch, so rief Käthe sich zur Räson, ist die Ehe nach wie vor, besonders in diesen unruhigen Zeiten, für eine Frau von entscheidender

Bedeutung für die Sicherung ihrer Existenz. Und Jonny und Max sind in dieser Hinsicht mit Alexander nicht zu vergleichen, sie werden immer in der Lage sein, ihre Frauen und Kinder zu ernähren. Besonders wenn sie an Enkelkinder dachte, beruhigte Käthe sich. Die würden alles Kontroverse verbinden, so hoffte sie, die würden Stella beschäftigen, Lysbeths Selbstwertgefühl stärken, Edith von Warnecke und Marie von Schnell besänftigen. Darauf kam es vor allem an.

Die Einzige, die am Hochzeitstag ohne jede Rücksicht auf die geforderte Zurückhaltung wagte, den Widerspruch zwischen Hunger und Armut draußen und der verschwenderischen Üppigkeit auf den Tischen zu erwähnen, war Lydia. Sie saß an der Hochzeitstafel zwischen Dritter und Herrn Laudi, einem aus Holland stammenden Architekten. Herr Laudi, ein alter Mann, hatte seine gesamte Familie im Krieg verloren; er schien seine Einsamkeit mit Essen und Trinken zu bekämpfen. Lydia sagte: »Mit den Lebensmitteln, die hier heute auf den Tischen liegen, könnte ich meine Arbeiter ein halbes Jahr lang satt kriegen.« Es klang sachlich, als hätte sie einfach nur eine Tatsache benennen wollen, die ihr auffiel, aber Herr Laudi ebenso wie einige andere Gäste erstarrten kurz, während Dritter ein unterdrücktes Lachen durch die Nase prustete. Marie von Schnell, die am Kopfende der Tafel saß und Lydias Bemerkung vernommen hatte, zischte nach kurzem Einatmen, das ihr enges Seidenmieder bedrohlich spannte: »Zum Glück hungert keiner unserer Arbeiter. Aber sie werden auch von *Männern* geführt, die wissen, was sie tun.«

Sie saßen an einem langen Tisch im Speisesaal der von Schnells. Die Honoratioren der Stadt waren erschienen, alles, was unter den wohlhabenden Bürgern Rang und Namen hatte. Bisher war die Feier friedlich verlaufen, auch wenn draußen die Kämpfe tobten. In diesem Moment aber, als Marie von Schnell mit harter Stimme Lydia das Wort *Männer* wie ein Messer entgegenschleuderte, entstand eine neue Stimmung im Raum. War vorher alles leicht und romantisch oder gemütlich und behäbig gewesen, so war es plötzlich, als brächen die Dämme, die die Welt draußen hielten.

Bisher war das Fest wie eine Insel gewesen. Kerzen und Kandelaber, unter Speisen ächzende Tische, strömender Champagner, zwei Märchenprinzessinnen als Bräute und zwei schneidige Männer, die an diesem Tag nichts anderes taten, als ihren Prinzessinnen zu huldigen, was diese umso mehr strahlen ließ. Ja, eigentlich war es bis zu diesem Augenblick das Fest zur Huldigung der Frauen gewesen: Die beiden Bräute waren der Inbegriff der jungfräulichen Schönheit in ihren weißen Kleidern mit den Schleiern und den weißen und rosa Rosen im Haar. Die drei Mütter waren der Inbegriff der Seele der Familie: Die Stütze der Ehemänner, die sorgende Mutter.

Lydias Bemerkung, aber mehr noch Marie von Schnells scharfer Ton, ließ die Welt von draußen hereinfluten. Draußen war Inflation, Hunger, Arbeitslosigkeit. Draußen war Anhäufung von Reichtum bis in schwindelerregende Ausmaße. Draußen liefen Kinder mit vor Hunger geblähten Bäuchen herum. Draußen wuchs der Zorn der Armen. Draußen ballte sich der Reichtum in den Bäuchen einiger weniger.

Draußen war die Welt der Männer. Und Lydia Gaerber hatte sich nach dem Tod ihres Mannes angemaßt, da draußen mitzumischen. Sie gehörte geächtet.

Edith von Warneckes triumphierender Blick sauste geradewegs zu Marie von Schnell, die ihn eiskalt abfing. Edith hatte Lydia Gaerber nicht zum Polterabend eingeladen. Sie wollte es ihren Gästen nicht zumuten, mit einer solchen Frau zusammenzutreffen. Auch wenn sie gewissermaßen Nachbarn waren. Ja, gerade deshalb. Was Lydia seit dem Selbstmord ihres Mannes den Nachbarn an der Elbchaussee zumutete, war ein Skandal. Marie von Schnell hingegen hatte dem Anstand Genüge getan. Immerhin war Lydia die Mutter der Verlobten des Bruders ihrer zukünftigen Schwiegertochter. Also Verwandtschaft. Ediths Verhalten fand Marie von Schnell ungehörig und unerzogen. Jetzt allerdings bedauerte sie ein wenig, dass es ihr nicht erlaubt war, ungehörig und unerzogen zu sein. Aber sie würde diese Frau schon in Schach halten. Es war schließlich Lydia selbst, die da saß mit rotem Kopf, hoffentlich aus Scham und nicht wegen des Alkohols.

Marie bemerkte auch das Mitgefühl und die verhaltene Sympathie in den Augen vieler anwesender Unternehmer. Lydias Mann hatte Selbstmord begangen, weil er als Kaufmann überflüssige Ideale hatte, die ihm das Genick brachen. Nahezu alle im Raum waren schon einmal bei den Gaerbers zu Gast gewesen, als deren Papierfabrik noch ein aufstrebendes Werk gewesen war. Nahezu alle im Raum kannten noch den alten Gaerber, der die Firma gegründet hatte. Sie hatten ihre Loyalität auf den Sohn und dann auch auf seine Frau übertragen. Der eine oder andere hatte der kleinen Frau nach dem Selbstmord ihres Mannes Unterstützung angeboten. Unterstützung bedeutete in diesem Fall eine lebenslange Apanage für Lydia im Austausch gegen die Firma und die Fabrik. An die Abfuhr, die sie erhalten hatten, erinnerte sich keiner der Herren gern.

Aber es gab so etwas wie kaufmännische Ehre, die verlangte, das eigene Interesse zu verfolgen, unbarmherzig, ohne Rücksicht, aber dennoch niemanden fallenzulassen, der der Kaste angehörte. Auch wenn man ihn ruiniert hatte. Lydia konnte nichts dafür, dass ihr Mann ein Schwächling war und seinem Vater nicht zur Ehre gereicht hatte. Sie war dickköpfig, stur, was ihr auch schon wieder die Anerkennung der sturen Kaufleute einbrachte. Sie war eine Frau, das war ihr Fehler. Ein noch größerer Fehler allerdings war, dass sie gemeine Sache mit den Arbeitern machte, eine ärgerliche Liaison einging, die verdächtig nach Marx und Engels roch. Da allerdings sprach *für* sie, dass sie eine Frau war. Sie war eben nicht ganz zurechnungsfähig. Marie sah auch, dass Lydia auf eine verwirrende Weise den Männern den Kopf verdrehte. Schließlich war sie nicht mehr jung, wahrscheinlich nicht einmal mehr gebärfähig, aber die Männer, das erkannte Marie von Schnell voller Verachtung, dachten an den Vorgang, der mit Gebärfähigkeit zu tun hatte, wenn sie Lydia anschauten. Doch auch wenn sie verwirrende Gefühle in vielen der am Tisch sitzenden Männer weckte, so war sie doch eine Frau und maßte sich Männermacht an. Marie von Schnell wusste jedenfalls, dass jeder am Tisch auf ihrer Seite stand. Diese Frau hatte in ihre Schranken gewiesen werden müssen.

Stella entschärfte die Situation, indem sie mit bezaubernd kokettem Stimmchen sagte: »Lydia, du bekommst die Reste, die übrig bleiben. Davon kannst du deine Arbeiter zwar kein halbes Jahr verköstigen, aber bestimmt noch ein paar Wochen. Einverstanden?«

Lydia nickte schmunzelnd. Am Tisch flackerte beklommenes Lachen auf. Am lautesten lachte Marie von Schnell. »Sehr gute Idee«, sagte sie. »Man soll helfen, wo man kann.«

Danach trat für eine Weile Stille in den Raum, nur unterbrochen durch die Geräusche des Silbers auf Porzellan, des Kristalls, wenn es irgendwo gegen stieß, kurzer Bemerkungen, die betonten, wie köstlich das Essen mundete. Verstohlene Blicke trafen Lydia, die sich in ein hastiges Gespräch mit Dritter über Pferde und in die Kühlung ihrer heißen Brust durch ein paar Gläser Champagner gestürzt hatte.

Sie wusste, dass es wenige am Tisch gab, die sie nicht hassten oder zumindest verachteten.

Sie hatte sich unverschämt schnell nach dem Selbstmord ihres Mannes aufgerafft, ihr Leben in die eigenen Hände zu nehmen. Den Hamburger Kaufleuten, die sie als strahlende, gebildete und charmante Gastgeberin kannten, schien es, als hätte sie sich zu einer ganz entgegen ihrem Charakter handelnden Frau entwickelt. Wer sie hingegen besser kannte wie Käthe und Lysbeth oder Antonia, die neuerdings wieder häufig in Hamburg zu Gast war, der wusste, dass Lydia sich endlich gemäß ihrem eigentlichen Wesen verhielt.

Sie war nach Karl-Wilhelms Tod nicht in Apathie verfallen. Und das war klug so, denn sonst wäre sie nicht nur Witwe, sondern auch bettelarm gewesen. Eine Woche später schon hatte sie aus dem großen Haus an der Elbchaussee eine Art Pension gemacht, wo alleinstehende Frauen mit Kindern wohnen konnten. Gegen Miete selbstverständlich. Allerdings verlangte Lydia als Mietzahlung kein Geld. Sie nahm, was die Frauen ihr geben konnten. Lebensmittel von befreundeten Bauern, Gestricktes aus gehorteter Wolle, Arbeit im Garten, im Haus, mit den Kindern.

Seit sie als junges Mädchen bei Helene Lange zur Schule gegangen war, interessierte Lydia sich für eine Kindererziehung, die anders war als preußischer Drill. Maria Montessori, Rudolf Steiner, ja, selbst Makarenko, der in Russland nach der Revolution streunende Kinder von der Straße aufgegriffen und in einer Kommune mit Selbstverwaltung, Arbeit und Lernen zu selbstbewussten und verantwortungsvollen Mitgliedern der Gesellschaft erzogen hatte, faszinierten sie. Ebenso Rousseau, der ein Kind seiner Natur entsprechend frei aufwachsen lassen wollte. Sie war begeistert von pädagogischen Alternativen zu Prügelstrafe und Demütigung. Leider hatte sie ihre Tochter Cynthia trotzdem nicht zu einer freien und selbstbewussten Frau erziehen können.

Jetzt, als Wirtin einer Pension für alleinstehende Frauen mit Kindern hatte sie endlich die Möglichkeit, den Kindern in ihrem weitläufigen Garten die Möglichkeiten zu geben, die sie ihrer Tochter ängstlich verwehrt hatte. Die Kleinen durften die Natur erkunden, sich schmutzig machen, selbst gärtnern, und Lydia plante, sie im kommenden Sommer sogar bei schönem Wetter nackt in einer großen Wanne planschen zu lassen.

Lydia hatte einen erstaunlichen Kreislauf geschaffen.

Nach dem Selbstmord ihres Mannes hatte sie zum Entsetzen des Prokuristen und der übrigen leitenden Angestellten eine Versammlung aller Mitarbeiter der Firma einberufen, ohne sich um Unterschiede zwischen Büroangestellten und Fabrikarbeitern, zwischen Frauen und Männern zu scheren. Sie hatte die Misere schonungslos offengelegt, hatte gesagt, dass sie auf Importe aus dem Ausland angewiesen wären, um Papier herzustellen, und dass sie in Schulden ersoffen wären. Sie wäre nicht in der Lage, Gehälter und Löhne zu zahlen und im Grunde gezwungen, Bankrott anzumelden. Es gäbe nur die Chance, alles an Leute wie Stinnes zu verkaufen, die überall zuschlugen, wo eine Firma auf diese Weise auf den Abgrund zu raste. Mit klarer Stimme hatte sie von ihrer Hoffnung gesprochen, vielleicht mit allen Mitarbeitern gemeinsam einen Weg zu finden, so seltsam das auch sein möge, einen Weg, der nicht nur ihr selbst, sondern den Arbeitern und Angestellten die Chance aufs Überleben bieten könnte.

Es waren viele Vorschläge zusammengekommen, für Lydia war das wichtigste Ergebnis, dass sie die Arbeiter nicht mehr in den Milliarden bezahlen musste, die sie einfach nicht hatte, sondern dass sie ihnen Lebensmittel gab. Unter der Leitung ihrer Köchin Anna wurde an der Elbchaussee eine kleine Großküche eingerichtet, in der Brot gebacken und Suppe gekocht wurde. Aus dem gepflegten parkähnlichen Garten der Gaerbers wurde in zwei Monaten ein kleiner Bauernhof, wo Hühner herumliefen und in Ställen Kaninchen gehalten wurde. Ein Kartoffelacker kam dorthin, wo vorher englischer Rasen gewesen, und Möhren, Erbsen und Gurken wurden gesät, wo vorher Kricket gespielt worden war. Nur ihre Rosenbeete ließ Lydia unangetastet.

Überhaupt hatte sie sich entschieden, auf manchen Luxus nicht zu verzichten. Das Haus besaß sechzehn Zimmer, und Lydia und Cynthia bewohnten die untere Etage allein. Die zehn Mieterinnen verteilten sich auf die beiden oberen Etagen. Anfangs hatte Lydia deshalb Skrupel empfunden. Aber sie fürchtete, für Cynthia nie eine wirklich gute Mutter gewesen zu sein, und nun wollte sie ihr wenigstens einen Rest von Luxus und Zuhause bewahren. Sie empfand bei den ganzen Umwälzungen in ihrem Leben ein schlechtes Gewissen Cynthia gegenüber. Das war ein vertrautes Gefühl. Sie fühlte sich ständig schuldig als Mutter. Weil Cynthias Vater sich umgebracht hatte. Weil aus Cynthia eine farblose junge Frau geworden war. Weil Cynthia mit einem Mann verlobt war, der, dessen war Lydia sich ziemlich sicher, sich im Grunde aus Frauen nichts machte.

Lydia hatte zwar außer ihrem eigenen Mann noch nie einen anderen Mann nackt gesehen, aber sie war schön und klug genug, um Blicke von Männern deuten zu können. Sie wusste, wie ein Mann sie anschaute, der sich für Frauen interessierte. Sie erkannte diese Blicke auch, wenn sie anderen Frauen galten. Eckhardt hatte ihre Tochter noch nie mit diesem Blick angeschaut. Und auch keine andere Frau.

Cynthia hatte in den vergangenen Wochen vor der Doppelhochzeit sehr gelitten. Sie hatte sich so sehr gewünscht, auch Eckhardt würde um ihre Hand anhalten. Heiraten. In einem weißen Kleid. Mit einem Schleier. Mit einem Rosenstrauß. Aber Eckhardt war immer, wenn sie das Thema anschnitt, in Migräne und Selbstmitleid abgetaucht. Dann tröstete sie ihn und beteuerte, sie liebe ihn umso mehr, auch wenn er sich seit dem Krieg seiner Potenz nicht mehr sicher sein konnte. »Darauf kommt es doch nicht an!«, beteuerte sie und gewöhnte sich an, alle Frauen als »Nutten« zu bezeichnen, die zu viel von ihren Beinen oder ihren Brüsten zeigten. Küsse in der Öffentlichkeit verpönte sie ganz und gar, und auch sonstige Liebesbekundungen zwischen Frau und Mann bedachte sie mit abfälligen Bemerkungen über unsittliches Verhalten.

Ganz entgegen Lydias Befürchtung, Cynthia könne sich ihres Zuhauses beraubt fühlen, hatte diese sich schnell mit der neuen Situation angefreundet. Sie fand eine Rolle für sich, die ihr sehr behagte: Sie las den Kindern vor. Immer dann, wenn die Mütter Ruhe brauchten, wenn ein Kind oder mehrere Kinder in Haus und Garten aus dem Verkehr gezogen werden sollten, trat Cynthia auf den Plan und las vor. Sie las so melodisch und einschmeichelnd, ja, sie sprach sogar unterschiedliche Rollen mit verstellter Stimme, dass die Kinder völlig in ihren Bann gezogen wurden. Bald hatte es sich zu einem Ritual entwickelt, dass Cynthia allen Kindern vorm Einschlafen eine Gutenachtgeschichte vorlas.

Lydia wurde es täglich klarer: Ihre Tochter sehnte sich nach nichts so sehr wie danach, Mutter zu werden. In der Tat flehte Cynthia in ihren Gebeten Gott um Beistand an: Eckhardt möge sie bitten, seine Frau zu werden. Dann könnte er zu ihr in die Elbchaussee ziehen. Platz genug war da, und sie könnten eine Familie gründen. Cynthia würde dafür sorgen, dass er keine Migräne mehr bekäme. Sie würde dafür sorgen, dass er nicht mehr leiden musste. Und sie würde viele Kinder gebären und ihnen vorlesen.

Aber Eckhardt fragte sie nicht. Und als sie eine vorsichtige Bemerkung machte, dass sie diejenigen wären, die am längsten verlobt seien, weitaus länger als die beiden Brautpaare, meinte Eckhardt nur kurz angebunden: »Es ist ja wohl völlig undenkbar, so bald nach dem Selbstmord deines Vaters an Heiraten zu denken. Da werden wir doch wohl so viel Pietät besitzen, uns noch ein wenig zu gedulden.« Später erinnerte sie sich an diesen Augenblick nur noch verschwommen, vielleicht auch, weil ihr die Tränen in die Augen geschossen waren. Auf jeden Fall war ihr wohl eine schroffe Bewegung entglitten, ungewollt, denn auch sie fand es eigentlich pietätlos, in ihrer traurigen Lage als Halbwaise an Heiraten zu denken. Eckhardt war zumindest kurz zusammengefahren, hatte sie erschrocken angeblickt und war ihr dann mit dem rechten Handrücken über die Wange gefahren. Erst in diesem Augenblick merkte sie, dass sie sich nach nichts so sehr sehnte wie nach körperlicher Berührung. Sie fühlte sich wie eine Hündin, die bereit war, sich auf den Rücken zu werfen und die ungeschützte Seite zu präsentieren, nur um gestreichelt zu werden. Da zog Eckhardt seine Hand fort, fragte, ob sie schon gegessen habe, und der Augenblick war vorüber.

Die Ereignisse draußen ereiferten die Gemüter der Hochzeitsgesellschaft sehr. Immer wieder verschwand der eine oder andere vom Tisch, um sich am Telefon über den Fortgang der Kämpfe zu informieren.

Am Abend des Hochzeitstages war das Schicksal des Aufstandes besiegelt. Die Hamburger Arbeiter hatten sich der Erhebung nicht angeschlossen. Den fünftausend Polizisten waren achthundert Freiwillige der *Vereinigung Republik*, einer sozialdemokratischen Organisation zur Verteidigung der Republik, zu Hilfe geeilt. In Barmbek, wo bei den Bürgerschaftswahlen von 1921 fast jeder fünfte Wähler für die KPD gestimmt hatte, errichtete die Polizei noch eine Weile Barrikaden, um alle Passanten nach Waffen zu durchsuchen.

Es gab viele Tote, viele Verhaftete, und die KPD wurde im ganzen Reich verboten.

In der Nacht der Hochzeit lag Käthe schlaflos im Bett, während ihr Tränen die Wangen hinunterliefen, die sie gar nicht verstand, denn schließlich hatte der Tag dem Lebensglück ihrer Töchter gegolten. Beide Bräute lagen schlaflos neben ihren schnarchenden, betrunkenen Ehemännern und fragten sich, warum sie nicht glücklich waren. Marie von Schnell, ebenfalls schlaflos, ließ noch einmal die Feier vor ihrem inneren Auge ablaufen und konstatierte zufrieden, dass alles bis auf Lydia Gaerber plangemäß abgelaufen war. Edith von Warnecke verführte ihren Mann.

11

Das von der *Hamburgischen Bank von 1923* herausgegebene Goldgeld erfreute sich rasch großer Beliebtheit und genoss mehr Vertrauen als die anderen Zahlungsmittel, die zwei, drei Wochen später in den Verkehr kamen: Am 7. November gab der Hamburger Staat ein Notgeld heraus, das durch die Beteiligung an einer Reichsgoldanleihe gedeckt wurde, dann am 15. November die Rentenmark. Daneben blieb die Papiermark als gesetzliches Zahlungsmittel in Umlauf, dessen Wert offiziell auf 4 200 000 000 000, in Worten vier Billionen zweihundert Milliarden Mark für einen Dollar festgeschrieben wurde. Aber nur die Goldmark der *Hamburgischen Bank von 1923* wurde im Geschäftsverkehr tatsächlich mit hundert Prozent des Nennbetrages bewertet. Bei allen anderen Zahlungsmitteln bürgerten sich schon nach wenigen Tagen Abschläge von dreißig bis vierzig Prozent, bei der Papiermark sogar von durchschnittlich fünfzig Prozent ein. Wieder drohten Teile der Bevölkerung diskriminiert zu werden, weil ihnen nur schlechter bewertetes Geld zur Verfügung stand. In dieser Situation entschloss sich der Senat am 23. November zu einer Notverordnung, in der er unter Androhung schwerster Strafen vorschrieb, dass alle Sorten wertbeständigen Geldes »von jedermann im Zahlungsverkehr als vollwertiges Goldgeld anzusehen« und ohne Abstriche zu akzeptieren seien. Er ging damit weiter als die Reichsregierung, die lediglich die vollwertige Einlösung der Rentenmark bei den Reichskassen garantiert, sie aber nicht zum uneingeschränkt geschützten, gesetzlichen Zahlungsmittel erklärt hatte. Das Eingreifen des Senats hatte Erfolg: Der Währungswirrwarr und das Preischaos fanden in Hamburg ein Ende. Ein Jahr später erst wurden die Rentenmark, die Hamburger Goldmark und die übrigen wertbeständigen Zahlungsmittel durch die Reichsmark abgelöst, die durch die vierzigprozentige Teildeckung in Gold und Devisen wieder international anerkannten Kriterien entsprach.

Lysbeth und Maximilian waren in die große Villa der von Schnells nahe der Alster in der Feldbrunnenstraße eingezogen. Hier standen gepflegte Häuser wohlhabender Hamburger Kaufleute, dazwischen die Prachtvilla des Reeders Ballin. Marie von Schnell erzählte gern, dass Ballin dort sogar vom Kaiser besucht worden war. Das junge Paar wohnte im zweiten Stock. Dort waren die Decken niedriger, und es war an Stuck und Parkett und all den vielen Kleinigkeiten, die von Reichtum Zeugnis ablegten, gespart worden. Maximilian wäre lieber in den ersten Stock gezogen, aber dagegen hatte seine Mutter energisch Einspruch erhoben. Die herrschaftliche Beletage im Hochparterre wurde für repräsentative Zwecke benötigt. Auch die umfangreiche Bibliothek war hier zu Hause, wo der Hausherr mit wichtigen Verhandlungspartnern Geschäfte besprach oder abschloss, die einen besonders gediegenen und persönlichen Rahmen verdienten.

Den ersten Stock beanspruchte Marie. Schlafzimmer, Ankleidezimmer, ein ebenso großes Wohnzimmer wie der untere Salon, aber intimer, gemütlicher eingerichtet, dazu ein Zimmer nur für Marie.

Lysbeth hatten die Argumente ihrer Schwiegermutter sofort eingeleuchtet. Sie verstand aber auch Maximilian, der einen täglichen verbitterten Kampf darum führte, neben seinem erfolgreichen und angesehenen Vater als designierter Nachfolger überhaupt ein Fünkchen an Respekt zu erhaschen. »Sie behandeln mich wie ein Bübchen«, klagte er häufig. »Sie geben mir keine Verantwortung. Ich komme mir vor wie der Laufbursche meines Vaters. Und meiner Mutter.«

Als Lysbeth die Litanei nicht mehr hören konnte, schlug sie vor: »Max, lass uns unseren eigenen Hausstand gründen. Wenn deine Eltern dich nur noch zu Besuch sehen, werden sie dich gleich ganz anders zu schätzen wissen, da kannst du sicher sein.«

Empört wehrte er ab. »Meine liebe Lysbeth, ich bin der Sohn des

Hauses, es dauert nicht lang, dann ziehen meine Eltern nach oben, und wir repräsentieren unten.«

Lysbeth bezweifelte, dass es dazu in absehbarer Zukunft käme. Erik und Marie von Schnell wirkten alles andere als bereit, aufs Altenteil zu gehen. Tatsächlich kam es Lysbeth vor, als spekulierten sie darauf, bei der Übergabe der Firma eine Generation zu überspringen. Um die Realisierung dieses Plans zu ermöglichen, so war Lysbeths Vermutung, sollte sie in ihrer Funktion als Schwiegertochter den passenden Enkel liefern.

Tatsächlich wäre sie mit Begeisterung in eine kleine Wohnung gezogen. Irgendwohin, wo ihre Schwiegermutter nicht jederzeit unangemeldet bei ihr aufkreuzen konnte. Marie von Schnell besaß die unangenehme Angewohnheit, ohne anzuklopfen sogar ins Schlafzimmer des jungen Paares zu treten und irgendeine Frage zu stellen oder ihrem Sohn einen Auftrag zu erteilen. Manchmal strich sie mit den Fingerspitzen über die Fensterbank oder die Ablagefläche des Vertikos, eines dunklen Ungetüms, das noch von Maries Eltern stammte. Sobald sie dort auch nur den Hauch von Staub entdeckte, verlangte sie nach einem Federwedel, den sie elegant über die Möbel fliegen ließ. Wenn Lysbeth sie dann bat, das Staubwischen doch bitte ihr zu überlassen, sagte sie mit süffisanter Freundlichkeit: »Aber mein Kind, das ist doch ein Leichtes für mich …« Lysbeth verstand, was Marie ihr mitteilen wollte, dass sie nämlich nutzlos war. Sie wurde nicht schwanger und bewältigte nicht einmal die leichten Aufgaben im Haushalt.

Das war die Wahrheit. Maximilian und sie bewohnten nur drei Zimmer, aber diese sauber zu halten, sich mit Marie über den Küchenzettel zu verständigen, zu allen Mahlzeiten pünktlich in stets neuer und sauberer Kleidung im Speisesaal der von Schnells zu erscheinen, all das erschien Lysbeth wie ein unüberwindbarer Berg an ermüdenden Pflichten.

Nach der ersten Faszination daran, sich erlesen und modisch zu kleiden, mittels Schminke, Frisur und allerlei Firlefanz in eine andere Person zu schlüpfen, als würde sie zum Maskenball gehen, langweilte das Ganze Lysbeth mittlerweile schon, nein, mehr: Es belästigte sie. Sie hatte sich nie besonders für Mode interessiert und war davon ausgegangen, dass sie sich mit Leichtigkeit und Spaß zurechtmachen würde, so wie sie es von Stella kannte. Die legte großen Wert darauf, ihren Körper in Szene zu setzen, zugleich aber verhielt sie sich völlig gleichgültig modischen Diktaten gegenüber. Sie brachte es fertig, in Reitkleidung zum Einkaufen zu gehen, einfach, weil sie es liebte, Hosen zu tragen. Neuerdings zog sie sogar manchmal Dritters Konfirmationsanzug an und ging damit aus. Jedoch nur, wenn Jonny Maukesch sie nicht so sah, denn er ereiferte sich sehr über Frauen, die Anzüge trugen. Das waren diejenigen, die auch noch rauchten.

Lysbeth durfte nicht mit Mode spielen, wie Stella es tat, sie musste zu jedem Anlass die entsprechende Kleidung tragen, sich in jedem Fall umziehen, bevor das Essen eingenommen wurde. Die Farben ihrer Röcke sollten gedeckt und die Blusen möglichst weiß und so gestärkt sein, dass sie keine Knitterfalten bekamen. Am besten trug sie die Farben Blau und Weiß, weil Marie von Schnell das so bevorzugte, und ihr Schmuck war golden und dezent.

Im März, es waren fünf Monate seit der Hochzeit vergangen, nahm Käthe ihre Tochter beiseite, als diese, wie sie es fast täglich tat, zu einer Tasse Tee vorbeikam. »Lysbeth, du bist nicht glücklich, das sehe ich. Was ist los?«

Wie ein Sturzbach schossen Tränen aus Lysbeths Augen. Erschrocken stammelte sie: »Mama, ich weine gar nicht.«

Käthe lächelte. »Nein, mein Kind, du weinst gar nicht …« Sie umfasste Lysbeth an den Schultern und wiegte sie wie ein kleines Mädchen. Auch Käthe stiegen Tränen in die Augen. Wie selten habe ich Lysbeth so im Arm gehalten, dachte sie. Wenn sie schlimm geträumt hat, nur dann. Und auch das habe ich ihr verboten. Sie wurde von einem heißen Gefühl des Bedauerns überflutet.

»Es tut mir so leid, Lysbeth«, flüsterte sie, »wie gern würde ich alles noch einmal anders machen …«

Lysbeth hob den Kopf und betrachtete ihre Mutter durch einen Tränenschleier hindurch. »Was meinst du?«, fragte sie befremdet. »Es ist doch nicht deine Schuld, dass ich Maximilian geheiratet habe.«

Käthe drückte ihre Tochter fester. Was sollte sie darauf entgegnen? Nein, diese Ehe war nicht ihre Schuld. Sie erschrak. Was hatte Lysbeth gesagt? Schuld? Sie schob Lysbeth ein Stück von sich fort und musterte sie aufmerksam. Lysbeth, ohnehin schmal und langgliedrig, war noch dünner geworden. Sie hatte vor der Hochzeit schon abgenommen. Und als Käthe ihre Tochter Stella besorgt darauf angesprochen hatte, hatte diese sie beruhigt: »Sie ist verliebt, Mama, das ist alles aufregend, da kann man nicht so viel essen.« Aber jetzt wirkte Lysbeth wie ein Knochengerippe.

»Was ist los?«, fragte Käthe eindringlich. »Sag es mir, Lysbeth! Vielleicht kann ich helfen. Und wenn nicht, erleichtert es schon mal, wenn man drüber spricht.«

Sie erinnerte sich daran, wie sehr sie sich gewünscht hatte, ihre eigene Mutter würde noch leben, als sie in ihrer Ehe unglücklicher und unglücklicher wurde. Sie bedauerte heute, dass sie nicht das Gespräch mit der Tante gesucht hatte. Die Alte hätte ihr bestimmt helfen können. Lysbeth musste sich erst einen Ruck geben. Sie war es nicht gewohnt, über sich selbst zu sprechen. Aber dann strömten die Worte ebenso wie die Tränen aus ihr heraus, als hätten sie nur darauf gewartet.

»Jeden Tag fragt sie, ob ich endlich in anderen Umständen bin. Jeden Tag sagt sie mir, was eine richtige Frau von Schnell zu tun hat. Jeden Tag macht sie mich auf ein neues Vergehen aufmerksam, immer wieder mache ich etwas falsch ...« Lysbeth schluchzte laut. »Aber, Mama, all das ist nicht so schrecklich wie die Langeweile. Es ist entsetzlich öde da. Ich darf nichts tun, ein bisschen Staubwischen vielleicht, aber eigentlich nicht einmal das. Ich muss nur das Mädchen anleiten, sogar die Betten macht sie. Ich muss wie aus dem Ei gepellt aussehen, lächeln und mich pflegen, wie meine Schwiegermutter sagt, damit ich endlich schwanger werde. Aber ich werde nicht schwanger.«

Sie erzählte ihrer Mutter nicht alles. Nicht, dass die Prozedur, die sie auf sich nehmen musste, um schwanger zu werden, ihr von Mal zu Mal lästiger wurde. Maximilian hatte einen Bauch bekommen, als hätte er die Pfunde zugelegt, die Lysbeth verloren hatte. Sein Körper erdrückte sie, wenn er auf ihr lag. Sein Schnaufen, sein Schwitzen, sein feuchter Mund in ihrem Gesicht, all das ließ sie über sich ergehen. Anfangs war es ihr noch gelungen, ihre Phantasie in die Vergangenheit zu schicken, ins Krankenhaus, wo sie so glücklich gewesen war, zu Tante Lysbeth, zu dem Wald, in dem sie Kräuter gesucht hatte. Doch auch diese Bilder verblassten im Laufe der Nächte, und sie begann, die Sekunden zu zählen, bis es endlich vorbei war.

Sie erzählte ihrer Mutter auch nicht von ihrer brennenden Sehnsucht, wieder im Krankenhaus arbeiten zu dürfen. Heimlich hatte sie sich medizinische Fachliteratur besorgt. Um es im Falle des Ertapptwerdens irgendwie erklären zu können, hatte sie ein Buch aus der Frauenheilkunde gewählt. Sie hatte sich überlegt, dass sie die Lektüre mit ihrem Wunsch nach einem Kind begründen könnte, sollte es unter den Handtüchern entdeckt werden, wo sie es versteckt hatte.

Aber sie erzählte ihrer Mutter davon, dass Maximilian, seit sie verheiratet waren, nichts mehr mit ihr unternahm. Er ging nicht mehr mit ihr tanzen, dabei hatte er ihr doch gerade deshalb gefallen, weil sie mit ihm ihre Freude am Tanzen entdeckt hatte. Er ging nicht mit ihr ins Theater, und es hätte einen Skandal verursacht, wenn sie als verheiratete Frau von Schnell allein oder mit Lydia hingegangen wäre, vor allem, weil Lydia seit der Hochzeit zu so etwas wie Marie von Schnells Busenfeindin geworden war, über die sie, völlig undezent und ohne jede Zurückhaltung, herzog.

Das furchtbarste für Lysbeth war das Verbot Maximilians, allein nach Dresden zu reisen. Natürlich hatte sie ihm nicht erzählt, dass sie dort Angela traf, die Tochter ihrer Schwester Stella. Sie begründete ihre Reisen mit ihrer Fürsorge für Tante Lysbeth, die mittlerweile über neunzig Jahre alt war. Vor ihrer Hochzeit hatte Maximilian sich eingehend nach der Tante erkundigt, und Lysbeth hatte offenherzig von deren Fähigkeiten geschwärmt. Nach der Hochzeit teilte er ihr mit, dass sie nun die Besuche bei der Kräuterhexe einzustellen habe. Das gezieme sich nicht für eine Frau von Schnell.

»Dies geziemt sich nicht, das geziemt sich nicht … Mama, ich fühle mich wie in einem Gefängnis«, stöhnte Lysbeth unter Tränen auf.

Als Lysbeth geendet hatte, schwiegen Mutter und Tochter eine ganze Weile lang. Was Lysbeth ihr nicht erzählt hatte, ahnte Käthe. Sie wusste, was für einen Unterschied es machte, ob eine Frau von einem Mann geliebt wurde oder ob er sie nur benutzte. Eine Frau, die geliebt wurde, war anders in ihrem Körper zu Hause, als Lysbeth es war. Eine Frau, die geliebt wurde, fühlte sich in ihrer Seele erkannt und verbunden. Eine Frau, die geliebt wurde, hatte glänzende Augen, und man sah ihr an, dass auch sie liebte.

Käthe kannte all das aus ihrer Liebe zu Fritz. Und das andere kannte sie aus ihrer Ehe. Sie wünschte ihrer Tochter eine Liebe. Nun war sie leider in einer Ehe gelandet.

»Vielleicht solltest du Tante Lysbeth um Rat fragen«, sagte sie vorsichtig, denn sie wollte ihre Tochter nicht erschrecken. In diesem Augenblick betrat Stella das Zimmer. »Wer ist krank?«, fragte sie alarmiert. »Wo soll die Tante helfen, was Lysbeth nicht selber kann?« Sie blickte auf ihre Schwester. Kaum hatte sie bemerkt, dass Lysbeth geweint hatte, kauerte sie schon vor ihr nieder und umschlang ihre Knie. »Was hat er dir getan?«, keuchte sie. »Ist es Maximilian, dieses Rhinozeros? Ja? Er ist es! Was hat er dir angetan? Sag es sofort!« Sie sprang auf die Beine und baute sich vor Lysbeth und Käthe auf. »Ihr braucht es gar nicht zu sagen, ich bringe ihn auch so um!«

Lysbeths Gesicht hatte sich während der dramatischen Worte der Schwester aufgehellt, nun lachte sie laut. »Das sähe dir ähnlich!« Sie zog Stella neben sich und rutschte ein Stück im Sessel beiseite, bis die beiden Arm in Arm dicht nebeneinander sitzen konnten.

»Gut, in Stichworten«, sagte Käthe ernst. »Erstens fühlt deine Schwester sich bei den von Schnells eingesperrt und gelangweilt. Sie darf nicht ins Theater, nicht hierhin, nicht dorthin, sie darf nichts tun, als das Dienstmädchen anzuweisen.«

Stella grunzte zustimmend und richtete die Augen dramatisch gen Himmel. »Wem sagst du das? Mein Jonny verbietet mir auch bei Höllenstrafen, dass ich weitersinge. Er sagt, das habe seine Frau nicht nötig!« Sie schürzte schmollend die Lippen. Wieder musste Lysbeth über ihre Schwester lachen. »Es ist ein Drama«, sagte sie leise. »Du hast eine richtig große komödiantische Begabung, er darf dir das doch nicht verbieten.«

»Und du hast eine große Begabung als Heilerin«, sagte Stella nun sehr ernst. »Ich finde schon lange, dass du Medizin studieren solltest.«

»Ihr habt mich unterbrochen«, rügte Käthe ihre Töchter. Sie lächelte unwillkürlich, weil die beiden ihr die Köpfe zuwandten wie zwei brave kleine Mädchen. »Zweitens: Lysbeth soll und will …« Sie blickte fragend zu Lysbeth. Die nickte. »Ein Kind kriegen«, vollendete Stella den Satz. »Wie ich«, fuhr sie fort und schickte abermals einen dramatischen Blick gen Himmel. »Ob ich allerdings auch will, steht in den Sternen«

»Jetzt geht es ausnahmsweise mal nicht um dich«, fuhr Käthe sie scharf an. Sie erschrak selbst vor ihrem Ton. Aber Stella nickte auch schon und ergriff die Hand ihrer Schwester. »Ich bin unmöglich«, sagte sie schuldbewusst, »immer rede ich von mir. Jetzt schweige ich.« Sie legte beide Hände vor ihren Mund und riss beschwörend die Augen auf. Wieder lachte Lysbeth so offen und fröhlich, als ginge es nicht gerade darum, dass sie irgendwie in einer Falle gelandet war.

Stella tut ihr gut, dachte Käthe. Ich muss aufhören, sie ständig zu bevormunden. Im Grunde genommen war sie nur verärgert, weil Stella sie störte. Käthe hatte es genossen, endlich einmal ein inniges Gespräch mit ihrer großen Tochter zu führen, endlich Nähe zu spüren. Sobald Stella aufkreuzte, stand die Nähe und Innigkeit zwischen den Schwestern im Vordergrund. Käthe war eifersüchtig. Sie war ein Einzelkind. Und dann hatte sie so viele Kinder bekommen und gleichzeitig so viele Pflichten gehabt, dass sie zu keinem ihrer Kinder die Nähe entwickeln konnte, die sie für ihre Einsamkeit neben Alexander entschädigt hätte. Nur Fritz war ihr wirklich nah gekommen. Nur von Fritz hatte sie sich wirklich gesehen und genährt gefühlt.

Heute, da Fritz tot war und niemand mehr ihr Herz wirklich berühren wollte, sehnte sie sich umso mehr nach Kontakt zu ihrer Tochter Lysbeth. Stella erinnerte sie zwar ständig an Fritz und war deshalb auch immer so etwas wie Leid und Tröstung zugleich, aber Stella brauchte ihre Mutter nicht. Lysbeth hingegen wirkte seit ihrer Hochzeit so verloren in der Welt, dass Käthe den Eindruck hatte, von ihr wirklich gebraucht zu werden. Und wirklich gebraucht zu werden war jetzt das Einzige, wonach sie sich noch sehnte.

»Drittens?«, fragte Stella da. »Gibt es noch ein Drittens nach Gefängnis und Kinderlosigkeit?«

Käthe und Lysbeth wechselten einen Blick, Käthe fragend, Lysbeth verlegen. Ja, dachte Käthe, da gibt es noch ein Drittens, aber davon erzählt sie mir nichts. Sie überlegte, unter einem Vorwand den Raum zu verlassen. Früher hätte sie das selbstverständlich getan. Nein, entschied sie. Ich habe dieses Gespräch begonnen, ich werde jetzt nicht Stella das Feld überlassen. Sie kam sich selbst etwas albern vor, aber sie blieb sitzen.

»Nein«, sagte Lysbeth langsam und setzte dann vorsichtig Wort für Wort hinterher, »außer dass ich in der letzten Zeit seltsame Träume habe.«

»Träume?« Käthe und Stella fuhren gleichzeitig zusammen. Beider Augen richteten sich forschend auf Lysbeth. Die errötete. Verlegen sagte sie: »Nun macht nicht so ein Gewese daraus. Aber ich kann Max in der letzten Zeit sowieso nicht so gut riechen, und meine Träume …« Sie senkte den Blick, errötete noch stärker.

»Ach herrjemine«, stieß Stella aus. »Da hilft alles nichts. Die Tante muss her. Mama und ich sind bei Träumen einfach nicht die Richtigen, aber die Tante …«

»Genau«, bekräftigte Käthe und schlug mit der flachen Hand energisch auf ihr Knie, was ihre Töchter zu erstauntem Kichern hinriss.

»Aber ich darf doch nicht hin«, erinnerte Lysbeth ihre Mutter.

»Du darfst nicht?« Stellas Stimme überschlug sich. Schnell klärte ihre Mutter sie auf. »Ich kann es nicht glauben«, sagte Stella erbost. »Es ist wirklich ein Gefängnis. Max hat dich in einen goldenen Käfig gesperrt, liebes Schwesterchen. Also, wie holen wir dich da wieder raus?«

Käthe dachte nach. Schließlich hatte sie die Lösung gefunden. Sie war mit Geheimnissen groß geworden. Etwas zu verschweigen harmonierte in ihrem Verständnis völlig mit dem Gebot der Aufrichtigkeit. So hatte sie jahrelang das Gold im Hochzeitskleid der Mutter unerwähnt gelassen. Nach dem Tod des Vaters hatte sie angeblich die Asche des Vaters und Erde vom Grab der Mutter in einer Urne mit sich herumgetragen, in der in Wahrheit das Gold verwahrt war, mit dem sie vor ein paar Monaten das schöne Haus gekauft hatte, in dem jetzt alle Wolkenraths außer Lysbeth wohnten. Und außer Johann. Aber das stand auf einem anderen Blatt.

»Du, Stella, rufst bei Maximilian an, dann muss Lysbeth nicht lügen«, entschied sie. »Du sagst, sie müsse hier bleiben, weil es mir sehr, sehr schlecht geht. Ich würde sie nicht von meinem Bett lassen.« Stella nickte begeistert. Lysbeth blickte skeptisch.

»Und du fährst sofort mit dem nächsten Zug nach Dresden. Zur Tante. Und zu allem sonst, was dir am Herzen liegt …«, fügte sie leicht hinzu. Die Besuche bei Angela waren Lysbeths und ihr Geheimnis. Davon wusste Stella nichts. Lysbeth nickte nachdenklich.

»Du besprichst mit der Tante deine Träume«, beschwor Stella sie.

»Und das Kinderkriegen«, fügte Käthe hinzu. Stella lachte laut. »Mama, Lysbeth weiß mit Kräutern ebenso umzugehen wie die Tante, wenn sie selbst das nicht hinkriegt, schafft die Tante es auch nicht!«

»Doch, doch«, widersprach Lysbeth. »die Tante hat über siebzig Jahre Erfahrung, dagegen bin ich ein jämmerlicher Anfänger.« Man sah ihr an, dass sie große Hoffnungen auf die Künste der Tante setzte.

»Genau«, bekräftigte Käthe. »Mir hat sie auch geholfen, warum soll sie es bei dir nicht schaffen?«

Die Tante war vierundneunzig Jahre alt. Aber sie war alles andere als ein hutzeliges Weib. Ganz im Gegenteil. Schon bei ihren Besuchen in den vergangenen Jahren war Lysbeth aufgefallen, dass die Tante sich auf eine seltsame Weise verjüngt und gestrafft hatte, seit sie wieder in ihre Kate am Rande von Laubegast in der Nähe von Dresden zurückgezogen war. Ursprünglich hatten Käthe und ihre Töchter große Angst um die alte Frau gehabt, ja, sie hatten sich schuldig gefühlt, weil sie die Tante gewissermaßen rausgeworfen und in ihr altes Haus, in ihr altes Leben, zurückgestoßen hatten. Bei ihrem ersten Besuch hatte Lysbeth auch eine gekrümmte, etwas verängstigte Alte vorgefunden. Bereits beim nächsten Mal aber war die Tante schon verändert. Sie wirkte, als hätte sich ihr Rücken aufgerichtet, der Buckel war vollkommen verschwunden. Und sie lachte wieder mehr. Ihre Augen, die während des Krieges und in den Jahren danach stets leicht rötlich gewirkt hatten, glänzten, und sogar ihre Haut schien sich wieder ein wenig aufzuplustern.

Bei diesem Besuch aber war Lysbeth vollends verblüfft. Sobald sie eingetreten war, wieselte die Tante behände in ihrem Haus umher. Im Nu bekam Lysbeth eine nahrhafte Suppe vorgesetzt nebst dem Herzwein der Tante, und sie fühlte sich wie in der Zeit vor dem Krieg, als sie gemeinsam mit Stella bei der Tante in die Lehre gegangen war. Damals war sie noch keine zwanzig gewesen, heute war Angela, Stellas Tochter, bereits zwölf Jahre alt. Aus dem süßen Baby hatte sich ein Mädchen entwickelt, dessen widerspenstige Eigenwilligkeit an ihre Mutter erinnerte. Nur bei der Tante schien die Zeit rückwärts zu laufen.

Endlich, als die Suppe oder vielleicht auch der Wein Lysbeths Wangen gerötet hatte, fragte die Tante: »Was läuft schief, dass du hier plötzlich aufkreuzt, obwohl dein Mann dir bestimmt verboten hat, mich zu besuchen, oder?«

»Wie kommst du darauf?«, seufzte Lysbeth.

»Ich kann eins und eins zusammenzählen«, antwortete die Tante vergnügt. »Bis zu deiner Eheschließung konnte man auf deine Besuche bauen, danach sind sie ausgeblieben.«

»Ja«, gestand Lysbeth kleinlaut, »er hat es mir verboten, und von Angelina darf er ja gar nichts wissen. Auch jetzt hat er keine Ahnung, dass ich hier bin, Mutter und Stella haben einen Schwindelschlachtplan entworfen.«

»Gut so«, schmunzelte die Alte, »ich will gar nicht eingeweiht werden. Erzähl mir nur, was der Grund deines Kommens ist.«

Und Lysbeth erzählte. Zuerst die verkürzte Fassung, die auch die Mutter erfahren hatte, dann aber nach einigem Räuspern, Nicken, Nachfragen und Augenbrauenhochziehen der Tante auch das andere

Als alles gesagt war, schwiegen die beiden eine Weile. Die Tante nippte am Wein, wackelte von Zeit zu Zeit nachdenklich mit dem Kopf und brummte unverständliche Laute.

»Da ist noch etwas«, sagte Lysbeth beklommen. »Ich träume, dass ich in dem Gartenzimmer in der Kippingstraße lebe, allein. Den Traum hatte ich schon einmal, als wir noch in Dresden wohnten.« Sie errötete. »Und ich träume, dass Maximilian mir sehr viel Geld geben muss.«

Die Tante musterte sie aufmerksam. Sie stellte einige gezielte Fragen zur Farbe der Träume, dem Gefühl, mit dem Lysbeth aufwachte, dann seufzte sie schwer auf. Lysbeth erinnerte sich, dass die Träume im Laufe der Zeit ihre Farbe gewechselt hatten, dass die anfängliche Düsternis einer eher pastelligen, zuweilen wie in Sonnenlicht getauchten, ja, irgendwie hoffnungsvollen Stimmung gewichen war. Und auch ihre Stimmung beim Aufwachen hatte sich im Laufe der Zeit gewandelt. Mit einem Mal riss sie entsetzt die Augen auf. Sie erinnerte sich an ihren Traum, aus dem sie kurz vor ihrer Flucht aus Dresden aufgeschreckt war. »Tante«, stammelte sie, »in dem Traum damals konnte ich das Haus in der Kippingstraße noch gar nicht kennen, aber ich habe das Gartenzimmer deutlich gesehen. Den Engelsstuck, die Schiebetür, den Blick auf die gelben Rosen, alles …!« Ihre Stimme hatte sich zu einem hohen Stakkato gesteigert. »Und …«, nun schrie sie fast, »ich habe mich so entsetzlich verlassen und allein gefühlt.« Die Tante rührte sich nicht. Still blickte sie Lysbeth an. In ihren Augen lag Verstehen und eine tiefe Traurigkeit. Lysbeth ließ den Kopf sinken und flüsterte: »Ich hatte keinen Mann und kein Kind. Und es schien entsetzlich endgültig.«

Die Tante räusperte sich. Sie ruckelte sich leicht in den Schultern und stand mit einem Ächzen auf. Sie verschwand in der kleinen Speisekammer; auf Lysbeths Gesicht trat ein leises Lächeln. Sie wusste, was jetzt geschehen würde. So war es auch. Die Tante kam mit einer Flasche ihres Zauberschnapses zurück. Ein Pflaumenschnaps mit allen möglichen Kräutern angesetzt, der es fertigbrachte, todtraurige Menschen innerhalb einer halben Stunde wieder hoffnungsvoll zu stimmen.

Genüsslich schlürften beide Frauen ein kleines Gläschen des süffigen Getränks. Wie erwartet leerte sich Lysbeths Kopf im Nu von düsteren Vorahnungen und machte einer Leichtigkeit im Denken Platz. »Na gut«, sagte sie sachlich, »dass ich Sachen vorherträume, wissen wir ja schon. Wenn es jetzt so sein soll, dass ich mit Max kein Kind bekomme und wir uns trennen …«, sie wurde von einem kleinen irren Lachzwang befallen, »… dann ist doch gut, wenn er mir wenigstens Geld zahlen muss.«

Die Tante stimmte in das Kichern mit ihrem krächzenden Rabenlachen ein. Als beide nach einigen erneuten Lachkollern wieder zu Atem kamen, sagte sie resolut: »Und jetzt machen wir einen Waldspaziergang und sprechen über andere Dinge als übers Kinderkriegen und über Männer, die man möglicherweise verlassen muss.«

Lysbeth blieb fast eine Woche lang von zu Hause fort. Zwei Tage hielt sie sich bei Angela auf. Aus dem pausbäckigen Engelchen mit schwarzen Haaren und Fritz' grauen Augen war ein dünner, schlaksiger Backfisch geworden.

Als Lysbeth nach Hamburg zurückkam, fühlte sie sich auf eine verblüffende Weise gestärkt. Die Tante hatte sie am Schluss gefragt, ob sie Kräuter und Extrakte mitnehmen wollte, die sie Maximilian und sich selbst zur Verstärkung ihrer Lust und zum Anheizen ihrer und seiner Säfte ins Essen geben wolle. Lysbeth hatte nach kurzem Zögern mit einem klaren Nein geantwortet. »Irgendetwas stimmt nicht, Tante«, hatte sie gesagt. »Ich muss herausfinden, was das ist. Ich glaube nicht, dass es gut wäre, vorher ein Kind zu bekommen.« Die Tante hatte genickt, und ihr war deutlich anzusehen gewesen, dass sie sehr einverstanden war.

Den Weg vom Dammtorbahnhof zur Kippingstraße legte Lysbeth zu Fuß zurück. Trotz ihrer Reisetasche tat sie es gern, weil sie so Zeit hatte, sich über ihre Gefühle Rechenschaft abzulegen.

Sie freute sich sehr auf ihre Schwester. Auch auf die Mutter. Und auch ein wenig auf Maximilian. Aber die Freude auf ihn war getrübt durch alle möglichen Befürchtungen.

Käthe und Stella hatten schon den Tisch im Wohnzimmer für sie gedeckt, Kaffee gekocht, und Käthe hatte sogar einen Kuchen gebacken. Kaum dass der Kaffee eingeschenkt war, fragte Stella: »Und? Was sagt die Tante? Woran liegt es, dass du kein Kind bekommst?«

»Stella!«, rügte Käthe ihre Tochter, als wäre sie ein ungezogenes

Mädchen. Und genauso reagierte Stella. Sie verzog ihr Gesicht zu einer kindlichen Schnute, als Käthe sagte: »Lass Lysbeth doch erst mal ankommen. Du überfällst sie ja richtig.«

Lysbeth hatte sich auf dem Weg nach Hause überlegt, dass sie Mutter und Schwester von ihren bei der Tante gewonnenen Erkenntnissen vorerst nichts erzählen wollte. »Die Tante hat gesagt, ich soll jetzt einen Monat lang nicht darüber sprechen. Das sei besser. Aber erzählt mir doch bitte, was ihr Maximilian gesagt habt und wie er reagiert hat.«

Stella kicherte. »Oh, dein Mann war sehr verständnisvoll. Wir haben gesagt, dass Mama ein bisschen krank ist und deine Hilfe braucht. Er war sofort einverstanden. Du solltest so lange hier bleiben, wie sie dich benötigt, sagte er. Generös, der Mann.«

»Ja, er ist wirklich ein sehr zuvorkommender Schwiegersohn.« Erschrocken lauschte Käthe ihrer eigenen Stimme. Das hatte ironischer geklungen, als sie beabsichtigt hatte. So wunderte es sie auch nicht, als Stella spöttisch auflachte und Lysbeth sie nachdenklich musterte. Sie erwartete Lysbeths Frage, aber die schien in ihren Gedanken zu versinken.

Als sie wieder auftauchte, wechselte sie entschieden das Thema, erzählte Klatsch aus Laubegast und wie über die Familie Wolkenrath in Dresden gesprochen wurde, nämlich als Betrügerbande, die dem Namen des alten Volpert Schande gemacht hätte und allesamt den Wolkenraths nachgekommen wären. Käthe zuckte leicht zusammen. Stella lachte laut auf. »Ja, klar, wir folgen alle den Wolkenraths, Spieler, Betrüger und Versager, die wir sind ...« Ihr lachendes Gesicht verwandelte sich im Nu, als sie fragte: »Und ... wie sprechen sie über Fritz?« Käthe wurde blass. Lysbeth schluckte. Ja, auch danach hatte sie die Tante gefragt. Aber sie wusste nicht, wie sie die Information schonend weitergeben konnte. Sie räusperte sich. Käthe legte ihre Hand auf Lysbeths. Die schüttelte energisch ihren blonden Pagenkopf und zog ihre Hand fort.

»Wir sind alle erwachsen«, sagte sie kühl, »und wir kennen die Dresdner, die öffentliche Meinung herstellen. Die denken, Fritz sei mit uns gekommen, und wir alle seien Kommunisten geworden und nach Hamburg gegangen, um hier die Revolution voranzutreiben, ohne von irgendwelchen Schuldnern, die wir ohnehin für kapitalistische Geier halten, belästigt zu werden. Niemand ...«, ihre Stimme wurde hoch und etwas schrill, »niemand! hat mitgekriegt, dass Fritz gestorben ist. Und seine Genossen wirken seit Rosa Luxemburgs und Karl Liebknechts Tod mehr oder weniger im Untergrund. Die sprechen nicht über Fritz!«

Käthe hatte unwillkürlich nach Stellas Hand gegriffen. Beide Hände krampften sich ineinander. Die drei Frauen schwiegen.

Es war Ende März, in ein paar Tagen würde der April beginnen.

Draußen dämmerte es. Der Lindenbaum vor dem Haus hatte Knospen. Es wurde kühl. Käthe entfachte Feuer in dem großen grünen Kachelofen, der im Wohnzimmer stand. Stella begab sich ans Klavier. Versuchsweise schlug sie ein paar Akkorde an, dann tanzten ihre Finger über die Tastatur, sprangen, hüpften, stockten, bis sie schließlich in Fluss kamen und die Töne durch den Raum fluteten, ein wütendes, trauriges und irgendwie zärtliches Lied.

Als sie geendet hatte, erhob Lysbeth sich, strich ihren Rock glatt und sagte: »Ich geh dann jetzt. Vielen Dank für eure Hilfe.«

Käthe und Stella machten keinen Versuch, sie zurückzuhalten. Sie brachten sie bis zur Haustür. Doch kurz bevor sie in den kleinen Vorraum trat, der zwischen den beiden Haustüren lag, besann Lysbeth sich anders. »Ich möchte einmal kurz nach unten«, sagte sie hastig, »Ich möchte die Gartenzimmer sehen.«

»Wie bitte?« Stella sah die Schwester an, als wäre sie verrückt geworden. »Das sind Eckhardts und Dritters Zimmer.«

»Ja und?« So trotzig klang Lysbeth selten.

Käthe stieg wortlos die Treppe hinab. Unten im Souterrain zur Straße hin lagen die große Küche und die beiden kleinen Kellerräume. Durch Fenster, die sich im oberen Drittel der Wände befanden, fiel ausreichend Licht in die Räume. Lysbeth zog es zu den zwei Zimmern, die auf gleicher Höhe wie der Garten nach hinten hinaus lagen. Ein großer Raum, fünf mal fünf Meter, war mit dem danebengelegenen, von dem aus man in den Garten gelangte, durch eine große Schiebetür verbunden. Dritter und Eckhardt hatten die Schiebetür geschlossen und einen Schrank davorgestellt, nachdem Dritter eine Frau mit nach Hause gebracht hatte und Eckhardt daraufhin drei Tage durch Migräne ans Bett gefesselt gewesen war. Lysbeth öffnete die Tür zu Dritters Zimmer, das mit einem Bett, einem Tisch und einem alten Schrank zwar spartanisch eingerichtet war – bisher hatten die Männer der Familie nur ein gemeinsames Zimmer gehabt, in das für jeden ein Bett passte –, aber dennoch eine große Pracht ausstrahlte. Üppiger Stuck schmückte die Decke, und in das große Fenster, vor dem rechts und links Rosenstöcke standen, verhießen die Knospen, dass bald gelbe und rote Blüten ins Zimmer lugen würden. Lysbeth legte den Kopf in den Nacken. Über ihr tanzten rundum Engel. Sie hielten Rosen in den Händen, streuten sie gewissermaßen auf Lysbeths Scheitel, ebenso wie sie ihre Füllhörner über ihr auskippten. Sie atmete tief ein, aber der Druck auf ihrer Brust blieb. Ja, das war genau das Zimmer gewesen, von dem sie geträumt hatte.

»Was ist los, Lysbeth?«, fragte Stella, die ihre Schwester gut genug kannte, um zu wissen, dass sie nicht ohne Grund verlangte, Dritters Zimmer anzuschauen. Käthe war blass geworden, während sie Lysbeths Blicken folgte. Sie erinnerte sich plötzlich an die Nacht, in der Lysbeth in Dresden schluchzend aus ihrem Traum erwacht war und gesagt hatte: »Ich war ganz allein in einem Zimmer mit Engeln an der Decke. Ohne Mann. Ohne Kind.« Lysbeth hatte genau dieses Zimmer in diesem Haus beschrieben, obwohl damals überhaupt noch nicht die Rede davon gewesen war, dass sie jemals ein Haus kaufen wollten. Käthe fasste Lysbeth vorsichtig am Ellbogen. »Du musst jetzt gehen«, sagte sie leise. »Es wird dunkel. Oder willst du heute noch hier bleiben?«

»Nein«, erwiderte Lysbeth entschieden. »Alles drängt auf eine Lösung.«

Stella murmelte: »Ich verstehe überhaupt nichts.« Aber sie folgte ihrer Mutter und Lysbeth die Treppe hinauf

Zum Abschied drückten die Frauen einander so fest, als wollten sie einen Pakt besiegeln. Keiner von ihnen war wohl wirklich bewusst, wovon dieser Pakt handelte, aber alle drei wussten, dass gerade etwas sehr Bedeutsames geschehen war.

Lysbeths erste Begegnung mit Maximilian verlief völlig entgegen ihrer Befürchtung, er würde vielleicht doch verärgert sein. Maximilian wirkte fast schuldbewusst. Kaum dass Lysbeth durch die menschenleere Halle getreten war, schon voller Hoffnung, dass vielleicht niemand zu Hause sei und sie sich deshalb in aller Ruhe erst einmal frisch machen könnte, eilte er ihr über die breite Treppe mit ausgebreiteten Armen entgegen. »Liebste«, rief er aus. »Meine Lysbeth, mein Schatz! Bist du wieder da, wie schön.« Er umschloss sie mit seinen langen Armen und drückte ihr einen innigen Kuss auf die Lippen. »Ich habe dich sehr vermisst«, raunte er an ihrem Ohr. Lysbeth wurde augenblicklich von einem starken Schuldgefühl angefallen. Wie zärtlich Maximilian war, wie aufmerksam. Warum hatte sie bloß so ein blödes Misstrauen, das sie doch nur von ihm entfernte? Arm in Arm gingen sie die Treppe hinauf. Oben küsste Maximilian sie wieder, diesmal fordernder. Lysbeth machte sich steif.

»Ich habe dich wirklich sehr vermisst«, sagte er drängend und legte seine Hände auf ihre Brüste.

»Maximilian, jetzt nicht.« Lysbeth schob sich an ihm vorbei ins Badezimmer. »Ich muss mich erst mal frisch machen, und dann habe ich großen Hunger.«

»Hunger?«, lachte Maximilian. »Oh ja, ich habe auch großen Hunger. Auf dich, mein Liebchen. Du warst eine Woche weg, da kann ein Mann schon mal hungrig werden.«

Lysbeth verfluchte sich, dass sie keine Kräuter zum Anheizen ihrer Lust mitgenommen hatte. Ihr war völlig bewusst, dass Maximilian ein Recht auf die Erfüllung ihrer ehelichen Pflichten hatte, aber ihr ganzer Körper sträubte sich dagegen. Was konnte sie nur tun?

Im Badezimmer wusch sie sich Hände und Gesicht und fuhr mit dem Kamm durch die Haare. Bloß keinen Lippenstift. Bloß nichts, das ihn noch mehr reizte. Sie strich ihre Bluse glatt, steckte sie in den Rock. So sah man, dass sie kaum Brüste hatte. Ihr Bruder Dritter hatte ihr immer deutlich gemacht, dass sie, platt wie eine Bohnenstange, für Männer nicht besonders reizvoll war. Wieso war nur Maximilian ständig darauf aus, mit ihr ins Bett zu gehen?

Doch als sie aus dem Badezimmer kam, war Maximilian schon nicht mehr in ihrer Wohnung. Sie hörte seine Stimme, die unten aus der Bibliothek drang, wo er offenbar mit seinem Vater in ein angeregtes Gespräch verwickelt war.

Wie schnell es bei ihm geht, dachte sie, einerseits erleichtert, von seiner Bedrängung befreit zu sein, andererseits verärgert, weil es ihm gelungen war, ihre Gedanken und Gefühle zu fesseln. Sie empfand plötzlich eine große Erschöpfung. Früh am Morgen war sie aus Dresden abgefahren. Die lange Zugfahrt. Das Gespräch mit Mutter und Schwester. Die verstörende Konfrontation mit der Engelsdecke. Die beiden Fußwege, die zwar nicht lang waren, aber mit der Reisetasche doch beschwerlich. All das hatte sie offenbar mehr mitgenommen, als sie bisher gespürt hatte. Jetzt aber wurden ihre Beine bleischwer, und sie hatte den Eindruck, sich keine Sekunde länger auf den Füßen halten zu können. Sie warf sich für einen Augenblick aufs Bett und schloss die Augen.

Da stürmte Maximilian auch schon die Treppen hinauf, riss die Schlafzimmertür auf und rief ihr zu: »Essen, mein Schatz! Mach dich fertig. Heute Abend kommen die Schwarztraubers, du weißt schon, er macht in Gold und Silber.« Er lachte laut auf. »Und sie behängt sich damit.«

Lysbeth, die gerade weggedämmert war, vernahm wie aus der Ferne die Stimme ihres Mannes und fragte sich, ob er vielleicht betrunken war, so überdreht und aufgekratzt kam er ihr vor. Die nächste Frage, die sich folgerichtig anschloss, war, wie es eigentlich hatte geschehen können, dass sie hier auf diesem fremden Bett lag, kommandiert von diesem fremden Mann und den Ritualen einer völlig fremden Familie unterworfen.

Sie zwang sich, den Gedanken fortzuschieben. Das Wichtigste, dachte sie, ist, den Abend zu überstehen, ohne irgendwie aus der Rolle zu fallen. Nach einem Besuch bei der Tante ist man sehr gefährdet, sich nicht mehr um irgendwelche absurden Regeln zu scheren. Sie war auf der Hut, bereits bei der Kleidung einen Fauxpas zu begehen. Also bat sie Maximilian, ein Kleid für sie auszusuchen. Jetzt durfte er sie ruhig in Unterwäsche sehen. Es war ohnehin keine Zeit mehr, dass er sein eheliches Recht einforderte.

Eine Stunde später saß eine bunte Gesellschaft im Speisesaal der von Schnells am langen Tisch. Die goldbehängte Martha Schwarztrauber erzählte, sie habe keine besondere Lust, mit ihrem Mann nach Afrika zu reisen, aber er habe so inständig darum gebeten, weil er nicht allein unter Negern sein wolle, dass sie jetzt dabei sei, sich eine vollständige Afrikagarderobe zuzulegen. Alles in Weiß, sagte sie, Kleidung für Safaris, für Abendgesellschaften, denn die Weißen in Daressalam legten viel Wert auf Stil. »Daressalam?«, fragte Lysbeth, »wo liegt das denn?«

Alle Anwesenden schauten sie befremdet an.

»Unsere deutschen Gebiete«, sagte Maximilian, »General von Lettow-Vorbeck hat viel von Deutsch-Ostafrika erzählt.«

Herrje, ja, sie erinnerte sich. Der Kilimandscharo, der höchste deutsche Berg. Die Neger, die begeisterte deutsche Soldaten waren gegen die Engländer. Wie hießen sie noch gleich? Askaris, ja. Ostafrika, ja. Vor ihrem inneren Auge sah sie Martha Schwarztrauber, wie sie mit ihren goldberingten Fingern auf Affen zeigte und sagte: Diesen da, packen Sie mir den ein. Den nehme ich als Mitbringsel mit nach Hause.

Martha Schwarztrauber ereiferte sich, die englische und belgische Unterdrückung in Afrika anzuklagen. »Die Neger lieben die Deutschen«, schwärmte sie. »Sie bewundern unsere Disziplin und unsere Tatkraft. Und sie sind uns so treu untertan. Sie wissen, wie viel sie uns zu verdanken haben.«

Lysbeth befahl sich, etwas zu essen, um zu Kräften zu kommen. Ihr war etwas schwindelig und übel. Löffel um Löffel der exquisiten Krabbenconsommé schob sie sich in den Mund. Die Worte um sie herum verwandelten sich in einen undefinierbaren Lärm, und plötzlich kam es ihr unfassbar leicht vor, den Abend ohne jeden Kraftaufwand zu überstehen. Sie würde einfach nur essen und schweigen. Und danach würde sie einfach einschlafen, ohne noch irgendeinen Gedanken an eheliche Bettübungen zu verschwenden. Genauso geschah es. Von Zeit zu Zeit, wenn irgendjemand sie nach ihrer Auffassung fragte, sagte sie lächelnd: »Ich bin genau Ihrer Meinung.« Das geschah in so großen Abständen, vielleicht dreimal am Abend, dass die eintönige Wiederholung ihrer Antworten niemandem auffiel.

Als die Schwarztraubers gingen, hörte Lysbeth, wie Martha zu Marie von Schnell sagte: »Was haben Sie für eine reizende Schwiegertochter, so angenehm und so gefällig.« Dem folgte das bestätigende, leicht betrunkene Knurren ihres Gatten.

Lysbeth lächelte noch beim Einschlafen. Sie hatte ein Geheimnis gelüftet. Sie wusste, wie sie sich in diesen Kreisen zu benehmen hatte, ohne es sich schwerzumachen. Sie musste einfach untertauchen.

Als Maximilian seine Hand auf ihre Brust legte, folgte sie der eben begriffenen Lehre, drehte sich auf den Bauch und atmete hörbar tief und regelmäßig. Seine Hand wanderte noch zu ihrem Hintern, wo sie allerdings nicht lange liegen blieb, als sie ihren Atem in ein leichtes Schnarchen verwandelte. Wenige Minuten später hörte sie ein regelmäßig schabendes Geräusch, das von beschleunigten Atemzügen begleitet wurde, bis Maximilian einen Schnaufer von sich gab und das Bett kurz bebte. Eine Sekunde darauf schnarchte er.

Wieder lächelte Lysbeth. Sie hatte ein weiteres Problem auf eine unfassbar leichte Weise gelöst.

Es blieb ein drittes Problem: Wie sollte sie der Fremdheit beikommen, die sie bei dem Ganzen empfand?

Früh am Morgen wachte sie auf. Maximilian schlief noch tief und fest. Lysbeth zog sich so leise an, wie ihr nur möglich war. Feste Schuhe, einen Rock, in dem sie sich gut bewegen konnte, einen dicken Pullover. Sie warf ein paar Zeilen für Maximilian aufs Papier.

Mache einen Morgenspaziergang. Bin bald zurück.
L.

Sie stahl sich die Treppe hinunter. Aus dem Souterrain, wo die Herrschaftsküche lag, drangen Geräusche. Die Bediensteten arbeiteten bereits. So leise wie möglich zog sie die Haustür hinter sich ins Schloss.

Draußen atmete sie tief ein. Freiheit. Nie zuvor war ihr Freiheit so süß erschienen. Machen können, was sie wollte. Hingehen, wohin sie wollte.

Sie schlug den Weg zur Außenalster ein. Die Luft war kühl, aber nach wenigen Minuten war ihr warm, so schnell schritt sie aus. Ihr Kopf war leer, sie war Körper, nichts als Bewegung und Sinnengenuss. Die Alster kräuselte sich in leichten, glitzernden Wellen. Die Weiden trauerten anmutig, zitterten unmerklich bis in die äußersten Blattspitzen. Die Luft war klar und feucht. Der Boden ließ ihre Schritte federn.

Lysbeth erlaubte ihren langen Beinen, unweiblich weit auszuschreiten. Sie begegnete einer Frau, die drei Windhunde spazieren führte. Eine reiche Frau, schoss es Lysbeth durch den Kopf, trotzdem kümmert sie sich selbst um die Hunde. Hätte sie ein Kind, würde sie den Spaziergang einer Kinderfrau überlassen. Mit einem Mal dachte sie, dass Hunde eine gute Camouflage darstellten. Vielleicht traf die Frau sich allmorgendlich an der Alster mit einem heimlichen Liebhaber. Vielleicht ging diese Frau unter dem Deckmantel eines Hundespaziergangs einer Tätigkeit nach, die einer reichen Frau eigentlich verboten war. Sie wunderte sich über sich selbst. Camouflage, geheimer Liebhaber, Lügen, Betrügen, das war doch im Allgemeinen nicht das, worüber sie sich Gedanken machte. Was war los?

Plötzlich war die Erkenntnis da. Ohne Wenn und Aber. Und so eindeutig und klar, dass es schon wieder banal war: Lysbeth würde in diesem Leben in der Feldbrunnenstraße nie glücklich werden. Und es war ein Segen, dass sie nicht schwanger geworden war. Dann nämlich wäre sie auf ewig eingesperrt gewesen. So aber führte vielleicht doch noch ein Weg hinaus. Sie musste ihn nur entdecken.

Plötzlich schwirrten durch ihren Kopf alle möglichen Bilder. Die über ihrem Kopf tanzenden Engel. Windhunde. Die Tante, die sie nachdenklich anschaute. Stellas misstrauischer Blick. Maximilians Augen.

Das war's. Sie schaute genauer hin. Maximilian hatte schöne blaue Augen mit langen Wimpern. Ja, aber, was war denn das, was sie irgendwie stutzig machte? Angst? Wieso Angst? Sie sah eindeutig Angst in seinen Augen. Sie kannte diese Angst aus Eckhardts Augen. Auch dort flackerte sie manchmal auf, und man erschrak, wenn man hineinschaute.

Er muss mir viel Geld bezahlen, erinnerte Lysbeth sich an ihren Traum. Wieso das? Mit einem Mal kam sie sich schäbig vor, aber sie schob den Gedanken trotzdem nicht beiseite. Wenn er mir viel Geld bezahlen muss, damit ich wieder in die Kippingstraße zurückkehre, hat er irgendetwas auf dem Kerbholz. Wenn ich ihn dessen überführe, bin ich frei und habe Geld. Eine plötzliche wilde Gier stieg in ihr auf und verschlang jeden Skrupel.

Ja, sie wollte Geld. Viel Geld. Und sie war sogar bereit, sich Windhunde anzuschaffen, wenn das als Camouflage für ein Dasein als Ärztin dienen würde. Ärztin ohne Studium und Abitur. Wie das funktionieren sollte, war ihr völlig schleierhaft. Aber während sie mit riesigen Schritten um die Alster stürmte, reifte in ihr der verrückte Entschluss, Maximilian seines Vergehens zu überführen, damit er ihr Geld zahlen und sie freigeben müsste, sodass sie Ärztin werden könnte.

Ihr Gesicht war heiß, als hätte sie Fieber.

Sie zwang sich, die letzte Strecke langsamer zu gehen. Sie zwang sich ebenso, die schrecklichen Gedanken aus ihrem Kopf zu verbannen und nur ihren Körper zu spüren. Den Hunger, der sich in ihrem Magen als wachsendes Leeregefühl zeigte. Die Füße, an deren Hacken sich Scheuerstellen bemerkbar machten. Vielleicht waren es sogar schon Blasen. Die Luft, die nicht mehr ganz nach unberührtem Morgen roch, in die sich Ruß und Kohle und sogar Autoabgase mischten. Und irgendwie, so schien es ihr, die Ausdünstung Tausender von Menschen, die die Nacht mit ihrem verstörend ungreifbaren Traumleben verließen, um in die Sicherheit des überschaubaren Tages zu trampeln.

Als Lysbeth ins Haus kam, vernahm sie Stimmen aus dem Speisesaal, feines Klappern von Silber an Porzellan. Frühstück, dachte sie in plötzlich aufwallender Panik, alle sind da, nur ich nicht. Doch dann erinnerte sie ihr Lächeln von gestern Nacht. Sie legte ihren Pullover ab und trat ins Speisezimmer. Da saßen ihre Schwiegereltern und Maximilian vor einem reich gedeckten Frühstückstisch. Mit raschem Blick erfasste Lysbeth, dass die Eier noch nicht angerührt und überhaupt erst wenig verzehrt war. Sie warf ihrem Schwiegervater ein strahlendes Lächeln zu, gab Maximilian einen Kuss auf die Wange, ebenso wie ihrer Schwiegermutter, und sagte: »Der Morgen war zauberhaft. Ich werde jetzt jeden Morgen in der Frühe einen Spaziergang machen. Das kräftigt meine Gesundheit. Schließlich wollen wir hier bald zu fünft sitzen.« Ihre Schwiegermutter riss die Augen auf. Ihr Schwiegervater rieb sich freudig die Hände. Maximilian erhob sich so stürmisch, dass sein Stuhl fast umkippte. Behutsam umfasste er Lysbeth. »Liebling, meinst du wirklich?«, stammelte er. Lysbeth lächelte wie Mona Lisa. »Alles braucht seine Zeit«, sagte sie geheimnisvoll und setzte sich mit majestätisch aufgerichtetem Rücken auf ihren Platz.

Die Aufmerksamkeit, die ihr von diesem Morgen an zuteil wurde, war ihr zwar lästig, aber gleichzeitig genoss sie die Befreiung von den ehelichen Pflichten, den täglichen Morgenspaziergang um die Alster und die wachsende Klarheit ihrer Gedanken. Sie empfand nicht den Anflug eines schlechten Gewissens. Sie hatte schließlich nicht gesagt, dass sie schwanger war. Man hatte sie missverstanden.

Außerdem: Sollte sie wirklich jemals ein Kind von Maximilian bekommen, waren all dies die besten Vorbereitungen darauf. Sie bekam eine rosige, gesunde Gesichtsfarbe, und ihre schmalen Beine rundeten und kräftigten sich an den richtigen Stellen. Ihr Appetit war noch nie so gut gewesen. Und ihre freundlichen Gefühle für Maximilian von Schnell wurden auch von Tag zu Tag wärmer. Sie wurden allerdings stets freundschaftlicher. Und gleichzeitig erbarmungsloser. Denn seine allabendliche Zitterei im Bett machte sie nervös und war ihr lästig. Ihr wurde immer bewusster, dass sie keine Lust mehr hatte, die seelenlose Reiberei in sich selbst ergehen zu lassen. Vielleicht war sie einfach keine richtige Frau, das zog sie durchaus in Betracht, aber ganz sicher war das, was Maximilian von einer Frau wollte, nicht das, wonach sie dürstete. Jedenfalls wollte sie dem ein Ende machen. Dafür musste sie erst einmal so tun, als könnte sie schwanger sein. Sie hielt sich im Vagen, wusste dabei natürlich, dass das nicht ewig gut gehen konnte. Irgendwann würde ihr Schwindel auffliegen. Vorher musste sie Maximilian dingfest machen.

Während einem ihrer Spaziergänge beschloss sie, ihm mittels ihrer Traumkraft und auch realer Nachforschungen ein wenig auf den Zahn zu fühlen. Also bat sie am Abend vor dem Einschlafen um einen erhellenden Traum. Am kommenden Morgen erinnerte sie sich an nichts. So ging es Tag für Tag, Nacht für Nacht weiter. Allabendlich vernahm sie die Geräusche, mit denen ihr Mann sich selbst die Erleichterung verschaffte, für die er vorher sie benutzt hatte. Er küsste sie nicht mehr, und seine Berührungen beschränkten sich darauf, sie zur Begrüßung kurz zu umarmen, aber die Umarmung oder der Kuss auf die Wange endeten stets damit, dass er sie leicht von sich fortschob, als hätte er Angst, sie könne ihm zu nah kommen. Das entsprach nun wirklich nicht ihrer Absicht. Trotzdem kränkte sein Verhalten sie. Es schien ihr, als sei er völlig zufrieden, nahezu erleichtert, sie endlich geschwängert und somit seine Pflicht erfüllt zu haben.

Nun forderte Maximilian zwar seine ehelichen Rechte nicht mehr ein, trotzdem fühlte Lysbeth sich immer noch bedroht. Natürlich wusste sie, dass dieses Gefühl auch seine Ursache darin hatte, dass sie eindeutig nicht schwanger war – und im Augenblick und vielleicht sogar nie schwanger werden würde. Irgendwann würde die Seifenblase platzen. Doch darunter lag etwas anderes, eine Ahnung, die sie in Unruhe versetzte. Immer stärker spürte sie die Notwendigkeit, Maximilians Geheimnis endlich auf die Spur zu kommen. Aber wie?

Seit Max glaubte, er würde bald Vater, kniete er sich mit größerer Ernsthaftigkeit als zuvor in die Geschäfte. Hatte er seit ihrer Eheschließung viele Morgen mit Lysbeth und seiner Mutter am Frühstückstisch verbracht, sich anschließend in die Bibliothek zurückgezogen und Zeitung gelesen oder sich mit Freunden getroffen, Offizieren a. D. wie er, so verließ er jetzt mit dem Vater die Villa und kehrte erst am Abend, oft spät, wieder heim.

Zu ihrem eigenen Erstaunen langweilte Lysbeth sich so weniger als vorher. Sie reduzierte die Gespräche mit ihrer Schwiegermutter aufs absolut Notwendige, unternahm ihren täglichen Spaziergang, der mehr einem Spazierlauf ähnelte, und ansonsten las sie in ihrem gynäkologischen Fachbuch, das sie täglich mehr fesselte. Wie ein unterirdischer Strom, der manchmal mehr, manchmal weniger spürbar war, bewegte sich in Lysbeth eine innere Unruhe, die Wahrheit aufspüren zu müssen. Welche Wahrheit? Das war es ja gerade! Wenn sie das wüsste, wäre alles getan. Aber es war dringlich, wie eine lebensnotwendige Aufgabe. Sie versuchte dagegen anzugehen, denn diese Unruhe entkräftete sie. Sie fühlte sich wie umzingelt von Gefahren. Sie wollte sich davon befreien.

Also sprach sie zu sich selbst auf unterschiedliche Weise.

Was willst du? Maximilian ist lieb und freundlich zu dir. Er ist bereit, für dich zu sorgen, und er lässt dich jetzt sogar in Ruhe.

Wieso kränkt es dich, dass er sich allabendlich mit sich selbst beschäftigt? So verschont er doch dich.

Du sitzt in einem gemachten Nest. Du musst nie wieder Hunger leiden, du bist die angesehene junge Frau von Schnell. Und du hast genügend Zeit, dich mit deinem Steckenpferd, der Gynäkologie, zu beschäftigen. Was willst du mehr?

Wenn du sagst, du willst einen Windhund, dann wird man dir einen kaufen.

Wenn sie erfahren, dass du nicht schwanger bist, selbst dann wird dir nichts Schlimmes geschehen.

All das nützte nichts. Die Erinnerung an den Traum mit dem Engelsstuck an der Decke war zu verstörend gewesen. Und der Besuch bei der Tante hatte ihr zu deutlich gezeigt, dass es irgendetwas gab, das zwischen ihr und Maximilian nicht stimmte.

Aber was genau stimmte nicht? Im Grunde war sie bereit, die ganze Schuld auf sich zu nehmen. Sie war ihm bestimmt keine gute Frau, und sie wurde auch einfach nicht schwanger; ja, obwohl sie Angelina über alles liebte, war sie im Augenblick nicht einmal darauf erpicht, Mutter zu werden.

Aber in ihrem Traum musste Maximilian ihr viel Geld bezahlen. Und sie war traurig gewesen. Sie hatte einen Verlust erlitten.

Ja, sie spürte es. Hinter all den Überlegungen, hinter der Erleichterung, weil er sie in Ruhe ließ, irgendwo dahinter lauerten Tränen. Irgendwo dahinter war eine große Traurigkeit. Irgendwo dahinter fühlte sie sich betrogen, verlassen, in eine Falle gelockt. Und dieses Gefühl verstand sie nicht.

Sicher, er hatte sie verführt, indem er mit ihr tanzen ging, ihr zuhörte, sie zum Lachen brachte, ja, und er hatte sie auf eine Weise geküsst, die sie geradezu zum Küssen erweckt hatte. Und bevor sie heirateten, hatte es ihr sogar manchmal Freude bereitet, wenn sie miteinander verkehrten. Lysbeth war nicht im Geringsten vor dieser Freude zurückgescheut. Sie hatte auch gar keine Scheu empfunden, ihn zu berühren und sich berühren zu lassen. Aber sein Interesse daran, sie zu streicheln, zu berühren, an ihr zu knabbern, sie zu küssen, all das war, wenn sie es recht bedachte, bereits vor der Hochzeit nicht gerade besonders groß gewesen, und seitdem war es nachgerade erstorben.

Es kam ihr zunehmend vor, als sei er eigentlich ganz zufrieden damit, mit sich selbst das zu leben, was eigentlich in ein Bett von Mann und Frau gehörte. Sie wusste, dass Männer von früh an das taten, was man in Lehrbüchern Onanie nannte. Aber es kam ihr falsch vor, dass es wie ein Einschlafritual war. Täglich. Und dass Maximilian offenbar nicht mehr brauchte, um glücklich zu sein. Allerdings rief sie sich sofort wieder zur Ordnung, wenn sie so etwas dachte, und erinnerte sich daran, dass sie ihn oft genug kühl abgewiesen hatte, wenn er mehr wollte.

Aber brauchte sie selbst wirklich nicht mehr?

Immer wieder verhedderten sich ihre Gedanken, bis sie beschloss, komplett aufzuhören, über die ganze Sache nachzudenken.

Wenn es so weit ist, werde ich wissen, was zu tun ist! Wenn es ein Geheimnis gibt, wird es sich lüften. Geheimnisse haben so etwas an sich. Wenn Maximilian mich irgendwie belügt und betrügt, wird es von allein ans Licht kommen. Lügen werden immer entdeckt. Irgendwie.

Es fiel ihr nicht leicht, diesen Beschluss in die Tat umzusetzen. Ihre Unruhe wuchs eher noch. Aber die Gedanken stoppte sie, sobald sie begannen. Schluss!, befahl sie sich. Und sie wiederholte den Satz: Wenn es ein Geheimnis gibt, wird es sich lüften. Ich kann vertrauen.

Wie eine Gebetsformel wiederholte sie es. Täglich viele Male.

Es tat seine Wirkung. Ganz allmählich wurde sie wieder sicherer, sich selbst vertrauen zu können. Und so kamen auch ihre Träume zurück. Es waren allerdings Träume, die sich nicht im Geringsten mit Maximilian beschäftigten. Sie träumte von Bahnfahrten, die sie unternehmen musste. Wo sie allerdings umherirrte, um den Bahnhof zu finden. Und wenn sie ihn fand, war der Zug bereits abgefahren oder hatte Verspätung. Sie träumte davon, Fahrradfahren zu lernen. Aufzusteigen und hinzufallen. Ein ums andere Mal. Nacht für Nacht. Bis sie am Morgen aufwachte und beschloss, Fahrradfahren zu lernen.

Sie hörte sich unauffällig um. Selbstverständlich fuhr keiner der von Schnells mit dem Fahrrad. Maximilian fuhr den Wagen, dessen Verdeck zurückklappbar war und dem alle neidisch hinterherschauten, N.A.G. Protos nannte sich das Gefährt. Sein Vater ließ sich von einem Chauffeur in einem großen Auto fahren, und die Mutter wurde ebenso kutschiert.

Als Lysbeth den Entschluss gefasst hatte, empfand sie eine große Erleichterung. Endlich geschah etwas. Endlich versackte sie nicht mehr in einem Gedankenkarussell, sondern konnte etwas tun.

Einige Tage lang war sie der Kippingstraße ferngeblieben. Sie mochte die Blicke der Mutter nicht mehr ertragen, und Stellas Fragen waren ihr lästig. Nun gab es ein neues Thema. Stella war sofort Feuer und Flamme. Auch sie wollte Fahrradfahren lernen! Auch sie wollte endlich mobil sein und nicht immer auf Jonny angewiesen, um längere Strecken zu überwinden. Warum hatten sie das nicht schon längst in Angriff genommen? Dritter hatte es ihr immerhin mehrfach vorgeschlagen. Sie erzählte von Fahrradgeschäften, wo sie famose Modelle gesehen hatte und wo man auch gleich eine Einführung erhielt, eine sogenannte kleine Fahrschule.

Nachdem Stella sich längere Zeit ereifert und bereits wundervolle Fahrradreisen gemeinsam mit Lysbeth geplant hatte, kam Dritter heim. Die Firma *Wolkenrath und Söhne* hatte das Geschäft in der Feldstraße behalten, war allerdings eine Etage tiefer gezogen, wo aus einer Wohnung zwei Büros gemacht worden waren. Ein Büro hatten die Wolkenraths gemietet. Dritter hörte sich Lysbeths Vorhaben und Stellas Luftschlösser eine Weile an, dann sagte er ruhig: »Ich hab gehört, dass ein Kerl in Altona das Fahrrad seiner Frau verkaufen will. Sie kriegt ein Kind. Da brauchen sie Geld und kein Fahrrad. Das kostet nicht gleich ein Vermögen. Er hat das bestimmt auch irgendwo abgestaubt. Keine reichen Leute, die beiden …« Er kniff die Augen zusammen und musterte Lysbeth scharf. »Sag mal, du bist eine von Schnell, wieso bestellst du kein Fahrrad bei deinem Gemahl?«

Lysbeth errötete. Stella hob die Stimme: »Kannst du dir vielleicht vorstellen, mein lieber Bruder, dass auch eine Frau von Schnell nicht erst die Erlaubnis ihres Gatten einholen will, wenn sie …« Stella kicherte, »… sich schnell mal voranbewegen möchte.«

Dritter nickte mit dem Kopf. Er hatte verstanden.

»Ich kann mich drum kümmern, wenn du willst«, sagte er zu seiner älteren Schwester, die ihn dankbar anlächelte. »Du bist ein Schatz!«, jubelte Stella und drückte ihrem Bruder einen dicken Schmatzer auf die Wange. »Und wenn du dich nun auch noch um ein Fahrrad für mich kümmerst, kriegst du einen Orden!«

Lysbeth machte ängstliche Augen. Stella beeilte sich zu sagen: »Die Frau von Schnell geht vor, ist doch selbstredend. Es war ihre Idee, und außerdem kann ich verstehen, dass jemand, der täglich diese Langweiler in der Feldbrunnenstraße um sich haben muss, ein Fahrrad braucht, um so schnell wie möglich das Weite zu suchen.«

»Wo ist eigentlich Eckhardt?«, fragte Lysbeth, der plötzlich auffiel, dass sie ihren älteren Bruder schon seit einer Ewigkeit nicht gesehen hatte.

»Ach der«, antwortete Dritter gedehnt. »Tja, um die Wahrheit zu sagen, ich weiß es auch nicht. Er behauptet, immer sehr lange arbeiten zu müssen, dann geht er wohl noch zu Cynthia, angeblich wenigstens, und irgendwann spät in der Nacht kommt er heim.«

Stella drehte die Augen gen Himmel. »Können wir bitte das Thema wechseln?« Sie wippte nervös mit ihren hübschen übereinandergeschlagenen Beinen. »Was machen wir mit dem angebrochenen Abend? Ich hätte Lust, mal wieder auf die Reeperbahn zu gehen. Irgendwo steht bestimmt ein Klavier, das auf mich wartet. Ich entbehre schmerzlich Applaus.«

Lysbeth erhob sich. Sie strich ihren Rock glatt, etwas, das sich, seit sie die junge Frau von Schnell war, schon zu einer Angewohnheit entwickelt hatte. »Ich muss nach Hause«, sagte sie entschuldigend. »Max wartet nicht gern.«

»Max wartet nicht gern, Max wartet nicht gern«, äffte Stella sie nach. »Leute, was sind wir langweilig geworden.« Dritter lachte laut. »Ihr hättet nicht zu heiraten brauchen, meine Damen. Ich zumindest bleibe Junggeselle, solange ich Lust habe. Kinderwagen schieben ist nicht meine Sache.«

Stella blickte mit theatralisch aufgerissenen Augen um sich. »Seltsam. Weit und breit entdecke ich keinen Kinderwagen. Stattdessen aber eine Frau, die schnell nach Hause muss, weil ihr Gatte sonst greint. Und eine andere Frau, die sich die Fingernägel abbeißt, weil sie sich nämlich scheußlich langweilt. Jawohl!«

In diesem Augenblick trat Jonny Maukesch ins Wohnzimmer. Stella wirbelte herum und stürzte ihm in die Arme. »Mein Jonny, rette mich!« Er schloss die Arme um sie und drückte seinen Mund an ihre Haare. »Was ist los, mein Herz?«, raunte er. »Wer hat dir etwas getan?«

Lysbeth und Dritter wechselten einen Blick, der, hätte Jonny ihn bemerkt, ihn sicher stutzig gemacht hätte. »Ich muss gehen«, murmelte Lysbeth, drückte ihrem Bruder einen Kuss auf die Wange, umarmte ihre Schwester, die Arm in Arm mit Jonny strahlend vor ihr stand, und gab ihrem Schwager die Hand. »Soll ich dich fahren?«, fragte Jonny Maukesch beflissen. »Ich bin mit dem Auto da.«

Lysbeth wollte gerade abwinken, da jauchzte Stella ein begeistertes: »Ja! Und dann gehen wir an die Alster und zum *Kachelofen*. Dort trinken wir einen Champagner, und dann bummeln wir ein bisschen durch die Stadt. Ich muss einfach noch etwas erleben, mein Kapitän!«

Sie drehte sich zu ihrem Bruder um. »Kommst du mit? Vielleicht können wir nachher tanzen gehen. Das wäre lustig.«

»Nein, Stella«, widersprach Jonny Maukesch energisch. »Wir gehen nicht mehr tanzen. Und du solltest endlich begreifen, dass du eine verheiratete Frau bist. Ich habe auch Hunger. Was gibt es zu essen?«

Dritter drückte sich aus dem Wohnzimmer, verschwand nach unten mit einem vagen: »Schönen Abend noch.« Lysbeth stand unschlüssig im Türrahmen. Stella drängte an ihr vorbei in den Flur. »Jonny«, rief sie. »Du wolltest doch Lysbeth nach Hause bringen. Ich komme mit!«

Jonny hatte das Verdeck seines Daimlers zurückgeklappt. Lysbeth setzte sich nach hinten. Beide Frauen hatten Tücher um den Kopf geschlungen. Jonny trug eine lederne Kappe. Es war sehr kühl, und Lysbeth bedauerte, sich dieser ungemütlichen Fahrt ausgesetzt zu haben, statt zu Fuß in die Feldbrunnenstraße zu gehen. Stella hatte ihren Arm um Jonnys Schulter gelegt. Niemand sagte etwas, denn niemand hätte den anderen verstanden.

12

Eine Woche später klopfte es an der Tür in der Feldbrunnenstraße. Draußen stand ein Junge. »Eine Nachricht für Frau von Schnell«, sagte er mit großem Ernst in seinem kleinen Gesicht, das von zwei großen Segelohren gerahmt wurde. »Für die junge Frau von Schnell.«

Die hohe, ihren Namen kreischende Stimme ihrer Schwiegermutter rief Lysbeth hinab. Sie betrachtete erstaunt den jungen Mann, der den Brief so fest zwischen seinen Fingern hielt, als hätte er Angst, man könne ihm das wertvolle Ding aus den Händen reißen. Vor ihm stand mit wütenden Augen ihre Schwiegermutter. »Eine Nachricht für dich, meine Tochter!« Sie spie die Anrede geradezu aus. »Es scheint sehr geheim zu sein.«

Verblüfft schüttelte Lysbeth den Kopf, blickte von dem Jungen zu ihrer Schwiegermutter und streckte ihm schließlich die Hand entgegen. Sofort legte er den Brief hinein. Allerdings blieb er danach steif und fest stehen. »Ach ja.« Lysbeth begriff. Sie kramte in ihrem Rock, der nicht einmal eine Tasche hatte, und sah ihre Schwiegermutter hilfesuchend an. Die warf den Kopf in den Nacken und entschwand in ihre Gemächer.

»Warte einen Moment«, bat Lysbeth leise, huschte nach oben und kehrte im Nu zurück mit ein paar Talern für den Jungen. Sein Gesicht leuchtete auf, und sie begriff, dass sie zu viel gegeben hatte. Aber wenigstens verschwand er, und sie konnte hochgehen, um die Nachricht in Ruhe zu lesen.

Schwester Lysbeth,
komm morgen Mittag in die Volksdorfer Straße nach Barmbek. Da zeigt man uns Dein Fahrrad. Aber ich glaube, da ist noch etwas anderes interessant für Dich.
Dein Bruder Dritter.

Sie holte tief Luft. Ohne genau zu wissen, warum, verbarg sie den Brief in der Schatulle, in der sie all die Dinge aufbewahrte, die niemand sehen musste. Zu der Zeit, als sie sich wirklich verliebt gefühlt hatte und sich ihm mit all ihrer Seele und ihrem Wesen anvertrauen wollte, hatte sie den Inhalt einmal vor Maximilians Augen ausgekippt – getrocknete Kräuter von Tante Lysbeth, Ohrstecker mit roten Glasperlen, die Stella ihr geschenkt hatte, eine Kette mit einem Kleeblatt von Fritz, Steine und kleine geschnitzte Holztiere vom Hof ihres Großvaters und einen Zahn von Angelina. Er würde dort nicht wieder hineinschauen, das wusste sie, denn er hatte auch damals nur ein mitleidiges Lächeln für ihre Schätze übriggehabt.

Als ihre Schwiegermutter beim Abendessen mit schmalem Lächeln fragte: »Na, was hast du denn für eine hochbedeutsame Nachricht erhalten?«, und aller Blicke zu Lysbeth schnellten, sagte diese mit zartem Lächeln die wohlüberlegte Antwort: »Ach ja, eine Nachricht von meiner Schwester. Ich soll morgen Mittag zu ihr kommen. Sie ist vielleicht in anderen Umständen. Man weiß nichts Genaues, aber so ist es nun einmal!« Maximilian, der ihr gegenübersaß, lächelte sie siegesgewiss an, ihr Schwiegervater hob das Weinglas, um auf »alle Frauen« zu trinken, ihre Schwiegermutter runzelte misstrauisch die Stirn.

Lange kannst du diese Komödie nicht mehr fortführen, sagte Lysbeth zu sich. Aber noch hatte sie keine bessere Idee. Und in ihr lauerte auch die tiefe Gewissheit, dass schon alles seinen rechten Gang gehen würde.

Am nächsten Tag regnete es Bindfäden. Lysbeth beschloss, mit der Hochbahn nach Barmbek zu fahren. Den restlichen Weg legte sie zu Fuß zurück. Als sie bei der angegebenen Adresse ankam, war sie klitschnass. Dritter stand schon im Eingang eines dunklen Mietshauses, eine Zigarette im Mundwinkel. Er winkte sie zu sich. Wie immer war er picobello gekleidet, was in dieser Gegend deplatziert wirkte.

Lysbeth schüttelte sich, bevor sie in den Hauseingang trat. Dritter brachte sich mit einem Hüpfer vor den spritzenden Tropfen in Sicherheit. Er griff zu ihrem Ellbogen und wollte sie gerade in den Hinterhof führen, als er zu einer Statue erstarrte. Lysbeth öffnete den Mund, um ihn zu fragen, was los sei, da verschloss er ihr den Mund mit der Hand. Seine Augen wiesen funkelnd in eine Richtung, die in Lysbeths Rücken lag. Vorsichtig drehte sie sich um. Da sah sie gerade noch, wie ein Mann im Flur des gegenüberliegenden Hauses verschwand. Sie riss die Augen auf, wollte ihnen kaum glauben. Nein, das konnte nicht sein. Maximilian war im Kontor. Er war früh gegangen wie in der letzten Zeit jeden Morgen. Er aß in der Stadt und würde am Abend zurückkehren. Das Kontor lag in der Innenstadt. Es gab nicht den geringsten Grund, warum Maximilian hier sein sollte. Dritter zog sie durch ein großes Tor in den Hinterhof, wo es modrig nach Unrat und beißend nach Urin stank. Als er Lysbeths Ekel bemerkte, sagte er zynisch: »Du willst hier ja nicht deinen adligen Schwengel in ein ungewaschenes Mädchen stecken wie dein Herr Gatte, du willst nur ein Fahrrad kaufen. Und die Leute haben es sogar für dich noch einmal geputzt.«

»Schluss jetzt! Was soll das?«, schrie Lysbeth empört auf.

Dritter ging mit großen Schritten aufs Hinterhaus zu, trat in einen dunklen Flur und erklomm die Stiegen. Lysbeth blieb gar nichts übrig, als ihm zu folgen. Es war schummrig im Treppenhaus, ihre Augen gewöhnten sich erst langsam daran. Auf den Wänden zeichnete Schimmel weiche Muster.

Sie standen vor einer dunkelbraunen Holztür, die sich sofort öffnete, nachdem Dritter gerufen hatte: »Ich bin's.« Offenbar war er so gut bekannt mit den Leuten, dass er nicht einmal seinen Namen sagen musste. Ein Mann in Dritters Alter reichte Lysbeth freundlich seine Hand, die er vorher noch einmal schnell an seiner blauen Arbeitshose abwischte. »Lasst uns gleich runtergehen«, sagte er zu Dritter. »Das Fahrrad steht im Hof.«

Wieder tastete sich Lysbeth mit den Augen hinter den Männern von Stiege zu Stiege. Sie beglückwünschte sich, dass sie ihre Wanderschuhe angezogen hatte. So fand sie leichter Halt auf den durchgetretenen Holztreppen. Angestrengt hielt sie sich am Geländer fest, zugleich auf der Hut, sich keinen Splitter in die Hand zu jagen.

Das Fahrrad war dunkelrot lackiert. Es kam Lysbeth sehr groß und sehr schwer vor. »Steig doch einfach mal auf und dreh ein paar Runden«, schlug Dritter vor. Die beiden Männer hielten das Rad am Lenker und am Gepäckträger fest. Lysbeth stellte einen Fuß auf ein Pedal. Sie schob den Hintern auf den breiten Sattel und zog den anderen Fuß vorsichtig auf das zweite Pedal. Das Ding wackelte furchterregend, obwohl beide Männer sich alle Mühe gaben, so fest wie möglich zu halten.

»So, und nun los«, sagte Dritter forsch. Gerade wollte er ihr einen Schubs geben, als Fiete, wie Dritter ihn genannt hatte, Einhalt gebot. »Vorsicht«, sagte er. »Ihr Rock hängt runter. Wenn der in die Speichen kommt, fällt sie hin.« Er schob Lysbeths Rock hoch und steckte ihn ihr unter dem Hintern fest. Eine große männliche Hand an ihrem Oberschenkel. Lysbeth errötete. Er schien gar nicht zu bemerken, dass es sich nicht schickte, eine fremde Frau auf diese Weise zu berühren. »So«, sagte er zufrieden. »Jetzt können wir's versuchen. Aber, Fräulein, besser ist, Sie ziehen eine Hose an, wenn Sie Rad fahren.«

Eine Hose? Lysbeth stockte der Atem. Die von Schnells würden einen Nervenzusammenbruch erleiden, wenn sie Lysbeth in einer Hose beim Radeln erblickten. Das war ganz und gar unmöglich!

»Los, Schwesterchen«, sagte Dritter und schob sie von hinten an. »Und jetzt treten … und lenken …«

Das Ding kam Lysbeth ebenso gefährlich vor wie damals das hohe Ross, als ihr Vater ihr unbedingt das Reiten beibringen wollte. Sie wackelte furchterregend. Der Boden war sehr nass, das Wasser spritzte auf, wenn sie durch die Pfützen fuhr. Die Männer kümmerten sich nicht darum, auch Dritter nicht in seinem geschniegelten Anzug. Sie liefen neben ihr her und gaben lautstark Anweisungen. In den Fenstern zeigten sich neugierige Gesichter. Lysbeth vernahm nicht das Lachen, nicht die anfeuernden Rufe, in ihren Ohren rauschte es, und sie war vollkommen darauf konzentriert, nicht hinzufallen. Der Hof war so eng, dass sie nur sehr kleine Runden fahren konnte. Immer wieder hielt sie an und setzte einen Fuß ab, nachdem sie festgestellt hatte, dass sie leichter wieder loskam, wenn sie nicht gleich beide Füße auf den Boden stellte.

Nachdem sie zehn oder mehr Runden sehr unsicher bewältigt hatte, gelang ihr eine Runde, in der sie nicht wackelte. Jetzt hörte sie Beifall aus den Fenstern. Sie blickte hoch und wäre beinahe auf dem Boden gelandet, wenn Fiete nicht im letzten Augenblick hinzugesprungen wäre.

»Das war schon mal sehr gut für den Anfang«, sagte er zufrieden. »Also, was ist?«

»Ich kaufe es«, entschied Lysbeth. Es schien ihr, als könnten sie und das Fahrrad Freunde werden, die sich gegenseitig respektierten.

Dritter sagte zu Fiete, er solle gleich mitkommen und sich im Austausch die Ware abholen. Welche Ware?, fragte Lysbeth sich, die gedacht hatte, sie würde mit Geld bezahlen. Doch sie hütete sich, die Frage laut zu stellen, weil sie wusste, dass Dritter Geschäfte auf seine ganz eigene Weise regelte.

Zu dritt verließen sie den Hof, und erst da fiel Lysbeth auf, dass es aufgehört hatte zu regnen. Der Himmel hing nach wie vor voll dicker grauer Wolken.

»Ach, sag mal, Fiete«, bemerkte Dritter nebenbei, als sie auf der Straße standen. »Wer wohnt da eigentlich gegenüber im Haus?«

»Da drüben?« Fiete wies zu dem Haus, in dessen Eingang ein Mann verschwunden war, dessen Rücken verdächtig Maximilians geähnelt hatte.

Dritter nickte.

»Dor dröben …« Fiete schüttelte bedächtig seinen Kopf, als wolle er zu verstehen geben, dass er sehr, sehr gut verstünde, wieso Dritter sich für die Einwohner des Hauses gegenüber interessierte. Er kratzte sich unter seiner Schiebermütze. »Tjo, …« In diesem Augenblick trat Maximilian von Schnell aus der Haustür. Instinktiv stellte Lysbeth sich hinter Fiete, der größer war als ihr Bruder und auch breiter und ihr so eine gute Deckung bot. Dritter drehte sich in Sekundenschnelle um, wirkte dabei vollkommen gelassen und ruhig. Nur Fiete rührte sich nicht.

Maximilian schob seinen Hut in die Stirn und entfernte sich mit eiligen Schritten. »Ach, dei …«, sagte Fiete abfällig und glitt unwillkürlich in breites Hamburger Platt. »Feinen Pinkel. Dacht woll, unsereins is bescheuert in Kopp. Stellt sin Wogen dorhinnen af. Dacht woll, wi könnt hem nich seein. Ober unsre Frunslüt könnt eins und eins tosom telln. Unt wi ouk …«

Hinter Fietes breitem Rücken lugte Lysbeth hinter Maximilian her. In fünfhundert Metern Entfernung parkte sein Auto. Er stieg ein und war im Nu mit aufbrausendem Motor verschwunden.

»Ja, solche Leute denken leicht mal, unsereins wär blöd«, nuschelte Dritter und bot Fiete eine Zigarette an. Während sie von der Volksdorfer Straße zum Bahnhof gingen, wobei Dritter das Fahrrad schob, erzählte Fiete die ganze unglückliche Liebesgeschichte zwischen dem feinen Herrn und Wiebke, die gegenüber mit einer Freundin wohnte.

»Dat is 'ne nette Deern, de Wiebke, de arbeit in Slachthus. Is nich grod de feinste Arbeit. Und dann de Pinkel. Seit dreei Johrn geit dat nu schon. De Wiebke weeint sick denn bi unsre Frun de Ougen ut. Hei is vernarrt in sei und so spendabel und höflich, seggt sei. Ober klor, dat hei se nich sin Ollern vorstelln kann. Doran is gor nich to denkn, seggt Wiebke, so wie sei no Tierkadaver stinkt un överhaf. Sin Modder schall sone ganz

Fine sin, se het de Näs no boben. Nu jo, und so mokt de Wiebke dat eben noch mit, so lang dat geit, seggt sei. Nu het sei ober ouk noch 'n dicken Buk bi de ganze Sok kregen.« Lysbeth zuckte zusammen, als wäre sie von einer Wespe gestochen worden. »Ist er verheiratet?«, fragte sie, wie jemand eben fragt, der sich für eine unglückliche Liebesgeschichte interessiert. »Tjo!«, antwortete Fiete mit Inbrunst. »Wohl sone fiene Fru. Het woll ouk grod son dicken Buk kregen. Dat het Wiebke min Seute, die jo partout nich mehr er feut sehn kann, vertellt.« Er schlug Dritter auf die Schulter. »Luder dicke Buks in Hamboch. Wenn wi schon nicht de Revolutschon schaffn, wölt wi wenigstens 'n por mehr wardn, wat? Un wann bis du so wiet?« Dritter lachte und schlug auf Fietes Schulter zurück. »Um die Wahrheit zu sagen, ich war schon so weit, kostet mich monatlich einen Batzen. Ist mir aber lieber, als nachts Babyfläschchen heiß zu machen.« »Nu jo«, sagte Fiete bedächtig, »Dat mit de Buddels ward mine Kathinka wol selbst hinkregn. Aber wie sei mi dat Bett warmt, will ik nich missen, Kamerad.« Dritter und Lysbeth gingen schweigend neben ihm her. »Ist jo oak glieks«, sagte Fiete plötzlich etwas verlegen. »Leben und leben lassen, sech ick jümmer!«

Als Fiete die Feldstraße wieder verlassen hatte, einen dicken Sack mit Lebensmittelkonserven auf dem Rücken, ließ Lysbeth sich auf einen Bürostuhl fallen und atmete mit einem tiefen Seufzer aus. »Was ist los?«, fragte Eckhardt, der die ganze Zeit über mit seinen Papieren beschäftigt gewesen war. »Gefällt dir das Fahrradfahren in Wirklichkeit gar nicht? Hat er dir das aufgeschwatzt?« Er wies mit dem Kinn zu seinem Bruder. Dritter zündete sich eine Zigarette an und schenkte Lysbeth und sich selbst ein Glas bis oben hin mit Cognac voll. »Das haben wir zwei uns verdient.« Er hob sein Glas. »Prost, min Deern. Was ich sonst dazu sagen soll, weiß ich nicht.«

Eckhardt schob seine Papiere von sich. »Klärt mich auf. Was ist los?«

Dritter zog fragend die Augenbrauen in die Höhe. Lysbeth nickte. »Erzähl es ihm.« Sie wunderte sich über sich selbst. Sie war sehr ruhig, fast erleichtert. Endlich hatte sich alles aufgelöst. Endlich hatte sich erwiesen, dass ihre Intuition nach wie vor sauber arbeitete. Endlich war sie aus dem verrückten Gedankenkarussell entlassen. Das alles vermittelte ihr ein Gefühl, als würde sich das Loch in ihr schließen, aus dem all die Zeit Kraft und Sicherheit gesickert waren. Und als ströme ein riesiger Schwall Stärke in sie zurück.

Während Dritter ihrem Bruder erzählte, was sie gesehen und von Fiete gehört hatten, erfuhr Lysbeth auch, dass Dritter schon bei seinem Besuch zwei Tage zuvor beobachtet hatte, wie Maximilian in dem Haus verschwand. Und dass er deshalb dem Boten unbedingt eingeschärft hatte, die Postille auf gar keinen Fall jemand anderem als Lysbeth zu geben. »Gefährlich«, entfuhr es Lysbeth. »Wenn Maximilian zu Hause gewesen wäre, hätte er dem Boten den Schrieb abgenommen, er hätte kein Pardon gekannt, schließlich ist er der Herr im Haus!«

»Schwesterchen«, grinste Dritter, »um die Zeit, wo ich dir den Kleinen geschickt habe, ist dein Gatte Herr in einem anderen Haus.«

In diesem Augenblick fuhr ein scharfer Schmerz durch Lysbeths Bauch. Herr in einem anderen Haus. Ja. Und dort war es ihm auch gelungen, ein Kind zu zeugen. Also musste die Kinderlosigkeit an ihr liegen.

Eckhardt hatte währenddessen einen kleinen Stapel Papierknäuel vor sich errichtet. Nun sagte er, den Blick auf die Knäuel gesenkt, »Es gibt zwei Fragen: Erstens: Willst du dich scheiden lassen? Zweitens: Willst du das Kind zu dir nehmen? Drittens: Bist du wirklich schwanger? Maximilian verbreitet dieses Gerücht nämlich stolz wie Oskar. Er wird bald Vater, sagt er überall. Jonny ist schon ganz neidisch. Aber vielleicht meint er auch den Bastard?«

»Sag nicht Bastard«, fuhr Lysbeth ihren Bruder an. »Das will ich nicht hören. Das Kind kann nichts dafür.«

»Aber die Fragen musst du beantworten«, pflichtete Dritter Eckardt bei.

Ja, das leuchtete ihr ein. An die Möglichkeit, das Kind zu sich zu nehmen und großzuziehen, hatte sie bisher überhaupt nicht gedacht. Da müsste doch auch diese Wiebke zustimmen. Und nach allem, was Lysbeth über die Frau gehört hatte, schien sie ihr nicht wie eine Mutter, die ihr Kind fortgeben würde. Außerdem würde Maximilian ja auch Alimente zahlen müssen, hohe dazu, damit Wiebke nicht auf die Idee käme, gegen ihn vor Gericht zu ziehen. Nein, die Möglichkeit, auf diese Weise Mutter zu werden, schien ihr absurd. Allerdings hatte sie auch eine gewisse Verführungskraft. Denn wenn sie wirklich keine Kinder bekommen konnte, würde sie so wenigstens ein Kind großziehen können. Und man hörte immer wieder davon, dass Mütter sogar aus Liebe zu ihren Kindern erlaubten, dass diese in herrschaftlichen Häusern adoptiert würden, während sie als Dienstmädchen oder Köchin in der Nähe des Kindes bleiben durften. So etwas zu arrangieren, wäre in diesem Fall nicht einmal schwer. Lysbeth müsste nur in den Monaten, wenn ihr Bauch eigentlich dicker werden sollte, aufs Land verschwinden, zum Beispiel zur Tante, und dann ein paar Monate später mit einem Baby nach Hause kommen. In der Folge würde sie die eheliche Gemeinschaft mit Maximilian beenden, er würde in seinem eigenen Haus oder aber in Wiebkes Wohnung mit dieser eine illegitime Ehe führen, und Max und Lysbeth würden als Vater und Mutter eines Kindes leben.

All das taten unzählige Paare, es wäre nicht außergewöhnlich. Und wenn sie es recht bedachte, würde Wiebke bestimmt einwilligen. Eine Arbeit im Schlachthaus war bestimmt schrecklich. Ein Kind, das von einer Mutter großgezogen wurde, die täglich zehn Stunden arbeitete, konnte nicht glücklich sein. Dem Kind wie der Mutter wäre also mit dem Arrangement gedient.

»Wenn du eine Scheidung willst, bringt das Geld«, sagte Eckhardt nachdenklich. »Viel, viel Geld. Du hättest für dein Leben ausgesorgt.«

»Für mein Leben?«, fragte Lysbeth verblüfft.

»Ja, natürlich«, antwortete Dritter schnell. »Du wärst ja ruiniert. Eine betrogene geschiedene Frau.« Er dachte nach, kniff das rechte Auge zusammen, wie er es tat, wenn er nach einer besonders raffinierten Lösung suchte. »Außerdem hättest du über dem Schreck der Entdeckung dein Kind verloren. Eine Fehlgeburt. Du musstest sofort zu der Tante nach Laubegast gebracht werden. Hoher Blutverlust. Nervenzusammenbruch. Wir hätten dich in einer dramatischen Hauruckaktion zu ihr gebracht, nachdem der Arzt gesagt hätte, da sei nichts mehr zu retten.«

»Welcher Arzt?«, fragte Eckhardt schnell.

»Irgendein Arzt in Barmbek«, antwortete Dritter nachlässig.

»Also«, spann Eckhardt den Gedanken weiter. »Liebe verloren, Treue verloren, Existenzsicherung verloren, Kind verloren.« Er nickte bedächtig mit dem Kopf. »Das kostet, Leutchen, das kostet.«

Durch Lysbeths Kopf schossen Gedankenfetzen: Ja, er soll zahlen für das, was er mir angetan hat. Dann kann ich endlich studieren. Aber das ist eine Lüge. Ja: Lüge gegen Lüge. Betrug gegen Betrug.

Was sie beruhigte, war die unermessliche Verschwendung, die sie im Haus der von Schnells erlebt hatte. Und den Geiz. Verschwendung, was Essen und Trinken und Repräsentieren betraf. Geiz, was alles betraf, das Lysbeth wichtig war: Theater, Literatur, Bildung.

»Ich muss es mir überlegen«, sagte sie. Ihre Zunge klebte an ihrem Gaumen, so trocken war ihr Mund. Sie kippte den Cognac hinunter. »Darf das Fahrrad hier erst mal stehen bleiben?«, fragte sie die Brüder, die sofort zustimmten.

»Lass dir nicht zu lange Zeit mit deiner Entscheidung«, sagte Eckhardt. »Wenn man sich zu lange Zeit lässt, können zu viele Dinge passieren, mit denen man nicht gerechnet hat.«

»Was könnte denn jetzt noch passieren?«, fragte Dritter spöttisch.

»Ganz einfach«, dozierte Eckhardt. »Wiebke findet einen Mann, der sie auch mit dickem Bauch nimmt, heiratet ihn und gibt Max den Laufpass. Kein Mensch wird bereit sein, vor Gericht auszusagen, dass das Kind nicht von dem Neuen ist.«

Lysbeth wurde kalt vor Angst. Dann wäre sie auf ewig in eine kinderlose Ehe mit Maximilian von Schnell gesperrt, in der er allabendlich entweder onanierte oder sein Recht verlangte. Dann würde sie nie wieder frei sein.

Beinahe hätte sie gesagt, dass sie sich schon entschieden habe, aber sie hielt sich zurück. Ein Kind von Geburt an aufzuziehen war etwas, das sie sich seit der Geburt von Angelina wünschte.

Als sie an diesem Abend im Bett lag, zwang sie sich, nicht die Decke über die Ohren zu ziehen, sondern Maximilians Geräusche und Bewegungen genau zu studieren. Es ekelte sie. Ihr Mann war ihr aus tiefster Seele widerwärtig. Sie fragte sich, wieso sie ihn hatte heiraten können. Ich mag ihn ja nicht mal als Mensch, dachte sie. Das waren doch nur grobe Oberflächlichkeiten, die mir gefielen: tanzen, küssen, ausgehen, reden und zuhören. Lachen. Das reicht doch nicht, um allnächtlich neben einem Mann einzuschlafen und seine Frau zu sein. Ein Mensch, der einem armen Fabrikmädchen ein Kind andreht und dann abends noch immer den Trieb selbst befriedigen muss. Der lügt und betrügt. Das ist ein Mensch, den ich nicht mag. Und dann dachte sie voller Bitterkeit: Ein Mann, der mich so verändern kann, dass auch ich bereit bin zu lügen und zu betrügen, ist ein ganz unsympathischer Mensch.

Nach seinem obligatorischen Schnaufer schlief Maximilian ein.

Lysbeth lag noch lange wach. Ihre Gedanken drehten sich im Kreis. Es dämmerte bereits, als sie endlich in einen leichten Schlaf fiel. Am nächsten Morgen gab sie Maximilian einen Abschiedskuss, bei dem sie ihm in die Augen schaute und vergeblich die Lüge darin suchte. Ihr Blick war wohl sehr forschend gewesen, denn Maximilian lächelte verlegen und fragte: »Ist was?«

»Ich glaube nicht«, lächelte nun Lysbeth. Aber es war kein verlegenes Lächeln, sondern ein trauriges, mit dem sie Abschied nahm. Sie würde ihn nie wiedersehen.

Als er fort war, packte sie alle Sachen, die ihr etwas bedeuteten: Das gynäkologische Buch. Einige Kleider und Schuhe. Ihr Hochzeitskleid ließ sie dort. Ebenso die Pullover, die aus der Fabrik der von Schnells stammten. Einen einzigen nahm sie mit. Auf der Brust tanzte ein Kreis von Hirschen. Sie hatte ihn immer schon besonders originell gefunden.

Sie verließ das Haus, ohne sich von ihrer Schwiegermutter zu verabschieden. Sie ließ die Betten ungemacht, die Zimmer unaufgeräumt. Die Schränke standen offen. Sie ging zum Hallerplatz, wo die Droschken standen. Von dort ließ sie sich zur Feldstraße fahren.

Ihre Brüder blickten ihr erwartungsvoll entgegen. An diesem Donnerstagmorgen war auch ihr Vater da. Kaum dass sie das Büro betreten hatte, eilte er auf sie zu und schloss sie in seine Arme.

»Meine Kleine«, sagte er gerührt, »wenn deine Brüder mich nicht zurückgehalten hätten, wäre ich gestern noch in die Feldbrunnenstraße gestürmt und hätte den Dreckskerl mit eigenen Händen erwürgt. Aber sie haben mich nicht gelassen.« Er hielt Lysbeth an ihren Schultern fest und schaute ihr prüfend ins Gesicht. »Du siehst blass aus. Du bist so zart. Wir werden ihn anders fertigmachen, nicht mit den Fäusten. Obwohl – das bleibt mir ja unbenommen …«

Lysbeth musste lachen. Sie entwand sich dem Griff des Vaters, ließ sich auf einen Stuhl plumpsen und sagte: »Gebt mir ein Glas Cognac, ein großes, bitte, ich habe mich soeben von meinem Mann getrennt.«

Nach kurzem amüsiertem Auflachen begab Dritter sich zum Aktenschrank, wo Gläser und die Cognacflasche standen. Er schenkte jedem etwas ein, auch Lysbeth. Feierlich hob er sein Glas: »Auf das rühmliche Ende einer unrühmlichen Ehe!« Eckhardt erhob sich ebenfalls. Die Männer salutierten und knallten die Hacken militärisch zusammen.

Lysbeth lachte und weinte gleichzeitig, während sie ihr Glas in einem Zug leerte. Der Alkohol rann scharf durch ihre Kehle, die sich kalt und eng anfühlte, in Nu aber warm und weit wurde.

Hart setzte sie das Glas auf den Tisch. »Das war's«, sagte sie rau. »Der Rest ist eure Sache.«

Die Männer zogen Stühle heran und setzten sich um Lysbeth herum. Eckhardt nahm einen Bogen Papier und einen Stift. »Gut, fangen wir an. Was sollen wir tun?«

»Ein Ende und ein Anfang«, murmelte Alexander. Lysbeth schaute ihn an, Tränen in den Augen. Ihr Vater hatte sich verändert, seit sie in Hamburg waren. Er wirkte kleiner, als sei er geschrumpft. Auch sein Gesicht war kleiner geworden. Falten hatten sich um den Mund gegraben. Er hatte alle Haare verloren. Sein Mund, der früher energisch gewirkt hatte, war ebenso sensibel geworden wie die Augen. Er war ein feiner alter Herr geworden, dessen Gesicht manchmal, wenn er einen Witz machte, in einer Sekunde zu dem eines fröhlichen Lausbuben wurde. Auch in seinem Leben hat es viele Tragödien gegeben, dachte Lysbeth, aber es hat ihm nicht geschadet. Auch mir wird das jetzt nicht schaden. Ich werde es überleben. Und danach beginnt ein neues Leben.

Dritter sog an seiner Zigarette und blies Kringel in die Luft. »Ich denke, wir werden den Herrn heute Mittag einmal bei seinem Stelldichein überraschen«, sagte er nachdenklich. »Die Leute da schließen die Türen nicht ab. Im Zweifelsfall nehmen wir einen Dietrich mit. Nein, besser noch, wir bitten Freddy um Hilfe, dann haben wir gleich einen Anwalt dabei und dazu noch einen Zeugen.«

Freddy war Rechtsanwalt, ein junger Kerl aus gutem Hause, den Dritter von der Privatschule in Dresden kannte und zufällig in Hamburg wieder getroffen hatte.

»Nein«, widersprach Alexander, »wir machen es so: Ihr geht oben rein, und ich warte fünf Minuten und komm dann mit Josef Oppermann hinterher. Doktor Oppermann wirkt vor Gericht seriöser als euer Freddy.«

»Einverstanden«, sagte Dritter leichthin. »Du hast recht. Es handelt sich bei dieser Ehescheidung um eine sehr seriöse Angelegenheit. Da ist der angesehenste Hamburger Rechtsanwalt genau der Richtige.«

Sie kannten Doktor Oppermann von den Gaerbers. Er hatte für Lydia und Cynthia alle Nachlassprobleme so geregelt, dass sie in dem

Haus an der Elbchaussee wohnen bleiben konnten. Käthe hatte Doktor Oppermann zu Rate gezogen, als sie das Haus gekauft hatte, und sie betrachtete ihn ein wenig als Ersatz für den Notar Dr. Södersen, den Freund ihrer Eltern, der in Dresden zu ihrem Leben dazugehört hatte und der vor zwei Jahren gestorben war, was Käthe erst viel später erfahren hatte, sodass sie nicht zu seiner Beerdigung gegangen war. Was sie sich furchtbar verübelte.

Lysbeth erhob sich. »Ich will jetzt los. Ich fahre zur Tante nach Laubegast. Bitte sagt niemandem, wo ich bin. Ich will erst wieder zurückkommen, wenn alles vorbei ist.«

Die drei Männer wandten ihr bestürzt die Gesichter zu. »Das geht nicht«, murmelte Eckhardt, »du bist doch das Opfer.«

»Ja«, sagte Dritter, der seit Eckhardts Kriegsverletzung schneller begriff als der Bruder. »Sie ist das Opfer, und deshalb verschwindet sie. Umso besser. Nervenzusammenbruch. Fehlgeburt.«

»Nein, keine Fehlgeburt«, sagte Lysbeth, während sie sich die Handschuhe überzog.

»Nicht?«, fragte Eckhardt gedehnt.

»Was ist das denn nun schon wieder?«, fragte Alexander alarmiert. »Fehlgeburt?«

»Blödsinn«, antwortete Lysbeth und legte ihrem Vater beruhigend die behandschuhte Hand auf den Arm. »Meine Brüder wollen so viel Geld wie möglich rausschlagen, aber ich will dafür nicht zur Lügnerin werden. Ich bitte euch, das Thema einfach nicht zu erwähnen. Wenn ihr gefragt werdet, sagt ihr, ihr wisst von nichts. So bleibt alles offen. Sollte ich vor Gericht gefragt werden, werde ich sagen, dass es sich um eine Art Scheinschwangerschaft gehandelt hat. Punktum.«

»Na gut«, maulte Eckhardt, »alles wie Gnädige wünschen.«

»Wir halten dich auf dem Laufenden«, sagte Dritter, während er sie zur Tür brachte. »Wie kommst du zur Bahn?«

»Keine Sorge«, antwortete Lysbeth, »ich bin gut zu Fuß.«

Sie umarmte den Vater und die Brüder, und dann schlug die Tür hinter ihr zu.

Als sie draußen stand, holte sie tief Luft.

Nun begann ein neuer Lebensabschnitt.

13

Ein Vierteljahr später – im September 1924 – lag Lysbeth auf ihrem Bett in der Kippingstraße und starrte hoch zu den Engeln. Tränen liefen ihr die Wangen hinunter. Sie war entsetzlich traurig. Der Abschied von Angela und der Tante war ihr furchtbar schwergefallen. Sie hatte sich in Laubegast zu Hause gefühlt. Und sie hatte mit der Tante und mit Angela so viel gelacht, wie sie meinte, noch nie in ihrem Leben gelacht zu haben. Angela hatte ihr beigebracht, auf dem Fahrrad sitzen zu bleiben, während sie in die Pedale trat, und von der Tante hatte sie Leibesübungen gelernt, die ihre Drüsen anregten, sodass sie endlich wieder Appetit bekam. Ihr schien, als würde ihre Seele ganz allmählich in ihren Körper zurückkehren. Stundenlang war sie durch den sommerlichen Wald gelaufen. Und sie hatte einen wundervollen Geburtstag mit allen gemeinsam auf dem Bauernhof der Adoptiveltern von Angela verlebt.

Bevor sie nach Hamburg zurückkehrte, war sie nach Kiel zu Germute von Müller gefahren und hatte Dritters Sohn, Klaus, bewundert, der nun schon drei Jahre alt war und vor Kraft und Lebensfreude nur so strotzte. Germute hieß nicht mehr von Müller. Sie hatte geheiratet und war wieder schwanger, eine strahlende Frau, die ihr Glück gefunden hatte. Sie hatte Lysbeth freundlich empfangen, zugleich aber sehr deutlich gemacht, dass sie nicht gern an die Familie Wolkenrath erinnert werden wollte.

Nun lag Lysbeth also in der Kippingstraße auf dem Bett in dem Zimmer mit dem Engelsstuck, das ihre Brüder für sie vorbereitet hatten. Dritter und Eckhardt waren nach oben gezogen in das kleine Zimmer, das vorher den Eltern als Schlafraum gedient hatte. Die Eltern schliefen nun im bisherigen Speisezimmer. Die große Schiebetür zum Wohnzimmer wurde geschlossen gehalten. Dritter und Eckhardt hatten beteuert, dass es ihnen nichts ausmachte, wieder wie die Soldaten zu wohnen. Schließlich seien sie Männer, und ihr Leben spielte sich vor allem in der Firma und draußen ab.

Das Zimmer neben Lysbeths, das vorher Eckhardt bewohnt hatte und das zu seinem Ärger ständig als Durchgangszimmer zum Garten benutzt worden war, hatten sie jetzt auch als Gartenzimmer eingerichtet. Da standen Schränke, in denen Dritter und Eckhardt ihre Kleidung untergebracht hatten, und ein kleiner runder Tisch mit zwei Stühlen, sodass man sich hierher zurückziehen konnte, wenn das Wohnzimmer oben belegt war und es draußen regnete.

Lysbeths Zimmer war zwar noch ziemlich leer, aber ihr Bett war mit einem kleinen Baldachin versehen, damit sie sich, wie ihre Brüder zu ihrer Rührung sagten, wie eine Prinzessin fühlen konnte.

Sie blickte hinaus in den Garten. Die beiden Rosensträucher waren übervoll mit dicken gelben und dunkelroten Blüten, die durchs Fenster zu ihr hineinschauten, als wollten sie sagen: »Siehst du wohl. Da sind wir.«

Lysbeth war eine reiche Frau. Die von Schnells hatten sich zu einer Geldzahlung bereit erklärt, die Lysbeth astronomisch hoch erschien und die sogar Dritter den Mut geraubt hatte weiterzuverhandeln. Nur Alexander, der spätestens seit der Inflation wusste, dass Geldbeträge in ihrem Wert sehr wechselhaft waren, hatte Einspruch eingelegt. Er hatte gefordert, dass Lysbeth zuerst eine einmalige Zahlung erhalten sollte, ein Schmerzensgeld, dann aber so lange, bis sie wieder heiraten würde, eine monatliche Pension erhalten sollte, die dem jeweiligen Gehalt des Prokuristen der Firma von Schnell angepasst wäre. Die von Schnells hatten sich zähneknirschend einverstanden erklärt. Ihre einzige Bedingung war, dass als Scheidungsgrund eheliche Zerrüttung angegeben würde. Maximilians Untreue und vor allem das in Kürze erwartete Kind sollten unerwähnt bleiben. Sie hatten große Angst vor einem Skandal, der die Seriosität ihrer Familie und Firma in Frage stellen könnte.

Lysbeth hatte die Intelligenz ihres Vaters bewundert. Sie erklärte sich mit allem einverstanden, und also zahlten die von Schnells auf das Bankkonto, das nun ganz allein Lysbeth gehörte und über das niemand außer ihr verfügen konnte, den Betrag, der Lysbeth ihre Situation als betrogene geschiedene Frau versüßen sollte.

Nun lag sie auf ihrem Bett und war todtraurig. Wieder einmal war einer ihrer Träume Realität geworden. Und wieder einmal schien es, als gäbe es keine freie Wahl im Leben. Wie entsetzlich!

Sie war aus tausend Gründen traurig. Der Abschied von der Tante und Angelina. Aber auch der Abschied von Maximilian. Sie hatten sich nicht noch einmal gesehen. Die von Schnells hatten ihn für ein paar Monate nach Schweden geschickt, wohl auch, um ihn von Wiebke zu entfernen, damit gar nicht die Gefahr bestand, dass irgendjemand ihn bei einem Stelldichein ertappte und das Verhältnis allgemein bekannt wurde. Lysbeth war sich nicht sicher, ob das, was sie für Maximilian empfunden hatte, Liebe gewesen war. Vielleicht hatte sie sich auch bei ihm wieder nur in ihren eigenen Gefühlen getäuscht, so wie sie es früher immer wieder getan hatte. Allerdings war Maximilian kein Arzt gewesen, auch kein hilfsbedürftiger Soldat, niemand, der sie dringlich brauchte und deshalb ihr Herz berührt hatte. Und doch war er ihr irgendwie nahegegangen. Sie hatte sich wohl mit ihm gefühlt. Aber das konnte nicht ausreichen, um sich mit einem Menschen fürs Leben zu verbinden. Es reichte auch nicht aus, um von Liebe zu sprechen. Wann aber konnte man von Liebe sprechen?

Sie hatte die Tante gefragt, und die hatte sich zuerst für nicht kompetent erklärt, über Liebe taugliche Auskünfte abzugeben, aber dann hatte sie doch Worte gefunden, die Lysbeth nachhaltig beschäftigten. »Ich glaube, um zu sagen: ›Ich liebe diesen Mann‹, sind mehrere Dinge Voraussetzung. Menschen, die einander lieben, fühlen sich vom anderen auf eine ganz besondere Weise angezogen. Sie wollen ihm nah sein. Und sie fühlen sich berührt. Als rühre dieser Mensch an Schichten in der eigenen Seele, in die andere Menschen nicht dringen können. Menschen, die sich lieben, verwandeln einander. Und diese Anziehung und Berührung bleibt auch über Geldnot, Kindergeschrei, Krankheit, über Streit und Enttäuschung und Alt- und Schrumpligwerden erhalten. Wenn Menschen sich wirklich lieben, gibt es zwischen ihnen eine ganz besondere Verbindung, die über Hochzeit und Ehebett hinausgeht. Man sieht das Menschen an. Manche Paare sagen: Wir gehören einfach zusammen. Das kannst du nicht erklären und nicht herstellen. Manchmal gehören Menschen zusammen und sind trotzdem schlecht zueinander, belügen, betrügen, verletzen sich. Dann bleiben sie aber in ihren Herzen verbunden. Manchmal ist es aber auch so, dass Menschen heiraten und Kinder kriegen und ihr Leben lang zusammenbleiben und treu sind und nett und freundlich miteinander, aber sie wirken nicht wirklich wandelnd aufeinander ein.« Die Tante hatte ihr rabenschwarzes Lachen von sich gegeben. »Das ist wahrscheinlich das Übliche. Ich glaube, die meisten Menschen heiraten viel zu jung, um überhaupt spüren zu können, ob ein Mensch sie tief berührt.« Sie lachte noch lauter, von tief aus dem Bauch kollerte es jetzt. »Die meisten Menschen berührt sowieso nichts besonders tief, wie sollten sie da lieben können. Sie arbeiten, essen, kriegen Kinder, streiten sich, schlafen und stehen morgens wieder auf. Die wandelt nichts und schon gar nicht die Liebe.«

Hat Maximilian mich berührt und gewandelt?, fragte Lysbeth sich, während sie auf ihrem Bett lag. Und bin ich überhaupt eine Frau, die spüren würde, ob sie einen Mann liebt?

Ja, es hatte sie verändert, Maximilian zu heiraten. Sie hatte gemerkt, dass dieses Frauenleben nichts für sie war. Sie war nicht dafür geschaffen, den Haushalt zu führen. Sie war auch nicht dafür geschaffen, die Bediensteten anzuhalten, den Haushalt zu führen. Sie war nicht dafür geschaffen, ihre ehelichen Pflichten zu erfüllen. Sie war wahrscheinlich nicht einmal dafür geschaffen, jede Nacht neben einem Mann zu schlafen. Sie wusste nicht, ob sie dafür geschaffen war, ein Kind zu bekommen und großzuziehen. Vielleicht würde sie dann die Liebe in sich entdecken. Obwohl, fiel ihr ein, sie die Liebe in sich bereits entdeckt hatte, als Angelina geboren wurde, ihr Engelchen.

Aber Angelina war nicht ihr Kind. Sie hatte sie nicht ausgetragen. Nicht geboren. Sie liebte dieses Mädchen dennoch, wie sie niemanden sonst liebte. Und jedes Mal, wenn sie den Hof verließ, war es, als risse sie sich wieder einen Fetzen Fleisch aus ihrem Herzen.

In ihr war eine tiefe Trauer und Resignation. Sie würde nun ihr Leben lang allein bleiben. Dass sie jemals eine Liebe finden würde, schien ihr völlig ausgeschlossen. Sie weinte nicht, aber die Trauer saß wie ein dicker Kloß in ihrer Brust zwischen Kehle und Brustbein. Sie empfand eine tiefe Einsamkeit. Rund um sie herum waren Menschen, die sie liebten, aber sie kam sich vor, als wäre sie von einem dicken schwarzen Kreis aus Einsamkeit umgeben, ein See, in dem sie zu ertrinken drohte.

Es dauerte tagelang. Sie mochte nicht sprechen. Sie mochte nicht essen. Sie mochte nicht rausgehen. Am liebsten wollte sie sich in ihrem Zimmer verkriechen. Sie blieb einfach im Bett.

Stella brachte ihr immer mal wieder einen Tee hinunter oder eine Suppe, weil Lysbeth nichts Festes zu sich nehmen konnte. Dann setzte Stella sich neben Lysbeths Bett und plapperte ein wenig drauflos. Die Worte rauschten wie ein Fluss an Lysbeths Ohren vorbei. Es war ihr angenehm, Stellas schöne, melodische Stimme zu hören. Was sie sagte, erreichte Lysbeth nicht, die völlig damit beschäftigt war, im dunklen See der Einsamkeit nicht zu ertrinken.

Alle Notwendigkeiten wie waschen und Haare kämmen und zur Toilette gehen erledigte sie nur mit äußerster Disziplin. Es fühlte sich an, als würde sie einen Menschen betrauern, der gestorben war. Sie empfand eine tiefere Liebe für Maximilian als jemals zuvor. Ja, es war ganz seltsam: Sie sehnte sich sogar nach seinen Berührungen, nach seiner körperlichen Nähe.

Es dauerte fast einen Monat, dass Lysbeth in dieser Schwärze ihrer Seele versank. Und dann, eines Morgens, erschien Stella mit einem Päckchen von der Tante neben Lysbeths Bett. Sie schwenkte es triumphierend und sagte: »Draußen ist Altweibersommer, jetzt kommen schon mal die ersten Altweibersonnenstrahlen zu dir.«

Mit müden Händen öffnete Lysbeth das Paket. Ein Brief von Angela fiel ihr entgegen. Und dann einige Tüten, von der Tante mit Tee gefüllt. Außerdem ein Fläschchen mit einem bitter riechenden Extrakt.

Daneben ein Zettel mit der kindlich krakeligen Schrift der Tante.

Mein liebes Kind!
Du bist jetzt einen Monat lang von uns fort. Ich vermisse Dich. Und ich denke, dass es Dir sehr wahrscheinlich schlecht geht. So ist es, wenn man eine Hoffnung zu Grabe trägt. Zur schnelleren Genesung – ein Monat pure Trauer ist genug – schicke ich Dir Tees. Ich habe sie nummeriert. Morgens Tee 1, mittags Tee 2, abends Tee 3. Und morgens und abends noch einen halben Teelöffel von dem Bitterextrakt. Es müsste Dir danach täglich besser gehen. Schreib wieder Deine Träume auf.

Deine Tante Lysbeth.

Lysbeth spürte den dumpfen, traurigen Druck auf der Brust, der bis zur Kehle höher stieg. Dort blieb er stecken. Es kamen keine Tränen. Stella, die mitgelesen hatte, sagte gerührt: »Die Tante ist einfach ein Schatz. Siehst du, jetzt geht es bergauf, Lissylein.«

Ihr Blick fiel auf den Brief, der mit einer schwungvollen, sich ausprobierenden runden Schrift an »Tante Lysbeth« adressiert war. »Von wem ist das denn?« fragte sie neugierig. Lysbeth steckte den Brief so unter ihre Bettdecke, dass Stella nicht danach greifen konnte. »Ach«, sagte sie leichthin, »der wird von einer kleinen Patientin sein, die ich bei der Tante betreut habe … Keuchhusten … sie …«

Kurz glomm Misstrauen in Stellas Augen auf, dann griff sie nach Tee

Nummer eins und verschwand Richtung Küche. »Du sollst jetzt ganz schnell gesund werden, Schwesterherz!«

Lysbeth ließ Angelas Brief unter dem Kopfkissen verschwinden. Den würde sie am Abend vor dem Einschlafen lesen. Darauf konnte sie sich den ganzen Tag freuen.

Wie die Tante vorhergesagt hatte, ging es Lysbeth von Tag zu Tag besser. Zuerst strömten plötzlich Sturzbäche von Tränen über ihre Wangen. Aber nach den Tränen stand Lysbeth aus dem Bett auf und frühstückte oben mit Stella und der Mutter. Dann machte sie kleine Spaziergänge bis zum Innocentiapark, und schließlich stieg sie auf ihr Fahrrad, das schon eine Weile vor dem Haus auf sie wartete, und fuhr bis zur Alster.

Sie nahm wieder ihr gynäkologisches Lehrbuch vor, blätterte darin herum, las hier und da und fand sich mehr und mehr mit den lateinischen Ausdrücken zurecht. Irgendwann stellte sie fest, dass der Druck auf ihrer Brust verschwunden war. Irgendwann merkte sie erstaunt, dass sie mit großem Vergnügen gegessen hatte. Irgendwann lachte sie lauthals über eine drollige Geschichte, die Stella ihr erzählte. Und irgendwann, es war so um April herum, die Krokusse kamen aus der Erde und die Osterglocken machten sich bereit, konnte sie an Maximilian und die ganze dumme Geschichte ihrer Ehe denken und eine große Erleichterung empfinden, dass sie so glimpflich davongekommen war. Sie war wieder frei!

Sie konnte ins Theater gehen. Sie konnte lesen, was und so viel sie wollte. Sie konnte sich eine Arbeit suchen, wenn ihr danach war. Sie konnte sogar … studieren?

Sie begann Erkundigungen einzuholen, was sie für ein Medizinstudium brauchte. Die Hürden schienen unüberwindbar. Und die Zeit, bis sie überhaupt mit dem Studium würde beginnen können, kam ihr endlos vor. Sie war jetzt einunddreißig Jahre alt. Wenn sie erst einmal Abitur machen würde und dann noch zur Universität gehen, wann würde sie dann fertig sein? Nein, es musste einen anderen Weg geben. Aber welchen?

So wie die Tante in Laubegast arbeitete, schien es Lysbeth in Hamburg unmöglich. Wo sollte sie Kräuter sammeln? Das Verarbeiten stellte kein Problem dar, ihre Küche war weitaus größer als die der Tante.

Aber wer sollte sie konsultieren, und war so etwas überhaupt gesetzlich erlaubt?

Lysbeth begann, ihre Spaziergänge in Richtung der Universität zu lenken.

Sie machte es sich zur Gewohnheit, nahe dem Dammtor in ein kleines Café zu gehen, wo sie nichts weiter tat, als den Studenten zuzuhören.

Auch Jonny Maukesch drängte auf einen Sohn. Stella wollte kein Kind. Aber das ließ sie sich nicht anmerken. Sie wollte nicht einmal an Kinderkriegen denken. Einen Hund, ja. Tiere, ja. Aber ein Kind? Nein, nicht jetzt. Sie hatte die Geburt ihrer Tochter in den letzten hinteren Raum ihrer Erinnerung verbannt. Dort lagen diffuse Bilder, unangenehme Gefühle, vor allem die Belästigung durch die ungestümen Bewegungen in ihrer Mitte, als wäre ihr Bauch ein Schlachtschiff auf hoher See. Die Haut an ihrem Bauch wie an ihren Hüften war damals gerissen. Sie war so schmal gewesen, damals mit vierzehn Jahren, und ihre kindliche Haut so fest. Die Striemen waren zwar inzwischen weiß geworden und Stellas Bauch war flach wie zuvor, aber wer genau hinschaute, konnte Spuren der Überdehnung sehen.

Nein, all das wollte sie nie wieder erleben. Nicht dieses Aufgedunsensein, nicht die Übelkeit, nicht den dicken Bauch, der gar nicht ihr zu gehören schien, nicht die Schmerzen der Geburt und ... auch nicht all das andere, das am besten vergessen blieb. Sobald sie sich gegen die Erinnerung nicht anstemmte, tauchte sofort ein Gefühl von Traurigkeit und Schmerz auf. Jonnys Bemühungen, einen Sohn zu zeugen, machten es für Stella sehr anstrengend, die Tür zur Geburt ihrer Tochter im Haus ihrer Erinnerung verschlossen zu halten.

Sie hatte nicht damit gerechnet, dass es so langweilig sein würde, verheiratet zu sein. Alles, was ihrem Leben bis dahin eine quirlige Lebendigkeit verliehen hatte, war verschwunden. Sie lernte keine Männer mehr kennen, denen sie den Kopf verdrehen konnte. Sie sang und spielte nicht mehr in irgendwelchen Lokalen. Und an eine Schauspielkarriere war überhaupt nicht zu denken. Für Jonny kamen Schauspielerinnen gleich hinter Nutten. Jeden Abend, manchmal auch mittags, kam er zum Essen nach Hause, und oft ging er anschließend wieder fort, um sich mit irgendwelchen Männern zu treffen, mit denen er, wie er es nannte, »die Geschicke Hamburgs« leitete. Er ging selbstverständlich davon aus, dass Stella ihn zu Hause erwartete. Abends ohne ihn auszugehen hatte er ihr ausdrücklich verboten, nachdem er einmal überraschend früher als angekündigt heimgekommen und Stella mit Dritter zum Tanzen gewesen war. Jonny hatte einen Wutanfall bekommen und seinen Schwager wie seine Frau »Manieren gelehrt«.

Seitdem langweilte Stella sich entsetzlich. Die Ödnis der Abende wurde wenigstens etwas versüßt, wenn Käthe und ihre beiden Töchter sich mit Gesellschaftsspielen die Zeit vertrieben. Am liebsten mochte Stella pokern. Das hatte sie mit Dritter und seinen Freunden gelernt und war oft als Siegerin hervorgegangen. Käthe und Lysbeth aber pokerten so erbärmlich schlecht, dass Stellas Siege ihr keine Befriedigung verschafften.

Manchmal gingen Jonny und Stella miteinander aus. Meistens zu irgendwelchen Geschäftsfreunden von Jonny. Auf größeren Feiern geschah es, das Stella sich ans Klavier setzte und sang. Es hatte sich bereits herumgesprochen, dass die junge Maukesch diese Begabung hatte und damit jeder langweiligen Feier ein wenig Pfiff geben konnte. Also wurde sie oft zu fortgeschrittener Stunde aufgefordert, sich ans Klavier zu setzen. Was sie gern tat. Dann war sie in ihrem Element, völlig eins mit sich, ihrem Körper, dem Instrument und auch mit den Menschen, die ihr zuhörten. Diesen Zustand konnte sie beim Klavierspielen zu Hause nicht erreichen. Dafür brauchte sie Publikum.

Im Januar 1925 gab es eine böse Debatte zwischen Stella und Jonny. Sie war mit Lysbeth und Lydia ins Hamburger Stadttheater gegangen, wo die Oper *Sancta Susanna* von Paul Hindemith aufgeführt wurde. Vor der Aufführung wurden die Zuschauer aufgefordert, das Stück nicht zu stören. Die drei Frauen blickten sich an und schüttelten verständnislos den Kopf. Dann aber begriffen sie, warum. Es ging um eine unkeusche Nonne, die, in sinnlicher Liebe zu Christus entbrannt, einem Kruzifix den Lendenschurz herunterreißt. Nach der Aufführung waren sich die drei Frauen einig, dass es sich um ein aufregendes modernes Stück gehandelt hatte. Und dass das arme Stadttheater mit der Aufforderung, nicht zu stören, zwar vor dem Publikum durchkommen konnte, nicht aber vor den einflussreichen Hamburger Bürgern. Und tatsächlich gab es eine erregte Bürgerschaftsdebatte. Abgeordnete der politischen Rechten forderten Maßnahmen des Senats gegen derartige »Attentate«

auf das christliche Empfinden der hamburgischen Bevölkerung. Das Stadttheater verteidigte die Kurzoper als echtes Kunstwerk moderner Musik, vergeblich. Achtzehn Organisationen protestierten gegen das »Unerhörteste, was an Verseuchung unserer Bildungsstätten je dagewesen ist«.

Stella und Lysbeth lachten gemeinsam mit Lydia über die Kleingeister. »Erinnert euch«, sagte Lydia, »wie sie sich im letzten Jahr über die Anschaffung des Gemäldes *Nana* von Edouard Manet empört haben. Dabei ist es ein so wundervolles Bild.« »Oh nein«, kicherte Stella. »Jonny hat gesagt: Es ist ein Anstoß erregendes Gemälde.« »Meine Güte«, erregte sich Lydia. »Anstoß erregend? Die Dame trägt ein Korsett und einen Unterrock.«

»Aber rechts im Bild ist der Kavalier mit Zylinder zu sehen«, spottete Stella mit moralisch erhobenem Zeigefinger. »Pfui! Pfui! Pfui!« Lysbeth lächelte. Bestimmt empörte sich auch die Familie von Schnell gegen die Anschaffung dieses Gemäldes und auch gegen die Aufführung der Kurzoper von Hindemith.

Stella verging allerdings das Lachen, als Jonny sie wegen ihres eigenmächtigen Besuchs des Theaters anschrie und drohte, ihr den Hintern zu versohlen, wenn sie ihn noch einmal so kompromittieren würde.

Sie fühlte sich zunehmend wie in ein Gefängnis gesperrt. Es kam ihr vor, als wäre sie in einem falschen Leben gelandet, aus dem sie jetzt nicht wieder herauskam. Und dabei war es draußen so verlockend. Hamburg befand sich gerade in einem Tanzrausch. Rund um Stella herum verabschiedeten sich die Sitten komplett von der Prüderie der Vorkriegszeit. Aber Jonny, ebenso wie seine Freunde, entrüstete sich über die ausbrechende »Sittenlosigkeit«. Verbotene Spielclubs schossen wie Pilze aus dem Boden, und Tanzfieber erfasste alle Alters- und Gesellschaftsschichten. Lydia schlug Käthe und Alexander vor, gemeinsam eine Tanzschule zu besuchen. Viele Menschen ihres Alters lernten die Schrittfolgen der neuen Tänze und sogar das Steppen. Es galt neuerdings als völlig schicklich, zum Tanzen auszugehen. Man traf sich in der Tanzdiele des Hotels *Esplanade* und im exklusiven *Trocadero* an den Großen Bleichen.

In den mehr oder weniger angesehenen Tanzlokalen und Vergnügungsstätten in der Neustadt und auf St. Pauli tanzte man Tango und Shimmy, seit kurzem auch Charleston. Im *Alsterpavillon* wurde Jazz gespielt. Abend für Abend herrschte Hochbetrieb im renommierten *Trichter* an der Reeperbahn auf St. Pauli, im *Schieber*, in der *Fledermaus*, im *Faun* in der *Bieber-Diele*, im Kaffeehaus *Vaterland* und vielen anderen namhaften Tanzlokalen.

Jährlicher Höhepunkt für die Tanzbegeisterten waren die vom Verein Hamburger Künstlerhilfe veranstalteten Künstlerfeste. Seit sie in Hamburg lebten, hatte Stella an diesen Feiern im Curio-Haus teilgenommen. Sie erinnerte sich noch mit Begeisterung an das Motto von 1921, »Die Götzenpauke«. 1923 war es »Der himmlische Kreisel« gewesen, wo mit Weltraumkostümen gefeiert worden war. Jedes Mal wurde eine Revue gezeigt, bei der bekannte hamburgische Künstler auftraten. So tanzten bei der »Götzenpauke« Jutta von Collande sowie die Schwestern Gertrud und Ursula Falke, die in der Rothenbaumchaussee die erste Schule für modernen künstlerischen Tanz eröffnet hatten.

Von Berlin schwappte eine Revue-Welle nach Hamburg, für die Stella wie geboren war. Sie konnte schauspielern, tanzen, singen. Bekannte Vergnügungs-Etablissements wie der *Trichter* zeigten regelmäßig Revuen. Auch die Theaterhäuser stiegen teilweise auf diese Kassenschlager um. Dort hätte Stella ihre Talente zeigen können.

Sie war auch beigeistert von den neuen Tänzen. Hamburg entwickelte sich zu einem Zentrum des Ausdruckstanzes, auch als »freier Tanz« oder »moderner Tanz« bezeichnet. Modern vor allem deshalb, weil er natürliche Bewegungen und den Ausdruck ursprünglicher Kraft anstrebte und damit gegen die erstarrte Ästhetik des Balletts und gegen alle bürgerlichen Konventionen revoltierte. Stella war hingerissen von der Ausdruckstänzerin Mary Wigman, die in Hamburg mit ihren Solotanzabenden immer wieder ein begeistertes Publikum fand, und vor allem bei dem Tanztheoretiker und -philosophen Rudolf von Laban gelernt hatte. Laban hatte 1922 in der Ernst-Merck-Halle des Zoologischen Gartens seine Schule für Bewegungschöre gegründet, und Stella hatte im selben Jahr noch bei ihm einen Laientanzkurs besucht, von dem sie Jonny allerdings nie erzählt hatte, weil Laban seine Schüler auf eine Weise tanzen ließ, die Jonny vollkommen »abartig« fand.

Stella beneidete ihre Brüder. Dritter genoss die neue Freiheit in vollen Zügen. Nicht selten kam er mit einem beachtlichen Spielgewinn nach Hause. Und selbst Eckhardt, der mit Begeisterung tanzte, schien neuerdings ein Lebensgefühl zu entwickeln, das man bis dahin nicht von ihm gekannt hatte. Er bezog Cynthia allerdings nicht mit ein. Einmal in der Woche schmiss er sich in Schale, glättete seine Haare mit Pomade, trug sogar ein Monokel, obwohl er gute Augen hatte, und warf lässig einen weißen Schal um seinen Hals. Er erzählte niemandem, wohin er ging. Und anders als bisher, wo er eher verlegen und ausweichend reagiert hatte, wenn er gefragt wurde, wo er die Abende verbrachte, wenn er nicht mit Cynthia ausging, antwortete er neuerdings von oben herab: »Mit Freunden treffen. Meine Sache.«

Jonny hingegen entsetzte sich über die Veränderungen der Gesellschaft. Sündenbabel, so nannte er Berlin. Verrohung der Sitten, so klagte er. Verwahrlosung der Jugend. Stella hütete sich, ihm zu widersprechen. Ihre Brüder gingen ihm aus dem Weg.

Es war im Mai, ein wundervoller Tag, den Alexander, Käthe, Jonny und Stella im Garten mit einem Glas Wein ausklingen ließen, als Alexander versuchte, mit Jonny ein Gespräch über die Entwicklung der Gesellschaft zu führen. »Es überblickt doch keiner mehr die Bedingungen, nach denen das Leben überhaupt funktioniert, mein Sohn.« Sein Ton war sanft und so freundlich, dass Stella aufhorchte. »Früher lernte einer ein Handwerk, ging auf Wanderschaft, kam zurück, heiratete und arbeitete darauf hin, eine eigene Werkstatt aufzumachen. Früher gab es den Gemischtwarenladen an der Ecke, das Zentrum fürs Viertel. Das war ein gut geregeltes, überschaubares Leben. Das ist lange vorbei. Es gibt Fabriken, Kaufhäuser, Arbeitslose.«

»Es hat einen Krieg gegeben, Jonny«, unterstützte Käthe ihren Mann mit einer so harten Stimme, dass Stella noch erstaunter über ihre Mutter war als über ihren sanften Vater. »Und die Inflation hat nicht nur *mein* geistiges Fassungsvermögen weit überschritten. Mein Vater, der nämlich aus der Zeit kam, die Alex eben beschrieben hat, übernahm noch Verantwortung für das Gemeinwohl. Jetzt machen die meisten einfach mit, ohne noch das große Ganze verstehen zu wollen. Weil sie es nämlich überhaupt nicht mehr verstehen können.«

»Ich fühle mich durchaus verantwortlich für das Gemeinwohl«, widersprach Jonny energisch. »Genau aus diesem Grund sage ich ja, dieses Sündenbabel muss an der Wurzel gepackt und ausgerottet werden.«

»Früher war alles irgendwie überschaubar«, wiederholte Alexander. »Ein König, eine Opposition, Bismarck, der die klare Vision des einen

Deutschland verfolgte. Es gab ein eindeutiges Gefühl von deutschem Charakter, deutscher Disziplin, deutscher Vaterlandsliebe, die alle einte, sogar die Sozialdemokraten und die Monarchisten.«

»Aber heute?«, sagte Käthe scharf. »Die Sozialdemokraten regieren. Die Monarchisten schießen in ihrem Auftrag auf Arbeiter. Und dann die Sache mit dem Krieg. Haben wir ihn nun wirklich verloren, oder sind die roten Vaterlandsverräter schuld?« Ihre Stimme klirrte. So hatte Stella ihre Mutter noch nie erlebt. Mit einem Mal ging ihr auf, dass nicht nur sie selbst Probleme mit Jonnys »gutem Deutschtum« hatte, sondern dass ihre Mutter sich vielleicht beleidigt fühlte von Jonnys Verachtung für die »Roten«. Da klirrte Käthe schon weiter: »Und wieso schlägt einer wie Stinnes, der seit der Inflation reich ist wie kein anderer, ausgerechnet vor, die Arbeiter dürfen keine Lohnerhöhung und keine Arbeitszeitkürzung mehr fordern?«

Jonnys Gesicht war rot angelaufen. Alexander bedachte seine Frau mit einem nachsichtigen Lächeln. Sanft sagte er: »Lassen wir die Politik doch lieber beiseite. Nehmen wir doch die Sache mit der Moral. Vor dem Krieg war eindeutig klar, was richtig und falsch war.«

Als würde sich ein Überdruckventil öffnen, schoss Jonny los: »Aber heute! In Berlin entwickelt sich ein Sündenbabel, es wird gekokst und gehurt, die Frauen sehen aus wie Männer, und so verhalten sie sich auch. Und niemand wird dafür bestraft!«

Es lag Stella auf der Zunge zu fragen, was so strafbar daran sei, sich wie ein Mann zu verhalten. Es lag ihr auch auf der Zunge zu sagen: Sie werden nicht bestraft, weil es deinesgleichen sind. Es sind die Reichsten und Mächtigsten, die sich Kokain leisten können. Keine kommunistischen Arbeiter. Aber sie hielt sich zurück. Sie grübelte seit Wochen, was sie tun könnte, um ihrer Langeweile und Leere zu entkommen. Sie wusste, dass sie Jonnys Zustimmung brauchen würde – wofür auch immer. Sie wollte ihn nicht verärgern.

Alexander ergriff wieder das Wort. Und Stella kam aus dem Staunen über ihren Vater gar nicht mehr heraus. »Natürlich ist die Sache mit Mann und Frau vollkommen aus dem Ruder geraten. Vor dem Krieg galt das Wort des Mannes. Wenn er nein sagte, hatte das Nein Gewicht. Frauen und Kinder gehorchten ihm. Er gab die Richtung des Lebens an. Aber nun? Die Frauen haben Wahlrecht, aber gleichzeitig keine Ahnung von Politik. Die Frauen nehmen sich alles Mögliche heraus …«

Jonny, der die ganze Zeit genickt hatte, sagte wütend: »Sie rauchen, sie tragen sogar Männeranzüge und …« Er erhob seine Stimme und donnerte: »In Tanzlokalen gibt es Frauen, die beim Tanz die Männerrolle einnehmen!«

Stella dachte: Oho! In Tanzlokalen? Woher weißt du das denn, mein Lieber?

Ihr Vater sagte: »Das sind Ausnahmen, Jonny. Das weißt du.« Aber Jonny war nicht mehr zu bremsen. »Selbstverständlich sind das Ausnahmen!«, wetterte er weiter. »Aber es weicht die Regeln völlig auf! Und wer soll dem Einhalt gebieten?«

»Du redest wie Johann.« Käthe klang nun traurig und resigniert. »Es sind doch nicht nur die Männer, die sich nach Sicherheit und einer klaren Ordnung sehnen, auch die Frauen tun das.« Sie sprach sehr leise.

In diesem Augenblick ergriff Lysbeth das Wort. Alle wandten ihr erstaunt den Kopf zu. Sie war während des Gesprächs aus dem Haus in den Garten getreten und hatte sich neben die Tür an die Wand gelehnt, so unauffällig, dass keiner sie bemerkt hatte. »Natürlich«, sagte sie spöttisch. »Die Frauen sind verunsichert durch ihre neuen Freiheiten. Für wen soll sich eine Frau denn jetzt entscheiden, wo niemand mehr vorschreiben kann, wie es gehen soll? Für den jungen Mann, von dem sie sich gerne küssen lässt und der mit ihr tanzen geht und der ein Kamerad sein wird, aber leider wenig Geld verdient und ganz sicher erröten wird, wenn der Vater ihn nach seinem Einkommen fragt, oder den alten Knacker, der eine kleine süße Frau sucht und dafür zu zahlen bereit ist, nämlich mit monatlichem Hausstandsgeld, eben mit Sicherheit. Schwierige Entscheidung.«

Stella wunderte sich über ihre Familie. Vor fünf Jahren noch hätten alle anders geredet. Es schien, als wäre sowohl bei Käthe als auch bei Lysbeth viel Weichheit verloren gegangen und an deren Stelle Schärfe und Ironie getreten. Alexander hingegen wirkte weicher denn je.

»Wir alle wissen«, unterbrach Lysbeth die erschrockene Stille, die ihren Worten gefolgt war, »dass viele Männer Erleichterung in radikalen Parolen suchen, die ihre Verwirrung lindern sollen. Vielleicht auch du, Jonny.« Er wollte gerade auffahren, da sagte sie: »Die Frauen suchen immer mehr Hilfe bei okkulten Quellen. Astrologen, Wahrsager, Hellseher, all das hat einen enormen Aufschwung erfahren.«

»Du musst es ja wissen«, sagte Jonny spöttisch, erhob sich, sagte, er sei müde und ging nach oben. Käthe und Alexander leerten schweigend ihre Weingläser. Lysbeth verschwand in ihrem Zimmer. Stella folgte Jonny. Als sie ins Schlafzimmer trat, schnarchte er schon.

Tatsächlich war es so, dass Lysbeth wirklich gut Bescheid wusste über die wachsende Sehnsucht nach Informationen über die Zukunft. Mit Leichtigkeit hätte sie in ihrem Zimmer mit dem Engelsstuck an der Decke und den Rosensträuchern, die gelb und rot rechts und links in ihr Fenster lugten, ein kleines Büro aufmachen können für Traumdeutung und Hellseherei. Es war nicht einmal so, dass sie diese Dienste nicht zu leisten bereit war. Wenn einer ihrer Brüder oder ihre Mutter mit einem Traum oder einer Bitte um Rat zu ihr kam, erteilte sie diesen sofort so gut sie konnte.

Aber das barg Gefahren. Zum Beispiel eine von Lysbeth vollkommen ungewollte Abhängigkeit von ihr. Das war mit Lydia geschehen, ohne dass Lysbeth es anfangs mitbekommen hatte.

Nach dem Tod ihres Mannes hatte Lydia angepackt wie keine Zweite, und sie hatte das Steuer in Haus und Firma herumgerissen. Nach dem Ende der Inflation hatte sich alles erstaunlich schnell zum Guten entwickelt. Bald schon lief alles wie von selbst, etwas, das sie selbst in die Wege geleitet hatte, weil sie gute Leute in verantwortliche Positionen gesteckt hatte. Aber Ende des vergangenen Jahres war sie in so etwas wie eine Depression gefallen. Plötzlich gab sie sich selbst die Schuld am Selbstmord ihres Mannes. In dieser Schuld versank sie wie jemand, der mit schweren Steinen in der Tasche ins Wasser geht und sich gleichzeitig die Hände gefesselt hat, um bloß nicht die Steine aus den Taschen werfen zu können. Sie verurteilte alles, was sie in den Jahren ihrer Ehe getan hatte. Alles, womit sie Karl-Wilhelm irgendwie im Stich gelassen hatte. Ihre Freundschaft mit Antonia und den anderen wilden Frauen, ihre Teilnahme an den Kongressen der Kriegsgegner, ihren Wissensdurst, ihre Lebenslust, alles. Sie verstümmelte sich selbst, schnitt ihre weichen welligen Haare ab, bis sie aussah wie eine Nonne. Doch selbst da trat noch ihr schöner Frauenkopf zutage. Sie aß nichts mehr, bis sie aussah wie ein Kind mit einem alten Gesicht.

Cynthia war mit ihr zu Ärzten gelaufen, die schließlich eine Einweisung ins Krankenhaus in Ochsenzoll vorgeschlagen hatten, gegen die Lydia sich aber mit Händen und Füßen gewehrt hatte. Und dann war

Lydia eines Nachts im Traum ihr Mann erschienen und hatte sie von all ihren Sünden freigesprochen. Er hatte ihr gesagt, dass er ohne sie schon lange vorher aus dem Leben geschieden wäre, weil es ihm noch nie Spaß gemacht hätte, und der einzige Spaß, den es jemals gegeben habe, sei der all ihrer Verrücktheiten gewesen. Er hatte sie daran erinnert, wie lustig die sozialdemokratische Veranstaltung in der Brauerei gewesen war, wo er Bier getrunken hatte wie ein Arbeiter. Er hatte ihr erzählt, wie wundervoll er die widersetzlichen Bemerkungen ihrer Freundin gefunden hatte, und im Traum hatte er gekichert, als er sie an die Gesichter der Hamburger Pfeffersäcke erinnerte, als Antonia davon sprach, dass es eine Pilotin gebe, die es wagte, ein Flugzeug durch die Luft zu steuern. Er hatte sie an alles erinnert, was sie jemals getan hatte, auch an ihre wundervolle Reise nach Paris, die ihn von der Verantwortung entbunden hatte, während des Kapp-Putsches Farbe zu bekennen. Und er hatte ihr gedankt, dass sie ihn immer wieder gezwungen hatte, in sich wenigstens nach einem Funken von Mut zu suchen, auch wenn er da nie viel gefunden hatte. »Mit dir konnte ich jung sein«, sagte er im Traum. »Du warst diejenige von uns, die viel jünger war als ich, auch wenn nach dem Geburtsdatum ich der Jüngere war. Ich war immer alt, ängstlich, nicht wirklich lebendig. Ich danke dir, dass ich von deiner Jugend, deinem Mut, deiner Lebendigkeit ein wenig naschen konnte.«

Und dann flog er auf in den Himmel. Er landete mit einem sehr glücklichen Gesicht auf einer Wolke und sagte heiter: »Hier oben habe ich alles, was ich brauche, um glücklich zu sein. Nun werde du da unten glücklich! Denn du gehörst dorthin!«

Am kommenden Morgen war Lydia mit einer klaren Erinnerung an den Traum aufgewacht. Aber sie hatte die Botschaft nicht wirklich glauben mögen. Also ging sie zu Lysbeth, weil sie wusste, dass diese als Expertin in Traumfragen galt. Sie erzählte ihr alles, Lysbeth lauschte in ihrer stillen verständnisvollen Art. Als Lydia geendet hatte, schwiegen beide, Lydia erwartungsvoll, Lysbeth, als würde sie weiter zuhören. Schließlich fragte Lydia: »Und? Bitte erklär mir den Traum.«

Lysbeth lächelte, als hätte sie ein verstocktes Kind vor sich. Sie sagte nichts, keinen Ton. Lydia wurde etwas ungeduldig. Sie verschränkte ihre dünnen Arme vor ihrer kaum noch existenten Brust und verzog ihr knochiges Gesicht zu einer Grimasse. »Ich bitte dich um Hilfe, und du schweigst. Das ist nicht nett.«

Lysbeth lächelte immer noch. Sie beugte sich vor, um Lydia Tee nachzuschenken. Lydia ruckte mit harten Bewegungen auf ihrem Stuhl herum. »Lysbeth, bitte: Erklär mir den Traum!«

»Aber liebe Lydia.« Lysbeth trank den heißen, aromatisch duftenden Tee in kleinen Schlucken. Seit sie geschieden war, gönnte sie sich den besten Tee, den sie bekommen konnte. Es war jedes Mal wieder ein Genuss für sie, das Aroma von Rauch und bitterem Blatt in ihre Nase steigen zu lassen. »Was erwartest du von mir? Karl-Wilhelm hat dir alles gesagt. Das ist kein Traum, der gedeutet werden muss. Er hat eine eindeutige, unmissverständliche Aussage. Du hast Glück, diesen Traum geträumt zu haben. Und ich bin felsenfest davon überzeugt, dass Karl-Wilhelm recht hat: Du darfst leben und glücklich sein, und zwar hier auf Erden.«

Lydia war in Tränen ausgebrochen. Sie hatte Lysbeth beim Abschied umarmt, als hätte sie ihr das Leben geschenkt.

Rasant folgte sie der Botschaft. Sie aß wieder, ließ ihre Haare wieder weich werden, ging wieder ins Theater und kümmerte sich um Haus und Garten. Sie nahm an einem Kreis junger Pädagogen teil und sah bald wieder so frisch und jung aus, dass man sie für die Schwester ihrer Tochter Cynthia hielt, die vergrämt und spitz geworden war.

Eine Macke allerdings hatte Lydia behalten. Sie holte sich regelmäßig Lysbeths Rat ein, was die Deutung ihrer Träume betraf. Und sie träumte viel. Von jener Nacht an war sie fest davon überzeugt, dass Karl-Wilhelm in ihren Träumen zu ihr sprach. Und sie wollte seine Botschaften genau verstehen, auch wenn sie nicht so deutlich ausgedrückt waren wie die erste.

Lysbeth war klar, dass es Lydia allein um die Wiederholung der Erlaubnis ging. Sie wollte Erlaubnis für all ihre Vergnügungen und Freuden, ja, selbst als sie eine Liebschaft mit Dritter einging, erhoffte sie Karl-Wilhelms Zustimmung. Lysbeth gab sie ihr. Mit jedem Traum wieder. Auch wenn die Träume manchmal zu warnen schienen, Lysbeth deutete sie immer wieder um in die Aufforderung: Lebe dein Leben hier, sei mutig, frech, lebendig, ich habe mich auf meine Wolke zurückgezogen.

14

Stellas Drang, Jonnys Tyrannei irgendwie zu entkommen, steigerte sich noch nach dem abendlichen Disput im Garten der Eltern. Schließlich hatte sie etwas gefunden, wovon sie meinte, Jonny müsse es ihr gestatten. Sie schlug Lysbeth vor, gemeinsam in eine Laienspielgruppe einzutreten. Es gab eine richtige Bewegung der Laienspielgruppen, und sobald sie den Plan gefasst hatte, war Stella wie elektrisiert. Für Jonnys Einverständnis sorgte Lysbeth, die Jonny einfach nur mitteilte, dass sie, um nicht trübsinnig zu werden, beabsichtige, einer Laienspielgruppe beizutreten und dafür Stellas Begleitung wünsche. »Was macht man da?«, fragte Jonny misstrauisch, und Lysbeth antwortete: »Ach, alles Mögliche. Kleine Aufführungen für Kinder zum Beispiel. Oder Weihnachtsspiele. Oder so.« Aufführungen für Kinder, das gab den Ausschlag. Jonny bekam natürlich mit, dass Stella nicht gerade die Frau war, die im Angesicht von Säuglingen in Ekstase fiel. Alles, was ihre Begeisterung für Kinder fördern konnte, fand seine Zustimmung. Danach fragte er nicht mehr, denn Stella sorgte dafür, dass er nichts von ihren Aktivitäten mitbekam.

Die beiden Schwestern fanden schnell heraus, dass sich viele Gruppen in kirchlichen Gemeindehäusern trafen. Außerdem gab es Agitpropgruppen, die politisch wirken wollten. Beides schien für Lysbeth und Stella nicht passend. Sie selbst hätten sich durchaus vorstellen können, einer Agitpropgruppe beizutreten, aber sie wussten, dass Jonny dann einen Tobsuchtsanfall bekommen würde. Und Stella fühlte sich auch nicht dazu berufen, Menschen aufzuklären. Sie wollte spielen, tanzen, singen.

Es gab Jungmännerspielvereine, Krippenspielvereine, Sing- und Tanzspielvereine. Manche trafen sich abends nach der Arbeit, in engen Räumen, und versuchten sich an Texten, die extra für Laien geschrieben waren. Stella und Lysbeth kundschafteten die Gruppen in ihrer Umgebung aus. Brav setzten sie sich auf Holzstühle in winzigen Wohnungen oder kargen Gemeindezimmern und sahen der zumeist hilflosen Arbeit von Spielleitern zu, die ebenso wenig vom Theater zu wissen schienen wie ihre unbeholfenen Schauspieler. Es waren pathetische, oft nur fünfminütige Stücke, die einstudiert wurden, meist zur Aufführung bei irgendwelchen kirchlichen oder politischen Festen.

Im Anschluss an eine solche Probe, während der Stella sich nur mühsam das Lachen verkneifen konnte, kam der Spielleiter, ein sehr junger Kerl, zu ihnen und sagte mit gedämpfter Stimme, dass es in der Landeskunstschule am Lerchenfeld eine Gruppe gäbe, die für sie vielleicht interessant sein könnte.

Kunststudenten? Stella horchte auf. Lysbeth verzog ihr Gesicht zu einer ablehnenden Miene. Nein, nicht nur Kunststudenten, entgegnete der Spielleiter. Die Gruppe habe sich nach dem Maskenball im vergangenen Jahr gebildet. Es würden alle möglichen Leute teilnehmen. Sie hätten aber keinen Spielleiter, sondern würden ganz ohne Regisseur proben. Er könne sich vorstellen, dass es etwas für Stella sei. Lysbeth übersah er geflissentlich.

Und es war etwas für Stella.

Die Gruppe war bunt zusammengewürfelt, fünf hübsche aufsässige junge Frauen, vier verträumte zarte Männer. Sie rangen um Texte, wollten fröhlich sein, weil sie ein Stück für den Maskenball im kommenden Februar einstudieren wollten, aber jede Diskussion glitt immer wieder in tiefste Sinnfragen ab. Und am Ende warfen die Mädchen den Männern vor, sauertöpfisch zu sein und ohne jede männliche Entscheidungskraft. Keiner stellte sich Stella in den Weg, als sie schon beim ersten Mal die Führung übernahm und vorschlug, die Operette *Der Graf von Pappenheim* aufzuführen. Bereits beim zweiten Mal machten sich alle mit Feuereifer an die Sache. Nun waren sie sieben Frauen und vier Männer. Das Ungleichgewicht wurde schnell behoben, indem Lysbeth und noch zwei andere junge Frauen männliche Rollen übernahmen.

Die männliche Hauptrolle wurde Aaron zugeteilt, da er am besten singen und tanzen konnte. Aaron war zweiundzwanzig Jahre alt, Medizinstudent, er war dünn, arm und Jude. Er hatte eine wundervolle Stimme, er war einsam und unterernährt. Er kam aus Oberhausen, wo sein Vater untertage arbeitete und seine Mutter mit Näharbeiten etwas Geld dazuverdiente.

Stella war begeistert von ihm. Er war zwar zu dünn, aber er hatte ein hübsches Gesicht mit großen braunen Augen. Seine dicken dunklen Locken ließen ihn aussehen, als hätte er einen riesigen Kopf auf einem sehr schmalen Körper. Stellas und Aarons Stimmen ergänzten sich so wundervoll, dass Lysbeth Gänsehaut bekam, wenn sie ihnen zuhörte.

Sie waren mit den Proben in vollem Gange, da teilte Jonny Stella abends mit: »Ich werde mich aus dem Hamburger Geschäftsleben zurückziehen. Sie brauchen mich nicht mehr. Es ist alles wieder geregelt.« Was wirklich geregelt war, wusste Stella nicht, aber sie wollte es auch gar nicht wissen, weil sie ihren Mann dann vielleicht nicht mehr mögen würde. Sie wusste, dass es mit Politik zu tun hatte und dass er eigentlich nicht wirklich Handelsgeschäfte, sondern auf eine seltsame Weise außerhalb der Bürgerschaft Politik betrieb. Sie hatte auch ganz allmählich erst begriffen, dass Jonny bereits im Krieg so etwas wie Spitzeldienste gegen die Matrosen unternommen hatte und dies jetzt weiter fortführte. Erst vor kurzem hatte er sich gerühmt, dass es ihm gelungen sei, einige kommunistische Führer hochgehen zu lassen, indem man ihnen Waffen untergeschoben und sie dann bei der Polizei denunziert hatte. »Die sind erst mal aus dem Verkehr gezogen«, sagte er stolz, ohne Käthes Entsetzen überhaupt zu bemerken, so selbstverständlich war ihm der Hass auf die Roten.

Stella hörte nicht wirklich gut zu, als Jonny von seinen Plänen berichtete. Doch plötzlich merkte sie auf: »Ich werde nach Daressalam gehen, für das Handelshaus Woermann«, sagte er. »Ich möchte, dass du mitkommst.«

Sie hatte es sich auf einem Sessel gemütlich gemacht. Nun richtete sie sich grade auf. »Sag das nochmal«, hauchte sie. »Sag das bitte nochmal.«

Jonny lachte. »Da staunst du.« Er griff nach Stellas Hand: »Ich möchte dich mit nach Daressalam nehmen. Ich werde dort als Handelsvertreter für Woermann tätig sein.« Stella starrte ihn, verstummt, aus weit aufgerissenen Augen an. »Wir werden es schön haben«, schmeichelte Jonny nun, offenbar etwas verunsichert durch ihre Reaktion. »Wir werden Negerdiener haben und ein großes Haus, und wir werden zur Crème de la Crème der Oberschicht gehören. Du wirst schöne Kleider tragen und …«

»Ich will auf eine Safari«, sagte Stella entschieden. »Hat der General nicht vom Kilimandscharo gesprochen, dem größten deutschen Berg?«

»Nun ja«, räumte Jonny ein, »sie haben uns das Gebiet ja weggenommen, aber wir sind immer noch die Herren dort. Also, kommst du mit?«

»Natürlich«, antwortete Stella mit derselben Entschiedenheit, mit der sie die Inszenierung des *Grafen von Pappenheim* betrieben hatte – an deren Aufführung sie nun leider nicht beteiligt sein würde. »Ich bin doch deine Frau, und so eine Gelegenheit zu einem Abenteuer werde ich mir doch nicht entgehen lassen.«

Damit war es entschieden.

Käthe weinte, als sie davon hörte. Dritter zeigte offen Neid, Eckhardt sprach von der Gefahr der Malaria und der Tsetsefliege. Lysbeth fragte: »Und was ist mit unserer Aufführung?«

»Davon kann nicht mehr die Rede sein«, sagte Jonny knapp. »In zwei Wochen geht unser Steamer los.«

»Zwei Wochen?«, fragte Stella ungläubig. »Wie soll ich so schnell denn packen?«

»Alles, was dir fehlt, bekommst du dort«, sagte Jonny. »Mach dir keine Sorgen.«

Von nun an war die ganze Familie damit beschäftigt, Stella und Jonny auf die große Reise vorzubereiten. In den ersten Tagen versuchte Stella noch, wenigstens ihre Verabredungen mit Aaron zur gemeinsamen Gesangsprobe einzuhalten, aber sie war nicht mehr bei der Sache. All ihre Gedanken flogen nach Daressalam. Wie es dort wohl sein würde? Bestimmt sehr heiß.

Bei der nächsten geplanten Probe in der Kippingstraße bat sie Lysbeth, sich um Aaron zu kümmern. Sie selbst würde erst später kommen können, die Schneiderin hatte sie kurzfristig zu sich bestellt.

Aaron sah blass und unglücklich aus. Ob er sich etwa in Stella verliebt hat?, fragte sich Lysbeth. Sie setzte ihm etwas zu essen vor, und er langte so gierig zu, dass Lysbeth Liebeskummer ausschloss. Dann hatte man keinen Hunger mehr, das wusste sie selbst.

Vorsichtig versuchte Lysbeth herauszukriegen, was ihn bedrückte. Doch sie musste gar nicht so vorsichtig sein. Kaum hatte sie gesagt: »Sie kommen mir heute etwas blass vor, Aaron«, sprudelte es aus ihm heraus.

»Ich will Arzt werden. Und ich weiß, dass ich ein guter Arzt werden kann. Aber um zu studieren, muss man auch essen. Und um zu essen, braucht man Geld. Für Geld muss man arbeiten. Ich arbeite als Packer im Hafen. Schauen Sie mich an, Frau Lysbeth, ich und Arbeit im Hafen! Wenn ich das ein paar Stunden gemacht habe, kann ich mich nur noch ins Bett legen. An Studieren ist nicht mehr zu denken. So geht es Tag für Tag. Ich schleppe mich in die Vorlesungen.«

»Aber«, wagte Lysbeth vorsichtig einzuwenden, »wieso gehen Sie dann noch in eine Laienspielgruppe?« Es klang vorwurfsvoller, als sie beabsichtigt hatte. Dementsprechend reagierte Aaron. Er errötete und sagte entschuldigend: »Ich singe so gern ... und ich habe keine Freunde ... und ich finde Theaterspielen und Singen und Tanzen einfach wundervoll. Im wirklichen Leben bin ich ein unglücklicher Mensch, aber im Spiel kann ich ein ganz anderer sein.«

Lysbeth nickte. Das verstand sie gut. Und sie verstand noch etwas anderes. Sie verstand, dass Aaron ein Mensch mit Feuer war. Und dass er dafür brannte, Arzt zu werden. Und dass er gleichzeitig einen schwachen Körper besaß. Schmale Schultern, feine Glieder, ein insgesamt sehr, sehr dünner Mann, dessen großer Kopf auf dem schmalen Hals nicht ausreichend gesichert schien. Dieser Kopf musste lernen. Dieser Körper musste auf der Bühne spielen. Dieser Brustkorb musste singen. Aber diese Hände mussten keine schwere Arbeit verrichten. Ihr kam ein Einfall, den sie sofort wieder fortschob, weil er ihr viel zu verrückt erschien. Doch der Einfall kehrte zurück.

»Ich habe im Krieg als Schwester im Krankenhaus gearbeitet«, sagte sie, immer noch mit der Vorsicht, mit der sie das ganze Gespräch führte.

Aaron sah sie mit neuem Interesse an. Er wollte mehr wissen, das las Lysbeth in seinen Augen. »Es hat mir viel Spaß gemacht«, fuhr sie fort.

Aaron zog die schwarzen, runden Augenbrauen hoch, sodass sich seine hohe Stirn in Falten legte. Lysbeth schoss der Gedanke durch den Kopf: So wird er aussehen, wenn er zwanzig Jahre älter ist. Mit hochgezogenen Brauen, verwunderten Augen und gerunzelter Stirn.

»Ich wollte auch gern Ärztin werden.« Es war ihr nicht leichtgefallen, diesen Satz herauszubringen. Ihre Wangen fühlten sich heiß an.

»Und warum haben Sie das nicht getan?«, erkundigte sich Aaron voller Interesse. Es schien, als hätte er angesichts des fremden Schicksals sein eigenes Dilemma völlig vergessen.

»Ich habe keine Matura«, bekannte Lysbeth schlicht.

Aaron senkte den Kopf. Man sah ihm an, dass er sich fast schämte, Medizin studieren zu dürfen. Und dass er der Meinung war, eine so kluge und interessierte Frau wie Lysbeth müsst unbedingt Ärztin werden, viel unbedingter als einer wie er.

»Das ist irgendwie ungerecht«, sagte er. »Sie hätten Zeit und Geld für das Studium, und Sie würden während der Vorlesungen nicht einschlafen, und ich darf studieren, aber eigentlich kriege ich es nicht hin. Das Schicksal ist wirklich manchmal nicht freundlich.«

Lysbeth schob die Idee nicht fort, als sie jetzt wieder auftauchte.

»Wissen Sie, Aaron, ich habe eine Tante, die wie eine Ärztin arbeitet, mit Kräutern und Geburtshilfe und …« Sie hatte den Satz mit aller ihr zur Verfügung stehenden Kraft herausgebracht. Nun blieb ihr der Atem weg.

»Ach, von solchen Frauen habe ich gehört.« Wieder runzelte Aaron vor Neugier seine Stirn.

»Ich habe bei meiner Tante gelernt.« Lysbeths Herz klopfte, als wollte es zerspringen. Sie brachte kein weiteres Wort heraus.

Aaron starrte sie an, senkte den Kopf und blickte auf den Tisch. Lysbeth schwieg. »Können Sie mir das beibringen?«, stieß er nach einer Zeit des Schweigens heraus. Auch ihm blieb der Atem weg. Auch er hatte offenbar seine ganze Kraft aufwenden müssen, um diese Frage zu stellen. »An der Universität lernt man überhaupt nichts von solchen Dingen, und ich glaube, dass es sehr wichtig ist, sich mit Kräutern und so was auszukennen.«

»Ja, natürlich.«

Aaron dachte nach. »Es ist doch eigentlich ganz einfach«, sagte er schließlich, »Sie dürfen nicht Medizin studieren, aber ich. Sie kennen sich mit diesem Wissen der weisen Frauen aus, aber ich nicht. Warum tauschen wir nicht einfach Wissen gegen Wissen?«

Das war gar nicht Lysbeths Idee gewesen, aber, einmal von Aaron ausgesprochen, schien ihr der Tausch nicht abwegig. Trotzdem wollte sie ihren Einfall jetzt auch loswerden. Und plötzlich brach sie in Lachen aus, alles schien ihr mit einem Mal ganz einfach. Befremdet blickte Aaron sie an und gab sich Mühe, auch zu lächeln, was nur halb gelang.

»Wie können Sie mir Medizin beibringen, wenn Sie immer müde sind und während der Vorlesungen einschlafen?«, neckte sie ihn. Er errötete. »Und dann wollen Sie von mir noch mehr dazulernen, obwohl es jetzt schon zu viel für Sie ist. Das kann doch nicht gut gehen.« Sie wusste, dass sie seine Beschämung auf die Spitze trieb, aber sie wollte jetzt ihre Idee durchsetzen. Dafür nahm sie in Kauf, dass Aaron entmutigt den Kopf senkte.

»Deshalb mache ich Ihnen einen Vorschlag.« Es war heraus. Lysbeth holte tief Luft. Aaron sah sie an, als wollte er sagen: Welchen Vorschlag kann man einem Versager wie mir schon machen?

»Sie essen hier bei uns einmal täglich warm. Dann können wir direkt anschließend gemeinsam lernen.« Er wollte protestieren, doch sie hob einhaltgebietend die Hand. »Und ich gebe Ihnen monatlich ein Salär.«

»Nein!« Aaron fuhr auf wie ein verletztes Tier. »Lieber in den Hafen, aber ich will doch nicht von Almosen leben. Ich bin doch kein Bettler!«

»Papperlapapp!« Lysbeth hatte keine Luftnot mehr, kein Herzrasen, keine Beklemmung. Sie wusste, was sie wollte. Sie wollte einen Kollegen, einen, der sich für das Gleiche interessierte wie sie. Einen, der mit ihr gemeinsam Neues in der Welt der Medizin entdeckte. Einen, der ihr die Universität schenkte. Und der das Geschenk respektierte, das sie zu geben hatte, die Heilkraft der Kräuter. Und Maximilians Bußgeld. »Lieber Aaron, ich lechze nach Wissen. Ich langweile mich so sehr, dass ich schon dachte, ich wäre krank. Ich sehne mich danach, etwas über Medizin zu erfahren, insbesondere über Gynäkologie.«

»Gynäkologie?«, unterbrach Aaron sie alarmiert, »das kann nicht wahr sein. Ich möchte Frauenarzt werden.« Wieder stieg ihm das Blut zu Kopfe, und Lysbeth dachte, dass es für einen Mann bestimmt beschämend war, so leicht zu erröten. »Alle lachen immer, wenn sie das hören. Frauenärzte wollen sich an Frauen verlustieren, sagen sie, aber ich möchte Frauen wirklich helfen.« Er senkte den Kopf. »Die Schwester meiner Mutter ist nach einer Abtreibung gestorben. Und meine Großmutter nach der Geburt meiner Mutter. Ich will etwas dagegen tun, dass Frauen sterben müssen.« Nach diesem kurzen Ausbruch von Wollen ließ er sofort wieder resigniert den Kopf sinken.

Lysbeth legte ihm in spontaner Verbundenheit die Hand auf den Arm. »Aaron, Sie müssen mein Angebot annehmen«, beschwor sie ihn. »Sie müssen Frauen helfen, und auch ich muss Menschen, Frauen, helfen. Und Sie müssen mir helfen …«

Er lächelte verloren. »In Wirklichkeit wollen Sie mir helfen«, sagte er bitter.

»O ja« entgegnete Lysbeth mit Nachdruck. »Ich will Ihnen helfen. Aber es ist nicht ohne Eigennutz. Helfen wir doch einander.«

Sie erklärte ihm ihre finanzielle Situation. Die Scheidung. Ihre Stimmung während der vergangenen Monate. Wie verzweifelt sie sich seit Jahren danach sehnte, mehr über Medizin zu erfahren. Darüber, wie glücklich sie während des Krieges gewesen war, im Krankenhaus arbeiten zu dürfen. Und wie sehr sie unter der Langeweile in ihrem Ehefrauendasein gelitten hatte.

Zu guter Letzt reichte sie ihm die Hand. »Ich gebe Ihnen monatlich so viel, dass Sie anständig studieren können und noch so viel Kraft übrig haben, mir das Gelernte anschließend weiterzugeben. Und dann wollen Sie auch noch Tante Lysbeths Wissen lernen. Ich glaube, Sie müssen gut schlafen und essen, dann könnte es klappen.«

Aaron hielt die Augen zum Boden gesenkt. Erstaunt bemerkte Lysbeth, wie ihm über beide Wangen Tränen rannen. Doch dann begriff sie. Ja, auch sie hätte jetzt weinen können. Aber dafür war keine Zeit, weil sie eine Art Vertrag abschließen wollte. Aaron schluckte. »Einverstanden«, sagte er schlicht und blickte Lysbeth endlich an. »Einverstanden.« Er verzog Mundwinkel und Augen zu einem unendlich verlorenen Lächeln. »Es ist verabredet. Ich komme täglich zum Essen, und dann wiederholen wir gemeinsam das, was ich während des Tages gelernt habe.« Nun schüttelte er den Kopf, dass seine Locken hin und her zitterten. »Ihnen ist doch wohl klar, dass das Ganze nur in meinem Interesse ist, und dass ich mich deshalb schäme. Geld, Essen, Studium, und dann noch Nacharbeitung. Mehr kann man nicht wünschen.«

»Wundervoll«, sagte Lysbeth ruhig. »Es würde mir schwerfallen, jemandem von meinem nicht erarbeiteten Geld zu geben, um etwas zu erhalten, das vom andern ein großes Opfer verlangt. Wenn es darum geht, meine Sehnsucht nach einem Medizinstudium zu erfüllen, würde ich vielleicht sogar das tun, aber ich täte es mit schlechtem Gewissen.«

Sie reichte Aaron die Hand. »Schlagen Sie ein! Schließen wir einen Pakt!«

Zögernd legte Aaron seine magere, feingliedrige Hand in die ihre. »Einverstanden«, sagte er rau. »Schließen wir einen Pakt.«

15

Im November 1925 fuhren Stella und Jonny los. Ihr Schiff, die *Adolph Woerman*, sah wundervoll weiß und prächtig aus. Jonny war nur Passagier, dennoch trug er seine Offiziersuniform, als sie in Hamburg ablegten.

Stella hatte zwei riesige Koffer. Pappdinger, in denen sie stehend verschwinden konnte. Auch Jonny hatte zwei solcher Koffer. Er hatte Stella beruhigt, dass sie keinerlei Sorge haben mussten, zu viel mitzunehmen. Auf dem Schiff war Platz genug. Und in Afrika am Hafen angekommen, hätten sie genügend Träger und Negerhelfer. Stella hatte Abendkleider, zwei Anzüge für Safaris, sommerliche Kleider und Regenüberwürfe, ansonsten Kostüme und leichte Kleidung nähen lassen. In jedem einzelnen Stück sah sie wundervoll aus mit ihrer schmalen Taille, ihren wohlgeformten Beinen und ihren Brüsten, deren Dekolleté jedes Kleid schmückte.

Jonny hatte zwar manchmal Einspruch eingelegt, weil er den Ausschnitt zu groß fand, aber letztlich hatten Stella und die Schneiderin entschieden, was zu gewagt und was einfach verführerisch war. Stella fieberte der Abreise entgegen. Endlich geschah etwas in ihrem Leben! Endlich würde sie etwas Neues erleben!

Stella und Jonny aßen am Offizierstisch. Stella war der Star des Schiffes. Es gab keinen Offizier, der ihr nicht den Hof machte. Sie erwies sich als erstaunlich seetauglich. Selbst als das Schiff gewaltig auf den Wellen tanzte, stellte Stella sich an die Reling und jauchzte, als die Gischt sie nass spritzte. Jonny allerdings eilte zu ihr und riss sie fort. »Willst du über Bord gespült werden?«, herrschte er sie an. »Was für eine Unvorsichtigkeit, hier bei diesem Wellengang herumzustehen!«

Stella lachte ihn nur aus. Sie fühlte sich übermütig, fast wie beschwipst. Wieder in ihrer Kajüte, schüttelte sie sich wie eine Katze. Sie hatte sich Ölzeug angezogen, so war ihre Kleidung nicht nass geworden. Und auch über ihre Haare hatte sie eine Ölkapuze gesetzt, aber ihr Gesicht und einige Haarsträhnen waren klitschnass, ebenso wie ihre Hände. Sie fühlte sich so lebendig wie lange nicht mehr.

»Wie herrlich so eine Schiffsreise ist, mein Jonny«, sagte sie und küsste ihn, wie sie ihn schon seit langem nicht mehr geküsst hatte. Er strich ihr die feuchten geringelten Strähnen aus der Stirn und drückte sie an sich. Hitze stieg in Stella auf. Sie presste ihre Brüste an ihn und bewegte ihren Hintern leicht unter seinen Händen.

Es dauerte nicht lange, und sie lagen auf dem Bett. Ihre Körper suchten fiebrig nacheinander. An diesem Abend verpassten sie das Essen, so versunken waren sie miteinander beschäftigt.

Nach Wochen auf See, unterbrochen von einigen Liegetagen in unterschiedlichen Häfen, gelangten sie endlich nach Daressalam. Stella stand schon stundenlang vorher an der Reling und hielt Ausschau. Afrika! Ein so ferner Kontinent! Was erwartete sie?

General von Lettow-Vorbeck hatte von riesigen Farmen erzählt, die Deutschen gehörten. Von weiten, unbesiedelten fruchtbaren Landschaften. Von Negern, die begierig darauf waren, Deutsche zu werden, deutsche Zucht und Ordnung und Vaterlandsliebe zu lernen. Vom Kilimandscharo, dem Berg, der so hoch war, dass man Atemnot bekam, wenn man hinaufstieg. Sogar wenn man sich von Maultieren tragen ließ. Oder von Negern.

Am späten Nachmittag liefen sie im Hafen von Daressalam ein. Stella stand an der Reling, eingekeilt zwischen allen Menschen, die sich auf dem Schiff befanden, mit Ausnahme der Besatzung, die fieberhaft arbeitete. Alle blickten dem Land entgegen. Zuerst machte Stella nichts als ein Farbengemisch aus. Dunkelblauer Himmel über rotblaugelbweiß wirbelnden Tupfern. Mit jedem Meter, den sie sich dem Hafen näherten, erkannte sie Menschen, Schiffe, Kisten, Karren. Und dann stockte ihr der Atem: Neger! Überall waren Neger! Menschen mit dunkelbrauner Haut, bekleidet nur mit kurzen Hosen, der Oberkörper nackt. Ein Schauer der Erregung lief über ihre Arme. Fast nackte Neger liefen dort am Kai umher! Als sie noch näher kamen, erkannte sie das Weiß in ihren Gesichtern. Mohren! Es waren wirklich Mohren!

Othello. Desdemona. Sie hatte das Schauspiel auf der Bühne gesehen. Othello war braun geschminkt worden, und sie hatte gedacht, Mohren würden genauso aussehen, aber nun erkannte sie völlig andere Menschen. Tiere. Sie sahen aus wie Tiere. Anmutige, sehr bewegliche Tiere mit schmalen dunklen Körpern, in deren Gesichtern dunkle Murmeln in weißen Tellern kullerten. Sie hatte bei Hagenbeck die Negerschau gesehen. Jetzt in freier Natur war alles anders. Aber es machte ihr keine Angst.

Das Schiff zitterte, der Boden unter ihren Füßen vibrierte. Das Schiff wurde vertäut. Kaum hatten sie die Treppe zum Kai überwunden, baute Jonny sich breitbeinig auf und blickte wachsamen Auges um sich. Da kam schon ein Herr in weißem Anzug auf ihn zu und streckte ihm weit beide Hände entgegen. Jonny und der Herr schlugen sich gegenseitig auf die Schultern.

Als Jonny schließlich den Herrn als Graf von Breitling vorstellte, der bereits seit zwanzig Jahren in Afrika lebe und ein guter Freund von General von Lettow-Vorbeck sei, betrachtete Stella ihn mit Interesse. Er küsste ihre Hand und schlug zackig die Hacken zusammen.

Dann verfrachtete er sie in sein Automobil, ein, wie es Stella schien, gewitterwolkenspeiendes Gefährt, das kurz vor dem Auseinanderfallen war. »Meine besten Kutschpferde wurden im vergangenen Jahr von der Fliege gestochen und dahingerafft«, erklärte von Breitling mit Bitterkeit in der Stimme. »Jetzt ziehe ich es vor, an die Küste mit dem Auto zu fahren. Die Moskitos hier, die Tsetsefliege, all das ist für Tiere schädlich.« Er blickte sich zu Stella um, die hinten Platz genommen hatte. »Wie für Menschen natürlich, aber wir können uns davor schützen. Schlafen Sie nie ohne Moskitonetz, gnädige Frau, dann müssen Sie keine Malaria bekommen.« Er blickte wieder nach vorn, wo reger Betrieb das Fortkommen seines Autos fast unmöglich machte. Schwarze mit Lasten auf dem Rücken, Lastkarren, beladene Tiere, Herden von Tieren, die aussahen wie Kühe, nur viel magerer und wilder. Jetzt sah Stella auch Negerfrauen, von denen am Hafen keine zu erblicken gewesen war. Sie machten das, was Stella auch bei Hagenbeck schon gesehen hatte. Sie trugen ihre Babys in Tüchern auf dem Rücken und auf dem Kopf alle möglichen Dinge in riesigen Tonkrügen.

»Wo liegt Ihre Farm, Herr von Breitling?«, fragte sie interessiert. Und als er ihr einen Namen als Antwort gab, mit dem sie überhaupt nichts anzufangen wusste, stellte sie schnell alle möglichen Fragen, die ihr auf der Zunge lagen. Ob er schon auf Safari gewesen sei. Ob er schon einen Löwen aus nächster Nähe gesehen habe. Und ob die Elefanten auch in die Städte kämen.

Er antwortete auf keine einzige Frage. Ob er sie nicht vernommen hatte, weil der Motor zu laut war, oder ob er einfach mit dem Verkehr beschäftigt war, durch den er sich immer wieder einen Weg bahnen musste, indem er seine Hupe erdröhnen ließ, war Stella nicht ersichtlich. Nach einiger Zeit kam sie sich vor, als hätten die beiden Männer ihre Anwesenheit einfach vergessen. Sie fühlte sich bald, als wäre sie völlig allein. Sie hörte die Stimmen der beiden wie Gemurmel, das sich mit allen übrigen Geräuschen vermischte, und fühlte sich wie in einer Wattewolke, die durch eine fremde Welt zog.

In Hamburg hatten Novemberstürme eingesetzt, als sie fortfuhren. Hier war es noch am späten Nachmittag sehr warm. Überall liefen halbnackte schwarze Menschen umher. Weiße sah Stella kaum. Dabei hatte Jonny ihr doch gesagt, dass in Tanganjika viele unterschiedliche Nationalitäten lebten: Inder, Araber, Engländer, Deutsche, Franzosen.

Plötzlich machte das Auto einen Ruck, Stella wurde nach vorn katapultiert und knallte wieder zurück gegen die Lehne. Das Auto stand. Etwas verärgert rieb sie sich ihre Hand, mit der sie sich instinktiv vorn abgestützt hatte. Da öffnete Herr von Breitling schon den Wagenverschlag und sagte feierlich: »Da wären wir, gnädige Frau!«

Stella stieg aus und staunte. Da stand ein weißes Flachdachhaus, auf dessen Treppenstufen vor dem Eingang mindestens zwanzig Schwarze, jung, alt, weiblich, männlich, in weißer Kleidung auf sie warteten. Jonny in der Mitte. Herr von Breitling links, Stella rechts, gingen sie auf den Eingang zu. Stella hatte ein sehr seltsames Gefühl in der Magengegend, eine Mischung aus Beklemmung, Erregung und großer Neugier. Am liebsten hätte sie jeden der Schwarzen einzeln angefasst und genau aus der Nähe betrachtet. Als sie noch ungefähr zwei Meter von der untersten Treppenstufe entfernt waren, trat ein Mann mit kurzen weißen Locken und einem alten Gesicht vor. In gutem Deutsch hieß er Jonny und Stella willkommen. »Ich hoffe, dass Sie eine gute Zeit in Daressalam verleben werden und dass wir Ihnen alle zu Ihrer Zufriedenheit dienen können. Ich werde ehrgeizig meine ganze Tüchtigkeit, die ich von den Deutschen gelernt habe, einsetzen, damit Sie hier glücklich sind.« Er blickte hinter sich, und eine junge Frau trat aus der Gruppe, einen Korb mit Früchten in der Hand. Sie ging zwei Stufen hinab, auf Jonny zu. Mit einem Knicks stellte sie den Korb vor seine Füße. Rückwärts begab sie sich wieder an ihren Platz. Nun kam eine andere junge Frau und überreichte Jonny einen Strauß wundervoll duftender Lilien. Stella empfand leichten Ärger. Und sie? Übersah man sie einfach? Sie runzelte die Stirn und suchte den Blick der Frau, die Jonny die Lilien überreicht hatte.

Herr von Breitling sagte leise zu Jonny: »Das ist Hans. Einer der Askaris, die mit Lettow-Vorbeck gegen die Engländer gekämpft haben.«

Jonny ging auf Hans zu und klopfte ihm auf die Schulter. »Danke, mein Alter«, sagte er. »Wirklich netter Empfang.«

Hans verbeugte sich steif. Stella beschloss, dieser bescheuerten Situation ein Ende zu machen. Also folgte sie Jonny, reichte dem Askari die Hand und sagte herzlich: »Ich bin Stella Maukesch. General von Lettow-Vorbeck hat mir viel von der vorbildlichen Haltung seiner Askaris erzählt. Ich bin stolz, Sie kennenzulernen. Und ich muss Ihnen ein Kompliment machen: Ihr Deutsch ist perfekt.«

»Stella, komm!« Jonnys Stimme knallte scharf von der oberen Treppenstufe. Stella zuckte zusammen und folgte ihm, äußerlich lächelnd, aber innerlich begann es in ihr zu brodeln. Was bildete er sich ein? Zuerst behandelte er diesen alten Mann mit der bewundernswerten deutschen Sprache wie einen Hund, den man tätschelt, wenn er gehorcht hat, und dann kommandierte er sie wie einen Hund, der nicht gehorcht. Hatte die Sonne ihm das Gehirn aufgeweicht, oder war ihm zu Kopfe gestiegen, dass man nur ihn hier hofierte und sie übersah?

Doch nicht nur sie war irritiert. Auch Hans wirkte etwas durcheinander, weil Jonny an den Dienern vorbei ins Haus stürmen wollte, obwohl die einstudierte Begrüßungszeremonie offenbar noch nicht beendet war. Alle wirkten peinlich berührt, als Jonny vor der Haustür stand und im Begriff war einzutreten. Die Schwarzen blickten verwirrt von Jonny zu Hans, der hilfesuchend zu Herrn von Breitling sah. Der war auf der untersten Stufe der Treppe stehen geblieben. Nun murmelte er in Hans' Richtung: »Die Herrschaften haben eine lange Reise hinter sich. Gehen wir doch einfach hinein.« Hans, immer noch etwas durcheinander, schritt in militärisch grader Haltung die fünf Stufen hinauf und folgte Jonny, der schon die Haustür geöffnet hatte. Bevor auch Hans ins Haus trat, sagte er ein paar Sätze zu den Schwarzen, die daraufhin kicherten und verlegen mit den Füßen scharrten.

Stella, verwirrt und verärgert, folgte den Männern als Letzte. Da löste sich ein junges Mädchen aus der Gruppe und trat zu ihr. Zwischen ihren ausgestreckten Händen trug sie ein großes Tuch, das in leuchtenden Herbsttönen gewebt war. Sie drapierte es liebevoll über Stellas Schultern und verneigte sich mit einem bezaubernden Lächeln. Dann zog sie sich rückwärts an ihren Platz zurück. Stella schluckte. Das Tuch fühlte sich auf eine sonderbar tröstende Weise weich auf ihren Armen an. Sie ließ es tastend zwischen ihren Fingern hindurchgleiten. Zwanzig schwarze Augenpaare waren auf sie gerichtet, neugierige, irgendwie zärtlich und verträumt wirkende Blicke. Sie verbeugte sich leicht nach rechts und links. »Danke!«, sagte sie. »Wir werden bestimmt gut miteinander auskommen.« Sie wusste nicht, ob außer Hans noch ein anderer Deutsch verstand. Es war ihr auch egal.

Schon stand Jonny in der Haustür und rief: »Wo bleibst du denn?« Sobald sie das Haus betreten hatte, befand sie sich in einer wohltuenden Kühle, dennoch waren die Räume von Licht durchströmt. Das Haus war ganz erstaunlich schön. Es stammte aus der Zeit, als die durch Sklavenhandel unmäßig reich gewordenen arabischen Scheichs an der Küste von Ostafrika die Macht hatten. Die Fenster hatten eine besondere Form, die oben in einer geschwungenen Spitze auslief. Das Haus war wie ein Viereck geformt, in dessen Mitte ein Innenhof lag. Der Innenhof bezauberte Stella ganz besonders. Es gab dort einen Springbrunnen und Palmen und Blumen, die Stella nicht kannte, die aber in wundervollen Farben leuchteten. Unter den Palmen standen Holzliegen, mit Kissen bedeckt, die mit ähnlichem Stoff bezogen waren wie das Tuch, das Stella gerade als Geschenk erhalten hatte.

Das Haus war komplett eingerichtet, schöne Möbel aus geschnitztem dunklem Holz, bedeckt mit farbenprächtigen Kissen. Überall Spiegel in ähnlicher Form wie die Fenster, wundervolle Teppiche über orientalisch anmutenden Fliesen. Es gab einen Trakt für die Bediensteten. Dort lag auch die Küche. Ein Trakt war für das Ehepaar vorgesehen, Schlafzimmer, Ankleidezimmer, ein Damenzimmer und ein kleiner Raum, der vom Schlafzimmer abging, wo eine Liege aus Rattan stand, ein kleiner Holztisch, in den zierliche Intarsien aus Elfenbein eingelegt waren, sowie eine weitere geschwungene Liege. Stella betrachtete dieses Arrangement, das in ihrem Körper ein wohliges Gefühl bewirkte. Das alles sah nach romantischen, leidenschaftlichen Nächten und Morgen aus. So auch das große Bett, das aus dunklem Holz hergestellt war und an den Ecken vier gedrechselte Säulen aufwies, über denen bunte Tücher einen Baldachin formten. Zu den Seiten hing dichter Tüll herab und erzeugte so einen sehr romantischen Eindruck.

Plötzlich schmerzte Stellas Brust vor Sehnsucht nach Romantik und Leidenschaft. Jonny und sie lebten seit ihrer Hochzeit eher so zusammen, als würden sie einander gegenseitig versorgen. Jonny verdiente das Geld. Stella sorgte dafür, dass seine Kleidung sauber war, dass er zu essen bekam und dass er eine Frau im Bett hatte. Zu seinem Leid sorgte sie nicht dafür, dass er einen Erben bekam. Sie sorgte dafür, dass er als Kapitän a. D. Maukesch nach außen als gesunder Mann erschien, der eine Frau an seiner Seite hatte, dazu noch eine sehr vorzeigbare, um die ihn viele Männer beneideten. Und er sorgte dafür, dass sie nach außen als Ehefrau von Jonny Maukesch geehrt und geachtet war.

Vielleicht wusste sie das alles nicht ausreichend zu schätzen, da sie sich in den letzten Monaten oft sehr unzufrieden gefühlt hatte. Das, was er ihr gab, schien ihr nichts im Vergleich zu dem, was er ihr nahm. Auch bevor er sie ernährte, hatte sie keinen Hunger gelitten. Ganz im Gegenteil, ihre Auftritte in Bars und Tanzlokalen hatten ihrer Familie in schlechten Zeiten oft über das Gröbste hinweggeholfen. Außerdem hatte es genügend Männer gegeben, die sich ihr als Ehemann angeboten hatten, daran hatte sie nicht den geringsten Mangel gehabt, geschweige denn irgendeine Form von Torschlusspanik empfunden. Aber leider war ihr Leben sehr viel amüsanter und lustiger gewesen, bevor sie heiratete. Ihr schien die Ehe manches Mal wie ein Gefängnis. Keine Auftritte, keine Nächte mit Abendkleid und Alkohol und Tabak und Bewunderung und Applaus. Kein Mann, der ihr das Gefühl gab, das wundervollste Geschöpf auf Gottes Erde zu sein. Kein Mann, der sich für sie zum Affen machte, der verrückt nach ihr war. Kein Mann, der sie überraschte mit Geschenken oder Unternehmungen, die er sich eigens für sie ausgedacht hatte. Vor allem aber: Keine Zukunft mehr als Sängerin, als Schauspielerin. Kein Ehrgeiz, kein Lernen, keine Herausforderung.

Manchmal hatte es Tage gegeben, an denen Stella gedacht hatte, sie würde daran krank werden. Wo sie das Gefühl hatte, innerhalb eines Jahres um Jahrzehnte gealtert zu sein. Wo ihr das Leben nicht mehr wert erschien, wirklich gelebt zu werden. Wahrscheinlich hatte das Singen mit Aaron ihr das Leben gerettet. Aber die Proben mit den jungen Studenten waren kurz gewesen. Vier Stunden Entschädigung für eine Woche Langeweile.

Jonny behandelte sie ja nicht schlecht. Er behandelte sie nur wie seine Ehefrau. Und das bedeutete für ihn, dass sie für ihn da zu sein hatte. Dass ihre Lebensaufgabe war, für sein Wohl zu sorgen. Und dass er darauf ein selbstverständliches Anrecht hatte. Kein Werben mehr, keine Schmeicheleien, keine kleinen Geschenke oder Aufmerksamkeiten, nicht einmal mehr Komplimente. Manchmal, wenn sie ausgingen, sagte er zu ihr, dass sie gut aussehe. Häufiger aber hatte er noch irgendeine Kleinigkeit an ihr zu bemängeln. Dass der Lippenstift zu rot war, der Ausschnitt zu tief, das Kleid zu kurz, zu eng, zu grell. Er zeigte ihr unmissverständlich, dass er meinte, sie dämpfen, zähmen, für die Pflichterfüllung einer gutbürgerlichen Frau erziehen zu müssen, immerhin war er ein angesehener Kapitän zur See außer Dienst. Manchmal sagte er sogar Sätze wie: »Mit der Leni wäre alles einfacher gewesen«. »Die Leni war eben eine Dame, du bist ja leider noch eine Göre«, oder sogar: »Die Leni war eine Dame, du bist eine Halbweltdame.« Nach dieser Bemerkung hätte sie ihn am liebsten erschlagen. Aber sie hatte sich nur kurz auf die Unterlippe gebissen. Dann war sie in Lachen ausgebrochen und hatte, wie sie es sich angewöhnt hatte, wenn er sie beleidigte, gesagt: »Und du, mein Liebster, scheinst halbe Weltdamen zu lieben!« Sie hatte sich an ihn geschmiegt und in sein Ohr geraunt: »Zwei halbe Welten ergeben eine ganze. Lass uns zusammenschmeißen.« Das waren die Momente, wo er sogar wieder verrückt nach ihr war, wenn sie ihn mit Schwung seiner Kleider entledigte und sich voller Bereitwilligkeit aufs Bett warf. Doch diese Augenblicke waren selten und wurden immer seltener. Zu Jonnys Vorstellung von Eheleben gehörte ein rituell vollzogener Geschlechtsverkehr am Samstagabend und manchmal noch am Mittwoch.

Als sie ins Ankleidezimmer traten, bemerkten sie einen ganzen Pulk von Schwarzen, die damit beschäftigt waren, ihr Gepäck, das sie auf dem Schiff gelassen hatten, dort hinzuschaffen. Fasziniert beobachtete Stella, wie eine Kiste nach der andern von dünnen, nur mit einem Tuch um die Hüften bekleideten Männern im Zimmer gestapelt wurden. Jetzt fanden sich zwei junge Frauen dort ein, die begannen, die Koffer zu öffnen, Stellas Kleidung herauszunehmen und in den Schränken einzuordnen. Stella wollte gerade aufbegehren und sagen, dass sie das lieber selbst tun wollte, da warf Jonny ihr einen warnenden Blick zu. Wag es ja nicht, sagte der Blick, den Negern eine Arbeit abzunehmen. Du bist hier die Herrin!

Stella erschrak etwas angesichts dieses kalten Blicks, doch dann beruhigte sie sich damit, dass sie schließlich eine lange Reise hinter sich hatten und auch für Jonny diese Ankunft, das heiße Klima, all das Neue anstrengend wäre und ihn vielleicht ein bisschen durcheinanderbrachte.

Als sie dann aber endlich in ihrem Schlafzimmer allein waren, um sich vor dem Essen etwas zu erfrischen, legte Jonny auf eine Weise los, die Stella erblassen ließ. »Du benimmst dich wie ein Ladenmädchen! Wie kannst du es wagen, die Neger wie Menschen zu behandeln? Sie sind wie Kettenhunde. Sie müssen kuschen und gehorchen, wenn du dafür nicht sorgst, werden sie dich zerfleischen! Lerne gefälligst, dich wie eine Herrin zu benehmen, ansonsten wird dich keiner respektieren! Sie werden dich belügen und bestehlen und dich verhöhnen!« Bitter fügte er hinzu: »Wahrscheinlich geschieht das alles jetzt schon. Du hast unverzeihliche Fehler begangen!« Hart fasste er ihr an die Brust. »Und jetzt lass dir zeigen, wer hier der Herr ist!« Stella sah ihn fassungslos an. Das waren Töne, die ihr an Jonny neu waren. Sie versuchte ein amüsiertes Lachen, aber es misslang. Er drängte sie zum Bett und stieß sie nach hinten, sodass sie rücklings darauffiel. Mit wenigen groben Handgriffen zog er ihre Unterhose hinunter, sodass sie ihre Beine nicht mehr bewegen konnte und holte seinen erigierten Schwengel heraus. Er stieß hart in sie hinein und knetete ihre Brüste. Stella war starr vor Schreck.

In diesem Augenblick kehrte in ihren Körper das Entsetzen zurück, das sie mit dreizehn empfunden hatte, nachdem sie im Koma der Trunkenheit vergewaltigt und geschwängert worden war. Sie war unfähig, Jonny von sich zu drücken, ebenso war sie nicht in der Lage, einen einzigen Ton des Protestes von sich zu geben. Nach einer Zeit ächzenden Stoßens in ihren Körper fiel Jonny mit einem Schnaufer schwer auf ihren Bauch. Seine Hände rutschten von ihren Brüsten, und es dauerte nicht lange, da schnarchte er. Stella fand diese Situation unangenehmer als das, was gerade stattgefunden hatte. Die Unterhose hielt ihre Knie zusammen, ihre Scheide fühlte sich klebrig an. Ihre Beine waren auseinandergedrückt, und auf ihrem Bauch lastete schwer Jonnys Gewicht. Immer noch lief in ihr der Film von damals ab. Ihr Aufwachen mit dem verklebten blutigen Geschlecht, die schmutzige Kleidung, die Schmerzen. Sie erinnerte deutlich die Anstrengung, die sie damals hatte aufbringen müssen, um die Mauer des Schwimmbades zu überwinden. Den Aufprall auf der Erde. Ihre Wut und Scham, als sie Lysbeth aufsuchte, die damals bei der Nachbarin aushalf, die gerade ein Kind bekommen hatte. Stella erinnerte sich an die folgende wochenlange Übelkeit. Und plötzlich kehrte auch die Geburt in ihr Gedächtnis zurück. Die Angst. Die Schmerzen. Und mit einem Mal, ohne Vorwarnung, ohne die geringste Chance, sich vor dem, was jetzt geschah, zu schützen, schoss in ihren ganzen Körper die Liebe für das Mädchen, das sie damals geboren hatte. Angelina. Engelchen. Regungslos ließ sie die Tränen über ihre Wangen laufen. Sie spürte Jonny nicht mehr. Sie war nicht mehr in Afrika, auf diesem Bett mit dem Baldachin und unter diesem Fremden, der ihr Mann sein sollte. Sie war im Haus der Tante in Laubegast, in ihrem Arm lag ihr Kind und verströmte diesen Duft nach Milch und Honig, der Stella betörte, und nuckelte an ihrer Brust, während das kleine Fäustchen ihren Finger umklammert hielt. Es war mein Baby!, schrie es in Stella auf. Sie durften es mir nicht wegnehmen!

Sie wusste, dass dieser Gedanke töricht war, aber sie dachte ihn dennoch. Sie haben mir mein Kind gestohlen!

Jonny richtete sich auf und sah ihr ins Gesicht. »Stella, weine nicht«, sagte er reumütig. »Es tut mir leid. Es ist so über mich gekommen.« Ächzend schob er sich zwischen ihren Beinen auf die Füße. Stella reagierte nicht. Er war ihr gleichgültig. Zufällig waren sie einander begegnet, zufällig hatten sie geheiratet, zufällig waren sie miteinander in Afrika gelandet. Das war eigentlich alles ein großer Witz. Aber dass sie mit vierzehn Jahren ein kleines Mädchen geboren hatte, das von erlesener Schönheit war, nach Paradies roch, die zarteste, flaumigste Haut der Welt besaß und mit acht Wochen, als man es Stella wegnahm, sogar schon glucksendes Lachen gelernt hatte, das war nicht Zufall gewesen, das war Schicksal. Stellas Schicksal. Stellas Tochter. Stellas Schmerz.

Sie blickte starr zur Decke, während ihr immer weiter Tränen über die Wangen liefen. Sie hörte, wie Jonny im Nebenzimmer urinierte. Nun kam er zurück. »Steh auf!«, sagte er drängend. »Mach dich frisch. Und hör endlich auf mit dem Heulen. So schlimm war es nun auch wieder nicht. Immerhin sind wir verheiratet.« Grob fügte er hinzu: »Ich bin wohl auch nicht der Erste, der es dir so besorgt hat.«

Ich müsste sofort auf meine Füße springen und ihm eine Ohrfeige geben, die sich gewaschen hat, dachte Stella. Und ich müsste ihm erzählen, dass es mir leider jede Menge Männer tausendmal besser besorgt haben, als er es jemals hinkriegen könnte. Aber sie weinte still weiter und blieb regungslos liegen.

»Stella! Steh jetzt auf!«, drängte Jonny. »Wir sind zum Abendessen mit von Breitling verabredet, der uns einigen Leuten vorstellen will. Das ist wichtig für mich!« Sie hörte die Angst in seiner Stimme. Er hatte nicht viel Erfahrung mit Frauen. Hafennutten. Leni. Nun Stella. Er wusste nicht, was er tun sollte, wenn sie weinte. Das machte ihn hilflos.

»Geh schon vor«, sagte Stella matt. »Ich komm gleich nach. Ich muss mich jetzt erst mal gründlich waschen.« Sie hatte sich nicht die Mühe gemacht, sich die Hose hochzuziehen, nachdem Jonny von ihr geglitten war. Sein Blick fiel auf das dunkle Dreieck zwischen ihren Beinen, in dem sein Sperma hing.

»Mach dich sauber!«, befahl er rau. »Ich geh ins Herrenzimmer und trinke einen Cognac.«

Geh bloß endlich!, dachte Stella. Als er die Tür hinter sich zuzog, überfiel sie eine abgrundtiefe Müdigkeit. Jetzt schlafen, war ihre einzige Sehnsucht. Aber sie wusste, dass es ihre unumstößliche Pflicht war, als Jonnys Gattin zu repräsentieren, wenn sie wichtige Leute trafen. Also erlaubte sie sich keine Sekunde länger im Bett, weil sie wusste, dass sie gleich einschlafen würde, sobald sie sich gemütlich hingelegt hätte. So hatte sie es immer gehalten: Wenn ihr etwas Schlimmes zugestoßen war, hatte sie sich ins Bett gelegt und geschlafen. Wenn sie dann aufwachte, war alles verblasst und das meiste vergessen.

Doch das war jetzt nicht erlaubt. Also schob sie sich nach vorn auf die Beine, die etwas taub und zittrig waren, und ging ins Badezimmer, um sich für die Abendeinladung fertig zu machen.

16

*L*ysbeth fühlte sich, als wäre sie im Paradies gelandet. Täglich kam Aaron und gab ihr weiter, was er an der Universität gelernt hatte. Lysbeth war so wissensdurstig, dass ihr nie reichte, was er ihr von den Vorlesungen erzählte. Sie wollte es immer genauer wissen. Also bestachen sie die Aufsicht im medizinischen Seminar, und so gelangte Lysbeth in die Bibliothek, wo sie nach Herzenslust forschte. Es machte sie schier wahnsinnig, dass sie nicht an den praktischen Übungen teilnehmen konnte. Es juckte in ihren Fingern, Leichen zu sezieren und ganz genau zu lernen, wo man Schnitte ansetzen musste.

Aaron entwickelte sich in Kürze von einem mittelmäßigen, stets mit seinem Hunger beschäftigten Studenten zu einem Schüler, auf den die Professoren aufmerksam wurden. Er stellte die Fragen, die Lysbeth und er trotz eifrigen Nachschlagens nicht lösen konnten, und manches Mal brachte er einen Professor in Verlegenheit.

Ihre Brüder dachten, Lysbeth und Aaron hätten sich ineinander verliebt und würden deshalb so viel Zeit miteinander verbringen. Dritter war nicht einmal überrascht, weil Aaron so viel jünger war. Er konnte gut verstehen, wieso ein Mann sich für eine ältere Frau interessierte. Er selbst war eine ganze Weile um Lydia herumgestreunt, bis er sie endlich aufgeweicht hatte und sie seine Geliebte geworden war. Eckhardt wunderte sich etwas. Ein junger Mann müsste doch Frischfleisch bevorzugen, und Aaron ging zur Universität, wo eindeutig Frischfleisch herumlief, und er war ein so hübscher Junge, dass Eckhardt manchmal von ihm träumte. Beide kamen nicht im Geringsten auf die Idee, ihre Schwester könnte heimlich Medizin studieren. Die Einzige, die eingeweiht war, war die alte Tante. Einmal monatlich fuhr Lysbeth für ein paar Tage nach Laubegast und auf den Bauernhof von Angelinas Adoptiveltern.

Bereits beim ersten Besuch, nachdem der Vertrag mit Aaron geschlossen worden war, berichtete sie der Tante von ihrem Plan. Die nickte bedächtig mit dem Kopf und brummte zustimmend vor sich hin. »Worauf soll das hinauslaufen?«, fragte sie schließlich und blickte Lysbeth prüfend an.

»Ich will als Aarons Assistentin arbeiten, wenn er Frauenarzt ist«, erklärte Lysbeth wie aus der Pistole geschossen.

»Ist das erlaubt?«, fragte die Tante skeptisch. »Musst du dafür nicht Krankenschwester gelernt haben?«

»Das werden wir dann sehen«, antwortete Lysbeth kategorisch. »Es gibt doch auch Ärzte, deren Frauen in der Praxis mithelfen.«

»Du bist nicht seine Frau.« Die Tante lächelte. »Aber was nicht ist, kann ja noch werden.«

Lysbeth fuhr empört auf: »Ich werde niemandes Frau mehr, das kannst du mir glauben! Aber es gibt viele Maschen in den Gesetzen, ich werde etwas finden, wo ich durchschlüpfen kann, ganz sicher.«

»Ganz sicher«, wiederholte die Tante verschmitzt.

»Und bis dahin möchte ich bei dir so viel wie möglich üben und lernen, Tantchen«, sagte Lysbeth, so schmeichelnd, wie bislang nur Stella mit der Tante gesprochen hatte.

»Bei mir?« Die Tante zog erstaunt die Brauen in die Höhe. »Was sollst du bei mir lernen, was du nicht viel besser von Aaron lernen kannst?«

»Ich möchte dir wieder assistieren, wenn ich hier bin«, bekundete Lysbeth schlicht. »Was er mir beibringt, ist Bücherwissen, ich möchte mit meinen eigenen Sinnen erfahren, was es bedeutet, Menschen zu heilen.«

»Hm, hm.« Die Tante schüttelte nachdenklich ihren Greisinnenkopf. »Verstehe.« Sie versank in ein Schweigen, während dem Lysbeth die Luft anhielt. Es konnte sein, dass die Tante sich selbst und Lysbeth nicht noch größerer Gefahr aussetzen wollte, als ohnehin schon da war. Es gab in diesen Zeiten eine Unzahl von Frauen, die sich ihre ungeborenen Kinder wegmachen lassen wollten. Für die reichen Frauen war es leichter. Sie zahlten, sie bekamen Einweisungen ins Krankenhaus, für sie war gesorgt, vorausgesetzt, sie hatten entweder selbst Geld zurückgelegt oder einen reichen Vater, oder ihr Mann wusste von der ganzen Sache und war einverstanden. Die Arbeiterinnen aber, ob verheiratet oder nicht, schlimmer noch, die armen Mädchen, die unverheiratet schwanger geworden waren, auf die wartete die nackte Hölle. Ihnen wurde Zyankali gegeben, sodass sie schlimmste Krämpfe bekamen, oder es wurde ätzende Lauge in ihre Gebärmutter gespült, oder die alte erprobte Stricknadel wurde benutzt. Allein bei dem Gedanken an all diese barbarischen Methoden schauderte Lysbeth. Es war ihr ein großes Anliegen, in der Methode der Abtreibung geschult zu werden. Das war etwas, das Aaron an der Universität nicht lernte, wie überhaupt Geburtshilfe nur am Rande gestreift wurde. Nach wie vor galt Geburt als etwas Schmutziges, mit dem sich Männer nur im Notfall beschäftigten. Sie hatten zwar die Geburtszange erfunden und benutzten sie gern und häufig, aber im Grunde blieb die Geburtshilfe den Hebammen überlassen, die dafür gleichzeitig ein wenig verachtet wurden.

Es war Mode geworden, sich von einem Mann betreuen zu lassen. Und mit zunehmendem Wohlstand entschieden sich auch immer mehr Frauen für diese Möglichkeit. Zudem wussten Apotheker, Zahnärzte und Chirurgen sehr gut, dass das Vertrauen einer Familie, das sie sich durch Geburtshilfe erworben hatten, ihre Chancen erhöhte, auch bei anderen medizinischen Problemen konsultiert zu werden. Es existierte das geflügelte Wort, dass ein Arzt, »hätte er es geschafft, auch nur eine einzige Entbindung in einer Familie zu betreuen, sich damit für immer deren Wohlwollen gesichert hatte«. Doch letztlich blieben Geburten für Ärzte nichts als ein schmutziges Geschäft. Lysbeth wollte lernen, wie sie dieses Geschäft so hygienisch, so schmerzlos, so schonend wie möglich für Frauen ausüben konnte. Es war ihr größter Wunsch geworden, Frauen bei Geburten wie bei Abtreibungen zu helfen. Sie wusste nicht einmal ganz genau, seit wann das so war. Wahrscheinlich seit der Geburt der kleinen Angelina.

Vielleicht auch seit ihrer Scheidung. Sie empfand nicht nur keine Wut auf Maximilian, sie empfand großes Bedauern für diese Frau, die von ihm ein Kind bekam, aber nicht standesgemäß für die Familie von Schnell war. Welche Perspektive hatte die Arme? Das Kind ein Bastard. Sie selbst in Geldnöten. Im Vergleich zu Lysbeth hatte sie nicht die geringste Chance, sich aus der Abhängigkeit von Maximilian zu befreien. Ihre Zukunft sah düster aus.

»Nun gut.« Die Tante blickte sie mit einem strahlenden Lächeln an. »Die Kundschaft nimmt zu in der letzten Zeit. Und ich schicke viel zu viele weg. Wie häufig willst du kommen?«

»Einmal im Monat eine Woche?«

»Einverstanden.«

Und so war es eine beschlossene Sache. Einmal monatlich fuhr Lysbeth nach Laubegast, um der Tante zu assistieren. Diese legte die Termine für die Abtreibungen, wenn es irgend ging, auf diese Woche. Sie war sehr froh darüber, weil sie die schwere Arbeit, die eine Abtreibung für sie bedeutete, kaum mehr allein bewältigen konnte.

Während ihrer Zusammenarbeit erklärte die Tante nebenbei etwas über das Dasein als Heilerin. »Frauen, die sich früher das Recht nahmen, als Heilerinnen zu arbeiten, waren immer außergewöhnliche Persönlichkeiten, weil sie sich den gesetzlichen Vorschriften widersetzen mussten.«, sagte sie. »Viele Heilerinnen sahen, was sich in den unsichtbaren Räumen jenseits des Bereichs verbirgt, den Menschen im Allgemeinen wahrnehmen können.« Wieder einmal konfrontierte sie Lysbeth mit deren Macht. »Du bist in der Lage, unsichtbare Welten zu sehen und mit ihnen umzugehen.« Immer wieder ermahnte sie Lysbeth zu Achtung vor der Natur. »Die Erde hat für eine Fülle von Heilmitteln gesorgt. Es gibt aseptische, schmerzlindernde, harntreibende, Brechreiz verursachende Pflanzen. Es wachsen blutstillende und fiebersenkende Kräuter. Die Natur stellt Instrumente für chirurgische Zwecke und zur Behandlung von Brüchen und Zerrungen zur Verfügung. Zangen, Lanzetten, Nadeln, Materialien zum Nähen und Schienen. Wir müssen sie nur nutzen!«

Sie sprach in klaren Worten voller Verachtung darüber, was die Kirche im Hinblick auf Frauen und Geburten verbrochen hatte. »Das meiste, was die Kirche zu Geburten verkündet, ist nichts als Unfug. Wehenschmerzen werden als gerechte Strafe für die Frau betrachtet. Leben, Zeugung, sinnliche Liebe zwischen Mann und Frau – das alles wird zutiefst herabgewürdigt. Das Gebären wird als zweifelhafte, hoch intime und hässliche Angelegenheit betrachtet. Und natürlich haben gerade einflussreiche Männer immer schon Angst vor Hebammen gehabt. Die kannten die Väter unehelicher Kinder und geheim gehaltene ungewollte Kinder, kannten deren Sünden und Geheimnisse.«

Neuerdings interessierte sich die Tante für Homöopathie. Diese Art der Therapie war aufgekommen, als sie gerade geboren war. Als junges Mädchen war die Tante in die Kunst des Heilens von ihrer Tante eingeführt worden. Die hatte über Homöopathie Hohn und Spott gekippt. Sie hatte diese neumoderne Medizin als einen weiteren Auswuchs männlicher Hirngespinste abgetan. Männer, die keine Lust hatten, durch Wälder und Wiesen zu streifen und wilde Kräuter zu sammeln, denen das Zerstampfen, Auspressen, Kochen oder Einlegen, überhaupt die ganze Küchenarbeit widerwärtig war, benutzten einfach winzigste Mengen in unendlich verdünnter Dosierung nach dem Grundsatz »Ähnliches« bzw. »Gleiches heilt Gleiches«. Was für eine Scharlatanerie!

Die Tante war mit der Verachtung für Homöopathen groß geworden. Seitdem hatten jene stetig an Einfluss gewonnen und waren vor der Jahrhundertwende bereits eine ernsthafte Konkurrenz für die allopathische Medizin geworden. Homöopathische Mittel schmeckten nicht so abscheulich wie die heroische Medizin und hatten auch nicht deren Nebenwirkungen.

Die Tante war immer noch sehr misstrauisch den homöopathischen Heilversuchen gegenüber. »Die Homöopathie gibt den Unwissenden, die es so unausrottbar kitzelt, sich als Arzt zu versuchen, ein Buch und den Medikamentenkoffer einer Puppe in die Hand, damit sie Herr und Frau Doktor spielen können, ohne Angst haben zu müssen, den Leichenbeschauer auf den Plan zu rufen«, sagte sie. Es gab »Die Hausapotheke« – ein kleines Mahagonikästchen mit nummerierten Arzneifläschchen und einem Diagnosehandbuch, das den Eckpfeiler der weiblichen Heilpraxis zu Hause bot. Das fand die Tante nachgerade kriminell, weil Krankheiten ihrer Meinung nach in die Hände erfahrener Heiler gehörten.

Aber sie war in der Lage, ihren Geist nicht vor Dingen zu verschließen, die ihrer Meinung widersprachen. Sie hatte erlebt, wie Menschen durch ein paar Kügelchen gesundeten, die sie mit Kräutern nicht hatte heilen können. Das weckte ihre Neugier.

17

*D*ie folgende Zeit war angefüllt mit Stellas Bemühung, sich in dieser bunten fremden Welt zurechtzufinden. Es war, als würde sie auf der Landkarte eines unbekannten Ortes Markierungspunkte suchen. Und so war es ja auch.

Unter ihren vielen Bediensteten, die sich alle so sehr ähnelten, dass sie sie nicht unterscheiden konnte, suchte sie sich drei Menschen aus, die aufgrund eindeutiger Merkmale erkennbar waren, ohne dass Stella erst mühsam in ihrem Gedächtnis kramen musste: Erstens den Koch, der anders aussah als die anderen, denn er war Inder und trug stets einen weißen Turban. Zweitens das Mädchen, das ihr das Tuch überreicht hatte, Mbeti. Mbeti war von exquisiter Schönheit. Ihre langen dunklen Haare waren glatter und glänzender als die der anderen Mädchen. Stella machte sie zu ihrer ganz persönlichen Bediensteten, ihrem Zimmermädchen. Und dann war da Willy, der Pferdeknecht. Er roch nach Pferd, das machte ihn leicht erkennbar für Stella.

Zu Stellas großer Freude gehörten zu ihrem Anwesen eine kleine Arena und drei Boxen, in denen edle Pferde standen, zwei Stuten und ein Hengst. Das Haus, in dem Stella und Jonny untergekommen waren, gehörte einem Engländer, der mit Frau und Tochter für drei Jahre nach London zurückgegangen war. Drei Jahre würden Stella und Jonny mindestens in Daressalam bleiben. Der Engländer hatte seine Pferde ebenso wie sein Mobiliar zurückgelassen in der sicheren Erwartung, dass derjenige, der sein Haus für drei Jahre bewohnen würde, auch für die Tiere sorgen werde. Stella war hingerissen von den Pferden. Auch Jonny freute sich an ihrem morgendlichen Ausritt, den sie am Wasser entlang unternahmen. Willy folgte ihnen in einiger Entfernung auf dem Hengst, der bewegt werden musste, Stella und Jonny aber zu wild erschien, als dass sie sich bereits während ihrer ersten Tage der Gefahr aussetzen wollten, von ihm vielleicht ins Wasser geworfen zu werden.

Willy war ein unglaublicher Reiter. Vollkommen anders als Jonny, der die Reitkunst des deutschen Militärs schon als Junge in China gelernt hatte, und auch anders als Stella, die von ihrem Vater gelernt hatte, ein Pferd mit äußerster Eleganz und Einfühlung zu bewegen, gleichzeitig aber auch den Spaß an der animalischen Kraft des Tieres nicht zu verlieren, wirkte es, als würde Willy mit dem Tier zu einem Wesen verschmelzen. Er ritt ohne Sattel, nur mit einer wundervoll bestickten Decke, die er dem Tier liebevoll überwarf. Er benutzte keine Peitsche, keine Sporen, und man hatte fast den Eindruck, als würde er nicht einmal Trense und Zügel benutzen, sondern nur seine Schenkel und Hüften. Er machte zärtliche Laute, sobald er sich dem Hengst, den er Mustafa nannte, näherte, und Mustafa hob sofort den schönen Kopf, um ihn danach in Demut zu beugen, damit Willy ihn streicheln konnte.

Stella ertappte sich manchmal dabei, wie ihre Augen zu Willys Händen glitten. So schöne Hände hatte sie selten gesehen: fein und elegant geformt, als würde Willy nicht täglich schwere Arbeit verrichten. Manchmal, wenn Willy den Kopf der Pferde und ihren Hals streichelte, wünschte sie sich, er würde auch sie auf diese Weise berühren. Doch das waren völlig geheime Gedanken, die sie nicht einmal sich selbst völlig eingestand.

Es lag wahrscheinlich auch daran, dass Jonny sich, seit sie in Afrika waren, auf eine Weise verändert hatte, die Stella zutiefst verunsicherte. Sie wusste zwar, dass er es gewohnt war, zu kommandieren. Seine knappe, zackige Sprechweise hatte er allerdings bisher in ihrer Gegenwart stets abgemildert, ja, er hatte sogar oft mit ihr in einem weichen zärtlichen Ton gesprochen, der den Offizier nicht mehr erkennen ließ. Hier aber behandelte er die Menschen, als müsste er Esel antreiben oder tolle Hunde unter Kontrolle behalten. Dabei waren all ihre Bediensteten so sanft und bemüht, es Stella und Jonny recht zu machen, dabei oft fröhlich und fast ausgelassen. Wie Kinder kamen sie Stella vor. Jonny aber schärfte ihr ein, dass die Neger logen, stahlen, und wenn man nicht aufpasste, schnitten sie einem die Kehle durch, nur um ein paar Taler mitgehen zu lassen.

»Sie sind hinterhältig und disziplinlos«, erklärte er ihr wie ein Lehrer, der seinem Schüler beibringt, dass Hamburg in Deutschland liegt. Eine klare, unmissverständliche Wahrheit. »Ein Neger ist kein Mensch!«

Stella lauschte ihm. Da sie jedoch auch seine Wahrheiten zu Frauen bereits in Frage zu stellen gelernt hatte, zog sie in Betracht, dass auch diese Aussagen nicht ganz stimmen mussten. Sie widersprach allerdings nicht, denn auch das lernte sie gerade: Seit sie in Afrika waren, ließ Jonny keinen Widerspruch gelten. Er hatte ihr streng untersagt, in der Öffentlichkeit irgendwie seine Autorität zu untergraben. Stella vermutete, dass er in Wirklichkeit große Angst vor diesem fremden Land mit seinen vielen Menschen hatte, deren Sprache er nicht beherrschte. Aber das machte sein Verhalten nicht weniger belastend für sie.

Seit sie in Afrika waren, galten eigenartige Regeln. Sowohl im deutschen als auch im englischen Club verkehrten ausschließlich Männer. Deren Frauen warteten zu Hause mit Mahlzeiten zu bestimmten, festgelegten Zeiten. Den Aperitif nahmen die Männer davor in den Clubs ein, wo sie auch Zeitung lasen und über Politik diskutierten. Abends gab es meistens irgendwelche Gesellschaften, zu denen die Frauen sehr aufwendige Garderobe trugen. Dann wurde gespeist und getrunken, bedient von ganzen Armeen von weiß livrierten schwarzhäutigen Menschen. Die Männer sprachen über Politik, Geschäfte und Safaris, auf denen sie wilde Tiere erlegt hatten. Die Frauen sprachen über die Mode in Europa, über ihre Probleme mit den schwarzen Bediensteten, über das schreckliche Wetter und – über den Prinz von Sansibar, der neuerdings häufig in Daressalam weilte.

Stella langweilte sich entsetzlich, nachdem sie an drei solcher Abendgesellschaften teilgenommen hatte. Das einzige Thema, das sie immer wieder elektrisierte, war der Sohn des Sultans von Sansibar. Er schien wirklich außerordentliche faszinierend zu sein, schön wie ein orientalischer Märchenprinz, belesen und gebildet und außerdem von großem Charme im Umgang mit Frauen, was sich wohltuend abhob von den englischen und deutschen Männern, die sich für Schiffe, Pferde, Schießeisen und Automobile sehr viel mehr interessierten als für ihre Frauen.

Nach der ersten Eingewöhnungszeit kehrte in Stellas Alltag die Langeweile zurück. Morgens ritt sie mit Jonny aus. Täglich besprach sie mit dem Koch das Essen, aber ihr war natürlich ebenso klar wie ihm, dass sie im Vergleich zu ihm eine jämmerliche Nichtskönnerin auf diesem Gebiet war. Begleitet von Mbeti, ihrem Dienstmädchen, stromerte sie stundenlang durch die Gassen von Daressalam, immer auf der Suche nach interessanten Dingen für ihr Haus oder für ihre Garderobe. Aber es gab niemanden, mit dem sie sich wirklich unterhalten konnte. Mbeti sprach Kisuaheli. Die meisten Frauen sprachen englisch. Die meisten deutschen Frauen waren entsetzlich langweilig.

Stella bat Jonny, ihr ein Klavier zu besorgen. »Wie das?«, fragte er gereizt. »Soll ich mir eins aus den Rippen schneiden?«

»Oh, keine schlechte Idee«, lachte Stella, die beschlossen hatte, Jonnys unfreundlichen Ton zu ignorieren. »Deine Knochen würden bestimmt gute Tasten abgeben.«

Jonny fuhr auf: »Du bist makaber.«

»Besser makaber als sauertöpfisch.«, konterte Stella, die nicht mehr an sich halten konnte. Er schnellte auf seine Füße und hob die Hand, während er sich auf sie stürzte. Stella wusste hinterher gar nicht mehr, wie es so schnell gekommen war, aber auch sie war auf ihren Füßen und stand, als wäre sie geflogen, hinter dem Stuhl, den sie mit ihren Händen umkrampfte, dass die Knöchel weiß wurden. »Wag es nicht!«, zischte sie. Sein heißer Atem wehte ihr ins Gesicht. Seine Hand war immer noch oben, aber nun wirkte es weniger bedrohlich als lächerlich. »Wenn du mich auch nur einmal anrührst«, sagte Stella klar und schneidend, »fahre ich sofort nach Hamburg zurück und lasse mich scheiden. Mich schlägt kein Mann, darauf kannst du Gift nehmen!«

Jonny zuckte zusammen. Jeder wusste, dass Frauen mit Gift gut umgehen konnten. So gut, dass manche Morde ungesühnt blieben.

Stella sah ihm seine Gedanken an und lächelte spöttisch. Was für ein Dummkopf! Er wusste überhaupt nicht, wen er vor sich hatte. Er hatte noch nie wirklich begriffen, dass Stella eine Frau war, die mit offenem

Visier kämpfte. Na gut, sollte er Angst vor irgendwelchen Hinterhältigkeiten ihrerseits haben. Ihr sollte es recht sein.

Jonny ließ die Hand sinken. Er drehte sich auf dem Absatz um und war in wenigen Schritten bei der Tür. »Nur dass *du* es weißt«, sagte er, nachdem er sich kurz umgedreht hatte, »wenn du mich noch einmal provozierst, setze *ich* dich aufs Schiff und schicke dich nach Hamburg zurück. Deine Drohung mit einer Scheidung führe ich auf dein hitziges Gemüt zurück und verzeihe sie dir hiermit.« Er hob den Kopf und blickte Stella von oben herab an. Stellas Knöchel waren kalkweiß, so stark krampfte sie die Fäuste um die Stuhllehne. Sie presste die Lippen zusammen. Jonny verließ zackig den Raum. Von draußen vernahm Stella seine Stimme, die nach Willy, dem Pferdeknecht, schrie.

Er will ausreiten, dachte sie bedrückt. Wie gern wäre sie selbst jetzt in den Stall gegangen, hätte ein wenig mit Willy gesprochen, sich an ihre Stute geschmiegt und wäre ausgeritten, um ihren heißen Kopf zu kühlen. Sie ließ sich auf den Stuhl sinken und legte den Kopf in ihre Hände. Sie seufzte schwer auf. So einsam hatte sie sich selten gefühlt. Niemand da. Keine Lysbeth, keine Mutter, kein Bruder. Keine Tante. Sie fühlte sich unendlich verloren. Und sehr an Jonny ausgeliefert. An einen Mann, der grob zu ihr war, sie überhaupt nicht mehr streichelte, nicht mehr küsste, selbst wenn er von Zeit zu Zeit seinen Schwanz in sie steckte.

Ein leises Geraschel ließ sie aufmerken. Sie hob den Kopf und erblickte Mbeti, die schüchtern ins Zimmer trat. »Maam …« Sie näherte sich mit einem liebevollen, vorsichtigen kleinen Lächeln. »Maam?« Ihre Hand zuckte leicht in die Höhe. Sie ließ sie wieder fallen. Stella sah Mbetis inneren Kampf. Mbeti hätte sie gern getröstet, hätte gern ihre Hand auf ihren Kopf gelegt, aber sie wusste, dass sie das nicht tun durfte, wenn sie nicht Gefahr laufen wollte, streng bestraft zu werden.

Stella lächelte traurig. Wie gern hätte sie jetzt mit Mbeti sprechen können. Sie streckte ihr eine Hand entgegen, die Mbeti sofort ergriff und liebevoll streichelte. »Maam … sad …« Sie hatte bei den vorigen Besitzern ein wenig Englisch gelernt, aber da sie bei denen in der Waschkammer gearbeitet hatte und mit der Dame des Hauses sehr selten in Kontakt gekommen war, hatte sie nur wenige Brocken aufgefangen.

Ich muss einfach Kisuaheli lernen, dachte Stella. Und plötzlich kam ihr eine Idee wie eine Erleuchtung. Ich will Kisuaheli lernen, und ich will Englisch lernen. Ich muss aus der Abhängigkeit von Jonny raus. Sofort strömte neues Leben in sie. Sie bedeutete Mbeti, diese möge ihr sagen, was »sad« auf Kisuaheli heiße. Anschließend wies sie auf die Gegenstände im Zimmer, nannte sie auf Deutsch und ließ sie sich von Mbeti auf Kisuaheli sagen. Sie lief fort, um sich ein Blatt und einen Stift zu holen, was Mbeti sehr amüsierte, da sie sich nicht vorstellen konnte, wie Stella ihre Sprache aufschreiben konnte. Natürlich gelang ihr nicht die offizielle Schreibweise, aber das war Stella egal. Sie schrieb einfach auf, was sie hörte, wiederholte es mehrfach und wurde von Mbeti mehrfach korrigiert. Die beiden hatten riesigen Spaß, und Stellas Kummer war im Nu vergessen.

Von nun an ging es bergauf. Stella nahm bei Mbeti Unterricht in Kisuaheli und erprobte das Gelernte im Gespräch mit Willy. Er sprach recht gut englisch und sein Deutsch wurde täglich besser. Mbeti drückte sich sehr deutlich mit den Augen, den Händen, dem Tonfall aus. Natürlich hätte Stella bei Hans, dem ehemaligen Askari von Lettow-Vorbeck, viel leichter Unterricht nehmen können, aber er war ihr immer etwas unheimlich. Sie hatte stets das Gefühl, einen Spitzel um sich zu haben, wenn er in ihre Nähe kam. Er war der deutschen Sache so ergeben, dass er für Jonny alles getan hätte. Und Jonny durfte auf keinen Fall erfahren, dass sie Kisuaheli lernte. Das hätte er als Schmach und Ausdruck schlimmsten Verlustes deutscher Ehre empfunden. Die Neger waren keine Menschen, und ihre Sprache war ein kulturloses Kauderwelsch, und wer sich ihnen zu sehr annäherte, lief gewissermaßen Gefahr, infiziert zu werden.

Tag für Tag unternahm Stella immer weitere Ausritte mit Willy. Sie lernte das Land lieben. Seit ihren Kisuaheli-Lektionen entwickelte sich Mbeti zu einer richtigen Freundin, mit der Stella viel Spaß hatte. Allmählich empfand Stella Angst davor, von Jonny nach Hause geschickt zu werden. Sie wollte hier bleiben. Sie wollte auch noch Englisch lernen. Beim Kisuaheli-Unterricht stellte sie fest, wie sehr es ihr gefiel, eine fremde Sprache zu lernen. Es war, als erschlösse sich ihr eine ganz neue Weise, die Welt zu sehen. Aber sie musste vorsichtig vorgehen, denn Jonny durfte von ihren Ambitionen nichts erfahren.

Auf einer Abendgesellschaft lernte sie Anthony kennen, einen jungen Schriftsteller, der sich gerade auf der Farm seiner Eltern in der Nähe von Korogwe aufhielt. Anthony war auf einer Farm in Kenia geboren und aufgewachsen, bis er nach England ins Internat geschickt worden war. Seine Eltern hatten das Beste für ihn gewollt, denn in Afrika an eine Schulbildung zu denken, die ihn zum Studium befähigte, war damals ausgeschlossen. Im Internat hatte Anthony sich ganz scheußlich gefühlt. Er hatte den barbarischen Sportdrill als Folter empfunden, war schnell in die Rolle des weinerlichen Versagers geschlüpft und damit Zielscheibe des Spotts seiner Mitschüler geworden, denen Gefühle wie Angst oder Trauer erfolgreich abtrainiert worden waren. Anthony war jahrelang Underdog und Outsider gewesen, er hatte Nächte geweint und aus Angst vor dem nächsten Tag gezittert. Sein einziger Gesprächspartner war sein Tagebuch gewesen. Er hatte sich seine Gefühle von der Seele geschrieben, und allmählich waren daraus kleine Geschichten geworden, in denen er seine Umwelt gnadenlos sezierte. So wuchs er in die Existenz eines Schriftstellers hinein.

Seine kleinen traurigen und zugleich mit rettendem Humor geschriebenen Geschichten waren inzwischen in einem Erzählungsband veröffentlicht worden, der entgegen aller Erwartungen, sowohl seiner eigenen als auch der des kleinen Verlages, so gut verkauft worden war, dass bereits drei Nachauflagen erschienen waren.

Anthonys Eltern hatten im Krieg ihre Farm in Kenia nicht halten können. Danach waren sie nach Tanganjika gegangen, um dort ihr Glück aufs Neue zu versuchen. Anthony war bei ihnen zu Besuch, weil er einen Roman über seine Jugend in Afrika schreiben und dafür recherchieren wollte.

Er war ein hagerer junger Mann mit breiten, eckigen Schultern. In seinem markanten Gesicht mit langem, energischem Kinn und hoher Stirn dominierten die großen hellblauen Augen, die so offen blickten, dass es fast kindlich naiv wirkte. Anthony strahlte etwas unglaublich Positives aus, als wäre ihm noch nie etwas Schlimmes zugestoßen.

In seiner lebhaften Art versuchte er, Stella in ein Gespräch zu verwickeln, was ihr jedoch schwerfiel, weil sie nicht mehr als einige Brocken Englisch sprach. Kurz entschlossen bot er sich ihr als Englischlehrer an. Kurz entschlossen griff sie zu. Von diesem Tag an lernte Stella in riesigen Schritten die englische Sprache. Nach einem Monat bereits war sie in der Lage, sich einigermaßen zu verständigen.

Stella fühlte sich ungewöhnlich wohl in Anthonys Gegenwart. Hinzu kam, dass er sich in der englischen Gesellschaft genauestens auskannte. Bald hatte er sie mit all jenen bekannt gemacht, die ein Piano besaßen. So dauerte es nicht lange, und Stella hatte eine Vielzahl von Fans, die es als große Ehre empfanden, wenn sie manchmal bei ihnen Schlager spielte und dazu sang. Diese Kontakte waren fast unmerklich durch Anthony in Stellas Leben geglitten. Jonny erfuhr davon erst, als Stellas Talent schon recht hohe Wellen geschlagen hatte. Nun war Jonny ohne Gesichtsverlust nicht mehr imstande, die Flut an Einladungen einzudämmen.

Er war aber sehr unzufrieden mit dieser Entwicklung. Er hatte sich nie eine Frau gewünscht, die derart leicht ins Licht der Öffentlichkeit geriet und dort im Nu zu einem Star wurde, der zwar in der europäischen Gesellschaft in Daressalam nicht gerade den größten Himmel hatte, aber einen riesigen Glanz ausstrahlte.

Sogar der Prinz von Sansibar wurde aufmerksam auf Stella.

Es geschah während einer Party beim englischen Gouverneur, der einen wundervollen weißen Flügel besaß. Die Gesellschaft war bunt gemischt, Engländer, Deutsche, einige Franzosen, eine Handvoll Amerikaner und einige sehr schöne Männer orientalischen Aussehens.

Neben einem dieser Männer saß Stella beim Dinner. Er war ihr bereits aufgefallen, als sie vorher im Garten in lockerer Anordnung Cocktails getrunken hatten, weil er sie aus der Entfernung mit seinen schwarzen glutvollen Augen fast verspeiste.

Als sie sich setzten, wo ihre Tischkarten ihnen den Platz wiesen, stellte er sich mit einem Namen vor, den Stella nicht einordnen konnte. Er klang melodisch und lang. Huldvoll lächelnd empfing sie seinen Handkuss. Bald waren beide in ein angeregtes Gespräch über Afrika, Safaris und Segelwettkämpfe verwickelt. Der junge Mann sprach sogar recht gut deutsch, was das Gespräch sehr erleichterte. Stellas Lachen perlte durch den Raum und erntete wohlwollende Neugier. Jonny warf ihr strenge Blicke zu, aber Stella bemerkte ihn gar nicht. Dieser Mann an ihrer Seite, schön wie ein Prinz, zog sie ganz in seinen Bann.

Als sie am Flügel saß und das Walzerlied *Heut könnt einer sein Glück bei mir machen* aus der Operette *Madame Pompadour* zum Besten gab, sah sie ihm tief in die Augen. Er legte seine Hand auf sein Herz und verbeugte sich. Sie spielte und sang und spielte und sang immer weiter. Immer wenn sie aufhören wollte, bat er sie um ein neues Lied. Die Gesellschaft löste sich unterdessen in kleine Grüppchen auf, die sich hierhin und dorthin bewegten. Wie immer rauchende, über Politik und Geschäfte debattierende Männer hier, Kekse knabbernde und Likör schlürfende Frauen dort, die über Schneider, Mode und widersetzliche Bedienstete sprachen. Ein Grüppchen älterer Frauen, die sich über Krankheiten unterhielten, ein Grüppchen Männer, die über Löwenjagd fachsimpelten. Und so weiter. Bis nur noch Stella und der schöne Orientale im Raum waren. Ihre Hände streichelten die Tasten, seine Blicke streichelten sie. Ihre Stimme erfüllte den Raum, sein Feuer erfüllte sie. Stella wusste ganz genau, dass sie sich von dem Klavier nicht fortbewegen durfte. Und dass das, was sie sich gerade wünschte, hier in diesem Raum nicht erfüllt werden durfte, weil es sonst entsetzliche Schwierigkeiten in ihrem Leben geben würde. Er stützte seine Ellbogen auf den Flügel und lehnte sich dagegen, ganz an sie und ihr Spiel hingegeben. Nach jedem Lied klatschte er und bat um mehr. Sie vermied es mittlerweile, in seine Augen zu schauen, weil die Intensität der Spannung zwischen ihnen ohnehin schon bewirkte, dass sie im ganzen Körper leicht zitterte.

Da trat die Frau des Gouverneurs in den Raum und flötete mit kaum unterdrücktem Ärger: »Prinz, wir suchen Sie überall. Sie sind die Hauptperson des Abends. Das geht aber nicht, dass sie sich von Frau Maukesch so mit Beschlag belegen lassen.« Stella erbleichte vor Zorn. Was erdreistete sich diese Ziege? Sie biss auf ihre Unterlippe. Prinz? War dies etwa der Prinz von Sansibar, von dem alle sprachen? Der Prinz bemerkte mit einem nachsichtigen Lächeln: »Oh, keineswegs, gnädige Frau, belegte mich Stella mit Beschlag, ich war derjenige, der sie angefleht hat, meinen Ohren mehr von diesem köstlichen Schmaus ihres Spiels zukommen zu lassen.« Er trat zu Stella und küsste ihre Fingerspitzen. »Gnädige Frau, bitte verzeihen Sie, dass ich Ihre Hände über die Maßen strapaziert habe. Ich danke Ihnen sehr für Ihr Spiel. Es ist lange her, dass ich eine solche Freude empfunden habe.« Da stand auch schon Jonny im Raum und sagte mit unterdrückter Strenge: »Stella, mein Schatz, wo bleibst du? Ich möchte dich Herrn Bauhofen vorstellen, dem Maler, der mit seiner bezaubernden Frau auf einer Farm nah dem Kilimandscharo lebt. Sie sind extra heute hierhergekommen, ein seltener Glücksfall.«

Der Prinz verbeugte sich vor Jonny und sagte schmeichelnd: »Sehr geehrter Herr Maukesch, bitte verzeihen Sie mir, dass ich Ihre Frau so lange mit Beschlag belegt habe, ihr Spiel ist einfach göttlich, und es ist so selten, so etwas Wundervolles hier in Afrika erleben zu dürfen. Darf ich Sie vielleicht einladen, in der nächsten Zeit einmal auf Sansibar meine Gäste zu sein, wenn es Ihre kostbare Zeit erlaubt?«

Jonny nahm eine militärische Haltung ein. »Gewiss, Prinz«, sagte er, und Stella musste innerlich lächeln, so durcheinander wirkte er, »es ist mir eine Ehre. Jederzeit.« Er räusperte sich. »Wenn es die Geschäfte erlauben, selbstverständlich.« Stella saß noch auf dem Klaviersessel, und das war auch gut so, denn ihre Beine waren seit den Worten des Prinzen etwas weich geworden.

Er hatte sie eingeladen! Sansibar! Sie wünschte sich sehnlich, Jonny möge die Einladung annehmen und der Prinz möge sie so schnell wie möglich wiederholen.

Ihr Wunsch erfüllte sich. Eine Woche später bereits flatterte eine Einladung in ihr Haus, die Stella einen anerkennenden Pfiff entlockte. Was wiederum Hans, der ihr den Brief auf einem silbernen Teller überbrachte, zu einem rügenden Räuspern veranlasste. Der Brief duftete nach Zimt und Nelken, er war aus ganz besonderem durchsichtigen Papier, auf dem in wunderschöner Schrift gemalte Worte dem Auge schmeichelten.

Der Prinz von Sansibar gibt sich die Ehre, Kapitän a.D. Jonathan Maukesch und seine bezaubernde Gattin Stella Susanna Maukesch einzuladen …

Stella sog den Atem scharf durch die Zähne. Woher kannte der Mann ihren ursprünglichen Namen? Hatte er etwa Spitzel nach Hamburg geschickt, um auszukundschaften, ob sie keine Sultansmörder wären? Sie lächelte. Wahrscheinlich war es viel einfacher, nämlich so, dass ihre Anmeldung beim Gouverneur nun mal mit ihrem richtigen Namen, nämlich Susanna erfolgt war. Sie las weiter:

… mit ihm gemeinsam eine Woche in seinem Palast in Sansibar zu verbringen. Der Prinz schlägt den Dezember vor, welche Zeit auch immer die geschäftlichen Verpflichtungen des ehrenwerten Kapitäns a.D. Jonathan Maukesch ihn freigeben.

Stella kicherte. Ehrerwerter dies, ehrenwerter das. Nur sie selbst war nicht ehrenwert, sondern bezaubernd. Was war denn nun besser? Egal, entschied sie kategorisch. Ehrenwert oder bezaubernd oder beides, ich will da hin. Sie ging fast sicher davon aus, dass Jonny sich querstellen würde. Allein schon um sie zu ärgern, aber auch, weil ihm die Aufmerksamkeit, die der Prinz Stella schenkte, gegen den Strich ging. Stella musste es also geschickt einfädeln, damit Jonny gar nichts anderes übrig blieb als zuzustimmen.

Sie zermarterte sich den Kopf, um eine Erfolg versprechende List zu finden. Plötzlich fuhr ein scharfer Stich der Traurigkeit durch sie. Es war noch gar nicht so lange her, da hätte sie Jonny eine wundervolle Liebesnacht bereitet. Sie hätte ihn so verwöhnt, wie er es gernhatte. Aber das zog nicht mehr. Oder vielleicht würde Jonny sich auf eine romantisch leidenschaftliche Liebesnacht einlassen, wahrscheinlich sogar, denn er mochte sehr, was Stella mit ihm machte, auch wenn er ihr dann gern das Gefühl gab, dass sie ein sehr verderbtes Frauenzimmer war. Aber sie selbst hatte keine Lust mehr, Jonny zu verwöhnen. Neuerdings sperrte sich ihr Körper gegen ihn. Sie wusste genau, dass er unbedingt darauf aus war, einen Sohn zu zeugen. Er tat dies immer zielstrebiger, verbissener. Ja, er kam in den Tagen, die er für die fruchtbaren hielt, sogar eigens nach Hause, selbst wenn er in Nairobi zu tun hatte, wo er geschäftliche Kontakte unterhielt.

Stella wusste, es gab kein Pardon. Sie war Jonnys Ehefrau, und wenn sie ihm nicht freiwillig gab, worauf er ein Recht hatte, dann nahm er es sich gegen ihren Willen. Aber Stella wollte ums Verrecken keinen Sohn gebären. Vor der Abreise nach Afrika hatte sie sich von Lysbeth verraten lassen, was sie tun konnte, um eine Schwangerschaft zu verhindern. Lysbeth hatte ihr gesagt, es gebe kein sicheres Mittel. Auch die Einnahme der Kräuter, die Spülung ihrer Scheide nach dem Verkehr mit einer in Wasser verdünnten Lotion, die auf ihren Schleimhäuten brannte, als würde sie Stella von innen verätzen, selbst das nicht. Die wirksamste Methode sei, während der fruchtbaren Tage keinen Verkehr zu haben, hatte Lysbeth gesagt, und dann mit einem Lächeln angefügt, dem man nicht entnehmen konnte, ob es schuldbewusst oder verschmitzt war: »Am besten ist, keinen Eisprung mehr zu bekommen. Es gibt Kräuter, die unterdrücken einen Eisprung, aber auch das ist nicht sicher. Enthaltsamkeit, Schwesterchen, ist die beste Medizin gegen eine unerwünschte Schwangerschaft. Aber, um Himmels willen, warum willst du nicht schwanger werden? Du bist jung, gesund, verheiratet, du hast genügend Platz und Geld für ein Kind, ja, du müsstest nicht mal selbst dafür sorgen, wir alle würden dich so sehr unterstützen, dass es dir schon unangenehm wäre.«

Stella hatte vage geantwortet. Nicht weil sie Lysbeth die Antwort verheimlichen wollte, sondern weil sie die Antwort selbst nicht genau kannte. Also schloss sie nach einigen gestammelten, ihren eigenen Ohren falsch klingenden Erklärungen: »Ich will einfach kein Kind, Punktum. Und in Afrika schon gar nicht. Aber ich will nach Afrika!«

Seitdem entwickelte sie ein raffiniertes Theater, um Jonny eine falsche Zeit der Fruchtbarkeit vorzugaukeln. Wenn sie wirklich ihre monatlichen Blutungen hatte, verließ sie das gemeinsame Schlafzimmer und schlief im Frauenzimmer unter dem Vorwand, dass sie neuerdings manchmal von schlimmen Migräneanfällen geplagt wurde. Um die Zeit, da sie Jonny mitteilte, dass sie blutete, rührte er sie sowieso nicht an. Damit schränkte sie die Zeit für sexuellen Kontakt ziemlich ein. Außerdem nahm Stella die von Lysbeth empfohlenen kleingestampften Kräuter regelmäßig in ihr Essen, und sie wusch sich mit der Tinktur. Das musste ausreichen! Hinzu kam, dass Stella immer trockener wurde, da Jonny sich wenig Zeit nahm, um ihr Lust zu bereiten. Sie hoffte, dass seine Spermien sowieso nicht zu ihr in den Muttermund schwimmen könnten, da für Schwimmen keine Flüssigkeit vorhanden war. Stella hatte in den zweieinhalb Jahren ihrer Ehe die Strategien der Machtlosen gelernt: Lügen, Theaterspielen, indirekt zum Ziel kommen. Aber das widersprach ihrem Naturell vollkommen. Sie war traurig darüber, aber sie sah keinen anderen Weg, um zu überleben. Also strengte sie ihren Kopf an, suchte nach einer erfolgreichen Strategie, um Jonnys Einverständnis für die Reise nach Sansibar zu erwirken. Schließlich fiel ihr etwas ein.

Für den nächsten Tag bereits lud sie die Frau eines in Daressalam sehr bekannten Geschäftsmannes ein. Er war einer, wie man sagte, der mit allen Wassern gewaschen war. Auf eigene Faust holte er Edelsteine aus Tanganjika und verkaufte sie teuer auf der ganzen Welt. Jonny verachtete ihn als Glücksritter, ohne Liebe für sein Vaterland. Welches das war, wusste übrigens niemand genau. Insgeheim bewunderte Jonny ihn aber auch, weil er so weltmännisch, so schmiegsam im Kontakt mit allen Mächtigen Afrikas war. Er wusste einfach ganz genau, mit wem man auf welche Weise umzugehen hatte. Dazu sprach er einige Eingeborenensprachen und so fließend Englisch, Holländisch, Deutsch und Französisch, dass über seine Nationalität gerätselt wurde. Seine Frau war nicht weniger rätselhaft als er. Zum Beispiel machten sich alle Gedanken über ihr Alter. Die vermuteten Zahlen lagen zwischen dreißig und sechzig. Sie hießen Victor und Victoria, und auch das verübelte Jonny diesem Geschäftsmann. Selbstverständlich ohne darüber ein Wort verlauten zu lassen, aber Stella hatte das alles längst erkannt. Sie lud also Victoria am kommenden Tag zu sich zum Cocktail am Spätnachmittag ein.

Stellas Plan war nicht nur gut ausgedacht, er war leicht in die Tat umzusetzen. Jonny, der wie gewohnt nach Hause kam, um dort zu Abend zu essen, war vollkommen überrascht davon, Victoria in der Empfangshalle anzutreffen, wo sie sich gerade verabschiedete.

»Ist es schon so spät?«, säuselte Stella honigsüß. »Haben wir beide uns verplaudert«, sagte sie schelmisch zu Victoria. »Ich habe noch gar nicht mit meinem Liebsten gerechnet.« Sie blickte auf die Uhr. »Es war auch zu unterhaltsam mit Ihnen, liebe Victoria! Aber jetzt, da mein liebster Gatte dazugestoßen ist, werden Sie sich nicht die Klinke in die Hand geben, nun trinken wir noch einen kleinen Aperitif miteinander.«

Ohne Jonnys oder Victorias Zustimmung abzuwarten, klatschte sie in die Hände und rief nach Mbeti. »Räum das Geschirr aus dem Salon!« Mbeti erschien, wie Stella es bühnenreif inszeniert hatte, einen silbernen Teller in der Hand, auf dem ein Briefumschlag neben einem silbernen Brieföffner dekorativ angeordnet war. Mit einem deutschen Knicks bot sie Stella den Teller dar. Stella griff zu dem Messerchen, um das Kuvert blitzschnell noch einmal dort aufzuschneiden, wo sie es schon geöffnet hatte. Nachdem sie den Brief aufmerksam gelesen hatte, reichte sie ihn mit dramatischer Geste an Jonny weiter. »Mbeti, öffne eine Flasche Champagner zur Feier des Tages.«

»Wir sind zu einem Besuch beim Prinzen von Sansibar eingeladen!« Sie strahlte Victoria an. »Ist das nicht wundervoll?« Victoria riss ihre ohnehin schon beeindruckend großen bernsteinfarbenen Augen auf. »Das meinen Sie nicht ernst?«, stöhnte sie. »Wenn mein Mann das erfährt, versinkt er im Boden vor Neid!«

Eine Sekunde lang verlor Stella die Fassung. Verwirrt starrte sie Victoria an. Mit einem Mal fühlte sie sich sehr unerfahren, sehr klein, sehr verletzlich. Als sie ihren Plan schmiedete, hatte sie erwogen, Victoria einzuweihen. In diesem Fall hätte sie Victoria gebeten, genau diesen Satz von sich zu geben. Victoria war eine reife Frau, auch wenn sie manchmal wie dreißig aussah. Sie wirkte keineswegs, als ließe sie sich zu naiv überschwänglichen oder gar ihren Mann bloßstellenden Bemerkungen hinreißen.

Victorias und Stellas Blicke trafen sich. Für niemanden als für Stella sichtbar blinzelte Victoria Stella wissend an. Ertappt, dachte Stella. Und nun? Blitzschnell durchdachte sie mögliche Gefahren. Schnell beruhigte sie sich wieder. Victoria kannte sich ganz offenbar mit Menschen aus. Wahrscheinlich hatte sie Jonny schon lange durchschaut. Vielleicht amüsierten sich ihr Mann und sie sogar über den jungen Mann, der für Woermann in Afrika Geschäfte machte, ohne sich mit einem Afrikaner in einer anderen Sprache als Deutsch verständigen zu können. Wahrscheinlich lachte Victorias Mann spöttisch über diesen jungen Deutschen, der die deutsche Sache und Disziplin mit Löffeln gefressen hatte und von Menschen nichts verstand, nicht einmal von seiner eigenen Frau.

Victoria reichte Jonny ihre Hand. Bittend und wie ein kleines Mädchen sagte sie: »Darf ich einmal riechen? Man sagt, der Sultan und seine Frauen und Kinder parfümieren ihre Briefe mit Gewürzen. Welche hat der Prinz benutzt?«

Stella empfand fast Mitleid mit Jonny. Diese Frau war ihm so haushoch überlegen, und sie spielte mit ihm, ohne dass er auch nur den Schimmer einer Ahnung hatte. Vor Stolz leuchtend, reichte er Victoria den Brief. Sie schnupperte daran. »Zimt und Koriander«, stöhnte sie. »Was für eine wundervolle Mischung. So sinnlich.«

In Stella keimte Sorge auf. Übertrieb Victoria nicht? Und dass eine Frau öffentlich das Wort sinnlich in den Mund nahm, kam einem Verstoß gegen die guten Sitten gleich. Aber Jonny glühte nur noch mehr. Er drehte sich Richtung Salon und stapfte voraus. »Ja, begießen wir das! Mbeti, wo bleibt der Champagner?«

Victoria hakte sich bei Stella ein. »Trinken wir«, sagte sie mit diesem verschmitzten Lächeln, das ihr Gesicht in einer Sekunde in das eines jungen Mädchens verwandelte. Sie raunte: »Es ist wie in einem Märchen dort. Sie werden riesigen Spaß haben.« In Stellas Gesicht stand wahrscheinlich ein enormes Fragezeichen, denn Victoria lachte laut. »Wir waren beim Vater des jungen Prinzen zu Gast. Ein wundervoller Mann. Der Junge ist noch sehr verspielt. Sein Vater ist ein König.«

Jonny, der gerade dabei war, drei aufwendig geschliffene Kristallgläser zu füllen, fragte: »König? Von welchem König sprechen Sie?«

»Oh«, lächelte Victoria geheimnisvoll. »Von Ihnen, Herr Maukesch. Sie werden sich wie ein König fühlen im Palast des Sultans. Und ganz Daressalam wird Sie beneiden.«

Es reicht, dachte Stella und konnte sich ein Lachen kaum noch verkneifen. Er ist doch schon butterweich geklopft. Doch da fragte Victoria, während sie ihr Glas hob und in das Spiel der Blasen wie versunken schien. »Wann werden Sie fahren?« Sie hob ihr Glas und sagte: »Auf Ihre Reise nach Sansibar! Ich rate Ihnen, sie im Dezember zu unternehmen. Um die Zeit ist es wundervoll in Sansibar. Warten Sie nicht zu lange mit der Zusage, der Prinz gilt als launenhaft«, fügte sie in leicht warnendem Ton hinzu, um sich sogleich selbst zur Ordnung zu rufen: »Ach, was rede ich. Auf Ihre Reise! Auf Ihr Glück!« Sie stieß mit Jonny an und dann mit Stella. »Auf unsere Reise!«, sagte Jonny, als er sein Glas gegen Stellas klingen ließ. »Auf unser Glück!«, sagte Stella leise, und einen Moment lang spürte sie dieses warme, schmelzende Gefühl in ihrer Brust, das sie so lange nicht mehr empfunden hatte. Sie war fast erschrocken, denn sie hatte die Wärme in ihrer Brust nicht einmal mehr vermisst. Sie hatte vergessen, dass es sie gab. Kurz schossen ihr Tränen in die Augen. Schnell blickte sie von Jonny weg. Victoria legte ihr leicht die Hand auf die Schulter. Eine zarte, flüchtige Berührung, aber dennoch seltsam tröstend.

Gibt es eigentlich etwas, werte Victoria, das dir entgeht?, fragte Stella die neue Freundin still, und zu ihrer eigenen Beruhigung zog wieder der ihr wohlbekannte grimmige Humor in ihre Gedanken.

Victoria lenkte das Gespräch geschickt auf Themen, in denen Jonny brillieren konnte. Sie interessierte sich brennend für alles, was mit Schifffahrt zu tun hatte. Jonny galt in Daressalam als Experte in Sachen Schiffe, schließlich arbeitete er für das Haus Woermann und war sogar Kapitän gewesen.

»Ich habe gehört«, sagte Victoria also mit ihrem Lächeln, das ihrem Gegenüber das Gefühl vermittelte, nichts als nur er würde sie in diesem

Augenblick interessieren, »dass die *Cap Polonio* von ihrer dreimonatigen Kreuzfahrt zurückgekehrt ist. Wenn so ein Schiff erzählen könnte, was könnte man da für Geschichten hören.«

Jonny schmunzelte. »Die *Cap Polonio* ist eine ältere Dame, die bestimmt schwatzhaft wäre.«

»Stimmt es, dass sie für den Krieg als nicht tauglich erklärt wurde, weil sie zu langsam war?«, erkundigte Victoria sich neugierig.

»Nun ja«, antwortete Jonny bedächtig. »Sie ist wirklich ein großer Dampfer. Zwanzigtausend Bruttoregistertonnen und zweihundert Meter Länge sind kein Pappenstiel. Und sie war tatsächlich zu langsam für Kriegseinsätze. Auch als Hilfsschiff, was sie ja sein sollte, taugte sie nichts.«

»Und ist es nicht ein großer Witz, wie viele Schiffe die Briten an die Deutschen zurückverkauft haben, nachdem sie ihnen nach dem Versailler Vertrag zugefallen waren?« Victoria hob ihr Champagnerglas und prostete Jonny zu. »Auf den Seebär!« Jonny prostete sichtbar geschmeichelt zurück. »Die Reederei Hamburg-Süd fand das sicher nicht witzig«, widersprach er, doch ohne jede Schärfe, »und es ist gut, dass es reiche Südamerikaner gibt, die bereit sind, viel Geld für so eine Kreuzfahrt zu zahlen.«

Plötzlich blickte Victoria auf ihre Uhr. »Meine Güte«, rief sie aus. »Ich werde Ärger bekommen. Mein Mann hasst es, wenn er auf mich warten muss.«

Acht Wochen später brachen Stella und Jonny nach Sansibar auf.

Allein die Ankunft auf der Insel brannte sich tief in Stellas Gedächtnis ein. Es war, als betrete sie einen Laden voller Kräuter und Gewürze. Kaum hatte sie das Schiff verlassen, befand sie sich in einem leichten Rausch. Und der steigerte sich von Minute zu Minute. Der Prinz holte sie in einer weißen Kutsche ab, vor die zwei Schimmel gespannt waren. Auch er war ganz in Weiß gekleidet. Seine schwarzen Augen waren wie Krater, auf deren Grund Glut loderte. Stella musste aufpassen, sich nicht hineinzustürzen.

Das Leben, in das der Prinz sie führte, war so anders als alles, was Stella bis dahin kennengelernt hatte, dass sie manchmal glaubte zu träumen. Sie kamen in einen Palast, der aus mehreren Häusern bestand. Eines davon bewohnte der Prinz. Der Fußboden war von persischen Teppichen oder feinen weichen Matten bedeckt. Die weiß getünchten dicken Wände waren durch entsprechend tiefe, vom Boden bis zu Decke reichende Nischen in mehrere Abteilungen gegliedert. Grüne, bemalte Holzbretter teilten wieder diese Nischen und bildeten eine Art von Etageren. Auf diesen waren durchweg allerfeinste und kostbarste Objekte aus Glas und Porzellan aufgestellt. »Zum Schmuck unserer Nischen«, erklärte der Prinz, als er Stellas bewundernde Blicke sah, »ist uns Arabern nichts zu teuer: ein fein geschliffenes Glas, ein schön gemalter Teller, eine geschmackvolle Kanne mag kosten, was sie will – wenn sie nur hübsch aussieht.« Mit einem seiner schmelzenden Blicke fügte er lächelnd hinzu: »Und für unsere Frauen. Ihr Schmuck, ihre Kleidung, ihr Geschmeide übertrifft alles, was europäische Frauen sich nur vorstellen können. Für uns ist eine Frau ein ›Nidschm il subh‹ – ein Morgenstern. Wir Männer sind dafür da, sie anzubeten.«

Manchmal nannte er auch Stella »Nidschm il subh«, bis sie sich an das Wort gewöhnt hatte und nicht mehr nachfragte, was er gerade meinte.

Die Frauen blieben unsichtbar, weil sie sich fremden Männern nicht zeigen durften. Wenn sie vorüberhuschten, waren sie in große schwarzseidene Tücher gehüllt, die mit einer dicken goldenen Borte verziert waren, sodass man nichts von ihnen sehen konnte. Stella brannte darauf, in die Frauengemächer zu dürfen, aber der Prinz belegte sie völlig mit Beschlag.

An den schmalen Wänden zwischen den Nischen waren große Spiegel angebracht, die von dem nur wenig über den Boden sich erhebenden Diwan bis zur Decke reichten; diese Spiegel stammten, so der Prinz, aus Europa. Stella wunderte sich, wieso sie keine Bilder entdecken konnte. Der Prinz erklärte ihr, dass sie als Nachahmung der göttlichen Schöpfung im Allgemeinen bei Mohammedanern verpönt seien, neuerdings jedoch hin und wieder geduldet würden. Es gab eine reichhaltige Kollektion an Uhren im Palast. Teilweise waren sie über den Spiegeln, teils paarweise zu deren beiden Seiten angebracht. Im Herrenzimmer waren die Wände mit kostbaren Waffen aus Arabien, aus Persien und aus der Türkei geschmückt.

Für Stella und Jonny war ein Zimmer hergerichtet, in dessen Ecke ein großes Doppelbett aus Rosenholz prangte, das mit vielen kunstvollen Schnitzereien verziert war. Weißer Tüll umhüllte das Ganze. Stella war vollkommen überrascht davon, wie hoch die Beine des Bettes waren. Sie musste erst auf einen Stuhl steigen, um hineinzukommen.

Sämtliche Räume im Haus boten eine herrliche Aussicht auf das Meer mit seinen Schiffen. Alle Türen im oberen Stockwerk öffneten sich auf eine lange und breite Galerie. Die Decke wurde von Säulen getragen, die bis zum Erdboden hinabreichten. Zwischen ihnen lief ein hohes Schutzgeländer, dem entlang zahlreiche Stühle standen. Ohnehin gab es beeindruckend viele Stühle in den verschiedensten Arten und Farben. Eine große Anzahl bunter Ampeln, die von der Decke herabhingen, ließen beim Dunkelwerden das ganze Haus in magischem Schimmer erstrahlen.

In einer Ecke des Hofes wurde Vieh in großen Mengen geschlachtet, abgezogen und gereinigt. Zwischen den Säulen im Erdgeschoss war auch die Küche im Freien untergebracht. Dort herrschte ein ganz unbeschreibliches Gewirr. Die Schar der Küchengeister schien endlos. Hier wurden gewaltige Massen Fleisch und nur in ganzen Tieren gekocht. Oft sah man stämmige Schwarze zu zweit einen großen Fisch in die Küche tragen.

Völlig überrascht war Stella davon, wie stark die Gebete den Tag regelten. Sie fanden fünfmal täglich statt Der Prinz erklärte ihnen die Rituale. Er würde zwischen vier und halb sechs Uhr früh zum ersten Gebet geweckt, danach legte er sich noch einmal zum Schlafen. Um sechs Uhr gehe die Sonne auf, das würde allmorgendlich am Ende des Gebetes gefeiert, er selbst schlafe dann allerdings manchmal schon wieder. Um ein Uhr kämen die Bedienten und meldeten, dass es Zeit wäre zum zweiten Gebet. Jetzt glühte die Sonne am heißesten und jeder wäre froh, nach dem Gebet ein paar Stunden in kühlem und leichtem Gewand auf einer geflochtenen, meist mit heiligen Sprüchen durchwebten weichen Matte angenehm verträumen zu können. Unter Schlaf und Unterhaltung, unter Kuchen- und Obstessen gehe auch diese Zeit rasch dahin.

Um vier Uhr verrichte jeder sein drittes Gebet und werfe sich dann in die prunkvollere Nachmittagstoilette. Bis einige Gewehrschüsse und der Trommelwirbel der indischen Garde an den Sonnenuntergang und an das vierte Gebet erinnerten. Von allen täglichen Gebeten würde keines mit solcher Hast verrichtet wie dieses. Jeder hätte dabei etwas Eiliges an sich. Etwa um halb acht abends sollte das fünfte und letzte

Gebet des Tages stattfinden. Gerade um diese Zeit wären viele durch Besucher oder sonst wie verhindert. Darum bestehe die Regel, dass man dieses Gebet auch bis zur Mitternachtsstunde aufschieben dürfe, man verrichte es dann in der Regel vor dem Schlafengehen. Wenn die Gebete mit allem, was dazugehörte, Waschungen und Wechsel der Kleider, der Schrift gemäß ausgeführt würden, so erforderten sie im Ganzen mindestens drei Stunden täglich Zeit.

Ansonsten beobachteten Stella und Jonny, der das Treiben unablässig an preußischer Arbeitsdisziplin maß und mit verächtlichen Kommentaren bedachte, dass jeder nach seiner Bequemlichkeit zu leben schien. Nur die zwei Hauptmahlzeiten und die regelmäßig wiederkehrenden Gebete zwangen den Leuten eine bestimmte Ordnung auf.

Allerdings gab es unglaublich viele wundervolle kleine Rituale. Am Morgen gegen acht Uhr erschien eine junge Farbige, die Stella durch sanftes, angenehmes Kneten weckte. Am ersten Morgen erschrak Stella entsetzlich, als sie diese fremden Hände auf sich spürte. Doch der Prinz erklärte ihr beim Frühstück, dass dies eine Sitte sei, mit der jede Frau am Morgen geweckt würde. Die Dienerin führte Stella zur Badewanne, die mit kühlem, seidigem Wasser gefüllt war. Neben der Badewanne lag Kleidung, ihre eigene Kleidung, die aber wie von Geisterhänden ausgewählt worden und anscheinend schon am Abend vorher mit Jasmin- oder Orangenblüten bestreut worden und von der Kammerfrau mit Ambra und Moschus beräuchert worden war.

Stella stieg, ein wenig schaudernd, in das kühle Wasser, aber sofort breitete sich ein wohliges Gefühl in ihr aus. Sie fühlte sich nach kurzer Zeit erfrischt und als hätten die raffiniert zusammengesetzten, eigenartig duftenden Ingredienzien des Badewassers ihren Geist angenehm belebt.

Zum Frühstück rief ein Trommelwirbel. Es war auf einem Tisch angerichtet, der an einen Billardtisch erinnerte, aber höchstens zehn bis fünfzehn Zentimeter hoch war. Der Prinz nannte ihn Sefra. Die Sefra war einfach auf der Galerie aufgestellt worden. Viele Menschen, Kinder, vermummte Frauen saßen platt auf dem Boden, das heißt auf Teppichen oder auf Matten. Für Stella und Jonny und den Prinzen, der sich zu ihnen setzte, war ein Tisch mit hohen Beinen und drei Stühlen neben der Sefra aufgestellt. Stella wollte gerade sagen, dass sie lieber auf dem Boden und bei den anderen sitzen wollte, da legte Jonny ihr die Hand auf den Arm und drückte fast schmerzhaft zu, während er ihr einen mahnenden Blick zuwarf. Sie verstand und verstummte.

Stella war überwältigt von der Fülle der Speisen. Es gab, so meinte sie zu zählen, fünfzehn Gerichte. Zusätzlich Reis in unterschiedlicher Art zubereitet. Es gab Hammelfleisch, Geflügel, Fische, orientalische Brote und allerhand Kuchen und Leckereien. Die Speisen standen schon auf dem Tisch, als alle sich zum Essen niederließen. Stella und Jonny wurden aus den Augenwinkeln gemustert, ehrerbietig gegrüßt und danach nicht mehr beachtet. Alle sprachen halblaut ein Tischgebet, das der Prinz übersetzte: »Im Namen Gottes des Barmherzigen«. Er kündigte an, dass beim Aufstehen »Gedankt sei dem Herrn des Universums« gesagt werden würde.

Am großen Tisch bekam keiner einen besonderen Teller, sondern die verschiedenen Gerichte waren auf einer Menge kleiner Teller angerichtet, die in liebevoller Symmetrie die Sefra entlang standen, sodass alle paarweise aus einem Teller aßen.

Beim Essen wurde nicht getrunken, erst danach stand Obstsaft oder Zuckerwasser zur Verfügung. Auch gesprochen wurde wenig.

Ein paar Minuten vor dem Frühstück stellten sich Diener neben der Tafel auf, die Wasserbehälter, Waschingredienzien und Handtücher bereithielten, damit alle sich vor dem Essen die Hände waschen konnten. Danach fand das gleiche Ritual noch einmal statt.

Am Haupttisch wurden beim Essen die Finger benutzt. Stella und Jonny allerdings hatten jeweils einen Teller und Messer und Gabel bekommen. Der Prinz aß mit ihnen auf europäische Weise. Fleisch und Fische waren in der Küche schon mundgerecht klein geschnitten worden. An der Sefra wurde alles, was nicht kompakt war, mit einem Löffel verzehrt.

Nachdem sie sich die Hände gewaschen hatten, wurden diese auch noch parfümiert, damit kein Geruch der Speisen haften blieb.

Regelmäßig eine viertel oder eine halbe Stunde nach Tisch nahmen Stella und Jonny mit dem Prinzen echten Mokka aus kleinen orientalischen Tassen ein, die auf goldenen Behältern standen. Der Kaffee war dick, extraktähnlich eingekocht, aber vollständig klar filtriert. Er wurde ohne Zucker und Milch getrunken, dazu gab es ein wenig fein geschnittene Arekanuss. »Der Kaffee steht im Orient in hohem Ansehen«, erklärte der Prinz. »Er wird mit peinlicher Sorgfalt behandelt. Er wird stets nur für das momentane Bedürfnis geröstet, gemahlen und gekocht, man genießt ihn also mehrere Male des Tages stets vollkommen frisch. Nie wird bei uns gekochter Kaffee aufbewahrt und ebenso wenig gebrannte Bohnen. Sobald beides nicht mehr frisch ist, wird es weggeworfen oder kommt höchstens an das untere Hauspersonal.«

Die zweite und letzte Hauptmahlzeit wurde nachmittags pünktlich um vier Uhr eingenommen, sie glich in allem dem Frühstück.

Abends wuselten alle möglichen Leute im Haus herum. Anscheinend besuchte jeder jeden. Es wurde Kaffee und Limonade getrunken, Obst und Kuchen gegessen, gescherzt, gelacht, vorgelesen. Karten gespielt, Musik gehört.

Die Öllampen ließ man in den Zimmern und in den Korridoren meist die ganze Nacht hindurch brennen, und nur die Kerzen wurden beim Schlafengehen ausgelöscht. Jonny entsetzte sich darüber, wie sorglos mit den kleinen Kindern umgegangen wurde. Sie wurden offenbar nicht gezwungen, zu einer bestimmten Zeit ins Bett zu gehen. Anscheinend ließen die Mütter die Kinder das tun, wonach ihnen der Sinn stand. So passierte es immer wieder, dass irgendwo ein Kind lag und schlief, ohne dass sich jemand darum kümmerte. Jonny sagte dem Prinzen, dass er sich nicht wundere, dass die Disziplin in Afrika zu wünschen übrig lasse. In Deutschland lerne ein Kind von Geburt an Zucht und Ordnung. Der Prinz lächelte und sagte, es sei ihm schon aufgefallen, wie regelhaft sich die Kinder in Deutschland verhielten. »Wie kleine Soldaten«, sagte er, und Stella war nicht klar, ob er spottete oder die deutsche Kindererziehung bewunderte.

In der Nacht lud der Prinz seine Gäste ein, mit ihm auf dem flachen Dach seines Hauses unterm Mondschein zu lustwandeln. Es war so traumhaft schön, dass Stella zu Jonny sagte: »Kneif mich in den Arm, damit ich merke, dass alles wirklich ist.«

Als Stella und Jonny danach in ihr Schlafzimmer traten, warteten schon zwei Dienerinnen auf sie. Sie wuschen Stellas und Jonnys Füße mit Eau de Cologne und Wasser, was beiden, obwohl sie es zuerst sehr befremdlich fanden, in ihrem Schlafzimmer so überrascht zu werden, außerordentlich guttat. Nach kurzem peinlichem Zögern verschwand Stella in ihrem Ankleidezimmer und kehrte im Nachthemd zurück, um auf ihr hohes Bett zu klettern. Jonny tat es ihr nach und kehrte mit hochrotem Kopf ebenfalls im Nachthemd ins Schlafzimmer zurück. Die beiden Mädchen unterdrückten nur mühsam ihr Kichern. Als Stella im Bett lag, knetete eine der beiden wieder wie am Morgen ihren Rücken, die andere schwang den Fächer hin und her. Erst als das Paar eingeschlafen war, schlich sie leise davon.

Am nächsten Morgen erklärte der Prinz die ganze Zeremonie. So würden die Frauen im Palast jeden Abend und jeden Morgen bedient. Von Stella nach dem Grund für das Kichern befragt, erklärte er, dass die Frauen in voller Kleidung, mit all ihrem Geschmeide ins Bett gingen.

Von nun an wurden Stella und Jonny auf diese Weise morgens und abends bedient, beobachtet und auch voneinander ferngehalten. Stella wunderte sich, wie die orientalischen Frauen und ihre Männer für Geschlechtsverkehr zusammenkommen könnten. Als sie Jonny kichernd fragte, was er dazu meinte, zog er nur verächtlich die Augenbrauen hoch und bedachte sie mit dem Satz: »Deine Gedanken sind wieder mal sehr einseitig.« Beschämt verstummte Stella. Bis sie entdeckte, dass der Prinz einer verschleierten Frau eine Karte überreichen ließ. Als er ihren forschenden Blick bemerkte, erklärte er freimütig, als handle es sich um das Selbstverständlichste der Welt: »Ich habe ihr meinen Besuch für heute Nachmittag angekündigt. So geschieht es bei uns. Wir kommen niemals überraschend zu unseren Frauen. Das wäre sehr unhöflich.«

So also funktionierte es. Stella versuchte sich vorzustellen, wie diese Begegnungen wohl abliefen. Auch sie schienen wie gepflegte Rituale, wahrscheinlich wurde die Frau vorher von einer Dienerin massiert und gewaschen und gesalbt, und der Mann wurde wahrscheinlich bewirtet, und vielleicht tanzte die Frau ihm auch etwas vor. Zu gern hätte Stella so etwas einmal erlebt.

Der Prinz verwöhnte Stella und Jonny in jeder Hinsicht. Sie bekamen alles, was auch orientalische Gäste erhielten, gleichzeitig aber wurde ihren europäischen Sitten ganz besondere Beachtung geschenkt und entsprechende Zugeständnisse gemacht. Der Prinz ließ zwar keinen Zweifel daran aufkommen, dass es Stella war, deren Gegenwart er sich im Palast vor allem gewünscht hatte, aber er besaß vollendete Manieren und ließ Jonny keinen Moment spüren, dass er eigentlich fortgewünscht wurde. Es dauerte nicht lang, und der Prinz hatte herausgefunden, dass er mit Jonny über seine Leidenschaft, das Segeln, endlos fachsimpeln konnte. Auch war er überaus interessiert am Fortschritt der Technik, besonders an allem, was mit Geschwindigkeit und Fortbewegung zu tun hatte.

»Wer auf einer so kleinen Insel wie ich zu Hause ist«, erklärte er, »der muss sich um die Verbindung zur Welt kümmern, sonst wird er ganz schnell von politischen und wirtschaftlichen Entwicklungen überrumpelt. Die Insel ist zwar schön, aber die Welt da draußen ist schöner. Der Palast ist eine kleine Welt für sich mit festen Ritualen und voller Menschen, aber trotzdem kann man hier vor Langeweile sterben. Nein, ich bin nicht dafür geboren, meine Tage hier zu verbringen.« Mit einem Blick aus seinen Kraterglutaugen sagte er zu Stella: »Außer natürlich eine so schöne und geistreiche Frau wie Sie versetzt mein Blut und meinen Geist in Aufregung. Aber Frauen wie Sie sind auf der ganzen Welt rar gesät. Da ist es eine Ausnahme, die schon dem Finden der Stecknadel im Heuhaufen gleichkommt, dass ich dieses Juwel in Daressalam kennenlernen durfte und gar jetzt hier in meinem Palast bewirten darf.«

Und an Jonny gewandt fügte er hinzu: »Schauen Sie, Kapitän, Sie kommen aus Deutschland. Selbst dort sind Frauen eine Seltenheit, die wie die Ihre sind: schön, klug, und, wie soll ich sagen, eine Künstlerin, ohne gleichzeitig so ...« Er suchte lange nach einem Wort, »... so, ich erliege fast der Versuchung, verrückt zu sagen, aber das meine ich nicht. Ich habe wunderbare Künstlerinnen in Europa kennengelernt, die so frei, so unabhängig, ja, verächtlich Männern gegenüber waren, dass ich zwar als Gespiele für eine oder auch mehrere Nächte in Frage kam, aber furchtbar aufpassen musste, nicht wie von einer Spinne verschlungen und danach wieder ausgespuckt zu werden. Ihre Frau hingegen kann ich bewundern, ja, darf ich ...«, er verbeugte sich vor Jonny, »... mit Ihrer freundlichen Genehmigung sogar bewundern, ohne dass ich dafür in der Hölle schmoren muss.« Er geriet ins Schwärmen, blieb aber weiterhin nur an Jonny gerichtet, bedachte Stella mit keinem Blick. »Ihre Frau ist nicht nur schön und begehrenswert, sie spielt nicht nur göttlich Klavier und singt mit einer Stimme, dass mir Leoparden durchs Blut streichen, sie ist nicht nur die wundervollste Frau, die mir jemals begegnet ist, zugleich ist sie das, was ihr einen Kumpel nennt. Und sie ist eine Dame«, fügte er schnell hinzu. »Eine Mischung, die es eigentlich nicht gibt, außer bei Halbgöttern.« Stella lachte laut auf. »Prinz, hören Sie auf mit dem Süßholzgeraspel. Mein Mann beklagt sich immer, weil ich so wenig damenhaft bin. Ein Kumpel, das lasse ich gelten, ich habe drei Brüder, mit denen ich groß geworden bin. Ich kann reiten wie ein Mann, ich kann mit Schimpfworten gut umgehen, ich habe sogar gelernt, meine Fäuste zu gebrauchen.«

Der Prinz ging spielerisch in Deckung. »Ihre Reitkünste möchte ich morgen schon erproben«, sagte er. »Was halten Sie von einem Ausflug zum Jozani, unserem Wald?«

Die Woche verging wie im Flug. Täglich gewöhnte Stella sich mehr daran, morgens von zärtlich massierenden Händen geweckt zu werden, Kleidung zu tragen, die nach Blüten und Moschus duftete, und von einem Mann wie dem Prinzen behandelt zu werden wie eine Prinzessin.

Täglich erbat er eine Stunde Programm von Stella. Manchmal trafen Freunde und Geschäftspartner von ihm ein, denen er stolz seine deutsche Errungenschaft vorstellte. Immer gelang es ihm, Jonny so voller Respekt und Interesse zu behandeln, dass dieser sich spreizte wie ein Pfau.

Am 24. Dezember richtete der Sultan ein Weihnachtsfest für sie aus, das Stella zu Tränen rührte. Er hatte eine Zimmerpalme in eine dicke Wolke aus roten Blumen gehüllt, die mit dicken roten Schleifen festgebunden worden waren. Darunter lagen Geschenke für Jonny und Stella.

Es war eine Überraschung, mit der beide nicht gerechnet hatten. Deshalb hatten sie nicht ein einziges kleines Geschenk, nicht für ihn, nicht füreinander. Stella war das Ganze sehr peinlich, aber dann empfand sie doch kindliche Freude dabei, ihre Geschenke auszupacken.

Einige Päckchen enthielten Gewürze, in hübschen bunten Tüten abgefüllt. Dann gab es noch einen grob gewebten Seidenschal in exakt der gleichen Veilchenfarbe wie Stellas Augen. Stella wickelte ihn wie ein dickes Haarband um den Kopf, was der Prinz mit einem bewundernden Seufzer kommentierte. Auch Jonny war emsig dabei, seine kleinen Päckchen auszupacken. Er fand Tabak. Einen aus Elfenbein geschnitzten Brieföffner – und zur Krönung ein Gewehr. »Das kann ich nicht annehmen«, sagte er entschieden. »Prinz, das ist zu viel.«

»Vielleicht schauen Sie einmal auf die Marke«, schlug der Prinz schmunzelnd vor. Jonny las laut den Namen einer deutschen Waffenfirma. Fragend hob er den Kopf.

»Nun ja«, der Prinz sah fast aus, als wäre ihm das Ganze peinlich.

»Es ist so. Wie Sie wissen, haben die deutschen Soldaten unter General von Lettow-Vorbeck während des Krieges aus vielen afrikanischen Männern Askaris gemacht, Soldaten. Das waren junge Männer, die es für eine große Ehre hielten, deutsche Uniformen zu tragen und mit deutschen Gewehren zu schießen. Sie lernten wie deutsche Soldaten zu marschieren und ihre Stiefel in Reih und Glied vorzuführen.« Er stieß ein schnaubendes Kichern aus. »Entschuldigung, Kapitän, ich hatte einmal die Ehre, eine solche Kompanie zu erblicken. Es war ein sehr eigenartiges Bild. Schwarze Männer, die als deutsche Soldaten verkleidet waren. Lettow-Vorbeck hat sich da ein sehr bemerkenswertes Kriegsspiel ausgedacht.«

Jonny stellte das Gewehr hart gegen die Wand. »Prinz, bei allem Respekt. Ich dulde es nicht, dass ein deutscher Heerführer beleidigt wird. Und schon gar nicht General von Lettow-Vorbeck, der mein großes Vorbild ist und ein treuer Freund.«

Er stand stramm vor dem Prinzen, der sich auf eine der mit roten, fein gewebten Stoffen bezogenen Matratzen ausgestreckt hatte, während Stella und Jonny ihre Geschenke auspackten. Stella verdrehte die Augen gen Himmel. Es fehlte nur noch, dass Jonny Satisfaktion verlangte. Blitzschnell überlegte sie, was sie jetzt tun konnte. Da erblickte sie ein weiteres kleines Päckchen unter der Palme. Sie schoss darauf zu, schüttelte es in ihrer Hand und drohte dem Prinzen schelmisch, als hätte es nicht eben fast eine deutsche Kriegsandrohung an ihn gegeben. Der Prinz erhob sich, es war nicht ersichtlich, ob er sich Jonny gegenüber einfach in eine sicherere Position bringen wollte oder ob er so gespannt war, was jetzt mit Stellas Geschenk passierte. Jonny stand etwas verloren steif im Raum. Niemand beachtete ihn.

Während sie das Papier vom Päckchen entfernte, wurde Stella mulmig zumute. Sie war sich fast sicher, dass es sich um Schmuck handelte. Und zwar um einen Ring. Sie war es gewohnt, dass Männer ihr Schmuck schenkten. Er war fast immer in ähnlichen Behältnissen verpackt. Die Ketten in länglichen Schachteln. Die Ohrringe in flachen viereckigen. Und die Ringe in kleinen Quadern. Hier handelte es sich um einen kleinen Quader.

Sie ließ sich Zeit mit dem Auspacken. Sie musste sich überlegen, wie sie reagieren würde. Ein Mann, der ihr im Beisein ihres Ehemannes einen Ring schenkte! Und gerade in dem Augenblick, in dem ihr Mann in seinem deutschen Soldatenstolz gekränkt war. Oh je, was für eine komplizierte Situation!

Gleichzeitig brannte sie vor Neugier, was der Prinz sich da ausgedacht hatte. Die Neugier siegte. Sie klackte den Deckel der mit Leder umhüllten Schachtel auf und stieß einen kleinen Schrei aus. In rotem Samt lag ein Ring, wie sie ihn noch nie gesehen hatte. Ein in schlichtes Gold fast schon grob gefasster riesiger roter Stein. Wie eine Glasmurmel lag der Stein in dem Goldreifen, der so breit war, dass er dem Klunker ein Gegengewicht bot. Stella beschloss kurzerhand, das Ganze für ein Kinderspiel zu nehmen und einfach so zu tun, als halte sie Ring wie Stein für afrikanischen Tinnef, der aber allen viel bedeutete, weil er von Herzen geschenkt wurde. Sie flog auf den Prinzen zu und umarmte ihn. Sie drückte ihm einen festen Schmatzer auf die Wange und bedankte sich auf eine Weise, wie es kleine Mädchen mit ihrem Papi machen. Sie wirbelte einmal um ihre Achse, immer den Ring betrachtend und flog dann zu Jonny, dem sie den Ring hinhielt. »Ist er nicht ganz allerliebst?«, jubelte sie. »Ist er nicht niedlich?«

»Niedlich?« Jonny fasste nach Stellas Hand und beugte sich darüber. »Niedlich kann ich ihn nicht finden.« Er hatte keine Ahnung von Schmuck. Er war auch der einzige Mann, der Stella noch nie Schmuck geschenkt hatte. Allerdings gehörte für ihn dezenter, teurer Schmuck zu einer Dame dazu.

»Weißt du noch«, erinnerte Stella ihn an ihren ersten Besuch bei seiner Mutter. »Als du fandest, ich wäre nicht elegant genug gekleidet, und ich mit dem ganzen Schmuck meiner Mutter ausstaffiert ankam.«

Der Prinz hatte inzwischen ihre Gläser wieder gefüllt und brachte Stella und Jonny Champagner. Er selbst trank Tee. Stella fuhr in dem amüsantesten Plauderton, der ihr zu Gebote stand, fort, Schmuckgeschichten zum Besten zu geben. Sie berichtete dem Prinzen von jenem legendären ersten Besuch bei Jonnys Mutter. Und dann erzählte sie beiden Männern die Geschichte von ihrer Großmutter, die schöne Kleider und Schmuck geliebt hatte und während ihres Lebens einen ganzen Sack voller Gold gespart hatte. Jonny hatte dem Champagner schon recht gut zugesprochen. Er beobachtete mit glasigen Augen, wie der Prinz seine Frau mit Blicken verschlang. Schließlich brach es aus ihm heraus. »Ich würde jetzt gern wissen, wie Sie an das Gewehr gekommen sind, Wertester.«

Der Prinz legte erschrocken die Hand auf seinen Mund. »Wie konnte ich das vergessen. Doch vorher zünden wir uns eine ordentliche Zigarre an. Friedenszigarre, einverstanden?« Er bot Jonny die offene Hand. Der schlug nur zögernd ein. Während Rauchschwaden über ihre Köpfe zogen, erzählte der Prinz: »Ich hoffe, dass ich Sie nicht wieder beleidige, wenn ich sage, dass die Askaris manchmal die Lust auf deutsche Disziplin verloren. Dann liefen sie einfach fort. Ihre Gewehre aber ließen sie zurück, weil sie nämlich einen Heidenrespekt vor den deutschen Gewehren hatten. Denn es hatte sich das Gerücht verbreitet, dass in diesen Gewehren ein deutscher Geist sitze, der sich gegen alle richtete, die das Gewehr stahlen.« Stella lachte schallend. »Wie schlau«, sagte sie. »Das Gerücht hat bestimmt Lettow-Vorbeck persönlich in die Welt gesetzt. Er sagte doch immer: Die Schwarzen lügen und betrügen. Sie sind hinterhältig und gefährlich.«

In den Augen des Prinzen glitzerte es. Stella sah ihm an, dass er gern gefragt hätte, was der General denn über die Orientalen sagte. Sie überlegte eine Antwort auf diese Frage. Sie wusste sie nicht. Sie wusste, was er über Chinesen sagte. Was über Afrikaner. Aber begann der Orient nicht in Afrika? Beleidigte Lettow-Vorbeck vielleicht mit seinen Äußerungen, die er bestimmt nicht nur in Hamburg machte, auch den Prinzen selbst?

»Nun, Afrikaner schießen im Allgemeinen auf Tiere und nicht auf andere Menschen«, sagte der Prinz ruhig. »Was nicht heißen soll, dass sie es nicht gewohnt sind zu kämpfen und auch hart zu kämpfen, aber eure Kriege sind hier nicht bekannt. Das ist ja auch der Grund, warum ihr Europäer so ohne jeden Widerstand Afrika unter euch aufteilen konntet.« Er räusperte sich. »Entschuldigung«, sagte er in Stellas Richtung. »Ich langweile Sie. Solche Gespräche in Gegenwart einer schönen Frau sind geradezu ein Vergehen. Also, um es kurz zu machen:« Wieder wandte er sich Jonny zu. »In Tanganjika, Sansibar und Kenia gibt es viele verwandtschaftliche Verflechtungen zwischen den Afrikanern. Sie dürfen nicht vergessen, dass die Massai ein Nomadenvolk sind. Und wenn eine Frau in einen anderen Stamm heiratet, geht sie dorthin, um dort zu leben. Nun, kurzum, es gab folgende Auslegung des Gerüchts: Wenn ein Askari türmte, durfte er sein Gewehr nicht mitnehmen, denn das war Diebstahl und würde den deutschen Geist zornig machen. Wenn aber ein Massai das Gewehr fand und es mitnahm, gehörte es ihm, wie ihm alles andere gehörte, was er fand, sei es nun ein Tier oder eine Frucht oder selbst ein Stück Land.«

Stella, schon recht beschwipst, konnte gar nicht wieder aufhören vor Lachen. Jonny hingegen versank in tiefes Nachdenken. »Davon hat mir Lettow-Vorbeck nie etwas berichtet«, sagte er dumpf. Er wirkte, als seien ihm die Gewehre persönlich gestohlen worden. »Aber wieso besitzen Sie so ein Gewehr?«, fragte er mit plötzlichem Misstrauen in seiner Stimme. Er hatte den Kopf leicht in den Nacken gelegt und betrachtete den Prinzen von oben herab.

»Mir werden viele Dinge geschenkt« sagte der Prinz lächelnd. »Wir Orientalen schenken gern. Uns werden Gastgeschenke gemacht, so wie wir Gastgeschenke machen. Kein Gast wird ohne ein Geschenk fortgelassen.« Stella schoss Blut ins Gesicht. Sie schämte sich entsetzlich. Was hatten sie dem Prinzen mitgebracht? Eine Flasche schottischen Whiskys, die er mit dem freundlichsten Lächeln entgegengenommen hatte. Erst später hatte Stella begriffen, dass der Prinz nie Alkohol trank, wie die anderen Mohammedaner auch nicht.

In Stella spielte sich ein ganzer Kampf an Beschämung ab. Wie entsetzlich plump hatten Jonny und sie sich benommen. Und es war bestimmt nicht das erste Mal. Seit sie in Afrika waren, wurden sie unablässig bedient, beschenkt, untertänig freundlich behandelt. Was hatten sie zurückgegeben?

Einige der Sätze des Prinzen rauschten an ihr vorüber, bis sie die Worte wieder hören konnte. »Ich hatte das Gefühl, dass dieses Gewehr Ihnen sozusagen zusteht. Und deshalb schenke ich es Ihnen zu diesem wundervollen deutschen Fest. Aber leider ist mein Geschenk etwas fehlgeschlagen. Das tut mir von Herzen leid. Zur Entschädigung biete ich an, dass wir dieses Gewehr benutzen, wenn wir auf eine Safari gehen, und das sollten wir so bald wie möglich tun.«

Sofort trat die Beschämung in den Hintergrund, stattdessen entbrannte Vorfreude in Stella. Sie klatschte in die Hände wie ein Kind. »In Sansibar? Morgen?«

»Nein, nicht hier«, wehrte der Prinz ab. »Sansibar ist viel zu klein. Ich habe eine längere Reise nach Deutschland vor. Wenn ich zurück bin, sollten wir auf Safari ins Innere von Tanganjika gehen. Sie werden wundervolle Landschaften kennenlernen und …« Er blickte Stella aufmerksam an. »Jetzt sagen Sie bloß, dass Sie auch noch schießen können.« Stella schüttelte verneinend den Kopf. »Aber ich möchte es sehr gern lernen«, sagte sie.

»Nein, das kommt nicht in Frage! Eine deutsche Frau ist doch keine Amazone.« Jonny sprach so energisch, wie es ihm in seinem betrunkenen Zustand möglich war. Stella fand ihn furchtbar komisch, so ernsthaft, wie er sprach. Sie gluckste vor Vergnügen.

»Nein, dass aus Stella eine Amazone wird, dem kann ich auch nicht zustimmen.« Der Prinz warf einen kurzen Blick auf ihre Brüste, die zwar etwas kleiner geworden waren, da sie in Afrika ohnehin dünner geworden war, die aber immer noch die Blicke der Männer auf sich zogen.

Stella bekam einen Schluckauf. Jonny erklärte das Fest für beendet, da er seine Frau für betrunken hielt und auch er den Eindruck hatte, sich nicht mehr wirklich sicher auf den Beinen halten zu können. Der Prinz, der beschwipst wirkte, obwohl er nur Kaffee und Tee getrunken hatte, sagte, er bedaure zwar, dass Stella heute keine Vorstellung mehr gebe, aber morgen sei ja auch noch ein Tag.

Sie feierten auch Silvester in Sansibar, ein Fest, bei dem der Prinz noch andere Gäste aus Europa empfing. Stella trug ein langes weißes Kleid und Handschuhe, die sie sehr witzig gefunden hatte, als ihre Schneiderin in Hamburg sie ihr zum Kauf angeboten hatte. Die Handschuhe waren aus zarter Seide, das Besondere an ihnen war der Abschluss. Sie sprangen an den Handgelenken auf wie kleine steife Röcke, die die Arme weit umspielten. Sie ähnelten Husarenhandschuhen, in die zur Zierde ein Streifenmuster geschnitten war. Eine sehr eigenwillige Angelegenheit, mit der Stella bei allen Frauen auffiel. Die Männer achteten viel mehr auf ihre schmale Taille und das Dekolleté, das ihren schönen Brustansatz zeigte. Mit diesem rauschenden Silvesterfest war die Zeit beim Sultan beendet. Als sie sich am Hafen von ihm verabschiedeten, fühlte Stella sich elender als in Hamburg, wo sie leichten Herzens fortgegangen war. Jetzt aber kam ihr der Verlust unerträglich vor. Sie umarmte den Prinzen, ohne sich um Jonnys vorwurfsvolles Räuspern zu kümmern, und dann weinte sie, als würde sie ihn nie wiedersehen. Und so kam es ihr auch vor. »Ich werde diese wundervolle Zeit nie vergessen«, sagte sie schluchzend. »Vielen, vielen Dank für alles!«

Auch dem Prinzen standen Tränen in den Augen. »Bis zur Safari!«, sagte er. »Bald!«

Als sie an der Reling standen und zurückwinkten, zischte Jonny ihr zu: »Geh und wasch dir das Gesicht. Du kannst dich einfach nicht benehmen. Eine Dame heult doch nicht wie ein Schlosshund!«

Stella merkte, wie sich ein harter Kloß in ihrer Kehle bildete. Sie wischte die Tränen hastig von ihrer Wange und sah ihn kalt und trockenen Auges an. »Keine Sorge«, sagte sie. »Ich lege gleich Schminke auf.«

Er wird mich nie wieder weinen sehen, beschloss sie. Und erschrak im selben Augenblick. Hatte sie schon so mit ihm abgeschlossen?

18

Lysbeth beschäftigte sich kaum noch mit ihren Träumen. Sie studierte. Noch nie in ihrem Leben hatte sie eine so unbändige Freude empfunden. Als wäre eine Kraftquelle in ihr aufgeplatzt, war sie voller Energie. Sie schaffte ein tägliches Lernpensum, das Aarons weit in den Schatten stellte. Sicher, Aaron musste all die Vorlesungen und praktischen Seminare absolvieren, um die Lysbeth ihn so beneidete, aber dann kam er zu ihr nach Hause, und beide büffelten den Stoff des Tages noch einmal vollständig durch. Aaron legte seine sämtlichen Prüfungen mit summa cum laude ab, er war zur Leuchte seines Semesters geworden.

Lysbeth entwickelte sich bei der Tante zu einer qualifizierten Heilpraktikerin mit Kenntnissen in der Geburtshilfe und in der Hilfe, Geburten zu verhindern. Die Tante riet ihr, eine Prüfung abzulegen und in den Verband der Heilpraktiker einzutreten, um sich juristisch vor Denunziation abzusichern. Aber Lysbeth weigerte sich. »Ich will in keinen Verband. Außerdem dürfen Ärzte und Heilpraktiker nicht zusammenarbeiten, und ich will Aarons Assistentin sein, wenn er erst einmal eine Praxis hat. Wir sind ein hervorragendes Duo. Es wird kein Gerangel geben, er ist der Arzt, ich bin die Helferin. Aber er respektiert meine Kenntnisse, als wäre ich eine Kollegin.« Stolz fügte sie hinzu: »Was ich im Grunde ja auch bin.«

Die Tante musterte sie nachdenklich. »Lysbeth«, sagte sie behutsam, »du bist noch nie so schön gewesen wie jetzt.« Beschwörend hob sie beide Hände in die Luft. »Ich weiß, ich weiß, Frauen werden erst um die dreißig wirklich schön, mit vierzig erreichen sie dann die volle Blüte ihrer Jugend, und wirklich schöne Frauen blühen mit siebzig noch einmal richtig auf – sieh mich an!« Sie lachte ihr krächzendes Krähenlachen, das Lysbeth früher Angst eingeflößt hatte. »Meine volle Schönheit wartet darauf, dass ich die hundert erreiche.«

Lysbeth betrachtete sie liebevoll. Es war etwas dran. Seit Lysbeth denken konnte, hatte die Tante etwas Männliches gehabt, oder etwas Neutrales. Ursprünglich, als Mädchen, hatte sie ja auch den Weg der Heilerin eingeschlagen, weil sie nicht schön war. Der Weg der Ehefrau und Mutter schien ihr versperrt. Doch jetzt, da sie auf die hundert zuging, war sie so weich und weiblich, wie Lysbeth sie nie gesehen hatte. Sie band ihre langen weißen Haare zu einem Gretchenzopf um den ganzen Kopf. Ihre Gesichtsfarbe war frisch und gesund. Ihre Augen waren immer noch klar; sie setzte nur dann eine Brille auf, wenn sie einen Faden durch eine Öse ziehen wollte oder wenn sie eine Abtreibung vornahm. Das allerdings erledigte neuerdings Lysbeth, so geschickt, so sicher und flink, dass es den Frauen sehr zugute kam, nicht von der langsamer gewordenen Tante operiert zu werden.

»Tantchen«, sagte Lysbeth zärtlich, »du gehörst zu den Menschen, die nicht altern, sondern immer wieder jünger werden. Irgendwann werden wir dein Alter einfach vergessen, und du wirst uns alle überleben.«

Die Tante lachte krächzend. Aber Lysbeth schien der Gedanke gar nicht so abwegig. Es hatte immer wieder Menschen gegeben, die einfach weiterlebten. Sie traute der Tante durchaus zu, weit über hundert zu werden. »Und im Grunde erwarte ich das auch von dir«, fuhr sie mit großer Bestimmtheit fort. »Schließlich brauche ich dich noch sehr lange, und die anderen auch, zum Beispiel die kleine Angelina.«

Angela war, seit sie vierzehn geworden war, sehr aufsässig. Sie widersetzte sich der Arbeit auf dem Bauernhof, sie wollte unbedingt weiter zur Schule gehen, sie wollte Abitur machen. Die nächste höhere Schule lag aber in Dresden, und ihre Eltern besaßen zwar alles, was im Krieg und während der Inflation das Überleben gesichert und gut zum Tauschen gegen Luxusartikel geeignet gewesen war, mit Geld waren sie aber nicht reich gesegnet. Auch deshalb war der Gedanke, ihre Tochter würde zur Höheren Schule nach Dresden gehen, für sie völlig abwegig. Vor allem aber auch, weil sie keine Tochter haben wollten, die die Nase hoch trug. Eigentlich wollten sie, dass Angela auf einem nahe gelegenen Bauernhof ein Dienstmädchenjahr absolvieren sollte, um dort ihr haushälterisches Wissen zu erweitern und dann auf den elterlichen Hof zurückzukehren. Wenn Angela das partout nicht wollte, käme auch eine Hauswirtschaftsschule in Betracht. Helga und Helmut, die beide fünf Jahre Volksschule hinter sich gebracht hatten, was für Bauern als vollkommen ausreichend galt, empfanden schon bei dem Gedanken Angst, Angela nach den acht Jahren Volksschule noch eine weitere Bildungseinrichtung besuchen zu lassen. Aber auf einer Hauswirtschaftsschule könnte das Mädchen wenigstens Wissen erwerben, mit dem sie einem guten Bauern eine gute Frau sein könnte.

Der Gedanke allerdings, wie Angela mit ihrem ungestümen Temperament und ihren hochfliegenden Ideen einen jungen Mann kennenlernen sollte, der ein anständiger Bauer war und den Hof übernehmen würde, verursachte beiden graue Haare. Immer häufiger hatten sie in der letzten Zeit Lysbeth zu Hilfe geholt, wenn Angela Wutausbrüche bekam oder in ihrem Zimmer verschwand und mit niemandem mehr sprechen wollte.

Lysbeth konnte Stellas Tochter gut verstehen. Die Kleine wollte lernen. Nach einer besonders schlimmen Auseinandersetzung mit ihren Eltern trat Angela in einen Hungerstreik und weigerte sich tagelang, aus ihrem Zimmer zu kommen. Lysbeth, die am dritten Tag zu Besuch kam, bettelte vor Angelas Tür lange Zeit um Einlass. Endlich wurde ihr geöffnet. Angela sah furchtbar aus, bleich, ungewaschen, die Haare fettig. »Ich versaure hier!«, schluchzte sie, als Lysbeth neben ihr auf dem Bett saß und ihr über den Kopf strich. »Ich will sterben. Hier ist überhaupt nichts los. Ich habe von Afrika gelesen, da ist alles anders als hier.«

Durch Lysbeth zuckte ein Stich. Afrika? Wieso ausgerechnet Afrika? Angela und Stella hatten sich nie wiedergesehen. Und obwohl die ersten Wochen mit ihrem Baby Stella sehr beglückt hatten, hatte sie ihre Tochter danach nie wieder erwähnt. Und Angela wusste nicht, dass sie adoptiert war und auch eine leibliche Mutter hatte. Sie wusste auch nicht, dass Lysbeth die Schwester dieser Mutter war. Für sie war Lysbeth eine Freundin der Eltern, die ihr seit frühester Kindheit liebevoll zugetan war und der sie vertraute wie niemandem sonst.

In den vergangenen Monaten hatte Lysbeth zu beiden Seiten Kämpfe geführt. Sie hatte Helga und Helmut beschworen, das Mädchen mehr lernen zu lassen. Sie hatte Angela beschworen, nicht so bockig zu sein und mitzumachen bei der Suche nach einer Alternative zur höheren Schule in Dresden. Sie selbst wusste nur zu gut, dass es immer Möglichkeiten gab, wenn man sich nur etwas einfallen ließ. Aber sie wagte nicht, Angela von ihrem geheimen Medizinstudium zu erzählen. Sie hatte Angst, Aaron damit in Schwierigkeiten zu bringen, denn er war natürlich kein Lehrer und durfte nicht Medizin unterrichten, und schon gar nicht gegen Geld und nicht jemanden, der nicht Medizin studieren durfte.

Also tastete sie sich langsam voran. »Was möchtest du denn gerne lernen?«, fragte sie.

Angela blickte verstört auf. Das hatte sie noch niemand gefragt. »Ich will auf die höhere Schule und alles lernen, was man da lernt, Latein und Griechisch und Geographie und Chemie und ... ach, eben alles.«

Gut, dass wir allein sind, dachte Lysbeth. Wenn Helga und Helmut von Latein und Griechisch hören würden, bekäme Angela nur noch mehr Schwierigkeiten.

»Warum willst du Latein und Griechisch lernen?«, fragte sie so naiv, wie sie vermochte. »Das spricht doch keiner hier, Latein spricht sowieso niemand mehr, und ich glaube, das Griechisch, was man auf der Schule lernt, spricht auch niemand mehr, nicht einmal die Griechen selbst.«

»Das ist egal«, behauptete Angela störrisch. »Es geht nicht ums Sprechen, es geht ums Lernen. Ich will alles lernen, was man lernen kann, und dann will ich auf die Universität und studieren. Ich will nach Berlin, um da zu studieren. Heute dürfen Mädchen das«, bekräftigte sie ihren Wunsch. »Heute dürfen Frauen wählen und studieren und lernen, und sie müssen nicht heiraten und Kinder bekommen, sie können selbst Geld verdienen«

»Ach, du grüne Neune«, entfuhr es Lysbeth. »Wer hat dir denn diesen Floh ins Ohr gesetzt? Das ist doch Schwachsinn.«

»Schwachsinn?« Angela setzte sich im Bett auf und wirkte wie eine Kobra vor dem Zuschnappen. »Das ist kein Schwachsinn!« Sie sackte in sich zusammen, und Lysbeth sah ihr an, wie sehr sie das Mädchen enttäuscht hatte. Vorsichtig legte sie ihre Hand auf Angelas und sagte leise: »Das ist noch nicht lange so, und es ist immer noch sehr schwer für eine Frau, allein zu leben und ihr Geld selbst zu verdienen. Wie viele Ärztinnen kennst du? Wie viele Rechtsanwältinnen? Wie viele Physikerinnen, Forscherinnen, Chemikerinnen?«

Angela schüttelte trotzig den Kopf. »Ich kenne auch nur einen einzigen Arzt, keinen einzigen Rechtsanwalt, keinen Physiker, keinen Forscher, keinen Chemiker. Ich kenne Bäuerinnen und Bauern, Lehrerinnen und Lehrer. Der Kaufmann hat eine Frau, die mitarbeitet im Laden. Ebenso der Bäcker. Der Schuster hat keine. Der Schmied auch nicht. So, das war's. Mehr Leute kenne ich nicht.« Sie richtete ihre grauen Augen, Fritz' Augen, auf Lysbeth. »Du hast keinen Mann mehr. Wie verdienst du eigentlich Geld?«

Lysbeth schluckte. Sollte sie jetzt die ganze Geschichte erzählen? Ja, wahrscheinlich würde es der Kleinen nicht schaden, etwas mehr vom Leben zu erfahren, als es hier in der Einöde möglich war. Also berichtete sie, stockend zuerst, dann flüssiger. Sie erzählte von ihren Wünschen als Mädchen. Zuerst hatte sie Schauspielerin werden wollen, dann Ärztin. Das Interesse an der Schauspielerei war verflogen, als sie festgestellt hatte, dass sie kein Talent besaß. Tatsächlich hatte sie festgestellt, dass ihre Schwester Stella sehr viel begabter zur Schauspielerei war als sie, aber die Bemerkung verschluckte sie. Sie erzählte von ihrem Unterricht bei der Tante, und wie begeistert sie das Wissen über Pflanzen und ihre Heilkraft in sich aufgenommen hatte. Sie berichtete vom Mysterium der Geburt und wie viel Freude es ihr machte, die Frauen dabei zu unterstützen, mit möglichst wenig Schmerzen und möglichst viel Hygiene ihr Kind zu bekommen.

Angela lauschte gebannt. Als Lysbeth geendet hatte, sagte sie bewundernd: »Siehst du, und du bist viel älter als ich. Für dich war alles viel schwerer. Heute stehen den Mädchen alle Türen offen, das sagt meine Lehrerin, Frau Drucklieb, und sie weiß alles. Und du hast ganz viel ausprobiert und gelernt. Wenn ich hier auf dem Hof bleibe und Bäuerin werde, kann ich nichts lernen, nicht einmal, wozu ich kein Talent besitze.« Die letzten Worte hatte sie verzweifelt herausgestoßen. Lysbeth schwieg bestürzt. Angela hatte recht. Wenn sie auf dem Hof blieb und Bäuerin würde, würde sie nichts über sich selbst erfahren. Nur ihre Neugier würde von Jahr zu Jahr geringer werden, weil sie nämlich für Neugier zu müde wäre.

Was sollte sie tun? Sie schlug Angela vor, zuerst einmal das Angebot anzunehmen, auf die Hauswirtschaftsschule zu gehen.

»Auch dort lernst du«, beschwor sie das Mädchen. »Und du fängst nicht gleich an zu arbeiten von früh bis spät. Ich glaube, das wäre nämlich wirklich gar nicht gut für dich.«

Angela zuckte gleichgültig mit den Schultern. Sie war kein Hausmütterchen. Ihr graute vor den Mädchen, mit denen sie dort gemeinsam lernen würde. Als sie aber hörte, dass es Hauswirtschaftsschulen gab, die wie ein Pensionat waren, wo man also auch schlief und die ganze Zeit verbrachte, hellte sich ihre Miene auf. Sie wollte unbedingt vom Hof fort, das war ihr das Allerwichtigste.

Lysbeth sprach mit Angelas Eltern unter sechs Augen. Sie mochte Helga und Helmut. Die beiden hatten viel für sie getan. Im Krieg hatten sie zuerst Fritz versteckt, dann kurz Johann bei sich aufgenommen, als der auch noch in den Krieg sollte.

Sie versuchte, ihnen zu erklären, dass nicht jeder Mensch dafür taugte, an einem Ort geboren zu werden und dort sein ganzes Leben zu verbringen. Helmut reagierte sogar mit einem gewissen Verständnis, aber Helga fuhr auf wie eine Katze, die ihr Junges verteidigt. »Ich verstehe das alles nicht, ich glaube nichts von dem, was du sagst, aber ich glaube, dass die Kleine mal eine gehörige Tracht Prügel braucht, damit sie endlich zur Räson kommt.« Mit einem verächtlichen Blick auf ihren Mann sagte sie höhnisch: »Du hast sie viel zu sehr verwöhnt. Das kleine Fräulein! Sie war immer schon wie ihre Mutter, liederlich und kokett. Und dich hat sie um den Finger gewickelt!« Schneidend fuhr sie fort: »Jetzt kriegst du die Quittung! Ich habe es dir immer prophezeit. Du musst dich entscheiden: Willst du sie weiter behandeln wie eine Adlige, oder soll sie eine Bäuerin werden. Wenn dein Hof erhalten bleiben soll, musst du sie nun endlich mal übers Knie legen.«

Helmut wand sich vor Qual. Offenbar war dies nicht das erste Gespräch dieser Art. Und ganz offensichtlich hatte er es bisher nicht übers Herz gebracht, das Mädchen mit Prügeln zu erziehen.

Daher also weht der Wind, dachte Lysbeth. Sie bezähmte die Wut, die in ihr aufwallte. Wenn sie sich jetzt offen gegen Helga stellen würde, hätte Angela wahrscheinlich verloren. Helga würde ihrem Mann so lange zusetzen, bis der die Beherrschung verlöre und die Wut, die er gegen seine Frau empfand, gegen Angela richten würde. Es gab kaum eine Familie, in der die Kinder nicht gezüchtigt wurden. Und schon gar nicht auf dem Lande, wo der Bauer der absolute Herrscher war. Warum also sollte Angela davon verschont bleiben?

Behutsam sagte sie: »Wahrscheinlich ist es so, dass die Kinder etwas von den leiblichen Eltern erben, auch wenn sie sie nie gesehen haben. Meine Schwester ist übrigens heute die glückliche Ehefrau eines sehr angesehenen Mannes, eines Kapitäns, und die beiden halten sich zurzeit gerade in Afrika auf.«

Helmut, dessen Kopf so tief auf die Brust gesunken war, dass Lysbeth gedacht hatte, er werde ihn aus eigener Kraft nicht wieder hochbekommen, hob ihn langsam, und in seine traurigen Augen zog wieder etwas Hoffnung ein. Er sagte nichts, aber Lysbeth sah die Bitte in seinen Augen, mehr zu erzählen. Sie hatte seit Wochen nichts von Stella gehört, log aber einfach munter drauflos. »Meine Schwester ist sehr kinderlieb, und da sie immer sehr gut in der Schule war, hat sie dort eine Schule eröffnet, wo sie kleinen Negerkindern das Lesen und Schreiben beibringt.« In Helmuts Augen glomm fromme Ehrfurcht auf. Helgas graue Augen hingegen blickten hart und scharf wie ein gezogenes Schwert.

Lysbeth hatte eine Idee. »Meine Schwester arbeitet eng mit den Missionaren dort zusammen. Die Neger werden schon richtig gottesfürchtig, hat sie gesagt.«

»Gottesfürchtig?« Helmuts Augen weiteten sich beglückt.

»Das kleine Flittchen?«, fragte Helga spitz. In Helmuts Hand zuckte es verdächtig. Er ballte sie kurz zur Faust. Schau an, dachte Lysbeth, er ist also durchaus imstande zuzuschlagen. Vielleicht sollte diese Bäuerin sich lieber in Acht nehmen, statt ihn so aufzustacheln.

Helmut blickte ins Nichts, sorgfältig mied er den Blick sowohl seiner Frau als auch Lysbeths, und sagte leise: »Wenn man ein Kind adoptiert, darf man wohl nicht erwarten, dass es das eigene Blut in seinen Adern hat.«

»Aber man kann Dankbarkeit erwarten«, unterbrach ihn seine Frau schnippisch.

Lysbeth krampfte die Hände in ihrem Schoß ineinander. Sie hatte den Eindruck, jetzt besser nichts sagen zu sollen. Hier wurde über Angelas Schicksal entschieden, und da musste sie so klug und einfühlsam vorgehen, wie ihr zu Gebote stand.

»Dankbarkeit ...« Helmut ließ das Wort im Mund zergehen, er kaute es wieder und wieder, als wollte er auch den letzten Gehalt aus diesem Wort pressen. »Dankbarkeit ...«

»Ja, Dankbarkeit«, fuhr Helga ihn an. »Wir haben diesem Bastard ein Zuhause gegeben. Wir haben sie ernährt. Wir haben dafür gesorgt, dass aus ihr ein anständiger Mensch wurde.« Ihre Stimme brach. »Wir haben sie doch auch lieb gehabt ...«

Helmuts Augen wurden feucht. Man sah ihm den Impuls an, nach der Hand seiner Frau zu greifen, aber dann ließ er es bleiben. Lysbeth schmerzte es vor Bedauern. Wie häufig schon wird er diesen Impuls unterdrückt haben. Wie wenig Berührung mag es zwischen diesen Eheleuten geben? Was für ein Geschenk, in dieser Totenstarre ein so lebendiges Wesen wie Angela zu haben. Wahrscheinlich ist sie sein einziger Trost.

»Angela hat euch auch sehr lieb«, sagte sie mit betonter Wärme. Sie lächelte beide nacheinander an. »Und Angela kann natürlich gar nicht dankbar sein, weil sie gar nicht weiß, was ihr für sie getan habt.«

»Wieso denn das nicht?«, fragte Helga verärgert.

»Weil sie doch gar nicht weiß, dass sie nicht unser leibliches Kind ist«, erklärte Helmut sanft. »Sie weiß nur, dass wir uns sehr ein Kind gewünscht haben. Und dass wir sehr dankbar waren, als wir dann eins bekamen.« Der letzte Satz war schon etwas weniger sanft herausgekommen. In seinen Augen waren Angst und Schuld einer neuen Entschlossenheit gewichen. Lysbeth atmete vorsichtig auf. Dieser Mann würde Angela nicht schlagen. Er war gerade dabei, seiner Frau eine neue Stärke entgegenzusetzen. Vielleicht würde die nicht lange anhalten. Also galt es, hier jetzt so lange auszuharren, bis die Weichen für Angelas Zukunft gestellt waren.

Auch Helga schien zu spüren, dass ihr ein neuer Wind entgegenblies. Durch ihren Blick zog ein kurzes, unsicheres Flackern. Dann hatte sie sich wieder gefangen. »Ja, wir haben uns gefreut über das Kind. Und wir haben unser Bestes gegeben. Jetzt braucht sie eine harte Hand, sonst ...« Sie warf ihrem Mann einen knappen, schlauen Blick zu und fuhr schnell fort »... sonst verlieren wir nachher noch das Kind, über das wir so glücklich waren und sind. Das wollen wir doch nicht.«

Hellwach verfolgte Lysbeth jede Nuance im Gefühlsausdruck der beiden. Helmut sank wieder in sich zusammen. Kaum merklich diesmal, aber Lysbeths aufmerksamem Blick entging es nicht. Angela zu verlieren, das sah man ihm an, war das Schrecklichste, was er sich vorstellen konnte. Schlimmer als den Hof zu verlieren, schlimmer als der Tod. Angela zu verlieren war der Tod von allem, was ihm wertvoll war.

»Ja«, warf Lysbeth bedächtig einen Haken mit einem fetten Köder, »ich erinnere mich daran, was meine Tante mir erzählt hat.« Sie schlug einen leichten Märchenerzählton an, der vorgab, alles, was sie sagte, wäre ihr grad in den Sinn gekommen, und hätte mit der aktuellen Problematik kaum etwas zu tun. »Es ist mal ein Mädchen zu ihr gekommen, die war noch ganz jung, ungefähr vierzehn. Die war von zu Hause weggelaufen, weil ...« Sie überlegte blitzschnell, dann hatte sie ihre Version parat, »... ihre Mutter sie windelweich geschlagen hatte, weil ...«, wieder machte sie eine kleine Pause, die wie die Pause einer geübten Erzählerin wirkte, tatsächlich aber nötig war, damit sie die geschickteste Wendung finden konnte, »weil sie nicht weiter zur Schule gehen wollte. Das Mädchen war leider faul. Aber sie war im Haushalt anstellig und lieb. Doch die Mutter wollte, dass sie in der Schule lernte. Sie wusste, dass die Mädchen von heutzutage möglichst viele Kenntnisse erwerben müssen, um in schwierigen Zeiten zu bestehen. Ja, sie wollte nur das Beste für das Mädchen. Deshalb schlug sie sie windelweich. Natürlich erkannte das Mädchen nicht, dass es das Beste für sie war, so geschlagen zu werden. Sie empfand nur den Schmerz.«

Helmut sah seine Frau bedeutungsvoll an. Die presste die Lippen aufeinander. »Und?«, fragte sie spitz. »Was willst du uns mit dieser Geschichte sagen?«

»Oh ...« Lysbeth tat erschrocken. »Gar nichts, entschuldigt, wenn ich euch langweile. Es war mir nur grad eingefallen. Es war auch gar zu traurig. Vielleicht weil es so ganz anders war als bei euch. Das Mädchen wurde nämlich schwanger, weil es vor Verzweiflung fortlief von zu Hause und einem Strolch in die Hände fiel, der so tat, als wolle er sie trösten, aber natürlich nur an sein eigenes Vergnügen dachte.«

Helmut seufzte schwer auf. »Das arme Mädchen.« Helgas Miene war versteinert.

»Das Mädchen suchte also meine Tante auf, um irgendwelche Hilfe zu bekommen.« Lysbeth räusperte sich. »Wie ihr wisst, kennt meine Tante die Heilkraft vieler Kräuter, auch ...«

»Ja ja, fahrt fort!«, fuhr Helga ihr unwirsch über den Mund.

»Nun, meine Tante konnte nichts mehr tun. Das Mädchen ist ins Wasser gegangen.« Helmut starrte sie an, als hätte sie ihm den Untergang der Welt verkündet. Helgas Gesicht hatte sich in ein Monument aus Stein verwandelt. Keine Bewegung kündete von irgendeinem Gefühl.

»Die Mutter starb leider auch kurz darauf. Keiner weiß, ob sie sich umgebracht hat oder einfach aus Gram starb.« Es war Lysbeth ein grimmiges Vergnügen, der Geschichte diesen Schlusspunkt zu verpassen.

Helga schnaubte durch die Nase, als wollte sie sagen: Das wird mir nicht passieren. Aber das Schnauben klang weniger energisch als beabsichtigt. Helmut schwieg.

Nach einiger Zeit, in der die Geschichte im Raum und in den Vorstellungen der drei nachgeklungen war, richtete Helmut sich auf. Er sprach mit großer Autorität: »Ich will das Beste für Angela. Ich glaube nicht, dass es gut für sie ist, in Dresden auf die höhere Schule zu gehen. Das ist zu viel Fahrerei, das ist zu anstrengend für sie. Da gibt es auch zu viele Strolche, denen sie nachher noch in die Hände fällt. In der Nähe von Laubegast gibt es ein Mädchenpensionat, wo die Mädchen alles lernen, was sie fürs Leben brauchen. Da kann Angela ihren Realschulabschluss machen. Da kann sie in der Woche wohnen, und am Wochenende kommt sie zu uns. In zwei Jahren sehen wir dann weiter.«

Lysbeth atmete auf. Das war der beste Kompromiss, der erreicht werden konnte. Seltsamerweise schien auch Helga aufzuatmen. Sie fragte zwar nur: »Und womit willst du das bezahlen?«, aber Lysbeth hatte den ganz eindeutigen Eindruck, dass auch Helga irgendwie erleichtert war. Sollte das an der Geschichte liegen, oder konnte es vielleicht sogar sein, dass sie froh war, das Mädchen aus dem Haus zu haben? Egal, dachte Lysbeth, Hauptsache, Angela bekommt eine Chance.

Es war vorherzusehen, dass Angela in dem Pensionat Schwierigkeiten bekommen würde. In diesem Fall auf ihre Eltern zurückzugreifen, war selbstverständlich ausgeschlossen. Also war die Tante gefragt. Es war sehr wichtig, dass Angela wusste, an wen sie sich wenden konnte, wenn sie Hilfe brauchte, oder auch, wenn sie einfach nur unglücklich war. Sie kannte die Tante recht gut, weil die immer, wenn jemand krank war, auf den Hof kam und weil sie auch häufig Lysbeth begleitet hatte, wenn diese Angela besuchte. Angela hatte keine Großeltern, weil beide Eltern ihrer Adoptiveltern gestorben waren, bevor sie sich erinnern konnte. So erfüllte die Tante auch bei Angela wieder diese Aufgabe, wie sie es schon bei Stella und Lysbeth getan hatte.

Als Lysbeth sich diesmal von Angela und ihren Eltern verabschiedete, war es beschlossene Sache: Angela würde ins Pensionat in der Nähe von Laubegast kommen und dort zwei Jahre lang Hauswirtschaft und alle möglichen anderen Dinge lernen. Angela war nicht gerade besonders beglückt darüber, aber alles war besser für sie, als auf dem Hof zu bleiben.

Als Lysbeth sich von der Tante verabschiedete, sah diese sie noch einmal so prüfend an, wie sie es während der vergangenen zwei Wochen oftmals getan hatte. »Mein Kind«, sagte sie und ihr zartes altes Gesicht leuchtete hell, »bestell diesem Aaron einen schönen Gruß. Du hast nie in deinem Leben besser ausgesehen, das muss etwas mit ihm zu tun haben.«

Lysbeth wollte widersprechen, aber die Tante legte ihr den Finger auf den Mund. Dafür musste sie sich auf die Zehenspitzen recken, was beide zum Lachen brachte.

Im Zug kreisten Lysbeths Gedanken um Angela und um die kleinen operativen Eingriffe, die sie diesmal bei der Tante unternommen hatte. Sie nahm ihr Heft und schrieb alles auf, was sie an wertvollen Erfahrungen bewahren wollte. Doch immer wieder kehrten ihre Gedanken zu dem zurück, was die Tante am Schluss gesagt hatte. Es klang, als wolle die Tante sie auf etwas aufmerksam machen. Darauf, dass Aaron ein Mann war und sie eine Frau? Humbug, schalt sie sich. Aaron ist zehn Jahre jünger als ich. Er ist fast noch ein Junge, und ich bin eine geschiedene Frau, die in die Jahre kommt. Wir sind eine gute Arbeitsgemeinschaft, und sonst nichts. Jeder Gedanke an etwas anderes wäre lächerlich und würde mich ins Unglück stürzen.

Dennoch passierte es während der kommenden Tage immer mal wieder, dass sie Aarons Hände anschaute und an etwas anderes dachte als an Operationen. Er hatte feine schwarze Haare auf den Handrücken, die ganz seltsame Gelüste in ihr weckten. Diese feinen Haare, die wie Halbkreise geformt waren, setzten sich auf seinen Unterarmen fort, die sie auch mit ganz neuen Gefühlen betrachtete. Vielleicht lag es aber nur daran, dass der Frühling kam und Aaron die Hemdärmel hochkrempelte. Lysbeth war nicht so konzentriert wie sonst, und Aaron musste sie ein ums andere Mal fragen, ob sie auch alles begriffen habe. Die Frage fand sie ärgerlich, und sie riss sich zusammen, nicht mehr an die Bemerkungen der Tante zu denken und vor allem nicht mehr an dunkle Haare auf schmalen Händen, deren Finger aussahen, als könnten sie sehr zärtlich sein, und an behaarte Unterarme, die trotz aller Feingliedrigkeit wirkten, als könnten sie halten.

Aaron und Lysbeth steuerten direkt auf die Illegalität, um nicht zu sagen, Kriminalität zu. Sie waren fest entschlossen, eine Praxis zu eröffnen, in der sie Abtreibungen vornehmen würden. Lysbeth hatte Aaron das Prinzip der Tante erklärt, und er hatte es vollkommen einleuchtend gefunden: Reiche Frauen wollen abtreiben, weil sie entweder schon genug Kinder haben oder dieses Kind von einem anderen ist. Sie zahlen Geld dafür, und zwar nicht wenig, denn das Ganze kann den Arzt ins Gefängnis bringen. Von dem Geld der Reichen werden die Abtreibungen der Armen finanziert. So einfach ist das!

Ja, so einfach würde es sein. Wenn sie nur erst so weit wären! Um sie herum gab es so viel Elend, weil die Arbeitermädchen, die Arbeiterfrauen starben wie die Fliegen an den lebensgefährlichen Abtreibungen der Engelmacherinnen. Nicht nur Lysbeth und Aaron ergriffen leidenschaftlich Partei für die Abschaffung des Paragraphen 218, aber öffentliche Proteste führten nur dazu, dass die Obrigkeit umso genauer über die Ärzte wachte.

Dann kam der Tag, als Aaron sagte: »Lysbeth, morgen findet eine Veranstaltung statt, in der über den Paragraph 218 diskutiert werden soll. Hast du Lust mitzukommen?«

Und ob Lysbeth Lust hatte! Sie trafen sich am Dammtorbahnhof und gingen zu Fuß zu dem Ort der Veranstaltung, einem Hinterraum in einer Kneipe nah dem Hafen. Lysbeth empfand zuerst ein etwas schauriges Gefühl, als sie in die Gasse einbogen und dann die Kneipe betraten, eine dunkle Kaschemme, in der ein paar Männer an der Theke saßen. Aaron nahm Lysbeth an die Hand und zog sie am Tresen vorbei, um in einen saalähnlichen Hinterraum zu treten. Dort waren Stuhlreihen aufgestellt und für die Redner vorn ein Tisch. Anscheinend wurden hier häufig Veranstaltungen wie diese abgehalten.

Der Raum war so voll, dass viele stehen mussten. Es wurde geraucht und getrunken, und bald konnte Lysbeth die Redner vorn nur noch durch graue Schwaden sehen. Im Hals wurde ihr kratzig, aber das alles war egal. Es war so spannend, was hier berichtet wurde. Es wurde vollkommen deutlich, dass der Paragraph 218 keineswegs Abtreibungen verhinderte. Er führte nur zu einem Zweiklassensystem. Diejenigen, die zahlen konnten, wurden qualifiziert behandelt, die anderen Frauen mussten oft genug für einen Eingriff mit ihrem Leben zahlen.

Hitzig wurde darüber debattiert, was man tun könne, um das Elend zu lindern, wenn nicht zu beenden. Im Saal gab es nicht einen einzigen Befürworter des Paragraphen 218. Rund um Lysbeth befanden sich junge Menschen. Viele Männer, einige Frauen. Junge Frauen, die anders aussahen als diejenigen, denen Lysbeth bisher begegnet war. Manche der Frauen trugen Männerhosen, einige sogar ein Jackett. Die meisten waren schlicht und unauffällig gekleidet, Rock und Pullover oder Bluse. Manche der Frauen aber sahen sehr aufreizend aus. Sie hatten sehr rot geschminkte Lippen, die Pagenköpfe waren sehr schwarz, die Ponys fielen tief in die Stirn und die Sechserlocken weit in die Wange. Sie trugen tief ausgeschnittene Blusen, und es schien Lysbeth, als wären ihre Röcke besonders kurz. Einige dieser Frauen sprachen scharfe Worte: Dass es im Interesse des Patriarchats sei, Frauen zu Gebärmaschinen zu machen, denn so würden die Frauen langsam jeder Kraft beraubt. Frauenkraft aber sei genau das, wovor das Patriarchat sich fürchte.

Andere Frauen nickten nur, wenn die Männer sagten: »Genossinnen und Genossen, es ist eine Klassenfrage: Bekommen die Arbeiterfrauen die gleichen Rechte wie die Frauen der Bourgeoisie?«

Lysbeth wirbelte der Kopf. Sie blickte Aaron an. Sofort wandte er ihr sein Gesicht zu. Auge in Auge saßen sie da, starr, während um sie herum der Rauch dicker und die Stimmen lauter und verzweifelter wurden. Sie konnte es nicht glauben. Aber es war eine Tatsache: Sie war in ihn verliebt. Und in diesem Augenblick dachte sie: Er liebt mich auch.

Lysbeth war schweißnass, als sie sich endlich losriss. Sie starrte zum Rednerpult, aber sie sah nichts. Sie hörte angestrengt hin, aber in ihren Ohren war nur Rauschen. Sie empfand einen großen Schmerz in ihrem Herzen, als würde sie erst jetzt erkennen, dass sich dort etwas eingenistet hatte, eingepflanzt, das nun schon insgeheim so tiefe Wurzeln geschlagen und so kräftige Triebe entfaltet hatte, dass es nicht mehr rauszureißen war, auch wenn sie es jetzt versuchte. Ganz im Gegenteil, das Reißen führte nur dazu, dass sie die Wurzeln umso stärker spürte. Es war nichts zu machen!

Aber sie ergab sich nicht. Nachdem sie in ihrem Kopf für Ordnung gesorgt und ihr Herz auf mittlere Temperatur eingerichtet hatte, eine Temperatur, die ihr sehr gesund erschien, konnte sie wieder die Stimme des Mannes hören, der gerade sagte, dass in der Sowjetunion Abtreibungen kostenlos und legal seien. Ihre Augen tränten vom Rauch. Außerdem bekam sie Kopfschmerzen.

»Ich würde gern gehen«, sagte sie zu Aaron, der nickte. Beide vermieden, einander anzuschauen. »Bemüh dich nicht«, sagte sie. »Ich finde den Weg schon allein.«

Aber Aaron stand auf und folgte ihr, als sie sich durch die Menschen hindurch einen Weg bahnte, um den Raum zu verlassen. Sie tat dies ruhig und besonnen, aber sie kam sich vor, als würde sie flüchten.

Draußen in der Kneipe, in der es nach Bier roch und gähnende Leere herrschte, nur zwei Männer saßen an der Theke und blickten in ihre Gläser, wiederholte Lysbeth, dass Aaron sich nicht bemühen solle.

»Quatsch«, sagte er ruhig. »Ich bin auch erschöpft. Lass uns gehen. Ein Spaziergang wird uns guttun.«

Sie legten den Weg vom Hafen zur Kippingstraße zu Fuß zurück. Keiner von ihnen sagte einen Ton.

Vor der schmiedeeisernen Pforte, die zum Vorgarten führte, reichte Lysbeth ihm die Hand, in die er kurz und fest einschlug. »Bis morgen«, sagte er. »Bis morgen Nachmittag«, sagte sie.

Während sie die Schritte über die Steinplatten durch den Vorgarten einen nach dem anderen zurücklegte, an den Tulpen und Narzissen vorbei, die aus den Zwiebeln gekrochen waren, horchte sie zu ihm zurück. Kein Ton. Sie wusste aber, dass er da stand. Sie drehte sich nicht um. Auch nicht, als sie den Schlüssel in der ersten Haustür umdrehte, sie öffnete und hinter sich wieder verschloss. In dem kleinen Raum zwischen erster und zweiter Haustür, wo sie ihre Schuhe abstellte und wo Lysbeth sich jedes Mal fühlte, als würde sie die Haut abstreifen, die sie draußen in der Welt übergezogen hatte, und klarer, sauberer, mehr sie selbst durch die nächste Tür treten, ließ sie sich heute auf die schmale Holzbank fallen, unter der die Schuhe standen. Sie schlug die Hände vor ihr Gesicht und schluchzte laut auf. Nein, das durfte nicht sein!

Aaron war kein Mann, in den sie sich verlieben durfte. Verlieben? Sie durfte ihn nicht lieben! Aaron sollte eine Frau finden, ein hübsches jüdisches Mädchen, das ihm wunderschöne jüdische Kinder gebar, Kinder mit schwarzen Locken und Märchenaugen und schwarzen Sichelmonden auf Hand und Arm und … wo auch immer.

Musste sie sich nun endgültig von ihm verabschieden? Musste das alles jetzt ein Ende haben? Kein geheimes Medizinstudium mehr, keine Zukunft, bei der sie sich fühlte wie ein Mensch mit Sinn und Richtung?

Abrupt stellte sie sich hin, drückte die Knie durch, stand gerade wie ein Zinnsoldat. Sie schob das Kinn vor und nahm die Nase hoch. Nein, das kam gar nicht in Frage! Dem war sie doch entwachsen! Sie war kein Weibchen, das den eigenen Vorstellungen und Sehnsüchten entsagte wegen ein paar romantischer Gefühle!

Von nun an würde sie eben aufpassen, dass ihre Blicke sich nicht trafen, dass sie sich nicht zufällig berührten, denn so etwas konnte fatal sein. Aber sie würde nicht auf ihre Zukunft verzichten. Und die war nun einmal an Aaron gebunden.

Von ihrem Entschluss gestärkt und gestrafft, öffnete sie die zweite Eingangstür, über deren wunderschönes buntes Glasfenster sie sich jedes Mal wieder freute. Sie ging direkt nach unten, wo ihr Zimmer lag. Doch in der kleinen Diele unten vernahm sie ein leises Schluchzen.

Sie horchte. Es drang aus der Küche und verstummte sofort, sobald Lysbeth das Licht einschaltete. Wer saß dort in der Küche und weinte? Ihr erster erschrockener Gedanke war: Stella! Aber die war in Afrika und konnte unmöglich in der Küche weinen. Die einzige Frau im Hause außer Lysbeth war Käthe, ihre Mutter. In Lysbeth kroch Panik hoch. Wenn Käthe weinte, war etwas Schreckliches passiert. Lysbeth kannte Käthes Tränen nur von Todesfällen oder sonstigen entsetzlichen Ereignissen. Zaghaft drückte sie die Klinke zur Küche hinunter. Dort brannte kein Licht. Erst allmählich gewöhnten sich Lysbeths Augen an das Dunkel. Dann erkannte sie die Gestalt, die da am Holztisch saß, den einst Meister Volpert mit seinem Gesellen Fritz hergestellt hatte. »Mama!« Sie schrie auf. Käthe saß so regungslos an dem Tisch, dass Lysbeth einen Moment lang Angst hatte, sie wäre tot.

Käthe hob langsam den Kopf von ihren Händen. Sie räusperte sich. Mit angestrengt neutraler Stimme sagte sie: »Lysbeth, wie schön, dich zu sehen. Hattest du einen guten Abend?«

In Lysbeth wallte Ärger auf. Spiel mir kein Theater vor!, grollte sie innerlich. Sie näherte sich dem Tisch und setzte sich gegenüber ihrer

Mutter hin. Sie griff nach ihren Händen. Käthe wurde steif. Das war etwas, was zwischen Lysbeth und ihr fast nie geschah. Aber Lysbeth war so weich heute, so aufgelöst, dass sie gar nicht merkte, dass sie ein Tabu brach.

»Was ist?«, fragte sie sanft. »Ich habe dich weinen gehört.«

Als bräche ein Damm, strömten Tränen über Käthes Gesicht. Lysbeth streichelte hilflos ihre Hand und gab Töne von sich, als würde sie ein kleines Kind beruhigen.

Als sie endlich wieder sprechen konnte, sagte Käthe, immer noch weinend: »Ich war heute bei Johann und Sophie in Altona. Sophie hat grad wieder ein Kind bekommen.«

Lysbeth prustete Luft aus. Das überraschte sie wirklich. »Schon wieder?«, fragte sie erstaunt. »Aber ... wie alt ist Luise?«

»Noch kein Jahr«, sagte Käthe resigniert. »Und Sophie ist schon wieder auf, das Kind ist erst zwei Wochen alt.«

»Mein Gott!«, entfuhr es Lysbeth. Sie blickte ihre Mutter an, die im fahlen Licht, das von den nach oben gelegenen Fenstern vom Mond hereinschien, sehr müde aussah. »Du hast dort doch nicht etwa den Haushalt gemacht?«, fragte sie streng.

»Haushalt?« Käthe lachte böse auf. »Sprichst du von Haushalt?« Sie weinte wieder. »Ach, Lysbeth«, stöhnte sie schließlich, »ich weiß nicht, was ich tun soll. Wir leben hier in Saus und Braus. Stellas und Jonnys Zimmer oben stehen leer, alles hier ist so schön und reich ...«

»Ja, Mama«, sagte Lysbeth mit Wärme in der Stimme. »Das alles haben wir dir zu verdanken. Es ist wirklich wunderschön, hier zu wohnen.«

»Ja, aber«, begehrte Käthe auf, »mein jüngster Sohn haust in einer Zweizimmerwohnung mit vier Kindern. Er schuftet als Schauermann am Hafen, mal hat er Arbeit, mal hat er keine. Sophie steht in der Küche im Dampf der Seifenlauge und schrubbt am Waschbrett, im Kochtopf die Wäsche ihrer Familie. Sie hat rote aufgequollene Arme, die sehen aus, als wären sie schwer verbrannt. Die Kinder schreien nur. Es ist ein Inferno in der Wohnung. Sie kann unmöglich vier Kinder versorgen, waschen, kochen, die Wohnung sauber halten ...« Käthe weinte laut auf. »Mama, wie können wir helfen?«, fragte Lysbeth vorsichtig.

»Wir?«, höhnte Käthe. »Wir?« Sie machte eine Pause und schnaufte. Dann fuhr sie mit kalter, böser Stimme fort: »Wir haben sie doch fortgetrieben. Sophie hat gesagt, sie setzt nie wieder einen Fuß in unser Haus. Du erinnerst dich vielleicht an Sophies letzten Besuch hier.«, sagte sie schneidend.

Lysbeth fühlte sich zu Unrecht angegriffen. »Ich war damals frisch verheiratet«, sagte sie. »Ich habe wenig achtgegeben auf Johann und Sophie. Die waren auch mal da. Ja. Und dann ging sie nach einem hysterischen Anfall fort. Was war eigentlich geschehen? Ich habe es vergessen!«

Käthe schüttelte verständnislos den Kopf. »Vergessen? Es war scheußlich. Deine Brüder und Jonny haben die arme Sophie so verhöhnt, haben so spöttische Bemerkungen über ihren Dialekt gemacht, haben ihr Fragen gestellt nach ihrer Bildung, auf die sie immer wieder ganz naiv geantwortet hat und dann aber wieherndes Gelächter erntete.«

»War ich wirklich dabei?«, fragte Lysbeth und grub in ihrem Kopf nach Erinnerungen an jenen Abend. Da war kein Bild, kein Wort, kein Gefühl. Es kam ihr vor, als hätte ihr jemand schon einmal davon erzählt. Sollte sie so weit entfernt gewesen sein von der Realität?

Auch Käthe schien jetzt an Lysbeths Anwesenheit an jenem Abend zu zweifeln. »Ich weiß es nicht mehr«, sagte sie unglücklich. »Aber wenn du dich nicht erinnerst, warst du bestimmt nicht da. Es war so entsetzlich, dass man sich einfach daran erinnern muss.«

»Was hat Johann getan?«, fragte Lysbeth. »Wie hat er Sophie verteidigt?«

»Das war ja das Allerschlimmste«, sagte Käthe traurig. »Er hat nichts getan. Er war stumm. Er war kein Mann. Er war ein kleiner Junge, der bewundernd auf seinen großen Bruder Dritter schaut, was auch immer der tut …«

Lysbeth dachte nur ungern an Johann. Ihr jüngster Bruder war ihr immer fremd geblieben. Als kleines Kind hatte er am Schürzenzipfel der Mutter gehangen, später hatte er die größeren Geschwister verpetzt, wenn sie etwas ausgefressen hatten. Ja, Lysbeth erinnerte sich plötzlich scharf, wie er sie verpetzt hatte, als sie mit ihren Geschwistern Theaterstücke einstudierte, in denen furchterregende Gestalten vorkamen. Als Junge war er widerlich in seiner Kriegsbegeisterung gewesen, widerlich und gefährlich für Fritz und den Großvater und die Tante, die sich von Beginn an gegen den Krieg gestellt hatten. Und als junger Mann war er ein kleiner Wicht, dem nichts gelang, außer ein Mädchen aus dem Ruhrpott mit einem Kind nach dem andern zu schwängern. Lysbeth dachte, dass sie sich nicht an jenen Abend erinnern würde, selbst wenn sie da gewesen wäre. Sie mochte die Gefühle nicht, die sie gegen ihren kleinen Bruder hegte, es waren Gefühle der Ablehnung, ja, der Verachtung. Alles andere als schwesterliche Gefühle. Es waren Gefühle, die man einem Spion gegenüber empfand. Sie war immer vorsichtig gewesen in seiner Gegenwart, hatte nichts von sich preisgegeben, war glücklich gewesen, wenn er endlich das Haus verließ.

Es war ihr unangenehm, diese Wahrheit so klar zu erkennen. Gleichzeitig gab es ein Gefühl von Erleichterung. Die kleine Sophie allerdings tat ihr leid. Johann hatte ein übermächtiges Bedürfnis, ein großer Mann zu sein, ein Mann, der so anerkannt und irgendwie gefährlich aufregend war wie sein Bruder. Ein deutscher Mann, was immer das heißen mochte, denn Dritter war nun wirklich alles andere als ein guter Deutscher. Sie konnte sich nicht vorstellen, dass Johann ein liebevoller Ehemann war, einer, dem Sophies Glück irgendwie am Herzen lag. Wahrscheinlich musste er sie noch kleiner machen, als sie ohnehin schon war, nur um sich selbst aufzuplustern. Wie mochte es ihr ergangen sein nach jenem Abend, als seine Brüder Sophie in Johanns Beisein verächtlich gemacht hatten?

»Wie endete der Abend?«, fragte sie ihre Mutter. »In meinem Kopf ist es leer, wenn ich versuche, mich daran zu erinnern.«

»In meinem Kopf ist Wirrwarr …«, sagte Käthe, nun mit einem grimmigen Lächeln, »und ich weiß beim besten Willen nicht, ob du da warst. Es war vor deiner Scheidung, ach, nein, jetzt weiß ich es wieder, es war genau in der Woche, als du zur Tante nach Laubegast gefahren warst. Ich war sowieso ziemlich durcheinander. Und dann noch das! Ja, also wie endete es?« Käthe faltete die Hände. Sie sammelte die zerfledderten Bilder ihrer Erinnerung zusammen. »Sophie stand irgendwann auf, und sie brüllte deine Brüder an, sie seien die ekelhaftesten Arschlöcher, die ihr je begegnet seien. Widerlich. Überheblich. Eingebildet. Und sie würde nie wieder einen Fuß in unser Haus setzen.« Käthe blickte auf den Tisch und sagte leise: »Sie hat vor Dritter auf den Tisch gespuckt.«

Lysbeth riss erstaunt die Augen auf. »Meine Güte«, sagte sie. »Die Kleine traut sich was.«

»Nein«, sagte Käthe schlicht. »Sie war einfach vollkommen außer sich. Dritter und Eckhardt haben ihre allerniedrigsten Instinkte an ihr ausgelassen. Sie haben die Kleine auf eine Weise gequält, dass sie sich nicht anders wehren konnte.«

Lysbeth schluckte. Ja, ihre beiden älteren Brüder waren nicht gerade die edelsten Menschen. Sie waren sogar so eigenartig, dass Lysbeth auch über sie nicht gerne nachdachte. Woher kam es nur, dass die Männer der Familie es so nötig hatten, sich über andere zu erheben?

»Und seitdem besuchst du sie?«, fragte sie ihre Mutter.

Käthe nickte. »Ja, aber es wird von Mal zu Mal schrecklicher. Und Johann ist jetzt zu den Nationalsozialisten gegangen. Adolf Hitlers Buch *Mein Kampf* liegt wie eine Bibel auf seinem Nachttisch. Er verlangt von Sophie, dass sie den Schinken liest. Und wenn sie sagt, dass sie abends zu müde ist, beschimpft er sie. Sophie sagt, er treibt sich nur noch auf Versammlungen herum, führt sich auf wie der neue Herr der Welt und sagt Dinge, die ihr Angst machen. Er will wohl Mitglied der SA werden.«

»Was ist das?«

»Eine Organisation der Nationalsozialisten, eine Art Privatarmee von Hitler.«

»Aber Johann ist doch so klein und ängstlich. Wie kann er Mitglied einer Armee werden, und gegen wen soll er denn kämpfen?«

»Na ja«, antwortete Käthe bedächtig. »Dieser Hitler hat in München schon einmal geputscht. Ich glaube, er will die Macht. »

»Mein Gott«, stieß Lysbeth aus, »wo kommen wir denn da hin? Wenn jeder Politiker seine kleine Privatarmee gründet?«

»Weißt du, Lysbeth«, sagte Käthe, die von klein auf mit politischen Diskussionen am Essenstisch groß geworden war, die ihrem Vater als Gesprächspartnerin über politische Ereignisse gedient und die Fritz auf seinem Weg in die kommunistische Partei verstanden hatte, »ich fürchte, dass die Nationalsozialisten mit ihrem ›Führer‹, wie Johann den Adolf Hitler nennt, genau die Partei sind, die für solche wie Johann das Heil verkünden. Da kann er sich endlich groß und stark fühlen und seinem Hass gegen die Roten im Rudel nachgehen. Ich habe Angst vor denen. Sie sind wie kleine aggressive Hunde, die sich in den Waden festbeißen und nicht wieder loslassen.«

Lysbeth dachte nach. Eigentlich wunderte sie das nicht. Johann hatte immer schon eine eigenartige Verknüpfung von persönlicher Erhöhung und politischer Überzeugung vollzogen. Sie erinnerte sich an seinen gespreizten kleinen Finger, wenn er von sich gab, dass Deutschland im Kriege ungeschlagen sei, nur von den Roten im Innern verraten. Sie erinnerte sich, wie Johann im vergangenen Jahr Ende Februar, als Adolf Hitler auf Einladung des sogenannten *Nationalclubs von 1919* zum ersten Mal in Hamburg eine Rede gehalten hatte, seine Brüder beschworen hatte, der NSDAP beizutreten. Er hatte geklungen, als hätte er eine Propagandaschrift auswendig gelernt. »Seit Hitler die NSDAP neu gegründet hat, gewinnt er auch in Hamburg immer mehr Anhänger. Die nationalistische Wählerschaft sind ungefähr dreizehn Millionen. Die Sozialdemokraten, Kommunisten und pazifistischen Demokraten bringen es zusammen nur auf vierzehn Millionen. Und dann sind sie noch zerstritten. Wir siegen in unserem Kampf, Brüder! Bald gehört uns Deutschland! Und dann die ganze Welt!« Eckhardt hatte sich nur schweigend abgewendet. Ihm hatte ein Kampf gereicht, das wusste jeder in der Familie. Den Rest Verstand, der ihm noch geblieben war, wollte er nicht auch noch verlieren. Dritter hatte seinen Bruder mitleidig angeschaut und ihm ein paar Mal auf den Rücken geschlagen. »Nichts für ungut«, hatte er gemurmelt. »Nichts für ungut, aber ich glaube, dass dein Hitler deine Kinder nicht satt macht. Geh mal nach Hause.« Lysbeth, die das Gespräch mit angehört hatte, da sie im gleichen Zimmer gewesen war, hatte sich über Dritters Sanftmut gewundert. Jetzt, wo die Mutter davon erzählte, wie sehr Dritter und Eckhardt die kleine Sophie gekränkt hatten, dachte sie, dass Dritter damals vielleicht einen Anflug von Schuld Johanns Frau gegenüber empfunden hatte.

Mit einem Mal tauchten jede Menge Erinnerungen in Lysbeth auf. Johanns Begeisterung, als Hitler am 1. Mai im letzten Jahr nach Hamburg kam. Und dann seine Empörung, als die Behörde Hitler Redeverbot erteilte und er deshalb in Schwerin sprechen musste. Sie sah Johann vor sich, hasserfüllt, als im August im Stadtpark das Denkmal des Dichters Heinrich Heine enthüllt worden war. »Wir werden sie alle ausmerzen«, hatte Johann gefaucht, der sich an jenem wie an manch anderem Abend zum Essen eingefunden hatte. »Afred Kerr hat die Rede gehalten, dieses Judenschwein!«

»Aber Hamburg ist Heine sehr verbunden«, hatte Aaron, der ebenfalls mit am Tisch saß, bemerkt, und Lysbeth hatte sich entsetzlich für ihren Bruder geschämt. »Hier lebte sein Onkel, der Bankier Salomon

Heine, und hier druckte der Verleger Julius Campe Heines im übrigen Deutschland verbotene Schriften.«

Johann verzog seine Augen zu Schlitzen und bemerkte streng: »Wir haben dem Heine im Hof vom Kontorhaus Barkhof an der Mönckebergstraße gestern Nacht eine gehörige Lektion erteilt.« Er machte eine bedeutsame Pause, hob den Kopf und blickte den ihn um drei Kopflängen überragenden Aaron von oben herab an. »Wir waren zu fünft«, sagte er langsam. »Gestern war es Heine, morgen bist du es vielleicht!«

Käthe hatte Johann scharf zurechtgewiesen. Lysbeth war fassungslos verstummt. Aaron aber hatte sich gerade aufgesetzt und Johann freundlich angeschaut. »Heine war sehr witzig«, sagte er. »Ich muss immer lachen, wenn ich etwas von ihm lese. Was kennst du von ihm?« Johann war schnaubend vom Tisch aufgestanden und davongestampft, während er etwas davon grummelte, dass im Hause Wolkenrath Nestbeschmutzer am Werke seien.

Seitdem hatte Lysbeth es vermieden, ihrem Bruder zu begegnen. Käthe tat ihr leid, aber sie war nicht bereit, Johann irgendwie zu helfen. An jenem Abend hatte sie plötzlich entsetzliche Angst um Aaron gehabt. Was, wenn Hitler wirklich so viele Anhänger um sich scharen konnte?

19

Aaron und Lysbeth wechselten kein Wort mehr über irgendetwas anderes als über Medizin. Sie sprachen nie wieder über die Veranstaltung zum Paragraph 218. Lysbeth legte sich ein besonderes Gesicht zu, wenn sie mit Aaron zusammen war. Sie kniff die Augen leicht zusammen, machte einen spitzeren Mund und gab sich alles in allem den Anschein einer älteren Gouvernante, die über die guten Sitten wacht. Nur wenn sie miteinander schwiegen, entspannte sie sich. Dann spürte sie, wie ihre Gefühle den Raum füllten. Wenn sie schwiegen, waren sie nicht abgetrennt voneinander wie dann, wenn sie, ohne einander anzuschauen, sachliche Worte wechselten.

Es war Lysbeth ganz klar: Sie würden niemals ein Paar werden. All diese Dinge, die Paare tun, würden sie niemals miteinander erleben.

Manchmal allerdings stellte sie sich vor, wie sie ihr Leben teilten. Wie sie zum Beispiel am Abend gemeinsam heimgingen. Er vielleicht einen Schritt voraus. Sie hatte das bei Paaren beobachtet, oft ging er einen Schritt vor, die meisten Männer hatten längere Beine als die Frauen, und also mussten Frauen oft ein wenig hinterherhasten, um ihn nicht zu verlieren. Aber bestimmt würde Aaron das gar nicht tun, wahrscheinlich würde er sie irgendwo leicht berühren, um im Zweifelsfall dafür sorgen zu können, dass ihr nichts Schlimmes geschah, sie nicht plötzlich vom Trottoir fiel und unter eine Straßenbahn geriet oder von einem unaufmerksamen Passanten angerempelt wurde.

Sie würden vielleicht gemeinsam einen Laden betreten und für den Abend einkaufen, nichts würde in dem Augenblick Bedeutung haben, als sich zu überlegen, was sie essen wollten. Und auch dann, in ihrem gemeinsamen Zuhause, würden sie einander ergänzen, sich gegenseitig zur Hand gehen. Ja, sie würden die Bedürfnisse des andern kennen und selbstverständlich beantworten. Sie würden immer rechtzeitig spüren, wenn sie einander zu verlieren drohten, würden einander nie provozieren, auseinandergeraten, trotzig sein, einander verstoßen oder ablehnen. Sie wären Freunde, Liebende, und sie würden miteinander arbeiten. Es wäre das Paradies auf Erden, genau das, wonach sie sich sehnte. Aber es würde nie sein.

Aaron war ein junger, überaus schöner Mann, auf dessen Händen und Unterarmen schwarze Halbmonde tanzten, in seinen dunklen Augen glomm ein stilles Feuer, sein geschwungener Mund sah aus, als würde er alle Frauen der Welt mit seinen Küssen glücklich machen können, seine Stimme hüllte Lysbeth in Samt ein – und sie? Eine ältliche gouvernantenartige geschiedene Frau, für die das Leben als Frau beendet war.

Doch wenn sie miteinander schwiegen, wurde plötzlich alles möglich.

Weil Lysbeth wusste, dass ihre Träume manchmal die Zukunft vorhersagten und sie ihre Zukunft mit Aaron auf gar keinen Fall wissen wollte, beschloss sie, auf das Mittel zurückzugreifen, das sie als kleines Mädchen zu praktizieren gelernt hatte, als ihre Mutter ihr das Träumen verboten hatte. Sie sagte am Abend dreimal den Spruch auf: »Morgen früh, wenn ich aufwache, habe ich all meine Träume vergessen.« Und es funktionierte. Am Morgen, im Augenblick des Aufwachens, wischte sie noch einmal kurz wie mit einem Schwamm über die Tafel ihrer Traumerinnerung, und dann sprang sie aus dem Bett, um in die Küche zu eilen, wo sie sich einen Tee kochte. Wenn sie dann eine halbe Stunde später aus dem Fenster auf die Rosen blickte, während sie ihren Tee trank, war ihr Kopf hohl und leer, bis er sich mit den Vorhaben des Tages füllte.

Abgesehen davon, dass die Traumleere für sie schon ein gewisser Verlust war, empfand sie ihr Leben in diesen Tagen als besonders reich und angefüllt mit neuen aufregenden Dingen, die sie lernte, die sie fühlte, auf die sie sich freute. Zum Beispiel freute sie sich jeden Tag mehr auf den Moment, da Aaron ihr Zimmer betrat. Als trüge er um sich herum eine Aura aus Zuckerwatte, die allein wenn sie die Luft einatmete, die er ausatmete, ihren ganzen Körper mit Süße erfüllte. Sie achtete immer peinlicher darauf, ihn auf gar keinen Fall zu berühren, denn das wäre ihr wie Raub erschienen, Raub an einer Elektrizität, die durch sie hindurchströmte und ihren Körper zum Zittern brachte. Manchmal natürlich geschah es dennoch. Dann berührten sich ganz kurz ihre Schultern, ihre Oberarme oder sogar ihre Hände, wenn beide gleichzeitig auf ein Bild im Lehrbuch oder auf ein bestimmtes Wort wiesen. Dann hielt Lysbeth für eine Sekunde den Atem an, unfähig, sich zu bewegen, und ließ die Schauer durch sich hindurchrauschen, denn von Rieseln konnte keine Rede sein. Danach konnte sie wieder klar denken. Ihre Stimme hatte sich nach solchen Momenten immer etwas verdunkelt, sie vermied deshalb, direkt danach zu sprechen, weil sie Angst hatte, sich zu verraten. So entstanden nach diesen versehentlichen Berührungen Momente innigen Schweigens zwischen ihnen.

Wenn sie dann wieder miteinander sprachen, war Lysbeth besonders gouvernantenhaft, so sehr, dass Aaron immer schon ängstliche schuldbewusste Augen bekam, wenn sie den Mund aufmachte.

Das Ganze hinderte sie aber nicht im Geringsten, im Studium voranzukommen, ganz im Gegenteil, sie eilten mit Siebenmeilenstiefeln aufs Examen zu, begierig darauf, endlich in einer freien Praxis arbeiten zu können.

Womit Lysbeth nicht gerechnet hatte, war, dass Aarons Lerneifer und seine hervorragenden Noten mehrere Professoren auf ihn aufmerksam gemacht hatten und dass einer seiner Professoren ihm anbot, bei ihm als Assistent tätig zu werden, an seiner Forschung teilzuhaben und so seine Doktorarbeit zu schreiben. Mit tief bedrückter Miene erschien Aaron an jenem Abend bei Lysbeth und berichtete ihr von dem natürlich sehr schmeichelhaften Angebot.

»Es hat auch etwas Gutes für dich«, sagte er kleinlaut. Lysbeth, die die aufsteigenden Tränen unterdrückte, fragte gouvernantenhaft: »So? Was denn, außer dass ich mich in deinem Ruhme insgeheim sonnen darf?«

»Du musst mir kein Geld mehr geben«, sagte Aaron, und nun klang Erleichterung in seiner Stimme mit. »Ich kann dir endlich alles, was ich lerne, umsonst weitergeben.« Ohne Lysbeth anzuschauen, sagte er schnell: »Es hat mich schon lange gewurmt, von deinem Geld leben zu müssen. Das war peinlich und demütigend, denn in Wirklichkeit hat unsere Zusammenarbeiten mir ja so viel Spaß gemacht und mich auch im Studium so vorangebracht, dass ich dir eigentlich noch Geld bezahlen müsste.« Er lachte gequält auf. »Für Nachhilfe! Denn im Grunde weißt du viel mehr über Medizin und verstehst alles viel schneller als ich.«

Lysbeth schluckte ihre eigene Angst davor, Aaron von nun an vielleicht seltener zu sehen, hinunter und fragte streng: »Und warum klingst du dann so, als müsstest du mir gestehen, dass du eine Frau kennengelernt hast, die dir verbietet, dich weiterhin mit mir zu treffen?«

In der Tat war das schon seit längerer Zeit ihre große Angst. Der Gedanke war ja nicht abwegig. An der Universität liefen auch Frauen herum, junge, hübsche Frauen. Nicht gerade besonders viele im Fach Medizin. Aber im Krankenhaus gab es Krankenschwestern, und diese, das wusste jeder, waren qua Berufswahl begierig darauf, sich einen Arzt anzulachen, und wenn schon keinen Arzt, dann wenigstens einen Medizinstudenten. Obwohl Lysbeth sich an ihre Träume nicht erinnerte, wachte sie seit einiger Zeit morgens mit einem Gefühl auf, als stände etwas Bedrohliches bevor. Der Gedanke, Aaron könnte sich in ein Mädchen verlieben, das seine Zeit von nun an so beanspruchte, dass für Lysbeth nicht viel übrig blieb, war die größte Bedrohung, die sie sich vorstellen konnte. Dass die Gefahr nun aus einer ganz anderen Ecke kam, überrumpelte sie.

Aaron lachte auf, als hätte sie etwas sehr Abwegiges und Komisches gesagt. »Eine Frau? Die mir verbietet, dich zu treffen?« Er wurde schlagartig ernst. »Nein, Lysbeth, aber wenn ich das Angebot annehme, und das werde ich wohl, denn so etwas darf man nicht ausschlagen, werden wir beide uns seltener sehen können. Das ist eine Tätigkeit, wo ich forschen soll, und ich muss meine Doktorarbeit schreiben.«

»Die könnte ich für dich schreiben.«

Lysbeth horchte den Worten hinterher. Was hatte sie gesagt? Es war ihr so rausgerutscht, ohne dass sie es geplant, ja, ohne dass sie es gewollt hatte. Aber jetzt, da es gesagt war, schien es ihr völlig stimmig. Ja, das wäre doch eine Möglichkeit. Aaron forschte, brachte ihr die Ergebnisse, und sie machte daraus eine runde Arbeit.

Aaron runzelte bestürzt die Stirn. Dann verzog sich sein schmales Gesicht zu einem breiten, befreiten Lachen. »Das ist es«, stieß er glücklich aus. »Das ist es. Ich bringe dir abends die Ergebnisse vorbei, und dann sprechen wir noch ein wenig, und am Tag machst du daraus eine Arbeit.« Er gluckste wie ein kleines Mädchen. »Wenn du willst, bezahle ich es dir. Ich bin nämlich wirklich nicht gut darin, Arbeiten zu schreiben.«

Das wusste Lysbeth. Seine bisherigen Hausarbeiten hatten sie gemeinsam verfasst. In ihr stieg eine zaghafte Freude auf. Sie hatte ihn also doch nicht verloren? Sie würden sich einfach weniger Stunden sehen, aber sie wären nach wie vor in der Arbeit verbunden. Ihre Blicke trafen sich, zwei glänzende, glückliche Blicke, die für den Bruchteil einer Ewigkeit ineinanderfielen, miteinander verschmolzen, und nur mühsam wieder voneinander lösten. Eine Sekunde lang wusste Lysbeth nicht mehr so richtig, wo sie anfing und wo sie aufhörte.

Sie erhob sich und strich ihren Rock glatt. »Darauf müssen wir anstoßen, Aaron! Zur Feier des Tages! Ich hole die Flasche Cognac von oben.« Beide vermieden angestrengt, einander anzuschauen. »Ach, nein, noch besser«, schlug sie vor, denn plötzlich schien ihr seine Gegenwart so brenzlig, als könne sie Brandblasen verursachen, »wir gehen gemeinsam nach oben, mal gucken, wer da ist, Mutter bestimmt, mit ihr können wir ein bisschen feiern.«

Überraschenderweise war nicht nur Käthe da, sondern auch Alexander, Dritter und sogar Eckhardt und Cynthia. Es war eine richtige kleine Gesellschaft, die oben im Salon beieinandersaß. Sie begrüßten Aaron und Lysbeth mit großer Selbstverständlichkeit, gaben Aaron ein Bier, Lysbeth Brause zu trinken und fuhren in ihrer Unterhaltung fort.

Es war ein Buch herausgekommen, das behauptete, es gebe Personen, die zu Unfällen neigen. *Praktische Psychologie der Unfälle und Betriebsschäden* hieß das Werk. Eckhardt, der sich neuerdings für Psychologie interessierte, hatte dieses Buch gelesen und referierte seltsame Erkenntnisse daraus. Der Autor betrachtete Unfälle wie ein Symptom, das auf eine ganz andere Krankheit hinwies. Wie zum Beispiel manche Menschen irgendwo Schmerzen hatten, obwohl dort überhaupt keine Krankheit war, sondern sie sich die Schmerzen einfach einbildeten. So waren also auch Unfälle nicht einfach nur Unfälle, sondern Anzeichen dafür, dass mit dieser Person etwas nicht stimmte, dass sie irgendwie unglücklich war oder Probleme hatte. Mit einigen Beispielen, die er dem Buch entnahm, brachte Eckhardt die kleine Gesellschaft zu wieherndem Lachen. Ein Arbeiter, der sich immer wieder an einer Maschine verletzte und dabei schon einen Finger verloren hatte. Und der Hintergrund für das alles war nicht etwa, dass er zu lange arbeitete oder die Maschine in einem zu schnellen Takt eingestellt war, nein, der Hintergrund war, dass der Mann seit frühester Jugend eine aggressive Ader hatte, die er aber wegen seines sehr autoritären Vaters nicht ausleben konnte und deshalb gegen sich selbst richtete. Also benutzte er die Maschine, um sich selbst zu verletzen.

»Ah, vielleicht hat auch Fritz so etwas gehabt«, rief plötzlich Dritter aus. »Und deshalb hat er sich damals den Finger abgesäbelt. Wisst ihr noch, wie schrecklich das war?« Er blickte sich um wie ein triumphierender kleiner Junge. »Alle haben geschrien, da war viel Blut! Und Fritz hatte sich in der Werkstatt vom Großvater den Finger abgeschnitten.«

Alexander warf einen prüfenden Blick auf seine Frau, die bei Dritters Bemerkung bleich geworden war. »Dritter, hör auf mit solchen Witzen«, sagte er streng. »Wir alle wissen, dass Fritz ein grundguter Mensch war.«

»Das kann man eben nie wissen«, widersprach Dritter mit glänzenden Augen, denn er fand das Thema faszinierend und hatte auch schon einiges getrunken. »Seit Freud sich mit der menschlichen Psyche beschäftigt, redet doch jeder am Kneipentresen über die Abgründe des Menschen, der sich selbst nicht mal kennt. Nach Freud haben wir doch alle eine Leiche im Keller.« Er blickte Lysbeth provozierend an und sagte frech: »Die Einzige unter uns, die ihre Leichen kennt, ist Lysbeth, weil sie ja immer davon träumt. Wir andern, die wirres Zeug träumen und es nicht deuten können, müssen mit dem ganzen Kram weiterleben – bis wir uns einen Finger absäbeln oder von der Leiter fallen und …«

»Dritter, jetzt ist es genug!« Käthes Stimme durchschnitt scharf die Rauchschwaden, die das Zimmer vernebelten.

Obwohl auf dem Sofa neben Aaron noch Platz war, zog Lysbeth sich einen Stuhl neben das Klavier und stützte ihren Ellbogen auf den zugeklappten Deckel. Aufmerksam verfolgte sie die Unterhaltung, ohne sich jedoch irgendwie zu beteiligen. Gleichzeitig – wie auf einer zweiten Schiene ihres Verstandes – beobachtete sie die Menschen im Raum.

Lysbeth konnte nicht nur Träume deuten und ein wenig in die Zukunft sehen, sie war auch in der Lage, einen Menschen zu durchschauen. Sie erriet seine wirkliche Absicht, auch wenn er etwas anderes behauptete. Diese letzte Fähigkeit behielt sie für sich, trotzdem hatte sie sich im Laufe der vergangenen Jahre noch gesteigert. Sie kam sich dabei unfair vor, als spiele sie selbst mit gezinkten Karten oder als halte sie einen heimlich angebrachten Spiegel unter die Karten der anderen, und diese müssten ihr kleines Spiel hilflos und blind durchstehen. Dabei war es natürlich so, dass die anderen oft mit gezinkten Karten spielten und Lysbeth nur diejenige war, die das Spiel durchschaute. So wie jetzt. Da saßen Eckhardt und Cynthia nebeneinander auf dem Sofa, sie hielten sogar Händchen, aber Lysbeth sah, dass ihre Herzen sich nicht ineinander verschränkten. Beider Herzen waren woanders. Lysbeth wusste nicht, wo, aber sie erriet, dass beide einander festhielten wie einen Anker, um nicht im stürmischen Ozean des Lebens unterzugehen. Mehr aber als den Anker erkannten sie voneinander nicht.

Lysbeth hatte einmal in einem Roman gelesen, dass in der Bibel als Gleichnis für einander lieben stehe: Und sie erkannten einander. Ja, so war es wohl, das ahnte sie, auch wenn sie es noch nie in voller Wahrheit erlebt hatte. Und sie sah sehr deutlich, dass Eckhardt und Cynthia einander nie erkannt hatten, nicht erkannten und nie erkennen würden. Es tat ihr leid, weil sie der Überzeugung war, dass beide vieles hatten, was in Liebe erkannt werden konnte. Plötzlich empfand sie schmerzliches Mitgefühl für alle Menschen, die sich miteinander verbanden, heirateten, einfach so, weil sie einander Anker waren, und die es nie erleben würden, erkannt zu werden, wirklich im tiefsten Wesen geliebt.

So wie ich Aaron liebe, dachte sie und erschrak sogleich. Sie schob den Gedanken fort, aber er kam zurück. Ihr Blick huschte über Aaron hinweg, eine Kraft in ihr, die stärker war als sie, zwang ihren Blick zu ihm. Er sah sie an. Gerade, dunkel, tief. Die Härchen auf ihren Armen richteten sich auf. Sie riss ihren Blick fort von ihm.

Da begegnete sie Dritters spöttischen Augen. Schnell lächelte er sie an. Im Nu sprang er auf die Beine und setzte sich ans Klavier. »Lasst uns ein bisschen Musik machen«, sagte er, ohne einen Widerspruch abzuwarten. Und schon legte er los. Lysbeth, die neben ihm saß, wippte mit dem Fuß des übergeschlagenen Beines.

Alle hatten schon einiges getrunken. Eckhardt und Cynthia rollten den Teppich zusammen und legten einen schmissigen Charleston aufs Parkett. Dann tanzten sie Shimmy, und danach zog Eckhardt seine Schwester hoch, und Cynthia sagte: »Komm, Aaron, lass uns mal probieren.«

Lysbeth hatte seit vielen Jahren nicht mehr getanzt, aber ihr Körper erinnerte sich plötzlich an das Vergnügen, das sie in Maximilians Armen empfunden hatte. Tränen stiegen kurz in ihr auf, doch dann siegte der Spaß. Ausgelassen tanzte sie mit Eckhardt und dann mit ihrem Vater, der ein erprobter, sicherer Tänzer war, sogar bei den neuen Tänzen, die er mit Käthe einstudiert hatte. Plötzlich standen Aaron und Lysbeth voreinander. Sie hatte rote Blumen auf den Wangen, und ihre Augen glänzten. Aaron schaute sie bewundernd an. Auch er war etwas erhitzt, denn Cynthia hatte nicht lockergelassen. Sie war normalerweise zwar etwas steif und langweilig, aber wenn es ans Tanzen ging, verwandelte sie sich in einen Derwisch.

Dritter blickte vom Klavier auf. »So, Vater, jetzt schwenk mal meine Mutter, die sieht schon ganz sauertöpfisch aus!«, rief er. Alexander sprang sofort zu Käthe und verbeugte sich tief vor ihr. Seit Käthe ihm alles von Fritz und sich erzählt hatte und nachdem sie deutlich gemacht hatte, dass dieses Haus ihr gehörte, behandelte er sie mit distanziertem Respekt. Einmal, betrunken, hatte er gesagt: »Käthe, mein Mädchen, wenn ich gewusst hätte, was für ein Weib ich da geheiratet habe, hätte ich wohl ein bisschen mehr aufgepasst. Aber nun ist ja wohl alles zu spät. Aber ich will dich noch so doll lieb haben, wie ich es auf meine alten Tage vermag.«

So hielt er es seitdem. Er war liebevoll zu Käthe, aber es schwang immer eine leichte Trauer mit, und manchmal war es, als ob er sich vor ihrer Größe verbeugen würde. Hatte er sie früher oft behandelt wie ein dummes Ding, das nun einmal da war und ihm sowieso gehörte, egal wie er sich verhielt, so war ihm ganz offenbar klar geworden, dass er nun mal nicht geliebt werden würde, solange er sich nicht ein wenig bemühte. Er hatte begriffen, dass er geben musste, um bleiben zu dürfen. Und dass er nicht gerade volle Hände zum Geben hatte, da er es nie geübt hatte. Käthe ließ ihn nie spüren, dass er in ihrem Haus lebte. Sie ließ ihn auch nie spüren, dass sie alle Gefühle verloren hatte, die sie einmal für ihn empfunden hatte, einschließlich ihrer Verletztheit. Allerdings waren, seit sie in Hamburg lebten, neue Gefühle an die Stelle der alten getreten: Sie respektierte Alexander für seine unermüdlichen Versuche, wieder aufzustehen, wenn er gefallen war. Sie respektierte ihn für seine stetige Suche nach einem Neuanfang, nach einem Geschäft, mit dem er wirklich groß rauskommen würde. Sie wusste genau, dass er nie groß rauskommen würde, und wenn, dann nur für kurze Zeit. Aber sie war wirklich beeindruckt davon, dass er den Mut nie verlor oder wenn, dann nur für sehr kurze Zeit. Sie respektierte ihn auch dafür, wie er mit seinen beiden Söhnen zusammenarbeitete, und dafür, dass er Stella nie seine Enttäuschung fühlen ließ, weil sie nicht seine leibliche Tochter war.

Sie verzieh ihm, dass er seinen jüngsten Sohn Johann, seit der ausgezogen war und die Firma verlassen hatte, vergessen zu haben schien. Johann war eigentlich noch nie wirklich Alexanders Sohn gewesen, auch wenn er ihn gezeugt hatte. Sie verzieh ihm auch, dass er manchmal die halbe Nacht fortblieb, wenn Antonia, Lydias langjährige Freundin aus Berlin, in Hamburg zu Besuch war. Er tat es sehr diskret, und Käthe gönnte es Antonia, deren Mann, wie Lydia verschämt berichtet hatte, nach einer Prostata-Operation zwar unglaublich freundlich geworden war, freundlicher als je zuvor, aber leider seinen Mann nicht mehr stehen konnte.

Käthe hatte kein Interesse mehr an Alexander als Mann. Warum sollte er nicht zu Antonia gehen, die ihn doch offenbar für ihr körperliches Wohlsein brauchte? Er hatte es ihr sogar gestanden. »Es bedeutet mir nicht viel«, hatte er gesagt. »Wenn du willst, beende ich es sofort.« Das hatte Käthe ihm übel genommen. Das fand sie schäbig und gemein einer Frau gegenüber, die sich ihm in ihrer sexuellen Not hingab, doch sie hatte nur ruhig gesagt: »Nein, du musst es nicht meinetwegen beenden.«

Und so war es weitergelaufen, ohne dass Käthe viel davon mitbekam.

All das und mehr lag in dem Blick, den Käthe und Alexander sich lächelnd zuwarfen, als sie miteinander den langsamen Walzer tanzten, den Dritter auf dem Klavier intonierte. Langsamer Walzer! Lysbeth lag in Aarons Armen. Aaron konnte tanzen! Lysbeth wusste es, seit er mit Stella zusammen für die Bühne gesungen und getanzt hatte. Aber sie selbst hatte noch nie mit ihm getanzt. Jetzt hatte sie das Gefühl, sich in seinen Armen in eine andere Frau zu verwandeln. Eine Frau mit einem weichen Körper, die sich anschmiegte, jeden Schritt zu ahnen schien, den Aaron beabsichtigte, und ihm folgte, bevor er sie führte.

Sie war zwar in der Lage, Menschen zu durchschauen. Bei Aaron versagte diese Gabe aber vollkommen. Sie war fest davon überzeugt, dass er bald ein Mädchen finden würde, das er liebte. Sie war fest davon überzeugt, dass all die Gefühle, die sie empfand, allein die ihren waren und von ihm nicht im Geringsten erwidert wurden.

Lysbeth war dreiunddreißig Jahre alt. Sie war schmal und groß mit zarten Gliedern. Sie hatte große blaue Augen und einen feinen Mund. In ihrem Gesicht lag ein Ausdruck zwischen Klugheit und Verletzlichkeit, der manche der Freunde von Dritter und Eckhardt sehr anzog. Sie war eine attraktive Frau geworden, aber sie hatte keine Ahnung davon.

Von nun an sahen Aaron und sie sich immer am späten Abend. Oft verließ er erst um Mitternacht die Kippingstraße. Als Dritter einmal eine anzügliche Bemerkung machte, schüttelte Lysbeth verblüfft den Kopf. Es war ihr nicht in den Sinn gekommen, dass irgendjemand etwas anderes als eine Freundschaft zwischen Aaron und ihr vermuten könnte.

Sie stürzte sich mit Feuereifer in Aarons Doktorarbeit. Seine Forschungen zu Blutgruppen fand sie zwar nicht immer besonders interessant, es schien ihr oft in eine falsche Richtung zu gehen oder sich in nebensächlichen Zählereien zu verlieren, aber aus dem Ganzen eine Arbeit zu machen verlangte viel von ihr, all ihre medizinischen Kenntnisse und ihre intellektuellen Kapazitäten.

20

Endlich näherte sich die Safari, zu der der Prinz sie eingeladen hatte. Stella verbrachte bis dahin eine Zeit, in der sie sich wie ein Vogel im Käfig fühlte. Jonnys Arbeit bestimmte den Tagesablauf. Und darüber hinaus bestimmte er, mit welchen Leuten sie verkehren durfte, ob abends eine Party gegeben würde oder ob sie zu einer Party gingen.

Daressalam war nicht gerade der Ort, wo Stellas Bedürfnis nach Impulsen oder irgendetwas, das ihr ein Gefühl von Jugend und Lebendigkeit gab, befriedigt wurde. Wenn man es einmal kannte, war Daressalam ein ziemlich langweiliger Ort. Die interessanten Menschen, so schien es Stella, lebten auf Farmen, wie Anthony und seine Eltern zum Beispiel.

Die Frauen der Geschäftsmänner oder der Beamten waren ausgesprochen fade Geschöpfe. Der einzige Lichtblick war Victoria, die Stella immer wieder beeindruckte. Victoria hatte sogar ein gutes Verhältnis zu ihren Bediensteten. Ihr Boy, der sie überall hin begleitete, war ein Somali, ein junger Mann von ausgesuchter Schönheit. Victoria war es auch, die Stella über den Ring aufklärte, den der Sultan ihr geschenkt hatte. »Das ist ein Rubin«, sagte sie voller Bewunderung. »Stella, Sie sind ein Glückskind. So einen wundervollen Stein trägt in ganz Tanganjika niemand sonst. Und das Gold, in das er gefasst ist, ist von einer ausgesuchten Qualität. Ich weiß nicht, woher der Prinz den Ring hat, ich vermute, er stammt aus seinem Familienschmuck. Es ist eine große Ehre, Familienschmuck der Sultans von Sansibar tragen zu dürfen.«

Stella erschrak. »O Gott, Victoria«, sagte sie kleinlaut. »Ich habe gedacht, es wäre ein Glasklunker, wie er auf den Märkten verkauft wird. Wenn ich gewusst hätte, wie wertvoll der Ring ist, hätte ich ihn nicht angenommen.«

Victoria lachte schallend. »Das sieht dem Prinzen ähnlich. Er hat bestimmt kein Wort gesagt, oder?«

Stella fuhr sich mit dem Zeigefinger über den Mund, als wolle sie ewiges Schweigen andeuten. Victoria lachte wieder. »Ja, so ist er. Klug von ihm. Wenn Ihr Mann den Wert des Geschenks geahnt hätte, wäre er bestimmt zornig geworden.« Sie schmunzelte. »Eigentlich zu Recht. So ein Geschenk darf ein Mann keiner verheirateten Frau machen. Finden Sie nicht auch?«

Stella drehte den Ring an ihrem Finger hin und her. Schon mehrmals war ihr aufgefallen, wie er die Umgebung spiegelte. Jetzt kam ihr das Feuer des Steins überwältigend vor. »Ich bin froh«, sagte sie leise, »dass der Prinz mich in meiner Unwissenheit gelassen hat. Dieser Ring macht mich immer glücklich, wenn ich ihn anschaue.«

Victoria legte ihre Hand auf Stellas. Sie sah sie forschend an. »Sie haben sich aber nicht in den Prinzen verliebt, oder?« Sie lachte amüsiert auf. »Denn das ist er: Ein schöner orientalischer Prinz, wie er im Buche steht. Aber verlieben darf man sich nicht in ihn. Wenn man diese orientalischen Herrscher nah an sich herankommen lässt, verbrennt man sich den Mund. Sie wären nicht die erste Frau hier in Daressalam, der das passiert.«

Stellas Neugier war entfacht. »Oh, erzählen Sie. Wer hat sich in den Prinzen verliebt und schmort dafür in der Hölle?«

Victoria lächelte wehmütig. »Ich zum Beispiel, meine Liebe. Beinahe hätte ich meine wundervolle Ehe mit meinem phantastischen Mann aufgegeben, um in den Harem des Sultans von Sansibar einzuziehen. Er besaß eine solche Grandezza, er war so geistreich, und sein Feuer erhitzte mich, sobald ich in seine Nähe kam. Zum Glück hat mein Mann dem ein Ende gemacht.«

»Wie hat er das getan?«, fragte Stella, begierig, alles über diese Liebesgeschichte zu erfahren.

»Oh«, Victoria schmunzelte belustigt, »er sagte mir, ich würde dem Sultanat sehr schaden, wenn ich der Sache weiter nachginge und weiter derartig rote Lippen und glänzende Augen bekäme, sobald der Sultan sich mir näherte. Er sagte: ›Meine Liebe, sollte ich ihn erwischen, wie er den Sicherheitsabstand von einem Meter zu dir überschreitet, wird Sansibar leider einen Eunuchen als Sultan haben. Ich glaube, das würde ihm und auch dir nicht gefallen.‹«

Stella kicherte, und auch Victoria gluckste wie ein kleines Mädchen. »Seine deutlichen Worte haben den Bann damals gebrochen. Immer, wenn ich dem Sultan danach begegnete, musste ich ihn mir als Eunuch vorstellen, und auch er war danach irgendwie vorsichtiger, als hätte er telepathisch die Botschaft meines Mannes empfangen.«

Jonny stieß keine Drohungen gegen den Prinzen aus. Aber er schätzte Stellas Freundschaft mit Victoria nicht. Aus irgendeinem Grunde fand er es nicht schicklich, dass Stella mit der schönen, klugen älteren Frau zu häufig in Kontakt war. Stella glaubte zu verstehen, dass er Victorias Einfluss gefährlich fand.

Sie war sehr zärtlichkeitsbedürftig, seit sie aus Sansibar zurückgekehrt waren. Irgendwie war eine Schutzhaut von ihr abgeglitten, als hätte sie sich gehäutet wie eine Schlange und wäre nun verletzlicher und mit einer zarteren Haut bedeckt als vorher. Sie konnte es sich nicht gut erklären. Aber es war so. Und da Jonny der einzige Mensch war, von dem sie Nähe und Zärtlichkeit empfangen konnte, gab sie sich große Mühe, ihn nicht zu erzürnen. Sie war so bedürftig nach Liebe, wie sie noch nie in ihrem Leben gewesen war.

Da sie bisher nur die Sehnsucht der Männer nach ihrer Zärtlichkeit, ihrer Nähe kennengelernt hatte und davon ausging, dass jeder Mann es als Geschenk empfand, wenn sie sich ihm körperlich näherte, tat sie das anfangs bei Jonny mit großer Unbefangenheit. Wenn sie zusammensaßen, rückte sie nah an ihn heran, nahm seine Hand und küsste ihn von Zeit zu Zeit zart auf die Wange, die Ohren, die Augen oder den Mund. Wie erstaunt war sie, als er das erste Mal von ihr abrückte und sagte: »Du bist die ganze Zeit an mir dran, lass das mal bleiben. Das bedrängt mich.«

Es war so ungewohnt für sie, passte so wenig in ihren Erfahrungsschatz, dass sie beim ersten Mal nur irritiert dachte, er hätte schlechte Laune. Verletzt war sie nicht. Als er ihr aber mehrfach zu verstehen gab, dass ihr Nähebedürfnis ihm lästig war, fragte sie ihn geradeheraus: »Jonny, magst du es nicht, wenn ich dich küsse?«

Unwirsch antwortete er: »Doch, natürlich, Küsse mag doch jeder, aber du hast Mundgeruch.«

Stella erschrak. Sie hatte Mundgeruch? Das hatte ihr noch niemand gesagt. Die Männer waren bisher wild nach ihren Küssen gewesen.

Und so ging es eigenartigerweise weiter. Sie hatte ein so gesteigertes Bedürfnis danach, sich in seinen Armen geborgen zu fühlen, sie hatte ein so eigenartig offenes und wundes Herz, dass sie es nicht fertig brachte, sich von ihm entfernt ins Bett zu legen, sondern Abend für Abend an ihn heranrückte, ihn streichelte und zu küssen versuchte. So sehr wünschte sie sich, er möge auch sie streicheln. Sie hatte das Gefühl, dass ihre Haut verbrenne, so sehr wünschte sie sich, er möge sie berühren.

Aber es war wie verhext. Je mehr sie sich nach seiner Berührung sehnte, umso seltener und geiziger gab er sie ihr. Manchmal, wenn er eine Erektion hatte, drang er schnell in sie ein, und selbst das ließ sie geschehen, fast dankbar, dass er ihr irgendwie nahe kam.

Was war aus ihr geworden? Es war noch gar nicht lange her, dass die Männer alles dafür gegeben hätten, ihre Haut zu berühren, ihren Mund zu küssen, ihren Körper streicheln zu dürfen – und von ihr berührt zu werden. Manche Männer hatten gesagt, das wäre der Himmel auf Erden. Sie war immer wählerisch gewesen. Wenn einer ihr nahe kommen durfte, geschah es, weil sie wirklich Lust auf seine Nähe hatte. Es war ein Geschenk, das sie dem Mann machte. In diesem Bewusstsein geschah es, und es hatte keinen Mann gegeben, der nicht alles darangesetzt hatte, sie so zärtlich und erfüllend zu lieben, wie es nur möglich war. Grobe, gleichgültige, geizige, kühle Männer hatten bei Stella nie eine Chance gehabt.

Was war nur aus ihr geworden?

Sie bettelte fast um Jonnys Zärtlichkeit. Sie bot sich ihm fast dar wie eine läufige Hündin. Anfangs war es für sie noch wie ein lustiges, unbekanntes Spiel gewesen, denn ihr kam gar nicht in den Sinn, dass Jonny nicht danach hungerte, dann aber, als sie merkte, wie er immer kälter, immer abweisender wurde und ihr seine Zärtlichkeit und seine männliche Resonanz auf ihren Körper, ihre Lust, ihre Bedürftigkeit verweigerte, begann sie, sich zu schämen. Aber sie konnte dennoch nicht damit aufhören.

Und sie verstand sich selbst nicht. Je weniger er ihr gab, umso mehr bot sie sich ihm an. Je kühler er zu ihr war, umso mehr unternahm sie, um ihn zu erhitzen. Aus der einst stolzen und ihrer Schönheit und Weiblichkeit völlig sicheren Frau wurde innerhalb von zwei Monaten ein Wesen mit ängstlichen Augen, das skeptisch und verwirrt in den Spiegel blickte. Sie begann, an ihrer eigenen Wahrnehmung zu zweifeln. Wahrscheinlich war das, was sie im Spiegel sah, gar nicht wirklich. Wahrscheinlich war diese schöne Frau mit der schmalen Taille, den großen weichen Brüsten, die sich gerundet nach unten neigten, den an der richtigen Stelle gerundeten Hüften, den geraden, schlanken Beinen, dem runden Hintern nichts als eine Fata Morgana.

Und dann erzählte Jonny ihr eines Tages aus heiterem Himmel, dass er eigentlich noch nie Frauen mit großen Brüsten gemocht hatte. Er sagte es grob, als sie sich gerade im Bett an ihn schmiegte und seine

Hand unters Nachthemd auf ihre Brust legte. Es dauerte ziemlich lange, bis die Worte in Stellas Gehirn oder in ihr Herz oder in ihre Seele – wie auch immer – gedrungen waren. So lange, bis das geschehen war, blieb sie einfach weiter an ihn geschmiegt liegen. Doch dann war es, als kippe jemand heißes Pech in ihre Brust. Als gäbe es in der Mitte ihrer Brust eine Öffnung, durch die heißes Pech gekippt wurde, das sich von dort aus in ihrer Mitte verteilte. Regungslos lag sie neben Jonny im Bett. Seine Hand immer noch auf ihrer Brust, ihr Körper immer noch an ihn gekuschelt.

»Du magst meinen Körper nicht?«, fragte sie mit einer kleinen Stimme, die gar nicht zu ihr gehörte. Sie hörte die Stimme, sie spürte sich da liegen, und es war gleichzeitig, als wäre sie weit weg und würde mitleidig auf die Frau da gucken und denken: Jetzt hat er sie endgültig zerbrochen.

Warum kämpfe ich nicht?, fragte sie sich. Warum springe ich nicht aus dem Bett? Warum trete ich ihn nicht in die Eier?

Als Jonny nicht antwortete, wiederholte sie ihre Frage mit kindlicher Dringlichkeit: »Jonny, bitte sag es mir: Magst du meinen Körper gar nicht?«

Er zog seine Hand von ihr fort und rückte von ihr ab.

»Was für ein dummes Gespräch«, sagte er mit Ungeduld in der Stimme. »Wir sind schließlich verheiratet, da werde ich dich wohl gemocht haben. Aber du bist wirklich maßlos in deinen Bedürfnissen. Man kann doch nicht immer küssen. Und dass ein Mann nach einer gewissen Zeit der Ehe das übergroße Interesse an der Frau verliert, die doch auch allmählich altert, das ist doch wohl selbstverständlich. Ich meine, was hast du denn erwartet?«

Das Pech hatte sich in Stellas Kehle versammelt und war dort kalt verklumpt. Ihre Stimme war rau und gebrochen, als sie fragte: »Ich bin gealtert? Für dich bin ich alt?«

Jonny lachte ironisch. »Na ja, es weiß doch jeder, dass Frauen über dreißig nicht mehr die frischesten sind. Kinder zumindest können sie nicht mehr so einfach bekommen. Und überhaupt: Ein Mann will nun mal frisches Fleisch, das ist so etwas wie eine Frage der Rasse. Männer mögen Frischobst lieber als in die Jahre gekommenes.«

Von nun an tat Stella nichts mehr, um zu verhindern, dass sie schwanger wurde. Sie sah Jonnys Blicke, die hinter den jungen farbigen

Mädchen herwanderten. Sie starrte ihn verängstigt an, als sie das zum ersten Mal bewusst wahrnahm. Das Mädchen war fast noch ein Kind. Es hatte Brüste wie Knospen. Jonny schaute das Mädchen von oben herab und gleichzeitig lüstern an. Stella sah ihm an, dass er sich vorstellte, wie er ihr die Beine breit machte. Ihr wurde übel.

Dieser lüsterne Blick wurde zu ihrem täglichen Brot. Neuerdings rauchte Jonny Zigarillos. Seltsamerweise war dieser Blick oft gekoppelt mit einem Zigarillo, den er im Mundwinkel hatte, während er auf ein farbiges Mädchen stierte. Wie ein Herr auf ein Vieh, aber auf ein sehr schönes Vieh, das er gern besitzen will, nicht um es zu lieben, nein, vielleicht sogar, um es zu quälen, zu demütigen, oder vielleicht auch, um sich selbst zu quälen, sich selbst zu demütigen. Auf jeden Fall, das wurde Stella deutlicher und deutlicher, entwickelten sich diese Blicke zu einer Art Sport bei Jonny. Er bekam ganz sicher Erektionen dabei, wahrscheinlich dachte er an diese Mädchen, wenn er onanierte, und bestimmt stellte er sich vor, wie er sie berührte, öffnete, besaß.

Stella wurde zu einer hässlichen alten Frau. Nicht wirklich, natürlich, niemand konnte das aus ihr machen, aber in ihrer eigenen Wahrnehmung. Sie schrumpfte zu einem Nichts. Und hatte sie sich vor einiger Zeit noch wie eine läufige Hündin an Jonny gedrängt, wurde sie jetzt zu einer verstoßenen Hündin, die dankbar für einen Brotkrumen war.

Jonny konnte alles mit ihr machen. Wenn er gerade Lust hatte, wenn sein Schwanz groß auf sie wies, machte er nicht viel Federlesens. Er griff ihr an die Brustwarzen und rieb diese kurz ein wenig zwischen Daumen und Zeigefinger, dann fasste er prüfend zwischen ihre Beine, ob sie so feucht war, dass er mit seinem großen Schaft mühelos hineinkam. Dann drückte er ihn hinein. Er küsste Stella nie mehr. Er streichelte sie manchmal noch während des Akts, aber dann wirkte es, als geschähe es fast aus Versehen und vielleicht auch, weil er an jemand anders dachte. Stella ließ alles mit sich geschehen. Ja, es war so, dass sie dankbar war, wenn er sich in sie drängte, weil sie so ein wenig von der Nähe spürte, nach der sich ihre Seele so verzehrte.

Sie konnte nichts mehr essen. Sie zwang sich dazu, aber ihr Magen wirkte, als wäre er klein und schrumpelig geworden oder voller Pech, das nichts mehr einließ. Ihr war immer wieder übel. Manchmal hoffte sie, sie wäre schwanger, aber ihre Blutungen stellten sich regelmäßig ein. Dabei wäre es durchaus möglich gewesen, dass Jonny sie geschwängert hatte, da sie so häufig sexuell miteinander verkehrten wie noch nie. Anscheinend erregten die Negermädchen, die überall herumliefen, ihn so sehr, dass er sich bei Stella entladen musste. Denn dass nicht sie es war, die ihn erregte, dass nicht sie es war, der er in Liebe und Begehren und Würdigung ihrer Weiblichkeit und Schönheit begegnete, das merkte Stella jedes Mal schärfer.

Sie tat alles, was er wollte, ohne dass er sie darum bitten musste. Sie leckte seinen Schwanz. Sie liebkoste seine Hoden. Ja, sobald sie spürte, dass er irgendein Bedürfnis hatte, stillte sie es.

Er tat nichts dergleichen. Er küsste sie nicht. Als sie ihn einmal darum bat, verweigerte er ihr den Kuss. Einmal flehte sie ihn an, er möge ihre Möse küssen. In diesem Augenblick sehnte sie sich so sehr danach. Er tat so, als wäre er bewegungsunfähig.

Stella, der die Männer scharenweise zu Füßen gelegen hatten, die vom Prinzen einen Rubin in Murmelgröße geschenkt bekommen hatte, wurde zur gedemütigten Hündin ihres Mannes.

Manchmal, tagsüber, während er fort war, zog sie sich nackt aus und stellte sich vor den Spiegel. Sie war dünn geworden. Ihre Brüste, die sich einst prall leicht nach unten gewölbt hatten, hingen nun wirklich. Sie waren schlaff geworden, genauso wie Jonny sie beschrieben hatte. Ihre Beckenknochen standen vor, und manchmal beklagte Jonny sich, sie würde ihn mit ihren Knochen verletzen. Überhaupt achtete er sehr darauf, dass sie ihm auf keinen Fall wehtat. Er behielt seine Beine stets geschlossen. Wenn sie mit ihrem Bein zwischen seine kommen wollte, weil sie sich nur so wirklich nah an ihn schmiegen konnte, wies er sie streng an, ihr Bein gefälligst bei sich zu behalten. »Das tut mir weh«, sagte er. »Das ist unangenehm.«

Stella war nicht mehr Stella. Manchmal gab sie sich selbst schon einen anderen Namen. Auch Susanna passte nicht. Sie war Grete vielleicht oder Hulda. Sie hasste sich selbst für das, was sie tat, aber sie fand keinen Ausweg. Zwischen ihren Brauen bildeten sich Falten, auch um ihren Mund herum. Nun fand sie sich endgültig alt.

Sie aß kaum noch.

Das Einzige, was ihr noch Spaß machte, war das Reiten. Willy und sie machten immer weitere Ausritte. Die Landschaft war traumhaft schön. Aber sie sah sie wie ein Bild aus der Ferne. Nichts berührte sie. Nur Jonnys Ablehnung.

Stellas Schlaf wurde schlecht. Sie wälzte sich, von diffusen Ängsten geplagt, nachts in den Laken unter dem Moskitonetz, und morgens schreckte sie vor Sonnenaufgang schweißgebadet aus dem Schlaf. Dann betrachtete sie den neben ihr röchelnden und schnarchenden Jonny mit einer Mischung aus Wehmut und Fremdheit und entsetzlicher Sehnsucht, er möge aufwachen und sie in den Arm nehmen und all die Verletzungen und Schmerzen in ihr ungeschehen machen. Manchmal machte sie sogar den Versuch, sich an ihn zu schmiegen, und manchmal legte sie sogar ihre Hand auf sein Geschlecht, in der Hoffnung, ihn so zu einem zärtlichen Aufwachen zu bewegen. Aber er gab nur Geräusche von sich, die zeigten, dass er sich gestört fühlte in seinem Schlaf, und Stella verharrte regungslos vor Angst, ihn verärgert zu haben.

Was ist bloß aus mir geworden?, fragte sie sich immer ärgerlicher auf sich selbst. Aber dieser Ärger machte alles nur noch schlimmer. In der Nacht schrieb sie ihm in Gedanken Briefe oder sprach mit ihm, damit er sie endlich verstehen sollte, aber diese Briefe und Monologe waren so vernichtend für sie selbst, dass sie sie nie aufschrieb, geschweige denn an ihn richtete.

So erhob sie sich eines Morgens leise aus dem Bett und floh in die Pferdeställe. Ihre Stute hob sofort den Kopf, sobald Stella den Verschlag betrat, und schaute ihr mit sanften, verständnisvollen Augen entgegen. Stella rieb ihren Kopf an dem des Tieres und streichelte seinen Hals. Endlich eine Berührung! Endlich ein warmer Blick!

»Memsahib!« Willys Stimme rollte dunkel durch den Stall. Stella hatte nicht daran gedacht, dass er dort schlief. Sie hatte überhaupt nicht darüber nachgedacht, wo er schlief, noch, dass sie ihn stören könnte, wenn sie hierher kam. Sie versuchte ein Lächeln. »Willy, ich möchte gern ausreiten«, sagte sie schnell, »ich möchte den Sonnenaufgang erleben.«

Willy roch nach Heu und Pferd und Schlaf und nach noch etwas, das Stella nicht kannte, das ihrer Nase aber gefiel. Er rieb sich die Augen und machte sich langsam und schweigend daran, die Stute zu satteln. Es war eine Zeremonie, die dem Pferd beibrachte, dass es sich nun von einem Seinszustand in einen anderen zu bewegen hatte. War es eben noch ein Pferd, das nichts zu tun hatte als zu dösen und nur die Fliegen und sonstigen lästigen Kleintiere von seinem Körper zu vertreiben, so verwandelte es sich nun in einen Kameraden, der nicht nur einen

Menschen trug, sondern auch die Verantwortung dafür, dass dieser Mensch da oben sicher war vor all den Tieren, die am Boden krochen, Schlangen zum Beispiel oder Skorpione. Die Stute hatte nun dafür Sorge zu tragen, dass ein so wertvoller und zarter Mensch wie Memsahib Stella – was so viel hieß wie »Stern«, das hatte zumindest Bwana Anthony gesagt – anschließend Wangen von der Farbe der Nelken hatte und Augen, die von ihrem Namen zeugten.

Stella trug nur ihr Nachthemd, über das sie einen Schal geschlungen hatte, denn es war kalt um diese Tageszeit. Sie drehte sich um und eilte ins Haus zurück, um sich für den Ritt anzukleiden, den sie gar nicht geplant hatte, der ihr jetzt aber wie das Versprechen einer Erlösung vorkam.

Als sie zum Stall zurückkehrte, saß Willy schon auf dem Hengst, neben sich am Zügel hielt er die Stute, die »Luna«hieß, wohl weil der Schimmel so fahl und bleich wirkte wie der Mond. Stella sah Willy erstaunt an. Hatte sie schon wieder nicht streng genug mit einem Schwarzen gesprochen, dass er sich einfach selbst zu einem Ritt einlud? Aber er sah sie mit so sanften, freundlichen Augen an, und sein Lächeln, das seine weißen Zähne freigab, war so offen und vertrauensvoll, dass Stella, die nach freundlicher und zärtlicher Zuwendung so ausgehungerte Stella, das alles gierig aufsaugte und froh war, dass er sie begleitete. Allein war sie die ganze Nacht gewesen.

Er fragte sie nicht, wohin sie wollte, schlug einfach den kürzesten Weg zum Meer ein. Wortlos ritten sie hintereinander in den Sonnenaufgang hinein.

Als sie heimkamen, war es warm geworden. Stella glitt vom Pferd und überließ es Willy, das Tier zu striegeln und trocken zu reiben. Sie drückte noch einmal ihr Gesicht gegen den großen Kopf ihrer weißen Freundin. In ihrer Brust hatte sich etwas gelöst, als wäre der Teer wieder flüssig geworden. Es tat wieder weh, aber nicht auf diese harte, kalte, verklumpte Weise. Sie fühlte wieder, dass sie lebendig war. Am liebsten hätte sie ihr Gesicht auch an Willy gerieben, aber das wäre ein schreckliches Vergehen gewesen, das Jonny ihr nie verziehen hätte, wenn es ihm irgendwie zu Ohren gekommen wäre.

Jonny saß schon im Patio vor einem reichgedeckten Frühstückstisch. »Du bist eine Bettflüchterin«, grollte er, aber in seiner Stimme schwang eine leichte Unsicherheit mit. Stella sah ihn erstaunt an. Unsicherheit?

Woher kam die? Sollte ihm etwa bewusst geworden sein, dass er sie schlecht behandelte? Doch da war die Unsicherheit schon wieder vorbei, und Stella glaubte, sich geirrt zu haben. Ein mittlerweile vertrautes Gefühl.

Er hatte einfach nur gute Laune, war charmant und langte kräftig zu beim Frühstück. »Der Prinz von Sansibar hat mich übrigens kontaktiert«, sagte er. »Er will mit uns die Safari unternehmen. Er fragt, wann wir können. Er meinte, wir sollten unbedingt vor der Regenzeit aufbrechen.«

In Stellas Brust verwandelte sich das Pech in flüssiges Gold. Der Schmerz war nicht vorbei, aber nun leuchtete da etwas in ihr. Der Prinz! Auf Safari! Weg aus diesem tristen Schlafzimmer, aus dieser öden Einsamkeit mit Jonny, aus dieser schrecklichen Abgewiesenheit als Frau! Endlich wieder mit einem Menschen zusammen sein, der sie sah! Der sie so anblickte, so mit ihr sprach, sie so wahrnahm, dass sie sich nicht fühlte wie ein lästiges Insekt.

Sie war kurz davor, strahlend ja zu sagen. Ja, wann brechen wir auf? Da erinnerte sie sich an Victoria, die kluge Victoria, die vor kurzem zu ihr gesagt hatte: »Stella, Ihr Mann weiß, glaube ich, sehr gut, dass die ganze deutsche und englische Kolonie hier von Ihrem Charme und Ihrem Wesen bezaubert ist, dass hingegen niemand sich so besonders hingezogen zu Ihrem Gatten fühlt. Ich glaube, Sie müssen aufpassen, dass er Sie das nicht auf eine Weise spüren lässt, gegen die Sie sich nicht wehren können. Ich rate Ihnen aufzupassen, dass er nicht eifersüchtig wird.« Sie hatte Stella angeschaut und rügend gesagt: »Womit ich nicht meine, dass Sie Ihre wundervolle Figur einer rassigen Löwin auf die einer mageren Ziege runterhungern sollten. Essen Sie mal wieder mehr, Stella, oder sind Sie krank?«

Stella hatte verlegen gelacht und versprochen, den Arzt aufzusuchen.

Ja, Stellas verändertes Aussehen war einigen aufgefallen. Als Anthony letztes Mal nach Daressalam gekommen war, hatte er sie erschrocken angeschaut und ihr ständig irgendwelche Leckereien aufgedrängt. Er hatte zum Abschied auf eine väterliche Weise zu ihr gesagt: »Stella, Sie sind eine so schöne Frau, das wird sich auch nicht ändern, wenn Sie ihre wundervollen üppigen Formen verlieren …« Er war errötet und hatte sich entschuldigt, worauf Stella lachend gesagt hatte: »Fahren Sie fort mit den Komplimenten, Anthony, ich bin ganz begierig darauf!« Da hatte er ernst gesagt: »Wenn Sie begierig auf meine Komplimente sind, werde ich mir nächstes Mal einen ganzen Tag lang Zeit nehmen, um Sie damit zu füttern, bis Sie übersatt schreien: ›Hören Sie auf, ich kann kein Kompliment mehr vertragen!‹«

Stella hatte wieder gelacht, aber ihr waren die Tränen dabei in die Augen geschossen. Anthony hatte ärgerlich die Stirn gerunzelt und gesagt: »Gut, wenn eine so schöne Frau wie Sie nach Komplimenten hungert, ist etwas im Argen. Und wenn eine so wundervolle Frau wie Sie sich in eine magere Ziege verwandelt, ist noch mehr im Argen. Wenn ich das mit Komplimenten vielleicht auch nicht heilen, aber, nun, sagen wir, lindern kann, werde ich mich darauf schriftlich vorbereiten. In einer Woche bin ich wieder da. Ich werde Sie an schönen Worten satt machen, liebe Stella, dessen können Sie gewiss sein.«

Stella war in den vergangenen Wochen mehrfach auf eine sehr höfliche indirekte Weise vor ihrem Mann gewarnt worden. Niemand hatte sie direkt auf ihn angesprochen, aber allen schien irgendwie klar zu sein, dass der schwarze Schleier, der sich über Stella gelegt hatte, etwas mit ihrer Ehe zu tun hatte. Alle hatten ihr irgendwie zu verstehen gegeben, dass sie auf der Hut vor ihm sein sollte, dass sie ihm nicht mit der kindlichen Offenheit, die sie dem Leben und den Menschen, seien sie schwarz oder weiß, entgegenbrachte, begegnen sollte. Es war, als würden alle sagen: »Pass auf dich auf! Er bringt dich in Gefahr! Bewahr dich vor ihm!«

Doch auch das tröstete Stella nicht, es machte sie nur trauriger und unsicherer, denn offenbar war es auch den anderen aufgefallen, dass Jonny hinter den jungen schwarzen Mädchen her starrte. Vielleicht hatte er sogar schon eine Geliebte, und alle wussten es, nur sie nicht?

Gleichzeitig war er entsetzlich eifersüchtig, und sie wusste, dass sie sehr vorsichtig sein musste, damit die Safari auch wirklich zustande kam. Es bestand die Gefahr, dass er das Ganze platzen ließ, weil er befürchtete, dass es irgendwie seinem Stolz entgegenlief. Es kam also darauf an, seinen Stolz zu kitzeln.

Wie hatte Victoria das gemacht?

»Der Prinz muss wirklich große Lust dazu haben, mit dir auf Jagd zu gehen«, sagte Stella, und in ihrer Stimme schwang Hochachtung mit. »Er soll ein sehr guter Schütze sein, der natürlich daran interessiert ist, mit guten Schützen zusammen zu sein. Hoffentlich wird mir das Ganze nicht zu viel Angst machen.«

Jonny lächelte sie mit diesem Blick an, den er den jungen Negermädchen zuwarf, von oben herab, sehr im Bewusstsein seiner Männlichkeit. »Wenn du willst, kannst du zu Hause bleiben«, sagte er jovial. »Aber wir werden ein Lager errichten, das komfortabel für dich ist, und Träger und Boys dabeihaben. Es wird dir schon an nichts fehlen.«

In Stella wallte eine kurze Wut auf. Außer an Liebe, dachte sie und hätte ihn kurz schütteln mögen. Doch dann war der Moment vorüber, und sie fühlte sich wieder schwach und traurig.

»Ich lege mich noch ein wenig hin«, sagte sie und hatte das Gefühl, ihre Beine würden sie kaum mehr zum Bett tragen. »Ich bin so früh aufgestanden, jetzt bin ich hundemüde.«

Jonny wünschte ihr eine gute Erholung und widmete sich weiter seinem Frühstück. Sie gab ihm einen Kuss auf den Mund, den er erwiderte, indem er sie schnell ein wenig mit den Lippen zurückstieß. Als hätte ich eine ansteckende Krankheit, dachte Stella. Oder Mundgeruch. Wahrscheinlich habe ich wieder Mundgeruch.

Die Safari fand statt. Sie trafen sich mit dem Prinzen in Usambara, wo immer noch viele deutsche Farmer wohnten. Der Prinz hatte dort einen guten Freund, Lord Finch, der vor dem Krieg in Kenia eine Kaffeeplantage besessen und sich nach dem Krieg in Tanganjika niedergelassen hatte, wo er gemeinsam mit seiner Frau, einer Schwedin, eine kleine Farm unterhielt, vor allem aber Safaris für Europäer leitete. Der Prinz hatte seinem Freund die Aufgabe übertragen, die ganze Safari vorzubereiten und zu leiten. Stella und Jonny waren mit dem Schiff zuerst nach Tanga gefahren, um diese Insel einmal kennenzulernen, und von dort nach Usambara.

Am ersten Abend saßen sie gemeinsam mit dem Lord und seiner blonden Frau, die einen seltsamen Kontrast zu ihren schwarzen Bediensteten abgab, draußen auf der Terrasse, bis es dämmerte und alle hineingingen, um sich vor den Moskitos zu schützen. Ohnehin war es völlig selbstverständlich, dass sich alle bereits vor Einbruch der Dunkelheit von oben bis unten verhüllten, denn die Malaria war eine sehr gefürchtete Krankheit.

Der Prinz hatte Stella und Jonny zwar sehr herzlich begrüßt, und

Stella hatte durchaus den Eindruck, dass er sich auf die Safari freute, aber aus irgendeinem Grund verhielt er sich viel reservierter ihr gegenüber als am Jahresende. Vielleicht lag es auch daran, dass Jonny, der überrascht davon war, dass ein Engländer die Safari leiten würde, von ausgesuchter, fast schon unhöflicher Kühle war. Vielleicht aber war der Grund für die verminderte Wärme des Prinzen auch, dass Stella den Ring nicht trug, den er ihr geschenkt hatte. Sie hatte nicht gewagt, das wertvolle Stück mit auf eine Safari zu nehmen, und hatte ihn deshalb Victoria zum Aufbewahren gegeben. Da zwischen Stella und dem Prinzen der Ring nie wieder mit einem Wort erwähnt worden war, vermutete er vielleicht, Stella hätte ihn nicht seinem Wert entsprechend gewürdigt und vielleicht sogar verloren oder weiterverschenkt. Ein solcher Gedanke war schrecklich für sie, aber sie wusste nicht, wie sie darauf zu sprechen kommen konnte, um die Sache aufzuklären.

Wenn sie am Abend beisammensaßen, erzählten Lord Finch und seine Frau Asta sehr spannende Geschichten von Safaris, von ihrer Farm in Kenia und von abenteuerlichen Ereignissen aus dem Krieg, an dem Lord Finch teilgenommen hatte. Er berichtete darüber so unbefangen und drollig, als hätte es sich nicht um einen Krieg gegen die Deutschen gehandelt, von denen welche mit ihm am Tisch saßen. Es wirkte, als wäre das Ganze für ihn eine Art sportlicher Wettkampf gewesen, der mit einem Sieg seiner Mannschaft geendet hatte. Aber nun empfand er keine negativen Gefühle mehr für den einstigen Gegner, allerdings auch kein Mitleid. Es hatte faire Regeln gegeben, England hatte gewonnen, heute gehörte Tanganjika ihm, so lauteten die Regeln. Aber das war nichts, das ihn und Jonny oder Stella irgendwie persönlich betraf. Diese Haltung war Stella sehr angenehm. Und Jonny hatte ohnehin Mühe, der Unterhaltung zu folgen, da sie hauptsächlich auf Englisch geführt wurde.

Stella freundete sich schnell mit Asta an, die interessant über Afrika zu berichten wusste. Überhaupt, so begriff Stella sehr bald, war ihr Leben in der europäischen Kolonie in Daressalam kaum dazu angetan, viel von Afrika kennenzulernen. Jetzt erst begann sie, die Weite und Vielfalt dieses Landes zu ahnen.

Wenn Asta von ihrem Leben in Afrika erzählte, musste Stella immer wieder an Anthony denken. Das war das Land, das auch er kannte. »Es ist nicht leicht«, sagte Asta, »den Schwarzen näherzukommen. Sie sind sehr sensibel. Wenn man sie erschreckt, flüchten sie augenblicklich in ihre eigene Welt zurück, zu der wir keinen Zugang haben.«

»Jonny sagt immer, sie sind wie wilde Tiere«, bemerkte Stella nachdenklich. »Also scheint etwas daran zu sein.«

»Nun ja«, räumte Asta ein, »sie sind scheu wie Tiere. Und sie haben ihre ganz eigenen Verhaltensweisen. Sie antworten nicht so gerade wie wir Europäer. Wenn du einen Afrikaner nach irgendwelchen Zahlen fragst, nach seinem Alter, seinem Besitz, wird er immer ausweichend antworten. Aber der Vergleich mit wilden Tieren wird natürlich oft gewählt, um auf ihre Primitivität hinzuweisen. Und ich glaube, da irrt dein Mann sich.«

Stella erinnerte sich, dass Anthony gesagt hatte, alle Schwarzen seien meisterhafte Schauspieler. Sie würden Pausen auf dramatische Weise beim Sprechen einsetzen. Und ihre Mienen könnten ganz plötzlich den Ausdruck tiefer Trauer annehmen. Dann würden auch Tränen kollern, einzig zu dem Zweck, den Adressaten zu rühren. Sie sagte: »Jonny meint auch, dass sie Diebe sind und lügen.«

Asta lächelte. »Im Gegensatz zu uns besitzen sie kaum etwas. Viel können sie noch nicht gestohlen haben.« Sie raffte sich auf und sagte energisch: »Nun, im Ernst, die Schwarzen, die ich kennengelernt habe, haben mich immer wieder überrascht durch ihre Vorurteilslosigkeit. Ich erkläre mir das damit, dass beinahe jeder Schwarze schon mit vielen unterschiedlichen Rassen und Völkern Kontakt hatte. Erst waren die Elfenbein- und Sklavenhändler in Ostafrika, danach die Siedler und Großwildjäger. Sie haben mit so vielen Nationalitäten zu tun gehabt! Als wären wir gleichzeitig mit Eskimos und Russen und Italienern aufgewachsen.«

»Wieso?«, fragte Stella interessiert nach. »Es waren doch nur die Deutschen und die Engländer hier.«

Asta lachte. »Hier leben Engländer, Juden, Buren, Araber, Somali, Inder, Suaheli, Massai und Kavirondo.« Stella nickte. Ja, auch wenn für sie die unterschiedlichen Schwarzen viel Ähnlichkeit besaßen, so wusste sie doch inzwischen, dass diese so unterschiedlich waren wie Deutsche und Spanier.

Als die Safari endlich losging, hatte Stella viel gelernt. Auch, die Vorurteile ihres Mannes kritischer zu überdenken.

Von Neu-Moshi, dem Endpunkt der Usambara-Bahn, bestiegen sie den Kilimandscharo. Der Berg von fast sechstausend Metern Höhe trug auf seinem höchsten Gipfel eine Krone von Schnee und Eis. Bis auf dreitausend Meter Höhe reichte um das große Bergmassiv ein gewaltiger Urwaldgürtel, in dem alles wilde Getier Afrikas zu Hause war. Dort lag das Bismarckhaus, wo sie Rast machten. Von diesem Bismarckhügel aus hatten sie einen herrlichen Überblick über die Steppe, sahen die Grenze von Tanganjika und weit nach Kenia hinein, sahen auch die fernen Berge an der Uganda-Bahn, all jene Gebiete, in denen vor nicht allzu langer Zeit Krieg geherrscht hatte.

Oberhalb des Urwaldes hörte die Vegetation fast gänzlich auf, und von dem Plateau in Höhe von viertausendachthundert Metern erhoben sich die beiden gewaltigen Gipfel, der Kibo mit fast sechstausend Metern und der Mawenzi mit etwas mehr als fünftausend. Bis auf das Plateau ritten sie auf kleinen Maultieren, die Träger gingen zu Fuß hinterher. Sie konnten den Maultieren nicht so schnell folgen, sondern keuchten mit ihren schweren Lasten mühsam den Berg herauf. Auf dem Plateau herrschte gewaltige Kälte, und in der kleinen, ungeheizten Petershütte, wo die Gruppe übernachtete, war am Morgen das Waschwasser gefroren. Sie waren hoch über den Wolken und sahen unter sich das Nebelmeer wie eine leicht gewellte Schneedecke, durch deren Öffnungen das Gebiet nördlich und südlich des Bergmassivs durchschimmerte. Im Gegensatz zu der Gluthitze der Küste und Steppe war die frische Luft und frostige Kälte eine wundervolle Erholung.

Anschließend machten sie sich auf den Weg hinab in den dichten Urwald. Stella glitt in das neue Leben, als würde sie schon wieder eine Haut abwerfen. Sie selbst wunderte sich über ihre vielen Wandlungen, aber sie wunderte sich nicht nur darüber. Sie lebte. Sie spürte ihren Körper, wie sie ihn nie zuvor gespürt hatte. Jeder Geruch, jedes Bild, jede Stimmung ging durch sie hindurch. Es war, als wäre sie ein Fotoalbum, das sich mit Bildern, Gerüchen, Gefühlen, Gedanken füllte. Lagerplätze prägten sich ins Gedächtnis ein, als hätte sie ihr ganzes Leben darauf verbracht. Sie erinnerte sich an die Kurve einer Radspur im Gras der Steppe, als hätte sie sich in ihr Gehirn eingedrückt.

Unter sepiafarbenem Himmel sah sie eine riesige Büffelherde. Dunkle, schwarze Tiere mit mächtigen, seitlich geschwungenen Hörnern tauchten einzeln aus dem Morgennebel hervor, als kämen sie aus der Ewigkeit Stück für Stück in Stellas Wirklichkeit hinein, damit sie ihre eigenen kleinen Probleme aus deren Perspektive anschauen konnte. Sie sah eine Herde von Elefanten durch dichten Urwald wandern, besprüht von Sonnenstrahlen, die wie kleine Lichter und Flecken aus dem dichten Gerank fielen. Sie schritten aus, als wollten sie Stella eine Lektion über den Sinn des Lebens erteilen, der ganz simpel darin lag, einen Fuß vor den anderen zu setzen. Sie sah Giraffen durch die Steppe ziehen mit selbstvergessener, stolzer Anmut, auch das eine Lektion für Stella, die eigene einzigartige Schönheit durchs Leben tanzen zu lassen. Ja, Stella kam es vor, als wäre sie in einer Schule gelandet, in der Tiere und Pflanzen und die Erde ihr das Leben erklärten und die Notwendigkeit, es dem eigenen Wesen entsprechend zu führen.

Sie bestand darauf, die Männer auf der Jagd zu begleiten. Vor Sonnenaufgang standen sie auf und folgten den Tieren. An einem Morgen sahen sie zwei Nashörner. Wie zwei unförmige Felsen rollten die beiden grunzend und schnaubend aufeinander zu, stießen sich an, wirkten wie klobige Kinder, die Spaß miteinander hatten, während die kalte Morgenluft Nebel aus ihren Nüstern trieb. Auch sie erteilten Stella eine Lektion. Anders als die Lilienschönheit der Giraffen war die der Nashörner eine massive, steinerne, und doch waren sie witzig, lebendig, hatten Spaß und mochten einander. Wenn Jonny meine Schönheit nicht sieht und Mädchen mit Knospenbrüsten mag, dann heißt das nicht, dass sie nicht da ist, dachte Stella angesichts der Nashörner und fühlte sich seltsam getröstet.

Und dann kam der Tag, als sie einen Löwen sah und begriff, weshalb er König der Tiere genannt wurde. Es war noch vor Sonnenaufgang. Der Mond verblasste über der Steppe, das Gras schimmerte silbern, das Rot des blutigen Mauls stach aus den zarten Farben hervor. Danach sah Stella mehrfach Löwen, die am Mittag behaglich auf dem kurzen Rasen im hellen, frühlingszarten Schatten der Schirmakazien in ihrem Garten Afrika ausruhten. Als Jonny einen Löwen erlegte, hasste sie ihn. Es war so offensichtlich: Der Löwe war ein König, und Jonny war jemand, der einen König töten musste, um sich selbst als König zu fühlen. Aber der Löwe hatte keine Chance.

Lord Finch brachte Stella bei, hastige Bewegungen zu meiden. Die Tiere waren scheu und wachsam, sie verstanden es, unerwartet zu entwischen. »Wir haben die Fähigkeit des Stillseins verloren und müssen vom wilden Tier Ruhe lernen, wenn wir von ihm anerkannt werden wollen«, sagte er, und Stella verstand, dass er nur aus Höflichkeit »wir« sagte. »Jäger dürfen nie ihrer Laune folgen, sie müssen sich anpassen an Wind und Farben und Geruch der Landschaft und müssen sich das Zeitmaß ihrer Umwelt einverleiben«, erklärte er. »Wenn wir mit wilden Tieren zu tun haben, müssen wir viel lernen. Zum Beispiel wird ein gieriger Mensch, der nicht warten kann und in fordernder Arroganz seine Bedürfnisse sofort befriedigt haben will, von den Tieren verlacht. Ein Tier lehrt uns Geduld.«

Sie hatten die Safari Mitte Februar begonnen. Vier Wochen später kehrten sie zurück. In gewöhnlichen Jahren setzte die große Regenzeit in der letzten Woche des März ein und hielt an bis Mitte Juni. Im Verlauf des Monats März wurde die Welt täglich heißer und dürrer. Dann wurde es gefährlich in der Steppe. Die Massai legten Feuer an die strohdürren Halme, um beim ersten Regen neues grünes Gras für ihr Vieh zu haben. Von ferne sah Stella, wie die Luft über den Steppen bebte, und der Brandgeruch wogte herüber. Da war es Zeit zurückzukehren. Riesenhafte Wolken ballten sich schon und zergingen wieder über der Landschaft, ein leichter, ferner Regenschauer malte schräge blaue Streifen überm Horizont.

Beim Abschied von Lord Finch lud er Stella und Jonny ein, jederzeit Gäste auf ihrer Farm zu sein. Der Prinz verabschiedete sich ebenfalls herzlich, die Safari hatte ihm Freude bereitet, das teilte er glaubhaft mit, aber der Abschied war ebenso distanziert und unverbindlich, wie der Prinz die ganze Zeit über gewesen war. Er stellte auch kein weiteres Treffen, keine Einladung, keine Begegnung in Aussicht. Stella traute sich nicht, darüber eine Bemerkung zu machen. Und Jonny schien es überhaupt nicht wahrzunehmen.

Bei ihrer Rückkehr nach Daressalam begrüßte Stella die Bediensteten und freute sich besonders, Mbeti wiederzusehen. Sie inspizierte das Haus und fand alles so vor, wie sie es verlassen hatte. Die Bediensteten waren offenbar in der Lage, das Haus genau so zu bewirtschaften und sauber zu halten, wie es sich gehörte. Eigentlich, dachte Stella im Stillen, wohnen sie hier. Eigentlich ist es ihr Haus, und wir sind nur zu Gast. Aber diesen Gedanken hätte sie niemals in Jonnys Gegenwart äußern dürfen.

Seit der Safari verhielt Jonny sich noch mehr wie der Herr über

Afrika. Er hatte einen Löwen geschossen! Das gab ihm eine Aura von Mut und Kraft. Mysteriöserweise hatten alle in Daressalam schon von seinem Jagderfolg erfahren, und Stella bemerkte mit Staunen, wie bewundernd die Schwarzen Jonny anschauten. Er hatte einen neuen Namen bekommen, erzählte Mbeti ihr, als sie am Nachmittag endlich allein waren und Stella den neuesten Tratsch zu hören bekam. Die Schwarzen nannten ihn jetzt Bwana Simba, weißer Herr Löwe. Stella wusste schon, dass die Schwarzen ihre ganz eigenen Namen für die Weißen hatten, und fragte Mbeti, wie denn sie genannt wurde, aber Mbeti sagte nur einen Namen, den Stella nicht verstand und den ihr auch keiner übersetzte.

Vor dem Schlafengehen zog es sie noch in den Stall. Ihre Stute blickte sie vorwurfsvoll an, als würde sie sagen: »Du hast mich viel zu lang allein gelassen.« Erst nach einiger Zeit fand Willy sich im Stall ein. Anscheinend hatte er noch gar nicht erfahren, dass sie wieder da war. Kaum dass Stella ihn sah, durchströmte sie ein warmes Gefühl von den Zehenspitzen bis zum Scheitel. »Willy!«, rief sie glücklich aus. »Da bin ich wieder. Wie ist es den Pferden ergangen?«

In Willys Augen, die wie schwarze Kieselsteine unter den Lidern aussahen, traten Tränen. Jetzt schwammen die Kieselsteine im Wasser. »Memsahib«, stammelte er, »nun lachen die Pferde wieder, wo Ihr wieder da seid.«

Und auch er verzog sein Gesicht zu einem breiten glücklichen Lachen, das die weißen Zähne blinken ließ. Stella war überrascht über die Intensität der Gefühle, die zwischen Willy und ihr aufstoben. Schnell schlug sie einen Ton an, der die Distanz zwischen ihm und ihr wieder herstellen sollte.

»Ich will morgen bei Sonnenaufgang ausreiten«, sagte sie. »Bitte sattle dann die Pferde!«

Willy warf einen bedenklichen Blick zum Himmel. »Es wird Regen geben«, sagte er.

»Ja und?« Stella wartete darauf, dass er ihr erklären sollte, was am Regen so schlimm sei. Doch er schwieg und schaute nur weiter bedenklich zum Himmel, wo sich seit Tagen schon Wolken zusammenballten.

»Nun«, sagte Stella energisch, »wir können ja nicht Tag für Tag zu Hause bleiben, dann werden die Pferde fett und krank, nur weil es ein paar Wolken am Himmel gibt. Morgen früh also.«

»Ja, aber es kann Regen geben«, wiederholte Willy störrisch. Stella lächelte ihn an und verließ den Stall.

Am nächsten Morgen fand sie sich wieder dort ein.

Willy war nicht da. Nichts war für den Ausritt vorbereitet. In Stella wallte heftiger Zorn auf. So wenig respektierte er sie? Also hatte Jonny wahrscheinlich doch recht. Man musste diese Schwarzen hart anfassen, sonst tanzten sie einem auf der Nase herum. Doch er war nun einmal nicht in der Nähe, und sie wollte ausreiten. Wutentbrannt wuchtete sie den Sattel auf Luna, die bereitwillig stillhielt. Sie schob ihr die Trense ins Maul und zäumte sie auf. Es ging ihr leicht von der Hand. Während der Safari war sie wieder etwas kräftiger geworden, obwohl sie immer noch sehr dünn war.

Endlich saß sie auf, versetzte Luna einen leichten Tritt, und die Stute folgte ihren Anweisungen sofort. Stella genoss es sehr, sich im gleichen Rhythmus wie das Tier zu bewegen. Sie schlug die Richtung zum Meer ein. Bald sah sie es vor sich liegen. Dunkel wie flüssiges Blei lag es unter den Wolken, die sich immer dicker zusammenballten. Die Morgenluft war weich und schwer. Plötzlich ging ein rasch anschwellendes Rauschen über Stellas Kopf. Sie blickte erschrocken auf, aber es war der Wind in den Akazien, die unweit des Meeres standen. Nun lief der Wind über das Wasser, wo er plötzliche kleine Wellen erzeugte. Und mit einem Mal war es, als ob das Meer dröhnte. Die Erde antwortete mit tiefem, brünstigem Ton, und dann begann die ganze Welt ringsum mit einem Schall wie in der Kirche zu singen. Das war der Regen.

Stella empfand eine wilde Freude angesichts der Elemente, die sie mit einer vibrierenden Energie umgaben. Seit Tagen schon erwartete man den Regen. Bereits auf der Safari waren die Schwarzen von einer nervösen Erregung ergriffen worden, als könnten sie es nicht erwarten und hätten gleichzeitig Angst.

Nun brach das Wasser über Stella herein. Luna scheute und machte einige Bocksprünge, als wollte sie Stella zeigen, dass jetzt die Zeit der Natur begann und jede Zähmung ein Ende hatte. Stella hatte alle Hände voll zu tun, nicht abgeworfen zu werden und das Tier wieder in ihre Gewalt zu bekommen. Als Luna endlich wieder ruhig trabte, war Stella schon klitschnass. Plötzlich griff eine dunkelbraune Hand nach ihren Zügeln und lenkte Luna rechts ab vom Strand. Stella, die in dem Getöse niemanden hatte kommen hören, erschrak mit rasendem Herzklopfen.

Da sah sie Willys regennasses Gesicht, sein Oberkörper war nackt, er trug nur einen weißen Lendenschurz und trieb sein Pferd kraftvoll rechts vom Meer ab. Er rief ihr etwas zu, aber sie konnte ihn nicht verstehen. Sie war sehr wütend. Was erdreistete er sich! Doch dann sah sie, dass er scharf geritten sein musste und dass in seinen Augen nicht nur wilde Kraft glomm, sondern auch Angst. Angst um sie.

Also bedeutete sie ihm, dass er ihr die Zügel überlassen konnte, und folgte ihm einen schmalen Pfad hinauf weg vom Ufer. Auf einer kleinen Anhöhe blieb er stehen und wendete sein Pferd, sodass sie hinunter aufs Meer schauen konnte. Auch Stella blickte zurück. Sie erschauderte. An der Stelle, auf die sie vor wenigen Momenten noch zugeritten war, brach ein tosender Strom ins Meer. Offenbar hatte es dort ein ausgetrocknetes Flussbett gegeben, das sich jetzt mit Regenwasser gefüllt hatte. Große Steinbrocken, ausgerissene Bäume und Sträucher wurden von wilden Fluten mitgerissen. Wäre sie dort gewesen, hätte sie keine Chance gehabt. Im Meer tanzten Strudel unermüdliche Kreisel. Stella schwindelte. Wasser lief in Bächen über ihr Gesicht, Luna war klitschnass. Willy lächelte still. Er wendete den Hengst und schlug einen Weg nach Hause ein, den Stella nicht kannte.

Als sie ankamen, zitterte Stella vor Kälte und Nässe. Willy wollte ihr eine Decke umlegen, aber sie lief so schnell sie konnte ins Haus. Ihre Zähne schlugen aufeinander. Sie war nicht in der Lage, sich bei ihm zu bedanken. Sie schämte sich, dass sie das Pferd und sich und auch ihn in solche Gefahr gebracht hatte.

Jonny lag noch im Bett und schlief. Es war Sonntag. Nachdem Stella sich abgetrocknet hatte, wurde sie von einer riesigen Sehnsucht nach Trost und Halt überflutet. Sie kroch wieder zu Jonny ins Bett, schlüpfte unter seine Bettdecke und schmiegte sich an ihn. Eine dicke Hülle aus Wärme umgab ihn. Stella schien es als der Inbegriff des Trostes, sich in diese Hülle zu begeben, gewissermaßen von seiner Wärme umschlungen zu werden. Jonny schreckte auf und grunzte empört. »Wo warst du denn?«, knurrte er. »In einem Eisschrank?«

»Die Regenzeit hat begonnen«, murmelte Stella. An die Scheiben prasselte Regen, als würden vom Himmel ganze Schiffsladungen voll Wasser heruntergekippt. Und ohne Ende. Jonny rückte von ihr ab, sie rückte hinterher. Mit jedem Zentimeter, den sie hinter ihm herrückte, war es, als ob ein Stachel tiefer in ihr Fleisch gedrückt würde.

Es gab einen Dornbusch in Afrika, dessen Dornen Widerhaken hatten, sodass man nicht weitergehen konnte, wenn man sich in diesen Dornen verhakt hatte. Dann musste man innehalten und erst einmal alle Widerhaken lösen. Auch jetzt wäre es gut gewesen, Stella hätte innegehalten und die Widerhaken erst einmal gelöst, mit denen sich Jonnys Abwehr in ihr verhakt hatte. Aber sie war von einer solchen Sehnsucht nach seiner Wärme erfüllt, dass sie immer weiter hinter ihm herrücken musste, ohne Rücksicht darauf, dass sich die Dornen tiefer in ihr Fleisch bohrten. Und dass die Widerhaken dafür sorgten, dass sie so bald nicht wieder herausgezogen werden würden.

»Bitte, lass mich in deinen Arm«, murmelte sie flehend. Jonny tat, als hätte er nicht gehört. Doch sie wiederholte den Satz und legte seinen Arm um sich. Obwohl ihr durchaus bewusst war, dass das Ganze demütigend war, empfand sie augenblicklich eine kleine Erleichterung. Nun lag die Wärme nicht nur unerreichbar vor ihr, sondern umhüllte sie auch ein wenig. Die Sehnsucht nach seiner Nähe nahm immer größere Ausmaße an. Sie tat richtiggehend weh in ihrem Körper, in ihrer Brust, auf ihrer Haut. Sie legte ihre Arme um Jonny und streichelte seinen Rücken, so wie sie sich wünschte, von ihm gestreichelt zu werden. Ihre Hände lagen breit und weich und fest auf seiner Haut. Sie spürte ihn. Seinen Rücken, der an manchen Stellen körnig und rau war. Die Haare auf seinem Nacken. Die kleinen Kuhlen, die rechts und links von der Wirbelsäule lagen, bevor sich sein kleiner fester Hintern ihren Händen rund entgegenwölbte. Er lag still und ließ sich streicheln. Seine eine Hand ruhte locker auf ihr, mit seiner anderen Hand stützte er seinen Kopf.

Alles in Stella schrie danach, auch von ihm gestreichelt, gehalten, berührt zu werden. Der Schrecken und die Erschütterung angesichts der Wassermassen, die durch das ausgetrocknete Flussbett dröhnten, zitterten in ihr nach, als würde das Geräusch immer noch nachhallen. In diesem Augenblick erschien Jonny ihr als der einzige Mensch auf der Welt, dessen Liebe sie retten konnte. Sie wollte den sehnsüchtigen Schrei in sich nicht so unbeantwortet hören. Ihn zu streicheln, ihm das zu tun, was sie brauchte, war ihre einzige Möglichkeit, nicht unterzugehen.

Sie küsste seine Brust, glitt mit ihrem Mund ganz langsam seinen Bauch hinunter, küsste ihn überall, bis sein Schwanz ihr entgegenwuchs und sie ihn in ihren Mund nahm, mit ihren Lippen umschloss. Sie ließ ihre Zunge die Eichel umspielen, den Schwanz so in ihrem Mund verschwinden, bis er fast gegen das Zäpfchen stieß, dann glitt sie wieder zurück mit ihren Lippen, die sie über ihre Zähne gezogen hatte, um ihm auf keinen Fall wehzutun. Sie streichelte seine Hoden, die sich vor Erregung zu einem kleinen Ball zusammengezogen hatten. Sie streichelte seine Hinterbacken, die Innenseite seiner Oberschenkel, die zum Schritt hin weich und zart wurden. Er gab keinen Ton von sich, lag regungslos da, bis er leise aufstöhnte. Stella legte all ihre Sehnsucht, all ihr verzweifeltes Ringen um seine Nähe und seine Liebe in dieses Verwöhnen von Jonny. Sie leckte ihn, küsste ihn, rieb ihn mit ihrem Mund, glitt auf und ab, neckte ihn, ließ ihn in ihrem Mund verschwinden. Dabei streichelte sie seine Hoden, seinen Hintern, seinen After, seine Oberschenkel. All dies tat sie mit so viel Hingabe, Aufmerksamkeit und Sensibilität nur für ihn, dass sie mit ihm fühlte, sich selbst mit ihm Lust bereitete.

Als er unterdrückt stöhnend sich leicht aufbäumte und dann in sich zusammenfiel, nachdem er in ihren Mund ejakuliert hatte, ließ sie ihren Kopf auf seinen Bauch fallen und wunderte sich, wie selbstverständlich das alles für sie war. Dass ihr das, was andere Männer sich von ihr so häufig vergeblich erbettelt hatten, diesem hier mit reiner Liebe geben konnte. Sie glitt mit ihrem Körper an seinem hoch wie ein schönes Tier, das sich anschmiegt. Ihre Lippen brannten. Sie kam hoch zu seinem Gesicht. Er hatte die Augen geschlossen, sah sehr entspannt aus. Sie versuchte, ihren Mund auf den seinen zu legen, aber irgendwie war es nicht möglich, zu seinem Mund vorzudringen. So küsste sie sein Kinn, rau, stoppelig. Ihre Lippen wurden immer heißer und brannten. Sie wünschte sich nichts so sehr wie seinen Kuss. Sie schob sich noch höher, legte endlich ihren Mund auf den seinen. Er drehte sein Gesicht weg.

Sie spürte zwar die Scham, aber die Sehnsucht war größer. Oder vielleicht erhöhte die Scham auch nur die Sehnsucht. Sie sagte leise: »Bitte küss mich.« Er stöhnte abwehrend. »Du willst mich jetzt also abschlecken?«, sagte er in einem Ton, der scherzhaft klingen sollte, in ihren Ohren aber wie eine Ohrfeige klang. Sie sagte drängender: »Jonny, bitte küss mich. Meine Lippen brennen. Ich möchte so gern, dass du mich küsst.«

»Mein Gott, Stella«, sagte er ungeduldig. »Du hängst die Wurst aber auch immer hoch.«

Stella lag immer noch halb über ihm. Ihr Mund war immer noch an seinem Ohr. »Wie bitte?«, stammelte sie leise. »Wie meinst du das?«

»Es war sehr schön, Stella«, sagte er entschieden. Mit abgewandtem Mund.

Sie ließ sich langsam zur Seite gleiten. In ihrem Kopf wirbelten Gedanken durcheinander. In ihrer Brust tobte ein Sturm aus Nadelspitzen und Scherben. Sie versank in einer schwarzen Wolke aus Einsamkeit und Leere. »Ich verstehe nicht, was so schwer daran ist, mich zu küssen«, konnte sie noch sagen. Und dann war sie weit fort in ewiger Eiswüste.

Sie hatte das Gefühl, sich davon nie wieder erholen zu können.

Jonny schlief noch einmal ein. Als sie später beim Frühstück beieinandersaßen, war er gut gelaunt. Erst als sie wortkarg blieb, auch nach dem Frühstück noch bis zum Abend, da das Haus in den Wassermassen zu schwimmen schien, sagte er, dass er keine Lust auf ihre miesepetrige Laune habe, und ließ sich in den Club fahren.

Es war das letzte Mal, das Stella Jonnys Schwanz in ihrem Mund hatte, ja, dass sie sich ihm in dieser Offenheit und Sehnsucht näherte. Es war nicht so, dass sie dahingehend irgendeinen Beschluss fasste. Es war nicht einmal so, dass sie es überhaupt merkte, das geschah erst Monate später. Was geschah, war einfach, dass Stella eine solche Verletzung, eine solche Kränkung erlitten hatte, die sie tief in ihrem Wesen verwundete. Wunden brauchen Zeit zur Heilung. Wunden brauchen Luft und Linderung, damit sie verschorfen können. Und dann dürfen sie nicht wieder aufgekratzt werden.

Stella hielt den Schmerz kaum aus. Sie wusste nicht, was ihr fehlte, damit Jonny sie küssen mochte. Sie hatte das Gefühl eines tiefen Mangels, eines tiefen Unwerts. Und sie wusste nicht, worin er lag. Also geriet sie in einen Sog, der sie in ein komplettes Unwertsein hineinzog.

Alles was sie in ihrem Leben jemals erlebt hatte, weswegen sie sich schämte oder Versagen oder Mangel empfand, stieg wieder in ihr auf. Sie war bis jetzt recht gut damit zurechgekommen, unangenehme Gefühle beiseitezuschieben, sich selbst nicht so wichtig zu nehmen, das Schöne im Leben zu sehen und sich auf ihre Fröhlichkeit und Lebenslust zu besinnen.

Jetzt aber versagte all das. Während Afrika draußen im Regen versank, ging Stella in ihren Erinnerungen unter, die sie alles empfinden ließen, was sie bis zu diesem Zeitpunkt ihres Lebens nicht hatte empfinden wollen.

Sie schrieb lange Briefe an ihre Schwester Lysbeth, die von einem ganz anderen Ton waren als diejenigen, die bis jetzt von Afrika nach Hamburg gegangen waren. Bisher hatte sie das Außen beschrieben, das bunte, aufregende Afrika. Nun beschrieb sie das Innen, die tiefdunkle traurige Stella.

Meine liebe Lysbeth!

Seit einer Woche regnet es. Ich dachte immer, Hamburg sei eine verregnete Stadt, aber glaube bloß nicht, dass Du Regen überhaupt kennst. Der Regen hier lässt kein normales Leben mehr zu. Alles ist anders als zuvor. Zum Glück haben wir ja ein festes Steinhaus mit Dach. Aber ich frage mich, wie die Menschen da draußen in ihren Manyattas ohne festes Dach und mit einer Feuerstelle im Zelt oder im Lehmhaus zurechtkommen. Sie haben doch auch keine Regenschirme oder Gummimäntel.

Ich habe das alles, aber meine Seele bräuchte einen Unwetterschutz, und den habe ich nicht, also bin ich meinen inneren Stürmen wehrlos ausgeliefert. So scheint es mir zumindest.

Ich möchte Dich gern um Verzeihung bitten, meine liebe Schwester! Du lachst jetzt wahrscheinlich und sagst: Nicht der Rede wert! Und ich meine auch nicht die kleinen geschwisterlichen Kabbeleien, die nun einmal in jeder Familie vorkommen. Ich denke an die Angst, die Du um mich hattest. Um die Angst, die ich Dir immer gemacht habe, weil ich leichtsinnig und übermütig und oft tollkühn war. Ja, ich zahle gerade einen hohen Preis dafür. Ich habe mir gar keine Gedanken darüber gemacht, was es bedeutet, nur mit einem Mann – meinem Gatten, aber das heißt ja noch gar nichts – in ein fernes Land zu reisen, wo nichts so ist wie zu Hause. Das Klima ist so anders, und was weiß ich noch alles, und ich habe auch Heimweh, und das Schlimmste ist, dass niemand *da ist, der mich einfach so lieb hat wie Ihr alle. Manchmal fühle ich mich wie ein Erdweibchen, das eine Höhle sucht, wo sie sich sicher und warm fühlt. Aber außer Jonny gibt es niemanden, der mir hier Höhle sein kann. Und Jonny ist nicht einmal ein Haus aus Lehm, Jonny ist ein zugiger Bahnhofssaal. Wo man immer nur wartet, bis endlich ein Zug kommt, und dann kommt der falsche. Und dann hat man kein Billett und wird nicht hineingelassen. Oder wenn man schon drinnen ist, wird man wieder rausgeschmissen. Am besten während der Fahrt: einfach raus, die Böschung hinunter.*

Ach, meine Lyssi, jetzt mach ich Dir das Herz schwer, und das wollte ich doch gar nicht. Gerade das nicht. Ich wollte mich doch entschuldigen, weil ich Dir so oft das Herz schwergemacht habe mit meinem Ungestüm und weil ich immer mit dem Kopf durch die Wand wollte. Mit meiner Neugier, die die Gefahren nicht erkennen wollte.

Ich musste in der letzten Woche so häufig an diesen schrecklichen Unfall denken, der mir damals passiert ist und in dessen Folge ich ein Kind bekommen habe. Und dann dachte ich, dass wir das Ganze immer wie einen Unfall behandelt haben, wenn wir darüber sprachen. Was wir sowieso kaum taten. Und dass es doch eigentlich gar kein Unfall war, sondern mein Verschulden. Weil ich mich einfach nicht damit abfinden wollte, dass für ein Mädchen andere Regeln gelten als für einen Jungen. Weil ich mich eigentlich überhaupt nicht mit meinem Mädchensein abfinden wollte.

Eigentlich wollte ich ein Junge sein. Eigentlich habe ich Mutter und Dich immer für Menschen zweiter Klasse gehalten. Dazu wollte ich nicht gehören. Ich wollte sein wie Vater und Fritz und Großvater, und wie Dritter. Deshalb wurde ich schwanger. Damit hat die Tante damals schon ziemlich aufgeräumt. Aber irgendwie habe ich ihre Lehren auch nicht wirklich verstanden. Auch danach war ich übermütig und dachte, was kostet die Welt. Und war nicht vorsichtig und habe nicht gedacht, dass ich jemals überhaupt in die Situation kommen könnte, wo mich einer bis in meinen Urgrund verletzen kann. Ja, ich habe mich irgendwie für unverletzbar gehalten. Kein Wunder, dass mir jetzt Lektionen erteilt werden.

Aber ich habe andere verletzt. Mutter. Dich. Wie sehr muss es Dir wehgetan haben, Dein Herz von der kleine Angela fortzureißen, die du so sehr geliebt hast. Ich hoffe nur, dass ich sie nicht verletzt habe. Dass die Leute, zu denen sie gekommen ist, gut zu ihr waren. Ja, ich habe Leni sehr verletzt. Ich glaube heute, dass sie viel besser zu Jonny gepasst hätte, als ich es jemals kann. Ich glaube, die beiden wären ein gutes Paar geworden, nicht gerade ein glückliches Paar, nein, das wahrscheinlich nicht, aber was sind schon glückliche Paare? Aber ich glaube, Leni und Jonny haben beide das, was der andere braucht. Ich habe nicht das, was Jonny braucht.

So etwas habe ich nie für möglich gehalten. Ich habe gedacht, jeder Mann, der mich bekommt, wird glücklich darüber sein. Ich habe gedacht, jeder Mann, der mich küssen, lieben, umarmen darf, wird begeistert sein. Was für eine Dummheit!

Und wie dumm und verletzend war ich oft, wenn ich die vielen jungen Männer, die so reizend um mich geworben haben und mir so entzückend ihr Herz und ihr Leben angeboten haben, mit einem koketten Lachen zurückgewiesen habe. Ich schäme mich heute dafür. Und ich würde es gern rückgängig machen. Ich fürchte, ich hatte ein hartes Herz. Es wurde erst bei Jonny weich. Wahrscheinlich lag es gar nicht so sehr an ihm, sondern daran, dass mein Herz einfach bereit war, weich zu werden. Nur leider war er der Falsche. Und jetzt hänge ich hier in Afrika.

Es kommt mir vor, als würde ich für alles bestraft, was ich angerichtet habe. Es tut mir wirklich sehr leid, liebe Lysbeth!

Deine Dich liebende Schwester
Stella

Meine liebe Lysbeth!

Vielen lieben Dank für Deinen lieben Brief! Mein Gott, jetzt habe ich schon dreimal lieb geschrieben! Das hättest Du von mir auch nicht erwartet! Es ist so seltsam, von Dir einen Brief zu bekommen, der aus einer so ganz anderen Zeit stammt als der, in der ich Dir zurückschreibe. Du hast noch auf meinen Brief geantwortet, den ich Dir ganz am Anfang meiner Zeit hier geschrieben habe. Es ist ein eigenartiges Gefühl, hier im Regen abzusaufen und zu wissen, bei Dir kommen gerade Nachrichten von mir aus praller Sonne an. Jetzt wirst Du wahrscheinlich irgendwann meine Karten von der Safari bekommen – oder vielleicht erst den Brief aus Sansibar? Wie lange die Schiffe unterwegs sind!

Du schreibst, Du hoffst, ich sei so glücklich wie Du und habe in Afri-

ka vielleicht meine Bestimmung gefunden, so wie Du in der Medizin. Diese Zeilen haben mich sehr verunsichert. Gibt es so etwas wie eine Bestimmung? Ich dachte einmal, ich hätte sie beim Singen gefunden, bei dieser Verbindung von Schauspiel und Gesang. Hach, jetzt muss ich über mich lachen. Eine zweite Claire Waldoff, meine Güte, Stella, wofür hast du dich gehalten! Wahrscheinlich habt Ihr immer etwas über mich gelächelt, voller Mitleid über meine Selbstüberschätzung.

Nein, Jonny hat schon recht gehabt, ich bin weder eine Dame noch eine Künstlerin, noch eine Mutter noch eine Hausfrau. Eigentlich kann ich nichts. Das ist sehr traurig. Was ich einmal konnte, das war, Männern den Kopf zu verdrehen. Aber inzwischen bin ich fast dreißig. Eine alte Frau. Ich habe das Gefühl, mein Verfall geht rasch voran. Es ist nicht lange her, da schenkte der Prinz von Sansibar mir noch einen wertvollen Ring. Aber jetzt, ein halbes Jahr später, höre ich nie mehr etwas von ihm.

Nun, ich will Dir nicht nur so Negatives berichten.

Ich habe Kisuaheli gelernt, und ich kann es schon recht gut verstehen und sogar etwas sprechen. Kisuaheli ist eine Sprache, die man leicht lernen kann. Mbeti, mein Dienstmädchen, die mir ein bisschen das ist, was den Adligen die Zofe, gibt mir täglich Unterricht. Der ist sehr lustig, weil sie dabei Deutsch lernt, und es ist verblüffend, wie geschickt und witzig sie sich dabei anstellt. Wir haben viel Spaß miteinander. Überhaupt sind die Schwarzen sehr fröhliche Menschen, ein bisschen wie Kinder.

Inzwischen weiß Jonny auch, dass ich Kisuaheli spreche. Er hat Mbeti und mich einmal beim Unterricht erwischt. Er ist so zornig geworden, du kannst es dir gar nicht vorstellen. Bei uns war nie jemand so zornig. Großvater konnte zwar ärgerlich sein, aber er hat nie so rumgeschrien, und Vater sowieso nicht. Fritz hätte Jonny wahrscheinlich zur Ordnung gerufen. Aber Fritz ist nicht mehr da.

Diesmal allerdings habe ich mich nicht einfach nur anschreien lassen. Ich habe mich gradegemacht und gesagt, dass alle guten Kaufleute in Daressalam Kisuaheli sprechen und dass Victorias Mann gesagt hat, dass die Afrikaner einen übers Ohr hauen, wenn man nicht ihre Sprache spricht. Und dass es ja nicht nur Bedienstete gibt. Und dass die Häuptlinge nach wie vor einflussreiche Männer sind. Ich habe nicht gesagt, dass Victoria auch von schwarzen Hexen gesprochen hat, die ihr Handwerk wirklich verstünden und die man ruhig ernst nehmen solle.

Auf jeden Fall ist Jonny leiser geworden, und jetzt sagt er nichts mehr dagegen, dass ich Kisuaheli lerne. Einmal hat er mich sogar schon geholt, als er Schwierigkeiten am Hafen hatte und nicht weiterkam. Da hat er sich vielleicht gewundert, wie schnell ich den ganzen Konflikt aus der Welt räumen konnte, nur weil ich mit den Leuten sprach.

Ja, das macht mir Spaß. Ich glaube auch, dass mein musikalisches Talent mir dabei behilflich ist, die Melodie einer fremden Sprache schnell aufzunehmen. Ja, halte Dich fest: Englisch lerne ich nämlich auch. Hier ist ein ganz bezaubernder junger Engländer zu Besuch bei seinen Eltern auf deren Farm. Er kommt alle zwei Wochen, manchmal sogar wöchentlich nach Daressalam, dann besucht er mich immer und gibt mir Englischunterricht.

Anthony, so heißt er, hat mich auch eingeladen, eine Weile auf der Farm zu Gast zu sein. Die Farmer haben gerne Gäste, das ist ihre einzige Abwechslung. Und alle hier lieben mein Klavierspiel und meinen Gesang. Sie reißen sich um mich. Aber Jonny hasst es, wenn ich ohne ihn irgendwohin gehe, und er ist bei den Engländern nicht so beliebt. Also sitze ich doch viele Abende zu Hause und langweile mich, derweil Jonny unterwegs ist oder im Club, angeblich wegen Geschäften.

Ach, Lysbeth, ich habe mir solche Mühe gegeben, einen fröhlichen Brief zu schreiben, aber ich fürchte, er ist jetzt doch wieder arg trübselig geworden. Bitte schreib mir bald wieder. Ich möchte alles von Hamburg wissen. Was Ihr so treibt, was dort so los ist. Auch Klatsch und Tratsch. Deine Briefe und die von Mutter hole ich abends immer mal wieder hervor und lese sie noch einmal. Und dieser Abend ist nun auch schon wieder vorüber, gut genutzt durchs Briefschreiben.

Deine Dich liebende Schwester
Stella

PS: Was hätten wir für einen Spaß, wärst Du nur hier.

21

Die Regenzeit ging ihrem Ende zu. Jonny fuhr aus geschäftlichen Gründen nach Nairobi. Von Zeit zu Zeit hielt er sich dort auf. Stella war auch einmal mitgekommen. Aber Jonny zog es vor, ohne sie zu reisen. Er fühle sich für sie verantwortlich, wenn sie mitkomme, sagte er, das würde ihn zu sehr einengen.

Stella war es recht. Ihr war mittlerweile sehr viel recht. Sie spürte kaum noch Schmerz. Es war selbstverständlich geworden, dass Jonny sie nur noch mit kurzen Küssen abfertigte, dass er ihre Haut kaum je länger berührte und ihre sexuellen Begegnungen auf die immer gleiche Weise abliefen. Stella fühlte immer weniger. Keine Sehnsucht, keinen Schmerz. In ihr war es dumpf geworden. Sie weinte schon lange nicht mehr.

Jonny wollte eine Woche fortbleiben. Am dritten Tag nach seiner Abreise klarte das Wetter auf, und es war ein so wundervoller sonniger Tag, dass Stella unbedingt ausreiten wollte. Willy erhob zwar Einspruch, der Regen könne zurückkommen, aber Stella ließ sich nicht beirren. »Dann reitest du eben mit und beschützt mich vor dem Regen«, sagte sie scherzhaft. Willy lachte und zeigte seine wundervollen weißen Zähne. »Ich werde dein Dach sein und deine Manyatta, dein Löwe und dein Löwenjäger«, sagte er salbungsvoll und gestikulierte überzeugend, wie groß und stark er sein werde. Stella lief eine Sekunde lang ein Schauer über den Nacken. Sie hielt erschrocken inne. Diese Art Schauer hatte sie vergessen. Sie fragte sich kurz, ob es eine gute Idee war, jetzt mit ihm auszureiten und eventuell wirklich von ihm beschützt werden zu müssen, aber dann schob sie die Bedenken fort. Sie war so häufig mit ihm ausgeritten, warum sollte es ausgerechnet heute ein Problem geben.

Sie ritten am Strand entlang, bis sie zu dem Flussbett kamen, das Stella zu Beginn der Regenzeit so überrascht hatte und das nun ein breiter Fluss war, der ins Meer mündete. Sie ritten eine ganze Zeit lang am Ufer entlang. Stella genoss den würzigen Duft, der in der Luft lag. Die Erde hatte sich voll Regenwasser gesogen, und nun schien die Sonne darauf. Die ganze Welt schien zu dampfen. Es kam Stella vor, als ritten sie durch eine Saunalandschaft.

Stella versetzte ihre Stute in einen scharfen Galopp. Der Wind pfiff durch ihre Haare. Sie gab einen lauten Juchzer von sich. Wie schön das Leben sein konnte! Wie jung sie war! Wie durch ihren ganzen Körper Leben pulsierte! Glück! Das war Glück!

Da war Willy neben ihr. Er bedeutete ihr, stehen zu bleiben. Seine Gesten waren klar und entschieden. Stella überlegte einen Moment lang übermütig, ihm nicht zu gehorchen, aber dann erinnerte sie sich an die Gefahr, aus der er sie gerettet hatte, und zog an den Zügeln.

Willy wies nach oben zum Himmel. Dicke Wolken ballten sich zusammen. Im Nu verdunkelte sich die Landschaft. Nun fielen auch schon die ersten dicken Tropfen nieder. Willy bedeutete Stella, ihm zu folgen. Es war sehr schwierig, einen Weg zu finden, auf dem die Pferde nicht ausrutschten oder in seeähnlichen Tümpeln völlig versackten. Irgendwann langten sie zu Hause an. Stella war völlig durchnässt, eiskalt, verängstigt. Sie sprang von ihrer Stute, die Willy in den Stall führte. Aus irgendeinem Grund folgte Stella ihm, anstatt sofort ins Haus zu gehen. Sie legte sich keine Rechenschaft über ihr Tun ab. Sie fühlte sich so weich und durchblutet und gleichzeitig so verletzlich und sehnsüchtig nach Nähe, dass sie Willy folgte wie ein kleines Kind.

Willy führte die triefend nassen Pferde hinein. Bevor er sie abstriegelte, entledigte er sich selbst seiner nassen Kleider, bis er nackt in der Ecke des Stalls stand. Er schlang einen weißen Lendenschurz um seine Hüften. Stella lehnte sich gegen den Türpfosten. Ihre Haare klebten an ihrem Gesicht. Nässe rann von ihnen herab, fing sich in ihrem Mund, kitzelte ihre Ohren. Ihre Bluse klebte an ihrem Körper, ihre Brustwarzen richteten sich auf. Willy war in der Dunkelheit des Stalls kaum erkennbar. Seine dunkle Haut verschmolz mit der Umgebung. Aber Stella meinte, die Wärme seines Körpers zu spüren.

Er ging zur Stute. Seine dunkle Brust war muskulös, er hatte kein einziges Haar am Körper. Wie gebannt starrte Stella zu ihm hin. Er tat so, als wäre sie nicht da. Er nahm dicke Lappen und rieb die Pferde trocken. Sie dampften vor Feuchtigkeit und Hitze und dem langen Ritt. Als würde sie von einer fremden Kraft gesteuert, knöpfte Stella ihre Bluse auf, langsam, während sie Willy unentwegt anschaute. Sie zog die Bluse von ihrem nassen Körper und entledigte sich auch ihrer Reithose, ohne Willy aus dem Blick zu verlieren. Dann stand sie nackt da. Willy kümmerte sich immer noch um die Pferde, als wäre Stella nicht anwesend.

Barfuß ging Stella auf ihn zu, Schritt für Schritt. Immer noch blieb Willys Blick allein auf die Pferde gerichtet. Nun gab er ihnen einen leichten Klaps auf den Hintern, erst der Stute, dann dem Hengst, und beide marschierten brav in ihre Boxen. Stella stellte sich vor ihn und schaute ihn an. Er zitterte. Jetzt endlich, Stella schien es wie eine Erlösung, richtete er seine tiefen Märchenaugen auf sie. Willy, der immer lächelte oder lachte, war tiefernst. Er griff in ihre Haare und sagte rau: »Du bist die schönste Frau der Welt. Zieh dich wieder an! Du hast einen schlechten Mann. Er liebt dich nicht, er liebt nur sich, das weiß jeder. Aber ich darf dich nicht lieben.«

Stella legte ihre Hand auf seine glatte, schöne Brust. Sie konnte die Muskeln spüren. Er erschauerte und ließ sein Gesicht in ihre Haare sinken. Stella legte ihre Arme um ihn und schmiegte ihren nackten Körper an seinen. »Liebe mich, Willy«, flüsterte sie. »Bitte liebe mich. Ich bin krank vor Sehnsucht danach, geliebt zu werden.«

»Ich weiß«, raunte er in ihre Haare. »Ich weiß es schon lange, mein Himmelsstern.« Er nahm sie auf seine Arme und trug sie in den hinteren Teil des Stalls, wo er sein Lager hatte. Dort bettete er sie. Und dann liebte er sie. So war Stella noch nie geliebt worden. Es ging nur um sie. Willy liebte sie, als wollte er sie heilen. Er liebte sie, als wollte er jeden Schmerz, jede Verletzung ihrer Seele, ihres Frauseins, ihres Körpers mit seinen Küssen, seinen Liebkosungen, seinen Worten, seiner Zärtlichkeit, seinem Begehren wiedergutmachen. Er war es nicht gewesen, der sie verletzt hatte, aber er war so fürsorglich in seiner Zärtlichkeit, seinem Wollen, seiner Lust, als wolle er sie um Verzeihung bitten für alles, was ihr Mann ihr angetan hatte. Er konnte vollkommen sicher mit seinem Begehren umgehen. Stella, die sich von Jonny in der letzten Zeit während des sexuellen Verkehrs benutzt, ja, sogar beschmutzt gefühlt hatte, empfand ein immer weiteres Ausdehnen ihres Körpers. Als würde sie weich werden, sich Knoten in ihr lösen. Sie begann zu weinen, und es war ein so befreiendes Weinen, dass aller Schmerz in ihr hochstieg, es tat so weh, so unendlich weh, aber Willy streichelte sie und bewegte sich ganz sacht in ihr, als wollte er sie von innen trösten. Ganz allmählich löste sich der Schmerz, und Stellas Schluchzen drückte nicht mehr so hart in der Kehle.

Als sie den Stall verließ, trug sie ihre nasse Kleidung unter dem Arm und über ihrem Körper eine wunderschön gewebte afrikanische Decke.

Sie ging auf zitternden Beinen, ihr Herz zitterte ebenso. Aber alle Härte und Vereisung der letzten Monate waren aufgelöst. Stella war wieder eine Frau.

Während der nächsten Tage hörte der Regen auf und hinterließ eine Landschaft von einer solchen Frische und Schönheit, dass Stella immer nur ausreiten und schauen wollte. Ein weiterer Grund für ihre weiten Ausritte war, dass sie mit Willy allein sein wollte.

Sobald sie allein waren, liebten sie sich. Im Nelkenfeld. Unterm Akazienbaum. Am Strand. Willy nahm eine Decke mit, die Stella ihre Liebesdecke nannte. Er hatte in seinen Satteltaschen immer alles dabei, sodass sie ganze Tage unterwegs sein konnten. Stella wurde von Tag zu Tag heiler. Ihre Seele gesundete. Sie schlüpfte wieder in ihren Körper zurück und spürte wieder ihre Schönheit und den Schatz ihrer Weiblichkeit. Nach seiner ersten Weigerung, sie nicht lieben zu dürfen, begegnete Willy ihr nun ohne jede Scheu. Wenn andere dabei waren, streichelte er sie nur mit seinem Lachen, seinem Lächeln, der sanften Zärtlichkeit seiner Augen. Wenn sie allein waren, nahm er seine Hände, seinen Mund, seine Zunge, seinen ganzen Körper hinzu. Willy, der immer lachte oder lächelte, war nur dann ernst, wenn er Stella mit seinem ganzen Körper liebte, wenn er in sie eindrang und sie ganz ausfüllte. Dann seufzte sie vor Glück, und er bewegte sich so in ihr, dass sie meinte, sich aufzulösen.

Alle sahen, wie schön Stella wurde. Ihre Haare, ihre Augen bekamen einen neuen Glanz, ja selbst ihre Haut schimmerte wieder, wie sie einst geschimmert hatte, als Stella sehr jung war. Ihr Hüftschwung nahm seinen alten aufreizenden Ausdruck wieder an, ihr Lächeln war so strahlend, wie die Menschen in Afrika es noch nicht gesehen hatten.

Mbeti begegnete ihrer Memsahib mit einem verschmitzten Augenblinzeln, das Stella anfangs nur auf ihren neuen kräftigen Appetit zurückführte. Am Abend aber bevor Jonny zurückkam, sagte Mbeti leise, als Stella nach ihrem sehr langen Ausritt spät im Bett ihren Tee trank: »Memsahib sehen aus wie frischer Blütenhonig. Es gibt Menschen, die aussehen wie saure Eselsmilch, die möchten Blütenhonig am liebsten aus der Welt schaffen, weil er sie noch saurer macht. Bitte seien Sie vorsichtig.«

Stella sah Mbeti erstaunt an. Was wollte sie ihr sagen? Da erkannte sie, dass Mbeti alles wusste. Woher? Und wer wusste es noch? Willy und sie waren so vorsichtig gewesen. Niemand hatte sie gesehen. Die Gegenden, in denen sie sich geliebt hatten, waren einsam und menschenleer gewesen. Aber vielleicht sah man es ihnen an? Es gab Menschen, das wusste Stella, die erkannten Liebende, auch wenn die sich versteckten.

Jonny hingegen schien nichts zu bemerken. Er kam gut gelaunt in Daressalam an. Seine Geschäfte, die er für das Handelshaus Woermann getätigt hatte, waren erfolgreich gewesen. Er erzählte Stella nie etwas von seinen Geschäften, als wären sie geheim, aber es interessierte sie auch nicht besonders, sodass sie sich keine besondere Mühe gab, etwas darüber zu erfahren. Jonny schien Stella gar nicht zu sehen. Er blickte über sie hinweg, durch sie hindurch, weg von ihr, ob sie sich nun gegenübersaßen oder ob sie sich im Schlafzimmer auszog und für kurze Momente nackt war. Doch so sehr es sie vorher verletzt hatte, so beruhigend fand sie es jetzt.

Alle um sie herum und auch sie selbst, wenn sie in den Spiegel sah, nahmen ihr Strahlen wahr, ihre aufgeblühte Schönheit, das erotische Flirren, das sie umgab. Jonny verhielt sich ihr gegenüber wie immer.

Willy und sie blieben bei ihrem täglichen Ausritt, nun fand er wieder frühmorgens statt und führte am Strand entlang. Wie vor der Regenzeit nahm manchmal Jonny daran teil.

Sie passten sehr auf, sich durch nichts zu verraten, aber manchmal berührten sich ihre Hände, manchmal fielen ihre Blicke ineinander, und dann verschwand für eine Sekunde das Lächeln aus Willys Gesicht. Aber Jonny bekam nichts mit.

Stellas Leben nahm wieder denselben Rhythmus an wie vor der Regenzeit. Einmal alle zwei Wochen kam Anthony für zwei oder drei Tage nach Daressalam. Anfangs hatte er noch einen halben Tag mit Stella verbracht. Dann gab er ihr Englischunterricht, trank mit ihr Tee und plauderte ein wenig. Allmählich verlängerten sich die Zeiten, die sie miteinander teilten. Er brachte ihr Bücher mit, und sie sprachen darüber. Stella lernte Jane Austen kennen und war fasziniert von ihr. Sie war auch fasziniert von Anthonys Belesenheit und Bildung. Es machte ihr unglaublichen Spaß, mit ihm über die Welt des 19. Jahrhunderts zu sprechen. Sie hatte den Eindruck zu begreifen, worin ihre augenblicklichen Schwierigkeiten lagen. Wie es kommen konnte, dass ein Mann wie Jonny ihr so viel verbieten konnte. Wieso er sie so tief erniedrigen und sich dabei so stark und erhöht fühlen konnte.

Anthony kam ihr vor wie eine Freundin, mit der sie lachen und über den Markt schlendern, dabei all ihre Sinne anregen lassen konnte von den Gerüchen, den Farben, dem Geschmack des Obstes, das Anthony ihr anbot, nachdem er es mit seinem Taschenmesser abgeschält hatte. Manchmal, wie zufällig, berührte er sie. An der Schulter, der Hüfte, der Hand. Manchmal strich er ihr ein Haar aus dem Gesicht und lächelte dabei, als wollte er sich entschuldigen.

Wenn er wieder wegfuhr, empfand Stella einen Tag lang ein schmerzliches Gefühl von Verlust. Sie machte sich alsbald über die neue Lektüre her und genoss den Kaffee, den er mitgebracht hatte. Und natürlich erledigte sie alle Aufgaben für die nächste Englischlektion, eine nach der anderen, wie ein braves Schulmädchen. Denn sie wollte Anthony auf keinen Fall enttäuschen. Als Mann nahm sie ihn nicht wahr.

Und dann kam der Tag, an dem Willy ihr im Stall ein winziges Kätzchen in den Arm legte. »Das ist Lulu«, sagte er mit seiner tiefen Stimme, die noch tiefer klang als sonst, noch weicher, noch zärtlicher. »Lulu heißt ›Perle‹ auf Kisuaheli. Sie ist ein Leopardenbaby. Ich habe sie gestern gefunden. Ihre Mutter war fort, wahrscheinlich von Wilderern getötet. Leopardenfell ist begehrt und teuer. Die Frauen in eurem Land tragen daraus Mäntel.« Er sprach sehr ernst, aber ohne Vorwurf. Kein Schwarzer würde je ein Tier töten, das Junge hatte. Sie hatten kein Problem damit, einen Löwen zu töten, der ihr Dorf gefährdete. Sie hatten auch kein Problem damit, einen Elefanten zu töten, um das Elfenbein für ihre Schnitzereien zu benutzen oder es an die Weißen zu verkaufen. Aber sie schossen keine Mütter.

»Lulu braucht eine Mutter«, sagte er sanft. »Du brauchst ein Kind.«

In Stellas Augen schossen Tränen. Ärgerlich schluckte sie sie hinunter. Wieso musste sie plötzlich weinen, wenn Willy sagte, sie bräuchte ein Kind?

»Meine Mutter sagt, du kannst einen Beschützer gebrauchen«, fuhr Willy fort, als wollte er Argumente aufzählen, die für die Annahme des Leopardenkätzchens sprachen. Stella legte vorsichtig ihre Hand auf den kleinen weichen Kopf. Lulu schmiegte sich hinein, als habe sie nur darauf gewartet. Durch Stellas Herz strömte ein warmes Gefühl. Vorsichtig legte Willy ihr das kleine Tierchen in den Arm. Plötzlich konnte Stella die Tränen nicht zurückdrängen. Dieses weiche, zarte Wesen erinnerte sie schlagartig daran, wie sie die kleine Angelina im Arm gehalten hatte. Stella, rief sie sich zur Räson. Dies ist ein Tier, kein Baby. Aber es war egal. Es war ein Tierbaby, und es schmiegte sich mit dem gleichen Vertrauen und der gleichen Sehnsucht nach Halt in ihre Arme.

»Sie mag dich«, flüsterte Willy rau. »Aber wer mag dich nicht? Alle mögen dich. Du bist auch eine Lulu. Eine glänzende Perle.«

In diesem Augenblick zuckte er jäh zusammen und trat einen Schritt zurück. Da hörte auch sie die Schritte. Sie wendete sich zum Eingang des Stalls und ging Jonny entgegen. »Schau, Jonny«, sagte sie so unbefangen und munter wie möglich. »Ein kleines Leopardenbaby. Wir müssen es aufziehen. Ist es nicht niedlich?«

Jonny trug Reitstiefel. Er wollte mit einigen Männern ausreiten, unweit von Daressalam streunte angeblich ein Löwe, den sie hofften, vor die Flinte zu bekommen. Er gab Willy knappe Anweisungen, den Ritt vorzubereiten. Dem Leopardenbaby streichelte er kurz über den Kopf, sagte: »Gib es den Negern, die wissen mit so was umzugehen.« Und dann verschwand er wieder, um sein Gewehr vorzubereiten.

Willy wandte sich vollkommen seinen Aufgaben zu. Stella verschwand mit Lulu aus dem Stall. Sie begab sich zur Küche, wo das kleine Tier mit viel Aufmerksamkeit bedacht wurde. Stella ließ sich zeigen, wie sie das Tierchen füttern konnte, und seltsamerweise nahm Lulu von ihrem Finger sofort Milch an, während sie sie von allen anderen ablehnte.

22

*I*m Oktober 1927 fuhr Stella für einen ganzen langen Monat mit Anthony auf die Farm seiner Eltern. Jonny hatte sie dazu gedrängt, die Einladung von Jim und Heather Walker anzunehmen. Er war in Nairobi und Mombasa unterwegs, wollte eine Zwischenstation in Sansibar einlegen, und es war ihm offenbar sehr daran gelegen, dass Stella ihn weder begleitete noch allein in Daressalam blieb. Sie verstand die Dringlichkeit nicht, mit der er ihre Reise ins Landesinnere zu den

Walkers verfolgte, und eigentlich war es ihr nicht lieb, Daressalam, ihr Haus und vor allem Willy zu verlassen, aber sie wagte nicht zu widersprechen, immer auf der Hut davor, dass Jonny ahnen könnte, welchen Trost Willy ihr spendete.

Als Stella Anthony im September kundtat, dass sie die Einladung seiner Eltern schon im kommenden Monat annehmen wollte, zeigte er seine Begeisterung auf sehr unenglische Weise. Sie saßen gerade im Innenhof des Hauses, das Stella jetzt seit etwas mehr als eineinhalb Jahren bewohnte. Anthony sprang auf, hüpfte im Kreis von einem Bein aufs andere und stieß wilde Töne aus, die sich wie Kriegsgeheul anhörten. Stella ließ sich anstecken, und so tanzten beide bald stampfend und heulend im Kreis. Anschließend plumpsten sie schwer atmend auf die Liegesessel. Wäre es nicht Anthony gewesen, hätte Stella nicht gewagt, unter freiem Himmel, sichtbar für die gesamte Dienerschaft, ein solches Spektakel zu veranstalten. Aber Stella hatte noch nie erlebt, dass Anthony von einem Schwarzen nicht mit äußerster Liebenswürdigkeit behandelt wurde. Sie waren zwar allen Weißen gegenüber freundlich, respektvoll und zu Diensten, ihr Verhalten Anthony gegenüber unterschied sich aber auffällig von dem, das sie Jonny oder auch Stella gegenüber an den Tag legten. Dabei nannten sie ihn nicht einmal Bwana Tempo oder ähnlich ehrerbietig.

Als sie sich auf der Liege ausstreckte, kam es ihr vor, als wäre sie umgeben von zärtlichen Augen und amüsiertem Kichern. Aber so genau sie auch die Fenster im Haus mit den Augen absuchte, sie konnte niemanden entdecken. »Warum lieben die Schwarzen Sie, Anthony?«, fragte sie ihn, während sie sich an dem aromatischen Kaffee labte, den Mbeti ihnen serviert hatte.

Anthony lachte. »Lieben sie mich?«, fragte er zweifelnd. Wieder lachte er. »Nun gut, sie lieben mich. Ich will es glauben. Und Sie, Stella, lieben Sie mich auch?«

Stella drohte ihm mit dem Finger und forderte eine anständige Antwort.

Anthony erklärte ihr, dass die Schwarzen großen Respekt vor dem Geschriebenen hätten. »Die Welt des geschriebenen Wortes ist den Eingeborenen die Wahrheit. Sie sind große Skeptiker, aber das geschriebene Wort gilt ihnen als unverbrüchliche Wahrheit. Sie glauben lieber das sinnwidrigste Zeug, als dass sie annähmen, etwas Geschriebenes könne falsch sein. Und einer wie ich, der sogar schon ein Buch geschrieben hat, was dank der Buschtrommeln natürlich jeder Schwarze in meinem näheren und weiteren Umkreis weiß, kommt gleich hinter Gott.« Anthony lachte wieder auf seine jungenhaft ausgelassene Weise. Stella wusste, dass er von Gott nicht besonders viel hielt. Und von der Gottesverehrung der Schwarzen überhaupt nichts, da sie ihnen aufmissioniert worden war und viel von ihrer ursprünglichen Kultur zerstört hatte.

Zu Stellas Füßen lag Lulu. Inzwischen war sie schon fast vier Monate alt. Ihre großen, violettblauen Augen verfolgten Stella unablässig ebenso still wie aufmerksam. Anthony liebte es, sie zu streicheln. Ihre Ohren waren weich wie Seide und verblüffend ausdrucksvoll. Ihre kühle Nase war schwarz wie Kohle. Sie hatte sich schon vollkommen an das Haus und seine Bewohner gewöhnt. Ebenso wie Anthony sie liebte, war sie ihm zärtlich zugetan. Er kraulte ihre Ohren und spielte mit ihr wie mit einer Schoßkatze. Stella hatte sie mit der Milchflasche aufgezogen. Wenn Lulu bei ihr war, fühlte sie sich auf eine seltsame Weise geborgen.

»Sie müssen die Kleine mitbringen, wenn Sie uns besuchen«, sagte Anthony. »Wenn Sie einen Monat lang fort sind, stirbt sie sonst vor Sehnsucht.« Stella hatte auch schon darüber nachgedacht. Sie hatte aber Angst um Lulu, wenn sie umgeben von freier Natur leben sollte. Nachher lief sie ihr weg, oder sie näherte sich arglos wilden Tieren, die sie töten würden. Anthony schien ihre Gedanken zu erraten. »Wir werden sie abends einsperren«, sagte er. »Sie nachts rauszulassen könnte gefährlich sein.«

So war es beschlossene Sache.

Anfang Oktober stieg Stella mit Lulu an der Leine in Anthonys Jeep, und gemeinsam fuhren sie zur Farm seiner Eltern.

Die Farm lag in völliger Einsamkeit zwischen waldigem Land und Steppen, die bis zum Fuß des Kilimandscharo reichten. Heather und Jim, Anthonys Eltern, empfingen Stella, als hätten sie seit Wochen nichts anderes getan, als auf ihre Ankunft zu warten. Sie umarmten und küssten sie und erzählten ihr, während sie sie ins Haus geleiteten, wie sehr sie sich auf ihren Besuch gefreut hätten.

Die kleine rundliche Heather bemängelte Stellas Magerkeit, der große hagere Jim widersprach ihr mit den Worten, Stella sei nie schöner gewesen. Wenngleich, räumte er ein, einige Wochen in ihrer guten Luft und bei ihrer guten Küche aus Stella bestimmt die Königin, zwar nicht von Saba, aber von Afrika machen würden.

Anthony verdrehte die Augen und sagte: »Man merkt euch einfach an, dass ihr seit Ewigkeiten nicht mehr in England wart und nur mit Schwarzen verkehrt. Ihr habt jede Diskretion verloren.«

Heather drückte Stella einen dicken Kuss auf die Wange und antwortete fröhlich: »Wenn der Umgang mit Schwarzen uns ein offenes Herz beschert hat, wollen wir heute Abend auf ihren guten Einfluss trinken!« Jim holte auf diese Worte sofort den Cocktailshaker und zauberte für alle eine Eigenkreation, die nach seinen Worten die Bloody Mary weit in den Schatten stellte. Die Walkers waren trinkfest, und es schien, als hätten sie für jeden Anlass den speziellen Trunk parat.

Der nächste Nachbar der Walkers war der katholische Missionar aus Frankreich, der in seiner kleinen weißen Kirche jeden Sonntag ein Völkchen Gläubiger empfing, das durch das Läuten der Missionsglocken weithin durch die klare, warme Luft gerufen worden war. Stella begleitete Heather, die es sich nicht nehmen ließ, am Sonntag die christliche Gemeinschaft zu genießen. Eine Menge fröhlicher Menschen war auf dem Platz vor der Kirche versammelt, die Nonnen von der Klosterschule waren zugegen, und die Eingeborenen waren in fröhlichen Festgewändern erschienen. Die kleine weiße Kirche strahlte von Hunderten von Kerzen. Père Jacob, der Pfarrer, war ein weißhaariger weiser Mann, der keinerlei missionarischen Eifer an den Tag legte, die Schwarzen von ihrem magischen Glauben an ihre Zauberer und Priester abzubringen. So ermöglichte er es ihnen, die katholische Kirche zu besuchen, an Jesus Christus zu glauben und gleichzeitig ihren eigenen Priestern, Heilern und Zauberern treu zu bleiben.

Die Walkers hatten schottische Windhunde. King, Prince und Duke, drei edle, anmutige Tiere, die ihren adligen Namen alle Ehre machten. Heather vertrat die Auffassung, dass die drei imstande wären, ihre Gedanken zu verstehen, und dass sie deshalb so wunderbar gehorchten. Jim widersprach dem energisch. Seiner Auffassung nach gehorchten die drei Hunde trotz Heathers Inkonsequenz allein aufgrund seiner strengen Erziehung als Jäger.

Auf jeden Fall erzeugten die zugleich zarten und kraftvollen Hunde eine aristokratische Atmosphäre, und Stella fühlte sich geehrt, wenn die drei sich um ihren Sessel herum auf dem Boden ablegten. Zwischen den Hunden und Lulu gab es seltsamerweise keinerlei Probleme, was wohl vor allem daran lag, dass die Hunde das Tier, das nach Wild und Mensch roch, mit kompletter Missachtung behandelten, das heißt, sie taten einfach so, als wäre Lulu gar nicht da.

Die schottischen Windhunde, die afrikanische weite Landschaft mit ihren Steppen, Bergen und Flüssen und die afrikanischen Menschen passten gut zueinander, fand Stella, und sie fragte sich, wie es wohl wäre, in Hamburg drei solche Hunde zu haben.

»Schottische Windhunde sind große Jäger«, sagte Jim. »Sie müssen arbeiten, sonst langweilen sie sich und kommen auf dumme Gedanken.« Stella tauschte mit Heather ein verschwörerisches Lächeln und dachte, dass diese drei gelassenen Hunde niemals auf dumme Gedanken kämen. Als sie aber die Gelegenheit bekam, sie bei der Jagd zu sehen, erschreckte das Schauspiel sie sehr, auch wenn die Kraft der drei Hunde zugleich eine erregende Wirkung auf sie ausübte. Die drei hetzten eine Zebraherde über die Steppe, sie arbeiteten perfekt zusammen. Da war nichts Gemütvolles übrig geblieben, und Stella dachte, dass Jim mehr über die Hunde wusste, als Heather auch nur ahnen konnte.

Stella genoss die Zeit bei den Walkers wie ein Kind, das sich verwöhnen lässt. Sie wachte morgens früh auf und erwartete den Tag bei einem ersten Kaffee auf der Veranda vor der Haustür. Es waren schöne Morgen. Die letzten Sterne verblassten, der Himmel war klar und heiter, die Welt lag in tiefem Schweigen. Das Gras unter den Akazienbäumen war feucht und glänzte silbrig. Die Morgenluft war frostig kalt. Immer wieder konnte Stella sich kaum vorstellen, dass in wenigen Stunden die Sonnenhitze und die Helligkeit des Himmels kaum zu ertragen sein würden.

Jeden Morgen erlebte Stella das Schauspiel des Sonnenaufgangs mit einem Gefühl tiefer Demut. Ganz allmählich füllte sich der weite Himmel mit Helligkeit. Die Gipfel der entfernten Berge erglühten, als die ersten Sonnenstrahlen sie berührten. Die Grasmatten am Fuß der Hänge und die Wälder unter ihnen überzogen sich mit zartem Gold. Und dann leuchteten die Baumwipfel in dem Akazienwald kupferrot auf. Nun erhoben sich große Vögel aus den Bäumen in die Lüfte, als wollten sie Stella zeigen, dass nicht sie allein schon wach war.

Ebenso wie die Morgen genoss Stella mit allen Sinnen die Nächte. Kaum war die Sonne untergegangen, flitzten lautlos Fledermäuse durch die Luft, und Nachtschwalben schossen vorüber. Kleine Sprunghasen waren unterwegs, hockten sich hin, sprangen auf im rhythmischen Wechsel wie winzige Kängurus. Zikaden füllten die Luft mit ihren hohen Sägelauten. Immer wieder fiel eine Sternschnuppe vom Himmel, Stella kam mit dem Wünschen gar nicht hinterher. Jim erklärte ihr den weiten afrikanischen Sternenhimmel. Er zeigte ihr die Jungfrau im Osten, die aussah wie eine Ähre, dann das Kreuz des Südens, den Beschützer der Wanderer, und höher hinauf, unter dem Lichtstrom der Milchstraße, Alpha und Beta im Kentauren. Im Südwesten blinkte Sirius, der nach Jim einer der Großen des Himmels war, und Canopus, den er weise nannte, und im Westen blinkte das strahlende Dreigestirn der Edelsteine.

Der Sternenhimmel war am Äquator viel reicher als im Norden, so schien es Stella. Vielleicht aber lag es vor allem daran, dass die Nächte voller Leben waren, da die Mittagszeit verschlafen wurde. Heather erklärte ihr, dass der Mond viele ihrer Unternehmungen regle. Bei Vollmond führen sie oft einmal zu Freunden, die auf einer fünfzig Kilometer entfernten Farm wohnten. Und auf Safari ginge man nur bei Neumond, um eine ununterbrochene Kette mondheller Nächte vor sich zu haben. Es schien Stella sehr eigenartig, dass sie ihr bisheriges Leben verbracht hatte, ohne sich besonders um den Mond zu kümmern.

Allnächtlich saßen sie am Tisch bis in die frühen Morgenstunden und redeten von allen Dingen, die ihnen gerade in den Sinn kamen. Die Walkers sprachen sehr offen über ihre Meinungen und Gefühle. Stella, die vor allem mit Jonny zusammen war, der über politische und organisatorische Fragen sprach sowie über andere Menschen, der aber nichts von sich selbst preisgab, war immer wieder fast erschrocken, wenn Heather und auch Jim ihr Inneres offenbarten. Anthony sprach sie nach einiger Zeit darauf an. »Meine Eltern sind schon ganz in Ordnung«, sagte er lachend. »Du musst nicht denken, dass sie verrückt sind oder so, weil sie mit nichts hinter dem Berg halten. Das geht hier allen Weißen so, die lange Zeit vor allem unter Eingeborenen leben. Sie haben sich einfach angewöhnt zu sagen, was sie meinen.«

In der Mitte des Monats Oktober gab es ein ganz besonderes Ereignis auf der Farm der Walkers. Es wurde ein großes Tanzfest veranstaltet, eine Ngoma. Die Ngomas waren die großen Tänze der Eingeborenen. Die Walkers erwarteten um die tausend Gäste. Allerdings, so sagte

Heather kichernd, wäre die Bewirtung sehr viel weniger anstrengend, als wenn die feine Gesellschaft aus Daressalam eingeladen wurde. Die alten Mütter der tanzenden Jungfrauen bekämen Schnupftabak und die Kinder – wenn sie mitgenommen wurden – etwas Zucker zum Lutschen. Heather hatte außerdem ein selbstgebrautes Zeug aus Zuckerrohr, das scharf schmeckte und in Maßen getrunken fröhlich machte. Die Tänze sollten auf dem ebenen Platz auf der Wiese unter den hohen Akazienbäumen stattfinden.

Schon Tage vorher befand Stella sich in einem Zustand leicht vibrierender Erregung. Sie verstand gar nicht recht, woher das kam, aber dann erklärte sie es sich damit, dass die Erregung einfach in der Luft lag und sie von ihr ergriffen worden war.

Die Ngoma fand bei Vollmond statt.

Rund um den Tanzkreis waren Feuer entfacht. Das Feuer selbst war das tragende Element der Ngoma. Der Mondschein war wunderbar klar und weiß. Das Licht verwandelte den Tanzplatz in eine Bühne, es verschmolz alle Farben und Bewegungen zu einer Einheit. Die Landschaft badete im sanften, mächtigen Licht des Himmels, und die vielen kleinen Feuer fügten dazu ihren rotglühenden Schein.

Die Walkers und Stella saßen etwas entfernt auf der Terrasse vor dem Haus, von wo sie einen hervorragenden Blick auf das ganze Spektakel hatten. Es war ein wundervolles Bild. Der helle Mond, die flackernden Feuer und die geschmückten Tänzer.

Die Tänzer erschienen in erhabener und würdevoller Haltung. Die Kikujus hatten sich mit einer Art hellem Rötel eingerieben. Sie sahen seltsam blond aus. Der Rötel verlieh den jungen Leuten etwas Künstliches, wie Statuen wirkten sie. Die Mädchen trugen perlengestickte gelblederne Gewänder. Auch sie hatten sich und die Kleider mit Erde gefärbt. Sie sahen aus wie Erdwesen, gerade von der Erde geboren. Die jungen Männer waren bei der Ngoma nackt, aber ihre Frisuren waren dafür umso kunstvoller. Sie hatten den Rötel auf ihre Mähnen und Zöpfe gestrichen und trugen stolz ihre schönen Köpfe. Leuchtend gefärbt, mit wallendem Gewoge ganzer Straußenschwänze am Kopf und mit kühnen ritterlichen Hahnensporen aus dem Fell von Colobusaffen an den Knöcheln, stellten sie sich in einem großen Kreis auf.

Stella jagten Erregungsschauer über den Rücken, als die Tanzmusik der Flöten und Trommeln einsetzte. Die Zuschauer feuerten die Tänzer mit allen möglichen Geräuschen an, sie klangen wie Urwaldlaute. Die Tanzmädchen stießen seltsame, langgedehnte, schrille Schreie aus.

So hüpften die Tänzer mit zurückgeworfenem Kopf auf und nieder, stampften im Rhythmus den Boden, ließen sich vorwärts auf einen Fuß fallen und rückwärts auf den anderen. Als ihre Körper schweißnass glänzten, schritten sie langsam und feierlich seitlich im Kreis herum, das Gesicht der Mitte zugewandt, in der die Vortänzer, die sich aus dem Ring gelöst hatten, mimten, sprangen und liefen. Dabei steigerte sich der Anfeuerungslärm der Zuschauer zu wahrem Gebrüll. Die Trommeln und Pfeifen versetzten Tänzer wie Zuschauer in rasende Ekstase. Stella griff nach Anthonys Hand. Irgendjemanden brauchte sie, der ihr Halt gab, so sehr regte das Ganze sie auf. Nun unterteilte der große Kreis sich in mehrere kleine Kreise, ein wildes Gewirbel von Tänzern.

Viele Kinder rannten, begeistert von der Tanzerei und begierig, alles zu lernen und nachzumachen, von einem Kreis zum andern oder sammelten sich am Rand der Wiese, bildeten ihre eigenen Tanzkreise und hüpften auf und nieder.

Die ganze nächtliche Luft vibrierte von Festlichkeit.

Ein unablässig plätschernder Strom von Geplauder entquoll den Scharen der Alten auf dem Rasen, deren kleine schwarze Augen in dürren runzligen Gesichtern zwinkerten, dann brachen sie in hohes Gelächter aus und jubelten, wenn einer der Kämpfer einen Sprung oder einen Speerschwung besonders prächtig vollführte.

So ging es die ganze Nacht hindurch. Irgendwann, plötzlich, ohne dass sie richtig begriff, wie es geschah, fand Stella sich mit Anthony in einem der kleinen Tanzkreise wieder. Die Frauen wiesen sie lachend in die Schrittfolge ein. Anthony war bei der Männergruppe. Stella merkte schnell, dass sie es leichter hatte. Es handelte sich offenbar um einen Tanz, mit dem die Männer um die Frauen warben. Stella musste nur mit den anderen Frauen gemeinsam leichtfüßig in Bewegung bleiben, vor und zurück, ebenso flucht- wie hingabebereit. Sie dachte an Willy, stellte sich seinen schönen Körper vor und wie er hier mit ihr tanzte, und empfand eine wilde Sehnsucht, sich mit ihm in dieses Leben der Schwarzen zu begeben. Vor ihr aber tanzte, so gut er es vermochte, Anthony. Er hatte keinerlei Scheu, sich lächerlich zu machen. Er sprang, hüpfte, drehte sich und schwang sogar einen Speer, alles, um Stella zu erobern. Sie war die Einzige, die über ihn lachte. Alle anderen drückten auf die eine oder andere Weise ihre Bewunderung für seine Kraft aus. Die Mädchen warfen ihm kokette Blicke und lockendes Lächeln zu, die Männer respektierten ihn mit jeder Geste, jedem Tanzschritt als einen der ihren. Als *Mann*.

Das Fest hörte erst auf, als der Morgen dämmerte.

Die Kinder lagen an allen möglichen Plätzen, ebenso wie viele Alte. Heather und Jim waren schon lange ins Haus gegangen. Da nahm Anthony Stella an die Hand und löste sie aus dem letzten Tanzkreis heraus, der sich nur noch langsam bewegte, als würden langstielige rötliche Pflanzen wie Schlangen vor dem Schein der Feuer hin und her wogen. »Komm«, sagte er. »Es wird kalt. Du bist verschwitzt. Jetzt musst du schlafen.«

Sein Ton war sehr fürsorglich. Und sehr bestimmt. Stella fühlte sich wie im Traum. Ihr Körper war weich und weit. Sie empfand die Kühle des Morgens nicht auf der Haut. Sie fühlte nichts als ein unendliches weites Glück und eine tiefe Verbindung mit diesen Menschen, diesem Land, auch mit Anthony. Und auch mit sich selbst. So etwas hatte sie noch nie erlebt, außer in schönsten Momenten der Liebesekstase mit Willy.

23

In Hamburg in der Kippingstraße wurden neuerdings viele Gespräche durch das Theaterleben bestimmt. Lydia hatte eine Untermieterin, die als Schneiderin am Thalia Theater arbeitete. So war Lydia mit zu Premierenfeiern gelangt, und so hatte sie Gustaf Gründgens und eine Menge anderer Schauspieler kennengelernt. Zuerst hatte sie versucht, Dritter dafür zu begeistern, sie in dieses Leben zu begleiten. Sie dachte, diese Feste wären nach seinem Geschmack. Aber seltsamerweise weigerte er sich. Lysbeth war mit ihren Studien sehr beschäftigt, trotzdem nahm sie regen Anteil am Theaterleben. Neuerdings schloss Eckhardt sich seiner Fast-Schwiegermutter an, geschniegelt wie Dritter, ein Spitzentaschentuch im Revers seines Anzugs, ein Monokel ins linke Auge geklemmt.

Am 1. September fand in den Kammerspielen die Premiere von *Hopp-*

la, wir leben! von Ernst Toller statt. Toller, der wegen seiner Beteiligung an der Münchner Räterepublik 1919 zu fünf Jahren Festungshaft verurteilt worden war, verarbeitete in *Hoppla, wir leben!* eigene Erfahrungen: Der Protagonist Karl Thomas wird wegen Teilnahme an der Revolution 1919 zum Tode verurteilt. Während der Vollstreckungshaft wird er wegen Wahnsinns in eine Anstalt eingeliefert. Nach seiner Entlassung stellt er fest, dass frühere Freunde die Revolutionsideale verraten haben. Daraufhin begeht Thomas Selbstmord.

Diesmal hatten Lysbeth und Eckhardt Lydia begleitet. Lysbeth war auf der anschließenden Feier sehr überrascht von ihrem Bruder, der sich so offen und fröhlich mit zwei Schauspielern unterhielt, wie sie ihn selten erlebte. Zwei Tage später begleitete Eckhardt Lydia sogar nach Berlin, weil dort der kommunistisch orientierte Regisseur Erwin Piscator mit dem revueartigen Stück von Toller sein Agitationstheater, die Piscator-Bühne, einweihte. Lydia war von ihrer Freundin Antonia, die mit vielen kommunistischen Künstlern befreundet war, zu diesem Ereignis nach Berlin eingeladen worden. Lydia hatte darüber geklagt, dass sie fürchte, sich allein auf der langen Fahrt in die Hauptstadt und dort unter all den fremden Leuten etwas verloren zu fühlen. Sie wünschte sich einen Begleiter. Aber niemand hatte dafür genügend freie Zeit übrig. Schließlich bat Cynthia ihren Verlobten um den Gefallen. »Mutter ist jetzt schon zweiundfünfzig«, sagte Cynthia, »sie wird alt. Ich möchte nicht, dass sie alleine reist.«

»Und warum fährst du nicht mit zu Antonia?«, fragte Eckhardt. »Du kennst sie doch seit deiner Kindheit. Und Piscator soll wirklich gut sein. Und du warst auch nicht mit in den Kammerspielen. Du hast Toller noch nicht gesehen.«

Cynthia wehrte energisch ab. »Nein, das ist ausgeschlossen. Dann geht hier alles drunter und drüber. Eine muss im Haus bleiben, das ist schließlich eine Pension.« Sie hatte das Wort *Pension* mit Stolz betont, worauf Eckhardt verärgert die Stirn runzelte. Dann aber sagte er, ein paar Tage Berlin könnten nicht schaden. Also war es beschlossen. Lydia und Eckhardt verbrachten vier Tage voller interessanter Leute, aufregender Gespräche und revolutionären Theaters in Berlin. Danach überlegte Eckhardt, dass seine Verlobte eigentlich sehr viel älter wirkte als ihre Mutter, mit der er überraschend viel Spaß gehabt hatte. Ganz abgesehen davon, dass es ihm so vorkam, als wimmelte ganz Berlin von homosexuellen Männern, die sich deshalb überhaupt nicht zu schämen schienen. Mehrfach hatte er sogar schon überlegt, ob er nicht vielleicht auch diese Neigung hätte. Aber dann hatte er sich wie immer, wenn diese Gedanken kamen, innerlich heftig dagegen gewehrt. Es hatte diese Spiele mit Askan von Modersen gegeben, aber welcher Jugendliche machte so etwas nicht? Er dachte beim Onanieren zwar immer an Askan, aber das, so beteuerte er sich selbst energisch, war wohl mehr, weil er Cynthia nicht mit solchen Gedanken beschmutzen wollte. Nein, die Praktiken der Homosexuellen fand er widerlich und widernatürlich, wenn er die Männer in Berlin auch sehr aufregend gefunden hatte.

Am 21. Oktober, eine Woche, nachdem Stella auf der Ngoma in Afrika mit rötel- und erdfarbenen Menschen getanzt hatte, wurde im Hamburger Schauspielhaus die *Medea* von Hans Henny Jahnn aufgeführt. »Man wird Leidenschaften in dem Stück zu sehen bekommen – keine Laster. Die eingeborene Bevölkerung im Kongogebiet ist in einem Jahrzehnt von sechs Millionen Einwohnern auf zwei Millionen zurückgegangen – unter dem Einfluss von Kolonialpolitik und Gummiindustrie – Es wird Zukunftskriege der christlichen Nationen geben, in denen Millionen Menschen … den grausamen Tod durch Giftgase erleiden. So große Verbrechen werden in dem Stück nicht gezeigt. Es ist überhaupt nicht beschwert mit Moral, die das Verbrechen mittels Gesetzen, der öffentlichen Meinung, der Geschäftsinteressen organisiert. Es besteht zu einem Drittel aus Menschlichkeit, zu einem weiteren Drittel aus Leidenschaft und zu einem abgestandenen Drittel aus der Anerkenntnis übergeordneter Gesetzmäßigkeiten.« So kommentierte der Autor selbst das Stück.

Lydia und Lysbeth besuchten gemeinsam die Premiere, diesmal war auch Aaron mitgekommen. Gebannt verfolgten sie das Geschehen auf der Bühne. Hanns Loth hatte Regie geführt. Schon das Bühnenbild beeindruckte sie. Es war bedrückend karg, Treppen und Mauern wirkten wie eine Burg.

Über Lysbeths Arme und Rücken liefen Schauer der Erregung. Da passierte etwas ganz Ungeheuerliches. Die Medea war schwarz. Medea, deren fremde, barbarische Herkunft Jahnn durch ihre Hautfarbe kenntlich machte, hatte dem geliebten Jason, dem griechischen Eroberer, ihre Jugend, ihre Zauberkraft, ihren Bruder-Gatten geopfert. Verstoßen, fett und alt geworden, zwingt sie das Schicksal in eine furchtbare Umkehr.

Sie raubt sich als Eigentum ihre Kinder, die tot ihr gehören. Es bedurfte nicht Jahnns Anklagen weißer zivilisierter Verbrechen im Programmheft. Er hatte die ins Zerstörerische gewendete Menschlichkeit sprachlich so entfesselt auf die Bühne gebracht, dass die Hamburger Bildungsbürger von dieser Umdeutung des klassischen Bildungsguts bis auf den Nerv provoziert waren. Schon während der Aufführung machte sich empörtes Entsetzen breit. Jahnn hatte das tonangebende Publikum an seiner sensibelsten Stelle getroffen.

Ein Sturm der Entrüstung einflussreicher Hamburger Bürger brach über dem Aufsichtsrat des Schauspielhauses los. Die *Medea* wurde zwischen dem 21. Oktober und dem 22. November 1927 insgesamt fünfmal gespielt. Dann wurde das Stück abgesetzt.

In den verbleibenden Monaten sank der Spielplan ins Belanglose ab. Unter den Künstlern und denen, die an einem neuen Theaterbetrieb interessiert waren, machte sich Langeweile und Enttäuschung breit. So war es wenig verwunderlich, dass der Theaterschauspieler und Regisseur Gustaf Gründgens Verhandlungen führte, um nach Berlin zu wechseln.

Gründgens war ehrgeizig, talentiert und arbeitswütig. Er war der Star der Kammerspiele, und alle Schauspieler, die auf der Suche nach Neuem waren, das das Theater zeigen und bewirken konnte, orientierten sich an ihm. Er galt als exzentrisch, aber wer ihn genauer kannte, wusste, dass er sich wie ein einsamer Außenseiter fühlte, der nur auf der Bühne wirklich lebte. Sein Einfallsreichtum und seine Wandlungsfähigkeit hatten ihn seit 1923 in Hamburg zum gefeierten Star gemacht.

Im April 1928 verabschiedete er sich schließlich mit der Premiere von Carl Sternheims Schauspiel *Der Snob* von seinem Hamburger Publikum. Von den Kammerspielen wechselte er an Max Reinhardts renommiertes Deutsches Theater in Berlin. Auf der Premierenfeier flossen Tränen. Eckhardt, der Gründgens bewunderte, dachte von nun an zuweilen an ihn, wenn er onanierte.

Aaron hatte noch nie von seiner Schwester gesprochen. Lysbeth wusste gar nicht, dass er eine gehabt hatte. Diese Schwester war mit sechzehn nach einer Abtreibung gestorben. Sie war zu einer Frau gegangen, die mit Stricknadeln an ihr herumgefummelt hatte. Mit hohem Fieber war sie ins Krankenhaus eingeliefert worden, wo eine Ausschabung der Gebärmutter ordnungsgemäß gemacht worden war. Aber es war nichts mehr zu retten gewesen. Sie war an der Sepsis gestorben.

Als Aaron es Lysbeth erzählte, kam es ihr vor wie eine Beichte. Und so war es wohl auch. Er fühlte sich schuldig. Aus mehreren Gründen. Die Eltern hatten kein Geld für eine Abtreibung gehabt, ja, die Kleine hatte nicht einmal danach gefragt, sie hatte ihren Zustand vor der Familie verheimlicht. Die Eltern hatten zwar kein Geld für Aarons Schule aufbringen müssen, aber selbstverständlich wäre mehr Geld vorhanden gewesen, wenn er mit vierzehn wie die anderen Jungs unter Tage arbeiten gegangen wäre. Sie war seine kleine Schwester, zwei Jahre jünger als er. Und er war zu dem Zeitpunkt damit beschäftigt gewesen, Abitur zu machen und zu entscheiden, was und wo und von welchem Geld er studieren wollte. Er fühlte sich auch schuldig, weil er zu spät mitbekommen hatte, was mit seiner Schwester los war.

Seitdem brannte er darauf, Arzt zu werden, um diesen Frauen helfen zu können. Es war ihm völlig egal, dass er deswegen ins Gefängnis kommen konnte. Denn er würde ja auch wieder herauskommen und einfach weitermachen, das war gar keine Frage.

Aber er hatte noch keine einzige Abtreibung durchgeführt. Lysbeth hingegen war eine richtige Expertin. Seit einiger Zeit hatte sie die Leitung übernommen, wenn Frauen sich in die Hände der Tante begaben. Die Tante assistierte ihr. Natürlich war die Tante es gewohnt, mit der Gefahr einer strafbaren Handlung zu leben. Nur damals, vor fünfzehn Jahren, als Stella und Lysbeth ein halbes Jahr bei ihr gewohnt hatten und sie die Mädchen auf keinen Fall gefährden wollte, hatte sie sich Gedanken über die Gefahr der Denunziation gemacht. Ansonsten vertrat sie die gleiche Haltung wie Aaron: Wenn sie ins Gefängnis kam, würde sie auch wieder herauskommen. Außerdem schuldeten ihr viele einflussreiche Dresdner Dank. Und sie hatte noch nie, weder bei einer Geburt noch bei einer Abtreibung, einen Todesfall zu verzeichnen gehabt. Nein, sie machte sich schon seit Jahren keine Sorgen mehr, dass sie überhaupt ins Gefängnis kommen könnte. Deshalb hatte sie mit Lysbeth besprochen, dass diese nicht nur namenlos, sondern gewissermaßen auch gesichtslos bleiben sollte.

»Wenn es eine Anzeige gibt«, hatte sie gesagt, »dann soll sie sich gegen mich richten. Die Frauen kommen zu mir, sie gehen von mir. Wenn was passiert, geht es um meine Adresse. Sollte ich wirklich verurteilt werden, müssen sie damit rechnen, dass ich spätestens im Gefängnis, wahrscheinlich aber schon im Gerichtssaal sterbe. Ich will, dass du gesichtslos bleibst.«

Also erschien Lysbeth immer erst, wenn die Frau schon auf dem Tisch lag. Sie hatte sich einen Mundschutz übergezogen, der mit Hygiene begründet wurde, aber ihr halbes Gesicht verdeckte, sodass niemand sie später wieder erkennen konnte.

Als Aaron hingegen darum bat, an einer Abtreibung teilnehmen zu dürfen, um zu lernen, schüttelte die Tante bedenklich ihren Kopf. »Ein Mann dabei?«, murrte sie. »Wie stellt ihr euch das vor?« Wieder schüttelte sie ihren Kopf, wie sie es sich angewöhnt hatte, wenn etwas ihr Missfallen erregte. »Nein, nein«, murmelte sie. »Das machen wir nicht. Wie sollen wir es den Frauen erklären? Ein Mann, der zuguckt? Welcher Peinlichkeit sollen wir die Frauen aussetzen, nur damit du ...«, sie zielte mit ihrem mageren Zeigefinger direkt auf Aarons Unterleib. Er zuckte leicht zusammen, als fürchte er, entmannt zu werden, »... studieren kannst«, fuhr sie mit höhnischem Unterton fort, als wäre Studieren das Erbärmlichste, was man tun könnte.

»Aber Tante«, hielt Lysbeth sanft dagegen, »er möchte doch lernen, um helfen zu können.«

»Wie will er denn helfen?« Wie eine Schlange schnellte die Tante zu Lysbeth herum und zischte sie an. »Wollt ihr bei dir zu Hause in deinem Zimmer eine Abtreibungsklause aufmachen? Oder in seiner Studentenbude? Was habt ihr euch denn vorgestellt?«

Betreten blickte Aaron zu Boden.

»Ihr habt euch gar nichts vorgestellt«, sagte die Tante verächtlich. »Stimmt's?«

Lysbeth musterte Aaron. Es stimmt, dachte sie. Wir haben überhaupt nicht darüber gesprochen, welche Konsequenzen es haben soll, wenn Aaron bei der Tante lernt.

»Sie haben recht«, sagte Aaron resigniert. »Ich wollte wohl wirklich nur studieren. Ich lerne so wenig von dem, was ich brauche, da dachte ich, wenn Lysbeth es bei Ihnen lernt, kann ich es vielleicht auch.«

»Nein«, entgegnete die Tante barsch. »Das kannst du eben nicht, mein Junge. Die Frauen, die zu mir kommen, wurden von Männern in diese Lage gebracht. Und männliche Ärzte haben sie meistens abgewiesen, oder sie haben von vornherein kein Vertrauen zu ihnen gehabt.

Diese Frauen haben Angst vor Männern. Und das zu Recht. Bei mir guckt kein Mann zu, wenn ihnen wehgetan wird. Denn so ist das, mein lieber Herr Student. Was hier geschieht, ist reiner Schmerz. Für den Körper und für die Seele. Keine Frau geht hier lachend raus. Keine Frau will, dass ein Mann dabei zuguckt. Und ich will das auch nicht. Nein, schlagt euch das aus dem Kopf.«

Aaron ließ den Kopf sinken. Lysbeth versank in ihren Gedanken. Die Tante hatte recht. Sie schämte sich ein wenig, dass sie Aaron ermuntert hatte, die Tante darum zu bitten. Sie schämte sich, weil sie selbst die Worte der Tante hätte sagen müssen. Ich bin immer noch hart und kalt, dachte sie erbittert. Ich kann mich immer noch nicht wirklich in diese Frauen einfühlen. Ich fühle nicht ihren Schmerz. Wie die Tante es tut. Ich bin wie ein Handwerker, wenn ich da in ihnen arbeite. Ich erfülle meine Aufgabe, so gut es geht. Ich fühle nichts.

»So, und jetzt löffeln wir gemeinsam eine Versöhnungssuppe«, sagte die Tante fröhlich, als hätte sie nicht eben zornig und grob gesprochen. Aaron sprang auf und sagte im gleichen fröhlichen Ton, als wäre er nicht eben gerade zurechtgewiesen worden: »Himmlisch! Lysbeth hat schon so viel über Ihre Zaubersuppe erzählt. Endlich darf ich mal kosten. Kann ich etwas helfen?«

Die Tante reichte ihm ein Messer und ein Holzbrett und forderte ihn auf, Möhren klein zu schnippeln, was er mit Enthusiasmus tat. Beide kümmerten sich nicht um Lysbeth, die gedankenverloren vor sich hin starrte.

Als die Suppe dampfend vor ihr stand, zuckte ein Gefühl von Heimeligkeit und Geborgenheit in Lysbeth auf, vorsichtig und flüchtig, aber dann nistete es sich in ihr ein und breitete sich aus, bis sie mit einem langen Seufzer der Erleichterung all ihre Zweifel und Anspannung losließ. Sie kannte das Geschirr der Tante seit der Zeit, als sie vor fünfzehn Jahren bei ihr in die Lehre gegangen war. Sie kannte den Duft der Suppe, als hätte sie ihn seit ihrer Geburt eingesogen, und so war es wahrscheinlich auch. Die Tante hatte schließlich bei ihrer Geburt assistiert, und es war anzunehmen, dass sie Käthe anschließend eine stärkende Suppe gekocht hatte.

Die Tante zog fragend ihre Augenbrauen hoch, die immer noch wie Vogelschwingen ihre Augen zierten, die mit den Jahren klein geworden waren und die Wimpern verloren hatten. Sie lächelte und legte eine

Hand auf Lysbeths, als wolle sie sagen: »Es ist alles gut.« Da spürte Lysbeth, wie sich auf ihre andere Hand ebenfalls etwas Warmes legte. Erstaunt blickte sie zu Aaron, der ebenso liebevoll wie die Tante lächelte, als wolle auch er sagen: »Alles ist gut.«

In Lysbeths Brust schoss eine flammende Hitze. Schnell entzog sie Aaron ihre eine Hand, dann sachte der Tante die andere und griff nach dem Löffel. Sie tauchte ihn in die Suppe, deren aromatischer Duft sogleich noch intensiver aufstieg, als läge er im Innern verborgen und entfalte sich mit jeder kleinen Öffnung der Oberfläche.

Schweigend löffelten die drei die Suppe. Aaron schloss seufzend die Augen. »Ich habe noch nie in meinem Leben etwas so Gutes gegessen«, lobte er. »Das ist keine irdische Suppe mehr, die kommt geradewegs vom Himmel.«

»Mein Lieber«, krächzte die Tante, wobei sie die Augen nach oben verdrehte, »alles wirklich Himmlische ist irdisch. Merk dir das.«

Von nun an blieb sie dabei, Aaron zu duzen.

Am späten Nachmittag wurde plötzlich die Tür aufgerissen, und Angelina stürmte hinein. Sie flog geradewegs auf Lysbeth zu und fiel ihr um den Hals. Lysbeth war so verblüfft, dass sie gar nicht ihre Arme um das Mädchen legen konnte. Angelina drückte ihr einen kräftigen Kuss auf die Wange und strahlte die Tante an. »Die Überraschung ist geglückt«, sagte sie, ließ sich auf den vierten Stuhl am Tisch plumpsen und verlangte etwas zu essen. »Etwas Scharfes, Salziges, mit Kräutern, die glücklich machen«, sagte sie. »Ihr könnt euch gar nicht vorstellen, wie fade der Fraß im Pensionat ist.«

Das Mädchen brachte eine Stimmung in die Küche, als wäre ein leichter, süßer Wind aufgekommen, der kleine, fröhliche Wellen aufs Meer zaubert und Blätter an Bäumen silbern funkeln lässt. Aaron erzählte von seinen Schulerlebnissen mit Rohrstock und Karzer, die Tante steuerte aus ihrem Leben ohne Schule etwas bei, und Lysbeth lauschte still und entzückt.

Als Angelina sich am Abend verabschiedete und auch Aaron aufbrechen wollte, um mit dem Bus nach Dresden zu fahren, wo er beim *Christlichen Verein junger Männer* um eine Übernachtung anfragen wollte, entschied die Tante kategorisch: »Was für ein Blödsinn. Du bleibst hier, mein Junge. Du kannst auf meiner Bank schlafen. Lysbeth und ich schlafen wie in alten Zeiten nebenan. Wir trinken jetzt noch einen Herzwein miteinander, und morgen früh machen wir einen Waldspaziergang, bevor ihr nach Dresden aufbrecht. Dabei werde ich dich etwas über Kräuter lehren. Jeder Arzt sollte etwas über Kräuter wissen.«

Aaron sah Lysbeth fragend an. Lysbeth nickte. Ja, es war viel schöner, wenn er jetzt noch hier blieb. Und eine Nacht nebenan auf dem Strohsack zu verbringen schreckte sie nicht. Das hatte sie damals so viele Male getan, dass ihr der Strohsack als selbstverständliches vertrautes Schlaflager erschien.

Ihr abendliches Gespräch kreiste um Homöopathie, die Heilweise, mit der die Tante sich neuerdings mehr beschäftigte, als Lysbeth es wusste. Die Tante schien wahrhaftig dabei zu sein, so etwas wie ein homöopathisches Studium zu betreiben. »Es fällt mir immer schwerer, die Kräuter zu beschaffen«, bekannte sie. »Die langen Spaziergänge, das Bücken, und all die Presserei, Einkocherei, ich habe nicht mehr viel Lust dazu. Da habe ich nach einer Möglichkeit gesucht, all das Gute, das die Pflanzen für den Menschen bewirken, auf andere Weise nutzen zu können. Und, Kinder, ihr werdet es nicht für möglich halten, aber der Hahnemann hat wirklich ein so umfassendes Studium menschlicher Krankheiten und ihrer Heilung betrieben, dass ich mit Respekt darangehe, von ihm zu lernen.«

Aaron schüttelte skeptisch den Kopf. »An der Universität wird über Homöopathie gespottet«, sagte er. »Kleine Zuckerkugeln, die bestenfalls über Einbildung wirken.«

Lysbeth stimmte zu. Auch sie konnte sich nicht vorstellen, dass ein Wirkstoff, der so lange verschüttelt wurde, bis nur noch winzigste Mengen in dem Medikament enthalten waren, irgendeine heilende Wirkung auf einen Menschen ausüben konnte. Und es ging ja nicht einmal um heilende Pflanzen, sondern um so seltsame Dinge wie Schlangengift. Sie hatte sogar den Witz gehört, dass es ein homöopathisches Mittel gebe, das die Muttermilch einer Hündin als Wirkstoff habe. Oder die Tinte eines Tintenfischs. Nein, Lysbeth konnte nicht glauben, dass diese Mittel die wundersame Heilkraft der Pflanzen irgendwie ersetzen konnten.

Was die Tante allerdings sagte, war sehr beeindruckend. Sie experimentierte seit einiger Zeit damit. Sie erzählte ihren Patienten nichts davon, denn sie kannte keinen einzigen Menschen, der an die heilende

Wirkung dieser Kügelchen glaubte. Aber ihre Patienten waren es gewohnt, von ihr Tinkturen oder Tees oder Ähnliches zu bekommen, die sie den Anweisungen der Tante entsprechend einnahmen. Neuerdings gab sie ihnen homöopathische Tinkturen, die die Patienten täglich vor der Einnahme noch einmal schütteln mussten, sodass sich die Potenz ständig steigerte. Diese Tinkturen schmeckten nach Alkohol und nach sonst nichts. Oder sie gab den Patienten Tee mit, zu dem sie jeweils sechs kleine Kügelchen lutschen sollten.

»Das Ganze wirkt überraschend gut«, kommentierte die Tante ihre neue Therapie. »Und wenn es überhaupt etwas mit Glauben zu tun hat, dann nur mit dem Glauben an mich.« Sie kicherte. »Der ist natürlich zu Recht sehr stark.«

Aaron wollte alles wissen. Wie die Tante überhaupt auf die Mittel käme, die sie verabreichte. Die Tante klärte ihn auf: »Es gibt Mittel, die wirken genau wie die Kräuter auf den aktuellen Genesungsvorgang ein. Aber es gibt auch Mittel, an die trau ich mich noch nicht heran, die wirken tiefer, die packen sozusagen das Übel an der Wurzel. Hahnemann hat einen ganzen Fragenkatalog entwickelt, nach dem man vorgehen muss, um so ein Mittel für eine jeweilige Person herauszufinden. Nun gut, Kinder, ob ich das noch lernen werde, ist die Frage. Aber es ist ein spannendes Feld.«

Sie redeten sich die Köpfe heiß über den Grund, warum die verschüttelten Potenzen überhaupt wirken konnten. Nichts als eine Information an den Körper und an die Seele? Wie sollte man sich das vorstellen?

Lysbeth fielen schon die Augen zu, da sprühte die Tante immer noch vor Einfällen. Aaron war es, der der Debatte ein Ende machte. »Lasst uns ins Bett gehen«, sagte er. Lysbeth erhob sich sofort, um im Nebenzimmer das Strohlager zu richten. Doch Aaron ließ nicht zu, dass sie oder die Tante noch irgendetwas taten. Die Tante hatte sich, seit Lysbeth und Stella damals bei ihr gewesen waren, daran gewöhnt, auf der Bank in der Küche zu schlafen. Es war wärmer dort, so begründete sie das, und die Härte der Bank, so sagte sie, täte ihrem Rücken und ihren Knochen gut. In dem weichen Bett versänke sie so tief, dass sie am Morgen nur mit Mühe wieder herauskäme.

So sagte sie, als alles gerichtet war: »Wenn ihr nichts dagegen habt, möchte ich doch auf meiner Bank schlafen. Ich bin so daran gewöhnt.« Sie blickte erst Lysbeth, dann Aaron forschend an. Lysbeth errötete,

Aaron trug eine betont gleichgültige Miene zur Schau. »Ihr seid doch Freunde«, sagte die Tante gemütlich. »Die Zeiten sind ja zum Glück lange vorbei, wo Männer und Frauen keine Freunde sein konnten. Und ihr seid ja auch modern. Die Zeiten sind zum Glück auch vorbei, wo es unschicklich war, dass eine Frau und ein Mann in einem Zimmer schlafen, wenn sie nicht verheiratet sind.«

»Keine Sorge«, betonte Aaron, »ich lege mich auf den Strohsack, das ist mir sowieso lieber, als hier in der Küche zu schlafen.« Er grinste. »Und wenn ich im Schlaf spreche, kann Lysbeth mir morgen früh erzählen, was ich geträumt habe und was es bedeutet. Das wünsche ich mir schon lange, leider vergesse ich meine Träume immer.«

Lysbeth sagte nichts. Sie ging einfach nach draußen zum Toilettenhaus. Anschließend machte sie in der Küche eine kleine Nachtreinigung, und dann ging sie ins Nebenzimmer, das ihr kalt und feucht erschien. Sie war hundemüde. Sie zog das lange weiße Nachthemd über, das sie mitgebracht hatte, und verschwand unter der Bettdecke. Sie hatte nicht einmal der Tante eine gute Nacht gewünscht. Sie schlief sofort ein. So hörte sie gar nicht mehr, wie Aaron sich auf dem Lager niederließ. In der Nacht aber wachte sie auf, weil ihr Arm eingeschlafen war. Er hing aus dem Bett, Aarons und ihre Hände hatten sich fest ineinander verschränkt. Sie musste die andere Hand zur Hilfe nehmen, um ihre Finger von Aarons zu lösen.

Wie konnte das geschehen?, fragte sie sich noch. Dann war sie schon wieder eingeschlafen.

Am nächsten Morgen frühstückten die drei wie eine verschworene Gemeinschaft. Sie konnten keinen Spaziergang mehr unternehmen, denn ihr Frühstück hatte sich so ausgedehnt, dass Lysbeth und Aaron sich sputen mussten, um nach Dresden zu kommen, wo ihr Zug nach Hamburg gegen Mittag abfuhr.

Irgendetwas hatte sich nach diesem Wochenende zwischen Aaron und Lysbeth verändert. Immer mal wieder berührte er sie leicht, wenn er an ihr vorbeiging. Immer mal wieder griff er sogar nach ihrer Hand, wenn ihm irgendetwas besonders am Herzen lag. Anfangs war Lysbeth in diesen Momenten voller Aufregung, und Hitze schoss durch ihren Körper, allmählich aber gewöhnte sie sich daran, und es war, als nähre Aaron ihre Seele mit seinen kleinen Berührungen, die ihr unendlich guttaten.

Und dann kam der Abend, als Aaron nach langen Gesprächen über seine Forschungen sagte: »Lysbeth, ich habe es satt. Wir sind jung. Wir sprechen immer nur über lächerliche Dinge, die mit uns selbst überhaupt nichts zu tun haben.« Gerade wollte Lysbeth widersprechen, dass ihrer Meinung nach Blutgruppen sehr viel mit ihnen zu tun hätten, da fuhr Aaron fort: »Ich will tanzen gehen. Alle gehen tanzen! Ich will mich amüsieren! Ich verdiene jetzt Geld. Ich kann dich einladen. Ich will dich einladen! Komm, lass uns tanzen gehen!«

Lysbeth wusste nicht, wie ihr geschah. Tanzen gehen? Wir sind jung? Nein, lieber Aaron, wollte sie antworten, ich bin nicht jung, und Tanzen gehört in mein früheres Leben, in dem du nicht vorkamst. Tanzen gehört zu einem blonden Kapitän mit blauen Augen, dessen große Hand meine Taille umfassen konnte, sodass ich mich so geborgen fühlte wie niemals zuvor und niemals danach. Tanzen gehört überhaupt nicht zu einem Mann, der eigentlich noch ein Junge ist und Augen hat, die wie dunkle Seen unterm Sternenhimmel schimmern, und dessen schmale Hände mir durch Berührung kleine Schauer durch den Körper jagen, der mir aber keinerlei Halt geben kann, weder im Tanz noch im Leben.

Aber sie sagte es nicht. Weil sie Aaron nicht kränken wollte, aber auch, weil er ihr keine Zeit dafür ließ. »Zieh dich um«, sagte er. »Wir gehen ins *Alkazar*!«

Er gestand ihr, dass er in der letzten Zeit allein in seinem Studentenzimmer Tango geübt habe. Ein Philosophiestudent, ein Mann, mit dem Aaron schon in Oberhausen zur Schule gegangen und dem er vor zwei Monaten in Hamburg zufällig auf dem Universitätsgelände über den Weg gelaufen war, hatte ihm davon vorgeschwärmt, dass er sein Geld als Gigolo verdiente. Und dass das eine der wundervollsten Berufstätigkeiten sei, die man sich nur vorstellen konnte.

»Ein Gigolo?«, hatte Aaron entsetzt gefragt. »Das meinst du nicht ernst?«

Doch sein Freund hatte heftig genickt und beteuert, er meine das durchaus ernst. Und er wolle Aaron nur nahelegen, sich das auch einmal zu überlegen. Denn als Gigolo zu arbeiten bedeute, den ganzen Tag frei zu haben und abends Damen zu einem Vergnügen zu verhelfen.

Aaron hatte sich von ihm die Schritte zeigen lassen, ebenso wie die Rituale. Der Mann streife seine Ärmel leicht zurück, sodass die Manschettenknöpfe zum Vorschein kämen, dann werfe er die Brust etwas vor und bitte seine Auserwählte um den Tanz. Im Tango komme es darauf an, ihr wirklich das Gefühl von Halt und vollkommenem Geführtsein zu geben.

»Ein Tangotänzer muss seiner Partnerin zwei Gefühle vermitteln«, sagte der Gigolo, »zum einen muss er sie dominieren, er muss eindeutig klarmachen, wo der Hammer hängt. Daran darf es keinen Zweifel geben. Sie muss tun, was er will. Zum andern muss er ihr zu Füßen liegen. Er muss sie anbeten. Er muss ihr das Gefühl geben, die schönste Frau auf der Welt zu sein, und er muss sie so führen, dass ihre Schönheit für alle strahlend zum Vorschein kommt. Eine Frau, die einen wirklich guten Tangotänzer hatte, sieht nach ein, zwei Tänzen völlig verändert aus. Auf ihren Wangen sind Rosen erblüht, und ihre Augen strahlen wie Sterne. Sie weiß, dass sie eine Frau ist. Und sie weiß, dass das Größte, was die Schöpfung hervorgebracht hat, die Frau ist.«

Der Freund war ins Schwärmen gekommen, und Aaron hatte andächtig gelauscht. Dabei hatte er Lysbeths Gesicht vor sich gesehen. Er hatte sich so sehr gewünscht, all das in ihr bewirken zu können. Rosen auf ihre Wangen zaubern und Sterne in ihre Augen. Die Sicherheit, dass Frausein wundervoll war, auf ihre Stirn. Hingabe auf ihren Mund.

Ja, er hatte sich sehr gewünscht, ein solcher Gigolo zu werden, damit Lysbeth in seinen Armen eine glückliche Frau sein konnte. Aber er konnte nicht Tango tanzen. Also hatte er bei seinem Freund Unterricht genommen. Als Partnerin hatten ihnen ein Besenstil und eine Vase gedient. Aarons Wirtin besaß ein Grammophon. Der Freund, Hans Wiesner, besaß Tango-Schallplatten. Einmal in der Woche also bezahlte Aaron seinen Freund Hans, damit der ihm Unterricht gab. Das Ganze fand im Wohnzimmer der Wirtin statt, die sie vom Sofa aus anfeuerte oder kritisch kommentierte. Manchmal griff sie sogar ein, und dann erprobte Aaron sich mit einer umfangreichen Walküre anstelle eines Besenstils. Anfangs fand er die vorgestreckte Brust überaus lächerlich, aber bald gewöhnte er sich daran, den Besenstil an sein Brustbein zu drücken und ihn bald hierhin, bald vor- und zurückzudrängen.

Aaron hatte sich nur damals in der Laienspielgruppe einfach amüsiert, und auch das nur für kurze Zeit. Ansonsten war immer anderes wichtiger gewesen. Er hatte viel Hunger gelitten, hatte früh Zeitungen ausgetragen, um Geld dazuzuverdienen, und da es von vornherein klar war, dass er viel zu schwächlich war, um irgendetwas anderes Nützliches zu tun, war früh schon beschlossen worden, dass er der Studierte in der Familie sein würde. Von diesem Moment an hatte die ganze Familie dafür gearbeitet, dass er nicht »arbeiten« musste. Und er hatte dafür gearbeitet, dass er lernen durfte.

Jetzt aber begann sein Leben sich zu wandeln. Er war vierundzwanzig Jahre alt. Er verdiente Geld, weil er Assistent eines Professors war. Er wusste ganz genau, wie seine Zukunft aussehen sollte. Und er bemerkte, wie die Augen mancher Frauen auf dem Universitätsgelände hinter ihm her huschten. Es waren hübsche Frauen, und er ertappte sich dabei, wie er zu Hause von der einen oder anderen träumte.

Lysbeth aber wollte er das Geschenk des Tangos machen.

»Was zieht man ins *Alkazar* an?«, fragte Lysbeth, die von einer sie völlig albern anmutenden Aufregung erfasst war.

»Zeig mal, was du hast.« Als hätte er nie etwas anderes getan, prüfte Aaron kundig die Kleider aus Lysbeths Schrank. Er zögerte nicht lange, da hatte er sich schon für einen Hänger in Schwarz entschieden. Lysbeth hatte dieses Kleid immer für einen Ausrutscher gehalten. Sie hatte es gekauft, weil Stella ihr vehement zugeraten hatte, weil es ihre blonden Haare und ihre blauen Augen so gut zur Geltung brachte, aber dann hatte sie es nie getragen. Es hatte dünne Träger aus Perlen und war so kurz, dass man Lysbeths Beine bis übers Knie sehen konnte. Sie hatte hübsche, schlanke, gerade Beine, trotzdem war es ihr peinlich, sich so nackt zu zeigen. Aaron aber bestand darauf, dass sie dies Kleid anzog. Und sie folgte. Mit Herzklopfen.

Mit Herzklopfen betrat sie auch das *Alkazar*. Dicke Rauchschwaden lagen in der Luft. Auf dem Podium saß eine Kapelle, und auf der geräumigen Tanzfläche bewegten sich Paare, die Lysbeth den Atem verschlugen, so schön waren die Frauen und so schön tanzten sie.

Aaron bewegte sich wendig durch das Lokal und steuerte auf einen Tisch zu, an dem noch zwei Plätze frei waren. Lysbeth hätte im Erdboden versinken mögen, als sie hinter ihm her ging. Sie meinte, dass alle mit dem Finger auf sie zeigten und bemerkten, dass sie für diese Umgebung viel zu alt war und vor allem viel zu alt für ihren jungen, hübschen Begleiter. Und überhaupt, dachte sie, woher kennt er sich hier eigentlich so gut aus, es scheint fast, als verkehre er hier regelmäßig.

In ihr stieg leise Abwehr auf, ja, sie wurde sogar ein wenig zornig auf ihn. Wieso schleppte er sie hierher? Er wusste doch, dass hier nur hübsche junge Frauen waren, die wundervoll tanzen konnten. Sie hätte es ihm ganz sicher nicht verübelt, wenn er gesagt hätte, er wolle tanzen gehen und habe deshalb keine Zeit mehr. Aaron schien von alledem nichts zu bemerken. Er zog einen Stuhl für Lysbeth zurück, bestellte generös eine Flasche Schampus, und als er mit Lysbeth anstieß, sagte er strahlend: »Ist es nicht famos hier?«

Lysbeth räusperte sich. Sie nickte angestrengt lächelnd. »Ja, ganz famos.«

»Lass uns tanzen.« Aaron verbeugte sich vor ihr, und unwillkürlich musste sie auflachen. Er hatte seine Ärmel kurz hochgeschoben und seine Brust vorgestreckt, als wollte er vorführen, wie man eine Frau formvollendet aufzufordern habe.

Dann standen sie auf der Tanzfläche voreinander. Aaron umfasste ihre Taille, und sofort fühlte Lysbeth sich so grazil und anmutig, wie sie sich noch nie gefühlt hatte. Sie legte ihre rechte Hand in seine linke, und augenblicklich hatte sie den Eindruck, rundum sicher gehalten zu sein. Sie bildete mit Aaron eine runde Einheit. Die Kapelle spielte fast nur Tangos. Lysbeth hatte mit Maximilian sehr gern getanzt. Aber damals war Tango noch nicht in Mode gewesen. Also schien es ihr, als wäre dieser Tanz derjenige, der sie am stärksten in die Rolle einer unbeholfenen Landpomeranze schlüpfen ließ. Aber dann, sie wusste nicht, wie ihr geschah, bewegte Aaron sie übers Parkett, dass ihr gar nichts anderes übrig blieb, als weich und schmiegsam zu werden.

Eine Verwandlung ging mit ihr vor. Seit ihrer Scheidung hatte Lysbeth sich mehr und mehr in eine Frau des Geistes verwandelt. Es war eine Wandlung gewesen, die ihr nicht einfach zugestoßen war, sondern sie hatte sie bewusst vorangetrieben. Ihre Sehnsucht nach Liebe, nach Hingabe und Anschmiegen hatte sie ins Reich der literarischen und theatralischen Romanzen verbannt. Das gab es im Leben wahrscheinlich sowieso nicht, und in ihrem eigenen Leben schon mal gar nicht.

Jetzt aber, da sie, von Aaron gehalten, auf jeden seiner Impulse mit einer Energie reagierte, von der sie gar nicht wusste, dass sie in ihr war, und auf dem Parkett dahinglitt, befand sie sich plötzlich mittendrin in einer Romanze. Die Tangos waren schmelzend, traurig, einschmeichelnd. Aarons Gesicht war dicht bei dem ihren, sie roch sein Rasierwasser, den Duft, der von seinem Hals ausging, wo seine Schlagader pochte.

Sie war nur Körper. Und Seele. Aarons und ihr Körper waren ein gemeinsamer Rhythmus, ein Klang, eine Harmonie. Viele Paare um sie herum verließen jeweils nach den Musikstücken die Tanzfläche, andere kamen hinzu, verließen sie wieder. Lysbeth und Aaron tanzten einen Tango nach dem andern, hingegeben an den Augenblick und aneinander.

Das Orchester machte eine Pause. Die Männer erhoben sich und verließen das kleine Podium. Aaron und Lysbeth blieben noch eine Weile auf der Tanzfläche stehen, als bräuchten sie Zeit, in die Wirklichkeit zurückzukehren.

Wieder am Tisch schwiegen sie. Um sie herum brandete ein Geräuschorkan auf. Als hätten alle nur darauf gewartet, den Raum mit der eigenen Stimme zu füllen, wo vorher die Musik im Vordergrund stand. Aaron und Lysbeth schwiegen. Sie ließen ihre Blicke durch den Raum schweifen. Sie tranken. Sie lächelten versonnen.

Da kamen die Musiker zurück. Lärmend stimmten sie ihre Instrumente. Sie trugen schwarze Anzüge, glänzende Schuhe und Pomade in den Haaren. Endlich erschien der Sänger, mit Frack und Fliege. Er stellte sich in der Mitte vor den Musikern hin und lächelte. Ein Lächeln, in dem die Bitte lag, geliebt zu werden.

Lysbeth gab unwillkürlich das Lächeln zurück. Sie konnte in der Seele dieses Mannes lesen. Sein Herz schmerzte, ohne dass er genau wusste, warum. Es tat einfach weh, weil er das Leben so intensiv spürte und weil er da oben ganz allein stand und seine Seele aufriss mit seinem Gesang, nur damit die Menschen unten auf der Tanzfläche ihre verstockten Herzen ein wenig mehr einander zuwenden konnten.

Aaron nahm ihre Hand, als wolle er sie daran erinnern, dass er da war. Und schon standen sie wieder auf der Tanzfläche. Ohne dass sie darüber nachdachte, schmiegte Lysbeth sich an ihn und ließ sich in seinen Armen durch den Raum bewegen, als überließe sie sich ganz und gar seinem Schutz. Und so war es wohl auch. Sie fühlte sich nicht mehr wie eine ältere Frau im Vergleich zu einem jungen Mann. Sie fühlte sich einfach nur wie eine Frau, die in den Armen des Mannes, den sie liebt, loslassen und entspannen konnte.

Sie tanzten, bis die Kapelle ihre Instrumente einpackte und nur noch wenige Paare auf der Tanzfläche übrig geblieben waren. Sie verließen das *Alkazar* als eines der allerletzten Paare. Wie selbstverständlich schlug Aaron den Weg Richtung Kippingstraße ein. Wie selbstverständlich nahm er Lysbeths Hand. Wie in einem Traum ging Lysbeth neben Aaron her, über sich einen sternklaren Himmel, der Mond ein verwaschenes Zitronenschnitz. Sie schwiegen. Als sie vor der Gartenpforte in der Kippingstraße angelangt waren, zog Aaron Lysbeth ganz leicht zu sich, als würden sie den Tanz fortsetzen. Er küsste sie auf den Mund, es war, als striche heißer Wind über sie. Lysbeth schloss die Augen und wünschte sich nichts sehnlicher, als dass er den Kuss wiederholen möge. Und er erfüllte diesen Wunsch nicht nur einmal. Lysbeths Knie wurden weich. Sie taumelte. Schnell öffnete sie die Augen und löste sich aus Aarons Umarmung. »Gute Nacht«, murmelte sie und öffnete die Gartenpforte. Aaron wartete, bis Lysbeth im Haus verschwunden war. Dann erst ging er fort.

In den nächsten Tagen war Lysbeth sehr nervös. Sie konnte nicht mehr zusammenhängend denken, schweifte ab, fing mit einem Gesprächsthema an und hörte mit einem anderen auf, und sie bekam von dem, was andere erzählten, nur noch die Hälfte mit.

Aaron blieb ein paar Tage fort. Als er wieder bei ihr aufkreuzte, entschuldigte er sich. Er habe viel arbeiten müssen. Über ihren Tanzabend sprachen sie kein Wort.

24

*L*ulu war ein ausgewachsener Leopard geworden, ein Jahr alt, so alt wie die Liebe zwischen Stella und Willy. Und etwas älter als der kleine Junge, der Stella vor einigen Wochen auf dem Markt aufgefallen war, weil er, obwohl von einer sehr schwarzen Mutter getragen, nur von milchkaffeebrauner Hautfarbe war. Vor allem aber fiel der Junge ihr auf, weil die Mutter, eine junge Kikuju, sie mit einem eigenartigen, neugierigen und leicht verächtlichen Ausdruck anschaute. Einen Moment lang krümmte Stella sich, was ihr aber erst auffiel, als eine Männerstimme besorgt in englischer Sprache fragte: »Stella, geht es Ihnen nicht gut?«

Stella richtete sich blitzschnell auf und wirbelte herum, als sie Anthony erblickte. Er öffnete die Arme, und sie stürzte hinein. Erst als sie sich von ihm umschlungen fühlte und seine glattrasierte Wange an der ihren lag, fiel ihr auf, dass es auf einem Markt in Daressalam ganz und gar unschicklich war, wie sie einander begrüßten, und auch, dass es überhaupt nicht dem entsprach, wie sie ansonsten miteinander umgingen.

Das schien auch Anthony aufgefallen zu sein, denn er ließ erschrocken die Arme sinken und sprang fast einen halben Meter zurück. Betreten schaute er Stella an und versuchte sich an den üblichen Begrüßungsfloskeln. Stella lachte auf und hakte ihn unter. »Kommen Sie, Anthony, lassen Sie uns gemeinsam über den Markt schlendern. Weshalb sind Sie hier? Ich brauche eine neue Decke für meine Lulu. Die alte hat sie schon ganz zerfetzt. Man könnte meinen, Lulu hat ihre Decke zu ihrem Spielkameraden erklärt, seit Sie sich dieser Aufgabe verweigern.«

Anthony, der immer begeistert mit der kleinen Leopardin gespielt hatte, hatte sich in der letzten Zeit zurückgehalten, wenn er dem Tier begegnete, das nun nicht mehr aussah wie ein Kuschelkätzchen, sondern wirklich wie eine Raubkatze.

Die Befangenheit zwischen Stella und Anthony verflüchtigte sich schnell. Lachend schlenderten sie durch die bunte Vielfalt der angebotenen Waren. Da begegnete ihnen abermals die junge Frau mit dem hellen Kind. Sie trug die bunte Kleidung der Frauen, das Kind in einem Tuch mit dem gleichen Muster vor ihrer Brust. Das Baby blickte mit einem neugierigen Ausdruck in die Welt. Es ist irgendwie auffällig, dachte Stella irritiert. Ich weiß nicht wieso. Auch Anthonys Blick hing länger als gewöhnlich an dem Kind.

Während des vergangenen Jahres hatte Stella viele Seiten ihrer Persönlichkeit wiedergefunden, die sie verloren geglaubt hatte. Dazu gehörte auch ihre unbefangene Offenheit im Umgang mit Menschen. Die Schwarzen hatten es ihr leicht gemacht, die vorsichtige konventionelle Art im Kontakt, die Jonny praktizierte und deren Regeln viele deutsche und englische Frauen in der Kolonie in Daressalam peinlich einhielten, während des größten Teils des Tages einfach über Bord zu werfen.

Dabei unterstützten sie Victoria und ihr Mann Victor, der sich, ebenso wie seine Frau, sehr um freundschaftlichen Kontakt zu Stella bemühte. Beide behaupteten, ebenso wie Heather und Jim Walker, dass

Menschen, die längere Zeit in Afrika gelebt hatten, jeden überflüssigen konventionellen Ballast einfach abgeworfen hätten, vorausgesetzt, sie hätten mit Schwarzen zu tun gehabt. Diese nämlich fänden konventionelles Gehabe höchst lächerlich.

Jonny wusste nicht, dass sich Stellas Freundschaft mit Victoria auf deren Mann ausgedehnt hatte. Und das war auch besser so, denn er hätte es ihr sehr verübelt, freundschaftlich mit einem der einflussreichsten afrikanischen Geschäftsleute zu verkehren, der zu Jonny mehr als reserviert war. Zu Stellas Gesundung hatte natürlich Willys zärtliche Zuwendung beigetragen. Umso schärfer schmerzte es sie zu sehen, wie Willy über seine Seele ein dunkles Tuch legte, sobald Jonny den Boden unter Willys Füßen durch sein Herannahen zum Vibrieren brachte.

Wenn Stella es also irgendwie verantworten konnte, verhielt sie sich auf die Weise, die ihr zu eigen war und die sie an anderen Menschen liebte. Sie war echt und ehrlich. Als sie also Anthonys nachdenklichen Blick auf das helle Baby auffing, zögerte sie nur kurz, bevor sie fragte: »Halten Sie es für möglich, dass mein Mann hier in Afrika Bastarde hinterlässt?« Ihre Stimme hatte wohl kalt und abschätzig geklungen. Vielleicht war es aber auch das Wort Bastard, das Anthony hatte zusammenzucken lassen und über seine Augen einen leichten Schleier der Distanz legte.

»Stella«, begann er, während er sie sanft, aber eindeutig aus dem Umkreis des hellen Babys fortzog. »Ich bin in Kenia geboren. Vor fünfundzwanzig Jahren. Damals besaßen meine Eltern dort eine große Kaffeefarm. Es gab immer weiße Männer, Deutsche, Engländer, das ist ganz egal, für die Schwarze keine Menschen sind und schwarze Frauen erst recht nicht.«

Nein, dachte Stella bitter, für die Neger wie Tische sind, auf denen man etwas abstellt. Und Frauen wie Geräte, die man benutzt. Mehrzweckgeräte.

»Es gibt viele Babys hier, die von hellerer Hautfarbe sind als ihre Mütter«, fuhr Anthony fort. Stellas Verwunderung wuchs. Hatte da so etwas wie Traurigkeit in seiner Stimme gelegen? »Das fällt nicht weiter auf«, bemerkte er, nun wieder mit der üblichen leichten Ironie in der Stimme und dem Schalk in den Augen. »Es gibt hier so ein Völkergemisch, und in Kenia ist das nicht anders. Somali, Kikuyus, Massai, Inder,

Araber, alle von unterschiedlicher Hautfarbe, da fällt ein helleres Baby nicht auf.« Ernst fuhr er fort: »Das Problem liegt ganz woanders. Die Mädchen bedeuten einen großen Wert für die Eltern. Sogar die armen Massai haben einiges an Tieren gezahlt, wenn sie ein Kikuyu-Mädchen heiraten wollten. Wenn das Mädchen jetzt aber schon das hat, was Sie einen Bastard nennen, ist es kaum noch etwas wert.«

Sie schlenderten über den Gemüsemarkt, wo ein prächtiges buntes Angebot auslag. Während Anthony über die Probleme farbiger Frauen sprach, die von Europäern geschwängert worden waren, leuchteten seine blauen Augen, begeistert über die Farbenpracht der Auslagen.

Nach dem Marktbesuch saßen sie im schattigen Innenhof des Hauses, das für Stella schon ein richtiges Zuhause geworden war. »Ich fühle mich in Daressalam so wohl«, gestand sie ihrem Gast, »ich kann mir gar nicht vorstellen, jemals wieder bei Hamburger Nieselwetter unterm Regenschirm durch die Straßen zu hasten.«

In Anthonys Augenwinkeln zeigte sich ein Lächeln. »Hamburger Nieselwetter ist nichts gegen Londoner Nieselwetter«, beteuerte er. »Was soll ich sagen, liebe Stella!? Ich bin nicht einmal in diesem Nieselwetter geboren und aufgewachsen, ich bin dorthin erst gekommen, als ich dreizehn war. Für mich ist Londoner Nieselwetter gleichbedeutend mit Heimweh, völliger Einsamkeit unter Menschen, die mir fremder waren als jeder Schwarze hier in diesem Land.«

»Aber jetzt wollen Sie auch nicht ganz wieder nach Afrika zurück«, warf Stella ein, und es klang wie ein Vorwurf.

»Eigentlich wollte ich nicht zurück«, lachte Anthony. »Doch nun gibt es auch noch Sie hier, und das ist natürlich das absolute Highlight dieses Landes.«

Stella schlug ihm spielerisch auf die Hand, er ergriff sie und führte sie zum Mund. Einen Moment lang trafen sich ihre Augen, und Stella erschrak. Ein kleiner Blitz flitzte zwischen ihnen hin und her und schoss durch ihren Körper, bis er in der Erde versank. Da war es auch schon vorbei, und sie entzog ihm lächelnd ihre Hand.

»Was macht Ihr Roman?«, fragte sie. »Gibt es eigentlich eine Story, oder erzählen Sie nur Ihre Kindheit?«

»Meine Kindheit ist eine Story«, lachte er, beteuerte dann aber, das Ganze sei zu uninteressant, um darüber ein weiteres Wort zu verlieren. Stattdessen sollten sie sich lieber ihrer Jane-Austen-Lektüre zuwenden, die sie in der letzten Zeit sträflich vernachlässigt hätten, und es sei ja auch gar nicht mehr nötig, um Stellas Englischkenntnisse zu verbessern, da sie schon völlig geläufig mit seiner Muttersprache umgehe. Stella freute sich. Über das Kompliment. Über die gemeinsame Lektüre. Über die Freundschaft mit diesem wundervollen Menschen.

Als Anthony sich verabschiedete, griff er wieder nach ihrer Hand und führte sie zum Mund. Doch diesmal war es, als wären beide gewappnet. Kein Blitz, kein beschleunigter Herzschlag, nichts als Freundschaft und satte Freude über den gemeinsam verbrachten Tag.

Drei Tage später brach Jonny nach Sansibar auf, wo er für das Handelshaus Woermann Geschäfte tätigen wollte. Diesmal hatte Stella von vornherein keinen Zweifel daran aufkommen lassen, dass sie nicht mitzukommen beabsichtigte, ebenso wenig aber Daressalam und ihr Haus verlassen wollte, um sich woanders aufzuhalten. Jonny hatte sie darin bestätigt, ihn nicht zu begleiten, da sie sich seiner Meinung nach nur langweilen würde. Das wusste Stella natürlich besser, aber sobald Jonny auch nur zwei Tage fort war, genoss sie die Zeit ohne ihn sehr. Natürlich wegen ihres ungestörten Zusammenseins mit Willy, aber auch, weil sie sich, wenn Jonny bei ihr war, seiner harten, verschlossenen Art so sehr anpasste, dass sie, ohne dass es ihr richtig auffiel, selbst verhärtete und sich verschloss. Wenn er weg war und sie sich Willy wieder ganz langsam öffnete, musste sie meistens nach ein, zwei Tagen schrecklich weinen. Dabei fiel ihr auf, wie hart es in ihr geworden war, wie sie sich fast abgetötet hatte. Ja, sie hatte sich gegen Jonny nahezu unverletzbar gemacht. Dass sie dabei den weichen, verletzlichen Teil ihrer Seele aus ihrem Leben verbannte, merkte sie immer erst, wenn dieser Teil wieder auflebte.

Einen Tag bevor Jonny abfuhr, träumte Stella von ihrer Leopardin.

In diesem Traum war Lulu todkrank und entsetzlich verloren. Stella wollte ihr einen Platz zum Sterben suchen, wo sie sich geborgen fühlen konnte. Plötzlich sprach Lulu mit ihr, in einer menschlichen Sprache, die nur Stella verstand. Stella fragte sie, wo sie sterben wollte, allein oder nah bei ihr. »Nah bei dir«, sagte Lulu. Also suchte Stella ein Bett. Sie entschied sich für das ihrer Schwester Lysbeth. Doch als sie in deren Raum kam, lag bereits Jonny auf dem Bett und rauchte gleichzeitig eine Zigarette und eine Zigarre. Sie fuhr ihn zornig an, wieso er in Lysbeths

Bett wagte zu rauchen. Er drückte die Glimmstängel aus. Stella verließ mit Lulu den Raum.

Als sie am Morgen aufwachte, war sie erschrocken über Lulus zarten und zerbrechlichen Zustand. Sie hatte Angst um die Leopardin. Und sie schmunzelte zugleich über den Traum, der so deutlich zeigte, dass Jonny mit mehreren Feuern zugleich spielte. Aber tat sie das nicht auch?

Und der Verweis auf Lysbeths Bett kam ihr vor wie ein Fingerzeig: Dieser Traum ist von Bedeutung. Deine Schwester könnte dir sagen, was Lulus Tod bedeutet.

Zwei Tage später hatte sie den Traum wieder vergessen. Jonny war fort, und sie war wie besessen davon, in Willys Armen zu liegen, von seinen vollen heißen Lippen geküsst, von seiner Sanftheit getröstet, von seinem Feuer entzündet zu werden. Willys Körper war so glatt, er roch nach Pferd und Stroh und irgendetwas, das Stella schier verrückt machte. Kaum war Jonny ein paar Tage fort, sagte Stella zu Willy in einem strengen Ton, der jedem Lauscher standhielt: »Bereite die Pferde und die Ausrüstung und Proviant vor, ich will morgen zu einer kleinen Safari am Strand entlang Richtung Kenia aufbrechen.«

Der Strand war wundervoll. Er erstreckte sich endlos bis nach Kenia, aber Stella war noch nie länger als einen Tag dort entlanggeritten. Nun wollte sie das tun, worauf sie schon lange Lust hatte. Sie wollte mit Willy eine Liebesreise unternehmen. Am Strand reiten. Im Meer schwimmen. Nachts am Strand kampieren. Und Liebe machen. Im Wasser. Im Zelt. Am Strand. Wo immer sie Lust hatten. Das ersehnte sie.

Willy nahm ihren Befehl mit ungerührtem Gesicht entgegen. Ebenso gleichmütig machte er sich daran, ihn auszuführen.

Am nächsten Tag ritten sie los. Stella entschied sich, Lulu mitzunehmen, die eine kindliche Freude daran hatte, hinter den Pferden herzurennen. Auch die Pferde hatten sich vollkommen an die kleine Leopardin gewöhnt, obwohl der Geruch einer Wildkatze sie normalerweise in Alarmbereitschaft versetzte. Stella hatte keinerlei Angst, dass Lulu ihr fortlaufen und sich für ein Leben in Freiheit entscheiden könnte. Lulu liebte sie und verhielt sich nicht einmal wie eine Hauskatze, sondern wie ein Hund, treu und von opferbereitester Liebe.

Es wurden die schönsten Tage, die Stella jemals erlebt hatte. Sie ritten in den frühen Morgenstunden in den Sonnenaufgang. Bis es zu heiß wurde und sie sich unter den Palmen niederließen, im Schatten und vom Wind gekühlt. Dort aßen und tranken sie, dösten, glitten mit den Händen über die nackte Haut des andern, beide immer wieder aufs Neue entzückt. Sie wurden nie satt aneinander, und dennoch gab es immer wieder Momente, in denen Stella meinte, ein von Glück und Zufriedenheit bis zum Rand gefülltes Gefäß zu sein. Doch ihre Gier auf Willys Nähe, ihre Lust auf seinen Körper, ihre Sehnsucht, ihn in sich zu spüren, bis sich ihre Grenzen auflösten und sie mit ihm verschmolz, eins wurde, schwarz und weiß gleichgültig wurden, all das erlosch nie.

Schon seit einiger Zeit hatte Stella keinen großen Wert mehr darauf gelegt, ihre Haare schwarz zu färben, und immer stärker kamen ihre Locken wieder zum Vorschein. Jetzt aber in diesen Tagen, die sich zu einer Woche ausdehnten und in denen Stella immer wieder ins Meer sprang, mit Willy tobte, untertauchte und ihm davonschwamm, was ihm einen Heidenrespekt einjagte, da er nicht schwimmen konnte, verschwand die schwarze Farbe aus ihren Haaren. Ganz allmählich wurde sie wieder die Frau, die sie einmal gewesen war: Eine Frau mit tizianroten Locken und strahlend blauen Veilchenaugen. Willy verfolgte ihre Verwandlung, als würde sich ein Weib in eine Göttin verwandeln. Manchmal, wenn sie geschlafen hatte und die Augen öffnete, blickte sie in seine schwarzen Augen, die fast ehrfürchtig auf ihr ruhten. »Du kannst zaubern«, sagte er. Und Stella wusste, dass er das nicht in der Weise meinte, wie Männer es ihr viele Male gesagt hatten, wenn sie ihnen Lust bereitet hatte, wenn sie sich glücklich gefühlt hatten mit ihr.

Willy wusste, dass Menschen zaubern konnten. Er wusste auch, dass schwarze Zauberinnen gefährlich waren, denn sie konnten einen Mann seiner Kraft berauben und ihn verhexen und besessen von sich machen. Er wusste aber auch, dass es Zauberinnen gab, die einen gesund machen und die das Böse abwenden konnten. Stellas Kunst war, sich für ihn zu verwandeln. Vielleicht, so meinte er nachdenklich, während er mit seinen schönen Fingern zärtlich durch ihre Locken fuhr, waren deutsche Zauberinnen in der Lage, ihre Haarfarben zu wechseln.

Auch ihre Hautfarbe veränderte sich in dieser Woche. Obwohl Stella alles tat, um nicht zu stark der Sonnenbestrahlung ausgesetzt zu sein, obwohl sie einen Hut trug und lange Hosen, wurde ihr ganzer Körper braun, weil sie nackt ins Wasser ging. »Du siehst aus wie eine Löwin«, sagte Willy staunend. »Du bist die schönste Löwin Afrikas.«

Jeden Abend gab es diesen Augenblick, da sich der Sternenhimmel wie ein Tuch über sie warf. Willy und Stella saßen Arm in Arm vor ihrem Zelt, die Erde durch ein flackerndes Feuer erleuchtet, der Himmel voller Licht. Nacht für Nacht kam Stella sich vor, als wäre sie in der Kirche.

»Ich heirate dich«, sagte sie auf Deutsch, und Willy lächelte, als würde er sie verstehen. »Ich heirate dich jede Nacht wieder«, murmelte sie, an seine Brust gelehnt, von seinen Armen umfasst. Und so fühlte sie es. Der Moment war erhabener und inniger, als es auch nur eine Sekunde lang in der Kirche gewesen war, als Jonny und sie geheiratet hatten. »Ich wusste auch gar nicht, dass es so sein kann … so …« Sie lachte verlegen auf. »So als würde Gott uns segnen.«

Willy schwieg. Sein Atem ging ruhig auf und ab. Sein Körper umhüllte Stella mit seiner Wärme. Wenn er ein Deutscher gewesen wäre, wäre Stella jetzt unruhig geworden, weil sie nicht gewusst hätte, ob er sie insgeheim verspottete oder an etwas anderes dachte oder ihr gar nicht zugehört hatte. Bei Willy war das anders. Sie wusste mittlerweile, dass die Pause eine wichtige Ausdrucksform der Schwarzen war, die Willy perfekt beherrschte. Sie spürte deutlich, wie anwesend er war, es war, als würde sie die Sprache der Pause vernehmen. Er sagte ihr damit, dass es sehr wichtig war, was sie ihm offenbart hatte, dass er es tief in sich hineinließ und dass er darauf wartete, bis die richtigen Worte, die, die sie beantworten würden, in seinen Mund kämen, bevor er sie dann in aller Betonung ausdrücken würde.

»Gott segnet uns«, sagte er schlicht. »Auch wenn dein Gott für Liebende nicht viel übrighat, denn eure Maria hat von ihm ein Kind bekommen, ohne dass er sie mit seinem Schwanz gestreichelt und gefüllt hat. Er hat es nicht für nötig gehalten, sie zum Stöhnen und Schreien zu bringen. Sie hat nicht gefleht, er soll weitermachen, sie hat ihm nicht ihren Hintern hingehalten. Nichts. Er hat ihr einfach nur ein Kind gemacht. Weiß der Geier, wie er es angestellt hat. Aber sie ist wirklich nicht gut dabei weggekommen.«

Stella kicherte. Es war zu komisch, wenn Willy »weiß der Geier« sagte, ein Ausdruck, den er von Jonny übernommen hatte.

»Komm«, raunte sie, öffnete die Knöpfe ihrer Bluse und legte seine

Hände auf ihre Brüste. Sie liebte es, seine großen schwarzen Hände auf ihren Brüsten zu sehen; der Anblick erregte sie. »Komm«, sagte sie heiser vor Lust. »Ich werde meine Beine breit machen, dir meinen Hintern hinhalten, werde stöhnen und flehen, du sollst weitermachen. Komm.« Sie zog ihn ins Zelt, wo sie ein Moskitonetz aufgespannt hatten.

Lulu schlief bei ihnen im Zelt, weil sie Angst hatte, nachts draußen allein. Sie legte den Kopf zwischen die Pfoten und rührte sich nicht, welche Schreie Stella auch unter dem Moskitonetz ausstieß, dabei war Lulu ansonsten übersensibel für alles, was Stella betraf.

Nach einer Woche kehrten sie zurück.

Stella war braun gebrannt, mit einer roten wilden Lockenmähne. Sie war satt, und sie strahlte, als brenne in ihr ein Licht. Jeder, wirklich jeder, der ihr begegnete, ohne jede Ausnahme, war einen Augenblick von ihrem Strahlen bestürzt. Nach dieser ersten Sekunde reagierten die Menschen unterschiedlich. Manche sagten ihr, wie sehr sie sich verändert habe, wie schön sie sei, wie gut ihr die neue Haarfarbe stehe. Manche aber reagierten indigniert, wurden betont kühl, gingen auf Abstand, als wollten sie sich vor einer gefährlichen Krankheit schützen.

So vergingen weitere Tage. Jonny hatte beabsichtigt, einen Monat lang in Sansibar zu bleiben. Afrikanische Mühlen mahlten langsam, und jeder wusste, dass er viel Zeit mitbringen musste, wenn er in Afrika gute Handelsabschlüsse tätigen wollte.

Jede Nacht schlich Stella zu Willy in den Stall. Das schien ihr sicherer, als wenn er zu ihr ins Haus kam. Im Haus waren so viele Augen, im Stall fühlte sie sich von den Pferden beschützt. Lulu begleitete sie und schlief ebenso wie sie im Stall, bis der Morgen dämmerte. Allmorgendlich ritten sie dann aus, an den Strand, wo sie bei aufgehender Sonne wieder und wieder heirateten. Erst wenn sie dann zurückkam, nahm Stella ein Bad und frühstückte ausgiebig. In der Mittagszeit schlief sie lange, am späten Nachmittag besuchte sie Bekannte oder empfing selbst Gäste. Manchmal zogen sich diese Zusammenkünfte bis in den späten Abend und sogar bis in die Nacht hin. Stella ging für alles Personal erkennbar ins Bett. Sie wartete eine halbe Stunde, bevor sie aus dem Fenster stieg. Lulu sprang lautlos hinterher.

Manche Nacht schlief Willy schon. Dann schlüpfte Stella nur unter seine Decke in seine Arme, die sich sofort um sie schlossen, über ihre Brüste, ihre Schenkel oder über ihren Rücken, auf ihren Hintern legten, und kurz darauf schlief auch sie. Wenn sie nachts einmal aufwachte, orientierte sie sich schnell, roch die Pferde und Willys Körper, von dem sie irgendwie weggerutscht war. Sie schmiegte sich wieder an ihn und schlief weiter.

Auch in dieser Nacht war sie so eingeschlafen, doch als sie aufwachte, roch nichts wie immer. Alles roch nach Gefahr. Sie tastete nach Willy. Er saß aufrecht und lauschte. »Was ist los?«, fragte sie alarmiert. Willy regte sich nicht. Wie eine Statue saß er im Dämmerlicht der durch einen fast vollen Mond erleuchteten Nacht.

Stella war jetzt hellwach. Jede Faser ihres Körpers zitterte in nervöser Anspannung. Lulu, die zu ihren Füßen gelegen hatte wie immer, hockte ebenso regungslos und aufmerksam lauschend wie Willy. Stella meinte spüren zu können, dass sogar die Pferde ebenso Gefahr witterten wie Willy und Lulu. Doch was war es? Hatte sich ein Löwe nach Daressalam verirrt? Brach eine Elefantenherde in die Stadt? Oder raschelte irgendwo eine Schlange?

Sie versuchte, ebenso zu lauschen wie Willy und Lulu. Sie hörte nichts als die üblichen Geräusche der Nacht.

Willy wandte sich Stella zu. Seine Augen waren wie in klarem Wasser schwimmende schwarze Kieselsteine. Er legte seine Hand auf ihre Wange und sah sie mit einem Blick an, der Stella in seiner traurigen Tiefe Angst machte. »Du musst jetzt ins Haus gehen«, sagte er sanft. »Nimm Lulu mit.«

»Was ist los, Liebster?« Stella wollte sich an ihn drängen, aber er schob sie fort. »Geh ins Haus«, wiederholte er, diesmal in einem Ton, den sie noch nie von ihm gehört hatte. Es war ein Ton, der keinen Widerspruch duldete. Ein Ton, den man ausstößt, wenn man vor einem angreifenden Raubtier warnt.

Stella erhob sich. Sie warf das dunkle Tuch um sich, das sie benutzte, um sich draußen in der Nacht so unsichtbar wie möglich zu machen. Auch Willy war aufgestanden. Er schlüpfte in die Hose, die er beim Reiten trug. In Stella kroch eine widerliche Angst hoch. Sie konnte kaum sprechen. »Willst du reiten?«, fragte sie mit einer unnatürlich hohen Stimme.

Willy schob sie zur Antwort fort. »Geh ins Haus«, befahl er. Er gab ein schnalzendes Geräusch von sich, mit dem er Lulu zu dirigieren pflegte. Sie hatte gespitzte Ohren und verfolgte jede seiner Bewegungen mit vollkommener Aufmerksamkeit.

Da hörte auch Stella etwas. Es war das Motorgeräusch eines sich nähernden Autos. »Geh jetzt«, stieß Willy aus.

»Nein!« Es war, als hätte die alte widerspenstige Stella plötzlich einen Ton von sich gegeben. Willy ging, völlig ungerührt durch ihr Nein, zu den Ställen und führte den Hengst heraus. In diesem Augenblick wusste Stella, was passieren würde. In diesem Auto saß Jonny, und er würde Willy töten. Ohne eine weitere Sekunde zu vergeuden, verließ sie den Stall und ging zur Auffahrt, um dort zu warten.

Da bog auch schon der schwarze Wagen um die Kurve und ging quietschend in die Bremsen. Jonny sprang aus dem Auto, ein Gewehr in der Hand. Sein Gesicht war gerötet. Seine Haare lagen verschwitzt an seinem Schädel. Wie hässlich er ist!, schoss es durch Stellas Kopf. Wie konnte ich ihn jemals attraktiv finden? Vollkommen absurde Gedanken in diesem Augenblick, dennoch schienen sie irgendwie von Bedeutung.

»Jonny«, sagte sie herzlich und ging mit ausgebreiteten Armen auf ihn zu. Er stieß sie beiseite. Doch sie ließ sich nicht beirren. »Was für eine Überraschung«, flötete sie, »Ich hatte noch gar nicht mit dir gerechnet.«

»Nutte! Negernutte!«, stieß er verächtlich aus. Er packte sie an den Schultern und schüttelte sie, dass ihr Kopf hin und her flog. »Wo ist er?«, zischte er. »Sag mir sofort, wo dein Galan ist?« In diesem Augenblick erhielt er einen heftigen Stoß zur Seite. Er taumelte, gab einen erschrockenen Laut von sich und ließ Stella los. Auch sie war völlig überrascht. Da riss Jonny sein Gewehr hoch und drückte ab.

Stella schrie auf. Jetzt erst begriff sie, wer Jonny gestoßen hatte. Auf dem Boden lag Lulu. Sie winselte leise. Aus ihrem Mund strömte Blut. »Nein!«, schrie Stella und warf sich über ihre Leopardin.

Da hörte sie Pferdegetrappel. Jonny raste in die Richtung, aus der das Geräusch kam.

Stella, die weinend über Lulus regungslosem Körper lag, hörte einen Schuss und dann noch einen.

»Nein!«, schrie sie wieder auf. »Nein!«

Um sie herum wurde es schwarz.

Als sie aufwachte, blickte sie in sanfte schwarze Augen. Willy, dachte sie glücklich und schlief wieder ein. Als sie abermals aufwachte, blickte sie wieder in diese Augen. Aber diesmal wusste sie sofort, dass es nicht Willy war. »Mbeti«, flüsterte sie. »Was ist geschehen?«

Mbetis Märchenaugen füllten sich mit Tränen. Sie sagte kein Wort. Da kehrten langsam alle Erinnerungen in Stella zurück. Und sie brauchte Mbetis Antwort nicht mehr. »Nein«, sagte sie leise. »Nein.«

Sie wagte nicht zu fragen, ob Willy tot war. Ob Lulu tot war. In ihrer Brust tobte ein Steppenbrand. Da vernahm sie Stiefelschritte auf den Fliesen. Jonnys knarzende Stimme, die befahl, ihn mit seiner Frau allein zu lassen.

Still verließ Mbeti den Raum.

Stella befahl sich, ihren Kopf, der voll war von Watte und Nebel und schrecklichen Bildern und entsetzlicher Müdigkeit, frei zu bekommen, damit sie diesem Ungeheuer, mit dem sie verheiratet war, die brennend wichtigen Fragen stellen konnte. Es gab nur zwei wichtige Fragen. Die eine betraf Lulu, die andere Willy.

Aber sie musste keine Frage stellen. Jonny gab die Antworten von allein.

Er setzte sich auf den Stuhl, auf dem vorher Mbeti gesessen hatte, schlug die Beine übereinander, zupfte die Bügelfalte seiner Hose gerade und räusperte sich. Stella starrte ihn an. In ihr schrie alles danach, diesen Mann, der da so geschniegelt neben ihrem Bett saß und eine Miene machte, als wolle er gleich mit ihr übers Wetter sprechen, auf die gemeinste Weise zu töten, die ihr nur einfiel. Sie brachte keinen Ton heraus.

»Ja, meine Liebe«, begann Jonny in öligem Ton, »das ist ja nun eine sehr unangenehme Angelegenheit gewesen. Glücklicherweise hat es in Daressalam noch keine Wellen geschlagen, dass meine Frau ein Negerliebchen ist.«

»Was ist mit Willy?«, krächzte Stella. »Was ist mit Lulu?«

Jonny hob indigniert die Brauen. »Wie du dich jetzt noch um solche Nebensächlichkeiten bekümmern kannst, wundert mich. Nun, ich will dir antworten: Der Leopard wird ein gutes Fell abgeben. Es hängt schon zum Trocknen.«

Stella wurde übel. Sie richtete sich auf. »Mbeti«, röchelte sie. »Ich muss kotzen.«

Jonny wiederholte ihren Ruf in lauter Schärfe. Mbeti erschien im Nu mit einer Schüssel. Doch Stella würgte nur. Aus ihrem Magen kam nichts heraus.

Es kostete Stella mehr Kraft, als sie glaubte, zur Verfügung zu haben, mit der Frage nach Willy zu warten, bis Mbeti aus dem Zimmer war. Sobald sich die Tür hinter Mbeti geschlossen hatte, keuchte sie: »Willy? Was ist mit ihm?«

Jonny fingerte umständlich eine Schachtel Zigaretten aus seiner Brusttasche, suchte nach Streichhölzern, bis er welche auf Stellas Tischchen gefunden hatte, zündete sich die Zigarette an, als gelte es, ein Kunstwerk zu vollbringen, inhalierte tief und blies nachdenkliche Kringel. Auf Stellas Haut und in ihrem ganzen Körper schienen Ameisen eine Höhle zu bauen. Sie hätte einen Veitstanz aufführen können. Aber sie verflocht ihre Hände ineinander und betete, Jonny irgendwann einmal alles zurückzahlen zu können. Als er noch länger mit der Antwort wartete, malte sie sich aus, wie sie ihn quälen könnte, bevor er starb. Sie könnte seiner Mutter erzählen, dass er homosexuelle Neigungen hätte. Obwohl, korrigierte sie sich in Gedanken, Edith würde ihr wahrscheinlich nicht einmal glauben, wenn sie ihr erzählte, dass er hinter kleinen Mädchen her war. Die junge Farbige, die Stella so seltsam angeschaut hatte, war höchstens fünfzehn gewesen, wenn nicht jünger.

»Nun, meine Liebe«, sagte Jonny bedächtig, »ob mir bald der Skalp deines Negers gebracht wird oder ob er sich in irgendeine Hütte geschleppt hat, wo ihn deine Nachfolgerin gesund pflegt, kann ich dir nicht sagen.« Er warf ihr unter gesenkten Lidern einen Blick zu, unter dem Stella grauste. »Auf jeden Fall habe ich ihn nicht verfehlt. Die Blutspur war nicht von schlechten Eltern.« Stella unterdrückte mit aller Selbstbeherrschung jede Regung. Sie würde jetzt weder weinen noch seufzen noch ihn anflehen, er möge ihr sagen, in welche Richtung die Blutspur führte. Sie blickte ihm gerade in die Augen und dachte: Schwein! Du kriegst mich nicht klein!

Er blickte unter gesenkten Lidern zurück und schürzte die Lippen. »Du bist ihn los, meine Liebe, darauf kannst du Gift nehmen.«

Stella überlegte, ob sie noch einmal wegen der Kotzschüssel nach Mbeti rufen sollte. Aber ihr war klar, dass das nichts als Theater wäre, um etwas zwischen Jonny und sie zu schieben. Mbeti als Puffer? Nein, das wollte sie dem Mädchen nicht antun. Ihr Gehirn ratterte wie ein Maschinengewehr. Was konnte sie tun? Willys Mutter kam ihr in den Sinn. Sie wusste, dass sie irgendwo in der Nähe wohnte. Wahrscheinlich gar nicht weit entfernt, denn sie war es gewesen, die Willy gesagt hatte, dass ein Leopardenbaby Stella guttun würde.

Stella wurde zerrissen von der Sehnsucht nach Lulu. Von dem Schmerz, sie verloren zu haben. Lulu hatte sie beschützen wollen. Sie hatte alles geahnt. Ebenso wie Willy hatte sie die Gefahr gewittert. Ebenso wie Willy hatte sie alles gewusst. In Stellas Brust floss heißes Pech. Sie hielt es nicht aus. Sie wollte, dass es aufhörte. Sie wollte aus ihrem Körper heraus. Es war wie Folter. Es tat so entsetzlich weh. Seltsamerweise schmerzte Lulus Tod am meisten. Der Verlust Lulus, die sich für Stella gegen Jonny geworfen hatte, schien Stella wie eine Verdunkelung ihres Lebens von nun bis immer.

»Stella, ich will, dass du so bald wie möglich abfährst«, sagte Jonny da kühl in ihre Gedanken hinein.

Wie bitte? Stellas Kopf fuhr in Jonnys Richtung. Abfahren? Das konnte er nicht ernst meinen. Afrika war ihre Heimat geworden. Ihre Liebe. Ihre Sehnsucht. Wenn sie dieses Land verlassen müsste, würde ihr das Herz herausgerissen werden. So grausam konnte niemand sein.

»Ich habe mir alles genau überlegt«, fuhr Jonny fort, der anscheinend gar nicht gemerkt hatte, was er mit seinem Satz angerichtet hatte. »Ich will mich nicht scheiden lassen. Ich will aber auch nicht zum Gespött der Leute werden. Du wirst mit dem nächsten Schiff abdampfen.« Er kicherte. »Abdampfern.« Es war eine Vorliebe von ihm geworden, mit Worten zu spielen. Er fand das furchtbar komisch.

»Du bist nicht stabil genug, um hier in Afrika zu leben«, sagte er wie ein Vater. »Du lässt dich zu sehr verführen. Und ich kann nicht immer auf dich aufpassen. Ich muss viel unterwegs sein. Du bist besser in Hamburg aufgehoben.«

Und du?, schrie es in Stella. Du darfst entscheiden, was stabil ist und was nicht? Sie wusste, dass sie keine Chance hatte. Jonny konnte sie in diesem Moment aus dem Haus jagen, und die europäische Gesellschaft in Daressalam würde sie ächten, sobald auch nur eine Andeutung fiele über ihr Verhältnis mit einem Schwarzen. Sie würde verhungern. Das hinter Jonnys Rücken gesparte Geld würde höchstens für die Rückreise reichen. Sie hatte keine Chance. Sie musste sich allem beugen, was Jonny befahl.

Alles in ihr bäumte sich gegen diese Ohnmacht auf. Ihr Mund war trocken wie afrikanischer Boden vor der Regenzeit. Ihr Gehirn raste sämtliche Windungen entlang auf der Suche nach irgendeinem Ausweg. Doch was konnte ein Ausweg sein?

Worauf kam es ihr hier jetzt noch an? Sie musste unbedingt herausfinden, wo Willy war, und sie musste dafür sorgen, dass er ärztlich versorgt wurde. Aber sie wusste auch, dass die Kikuyus ihre eigenen Heiler hatten. Und sie wusste auch, dass es in Afrika nahezu unmöglich war, einen Menschen zu finden, der nicht gefunden werden wollte.

Auch in Afrika gibt es eine Gerichtsbarkeit, dachte sie plötzlich. Sie fixierte Jonny scharf. Einfach so einen Schwarzen zu erschießen, das war hier nicht erlaubt. Hatte er vielleicht sogar Angst?

Nein, er zeigte keine Anzeichen von Angst, wie er da saß, geschniegelt und arrogant. Die einzige Angst, die er hatte, war die, in seinem Besitz und seinem Ruf irgendwie geschädigt zu werden. Und Stella hatte seinen Ruf geschädigt. Und Stella gehörte zu seinem Besitz.

Aber irgendetwas war da noch, außer dass Jonny einen Leoparden getötet und den Liebhaber seiner Frau verjagt, verletzt und vielleicht erschossen hatte. Stella spürte es, sie witterte es wie ein Tier. Wenn die Situation nicht so schrecklich gewesen wäre, hätte die Stärke ihrer Intuition sie sogar mit Heiterkeit erfüllt. Ihr Instinkt sagte ihr, dass es etwas gab, das Jonny nicht ganz so mächtig und sie selbst nicht ganz so ohnmächtig machte.

Er saß gar zu geschniegelt dort. Er war gar zu glatt. Er zeigte keine Wut, keine Erregung, kein Rachegelüste. Es ging ihm einzig und allein darum, dass Stella so schnell wie möglich fortgeschafft würde. Was war es, das sie nicht erfahren sollte?

Oh doch, dachte sie. Ich werde es rauskriegen, was immer es auch sein mag. Und ich werde mich an dir rächen.

Im Nu entwickelte sie einen Plan. Auch das instinktiv. Die alte Tante Lysbeth hatte gute Arbeit geleistet, als sie die damals schwangere vierzehnjährige Stella mit dem Schatz ihrer Intuition vertraut gemacht hatte. Sie lächelte Jonny unterwürfig an und erkundigte sich schmeichelnd: »Wann fährt das nächste Schiff nach Hamburg?«

»In einer Woche«, entgegnete er, und Stella bemerkte schadenfroh, dass er über ihre devote Haltung irritiert war. Er hatte offenbar mit Widerstand gerechnet. Ja, dachte sie, keine Sorge. Ich leiste Widerstand, aber anders, als du erwartest.

»Was für ein Jammer«, sagte sie. »Anthonys Eltern haben uns in drei Wochen zu einem Fest auf ihrer Farm eingeladen, und ich habe schon zugesagt. Kein Mensch wird verstehen, wenn ich nun fluchtartig Afrika verlasse.«

»Wir denken uns etwas aus«, sagte Jonny gelassen. »Deine Mutter könnte sterbenskrank geworden sein.«

»Nein«, sagte Stella hart. »Ich denke mir gar nichts aus, und schon gar nicht etwas Schreckliches über meine Familie. Dann schon eher über dich.« Jonny zuckte zusammen. Stella hätte sich auf die Zunge beißen mögen. Du wirst dich doch wohl zusammenreißen können, schalt sie sich. Du willst mindestens noch einen Monat lang hier bleiben, dafür wirst du doch wohl deine Gefühle zügeln können.

Aber Jonny antwortete unerwartet versöhnlich: »Meinetwegen fährst du einen Monat später. Dann ist auch schon Gras über die ganze Sache gewachsen. Ich will aber nicht, dass du in Daressalam bleibst. Vielleicht kannst du deinen englischen Freund bitten, ihn jetzt sofort zu besuchen, zum Abschied sozusagen.« Er verengte seine Augen zu Schlitzen und musterte Stella. »Hast du mit dem auch was? So wie der dich immer anschmachtet, würde mich das nicht wundern«, sagte er blasiert. In Stellas Wangen kroch Hitze. Gleich platze ich vor Wut, dachte sie. Ganz besonders und gegen ihren Willen ärgerte sie, dass es Jonny völlig egal zu sein schien, ob sie mit diesem oder jenem »etwas hatte«. Für ihn war sie »die Nutte«, die »läufige Hündin«, eine, die es mit jedem treibt. Für ihn kam offenbar gar nicht in Betracht, dass sie als seine Frau in ihrer Ehe so unerfüllt, so ungeliebt war, dass sie sich in einen anderen verliebt hatte, einen, der ihr all das entgegenbrachte, das sie in ihrer Ehe vermisst hatte. Tränen schossen in Stellas Augen. Ja, all das, was Willy ihr geschenkt hatte, war ihr in ihrer Ehe völlig unbekannt gewesen. Und wie sehr hatte sie nach viel weniger gelechzt. Wie verzweifelt hatte sie darum gerungen, Jonny so nah kommen zu können, dass sie ihn wirklich bei sich spürte.

Tränen stürzten über ihre Wangen. Es waren Tränen des Abschieds von Jonny. Nein, nicht von Jonny, von dem nahm sie hasserfüllten Herzens Abschied. Es waren Tränen, die ihre Liebe zu Jonny betrauerten.

»Ich habe dich geliebt«, brach es aus ihr heraus. »Ich habe dich so sehr geliebt wie keinen zuvor. Und ich habe nicht schnell aufgegeben. Immer weiter, auch hier noch habe ich um deine Zuwendung gekämpft. Jonny, warum hast du mich so allein gelassen?« Sie schluchzte auf. Tränen strömten aus ihren Augen.

Jonny stand auf. Er schob den Stuhl zurück. »Bitte doch jetzt keine Sentimentalitäten, meine Liebe.«, sagte er. »Zwischen uns ist wohl alles geklärt. Ich sorge dafür, dass du in einem Monat hier wegkommst. Bis dahin geh mir so weit wie möglich aus den Augen. Adieu.«

Er verließ den Raum, in dem Stella hemmungslos schluchzte. Es war ihr völlig egal, ob irgendjemand sie hören konnte. Diese Tränen waren ehrlich. Sie war erstaunt, dass es ihr überhaupt möglich war, jetzt zu fühlen, wie viel ihr Jonny einmal bedeutet hatte.

Es wäre zwar leichter gewesen, Jonny einfach nur zu hassen, aber dann hätte sie sich selbst auch hassen müssen. Denn sie war es gewesen, die Jonny gewollt hatte wie keinen Mann zuvor. Sie war es gewesen, die ihn verführt hatte. Für ihn Lieder gesungen. Für ihn getanzt. Für ihn kleine Geschenke gekauft. Für ihn in den Hüften gewiegt. Sie war es gewesen, die ihn gestreichelt hatte, seinen Schwanz geküsst, die sich nach seinen raren Liebkosungen verzehrt und um Komplimente gebettelt hatte. Ja, sie hatte diesen Mann geliebt. Und sie war seit mehr als fünf Jahren seine Frau. Sie weigerte sich mit der ganzen Kraft ihres Schmerzes, diese fünf Jahre zu vernichten. Vielleicht hatte sie sich in ihm geirrt. Ja, wahrscheinlich. Vielleicht war es auch so gewesen, dass er sie gar nicht erwählt hatte. Vielleicht hatte er sogar immer weiter Leni geliebt, und es war eindeutig klar, dass er zu Leni sehr viel besser gepasst hätte als zu ihr. Vielleicht hasste er sie sogar dafür, dass sie ihn mit ihrer Leidenschaft überwältigt hatte. Das war alles möglich. Aber sie, Stella, sie hatte ihn geliebt. Tief. Stark. Heiß. Und um diese Liebe trauerte sie jetzt. Der Schmerz fraß ein Loch in die Mitte ihrer Brust. Und in diesem Loch saß ein Ungeheuer, das sie selbst auffraß. Von innen.

Aber sie lief nicht fort. Sie flüchtete sich nicht in Hass, nicht in Verachtung, nicht in Leugnung. Sie hatte Jonny geliebt, und diese Liebe war gestorben. Nein, sie musste es sich eingestehen: Diese Liebe war noch nicht tot. Sie starb gerade. Obwohl Jonny sich, seit sie in Afrika waren, verhielt wie ein Mann der Sorte, die sie wirklich abstoßend fand, gab es in ihr immer noch diese unbeirrbare Liebe für ihn.

Stella schluchzte laut auf. Sie musste es vor sich selbst anerkennen: Ihre Liebe zu Jonny hatte alles erst möglich gemacht: Aus unerfüllter Sehnsucht nach ihm war sie zu Willy gegangen. Sie hatte ihre Liebe zu Jonny auf Willy übertragen. Und Willy hatte sie so glücklich machen können, weil er ihr die Antworten gab, die sie von Jonny nie bekommen hatte. In der Leidenschaft für Willy hatte die Verzweiflung über Jonny gelodert.

Nun starb alles.

Stella hatte das Gefühl, dass auch sie starb. Und sie wünschte es sich sogar, weil dieser Schmerz, der sich in sie verbissen hatte, zu übermächtig war. Sie meinte, er würde nie loslassen. Und sie war sicher, dass sie ihm nicht lange würde standhalten können.

Doch irgendwann versiegten die Tränen, und übrig blieb eine dumpfe Traurigkeit. Stella konnte sich nicht vorstellen, jemals wieder zu lachen. Sie konnte sich nicht einmal vorstellen, jemals wieder das Bett zu verlassen. Als Mbeti kam, um ihr etwas zu essen zu bringen, rührte sie keinen Bissen an.

Am Nachmittag erschien Dr. Fisher, der Arzt der englischen Kolonie. Er wollte ihr eine Beruhigungsspritze geben, aber sie weigerte sich.

»Wieso kommen Sie hierher?«, fragte sie barsch. »Ich habe Sie nicht gerufen.«

Ein professionelles Lächeln auf den Lippen, übersah er einfach ihre Unhöflichkeit. »Ich komme schon seit ein paar Tagen zu Ihnen, Mrs. Maukesch«, sagte er höflich. »Hat Ihnen niemand gesagt, dass wir Sie in einen leichten Heilschlaf versetzt haben?«

»Heilschlaf?« Stella riss ungläubig die Augen auf. »Wie lange?«, fragte sie alarmiert. »Weshalb?«

Der Arzt zog den Stuhl ans Bett, auf dem vorher Jonny und davor Mbeti gesessen hatten. »Ich beantworte die Fragen von hinten«, sagte er, während er nach ihrer Hand griff und ihren Puls fühlte. Nachdem er eine Weile Puls und Zeit verglichen hatte, behielt er ihre Hand immer noch in seiner und blickte sie durch seine Brille väterlich besorgt an. »Weshalb? Das fragen *Sie* mich? Dabei kennen Sie die Antwort doch sicher genau. Ihr Mann rief mich und sagte, sie hätten von Zeit zu Zeit nervöse Zusammenbrüche, in denen Sie halluzinierten und von Dingen erzählten, die angeblich passiert wären, die aber nachweislich nicht geschehen waren. Er sagte, es sei eine Art Familienkrankheit bei Ihnen, nur leider hätte es sich sehr verschlimmert, seit Sie in Afrika wären.« Stella entzog ihm ihre Hand und stützte sich im Bett auf, bis sie endlich aufrecht saß. Es kostete sie viel Kraft, und sie fragte sich, ob ihre Kraftlosigkeit an dem »Heilschlaf« lag oder daran, dass sie gerade um ihre Liebe zu Jonny getrauert hatte. Sie blickte in die ehrlichen grauen Augen des Arztes, die hinter einer dicken Brille verborgen lagen. »Bitte, Doc«, sagte sie so charmant, wie es ihr in diesem Augenblick, da sie vor Wut überzukochen schien, möglich war, »klären Sie mich auf, was in den letzten Tagen geschehen ist. Es scheint ja, als hätte ich einiges verschlafen. Oder?«

Dr. Fisher schmunzelte. »Ja, hier war wirklich einiges los. Eine Seltenheit in unserem verschlafenen Dorf.«

Stella hätte ihn schütteln mögen. Er sprach so langsam. Tat er das, weil er ihrem Englisch nicht traute? Oder sprach er immer so? Und was hatte Jonny noch alles über sie erzählt? Aber sie kontrollierte ihre Miene und machte ein konventionell interessiertes Gesicht. »Klären Sie mich auf, lieber Doc«, bat sie höflich.

»Well, man weiß nichts Genaues. Aber in der Nacht, als Sie Ihren epileptischen Anfall hatten …«

Stella unterbrach ihn. »Epileptisch? Eben sagten Sie doch noch nervös?«

Der Arzt griff wieder besorgt nach ihrer Hand und kontrollierte abermals ihren Puls. »Mrs. Maukesch«, sagte er nach längerer Pause beruhigend, so beruhigend, wie man mit Verrückten spricht, dachte Stella aufgebracht, »so wie Ihr Mann die Symptome beschrieb, mit denen Sie manchmal in Agonie fallen, könnte es auch Epilepsie sein, worunter Sie leiden, Schaum vor dem Mund und unkontrollierbares Zittern …«

Stella biss die Zähne zusammen. Sie würde hier keinen Ton mehr sagen, schwor sie sich. Jonny hatte ganze Arbeit geleistet. Doch auch dem Arzt schien zu dämmern, dass die Sache brenzlig war. Er rutschte unruhig auf dem Stuhl hin und her. Gleich würde er gehen, so viel war klar.

»Wie lange haben Sie mich in … Heilschlaf … versetzt, lieber Doctor Fisher?«, erkundigte sie sich sachlich.

»Heute ist der dritte Tag, my dear. Und Sie wirken schon wieder recht erholt. Meine Dienste sind wohl nicht mehr nötig.« Er stand auf und griff nach seiner Tasche. »Bye, bye, my dear. Wenn Sie mich brauchen, schicken Sie einfach nach mir.«

Stella hob lächelnd die Hand. »Danke, Doc.«

Mehr würde sie aus ihm nicht rauskriegen, so viel stand fest. Nachdem er den Raum verlassen hatte, wartete sie noch eine Weile. Dann rief sie nach Mbeti, die sofort erschien.

»Erzähl mir alles, was passiert ist«, befahl Stella und wies auf den Stuhl. »Keine Schonung.«

Mbeti zitterte leicht. Verängstigt blickte sie zu Boden. Stella begriff. Jonny hatte dem Personal Anweisungen gegeben. Er hatte es eingeschüchtert.

Sie legte ihre Hand auf Mbetis verkrampfte Hände. »Alles in Ordnung. Du musst nichts sagen. Bitte pack meinen Koffer, ich fahre für einen Monat zu Mr. Anthony auf die Farm. Wenn du willst, kannst du mitkommen.«

Mbetis Augen leuchteten auf. Sie hüpfte aus dem Raum. »Bitte besorg auch einen Fahrer«, wies Stella sie an. »Mit Auto.«

Mbeti drehte sich um. Sie verzog das Gesicht, bis es reines Erstaunen ausdrückte. »Aber Mr. Anthony hat doch ein Auto«, sagte sie.

»Ja, nur leider kann sein Auto nicht hierher fliegen, nur, weil wir es gerade brauchen«, antwortete Stella ungeduldig.

»Er wartet doch schon im Hotel auf Memsahib Stella.« Mbeti sprach wie mit einem begriffsstutzigen Kind.

»Er wartet im Hotel auf mich?«, fragte Stella ungläubig.

»Er hat gesagt, er wartet auf eine Nachricht, dann kommt er und holt uns ab«, erklärte Mbeti nachsichtig ob des langsamen Verstandes ihrer Herrin.

»Dann schick ihm sofort die Nachricht, dass ich in einer Stunde bereit bin. Pack schnell alles ein, und es geht los!« Mbetis rundes schwarzes Gesicht war ein einziges Strahlen.

Stella schlug das Laken fort, mit dem sie zugedeckt war. Sie sprang aus dem Bett, aber sie setzte sich schnell wieder zurück, weil ihr schwarz vor Augen geworden war. Verdammt, dachte sie. Haben die mich mit Morphium vollgepumpt? Langsam stand sie wieder auf. Achtsam, sich jederzeit irgendwo festhalten zu können, zog sie sich irgendwelche Kleidung an, die im Zimmer über einem Stuhl lag. Es waren ein weißer Rock und eine weiße Bluse. Stella erinnerte sich nicht, beides dorthin gelegt zu haben. Wahrscheinlich hatte Mbeti schon vorgesorgt. Und so war es. Mbeti hatte an alles gedacht. In einer Kanne war Waschwasser. Spiegel und Kamm lagen ebenfalls bereit. Stella musste den Raum nicht verlassen, um sich fertig zu machen.

Vorsichtig, niemandem zu begegnen, suchte sie noch die Toilette auf, obwohl Mbeti ihr sogar einen Topf hingestellt hatte. Kaum war sie wieder in ihrem Zimmer zurück, schlüpfte Mbeti hinein und sagte leise: »Mr. Anthony wartet im Auto.«

Wie eine Diebin verschwinde ich, dachte Stella. Dabei hat man doch mir alles gestohlen, was mir wertvoll war. Im letzten Augenblick, wenige Schritte, bevor sie das Auto erreicht hatte, drehte sie um und lief zu den Pferdeställen. Sie musste noch Abschied nehmen. Von ihrer Stute. Von dem Ort. Von …

Im Stall blickten ihr vier große sanfte Augen entgegen. »Mustafa!«, schrie sie auf, als sie den Hengst sah. »Du bist da!« Hinten raschelte es im Stroh. Dort, wo Willys kleiner Verschlag war. Dort wo sie mit Willy die Nächte verbracht hatte. Stella stockte der Herzschlag. Sie blieb starr auf einem Fleck stehen. Ein schwarzer Mann kam hinter dem Verschlag hervor. Ihre Augen füllten sich mit Tränen.

»Er ist zurückgekommen, Memsahib! Gestern Abend. Er war auf einer langen Safari«, sagte eine Stimme, die eindeutig nicht Willy gehörte. Stella rieb sich die Augen, bis sie wieder klar sehen konnte.

»Wie schön«, sagte sie so ruhig wie möglich. »Pass gut auf die Pferde auf, während ich fort bin, hast du gehört?«

Es war ein Junge, der dort stand. Ein schwarzer, etwa vierzehnjähriger Junge. »Ja, Memsahib«, antwortete er ernsthaft. »Ich passe gut auf die Pferde auf.«

Stella drehte sich langsam um und verließ erhobenen Hauptes den Stall. Schritt für Schritt ging sie zur Straße, wo Anthonys Auto stand. Sie fürchtete, die Kontrolle über ihre Beine zu verlieren und wieder ohnmächtig zu werden. Das wäre ihr Verderben, denn Jonny würde sie ganz sicher einen Monat lang mit Morphium vollpumpen lassen. Oder auch nur ein paar Tage, bis er sie auf ein Schiff verfrachtet hätte. Denn dass er sich an irgendeine Abmachung halten würde, glaubte Stella nicht mehr.

Anthony saß hinter dem Steuer. Mbeti saß hinten. Beide blickten nach vorn auf die Straße, als Stella ins Auto stieg. Sie setzte sich majestätisch auf den Sitz und blickte ebenso wie die beiden nach vorn. Anthony fuhr los. Ihre Beherrschung reichte gerade noch, bis sie Daressalam verlassen hatten. Kaum fuhren sie auf die holprige Straße fort aus der Stadt, sackte Stella in sich zusammen und weinte los. Sie fühlte sich wie ein Sack voller Mehl. Schwer. Ohne die geringste Fähigkeit, sich jemals wieder bewegen zu können. Sie war kein Mensch mehr.

Anthony blickte schweigend nach vorn, völlig aufs Lenken konzentriert. Mbeti war so leise, als atme sie nicht einmal.

So verbrachten sie die nächsten Stunden.

Stella schlief ein. Wachte wieder auf. Sie machten eine Pause in einem Stella unbekannten Ort und dann noch eine in einem anderen. Stella weigerte sich, das Auto zu verlassen. Mbeti brachte ihr heißen Tee. Anthony sagte wenig.

Als sie ankamen, lag der schwarze afrikanische Himmel schon voller funkelnder Punkte über der Landschaft. Stella würdigte ihn keines Blickes. Wie man einem geliebten Menschen vor dem Abschied nicht mehr nahe kommen mag, so ging es ihr mit dem Himmel, der sie an Liebesnächte mit Willy erinnerte, an Glück, an andächtige Bewunderung. Anthony trug ihr Gepäck ins Haus, wo schon alle zu schlafen schienen. Aber plötzlich füllten sich die Räume mit Leben. Heather Walker erschien im Nachthemd. Jubelnd begrüßte sie den Besuch. Sie klatschte in die Hände, und sofort erschienen alle möglichen schwarzen Bediensteten, die auf ihre Anweisungen hin in die Küche spritzten, in die Gästezimmer, und die Wasser für die Wannen erhitzten. Anthonys Mutter umarmte Stella und führte sie zum Kamin, der auch gerade entfacht wurde. Sie versanken in den weichen Sesseln, und Heather bot Stella einen Drink an, der sie nach der langen, beschwerlichen Fahrt aufwärmen sollte. »Ich weiß«, kicherte sie, »dass man mich verdächtigen könnte, Drinks für und gegen alles zu benutzen, inklusive Geldmangel, schlechte Laune und Hunger, aber wissen Sie, Stella, wer so lange wie ich in Afrika gelebt hat, weiß, dass es Menschen gibt, deren Knochen von Kummer brechen. Diese Menschen sollten lieber einen Drink zu sich nehmen, bevor der Kummer ihre Knochen bricht. Ich zumindest habe noch sehr brauchbare Knochen, wenn meine Seele auch manchmal ziemlich morsch wirkt.« Sie hob ihr Glas. »Cheers!« Und sie trank es in einem Zug leer. Stella tat es ihr nach. Einen Moment lang fürchtete sie zu ersticken. Das Zeug, das sie runtergekippt hatte, brannte sich durch ihre Eingeweide und raubte ihr den Atem. Sie japste nach Luft.

»Oh, nein, Mum.« Anthony lachte laut. »Du hast Stella doch nicht etwa von deinem Selbstgebrauten gegeben? Sie wird dich anzeigen. Du kommst ins Gefängnis.«

Seine Mutter lachte laut und schüttete aus einer schmuddeligen Glaskaraffe erneut eine durchsichtige Flüssigkeit in ihr eigenes Glas. Stella hielt ihr auch das ihre hin. »Cheers!«, sagte sie und kippte es herunter, ohne mit der Wimper zu zucken. »Feines Mädchen«, lobte Heather sie und nippte an ihrem Glas. »Jetzt müssen wir aber etwas essen.«

Was Stella nicht für möglich gehalten hatte, geschah. Nach dem scharfen Getränk fühlte sie sich seltsam gut. Und als sie endlich zu viert am Tisch saßen, hatte sie so großen Appetit, als hätte sie seit langem nichts mehr zu sich genommen. Wahrscheinlich war es sogar so.

Sie ertappte sich sogar dabei, wie sie plötzlich laut herauslachte, als Jim, der sich nicht einmal die Mühe gemacht hatte, sein Nachthemd auszuziehen, es einfach nur in eine Hose gestopft hatte, auf eine sehr lustige Weise von der letzten Heuschreckenplage erzählte. Sie begegnete nicht ein einziges Mal Anthonys Blick, und das war ihr recht so, denn sie empfand irgendwie Schuld ihm gegenüber.

Als sie endlich im Bett lag, fühlte sie sich wie ein frisch gebadetes Baby, rosig, satt und geborgen. Wie gut, dass ich hierher gefahren bin, dachte sie, und sie verbot sich, ihrer Zufriedenheit mit Misstrauen zu begegnen. Sie wusste, dass sie betrunken war von Heathers Selbstgebrautem, der ihr so zauberkräftig vorkam wie die Kräuterschnäpse von Tante Lysbeth. Sie konnte aufatmen. Hier würde niemand ihr etwas Böses tun. Sie spielte beim Einschlafen sogar mit dem Gedanken, für immer hier auf der Farm zu bleiben.

Am nächsten Morgen allerdings kehrte alles zurück. Und mit wacher Schärfe sogar, denn Stellas Kopf war durch Heathers Schnaps anscheinend von den benebelnden Stoffen des Arztes sauber geputzt worden.

Sobald sie konnte, nutzte sie die Gelegenheit, mit Anthony allein zu sein. Ihm ging es wohl auch so, denn er fragte sie noch vor dem Frühstück, ob sie Lust habe, mit ihm einen kleinen Ausritt durch die Felder zu machen. Ja, dazu hatte sie Lust.

Kaum hatten sie sich weit genug vom Haus entfernt, sagte Stella: »Anthony, lassen Sie uns offen sprechen. Sie wissen, was passiert ist?«

Anthony lenkte sein Pferd dicht neben ihres und sah sie so an, dass Stella erschrak. Er ist zornig auf mich, dachte sie. Und da brach es auch schon aus ihm heraus: »Dachten Sie, was Ihr Mann kann, können Sie auch? Wie verantwortungslos, Stella! Sie wissen genau, dass die Männer hier die schwarzen Mädchen schwängern dürfen, so viel sie wollen, aber wenn eine weiße, noch dazu verheiratete Frau, sich mit einem Schwarzen verlustiert, gibt das Mord und Totschlag!« Seine Augen schleuderten Blitze auf Stella.

Scharf sagte sie: »Verlustiert? Ich will nicht, dass Sie das Wort noch einmal im Zusammenhang mit mir benutzen.« Trotzig fügte sie hinzu: »Das war Liebe!«

»Liebe?«, höhnte Anthony. »Liebe? Lady, wenn Sie Willy, der übrigens nicht Willy heißt, sondern Akiku Atsu, wirklich geliebt hätten, hätten Sie ihn in Ruhe gelassen. So tragen Sie eine Mitschuld am Tod seiner Mutter!«

Stellas Pferd stieg in die Höhe, so abrupt hatte sie die Zügel gezogen.

»Was hast du gesagt?«, schrie sie auf Deutsch. Sie musste es gar nicht erst übersetzen, Anthony antwortete auch so. »Ihr Mann hat sie gefragt, wo ihr Sohn ist.« Mit einem quälend spöttischen Lächeln fügte er hinzu. »Er hat sie so gefragt, dass sie ein paar Stunden später starb.«

Stella warf sich vom Pferd und raste in das Feld hinein, das hoch von Maispflanzen bewachsen war. Weg hier! Bloß weg! Weg von dieser Welt, dieser Gegend, diesen Worten, diesem Leben. Sie fiel auf den Boden und grub ihre Hände in die Erde. Ihr Gesicht, ihr Mund war voller Erde. Es schmeckte bitter. Sollte sie hier sterben! Verfaulen. Ja, sie wollte sterben wie Willys Mutter. Was hatte dieser Höllenhund ihr getan? Sie mochte es sich gar nicht vorstellen.

Nach einer Zeit, in der sie mehrfach gestorben war, erhob sie sich langsam und schwerfällig, eine alte Frau, und ging zu dem Pfad zurück, wo Anthony, dessen war sie sich aus irgendeinem ihr selbst nicht bekannten Grund völlig sicher, auf sie wartete. Und so war es auch. Er hatte sich an den Rand gesetzt, lehnte an einem Strauch und rauchte. Die Pferde standen neben ihm und warteten ebenfalls.

Stella baute sich vor Anthony auf. »Was hat er mit ihr gemacht?«, fragte sie scharf. »Ich werde ihn vor Gericht bringen. Tanganjika ist britisches Hoheitsgebiet. Hier gelten britische Gesetze, da kann man nicht ohne weiteres einen Menschen töten. Er muss bestraft werden.«

Anthony hob den Kopf und sah sie an, als ringelten sich Schlangen aus ihren Locken. Er schüttelte verständnislos den Kopf. Es machte Stella rasend, dass er nichts sagte. All die aufgestaute Verzweiflung und Wut entlud sich in einem ihm auf Deutsch entgegengeschleuderten: »Du machst mich schuldig, du suhlst dich in deiner englischen Redlichkeit, aber in Wirklichkeit bist du nicht redlich, du bist einfach nur kalt wie ein Fisch!«

Sie sprang auf ihr Pferd und ritt davon. »Ich werde ihn an den Galgen bringen!«, schrie sie.

Ebenso wie sie eben durch die Pflanzen gelaufen war, galoppierte sie nun den Pfad entlang. Weiter und weiter. Jetzt war auch Anthony noch ihr Feind. Alle waren ihre Feinde. Und sie würde sich der ganzen Welt entgegenwerfen. Sie würde Willys Mutter rächen, und sie würde Willy zurückholen, auch wenn er in Wirklichkeit anders hieß und sie seinen Namen nie erfahren hatte, obwohl sie einander so nah gewesen waren. Sie würde mit ihm nach Hamburg gehen. Ihre Eltern, Lysbeth und ihre Brüder würden sie verstehen, wenn sie ihnen die ganze Geschichte erzählte. Nein, Johann würde sie nicht verstehen. Johann würde sie verachten, wenn sie mit einem Neger ankäme. Aber Johann war unwichtig.

Sie würde Jonny hinter Schloss und Riegel bringen. Sie würde sich scheiden lassen. Sie würde Willy heiraten.

Das Pferd war schweißnass. Stella ließ es in einen leichten Trab fallen. Ganz allmählich wurde sie ruhiger. Sie stellte sich vor, wie es in Hamburg wäre mit Willy. Vor dem Krieg waren Neger bei Hagenbeck ausgestellt worden wie wilde Tiere, und die Hamburger hatten sie begafft. Und sich vor ihnen ebenso gegruselt wie vor wilden Tieren. Menschenschau.

Doch diese Zeiten waren vorbei. Aber wie waren die Zeiten heute? Stella kannte nicht einen einzigen Farbigen. Sie war intelligent genug, um zu wissen, dass er in Hamburg immer noch so etwas wäre wie ein wildes Tier. Dann gehe ich eben mit ihm in ein Kikuyudorf, dachte sie trotzig. Dann leben wir eben wie alle Eingeborenen.

Sie war so mit ihren Gedanken beschäftigt, dass sie das Pferd erst hörte, als es schon fast neben ihr war. Anthonys Gesicht war kreidebleich, und seine blauen Augen, die sonst oft hell wie Vergissmeinnicht waren, leuchteten in einem kalten Eisblau. Er griff nach ihren Zügeln und brachte ihr Pferd zum Stehen »So, meine Liebe«, sagte er schneidend, »du Inkarnation deutscher Leidenschaft und Gründlichkeit. Ich kühler Fisch werde dich jetzt mal mit den nackten Fakten vertraut machen. Erstens: Du hast Ehebruch begangen, das ist auch ein englischer Straftatbestand. Zweitens: Richter wie sämtliche andere Leute, die hier mit Gerichtsbarkeit zu tun haben, sind Männer. Keiner von denen würde gern mit einem Farbigen betrogen werden. Das würde alle Regeln der hiesigen Gesellschaft sprengen. Drittens: Es war niemand dabei, als dein gehörnter Gatte die Mutter deines geflohenen Liebhabers ›verhört‹ hat. Dr. Fisher, der anschließend, und ich vermute sogar auf Anweisung deines Mannes, bei ihr war und sie untersucht und behandelt hat, sagte, sie habe selbst angegeben, sie sei gestürzt. Sie hatte eine Verletzung am Kopf. Er wollte sie ins Krankenhaus bringen, sie hat sich geweigert. Wollte von einem der schwarzen Medizinmänner behandelt werden. Der ist auch gekommen. Da war sie schon tot. Dr. Fisher, meine Liebe, würde auch vor Gericht aussagen. Und keiner würde sich fragen, wie eine Kikuyu mit einem Engländer spricht, der in den fünf Jahren, die er hier ist, noch kein Wort Kisuaheli gelernt hat. Nein, gib den Gedanken auf, bevor du ihn dreimal gedacht hast. Vor Gericht bekommst du deinen Mann nicht. Er dich hingegen mit Leichtigkeit. Aber er wird es nicht tun, weil er keinen Skandal will. Kein Mann will gehörnt in der Öffentlichkeit stehen.«

»Woher weißt du das alles? Und wieso hast du verstanden, was ich auf Deutsch gesagt habe?«, fragte Stella kleinlaut. »Anscheinend ist es doch so, dass alles unter den Teppich gekehrt wurde.«

Anthonys Backenknochen mahlten. Seine Augen waren zwar schon etwas weicher geworden, aber da lag immer noch eine kalte Wut in ihnen. »Du wirst es nicht glauben, Memsahib, aber man kann nur etwas vor den Europäern unter den Teppich kehren. Die Schwarzen wissen alles. Und schon lange. Sonst hätte die kleine Kikuyu, die in Willy verliebt ist, dich ja nicht bei deinem Mann denunzieren können. Nein, es gibt keinen Schwarzen in Daressalam, der von deiner Affäre mit Willy nichts wusste. Und ich habe viele Freunde unter ihnen.«

»Du wusstest es auch?«, fragte Stella. Mit einem Mal schämte sie sich für das, was sie getan hatte. Es kam ihr mit einem Mal schmutzig vor. Als hätte sie einen Schwarzen für ihr persönliches Vergnügen benutzt.

»Natürlich.« Anthony lenkte sein Pferd, sodass es in die entgegengesetzte Richtung stand. »Komm, wir reiten zurück. Meine Mutter wartet bestimmt schon mit dem Frühstück. Well, und Fisch klingt genau wie fish. Und kalt wie cold.«

Im Schritt legten sie den Weg zurück, während Anthony Stella berichtete, was er alles wusste. Dass Jonny der kleinen Kikuyu ein Kind gemacht hatte und nun für sie sorgte. Dass das anständig von ihm war, weil viele Weiße die Urheberschaft einfach leugneten, wenn die Mädchen schwanger wurden. Dass es in Daressalam außer Anthony, Victoria und Victor kaum einen Weißen gab, dem die Schwarzen vertrauten. Aber ihnen hatten sie berichtet, was los war.

»Was ist mit Willy?«, fragte Stella, als sie vor dem Farmhaus anlangten. »Es ist jetzt vier Tage her. Was hast du von ihm gehört?«

»Ich weiß nicht, wo er ist«, sagte Anthony ernst. »Keiner weiß, wo er ist. Aber er ist in Sicherheit, und er lebt. Jonny hat ihn wegen Diebstahl des Hengstes angezeigt. Der Hengst ist wieder da. Jonny hat die Anzeige zurückgezogen. Er hat ganz eindeutig Angst davor, in Daressalam als gehörnter Ehemann herumzulaufen.«

Der Stallknecht kam, um ihnen die Pferde abzunehmen. Sie sprangen ab und gingen langsam zum Haus. Kurz vor der Tür legte Anthony seine Hand auf Stellas Arm und blickte sie sorgenvoll an. Seine Augen waren wieder weich und offen. Trotz der ganzen scheußlichen Situation spürte Stella Erleichterung. »So gern ich dich hier habe«, sagte er, »ich weiß nicht, ob es eine gute Idee ist, wenn du noch einen Monat wartest, bis du abfährst. Ich glaube, du bist auf einem deutschen Schiff in Gefahr. Willst du nicht lieber doch schon mit dem nächsten Schiff in einer Woche mitfahren?« Das nächste Schiff war ein englischer Luxusliner. Der Dampfer, der in einem Monat abfuhr, war deutsch.

In Stellas Herz gab es einen scharfen Stich. In einer Woche? »Nein!«, entschied sie. »Ich weiß nicht, ob ich jemals wiederkomme. Ich will richtig Abschied nehmen. Ich habe zu Jonny gesagt, dass ihr mich eingeladen habt, weil ihr ein Fest veranstaltet. Ich weiß, dass mein Aufenthalt hier sowieso eine Zumutung ist, aber ich wünsche mir wirklich ein Abschiedsfest. Das erklärt dann auch allen meinen Aufenthalt hier.«

»Der braucht doch nicht erklärt zu werden«, ertönte die fröhliche Stimme Heathers. »Du bist unsere Freundin und unser liebster Gast. Und wir sind untröstlich, dass du nach Hamburg zurück willst. Ich hoffe nur, dass deine gesundheitlichen Probleme sehr schnell behoben sind und du bald zu uns zurückkommst.« Sie klatschte in die Hände, wie sie es häufig tat, wenn sie einer Aufforderung Nachdruck verleihen wollte.

»Aber jetzt, husch, husch, an den Tisch! Wir haben mit dem Frühstück auf euch gewartet.«

Wie eine kleine dicke Robbe watschelte sie vor ihnen zur Küche, wo ein großer, reich gedeckter massiver Holztisch stand. Jim strahlte ihnen sein breites Lächeln entgegen. In Stella zog augenblicklich eine tröstliche Geborgenheit ein. Diese Menschen waren so herzlich und offen, von ihnen ging nur Schutz aus, nicht die geringste Heimtücke oder Gefahr. Als die drei Hunde sich allerdings um ihren Stuhl herum ablegten, schmerzte Stellas Herz, als würde es mit scharfen Messern geritzt. Letztes Mal lag Lulu dabei. Jetzt war Lulu tot.

Heather teilte ihrem Mann mit, dass sie ein Fest zu Stellas Abschied veranstalten wollten, und er stimmte begeistert zu.

25

Etwas sehr Eigenartiges geschah. Tag für Tag vergaß Stella Willy ein wenig mehr. Nein, sie vergaß ihn nicht, sie bewahrte ihn wie eine Erinnerung an eine zauberhafte Reise in ihrem Herzen auf. Willy war meine Liebessafari, so erzählte sie Lysbeth in Gedanken von der ganzen Geschichte. Das war das zweite Eigenartige: Sie begann sich auf Hamburg zu freuen. Auf die Mutter, auf Lysbeth. Sie freute sich auf das Haus, aufs Klavierspiel. Sie freute sich darauf, mit ihrem Bruder Dritter tanzen zu gehen. Gleichzeitig genoss sie mit allen Sinnen das Leben auf der Farm. Sie genoss Afrika.

Afrika in Daressalam war völlig anders als das Afrika bei den Walkers. Auf der Farm hörte man nachts die wilden Tiere. Dann sehnte Stella sich so sehr nach Lulu, dass sie es kaum aushielt. Sie hoffte, in Hamburg dem ganzen Schmerz ein wenig zu entkommen.

Es gab noch etwas anderes, das ihr den Abschied von Afrika zugleich nahelegte und schwer machte. Stella gestand es sich nicht ein, aber manchmal schossen seltsame Gefühle kurz, aber so intensiv in ihr hoch, dass sie komplett durcheinander war. Sie fühlte sich von Anthony auf eine ganz neue Weise angezogen.

Sie suchte seine Nähe, wo sie nur konnte. Nie zuvor hatte sie ihn wirklich als Mann wahrgenommen. Er war schlaksig, verspielt, wie ein junger Hund. Seine Haare standen strubbelig vom Kopf ab. Die Augen hinter seiner Brille waren sanft und verletzlich. Er war kein Mann, der zupacken konnte. Wenn sie mit ihm zusammen gewesen war, hatte sie vergnügte Stunden wie mit einer Freundin mit ihm geteilt. Jetzt war plötzlich alles anders. Sie führte es darauf zurück, dass sie seinen Zorn kennengelernt hatte. Sein Zorn hatte ihr seine Kraft gezeigt. Vielleicht lag es aber auch nur an ihrem Anlehnungsbedürfnis. Vielleicht war es auch nur ihre Sehnsucht nach Liebe und Zuwendung. Auf jeden Fall suchte sie immer seine Nähe.

Wenn er schrieb, nahm sie sich ein Buch und setzte sich auf den Sessel, der am Fenster stand. Dort blickte sie hinunter bis zum Fluss und las. Englische Romane. Sie merkte, wie es ihr immer leichter fiel, der Unterhaltung am Tisch zu folgen. »Dein Englisch ist perfekt«, lobte Heather sie täglich. Und wenn Stella dann lachte, räumte sie ein: »Fast perfekt. Es dauert nicht lange, und alle werden dich für eine Engländerin halten.« Und dann kam der Tag, als sie sagte: »Es dauert nicht lange, und alle werden dich für meine Tochter halten.« Durch Stella flutete eine Woge der Dankbarkeit. Da sagte Jim, der gerade zur Tür hereinkam: »Deine Tochter? My dear, damit wird Stellas Mutter nicht einverstanden sein. Aber wie wär's denn mit Schwiegertochter?«

Es hatte nur wenige Augenblicke in ihrem Leben gegeben, in denen Stella errötet war. Jetzt spürte sie, wie ihr das Blut in die Wangen schoss. »Damit wird ihr Mann nicht einverstanden sein«, sagte Heather da auch schon trocken. Alle lachten, und die beklommene Stille, die eine Sekunde lang in der Küche geherrscht hatte, war durchbrochen.

»Tochter oder Schwiegertochter, egal«, sagte Heather fröhlich. »Du gehörst zur Familie, und wenn du noch zwei Monate bei uns bleibst, sprichst du perfekt Englisch.«

»Ich werde keine zwei Monate mehr bei euch bleiben«, sagte Stella bedrückt.

»Du kommst wieder, meine Liebe.« Heather war offenbar entschlossen, keine trübe Stimmung aufkommen zu lassen. In zwei Tagen würde das Fest stattfinden, und sie freute sich darauf wie ein Kind.

Ganz Daressalam kam. Man hatte vernommen, dass Stella krank war und deshalb nach Deutschland zurückfahren musste. So etwas geschah manchmal. Auch wenn die Frauen schwanger waren, fuhren sie zur Entbindung nach Deutschland oder England oder Frankreich oder woher sie sonst in Europa kamen. Stella spürte, wie viele der Gäste mit Wärme und echtem Interesse an ihrer Person gekommen waren. Bei manchen spürte sie ebenso deutlich die misstrauische Neugier. Sie vermuteten etwas, worüber sie sich das Maul zerreißen konnten. Schwanger? Es war endlich Zeit. Aber Stella war schlanker denn je, und ihr Bauch war flach wie der eines jungen Mannes. Sogar ihre Brüste waren kleiner geworden.

Krank? Stella wurde mit abschätzigen Blicken gemustert. Man wusste, dass Dr. Fisher einige Male bei ihr gewesen war und dass sie eine Art Umnachtung erlebt hatte. Die höflichen Engländer verloren kein Wort darüber, aber es gab zwei deutsche Frauen, die Stella mit ihrer Neugier fast die Fassung raubten.

Nach drei Wochen begegnete Stella nun ihrem Mann wieder. Er kam nicht mit den ersten Gästen, die bereits am frühen Nachmittag eintrafen, sondern ließ sein Auto mit scharfem Schwung und quietschenden Bremsen pünktlich um sieben Uhr am Abend vor dem Haupthaus zum Stehen kommen.

Es war kein Klatschthema geworden, dass es mit der Ehe zwischen Stella und Jonny nicht zum Besten stand. Jedes Gerücht, das in diese Richtung ging, hatte Jonny mit Tiraden, in denen er seine Sorgen über die Gesundheit seiner Frau und ihre plötzlich auftretenden Anfälle, die sich neuerdings häuften, geradezu aus den Köpfen der Klatschweiber Daressalams geschwemmt. Mysteriöse Anfälle konnten alles bedeuten, von Irrsinn über Epilepsie bis hin zu einer durch Vodoozauber bewirkten Besessenheit. Es gab natürlich auch noch die Möglichkeit einer bislang noch nicht entdeckten afrikanischen Krankheit, die durch irgendein Tier wie die Anophelesmücke oder die Tsetsefliege übertragen wurde und auf die ganze Kolonie übergreifen könnte. Diejenigen Europäer, die sich viel mit Krankheiten beschäftigten und schnell meinten, sich angesteckt zu haben, hatten sogar schon ähnliche Symptome entwickelt, wie sie Stella zugeschrieben wurden: krampfartig zu Boden fallen und anschließend Dinge sagen, die angeblich erlebt worden, aber nie geschehen waren. Stella wunderte sich, wie gut Jonny vorgesorgt hatte. Jede Anklage ihrerseits hätte er jetzt mit wenigen Worten als Teil ihrer Krankheit beiseitewischen können.

Es widerstrebte ihr sehr, das Theater mitzuspielen, aber es hatte vor dem Fest ein ernstes Gespräch zwischen ihr und Heather gegeben, in dem Heather sie gebeten hatte, das Fest zu nutzen, um jeden Schatten, der auf ihre Ehe gefallen sein möge, zu tilgen. »Du tust damit meinem Sohn einen Gefallen«, hatte sie ernst gesagt. »Wenn nämlich eine verheiratete Frau Eheprobleme hat und sich daraufhin in das Haus eines jungen Mannes zurückzieht, bringt sie ihn und seine Eltern in Verruf. Es gibt den seltsamen Tatbestand der Kuppelei, mein Kind.« Stella hatte Heather noch nie so ernst erlebt. Mit einem Schlag wurde ihr klar, was sie den Walkers zugemutet hatte und wie gelassen diese darauf reagiert hatten.

»Warum habt ihr nichts gesagt?«, hatte sie gestammelt. »Ich hätte gar nicht hierherkommen dürfen. Es tut mir so leid.«

»Du brauchtest Hilfe, mein Kind, das war unübersehbar. Außerdem …«, Heather hatte wehmütig gelächelt, »… es gibt keinen Wunsch, den wir Anthony abschlagen würden, er ist unser einziger Sohn, und wir sind überglücklich, dass er hier ist.« Sie hatte Stella prüfend angeschaut, bevor sie fortfuhr: »Ohne dich wäre er schon lange wieder in England, das weißt du wahrscheinlich nicht.«

Mit diesen Worten im Ohr tat Stella, was sie nicht für Jonny und nicht für ihren eigenen Ruf getan hätte: Sie aktivierte ihre schauspielerischen Fähigkeiten und spielte vor der europäischen Kolonie Daressalams das Theater einer glücklichen Ehe, in der die Frau sich gerade auf der Farm von Freunden aufhielt, um sich gesundheitlich zu erholen, tief bekümmert, ihren Gatten so lange nicht gesehen zu haben und noch tiefer bekümmert, ihn bald ganz allein lassen zu müssen, weil sie nach Hamburg zurückkehrte. Aus gesundheitlichen Gründen.

Sie eilte also über den Kiesweg zu Jonny, der gerade aus dem Auto stieg, und stürzte ihm vor aller Augen in die Arme. Mit einer Stimme, die für die große Bühne bestimmt war, rief sie aus: »Liebster, wie schön, dich zu sehen! Hattest du eine gute Fahrt?«

Jonny sah sie erstaunt an. Doch sie verlor keine Zeit, hakte ihn unter und zog ihn zum Haus, wo sie sofort rührend dafür sorgte, dass er etwas zu trinken bekam, bevor sie ihn in ihr Zimmer führte, wo er sich frisch machen und etwas anderes anziehen konnte.

Obwohl es ihr Ekel bereitete, seinen verschwitzten Körper zu riechen, blieb sie im Raum, während er sich wusch und umzog. Obgleich sie seine körperliche Nähe so beruhigend wie die eines Kannibalen empfand, hielt sie sich unablässig an seiner Seite auf, strahlte ihn demonstrativ an und stimmte ihm zu, was immer er auch sagte.

Noch vor Mitternacht war sie so erschöpft, dass sie meinte, ihre Rolle keine Sekunde länger durchhalten zu können. Zum Glück galt sie als krank. Diesen günstigen Umstand nutzte sie aus, um sich von der Gesellschaft diskret zurückzuziehen. Viele der Gäste, die auf die umliegenden Farmen verteilt waren oder aber Zelte mitgebracht hatten, in denen sie draußen kampierten, waren auch schon schlafen gegangen. Am nächsten Morgen war ein großes Frühstück im Garten geplant, und dann würden alle wieder abfahren.

Stella lag noch lange wach. Sie war den Walkers unendlich dankbar, weil sie Jonny ein eigenes Zimmer gegeben hatten mit der Begründung, dass er in Stellas kleinem Bett sicher keine Ruhe finden würde. Diese Bemerkung hatte Heather leichthin vorgetragen, mit einem so charmanten Lächeln, das offen ließ, was sie eigentlich sagen wollte. So hatte Stella ihr Bett und ihre Nacht für sich. Sie hörte die Geräusche des Festes von unten, und ihr wurde wieder einmal bewusst, dass sie sich bei den Walkers zu Hause fühlte. Erinnerungen an die erste Party bei Edith Maukesch stiegen in ihr auf, und sie lächelte spöttisch. Wie viel Mühe hatte sie sich damals gegeben, um Jonnys Mutter zu gefallen. Wie lächerlich Jonny damals in seiner Anstrengung gewesen war, bloß eine passable Schwiegertochter zu präsentieren.

Das alles schien ihr Tausende von Jahren entfernt. Sie konnte sich kaum mehr an die Stella erinnern, die sie damals gewesen war.

Irgendwann dämmerte sie in einen Schlaf hinüber, der ihr mit seinen zerrissenen Traumfetzen am Morgen anstrengender erschien, als wenn sie nicht geschlafen hätte.

Als sie im Spiegel die dunklen Schatten unter ihren Augen erblickte, empfand sie bittere Genugtuung. Ich leide an einer mysteriösen Krankheit, dachte sie. Jeder kann es sehen. Die geheimnisvolle Kranke.

Der Aufbruch nach dem Frühstück wirkte wie der einer riesigen Familie. Alle waren vertraut miteinander, auch wenn sie Schwierigkeiten hatten, einander zu verstehen, wie die Deutschen und die Engländer. Jonny fuhr zur gleichen Zeit wie alle. Es war sicherer, in einer Karawane nach Daressalam zurückzufahren. Wenn einer eine Panne hatte, konnten die anderen helfen.

»Dein Schiff geht am 10. Januar », sagte er. »Es ist die *Königin Luise*. Ich habe alles Nötige in die Wege geleitet. Du kommst am 1. März in Hamburg an. Deine Familie ist informiert.« »Meine Familie?« Stella schluckte. »Informiert?« Wie gern hätte sie Jonny jetzt angeschrien. Geflucht. Ihn beschimpft. Oder kalt gesagt: »Ich missbillige es außerordentlich, wenn du dich in meine Angelegenheiten einmischst.« Aber das alles war völlig ausgeschlossen.

In Daressalam hatte sie gelernt, dass sie in einer ungewöhnlichen Familie aufgewachsen war, in der die Frauen ein Recht auf ihre eigene Meinung hatten und auch ein Recht darauf, diese Meinung durchzusetzen. Das war nicht üblich, weder bei den Engländerinnen noch bei den Deutschen. Frauen hatten keine eigenen Angelegenheiten, in die Männer sich nicht einzumischen hatten. Geschützt waren die intimen körperlichen Verrichtungen der Frauen wie das Waschen der Binden, in denen sie das monatliche Blut auffingen, oder alles, was mit Geburt zusammenhing. Doch selbst das war mittlerweile keine reine Frauenangelegenheit mehr, selbst Geburtshilfe war Männersache geworden.

Auch bei der Kleidung trug keine Frau etwas, das ihrem Mann missfiel. Rümpfte er die Nase, zog sie es aus. Missbilligte er ein Gericht, kam es nicht wieder auf den Tisch. Frauen hatten kein eigenes Geld, kein eigenes Konto, keine Rechte, die sie gegen ihren Ehemann durchsetzen konnten.

Nein, zu sagen: »Misch dich nicht in meine Angelegenheiten!«, wäre überaus lächerlich gewesen. Zumal Stella zu einer Person mit verminderter geistiger Zurechnungsfähigkeit geworden war. Jonny hätte durchaus die Möglichkeit, sie in ein Irrenhaus einliefern zu lassen. Es gab einige Beispiele, von denen sie hatte tuscheln hören.

Sie lächelte Jonny also an und flötete: »Wunderbar, mein Schatz! Ich danke dir herzlich.«

Sie vermied es, mit ihm über ihre Rückkehr nach Daressalam zu sprechen. Wenn es nach ihr ginge, käme sie erst kurz vor ihrer Abreise zurück. Am besten am Tage zuvor. Der Gedanke daran, mit Jonny das Haus zu teilen, war ihr unerträglich.

Auch er fragte nicht. Und so blieb es offen.

Sie erhielt viele Einladungen, um vor ihrer Abreise noch hier und da Abschied zu nehmen, aber mit einer beiläufigen Geste zur Stirn hauchte sie darauf stereotyp: »Ich danke Ihnen. So gern würde ich kommen. Aber ich weiß noch nicht, wie viel ich mir zumuten kann.«

Sie entdeckte die praktische Seite der vermeintlichen Krankheit. Sie konnte alles Unangenehme aus Krankheitsgründen ablehnen. Jetzt erst begriff sie in vollem Umfang, wie geschickt die Frauen des vorigen Jahrhunderts mit ihren Ohnmachtsanfällen und Riechfläschchen gewesen waren. Die Mutter hatte zwar gesagt, dass sie einfach zu eng geschnürt gewesen waren, um irgendwelche Gemütsaufwallungen bei vollem Bewusstsein zu überstehen, aber wahrscheinlich hatten sie die Flucht in die Ohnmacht auch geschickt zu nutzen gewusst. Heute muss man sich unerforschte Krankheiten andichten lassen, um sich Freiheit von unangenehmen Situationen zu erkaufen, dachte Stella mit Galgenhumor. Damals lief eine Frau Gefahr, sich bei einem Sturz zu verletzen und in ein von Bakterien verseuchtes Krankenhaus zu kommen, wo sie wirklich krank wurde. Heute laufe ich Gefahr, ins Irrenhaus abgeschoben zu werden und wirklich irre zu werden.

In den folgenden zwei Wochen verbrachten Anthony und Stella eine wundervolle Zeit miteinander. Sie ritten am Morgen aus, das Frühstück in einem Korb, in dem auch Anthonys Kladde und ein Stift lagen sowie Stellas Tagebuch. Anthony hatte ihr nämlich geraten, alles aufzuschreiben, was ihr auf der Seele lag, und sich so davon zu befreien. Stella hatte sich an die Tante erinnert, die vor fünfzehn Jahren einen ähnlichen Vorschlag gemacht hatte, dem Lysbeth mit großem Gewinn nachgekommen war.

Sie suchten sich, wenn die Sonne aufgegangen war, einen schattigen Platz unter Bäumen, breiteten eine Decke darunter aus und richteten sich ein, hier ein paar Stunden zu verbringen, Stunden wortloser Eintracht oder auch Stunden, in denen Kaskaden von Worten zwischen ihnen hin- und hersprangen, oder Stunden, in denen sie sich gegenseitig übertrafen in immer absurderen Geschichten und Einfällen, bis sie vor Lachen zu ersticken drohten. Sie sprachen über Afrika, über Jane Austen und neuerdings über Virginia Woolf, die *Orlando* geschrieben hatte, einen Roman, der Anthony zu Begeisterungsstürmen hinriss und den Stella gerade las. Sie sprachen über Deutschland und England und die Zerstörung, die der Krieg in beiden Ländern hinterlassen hatte. Sie debattierten über die Rolle von Mann und Frau in der modernen Demokratie und über die Bestrebungen zur Abschaffung des Paragraphen 218, worüber Stella lange Erörterungen brieflich von ihrer Schwester erhalten hatte. Über ihre Gefühle sprachen sie nie, vor allem mieden sie das Gespräch über das, was geschehen war, und das, was noch geschehen würde.

Heather bedauerte, dass die beiden nicht das Frühstück mit ihr teilten, als Gegenleistung verlangte sie das gemeinsame Abendessen. So saßen sie am Abend zu viert am prasselnden Kamin und speisten, während die Gespräche ebenso leicht dahinflossen wie die zwischen Stella und Anthony, wenn sie allein waren. Es gab allerdings einen Unterschied: Heather sprach über Gefühle, über Vergangenheit und Zukunft.

Sie erzählte von Anthonys Kindheit, holte sogar auf Stellas Wunsch Fotoalben heraus, was Anthony zu einem empörten Protest bewegte, dem allerdings niemand Gehör schenkte. Stella vernahm bezaubert von einem kleinen Jungen, der sich mit dem schwarzen Boy der Mutter wie mit seiner schwarzen Nanny so anfreundete, dass er bald sämtliche Sprachen der afrikanischen Stämme um die Farm herum ebenso fließend sprach wie Englisch. Er ging zwar nicht zur Schule, aber er las bereits mit fünf Jahren alles, was ihm irgendwie in die Finger kam, und mit neun Jahren schrieb er seinen ersten Roman. Einen Krimi. Er handelte von einer geheimnisvollen Mordserie an Autochauffeuren, Busfahrern, Kapitänen und Postboten. Nur der Leser ahnte, dass all diese Morde von einem Jungen ausgeführt wurden, der in Afrika lebte und es als Mord an seiner Seele empfand, auf ein englisches Internat geschickt zu werden, obwohl er in Afrika genauso gut alles lernen konnte, was man zum Leben brauchte. Zum Glück kam in dem Roman niemand hinter Motiv und Urheberschaft der Morde, und die Eltern des Jungen gaben den Plan einfach auf, ihn nach England zu schicken, nachdem zu viele Jahre verstrichen waren, in denen er immer wieder von Autos, Bussen oder Schiffen zurückgekehrt war, deren Reise wegen Todes des Fahrers abgebrochen worden war. Schlagartig hörten dann natürlich die Morde auf, und alles geriet in Vergessenheit.

Stella kreischte vor Vergnügen, als Anthony aus den Stapeln von Heften, die er im Laufe seines Lebens vollgeschrieben hatte, diesen Roman hervorsuchte und ihn ihr vorlas. Traurigerweise hatte es ihm als Junge nichts genützt, den Eltern diesen Roman zu Weihnachten zu schenken. Sie hatten nur gesagt: »Dass du dich unterstehst!« Und mit elf Jahren war er aufs Internat nach England gekommen. Kaum war er dort, brach der Krieg aus, und die Schiffe wurden zu Kriegszwecken eingezogen. Zwischen Kenia und Tanganjika tobte der Krieg, der zwischen Deutschland und England nach Afrika getragen wurde. Jim wurde von der englischen Regierung in Kenia eingezogen, Heather führte die Farm allein weiter, ohne von Kaffee viel zu verstehen, bis sie so gut wie bankrott war. Und Anthony verkümmerte auf einem englischen Internat, ohne in den Ferien zu seinen Eltern nach Afrika fahren zu können. »Ich kam mir vor wie ein Waisenkind«, kommentierte er diese Zeit trocken. Und Heather begann zu weinen. »Ich wusste es nicht besser«, schnaufte sie. »Englische Jungs gingen nun einmal auf ein englisches Internat. Das war eine Regel. Damals bin ich aber tausend Tode gestorben, aus Angst um meinen Jungen. Ihn herzugeben hat mir das Herz herausgerissen. Und dann war er auch noch ganz fort. Ich konnte nicht zu ihm, er konnte nicht zu mir. Und Jim war auch nicht da. Ich bin krank geworden vor Trauer, und natürlich ist die Farm dabei draufgegangen.«

Nach dem Krieg fingen sie ganz von vorn an.

Fünf Jahre später, 1919, kam Anthony zu einem kurzen Besuch nach Afrika zurück. Da war er siebzehn Jahre alt, hatte sein Abitur in der Tasche und wollte Literatur studieren.

»Hast du einmal erlebt, was ein Hund macht, wenn du ihn zu lange allein lässt?«, fragte Heather. »Er verkriecht sich unter dem Tisch und schaut dich nicht mehr an. Er tut so, als wärst du gar nicht da. Genauso hat sich Anthony benommen. Er tat so, als wäre ich nicht seine Mutter. Es war noch viel furchtbarer als die Zeit vorher, als er wirklich fort war.«

Heather schluckte hart. Ihre Augen schwammen in Tränen. Man sah ihr an, dass sie sich sehr anstrengen musste, um nicht loszuweinen. Anthony legte seine Hand auf die ihre. »Mum, der Hund ist doch längst unter dem Tisch hervorgekrochen.«

»Und hat mit dem Schwanz gewedelt«, bemerkte Jim trocken, und alle brachen in Gelächter aus, das die Stimmung spürbar entlastete.

Je näher der Abschied kam, umso mehr drängte es Stella, mit Anthony über Willy zu sprechen. Sie hatte einiges Geld hinter Jonnys Rücken gespart, auf die Weise, wie alle Frauen es taten. Sie hatte von dem Haushaltsgeld immer etwas beiseitegelegt und auf die Abrechnungen, die Jonny verlangte, Posten geschrieben, die sie nicht gekauft hatte. So hatte sie einen kleinen Batzen Geld zusammengespart. Es war ihr wichtig gewesen, ihn nicht anbetteln zu müssen, wenn sie sich etwas kaufen wollte, Kleidung, Schmuck oder ein Geschenk für daheim. Doch in der letzten Zeit hatte sie sich gar nicht mehr für den Kauf irgendwelcher Dinge interessiert, so ausgefüllt war ihr Leben gewesen. Dieses Geld wollte sie Anthony gern geben, damit er es Willy zukommen ließ. Der konnte sich davon sogar, wenn er wollte, eine billige Überfahrt nach Hamburg kaufen und zu ihr kommen. Auf jeden Fall würde er davon eine Weile leben können, während er sich weit von Jonny und Konsorten entfernt eine neue Arbeitsstelle suchte oder sich vielleicht sogar in einem Kikuyudorf niederließ und ein paar Tiere kaufte. Während sie sich vorzustellen versuchte, was Willy mit dem Geld unternehmen konnte, wurde ihr schmerzlich bewusst, dass sie wenig über das Leben der Schwarzen wusste, die außerhalb der Haushalte oder der Farmen lebten.

Sie wusste nicht, wie sie Anthony das Geld geben und wie sie ihm ihre Bitte vortragen sollte, sich um die Übergabe zu kümmern. Tag für Tag schob sie es auf. Doch dann war keine Zeit für Aufschub mehr übrig. Der letzte Tag auf der Farm brach an.

Wie immer ritten sie bei Sonnenaufgang in die Landschaft hinaus. Stella versuchte, die Luft tief einzuatmen, in diesem letzten Ausritt den Genuss aller vorigen einzufangen. Sie ließ ihre Augen umherschweifen, die Weite, die Schönheit, den unter einer weißen Mütze liegenden Berg in ihrem Herzen zu fotografieren. Aber es war, als wäre sie selbst ganz woanders. Ihre Sinne blieben verschlossen, unberührt von dem Duft, unberührt von den Bildern, unberührt von dem Tierkörper unter sich.

Anthony ritt schweigend neben ihr, in sich versunken, als wäre er ganz allein. Es störte Stella nicht. Sie konnte auch ihn nicht spüren. Er war ein Freund, oder? Vielleicht war er auch ein Fremder, einer, der vor ihr zwar eine Schicht seiner Zwiebelhaut abgelegt hatte, aber immer noch Schicht um Schicht über seinem Kern, seinem Wesen trug. Vielleicht kannte sie immer noch nur seine Oberfläche, und darunter war ein ganz anderer verborgen.

Wortlos erreichten sie den Baum, ihren Baum. Als hätten sie geplant, sich synchron zu bewegen, ließen sie sich gleichzeitig von den Pferden gleiten und langten weich am Boden an. Sie breiteten die Decke auf dem Gras aus und deckten dort den Frühstückstisch. Als sie jedoch voreinander saßen, nippten beide nur an ihrem Kaffee und ließen die

Brote unberührt. Ohne dass Stella begriff, was geschah, begann Anthony ihre Haare zu berühren. Er ringelte ihre Locken, die sie nicht wieder gefärbt und geglättet hatte, um seine Finger. Er streichelte ihren Nacken, ihre Haare, ihre Wange. Strich mit seinen Fingern über ihren Mund. Stella schloss die Augen. In ihrem Kopf war es leer. Ihr ganzes Wesen lag in ihrem Mund, in ihren Wangen, ihren Haaren, genau dort, wo Anthony sie gerade berührte. Er fuhr fort damit, und sie ließ es geschehen. Ihr Hals, ihre Schultern, ihre Schlüsselbeine. Sie blieb regungslos sitzen, die Augen geschlossen. Auf ihrem Körper Hände. Diese Hände bewirkten, dass sie wieder in ihren Körper zurückkehrte. Sie roch wieder die Erde und die Pferde, sie roch Anthonys Hände und seinen Atem und seinen Körper, sie spürte sich selbst. Ihre Seele kehrte in ihren Körper zurück, und es geschah mit einem Schmerz, als schlitze jemand mit einem scharfen Dolch ihre Brust vom Hals bis zum Bauch auf. Anthonys Hände fuhren sanft und zärtlich fort, über ihren ganzen Körper zu gleiten, als wollte er sich ihre Linien in seiner Erinnerung einprägen. Und so war es wohl auch. Sie spürte, dass er sie betrachtete. Aber sie war außerstande, die Augen zu öffnen. Die Wucht des Schmerzes, der über die Berührung von Anthony in sie hineinfuhr, war zu groß. Es war, als würde mit Anthony auch Willy ihr noch einmal nahe kommen. Ihr Körper erinnerte sich an das erste Mal, als Willy ihr mit seiner Zärtlichkeit und seinem Begehren ihren Körper zurückgeschenkt hatte. Damals war sie gar keine Frau mehr gewesen. Willy hatte diese tiefe Wunde, die Jonny ihrem Frausein zugefügt hatte, geheilt. Jetzt war er fort. Tränen liefen ihr über die Wangen. Sie ließ sie still laufen. Anthony streichelte ihren Rücken, sie spürte seinen Halt in ihrem Schmerz. Plötzlich musste sie laut schluchzen, und ihr war, als müsse sie vor Schmerz schreien. Töne drangen aus ihrer Brust, die nicht zu ihr zu gehören schienen. Es waren die Töne eines gepeinigten Tieres, einer gequälten Kreatur. Sie warf sich in seine Arme, und es schüttelte sie vor Schreien und Schluchzen und Weinen. Anthony hielt sie fest, streichelte ruhig weiter ihren Rücken.

Später wird sie denken: Wenn er auch nur einen Millimeter zurückgewichen wäre. Wenn ich auch nur die Prise einer Furcht bei ihm gespürt hätte, wenn er mich auch nur eine sechzigstel Sekunde fallen gelassen hätte, dann wäre alles anders gekommen.

So aber weinte sie, bis sie den Eindruck hatte, innerlich wie sauber gewaschen zu sein. Sie weinte, bis keine Träne mehr übrig war. Anthony hielt sie immer noch fest. Er streichelte sie immer weiter. Und plötzlich schoss Lust in sie wie ein Sonnenstrahl in einen leeren, nass glänzenden Raum. Alles funkelte zurück. Wieder hielt sie still, genoss den Widerhall seiner Hände in ihrem Körper.

Sie dachte nicht darüber nach, dass sie doch eigentlich in Anthony gar nicht verliebt war. Sie überlegte nicht, ob sie vielleicht Willy gerade mit Anthony betrog oder vielleicht Anthony nur benutzte, um den Schmerz über all die erlittenen Verluste nicht mehr zu spüren. Sie folgte einfach nur ihrem Gefühl, dass in diesem Augenblick alles ausnahmsweise einmal ganz richtig war.

Sie drängte sich ihm leicht entgegen. Seine Hände glitten zu ihren Beinen, berührten ihre Schenkel, fuhren die lange, schlanke Linie entlang und verloren sich in der Innenseite, die sie zart und vorsichtig streichelten. Über Stellas Körper rieselten Schauer der Lust. Mit geschlossenen Augen knöpfte sie ihre Bluse auf und legte seine Hände auf ihre Brüste. Er stöhnte auf.

Stella wäre bereit gewesen, sofort von ihm genommen zu werden, aber er ließ sich Zeit. Er küsste ihre Brüste, ihren Körper, ihr Geschlecht, ihre Zehenspitzen, als wollte er sich mit dem Mund jeden Teil von Stella unvergesslich einprägen. Als er endlich in sie eindrang, war sie schon so heiß, so feucht, so verrückt nach ihm, dass sie sämtliche Hemmungen, die sie vielleicht früher gehabt hätte, sämtliche Grenzen, sich einem Mann auszuliefern, aufgelöst hatte, und ebenso wie sie vorher geweint hatte, schrie und schluchzte und stöhnte sie nun vor Lust.

Als sie endlich schwer atmend, zitternd und aufgelöst wieder die Augen öffnete, sah sie einen Mann vor sich, der ganz anders aussah, als sie ihn in Erinnerung hatte. Dies war ein Mann mit Falten der Entschlossenheit um den Mund, mit Augen, die bereit zum Kampf waren, mit Händen, die nicht loslassen würden. Sie strich über seinen leicht geöffneten Mund, der nach ihrem Geschlecht schmeckte. »Danke«, flüsterte sie. »Du hast mir meinen Körper zurückgegeben.«

Anthony antwortete nicht. Er küsste sie abermals am ganzen Körper. Erstaunt spürte sie, wie weich sie geworden war. Als hätte sich alles Harte und Böse in ihr aufgelöst. Als sie wieder auf den Pferden saßen, neigte sich der Tag schon seinem Ende zu. Stella trieb ihre Stute nah an seinen Hengst und beugte sich zu Anthony, um ihm einen Kuss zu geben. »Wo hast du eigentlich gelernt, so ein guter Liebhaber zu sein?«, raunte sie und fügte scherzhaft hinzu: »Auf dem College doch sicher nicht.«

Anthony packte sie an den Schultern und drehte sie zu sich. »Ich liebe dich, Stella«, sagte er schroff. »Das lernt man nicht, das fühlt man.« Er ließ sie los und trieb sein Pferd an. Bald raste er in scharfem Galopp davon. Stella folgte ihm langsam. Sie lächelte vor sich hin. »Doch, mein Lieber«, sagte sie leise. »Auch das Lieben lernt man anscheinend irgendwo irgendwie. Manche können es nämlich nicht. Ich fürchte, die meisten.«

Den Abend verbrachten sie mit einem wundervollen Abschiedsessen in einer Stimmung zwischen übermütig und entsetzlich traurig. Am nächsten Morgen umarmte Stella ihre Gastgeber im Bewusstsein, dass sie sie vielleicht nie wiedersehen würde. Heather gab ihr ein kleines Päckchen mit. »Das öffnest du erst auf dem Schiff«, sagte sie. Erschrocken merkte Stella, dass sie kein Abschiedsgeschenk hatte. Kurz entschlossen öffnete sie ihren Koffer und entnahm ihm eine rote Bluse, die mit weißen Rosen gemustert war. Die hatte Heather immer so gut gefallen. »Da«, sagte sie, »ich schäme mich, ich habe nichts anderes, wie gedankenlos von mir. Bitte behalte die.«

Heather hielt die Bluse vor ihre Brust. Sie grinste. »Mein Kind, du willst doch nicht etwa, dass ich eine Diät mache. Diese Bluse passt mir auch mit zehn Kilo weniger nicht.«

»Dann rahmst du sie eben ein«, bestimmte Anthony resolut. »Und jetzt fahren wir.« Heather bedachte ihn mit einem kurzen prüfenden Blick. Dann klemmte sie die Bluse unter den Arm und umarmte Stella abermals. »Pass gut auf dich auf, mein Kind! Ich bin sicher, wir sehen uns wieder.«

Jim schluckte schwer, als er Stella umarmte. Er räusperte sich und sagte dann betont burschikos: »Vergiss dein Englisch nicht, Stella, du wirst es noch brauchen. Wir lassen dich nämlich nicht da, wir holen dich zurück.«

Stella schossen die Tränen in die Augen. Sie bedankte sich noch einmal und stieg dann ins Auto, wo Anthony schon auf sie wartete.

Während der gesamten Fahrt sprachen die beiden vielleicht drei belanglose Sätze miteinander. Doch kurz bevor sie die Stadt erreichten, sagte Stella: »Anthony, ich habe etwas Geld gespart. Ich möchte, dass du es Willy zukommen lässt. Ich habe ihm einen Brief geschrieben. Bitte sorg dafür, dass er den bekommt.«

»Leg es ins Handschuhfach«, sagte Anthony knapp. »Ich werde dafür sorgen.«

Er konzentrierte sich weiter auf die Straße und schwieg. Er schwieg, bis das Auto vor ihrem Haus hielt. Er stellte den Motor ab, drehte sich zu Stella und sagte: »Ich danke dir! Die Zeit, die ich mit dir verbringen durfte, war die schönste meines Lebens.«

Stellas Hals war wie zugeschnürt. Sie nickte und versuchte ein Lächeln.

Er strich ihr kurz übers Haar und wandte sich dann ab.

Es ist vorbei, dachte Stella. Es ist vorbei. Jetzt fährt er gleich fort, und dann werde ich ihn nie wiedersehen. Sie bekam keinen Ton heraus.

26

Auf dem Schiff saß sie am Kapitänstisch gemeinsam mit einem Arzt, der ein Jahr lang in Mombasa in der Klinik gearbeitet hatte und nun froh war, nach Deutschland zurückzukehren. Er hielt medizinische Vorträge beim Essen, die Stella Übelkeit bereiteten und geradezu nach Widerspruch schrien, aber sie wusste, dass sie hochgradig gefährdet war, und also biss sie sich auf die Zunge, wenn es gar zu hart kam. »Frauen haben ein kleineres Gehirn«, dozierte der Arzt, Dr. Krohn, »und sind somit nicht in der Lage, die gleichen Leistungen zu erbringen wie Männer. Die Ausbildung und Anordnung ihrer Gehirnwindungen unterscheidet sich von der der Männer, sie haben weniger graue Substanz, das ist der Grund für die Verschiedenheit ihrer geistigen Veranlagung. Nur dem Mann fällt die produktive Seite zu, der Frau lediglich die rezeptive.« Er referierte die Veröffentlichung eines Leipziger Nervenarztes, Paul Moebius, der das Traktat *Über den physiologischen Schwachsinn des Weibes* geschrieben hatte. Dr. Krohn war Spezialist für Frauenheilkunde und Geburtshilfe. Er beabsichtigte, in Münster eine gynäkologische Privatpraxis aufzumachen. Er brachte die ganze Tischgesellschaft, die aus den Offizieren und dem Kapitän bestand, zu wieherndem Gelächter, als er erzählte, dass es eine Ärztin gebe, Hermine Heusler-Edenhuizen, die doch wirklich die Ansicht vertrete, dass die Sepsis ihre Ursache darin habe, dass die meisten Männer noch kurz vor der Geburt den Beischlaf verlangten. Sie hingegen forderte die sexuelle Abstinenz bereits vier Monate vor der Entbindung.

»Aber so ist es«, sagte er in das wiehernde Lachen hinein. »Die Frau ist dem Arztberuf weder körperlich noch seelisch gewachsen, sie ist einfach von ihren Geschlechtsorganen abhängig. Zur Zeit der Menstruation ist die Frau nicht ganz zurechnungsfähig, deshalb muss man Vorsicht walten lassen. Für den Arztberuf ist sie nicht geeignet.«

Immer wieder ereiferte sich Dr. Krohn über die Ärztin, die anscheinend sogar in Fachzeitschriften ihre Erfahrungen zu »Unbeachtete Ursachen des Kindbettfiebers« veröffentlicht hatte. »Bedenken Sie, meine Herren, der Koitus ist doch der Hasenbraten des armen Mannes!«

Ein anderes Mal brachte er die versammelte Männergemeinschaft zu brüllendem Lachen, indem er von den Bemühungen einer weiblichen Ärztin erzählte, »gesundheitlich überwachte Bordelle« einzurichten, in denen die Frauen einer regelmäßigen Kontrolle unterliegen sollten. »Und, jetzt kommt es, meine Herren: Die benutzenden Männer sollen sich einer solchen bei jedem Besuch ebenfalls unterziehen müssen!« Aufmerksamkeit heischend, blickte er in die Runde, mit einem besonders anzüglichen Blick bedachte er Stella, die ihm ein eingefrorenes Lächeln zurückgab. »Die Kollegin …«, – er betonte das Wort Kollegin auf eine übertriebene Weise, sodass jeder begreifen musste, dass solcherlei Weiber schon während des Studiums aus dem Hörsaal hätten polizeilich entfernt werden sollen – »… hm, die Kollegin will mit dieser hygienisch wirkungsvollen Untersuchung von Mann und Frau die Hure von der Entwürdigung entlasten. Denn, so behauptet sie, Benutzte und Benutzer ständen moralisch ohnehin auf einer Stufe.«

Die Männer lachten, Stella lächelte. Die Argumentation gefiel ihr. Dann allerdings dachte sie an die armen Frauen, die ungewollt schwanger wurden und sich und das Kind mühsam ernähren mussten. Es gab bestimmt nicht wenige unter ihnen, die irgendwann aus Not ihren Körper verkauften. Nein, so entschied Stella, die Männer, die die Not dieser Frauen ausnutzten, standen eindeutig auf einer niedrigeren moralischen Stufe als die Frauen selbst. Stella lächelte auch, weil sie so etwas wie Furcht aus dem Gelächter der Männer heraushörte. Irgendwie schien ihnen die Tatsache Angst einzujagen, dass es neuerdings Frauen gab, die solche Thesen vertraten und auch noch Ärztinnen waren.

Dr. Krohn verstärkte durch sein widerliches Gerede Stellas Wut auf Jonny. In der ersten Zeit der Reise verlor sie sich in hasserfüllten Rachephantasien, in denen sie Jonny alles antat, was sie sich nur ausdenken konnte. Jonny hatte ihr bei ihrem absurd harmonischen Weihnachtsfest, das sie ebenso wie Silvester mit einigen anderen Deutschen gemeinsam gefeiert hatten, einen kleinen Affen geschenkt. »Als Kindersatz«, hatte er gesagt. Er hatte sogar freundlich dabei geklungen. Stella hätte ihm den Affen um die Ohren schlagen mögen. Aber das Tier konnte nichts dafür, und so quälte sie sich jeden Tag in ihrer Kajüte damit ab, den Affen, der überall hinschiss und störende Geräusche machte, lieb zu gewinnen. Es gelang ihr nicht. Es verstärkte ebenso wie die Vorträge des schrecklichen Arztes ihren Hass auf Jonny. Nach einiger Zeit der Rachephantasien allerdings schmeckten diese Bilder, die Töne seiner Qual, sein verzweifeltes Flehen nach Aufhören, die Verzweiflung in seinen Augen schal. Das besessene Rasen in ihrer Brust, Jonny etwas anzutun, was Lulus Tod, Willys Verletzung, den Tod seiner Mutter, Stellas Vertreibung, Anthonys Traurigkeit vergelten könnte, legte sich ganz allmählich. Wie ein Sturm, der vorüberzieht. Wo erregte, aufgetürmte, sich überschlagende, tosende Wellen ganz allmählich zur Ruhe kommen, weich werden, sich lang strecken. Wo wenn das eine da ist, das andere kaum vorstellbar ist. Und umgekehrt. Nach drei Wochen inneren Wütens fand Stella den Hass auf Jonny in sich nicht mehr, sie erinnerte sich nur noch an ihn.

Während der folgenden Wochen der Reise, in den vielen afrikanischen Häfen, die der Dampfer anlief, und auch in Italien, wo der Duce ihr von allen Wänden entgegenblickte, ließ sie die vergangenen zwei Jahre noch einmal Revue passieren und versuchte zu verstehen, was mit ihr geschehen war.

Es gelang ihr nicht, Frieden in ihr Gemüt zu zwingen. Dem Hass folgte Trauer. Stella konnte sich nicht vorstellen, jemals nicht mehr traurig zu sein. Sie empfand wehen, sanften Schmerz über den Verlust all dessen, was sie mit Willy hatte erleben dürfen. Versengenden Schmerz über den Verlust von Afrika. Einen kurzen Schmerz, als würde mit kleinen Nadeln in ihre Haut gestochen, über den Verlust von Anthony. Wütenden, heißen Schmerz über Lulus Tod.

Mit dem Schmerz kam die Schuld. Es war nicht allein Jonny, der das ganze Elend verursacht hatte. Sie hätte wissen müssen, dass eine Liebschaft mit einem Schwarzen, besser gesagt, Fremdgehen mit einem Pferdeknecht, nur schlecht enden konnte. Und sie hätte wissen müssen, dass es die Schwarzen waren, die darunter zu leiden hatten. Dass die Weißen immer irgendwie unbeschadet aus einer Situation kamen. Sie hätte wissen müssen, dass eine Frau nicht die gleichen Rechte hatte wie ein Mann und dass Jonnys Fremdgehen mit dem ihren überhaupt nicht vergleichbar war. Sie hatte sich gegen eherne Gesetze aufgelehnt. Und sie hatte schon in früher Jugend, als sie mit dreizehn Jahren vergewaltigt worden und dabei schwanger geworden war, erfahren, dass es gefährlich ist, wenn Mädchen sich so verhalten wie Jungen. Eine Frau konnte nicht leben, als wäre sie ein Mann. »Du musst deine Macht als Frau erkennen und nutzen«, hatte die Tante damals gesagt. »Du musst deine Intuition schätzen lernen. Deine Magie als Frau.«

In diesen Tagen der Schuld blieb Stella in ihrer Koje liegen. Sie kettete den Affen an, damit er nicht mehr die ganze Kabine vollschiss. Sie kroch nur aus dem Bett, um ihre Blase und ihren Darm zu entleeren. Sie wusch sich nicht. Sie aß nicht. Sie trank kaum. Sie fühlte sich, als wollte sie sterben. Sie erkannte, dass sie das Bewusstsein ihrer weiblichen Magie völlig verloren hatte. Sie war von Jonny entmachtet, gedemütigt, allein gelassen, verschmäht worden. Sie hatte sich selbst verloren. Und in dieser Verlorenheit hatte sie sich von Willy lieben lassen. Hatte sie ihn benutzt? Vielleicht sogar das. Nein, sie hatte sich an ihn geklammert wie eine Ertrinkende an ein tragendes Holzstück. Er hatte ihr so gutgetan! Seine Offenheit. Seine Zärtlichkeit. Seine Ehrlichkeit. Sein großer, glatter, nach Honig riechender Körper. All die Wunden, die Jonny ihr geschlagen hatte, hatte Willy geleckt. Und sie hatte sich lieben lassen.

Aber war nun nicht Willy ertrunken, und sie war an Land geschwemmt worden? Hätte ihre Intuition ihr nicht sagen müssen, dass sie Willy zugrunde richtete mit dem, was sie tat?

Auch der Gedanke an Anthony erfüllte sie mit Schuld. Er hatte sich in sie verliebt, und sie hatte auch das ausgenutzt, indem sie sich fast einen ganzen Monat lang in seine Gastfreundschaft flüchtete. Dass sie mit ihm geschlafen hatte, erfüllte sie nicht mit Schuld. Sie hatte das Gefühl, dass Anthony im Gegensatz zu Willy ein erwachsenes, gleichwertiges Gegenüber war, ein Mann, der wusste, was er tat und was er wollte. Ganz im Gegenteil kam es ihr sogar so vor, als hätte sie damit ein wenig von ihrer Schuld abgetragen, als hätte sie ihm etwas zurückgegeben.

Quitt allerdings waren sie nicht.

Auch die Schuld wurde sanfter, nachdem Stella sich ihr hingegeben hatte. Als wäre sie ermüdet, entließ sie Stella aus ihren Fängen. Sie ging nicht fort, aber sie lähmte Stella nicht mehr völlig. Stellas Beine gehorchten wieder ihrem Befehl, aus dem Bett zu gehen. Ihre Hände hoben sich wieder, um Wasser in ihr Gesicht zu schütten und mit dem Kamm durch ihre verfilzten Haare zu fahren.

Als sie endlich kurz vor dem Hamburger Hafen an der Reling stand, füllten ihre Lungen sich wieder mit Luft, und ihre Haut genoss die Berührung des Windes. Ihre ganze Familie stand am Kai. Es war Anfang März, die Bäume in Hamburg waren noch kahl. Der Himmel grau. Stella krampfte ihre Hände um die Reling und befahl ihren Augen, nichts auszulassen von dem Bild, das der Hamburger Hafen ihr bot. Sie war zwei Jahre lang fort gewesen. Auf ihrem Arm trug sie das winzige Äffchen. Sie kam sich vor, als wäre sie eine völlig veränderte Frau, als wäre ihr Inneres in Afrika einmal von unten nach oben gestülpt worden und als wäre alles, was einmal in der Tiefe verborgen gewesen war, jetzt offen in ihrer Seele, und als wären alle Dinge, die einmal an der Oberfläche wichtig gewesen waren, nun in der Versenkung verschwunden. Sie war schlanker geworden, fast dünn, und sie hatte Falten bekommen. Es zogen sich sogar einige silbrige Haare durch ihre feurig lodernden Locken.

Sie waren zu sechst gekommen, um sie abzuholen. Neben Käthe und Alexander und den Geschwistern Dritter, Eckhardt und Lysbeth noch Eckhardts Verlobte Cynthia. Jeder von ihnen empfing sie auf seine ganz eigene Weise. Käthe drückte ihr einen Kuss auf die Wange, und betrachtete sie trotz der tränenfeuchten Augen kritisch prüfend. Alexander nahm sie in die Arme und hielt sie eine Weile fest. Es war eine so wohltuende Vaterumarmung, wie Stella meinte, noch nie von ihm empfangen zu haben. Sie lag an seiner Brust, roch sein Rasierwasser, den Tabak seiner Zigaretten und die Wäschestärke seines Oberhemdes. Liebe zu ihm flutete durch ihren Körper. Und mit dem Gefühl von Aufgehobensein und Geborgenheit strömten die Bilder durch sie hindurch: Der Vater, der sie aufs Pferd gelassen hatte, als sie noch viel zu klein gewesen war, um es wirklich halten zu können. Der ihr das Vertrauen gegeben hatte, drauf sitzen zu bleiben, was auch geschehen würde, oder aber hinabzurutschen und weich zu landen. Was soll passieren?, war seine stereotype Antwort auf die besorgten Verbote der Mutter gewesen. Ja, das hatte er ihr mitgegeben. Was soll passieren? Entweder man bleibt drauf sitzen, oder aber man rutscht runter oder fällt sogar und macht sich weich und rund und rollt ab. »Ein guter Reiter«, so hatte eine der Lebensweisheiten gelautet, die er Stella mit auf den Weg gegeben hatte, »ist nicht einer, der nie runterfällt, nein, ein guter Reiter ist einer, der weich landet, wenn er runterfällt. Und der dann wieder aufsteigt.« Papa, sagte sie in sich hinein, während sie in seinem Arm lag, ich bin runtergefallen und wieder aufgestiegen und wieder runtergefallen. Und es war nicht weich, es hat furchtbar wehgetan. Ich habe Angst, wieder aufzusteigen. Sie schluchzte trocken auf. Er rieb ihr den Rücken und sagte mit belegter Stimme: »Meine Tochter, wie schön, dass du wieder da bist.«

»Nun bin ich mal dran!« Dritter griff nach seiner Schwester und umarmte sie ebenfalls. Auch er roch nach Rasierwasser und Tabak. Auch er roch nach Wäschesteife, aber da war noch ein Geruch, der war völlig anders als der des Vaters. Dritter roch nach Lust. Er hat letzte Nacht bei einer Frau verbracht, dachte Stella. Ja, er riecht nach Frau. Es kam ihr eigenartig vor, in den Armen eines Bruders zu liegen, der nach Lust roch. Sie befreite sich sanft und schaute ihm ins Gesicht. Nein, er sah überhaupt nicht aus, als käme er aus einem Lotterbett. Sein Gesicht war penibel glatt rasiert. Seine Augen blitzten hellwach. Alles an ihm war sauber und geschniegelt und elegant wie immer. »Du bist noch schöner geworden«, sagte er beifällig. Stella lächelte. »Du auch«, sagte sie. Die alte Vertrautheit mit dem großen Bruder war wieder da. Sie erinnerte sich an seine Unterstützung dabei, Jonny seiner Verlobten Leni abspenstig zu machen, und sie empfand eine Mischung aus Schauder und Dankbarkeit. Wenn ich ihn jetzt bitten würde, mir dabei zu helfen, Jonny aus meinem Leben zu werfen, würde er es tun, dachte sie.

»Liebe Schwester!« Eckhardt umarmte sie ebenfalls, aber völlig anders. In seinem Arm fühlte sie sich wie gegen eine Mauer gepresst. Sie machte sich schnell wieder frei und wollte Cynthia umarmen, aber die gab ihr die Hand und drückte ihr einen Kuss auf die Wange, der wie ein Rückstoß wirkte. Stella betrachtete Cynthia lächelnd. Cynthia war völlig verändert. Sie war nicht mehr die junge Frau, die Stella vor Jahren bei der Verlobung kennengelernt hatte. Damals war sie groß, schmal und etwas ungelenk gewesen. Aber sie hatte die Ausstrahlung eines unreifen Pfirsichs gehabt. Jetzt, nicht einmal zehn Jahre später, wirkte sie wie eine spitze alte Jungfer, die sich über ihre Verbitterung rettet, indem sie alle blühenden jungen Frauen zu oberflächlichen Gänsen erklärt.

Was ist geschehen?, fragte Stella sich. Das kann doch nicht innerhalb von zwei Jahren passiert sein. Sie betrachtete das Paar. Eckhardt, der blasse, kompakte Mann, einen Kopf kleiner als Cynthia, die ebenfalls blass, aber hager war. Er liebt sie nicht, dachte sie und erinnerte sich plötzlich an gewisse Erregungen, die er angesichts bestimmter Ereignisse gezeigt hatte, die nicht das Geringste mit Frauen zu tun hatten. Sie erinnerte sich auch daran, dass sie früher schon gedacht hatte, ihr Bruder habe ein seltsames Geheimnis, viel geheimer und dunkler als all die dunklen Geheimnisse von Dritter. Er ist vom anderen Ufer, dachte sie plötzlich.

In diesem Augenblick trafen sich ihre Augen mit denen ihrer Schwester Lysbeth. Sie erschrak und blickte noch einmal hin. Solche Augen, so schien ihr, hatte sie noch nie gesehen. Oder doch? Ganz kurz kam es ihr vor, als hätte sie diesen Ausdruck, diese Tiefe des Verständnisses menschlicher Verstrickungen bei Anthony gesehen, als er sich von ihr verabschiedete. Nein, das konnte nicht sein. Sie wischte die Erinnerung fort. Auch in Lysbeths Augen lag Schmerz neben Freude. Helles Licht und gleichzeitig tiefes Dunkel. Afrikanische Augen, dachte Stella und lächelte unwillkürlich. Lysbeth lächelte zurück und berührte Stella zart, ihre Haare, ihre Wangen, ihre Schulter. »Du weißt nicht, wie glücklich ich bin, dass du wieder da bist«, sagte sie mit einer klaren, hellen Stimme, als wäre es ihr überhaupt nicht unangenehm, ihre Gefühle körperlich und mit Worten auszudrücken. Stella aber war es peinlich. Schnell warf sie ihre Arme um die Schwester und sagte laut und etwas übertrieben: »Ja, Lysbeth, wir werden uns viel zu erzählen haben.«

Lysbeth antwortete nicht, aber sie empfing die Umarmung der Schwester ohne den geringsten Widerstand. Stella spürte, dass mit Lysbeth etwas geschehen war, etwas, das sie in ihren Briefen nicht erwähnt hatte, etwas Gutes. Sie konnte nicht in Worte fassen, was es war, das an Lysbeth anders war, aber sie spürte es sehr deutlich.

Sie nahmen eine Droschke nach Hause. Es passten nicht alle in das Gefährt. Eckhardt und Dritter gingen zu Fuß.

Als sie in der Kippingstraße ankam, schlug Stellas Herz schneller. Sie ließ den Affen, der an der Leine war, im Vorgarten herumhüpfen und wartete, bis die Eltern die Haustür aufgeschlossen hatten.

Das Haus war so schön! Sie warf einen Blick nach oben zu der kleinen verglasten Veranda. Dort stießen die Gummibaumblätter gegen die Scheiben. Lysbeth hatte die Pflanze offenbar gut gegossen. »Da wirst du schön klettern können«, sagte Stella zu dem Äffchen, für das sie immer noch keinen Namen gefunden hatte. Und sie wusste auch immer noch nicht, ob sie das kleine Tier eigentlich lieb gewinnen wollte. Sie besaß es, und sie hatte es während der ganzen Überfahrt bei sich in der Kabine behalten, obwohl es ziemlich lästig gewesen war, ständig die Exkremente entfernen zu müssen. Aber sie hatte sich befohlen, sich nicht so anzustellen, denn bei einem kleinen Kind hätte sie das schließlich auch tun müssen. Aber ob sie das Tier jemals würde lieben können, wusste sie nicht. »Wie heißt er?«, fragte Cynthia mit skeptischem Blick.

»Affe!«, sagte Stella.

27

Der Sommer stand vor der Tür, und der Affe hatte immer noch keinen Namen bekommen. »Affe« rief Stella ihn und empfand Schuldgefühle, weil sie ihn nicht lieb gewinnen konnte. Ganz im Gegenteil, eigentlich hasste sie ihn. Sie hatte beschlossen, ihn in die kleine verglaste Veranda zu sperren, die nach vorn zur Straße lag. Zwei große Flügeltüren führten zu diesem winzigen, zwei Quadratmeter großen Wintergarten, der bis oben hin mit bezaubernden Sprossenfenstern verschlossen war. Schon bevor sie nach Afrika gefahren war, hatte Stella versucht, die Veranda mit einem Gummibaum, der inzwischen ausgeufert war, und einer Palme, die vor sich hin kümmerte, zu einem kleinen Urwald zu machen. Dorthin verbannte sie jetzt Affe. Unter dem Gummibaum stand seine Wasserschüssel und neben der Palme sein Fressnapf.

Zwischen »Affenkäfig« und Schlafzimmer befand sich das Wohnzimmer, das vom Herrenzimmer durch eine Schiebetür abgetrennt werden konnte. Zwischen Wohn- und Schlafzimmer lag noch die kleine Diele. So war Stella von den nächtlichen Geräuschen abgeschirmt, und das beruhigte sie, denn die Schreie, die Affe von sich gab, klangen nicht glücklich.

Bald war auch die Veranda voller Affenkot, und Stella öffnete die Flügel zu dem Käfig nur noch mit äußerster Überwindung, weil danach das Wohnzimmer übel stank. Es dauerte nicht lange, da drang der Geruch auch durch die Fenster hindurch, und Stellas Flucht musste weitere Ausmaße annehmen. Sie hielt die Schiebetür zwischen den beiden großen Räumen auch tagsüber geschlossen und mied das Wohnzimmer, das einmal ihr ganzer Stolz gewesen war. Vor allem hielt sie sich im Herrenzimmer sowie bei der Mutter und Lysbeth auf. Das Haus ist groß genug, sagte sie sich, ich muss meine Nase nicht in die Affenscheiße stecken.

In den ersten Tagen nach Stellas Rückkehr hatte es eine Art Pilgerzug zur Affenveranda gegeben. Zuerst waren die Familienmitglieder die Treppe zum ersten Stock hochgeschlichen und hatten sich still vor die Flügelfenster gestellt oder sich irgendwie mit dem Affen beschäftigt. Jeder auf seine Weise: Käthe hatte ihm etwas zu essen mitgebracht, was sie allerdings nur einmal tat, weil Affe es ihr grob aus der Hand riss und danach an ihren Haaren zerrte, als wollte er probieren, ob auch die essbar waren. Danach blieb sie einfach nur stehen und schaute ihn an, als wollte sie ganz Afrika in ihm erkennen. Dritter und Affe hatten sich schnell angefreundet. Dritter verheimlichte die Faszination nicht, die das Tier auf ihn ausübte. »Er ist wie ich, das spürt er natürlich«, sagte er lachend, wenn er mit dem Affen herumbalgte, ebensolche Geräusche von sich gab, ebenso hüpfte, sprang und Gebärden veranstaltete wie Affe, der das ebenso amüsant fand wie Dritter.

Nach einiger Zeit allerdings verlor Dritter das Interesse an dem Tier, und der Affe, der ein Heidenspektakel veranstaltete, wenn Dritter den Weg von der Straße zur Haustür zurücklegte, wartete danach vergeblich auf ihn.

Eckhardt stahl sich geradezu zum Affen, keinem gelang es wie ihm, die quietschenden Holztreppen nahezu lautlos zu überwinden. Stella hatte ihn einige Male vor dem Affenkäfig überrascht. Dann stand er dort, schräg, als wollte er nicht, dass der Affe ihn sah, und betrachtete unverwandt das Tier.

Alexander zeigte kein großes Interesse an Affe. Am Abend, wenn er heimgekommen war, suchte er Stella kurz auf, ein Glas Bier in der Hand. Er fragte sie, wie sie sich einlebe, ob sie einen guten Tag gehabt habe, erzählte ihr ein wenig von den überraschend gut gehenden Geschäften von *Wolkenrath und Söhne* und schlug ihr dann vor, zum Essen hinunterzukommen, weil Käthe für alle gekocht hatte.

Den Affen bedachte er mit einem kurzen Blick, klopfte zwei-, dreimal gegen die Glasscheibe und sagte: »Na, Dicker, wie gefällt es dir im Hamburger Dschungel?« Darauf drehte er sich um, tätschelte Stellas Wange und verließ den Raum mit den Worten »Bis gleich«.

Jeden Abend fand Stella sich am Familienesstisch ein. Käthe war keine raffinierte Köchin, aber ihre Mahlzeiten waren kräftig und bewirkten, dass Stella sich wohlig und warm fühlte. Nach einem Monat hatte sie schon ihr früheres Gewicht und konnte die Kleidung wieder tragen, die sie in Hamburg zurückgelassen hatte.

Am wichtigsten aber war ihr an diesen gemeinsamen Abendessen, dass das Gefühl der Verlorenheit und Heimatlosigkeit, das den Tag über auf ihr gehockt hatte wie ein Buckel, während der Mahlzeiten einer wohligen Wärme und Geborgenheit wich. Spätestens zwei Stunden später, wenn sie wie alle anderen im Bett lag, drückte der Schmerz sie wieder.

Dann horchte sie auf die Geräusche im Haus. Der Affe rumorte und keckerte leise. Die Stadt war wie fernes Meeresrollen, aus dem manchmal Pferdegetrappel oder ein gequältes Motorjaulen brach. Vom dunkel hinter dem Haus liegenden Hof, der in viele kleine Gärten unterteilt war, drang dumpfe Stille hinauf, keine Stimmen, kein Lachen. Wenn Stella hinausschaute, sah sie den Hof wie ein längliches schwarzes Tuch. In manchen Fenstern der gegenüberliegenden Häuser brannte noch Licht hinter vorgezogenen Vorhängen.

Jede Nacht lag Stella wach im Bett und sehnte sich nach den Geräuschen der Nacht, die sie auf der Farm der Walkers gehört hatte. Hyänen, Trommeln, Gesang. Sie sehnte sich nach den Nächten vor dem Kamin, in denen Geschichten erzählt wurden. Sie sehnte sich danach, die Kapitel vorgelesen zu bekommen, die Anthony am Tag geschrieben hatte. Sie fragte sich, was er wohl tat, ob er vielleicht sogar sie in seinen Roman eingebaut hatte. Sie sah seine hellen Augen vor sich, vernahm seine Stimme, die sagte: »Stella, du leuchtest, als hättest du in dir eine

Kerze brennen.« O nein, sie fühlte sich, als wäre die Kerze in ihr ausgelöscht. Sie fühlte sich, als stände sie in ihrem eigenen Grab.

In einer Nacht hielt sie es nicht mehr aus. Ihr Leben kam ihr vor, als hätte es jeden Sinn verloren. Warum sollte sie diese Albernheit fortführen? So tot wie das schwarze Tuch im Hinterhof, so dunkel, still und geruchlos, so war auch ihr Leben geworden. Was erwartete sie noch? Sie malte sich aus, wie es wäre, wenn sie sich die Pulsadern aufschnitt. Sie hatte gelesen, dass das ein schöner Tod sei. Man sollte sich ins Badewasser legen und langsam das Blut aus sich heraussickern lassen. Es täte nicht weh, hatte sie gehört.

Wo eigentlich?, fragte sie sich, von einem plötzlichen Interesse erfüllt. Wo habe ich das gehört? Gelesen? Es wäre bestimmt ein schöner Tod.

Stella, die wieder ihren gerundeten Körper hatte, volle Brüste, kräftige Schenkel, runde Hüften. Stella mit ihren Locken in der Farbe dunklen Weines. Dieser Körper in rotgefärbtem Badewasser! Ja, sterben könnte ich bestimmt schön, dachte sie.

Sie glitt aus dem Bett und schlich auf nackten Füßen hinunter in die Etage, wo die Eltern und die Brüder schliefen. Dort horchte sie nach Geräuschen. Irgendwie hätte es sie getröstet, wenn aus dem Schlafzimmer der Eltern Stimmen gedrungen wären, vielleicht sogar das Schnarchen des Vaters. Aber es war totenstill. Wahrscheinlich waren die Brüder gar nicht zu Hause. Doch. Eckhardt hatte sich nach dem Abendessen zu Bett begeben. Dritter war gar nicht erst nach Hause gekommen. Stella schlich weiter, hinunter ins Souterrain, wo Lysbeth wohnte.

Vorsichtig drückte sie die Klinke zu Lysbeths Zimmer hinunter. Sie gab einen überraschten Laut von sich, als sie in ein voll erleuchtetes Zimmer trat. Lysbeth saß in einem Sessel am Fenster und blickte hinaus. Sie schien Stella gar nicht gehört zu haben. Die trat ins Zimmer und schloss die Tür geräuschvoll hinter sich. Da erst wendete Lysbeth ihr das Gesicht zu. Ihre Wangen glänzten feucht, die Augen waren rot.

»Lysbeth, Schätzchen«, rief Stella, und in ihr wallte die Empörung auf, die sie immer schon empfunden hatte, wenn jemand die Schwester zum Weinen gebracht hatte. »Was ist geschehen?« Wild warf sie die Locken hin und her, theatralisch nach einem Bösewicht suchend. »Wen soll ich verdreschen? Wer hat dir etwas getan?« Ihr eben noch erschöpfter und müder Körper vibrierte unternehmungslustig. Lysbeth rang sich ein Lächeln ab. Aber es fiel ihr sichtlich schwer. Stella warf ein paar Kissen vom Bett auf den Boden zu Füßen der Schwester und umfing ihre Beine. »Was ist los, Schwesterchen? Du bist die ganze Zeit schon so seltsam. Alle kommen hoch, und sei es nur, um den Affen zu beglotzen. Du dagegen benimmst dich, als wolltest du nichts mit mir zu tun haben.« Sie musterte die Schwester, über deren Wangen die Tränen liefen, als wäre der Zufluss nicht abzustellen. »Hab ich dich irgendwie verärgert?«, fragte Stella kleinlaut. »Manchmal bin ich so ein Trampeltier, das nichts mitkriegt.«

Lysbeth verzog ihr Gesicht wieder zu diesem bestürzend traurigen Lächeln. »Nein, Stella«, beteuerte sie, »mit dir hat das gar nichts zu tun.«

»Womit denn?«, erkundigte Stella sich eifrig. »Wer hat dich traurig gemacht?« Sie umschlang Lysbeths Knie.

Lysbeth schwieg. Da brach es aus Stella heraus: »Dann erzähl ich dir eben, wer mich traurig gemacht hat.«

Im Nu entwarf sie vor der Schwester das Leben, aus dem sie jäh herausgeschleudert worden war. Ihre Ehe, die sich als Albtraum entpuppt hatte, Willy, Anthony, Lulu und Willys getötete Mutter. Sie beschrieb die afrikanische Landschaft auf eine so farbige Weise, dass sie gar nicht hinzufügen musste, wie sehr sie alles vermisste, die Ausritte am Strand, die Farm, die Düfte, die Menschen.

Lysbeth, aus ihrem eigenen Kummer herausgerissen, hörte interessiert zu, fragte nach, seufzte, erschrak an manchen Stellen und sagte, als Stella zum Ende gekommen war: »Gütiger Gott, Stella, dagegen sind meine Probleme lächerlich. Ich schäme mich gar für meine Tränen.«

»Quatsch mit Soße«, widersprach Stella. »Jetzt bist du dran, meine Liebe. Was also hat dich zu Tränen gerührt?« Nun endlich gab Lysbeth ihre Geheimnisse preis, die sie so lange allein mit sich herumgetragen hatte. Sie erzählte von ihrer Leidenschaft für das Erkennen von Zusammenhängen, die den menschlichen Körper und seine Seele betreffen. Dass sie zuerst gedacht hatte, es würde sie zur Chirurgie hinziehen. Und dass sie jetzt aber Naturheilkunde studierte. Jetzt, da Aaron in Berlin sei, wo er als Assistenzarzt an der Charité arbeitete.

Und ganz neuerdings beginne sie, sich für die Erkenntnisse des Professors Sigmund Freud zu interessieren. Er habe sich mit Träumen beschäftigt. Und er habe Menschen von allen möglichen Krankheiten geheilt, indem er sie über ihre Träume sprechen ließ und ihnen half, ihre Träume zu verstehen. Aber was sie auch tue, immer stoße sie an die Grenzen ihrer mangelnden Bildung. Es sei eben nicht möglich zu studieren und so, wie Aaron es tat, andere Städte aufzusuchen, Menschen, von denen er wirklich Neues lernen konnte. Was ihr bliebe, sei, Veröffentlichungen zu lesen, Bücher, Artikel und Aarons Aufzeichnungen so sorgfältig wie möglich zu studieren.

Seit ein paar Monaten gehe sie einmal die Woche für drei Stunden zu einer Heilpraktikerin, die ihr Wissen an andere weitergebe. Was sie dort lerne, sei nicht sehr viel mehr als das, was Tante Lysbeth ihr schon beigebracht hatte. Allein in der Homöopathie lerne sie Neues, was sie sogar an die Tante weitergeben könne.

Lysbeth erzählte und erzählte, bis Stella endlich leise fragte: »Du liebst ihn, oder?«

Lysbeth fuhr zusammen, wandte ihr Gesicht ab. Stella meinte, sie müsse die Schwester ermahnen zu atmen. Als nach zähem Schweigen endlich ein klares, deutliches »Ja« aus Lysbeths Mund kam, mussten beide erleichtert auflachen. Und jetzt erzählte Lysbeth auch von ihren Gefühlen für Aaron. Sie beschrieb ihre von Aaron entfesselte Tangobegeisterung, und sie berichtete von der einen besonderen Nacht.

»Ja, aber das klingt doch alles ganz wunderbar«, sagte Stella. »Der Mann liebt dich, du liebst ihn, bald kommt er nach Hamburg zurück. Er wird Arzt, und du wirst seine Hilfe. Das machen doch viele Paare. Dann kannst du endlich dein Wissen anwenden. Er kann sich glücklich schätzen, so eine Frau zu haben.«

Lysbeth seufzte schwer. Sie erklärte Stella geduldig, dass Aaron schließlich viel jünger sei als sie. Dass er Jude sei und seine Mutter sich für ihn eine jüdische Frau wünsche. Dass er als Arzt Scharen von Krankenschwestern und Patientinnen kennenlernte, von denen bestimmt jede Zweite an einer Ehe mit ihm interessiert war. Dass er ein so schöner junger Mann sei und sie nichts als eine alte Bohnenstange. Wieder seufzte sie schwer auf. Dann sagte sie mit fester Stimme: »Nicht, dass du denkst, ich wäre unglücklich. Aaron hat mir so viel gegeben. Das Studium. Das Tanzen. Die Freundschaft. Das Vertrauen. Ich bin nicht unglücklich, nein, nicht im Geringsten.« Tränen liefen ihr wieder über die Wangen. Stella wischte sie zart mit ihren Händen fort und sagte weich: »Nein, du bist die glücklichste Frau auf der Welt, meine Süße. Du bist so klug, so fein, du hast so hübsche Augen und einen so schön geschwungenen Mund. Du bist so schlank und zart wie eine Gazelle. Und du bist ganz offenbar die Flamme eines hübschen dunkellockigen jüdischen Arztes. Und wenn du dich noch ein einziges Mal alte Bohnestange nennst, betrachte ich dich als Schädling meiner Schwester Lysbeth und werde dich dementsprechend bekämpfen.« Lysbeth lachte schluchzend auf, aber man sah ihr an, dass sie Stellas Worten nicht eine Prise Glauben schenkte. Stella ließ nicht locker. »Erstens: Man sieht überhaupt nicht, dass du älter bist. Zweitens: Aaron ist ein ernsthafter Mann, für den bestimmt nicht das Alter einer Frau wichtig ist, sondern was für ein Mensch sie ist. Und ob ein Mann Lust hat, eine Frau zu küssen und zu berühren und sie beim Tanzen im Arm zu halten, das hängt einzig und allein davon ab, wie sehr sie ihn anzieht. Und das wiederum hängt nicht von ihrem Alter ab.« Sie merkte irritiert, wie Lysbeths aufmerksamer Blick auf ihr lag. »Was ist?«, fragte sie unbehaglich. Und Lysbeth fragte: »Hattest du nicht gesagt, dass Anthony viel zu jung für dich sei?«

Stella schüttelte sich leicht, wie ein nasser Hund. Sie betrachtete Lysbeth und musste unwillkürlich lächeln. Lysbeth sah aus, als hätten die Tränen sie von innen weich gespült. Ihre Augen leuchteten, und auf ihren Wangen lag ein jugendlicher Schmelz. Ihr Mund war weich, als warte er nur darauf, geküsst zu werden. Sie griff nach Lysbeths schmalen Händen, die kühl und wie verlorene Vogelküken in den ihren lagen. Sie drückte ihrer Schwester einen Kuss auf die Wange, was einen salzigen Geschmack auf ihren Lippen hinterließ. »Du hast recht«, sagte sie übermütig, »wahrscheinlich ist Anthony gar nicht zu jung für mich, aber ich liebe ihn nun mal nicht. Weißt du, dieses schmelzende Gefühl in der Brust, das ich früher bei Jonny hatte und dann bei Willy, das habe ich bei Anthony nun mal nicht. Ich bin gern mit ihm zusammen, ich fühle mich wohl mit ihm, aber ich denke nicht immer daran, dass ich ihn berühren und küssen will. Ich bin nun mal nicht in ihn verliebt. Das ist das ganze Geheimnis. Und nicht sein und nicht mein Alter.«

Die Schwestern redeten noch viel in dieser Nacht, bis sie schließlich Arm in Arm in Lysbeths Bett einschliefen. In dieser Nacht fühlte Stella sich endlich wieder warm und geborgen. Doch am nächsten Tag brachte der Postbote einen Brief von Jonny, in dem er ihr knapp mitteilte, dass er in einem Jahr nach Hamburg zurückkehren werde. Er habe sich entschlossen, seine Anstellung beim Handelshaus Woermann wieder gegen ein Dasein als Kapitän einzutauschen. Man habe ihm das angetragen, und er habe zugestimmt. Er werde also seine Tätigkeit in Afrika abschließen, seinen Nachfolger einarbeiten und nach Hamburg zurückkehren. Er grüße sie herzlich vom Prinzen von Sansibar und schicke ihr einen Kuss. Er freue sich darauf, sie in spätestens einem Jahr wiederzusehen, sie wie die ganze Familie Wolkenrath.

Stella wurde eiskalt. Kein Wort zu Willy, kein Wort zu ihrer Ehe. Jonny tat, als wäre nichts zwischen ihnen vorgefallen. Ihr wurde übel, und sie wünschte sich, tot zu sein. An diesem Abend sagte sie zu Dritter, sie wolle ihn auf die Reeperbahn begleiten.

Es wurde eine ausgelassene Nacht. Als Stella, nass geschwitzt vom Tanzen, glaubte, sie würde nie wieder traurig sein, kehrte plötzlich alles zurück, überfiel sie mit Wucht. Ganz krumm wurde sie unter der Trauer des Verlustes. Genau in diesem Augenblick trat ein Paar an ihren Tisch, eine Frau mit sehr dunkelrot geschminkten Lippen und einem schwarzen Pagenkopf. Ihr schwarzes Kleid war vorn hoch geschlossen, der Rückenausschnitt fiel hinunter bis zum Hintern. Dritter kannte die beiden, machte mit dem Mann, Hugo, seit einiger Zeit neben *Wolkenrath und Söhne* auf eigene Faust Geschäfte. Hugos Frau, Martha, führte rhythmisch eine lange silberne Zigarettenspitze an ihren blutroten Mund, bevor sie den Rauch ausblies, als küsse sie die Luft. Dabei blickte sie Stella unter halb geschlossenen Lidern an. Sie blickte sie so an, wie es sonst nur Männer taten. Stella spürte, wie es sie erregte, auf diese Weise von einer Frau gemustert zu werden.

Martha forderte Stella zum Tanzen auf, und Stella lag zum ersten Mal in ihrem Leben in den Armen einer Frau, die sie führte, als wüsste sie mit männlicher Kraft ganz genau, was sie wollte, und als spüre sie gleichzeitig mit weiblicher Intuition und Sensibilität, was Stella wollte. Sie war einen Kopf größer als Stella, schlank und sehnig.

Nach einigen Tänzen, die Stella in eine eigenartige Stimmung gebracht hatten, als wäre alles irreal, flüsterte Martha an ihre Haare: »Hast du schon mal Kokain probiert?« Stella schüttelte verneinend den Kopf. Ihre Erregung wuchs. Das Gefühl der Unwirklichkeit auch. Es kam ihr vor, als wäre sie zurückversetzt in die Zeit, als sie nachts mit den Jungs über die Mauer zur Badeanstalt kletterte und dort Alkohol trank. Dass sie damals geschwängert worden war, ohne zu wissen, wie das geschehen sein konnte, war ihr in diesem Moment völlig egal. »Hast du Lust dazu?«, raunte Martha. Stellas Hals war vor Spannung wie zugeschnürt. Vorsichtig nickte sie mit dem Kopf und hob ihr Gesicht der fremden Frau entgegen, in deren Augen eine scharfe Gier lag.

Hand in Hand gingen sie zur Toilette, wo Martha weißes Pulver auf einen Geldschein streute und Stella zeigte, wie sie es in ihre Nase ziehen musste. Fasziniert blickte Stella zu der Frau, deren Augen ihr riesig und schwarz erschienen wie ein Brunnen, der einen magischen Sog ausübt. Unter Marthas Anleitung schnupfte sie das weiße Pulver. Martha ließ ihre Finger durch Stellas Locken kreiseln, strich ihren Nacken entlang. In Stellas Beinen machte sich eine eigenartige Schwäche breit. Sie meinte, umfallen zu müssen, hinein in die Arme der fremden Frau. Einen Moment lang brannte es in ihrer Nase, dann wurde ihr schwindlig, und als würde ein Schalter in ihrem Kopf umgelegt, empfand sie plötzlich eine unglaubliche Leichtigkeit. Alles, was in ihrem Körper vorher schwer und traurig gewesen war, schien sich von einer Sekunde zur andern in nichts aufzulösen. Sie schritt wieder zurück an ihren Tisch, und es war, als leuchte im Saal ein goldenes Licht des Glücks, als würde die Musik unmittelbar in Stellas Herz dringen und es zum Schmelzen bringen, als wäre sie selbst die Königin der Nacht.

Mit einem Gefühl ungeheurer Erleichterung beschloss sie, das nächste Schiff zu nehmen, das nach Afrika fuhr, wohin auch immer. Sie war schließlich Afrikakennerin, sie würde sich schon zurechtfinden. Und wenn sie den ganzen Kontinent durchqueren müsste, sie würde Willy auskundschaften, ihn heiraten und mit ihm Kinder bekommen. Sie würde mit ihm in ein Kikuyudorf ziehen, in das Dorf, in dem er geboren worden war, und sie würde für immer in Afrika bleiben. Sie spürte Willys Haut unter ihren Händen, sie roch seinen Geruch nach Honig, und sie fühlte, wie seine Lippen sie küssten.

»Schwesterchen, du strahlst wie ein Tannenbaum«, witzelte Dritter. »Lass uns tanzen.«

Nie hatte Stella expressiver getanzt. Sie war wie eine Akrobatin des Tanzes. Dritter konnte sie über seinen Arm werfen, und ihr Kopf berührte fast den Boden, so gelenkig war ihre Wirbelsäule plötzlich. Sie dachte sich Variationen aus, die sie noch nie gesehen oder getanzt hatte, aber alles gelang ihr. Erst als Dritter sie darauf aufmerksam machte, merkte sie, dass die anderen Tänzer an den Rand gerückt waren und sie anfeuerten. Das forderte sie noch mehr heraus. Sie riss das Bein hoch zum Spagat, knickte es ab und schleuderte es hinter Dritters Knie, alles in atemberaubender Geschwindigkeit. Er entfernte sich von ihr, und sie ließ sich ziehen, bis ihre Beine fast über dem Boden lagen, ihre Brust an seiner. Tango! Das war Tango. Da drehte er sie um sich herum, ihre Beine wirbelten zu einer atemberaubenden Moulinette. Dritter genoss ganz offensichtlich die Dominanz, die er auf seine schöne Schwester ausüben konnte, die ihn zu einem vollkommen beherrschenden Tänzer machte.

Als die Kapelle zum Schluss kam, applaudierten alle. Stella schwankte leicht. Das Leben war wundervoll! Plötzlich hatte sie eine Idee. Sie hauchte einen Kuss über ihre Fingerspitzen zum Publikum, dann drehte sie sich um und eilte mit wiegenden Hüften zu den Treppen, die zum Podium führten, auf dem die Kapelle saß. Sie schien zu dem Pianisten zu fliegen, raunte ihm zu: »Ich bin Sängerin, wollen wir es einmal miteinander versuchen?«

Der Mann, der aussah wie ein Zigeuner mit langen Koteletten und Locken im Nacken, nickte amüsiert und wies zum Mikrophon. Er ließ sie in seinen Noten blättern. Schnell entschied sie sich für *Die Männer sind alle Verbrecher* und stellte sich vors Mikrophon. Der Pianist spielte ein paar Takte, und sie begann zu singen. Ihre Stimme füllte den Saal, als hätte sie nie etwas anderes getan, als vor großem Publikum zu singen. Ihr schien, als bebten die Menschen unter den Tönen, die sie zu ihnen schickte, als verzaubere sie alle.

Es war bereits Morgen, als die Musiker ihre Instrumente einpackten, während Stella von einem zum andern ging und sehr angeregte, leidenschaftliche Gespräche über Musik mit ihnen führte. Mit einem Mal aber wurde ihr entsetzlich kalt. Sie begann zu zittern. Die Haut auf ihren nackten Armen war wie Raureif. Ihr Blick glitt über den Saal. Dort war es menschenleer. Die Lichter waren aus, der Raum sah dunkel und schäbig aus. Tränen der Verlassenheit stiegen in ihr auf.

Wo war Dritter? Er konnte doch nicht einfach verschwunden sein. Sie fühlte sich, als stände sie bis zur Taille im Morast, alles kalt und feucht und schmutzig. Die Erinnerung an den Morgen im Schwimmbad stand plötzlich klar und scharf vor ihr. Beschmutzt und krank fühlte sie sich, wie damals. Besudelt. Voll unbegriffener Scham. Etwas war geschehen, und das war nicht gut.

»Frollein, wir gehen jetzt«, sagte der Pianist. »Sie müssen jetzt auch hier weg.« Sein Blick war anders als in den Stunden zuvor. Keine Begeisterung, keine Bewunderung mehr. Müdes Mitleid lag in seinen Augen, als wäre Stella ein räudiger Hund, der einem nicht von den Fersen weicht. Stella zitterte jetzt am ganzen Körper. Einer der Musiker kam aus dem Saal mit ihrem Mantel über dem Arm. Er half ihr hinein, aber der Mantel war kalt, und sie hätte ihn am liebsten abgeworfen. Bleischwer widersetzten sich ihre Beine der Absicht zu gehen. Seufzend nahm der Pianist ihren Ellbogen und führte sie hinaus auf die Straße, wo die Tageshelle in ihre Augen stach. »Los, Freddy, wir nehmen sie mit!«, sagte seufzend der Akkordeonspieler, ein dicker, gemütlicher Mann, dessen Gesicht jetzt im hellen Morgenlicht teigig und gelb aussah. »Wo wohnen Sie denn, Frollein?«

Sie verfrachteten Stella in ein schwarzes, kastenförmiges Auto, auf den Rücksitz zwischen den Pianisten und den Bassisten. Der Akkordeonspieler saß neben dem Fahrer, dem Geiger, der als Einziger der Gruppe mit Stella kein Wort gewechselt, dafür aber umso jubelnder auf seiner Geige gespielt hatte. Sie fuhren als Erstes in die Kippingstraße, wo sie Stella absetzten. Kaum stand sie auf dem Bürgersteig, brummte der Wagen schon davon. Nur der Pianist hatte »Tschüs« gesagt.

Als sie endlich in ihrem Bett war, zitternd und frierend, lag die Nacht wie ein glückliches Märchen hinter ihr, aus dem sie brutal herausgestoßen worden war.

Im Dezember 1928 fasste Eckhardt sich ein Herz und kaufte sich eine Karte fürs Schauspielhaus. Das an sich erforderte keinen besonderen Mut, ja, Lydia hatte ihm sogar vor zehn Tagen eine Premierenkarte in Aussicht gestellt, was er in beiläufig bedauerndem Ton abgelehnt hatte – leider keine Zeit. Aber Eckhardt hatte Angst. Und diese Angst musste er geheim halten. Das Stück nämlich, um das es ging, hatte in Berlin einen Sensationserfolg erfahren. Und Eckhardt wusste, warum.

Ferdinand Bruckner, der vor zwei Jahren gleich mit seinem ersten Drama *Krankheit der Jugend* einen Welterfolg errungen hatte, hatte sich mit *Die Verbrecher* an die ganz besondere dramatische Form der Simultanbühne gewagt.

Das Stück behandelte die Justiz der Weimarer Republik. Es ging um Abtreibung, es ging um die Gefahr, als Arbeiter für seine eigenen Interessen politisch aktiv zu werden, vor allem aber ging es um den Paragraphen 175. Die beiden Hauptfiguren des Stücks waren homosexuell. In Berlin hatten Mathias Wiemann als der sensible Frank und Gustaf Gründgens als sein kühl kalkulierender Freund, der adlige Ottfried, das Publikum zu Begeisterungsstürmen hingerissen.

Eckhardt hatte alle Zeitungsartikel dazu verschlungen, er hatte mit großen Ohren gelauscht, als Lydia und Lysbeth von der Premiere berichteten, während er gleichzeitig größtes Desinteresse zur Schau trug.

Vor einem Monat war ein Brief von Askan von Modersen in den Briefkasten der Firma geflattert, der trotz seines überaus sachlichen Tons Eckhardt sehr erregt hatte. Askan, inzwischen alleiniger Gutsbesitzer in Sachsen, erklärte, dass er nach Geschäftspartnern in Hamburg Ausschau halte. Dass er da an die Wolkenraths gedacht habe. Dass man, falls sie interessiert wären, einmal über eine mögliche Zusammenarbeit sprechen solle. Er sei bereit, nach Hamburg zu kommen, würde sich aber auch über einen Besuch des einen oder anderen von ihnen freuen. Dann könnten sie sich vor Ort einen Eindruck verschaffen.

Dritter hatte sich nicht anmerken lassen, ob ihm dieser Brief irgendwie suspekt vorkam. Denn eigentlich war völlig klar, dass sie als Geschäftspartner für einen Mann, der Landwirtschaft betrieb, nicht die Richtigen waren. Alexander als Seniorchef antwortete höflich, dass sie im Augenblick nicht abkömmlich seien, gern aber mit ihm ein Gespräch über eine eventuelle Zusammenarbeit in Hamburg führen würden.

Seitdem konnte Eckhardt an nichts anderes mehr denken. Er hatte keinen Zweifel daran, dass Askan das Ganze seinetwegen inszeniert hatte. Damals, bei den Pfadfindern, war Askan sein Verführer gewesen. Erst durch ihn hatte Eckhardt mit dieser Erregung Bekanntschaft gemacht, die ein Männerkörper in ihm auslösen konnte. Er hatte große Angst davor, von Askan wieder benutzt und wieder fallen gelassen zu werden.

Es kam ihm so vor, als hätte Bruckner Askan und ihn, Eckhardt, als Vorbilder für seine Hauptfiguren gewählt. Er hatte gelesen, dass Bruckner ins *Eldorado* gegangen war, um Milieustudien unter Homosexuellen zu betreiben. Eckhardt hatte ein einziges Mal das *Eldorado* gemeinsam mit Freunden von Lydia und Antonia besucht. Er hatte entsetzliche Angst, sich selbst auf der Bühne begegnen zu müssen.

Er kannte die Geschichte. Der homosexuelle Frank Berlessen wurde von Emmanuel Schimmelweis erpresst, vor Gericht auszusagen, dieser sei ein Ehrenmann. Ein Meineid, denn er wusste es besser. Eckhardt hatte mit Tränen in den Augen Sätze gelesen, die Frank zu seinem Freund Ottfried sagte. »Es ist ja kein Verbrechen. Es ist eine Liebe wie jede andere. Dieser Paragraph selbst ist der Verbrecher.« Berlessen sprach davon, seine sexuelle Neigung sei wie ein »Stempel auf den Popo«. Er sei ein Geächteter.

Sein adliger Freund zog sich von ihm zurück, als er in Schwierigkeiten kam. Das hatte damals auch Askan getan. Sie waren zwar sehr jung gewesen, aber an der Gefahr, die es bedeutete, sich von einem Mann sexuell angezogen zu fühlen, hatte sich nichts geändert. Jeder, den ein Homosexueller ins Vertrauen zog, war ein Risiko für seine Sicherheit.

Es war ein offenes Geheimnis, dass es in homosexuellen Kreisen viele Selbstmorde gab. Und auch Eckhardt dachte manchmal, dass dies der einzige Ausweg wäre, wenn seine Träume Wahrheit würden. Natürlich der letzte Ausweg. Vorher musste er dafür sorgen, dass seine Sehnsucht nach Askan geheim blieb. Er selbst weigerte sich nach wie vor, sich einzugestehen, dass er eine Neigung zu Männern hatte, er redete sich ein, dass das alles allein mit Askan zu tun hatte. Manchmal wünschte er sich sogar in seiner Verzweiflung, Askan würde sterben. Dann, so hoffte Eckhardt, würde die ganze Bedrohung ein Ende haben.

An diesem regnerischen Abend im Dezember also folgte er endlich dem Sog, der ihn ins Schauspielhaus zog. Das Theater war brechend voll. Das Stück war in Berlin auch wegen seiner experimentellen Szenentechnik begeistert gefeiert worden. Alle rechneten auch mit einem Erfolg in Hamburg.

Bruckner ging davon aus, dass die Justiz vor Irrtümern – zumal bei Indizienbeweisen – nicht sicher war, weil sie nicht in alle zur Beurteilung wichtigen Zusammenhänge einzudringen vermochte. Um zwischenmenschliche Verhältnisse in ihrer Verflochtenheit und Vieldeutigkeit überschaubar zu machen, bediente er sich einer differenzierten Form der Simultanbühne. Die Bühne stellte drei Stockwerke eines Hauses mit jeweils mehreren Zimmern dar, in denen unter verschiedenen Personengruppen mehrere Vorgänge gleichzeitig abliefen. So beleuchtete, kommentierte, entlarvte Bruckner das Geschehen in dem einen Zimmer durch das Geschehen im anderen. Die Bewohner des Mietshauses verstießen aus Not oder Berechnung gegen die Gesetze und gerieten an eine Justiz, die die Verzweifelten bestrafte und die Skrupellosen belohnte. Vom ersten Augenblick an war deutlich, dass die juristischen Formeln vollkommen im Gegensatz zu wirklicher Gerechtigkeit standen.

Eckhardt schaute zur Bühne und kontrollierte immer wieder sein Gesicht, das keinerlei persönliche Beteiligung zeigen durfte, allein künstlerisches Interesse. Da ging plötzlich ein fürchterliches Getöse los. Durch die Seitentüren quollen Männer, schrien Unverständliches, in den billigen Reihen standen Zuschauer auf und warfen matschige Äpfel und faule Eier auf die Bühne. Es wurde gepfiffen und gebuht. »Jüdische Drecksäue ins Gefängnis!«, wurde gefordert. »Kommunistenschweine! Jüdischer Kommunistendreck!«

Eckhardt brach der Schweiß aus. Er geriet in Panik. Gleich würden sie durch die Reihen gehen und auf jeden zeigen, der ins Gefängnis musste. Als Erstes auf Eckhardt. Der da! Schwule Sau! Entartete Bestie! Schwule Judensau! In Eckhardts Kopf begann es zu dröhnen. Ihm wurde schwindlig. Da, plötzlich, er riss die Augen auf: Sein Bruder Johann. Er stand unmittelbar vor der Bühne und spuckte hinauf. Er reckte die Faust und schrie etwas. Eckhardts Knie wurden weich. Sein ganzer Körper war von Angst erfüllt. Gleich würde Johann ihn erblicken, und dann wäre er, Eckhardt, das nächste Erpressungsopfer. Johann würde ihn sofort durchschauen. Zugleich, auf eine seltsame Weise, tröstete ihn Johanns Anblick. Da vorn wirkte der kleine Bruder gar nicht klein, sondern stark und wütend und mächtig. Er würde bestimmt nicht zulassen, dass irgendjemand anderes Eckhardt etwas antat.

Mitten im Stück fiel der Vorhang. Eckhardt stand auf und drückte sich an den erregten Zuschauern entlang aus der Reihe. Er ging zur Garderobe und verlangte seinen Mantel. Wie er nach Hause gekommen war, wusste er am nächsten Morgen nicht mehr. Er wachte sehr früh auf. Sein Bettzeug war durchnässt. Leise stand er auf, um Dritter nicht zu wecken, wusch sich und kleidete sich frisch an. Als der Vater um neun Uhr ins Büro kam, saß Eckhardt schon an seinem Platz und beschäftigte sich mit der Auflistung unbezahlter Rechnungen.

Die Randale im Schauspielhaus war während der nächsten Tage

Gesprächsthema im Hause Wolkenrath. Alle waren empört. Eckhardt stimmte in den Protest ein, hielt sich aber im Hintergrund. Keiner erfuhr, dass er im Theater gewesen war.

Und dann kam Johann zu Besuch und hatte einen neuen Ausdruck in den Augen. Sein Blick war stolz und stark. Er hielt sich sehr gerade, ja, er wirkte wirklich größer als Eckhardt, der sich duckte, als sein Blick den des Bruders traf. Lauthals verkündete Johann, dass er jetzt so lange die Aufführungen im Schauspielhaus stören werde, bis das Stück endlich »zu Tode gekommen« sei.

»Musst du nicht zu Hause sein am Abend?«, fragte Käthe streng. »Ich kann mir vorstellen, dass deine Sophie auch mal deine Hilfe braucht.« Aber Johann winkte ab, so autoritär, wie es keiner von ihm gewohnt war. »Der Bruckner muss den Garaus gemacht bekommen«, trumpfte er streng auf. »Er setzt die deutsche Jugend herab!«

»So?«, fragte Alexander spöttisch. »Gleich die ganze deutsche Jugend auf einmal? Ich habe das Stück ja nicht gesehen. Aber es interessiert mich schon, wie er das anstellt.« Dritter stieß ein schnaubendes Lachen aus.

»Er tut so, als wäre das ganze deutsche Volk eine solche Schweinebande, wie sie in bestimmten Judenvierteln zu Hause ist«, sagte Johann belehrend.

Lysbeth riss es vor Empörung vom Stuhl. Zornig streckte sie Johann ihren Zeigefinger entgegen. »Mein lieber Bruder«, sagte sie scharf. »Du plapperst nach, was du irgendwo gehört oder gelesen hast. Hör damit auf! Und denk selbst nach! Ich hab das Stück gesehen. Darin geht es um Leute, die deine Nachbarn in Altona sein könnten. Arbeiter! Um Frauen, die ins Gefängnis kommen, weil sie abtreiben. Um eine Justiz, die Verbrecher schützt und Unschuldige bestraft.« Vor Aufregung konnte sie nicht weitersprechen. Sie setzte sich wieder hin.

Johann streckte das Kinn vor und murmelte: »Ihr werdet schon sehen!«

Das Schauspielhaus wehrte sich gegen den Terror, spielte unter Polizeischutz weiter und sperrte die billigen Plätze. Die Störungen wurden fortgesetzt. Nach weniger als drei Wochen – elf Vorstellungen – verschwand das Stück vom Spielplan.

28

*D*as Jahr 1929 begann bei bitterer Kälte in fröhlicher Runde. Lydia hatte die Wolkenraths in die Elbchaussee eingeladen, wo sie ein großes Silvesterfest veranstaltete. Über hundert Leute bevölkerten die Räume in der Villa, es wurde getanzt und getrunken. Dritter und Stella spielten Klavier, Stella sang. Alle hatten gute Laune.

Dass sich Lydias hohe kluge Stirn zuweilen verkrampfte und in ihre Augen ein Ausdruck von Angst und Hilflosigkeit trat, fiel keinem auf. Sie hatte große Sorgen. Der Winter 1928/29 war der kälteste seit dem Beginn der preußischen Temperaturmessung im 18. Jahrhundert. Er wirkte sich bremsend auf die gesamte wirtschaftliche Konjunktur aus. Im Februar 1928 hatte es in Deutschland zum ersten Mal drei Millionen Arbeitslose gegeben. Die Reserve der neuen Reichsanstalt für Arbeitslosenversicherung reichte nur dazu aus, achthunderttausend von ihnen die sogenannte Hauptunterstützung zu zahlen, deshalb ging sie, um die Mehrheit der Bedürftigen zu versorgen, die Regierung um einen Kredit an, den diese aber wegen der prekären Finanzlage bei einem Bankenkonsortium aufnehmen musste.

Diese Entwicklung beunruhigte Lydia und ihre Vertrauten in der Fabrik sehr. Sie zeigte, dass eine Reform der Arbeitslosenversicherung notwendig war. Aber diese in einer Krisenzeit zu bewältigen, in der eine materielle Besserstellung schwerfiel, schien allen, mit denen Lydia darüber sprach, sehr kompliziert. Sie hätte eigentlich schon vor Jahresende Entlassungen vornehmen müssen, aber die Belegschaft und die Männer, mit denen Lydia die Fabrik führte, zögerten von Woche zu Woche hinaus, darüber ernsthafte Gespräche zu führen.

Im Januar wurden Lydias geschäftliche Sorgen kurzfristig völlig in den Hintergrund gedrängt. Dritter erlitt in einer Nacht, die er bei Lydia verbrachte, einen Asthmaanfall. Da es der erste in seinem Leben war, wusste er nicht, wie ihm geschah, und wäre fast daran gestorben, bis Lydia die Feuerwehr rief, die ihn ins Altonaer Krankenhaus brachte. So erfuhr Cynthia erstmalig von dem Verhältnis ihrer Mutter mit Dritter. Sie bekam einen hysterischen Zusammenbruch und wurde ebenfalls ins Krankenhaus eingeliefert. Dort schwor sie, mit der ganzen Familie Wolkenrath nichts mehr zu tun haben zu wollen. Sie löste am Krankenbett die Verlobung mit Eckhardt und gab ihm den Ring zurück.

Lydia, die sich entsetzlich schuldig und zerrissen zwischen Liebstem und Tochter fühlte, konnte keinen Bissen mehr herunterbringen und magerte so ab, dass Anna, die uralte und klapprige Köchin der Gaerbers, die gesamte Familie Wolkenrath um Hilfe anflehte, damit nicht Lydia letztlich diejenige wäre, die an der ganzen Sache starb.

Käthe, Stella und Lysbeth begaben sich darauf umgehend zu Lydia, die aussah wie ein Gespenst. Sie flößten ihr Herzwein und Kräuter ein, Lysbeth verordnete ihr Ignatia, das homöopathische Kummermittel, und Käthe sagte trocken, dass sie die ganze Zeit von der Liaison gewusst und sich für Lydia gefreut habe. »Wenn du einen Sohn hättest, der auch nur annähernd Dritters männliche Fähigkeiten besäße und bereit wäre, diese zu meinem Vergnügen einzusetzen, meine Liebe, du kannst mir glauben, ich würde nicht nein sagen.«

Lydia sah aus, als würde sie gleich in Ohnmacht fallen. Aber als Lysbeth sagte: »Meine Tante lässt dir ausrichten, dass Frauen nach den Wechseljahren mit jungen Männern ins Bett gehen sollen, das hält sie gesund«, da brachen alle in Gelächter aus, in das schließlich auch Lydia einfiel. Damit war der Bann gebrochen.

Käthe besuchte Cynthia im Krankenhaus und redete Klartext mit ihr. »Mein Kind, deine Mutter ist immer noch eine Frau. Und wenn du vielleicht auch noch nicht wirklich entdeckt hast, was eine Frau von einem Mann braucht, dann darfst du es deiner Mutter nicht verübeln, wenn sie es schon weiß. Dritter gibt ihr, was sie braucht. Das ist ein großes Glück für sie. Sei nicht neidisch und gönn es ihr. Und wenn Eckhardt dir nicht geben kann, was du brauchst, tust du sehr gut daran, die Verlobung zu lösen. Meinen Segen hast du!«

Aber da brach Cynthia in Tränen aus und gestand, dass sie das alles so gern rückgängig machen würde. Sie liebe Eckhardt nun einmal, er sei der zartfühlendste und verständnisvollste Mann auf der Welt. Und dass er Angst davor habe, ihr nicht zu genügen, wie er immer sage, könne sie nur zu gut verstehen. Er sei nun einmal ein kleiner Mann, zudem im Krieg versehrt und wohl, wie er sage, in seiner männlichen Potenz etwas verunsichert. »Aber«, rief sie aus, »ich liebe ihn. Und ich bin bereit, ihm treu zur Seite zu stehen. Was bedeutet schon männliche Potenz für mich gegen seine Sanftmut?«

»Ich hoffe doch, einiges«, sagte Käthe trocken. »Sanft kannst du selbst sein, für die Potenz brauchst du einen Mann.«

»Ach, Schwiegermama«, bemerkte Cynthia von oben herab, »das verstehst du nicht. In deiner Generation hat man noch nicht aus Liebe geheiratet. Da ging es vor allem ums Kinderkriegen. Wenn man einen Mann wirklich liebt, ist all das mit der Potenz nicht wirklich wichtig. Dann zählen andere Werte.«

»Dann akzeptiere einfach, dass deine Mutter, die ja meiner Generation angehört, jetzt einen gewissen Nachholbedarf an … Liebe hat.« Käthe suchte nach einem Argument, das Cynthia überzeugen würde.

»Liebe?«, schrie Cynthia auch schon auf. »Mama liebt Dritter?«

»Na ja, warum nicht?«, sagte Käthe unschlüssig. »Vielleicht liebt sie ihn ja ebenso wie du Eckhardt. Als Kameraden. Vielleicht tut es ihr einfach gut, wenn er manchmal bei ihr schläft. Dann fühlt sie sich nicht so allein«

Cynthia sah sie zweifelnd an.

Aber nach diesem Gespräch erholte sie sich rasch. Als sie nach Hause in die Elbchaussee zurückkehrte, fiel zwischen Mutter und Tochter kein Wort über die ganze Angelegenheit. Eckhardt gab Cynthia einfach den Ring zurück, und alles war wie zuvor.

Wieder war es April in Hamburg. Die Zweige der Linden in der Kippingstraße wurden nach diesem harten Winter erst spät grün, dann kamen die Regenschauer, die sich abwechselten mit kurzen hellen Momenten. Die rasenden Wolken gaben minutenlang die Sonne frei, dann kam schon wieder der nächste Regen. Als sollte demonstriert werden, welche Formen von Regen möglich waren: leichtes Dauernieseln, heftige Schauer, verwehte Wasserfetzen, die an die Möglichkeit von Schnee mahnten. Und doch verwandelte sich der Garten zum Mai hin in ein kleines Paradies aus bunten Blumen, die aus den in der Erde verborgenen Zwiebeln krochen.

Stella trug bei Regen und Sonne ihre hochhackigen Pumps. Sie machte eine entsetzliche Zeit durch. Die Tage wirkten wie in die Länge gezogene Gummibänder. Nichts geschah, das die dumpfe Bedrückung in ihrer Brust auflöste. Manchmal kam es ihr vor, als sei ihre Brust schon ganz wund von diesem Gescheuer, das da in ihr stattfand. Es war wie eine Enge, gegen die jeder Atemzug drückte, bis es wehtat. Um den

Schmerz zu mildern, atmete sie flacher. Doch irgendwann entrang sich ihrer Brust ein tiefer Seufzer, als hole sich ihr Körper mit Macht die vorenthaltene Luft zurück.

Erleichterung verschafften ihr die Kinobesuche mit Lysbeth. Im Dezember war der Ufa-Palast Ecke Dammtorstraße/Valentinskamp eröffnet worden. Fast dreitausend Plätze bot der prachtvolle Bau. Es gab einen riesigen Kinoboom. Stella und Lysbeth gingen mindestens einmal in der Woche gemeinsam ins Kino. Nicht nur sie reduzierten ihre Theaterbesuche dementsprechend. Die Hamburger Theater klagten über Zuschauerschwund.

Der Tonfilm war besonders aufregend. Am 23. Januar hatte die Schauburg am Millerntor mit *Ich küsse Ihre Hand, Madame* von Robert Land den ersten deutschen Spielfilm mit einer kurzen Tonpassage gezeigt. Wenig später, am 12. März, war in Berlin der erste abendfüllende deutsche Tonfilm, *Melodie der Welt* von Walter Rutmann, den die Reederei *Hapag* finanziert hatte, gelaufen. Es handelte sich um einen Dokumentarfilm. Stella konnte es gar nicht erwarten, bis er endlich nach Hamburg kam. In ihren Träumen wurde sie für den Film entdeckt, wo sie tanzte, sang und spielte. Dann endlich wäre sie frei. Dann würde sie so viel Geld verdienen, dass sie sich von Jonny scheiden lassen konnte, was immer das auch kostete.

Die Nächte, in denen sie Alkohol trank, Kokain schnupfte, tanzte und sang, erfüllten sie mit Heiterkeit und klarer, heller Perspektive auf ihr weiteres Leben. Die Bedrückung fiel von ihr ab, sobald sie den unschuldig weißen Schnee in ihre Nase gezogen hatte. In manchen Nächten wiederholte sie das Schnupfen zwei- oder sogar dreimal, und das waren die Nächte, in denen sie sich vorkam wie ein goldener Singvogel, der die Menschen mit seiner Gestalt und Stimme verzauberte. Mittlerweile kannte sie schon das Frieren und das Elend nach solchen Nächten. Dann schwor sie sich, nie wieder zu koksen. Ein paar Nächte lang blieb sie zu Hause. Doch spätestens am Wochenende trieb es sie wieder hinaus. Martha war ihre Freundin geworden, und manchmal ging sie sogar anschließend mit zu ihr nach Hause. Martha und Hugo wohnten um die Ecke der Reeperbahn in der Karolinenstraße. Hugo und Dritter waren sehr aktiv, als Unternehmer etwas auf die Beine zu stellen, das sie mit einem Schlag reich machen sollte.

Dritter bewunderte Ernst Brinkmann, der in Harburg ein kleines Geschäft für Rundfunk, Fahrräder und Installationen eröffnet hatte. Sein Motto war, Technik für alle anzubieten. Die Produktpalette weitete er entsprechend der technischen Entwicklung ständig aus. Sonderangebote zogen viele Kunden in seinen Laden. Das war auch Dritters Ziel. Sein Vater Alexander allerdings, der in Dresden genau darauf spekuliert hatte, bremste ihn und stellte sich der Anmietung eines Ladens entgegen. Seiner Meinung nach gingen sie auf Nummer sicher, wenn sie sich von Kunden unabhängig machten und für die Waren, die sie billig einkauften, jeweils unterschiedliche Abnehmer fanden.

Hugo war ein eigenartiger, schweigsamer Mann. Er trug einen schmalen Bart über der Oberlippe. In einem Auge klemmte ein Monokel. Er sah ein wenig aus wie ein verhungerter Adliger, sehr dünn und sehr arrogant. Wenn Stella, sensibel bis in jede Pore für Marthas Finger und Lippen auf ihrer Haut, sich nackt von Martha verwöhnen ließ, schlich er sich manchmal ins Zimmer und schaute, an die Wand gelehnt wie ein schwarzer Schatten, den Frauen zu. Stella mochte ihn nicht. Aber bekokst gelang es ihr, seine Anwesenheit einfach auszublenden.

An manchen Tagen wusch Stella sich nicht. Den Affenkäfig reinigte sie überhaupt nicht mehr. Das scharf stinkende Wohnzimmer mied sie einfach. Bis Käthe, die Einzige, die sich um den Affen noch kümmerte, ein Machtwort sprach. »Du bringst den Affen zu Hagenbeck, und zwar morgen. Es ist eine Schande, wie du dieses Lebewesen behandelst. Du musst nicht glauben, dass ich nicht sehe, was mit dir geschieht. Du lässt dich verkommen, mein Kind. Ich weiß nicht, was die anderen hier im Haus machen, um das nicht zu sehen. Mir reicht's. Keine Ahnung, was in Afrika zwischen dir und Jonny vorgefallen ist. Schön kann es nicht gewesen sein. Ich finde, du bist krank zurückgekommen. Krank an Seele. Ich weiß, wie das aussieht. Ich weiß, was das mit einem macht. Ich kenne diesen Zustand. Aber ich hatte drei Kinder, als ich mich so krank fühlte. Du hast nur einen Affen. Ich habe euch nicht verhungern und verdrecken lassen. Dein Affe wäre schon lange tot, wenn ich ihn nicht unter meine Fittiche genommen hätte. Jetzt langt es! Morgen bringst du ihn zu Hagenbeck!«

Ihre Augen blitzten, wie sie lange nicht mehr geblitzt hatten. Ihre Stimme war laut und fordernd. Stella erinnerte sich nicht, wann sie die Mutter das letzte Mal so zornig erlebt hatte.

Es geschah, wie Käthe verlangt hatte. Am nächsten Tag setzte Stella

Affe in einen Strohkorb, wo sie ihn mit einem Strick festband. Dritter hatte sich bereit erklärt, sie zu begleiten. Sie riefen eine Mietdroschke, die sie nach Stellingen brachte, wo der Tierpark Hagenbeck lag. Käthe hatte sie bereits angekündigt, und so wurden sie freundlich empfangen. Affe war ruhiger und friedlicher, als er es seit ihrer Ankunft vor einem Jahr gewesen war. Mit frohen Knopfaugen blickte er sich um, als ahne er, dass er jetzt endlich wieder in die Gesellschaft seiner Artgenossen kommen würde.

Der Wärter, der für die Affen zuständig war, besaß eine sehr selbstverständliche Art, mit dem Tier umzugehen. Er machte die Geräusche, die Affen von sich geben, er nahm das Tier auf den Arm, und Affe ließ alles mit sich geschehen. Stella staunte.

Affe wurde fortgetragen, um vom Tierarzt untersucht zu werden, bevor er auf den Affenberg kommen sollte, wo er, wie der Wärter sagte, es nicht allzu schwer haben würde, aufgenommen zu werden, da er kein aggressives oder dominantes Verhalten zeige. »Er gehört zu den Jungaffen«, sagte er, »und die rangeln und toben sowieso ständig miteinander. Wäre er alt, könnten wir ihn nicht mehr aufnehmen, die anderen würden ihn wegbeißen.«

»Wollen Sie sich noch von ihm verabschieden?«, fragte der Affenwärter. Stella nickte, aber mehr, weil es sich so gehörte. Dieses Tier war ihr nie ans Herz gewachsen. Sie empfand einen kurzen Stich von schlechtem Gewissen. Jonny hatte ihn ihr geschenkt, und sie hatte dieses Geschenk nicht haben wollen, sie wollte überhaupt kein Geschenk von Jonny mehr haben. Aber Affe konnte nichts dafür.

»Tschüs, Affe«, sagte sie leise. »Ich wünsch dir Glück.« Der Affe guckte sie mit einem so weisen Ausdruck an, dass sie erschrak. Wenn Käthe nicht gewesen wäre, wäre er vielleicht schon tot, so hatte sie ihn verwahrlosen lassen. Und in seinen Augen lag Verständnis, tiefes wortloses Verständnis. Kein Hass.

Sie blickte hinter ihm her, als er aus dem Raum getragen wurde. Mit dem Direktor wurden noch einige Formalitäten erledigt, sie musste Unterschriften hier und da leisten, dann erhielt sie die Erlaubnis, jederzeit kostenlos den Tierpark zu besuchen.

Dritter und sie spazierten noch eine Weile an den Tiergehegen vorbei, bevor sie beim Affenfelsen anlangten. Die eingesperrten Tiere machten Stella traurig. Sie hatte viele von ihnen in freier Wildbahn erlebt. Was für ein Unterschied zu diesen gefangenen Tieren, die auf engem Raum vegetierten.

Mit einem Mal bekam sie große Sehnsucht nach Lulu. Der Schmerz über ihren Tod griff mit spitzen Krallen nach ihr. »Ich möchte einen Hund«, sagte sie, und wunderte sich über diesen Satz, der mit ihrer Stimme gesprochen worden war. Dritter sah sie interessiert an. »Ich glaube nicht, dass du einen Hund nach Hagenbeck geben kannst, wenn du keine Lust mehr drauf hast«, sagte er spöttisch.

Trotzig schob Stella das Kinn vor. Gekränkt stapfte sie neben ihrem Bruder her. »Ich will nach Hause«, sagte sie. Dritter stimmte sofort zu. Ihn interessierten diese Tiere nicht. Er liebte Pferde und bedauerte es sehr, dass sie in Hamburg nicht die Möglichkeit hatten, ein Pferd zu halten. Er mochte auch Hunde, besonders wenn sie ein Pferd begleiteten. Aber eingesperrte Affen, Bären, Elefanten ließen ihn kalt.

Zu Hause teilte Stella ihrer Mutter und ihrer Schwester Lysbeth mit, dass sie sich entschlossen habe, einen Hund anzuschaffen. Käthe schüttelte den Kopf. »Nicht in meinem Haus«, sagte sie. »Das kommt nicht in Frage.« Lysbeth sagte nichts. Aber sie musterte Stella nachdenklich, anschließend betrachtete sie mit einem ebenso gedankenverlorenen Blick ihre Mutter. Käthe war gereizt, das konnte man sehen.

Käthe war mit ihren Kindern sehr unzufrieden. Nein, nicht nur unzufrieden. Sie fühlte sich bedroht von den Entwicklungen, die ihre Kinder nahmen. Und sie fühlte sich ohnmächtig.

Johann war gerade Vater eines fünften Kindes geworden. Er stolzierte in einer Uniform herum, die ihn als Mitglied der SA auswies, einer Organisation, die die Nationalsozialisten, die Anhänger Hitlers, gebildet hatten, angeblich um Deutschland vor der Gefahr der roten Horden auf den Straßen zu schützen. Aber Käthe erkannte sehr deutlich, dass die einzige Gefahr auf den Straßen von diesen jungen Männern mit ihrem fanatischen Hass auf alles ausging, das ihrer Meinung nach die Niederlage im Ersten Weltkrieg bewirkt hatte.

Sophie, dat Sophie, hasste die Brüder Wolkenrath mit aller Inbrunst, zu der eine Frau noch fähig war, die in einer Zweizimmerwohnung für vier Kleinkinder und einen Säugling zu sorgen hatte, deren Arme von Seifenlauge so zerstört waren, dass sie ausgetrocknetem Morastboden glichen, überall tiefe Schrunden. Käthe verurteilte ihren Sohn. Sie wollte, dass er endlich aufhörte, Soldat zu spielen. Die junge Frau tat ihr leid. Aber sie war auch zornig auf deren Schwäche. Allzu oft, wenn sie in Altona vorbeischaute, um Sophie mit den Kindern zu helfen und etwas zu essen vorbeizubringen, hatte die junge Frau verquollene Augen. Und das lag nicht daran, dass sie zu wenig Schlaf bekam oder das Seifenwasser in ihre Augen biss. Das lag an anderen Bissen, an denen, die an ihrer Seele verübt wurden. Von Käthes Sohn. Käthe fühlte sich schuldig am Elend der jungen Frau, die von ihrem Sohn unglücklich gemacht wurde.

Ebenso fühlte sie sich schuldig an der Versteinerung und vorzeitigen Alterung, die mit Cynthia vor sich gegangen war. Käthe hatte wenig Bekanntschaft gemacht mit sexuellen Gelüsten, die außerhalb der Norm lagen. Sie hatte mit Alexander eine kurze Zeit gierigen Übereinanderherfallens erlebt, als ihre Tante Lysbeth ihm und ihr Mittelchen zur Förderung der Lust eingegeben hatte, damit Käthe endlich schwanger wurde. Sie hatte mit Fritz eine erfüllende beglückende Sexualität voll Leidenschaft und Zärtlichkeit erfahren, aber all das hatte nichts mit irgendwelchen Praktiken zu tun gehabt, die ihr absonderlich oder widernatürlich vorgekommen wären.

Das, was sie zwischen Eckhardt und Cynthia beobachtete, beziehungsweise das, was ihr fast gegen ihren Willen ins Auge sprang, schien ihr widernatürlich. Erst dadurch angeregt, beobachtete sie andere Paare, um den Unterschied und ihre Irritation zu fassen. Glückliche Paare, so erkannte sie schnell, waren auf eine feine, unablässige Weise miteinander verbunden. Winzige Berührungen, kurze Bewegungen des einen, wenn der andere seine Haltung veränderte, ein Aufeinander-bezogen-Sein, das so etwas wie einen inneren Kreis um die beiden zog, auch wenn sie mit anderen Menschen in Kontakt waren. Kurze einverständliche Blicke, gleichzeitiges Lächeln, überhaupt das Lächeln in den Augen, wenn der andere angeschaut wurde. Das alles war nicht dramatisch, aber es ließ ein Paar erkennbar werden, selbst wenn man gar nicht wusste, dass es sich um ein Paar handelte. Sie fragte sich manchmal, wie wohl Fritz und sie auf die anderen gewirkt hatten. Denn all diese kleinen Signale der Verbundenheit mussten zwischen Fritz und Käthe deutlich erkennbar gewesen sein. Wahrscheinlich haben es alle gewusst, die sehen konnten, dachte sie dann. Mein Vater. Die Tante. Wieso nicht Alexander?

Ja, er hatte so wenig auf Käthe geschaut, so wenig Aufmerksamkeit für sie übrig gehabt, dass er nicht einmal einen leichten Alarm, eine leichte Besorgnis gespürt hatte, als Käthe ihm vollkommen entglitt.

Cynthia entglitt ihrem Verlobten nicht. Und Eckhardt entglitt ihr nicht. Sie hatten einander niemals besessen. Sie vermissten nichts, weil sie sich nicht nacheinander sehnten. Sie waren so wenig aufeinander bezogen wie zwei Kohlenschaufeln. Aber Käthe war sehr bewusst, dass Cynthia eine andere Frau hätte werden können. Vor neun Jahren, als sie sich mit Eckardt verlobte, hatte Cynthia aufgeregte weiche Lippen und neugierige Augen gehabt. Neugierig auf die Liebe. Jetzt war ihr Mund streng, ihre Augen glanzlos und ihr Körper wirkte, als gehöre er nicht zu ihr. Käthe empfand die Widernatürlichkeit. Und sie grübelte, was zwischen den beiden geschehen war. Sie hatte nicht den Eindruck, dass Eckhardt grob und verletzend zu seiner Verlobten war. Cynthia wirkte verdörrt. Sie hatte keine Falte im Gesicht, das immer noch aussah wie das eines jungen Mädchens, aber sie wirkte gleichzeitig wie eine verblühte alte Frau.

Käthe erinnerte sich noch gut an die Zeit, als Alexander sich für sie als Frau überhaupt nicht interessiert hatte. Sie fragte sich mit Erstaunen und Erschrecken, wieso sie diese Zeit des Darbens und Vertrocknens so lange mehr oder weniger klaglos ausgehalten hatte. Hätte sie damals nicht unter ihrer Kinderlosigkeit gelitten, wäre sie gar nicht auf die Idee gekommen, sich irgendwie mit dem Gefühl des Mangels in ihrer Ehe zu beschäftigen.

Käthe wusste, dass Cynthias Verweilen im Mädchenstatus bei gleichzeitigem Verblühen etwas mit Eckhardt zu tun hatte. Immer wieder schob sich das Bild vor ihr inneres Auge, wie Eckhardt damals reagiert hatte, als Askan von Modersen in Dresden zu Besuch kam, um sich zu verabschieden, bevor er in den Krieg zog.

Sie wusste nichts von Homosexuellen, außer dass sie wie Verbrecher ins Gefängnis geworfen wurden. Immer mal wieder ritzte eine scharfe Angst ihre Nerven, Eckhardt könnte vielleicht Cynthia so verkümmern lassen, weil er sich eigentlich nicht für Frauen interessierte.

Woran es auch lag, Käthe fühlte sich schuldig für das, was ihr Sohn Eckhardt seiner Verlobten antat. Ebenfalls fühlte sie sich schuldig für all die jungen Frauen, deren an Dritter adressierte Briefe den Briefkasten zuweilen mit Blütendüften füllten. Die einzige Frau, die Dritter kommen und gehen ließ, ohne ihm Tränen nachzuweinen, war Lydia, und Käthe erkannte sehr klar, dass Lydia in den Jahren seit dem Tod ihres Mannes so gereift war, dass sie Dritter jetzt bald den Laufpass geben würde. Lydia liebte Dritter nicht. Sie benutzte ihn ebenso, wie er die jungen Frauen benutzte, die sich in ihn verliebten.

Käthe fühlte sich schuldig, weil sie Söhne erzogen hatte, die Frauen unglücklich machten. Sie wusste nicht, was sie falsch gemacht hatte, aber irgendetwas musste es gewesen sein, denn keiner ihrer Söhne war ein guter Mann.

Ihr eigener Mann hingegen, Alexander, war ihr mittlerweile ein recht guter Mann geworden. Alles, was er früher nicht gezeigt hatte, Geduld, Zuhören und Bemühen um Verständnis, entwickelte er, seit sie das Haus gekauft hatte. Seine krampfhafte und getriebene Suche nach dem großen Geld hatte er völlig eingestellt. Heute ging es ihm nur noch darum, mit seinem Geschäft so viel zu verdienen, dass er fürs Essen sorgen konnte. Es gelüstete ihn nicht nach einem Auto, und selbst der Pferdesport hatte für ihn jede Faszination verloren, seit er seine Stute zum Pferdeschlachter gegeben hatte. Im Gegensatz zu anderen alten Männern ließ er sich aber nicht gehen. Er legte viel Sorgfalt darauf, immer sauber und gepflegt auszusehen und auch zu sein. Käthe wusste das durchaus zu schätzen, gab es doch genug alte Männer, die einen Bauch vor sich her schoben und säuerlich rochen. Es fand keinerlei geschlechtliche Vereinigung zwischen den beiden Eheleuten statt, aber neuerdings griff Alexander manchmal beim Einschlafen nach Käthes Hand, und sie empfand eine wohlige Geborgenheit, wenn sie Hand in Hand mit ihm in den Traum hinüberglitt. Seine kurze Affäre mit Lydias Berliner Freundin Antonia war sang- und klanglos zu Ende gegangen. Keiner hatte es Käthe gesagt, aber sie wusste es einfach.

Wegen ihrer Söhne empfand Käthe Schuld, um Stella sorgte sie sich. Hilflos bemerkte sie Stellas Veränderung seit ihrer Rückkehr aus Afrika. Solange Käthe denken konnte, hatte Stellas Begeisterung fürs Leben aus ihren Augen geblitzt, jetzt aber sah sie aus, als hätte sie einen Schleier vors Gesicht gezogen. Stella war nicht mehr wirklich vorhanden. Käthe spürte, dass etwas Gefährliches mit ihrer Tochter passierte.

Seltsamerweise war Lysbeth ihr einziges Kind, um das ihre Gedanken nicht kreisten. Dabei war gerade diese älteste Tochter lange Jahre ihr Sorgenkind gewesen. Nun aber war es, als hätte die Zeit sich zurückbewegt. Bis zu ihren ersten hellsichtigen Albträumen war Lysbeth für Käthe so unproblematisch und unscheinbar gewesen, dass sie die Tochter manches Mal richtiggehend vergessen hatte. Neuerdings war Lysbeth nicht mehr unscheinbar, sie strahlte Stärke aus, selbst wenn man ihr geweinte Tränen ansah, was häufiger der Fall war, seit Aaron in Berlin weilte.

Lysbeth war die Einzige in der Familie, an die Käthe sich wenden konnte, wenn sie allein nicht weiterkam und meinte, ihre Sorgen würden sie niederstrecken. Neuerdings fing manchmal ihr Herz ein wenig an zu stolpern, kurz nur, aber es machte Käthe Angst. Lysbeth allerdings um ein herzstärkendes Mittel zu bitten, versagte sie sich. Sie wollte ihre Tochter auf keinen Fall beunruhigen.

Als aber der Sommer kam, der kleine Garten wie in einem Rahmen von rot und gelb blühenden Rosen und lila und rosafarbenen Rhododendren lag und sie Stella im Blumenkleid im Garten sitzen sah, während diese eine Zigarette nach der anderen rauchte, wusste Käthe, dass etwas geschehen musste.

An einem Tag, als niemand im Haus war, stieg sie die Treppen ins Gartengeschoss hinab und klopfte an die Tür ihrer Tochter Lysbeth. »Komm rein, Mutti«, klang es klar und fröhlich. Käthe drückte die Klinke hinunter. Der kleine runde Tisch, der vor dem Fenster zum Garten stand, war mit einem hübschen Teeservice gedeckt. Kekse standen schon bereit. »Setz dich«, sagte Lysbeth und entschwand zur Küche, um mit einer duftenden Teekanne zurückzukehren. Die großen Fenster standen weit offen. Der Raum war von süßem Rosenduft erfüllt.

»Lysbeth, wieso wusstest du, dass ich komme?« Käthe klang fast empört. »Du wirst doch nicht davon geträumt haben.«

Lysbeth schenkte Tee in die Tassen aus chinesischem Porzellan. Sie lachte. »Nein, Mutti, es ist viel einfacher. Du hast einen so durchschaubaren Gesichtsausdruck. Und du hast mich den ganzen Tag lang, immer wenn wir uns begegnet sind, angeguckt, als wolltest du mich etwas fragen. Da du meine Mutter bist, kenne ich dich schon ein wenig.« Sie setzte sich auf den Sessel Käthe gegenüber und bot ihr Kekse an. Käthe schüttelte erstaunt den Kopf. »Es will mir nicht in den Sinn, dass du mein Gesicht siehst und den Tisch deckst, weil du mich erwartest.«

»Na ja«, Lysbeth legte den Kopf schräg und lächelte die Mutter liebevoll an. »Wenn du jetzt nicht von allein gekommen wärst, hätte ich dich geholt, Muttilein. Und jetzt erzähl mir, was du auf dem Herzen hast. Denn dass da etwas liegt, das dich bedrückt, ist mit den Händen zu greifen.«

Wieder schüttelte Käthe den Kopf. So durchsichtig war sie?

»Ich möchte mit dir über Stella reden«, sagte sie geradeheraus. »Ich mache mir Sorgen, und ich weiß nicht, was tun.«

»Und ich möchte mit dir über dich sprechen«, gab Lysbeth zur Antwort. »Ich mache mir nämlich auch Sorgen und weiß nicht, was tun.«

Käthe kniff die Augen zusammen. Seit einiger Zeit sah sie schlecht. Und sobald sie ein wenig aufgeregt war, verschwammen die Umrisse ihres Gegenübers. »Sorgen um mich?«, sagte sie ungehalten. »Das ist ja wohl unsinnig.«

Lysbeth nippte am heißen Tee. »Meine liebe Mutter«, sagte sie nachsichtig. »Dass du schlecht siehst und keine Brille trägst, ist nur eines der kleinen Probleme, die ich bemerke. Aber lass uns entscheiden. Worüber sprechen wir zuerst: Stella oder ich?«

»Stella«, bestimmte Käthe. Es war ihr sehr unangenehm, dass Lysbeth ihre Gesundheit angeschnitten hatte.

»Gut.« Lysbeth schlug ein Bein übers andere, die Teetasse in der Hand. Sie wirkte sehr souverän. Als gäbe es nichts, was sie irgendwie aus der Fassung bringen könnte.

Käthe legte los. Zuerst stockend und mit einiger Peinlichkeit, aber dann kamen die Worte fließender, und sie spürte die Erleichterung, endlich einmal ihr Herz ausschütten zu können. Lysbeth hörte zu, nickte mit dem Kopf, gab kleine Laute der Zustimmung von sich. Als Käthe geendet hatte, ließ Lysbeth ihren Blick durchs Zimmer schweifen, als suche sie am Boden oder an der Decke nach einer passenden Antwort.

»Ich glaube, du hast recht«, sagte sie. »Aber was können wir tun?« Sie blickte nachdenklich auf den Garten hinaus. Rechts und links lugten dicke gelbe und rote Rosen in ihr Zimmer. Der Kirschbaum, der in der Mitte des kleinen Rasens stand, trug winzige grüne Früchte. Die Rhododendronbüsche lagen wie unter Wolken aus pastellfarbenem Tüll.

»Ich glaube, sie braucht eine Verantwortung«, sagte sie langsam. »Ein Tier. Wie wär's mit einem Hund? Manchmal sagt sie so etwas. Ich glaube, sie hat ihre Leopardin sehr geliebt.«

In Käthe sträubte sich alles. War der Affe nicht fast krepiert? Sie wollte keinen Hund im Haus. Es waren viele Menschen da, alle mit unterschiedlichen Nöten und Bedürfnissen, die Käthe spürte und zu befriedigen suchte. Dazu noch ein Hund? Nein, das war zu viel. Die Traurigkeit in den Augen des Affen hatte ihr das Herz schwer gemacht. Nun noch ein Hund? Nein.

»Mutti«, sagte Lysbeth sanft. »Ich glaube, du solltest darüber nachdenken«

»Nein, Lysbeth, schlag dir das aus dem Kopf.«

Lysbeth lächelte wissend. Käthe tat so, auch vor sich selbst, als hätte sie es nicht bemerkt. Ihre Tochter wechselte das Thema, als wären Hunde für sie gestorben. Sie sprach Käthe auf ihre Blässe an, die manchmal ganz plötzlich in Gesichtsröte umschwang. »Ich möchte gern, dass du zum Arzt gehst und dein Herz und dein Blut untersuchen lässt. Und eine Brille brauchst du auch«, sagte sie in einem liebevollen Ton, der keinen Widerspruch duldete. Also versuchte Käthe es auch gar nicht erst. Sie nickte duldsam.

Sie sprachen noch eine Weile über dies und das. Als die Kanne Tee geleert war und Käthe sich wieder nach oben begab, nicht ohne vorher ihrer Tochter gedankt zu haben, wussten beide, dass die Schlachten nicht geschlagen waren. Käthe wusste, dass Lysbeth das Hundethema gerade erst angeschnitten und noch lange nicht aufgegeben hatte. Lysbeth wusste, dass die Mutter auf gar keinen Fall zum Arzt gehen würde.

Am nächsten Tag schon passte Lysbeth ihre Schwester in der großen Küche im Souterrain ab. »Ich will mit dir reden«, sagte sie knapp. Stella, die diesen Ton von ihrer Schwester nicht kannte, musterte Lysbeth befremdet. »Schieß los.«

Lysbeth überlegte keine Sekunde. »Du nimmst Drogen«, sagte sie scharf. »Ich weiß nicht welche, aber es ist nicht nur der Alkohol, der dich so fertigmacht. Ich vermute, du kokst. Darf ich dich vielleicht daran erinnern, dass du vorhattest, deinem … Willy hieß er, oder? … deinem … Liebsten, der durch dich einige Probleme im Leben bekommen hat, Geld zukommen zu lassen? Ich weiß nicht, ob du dir das Kokain erarbeitest, vermute aber, dass du einfach alles Geld, das dir irgendwie noch zur Verfügung steht, für das Teufelszeug ausgibst.«

Stella stand vor der Schwester wie eine angeschossene Wildkatze. Ihre Fäuste waren geballt, die Augen blitzten. Es hatte in ihren Händen gezuckt, als Lysbeth davon sprach, Stella könne sich die Droge erarbeitet haben. Nutte. Das Wort, das Jonny immer wieder für sie benutzt hatte. Sie ließ die Fäuste sinken, öffnete sie, stützte sich an der Wand ab. Es schwindelte sie. War sie vielleicht sogar eine Nutte? War das, was sie mit Martha tat, nicht so etwas wie ein Dienst, um dafür Kokain zu bekommen? Ihr Mund war trocken.

»Es scheint, als gäbe es niemanden mehr, der dir so am Herzen liegt, dass du Verantwortung für dich trägst, aus Verantwortung für den andern«, sagte Lysbeth kalt. »Vielleicht kannst du aber auch mal an Mutter denken. Ich mache mir Sorgen um ihr Herz. Vielleicht kannst du auch an mich denken. Ich mache mir Sorgen um dich. Aber wenn deine Familie nicht zählt, kannst du vielleicht wenigstens an deinen Willy denken und dich darum kümmern, mit irgendetwas Geld zu verdienen, um es ihm zukommen zu lassen. Hattest du nicht gesagt, du wolltest, dass er hierher kommt?«

Stella lehnte sich mit dem Körper gegen die Wand. Alles tat weh. Innen war sie wie ausgehöhlt, außen drückten die Knochen hart und fleischlos gegen die Mauer.

Lysbeth hatte recht, und auch wieder nicht. »Jonny kommt sehr bald nach Hamburg, meine liebe Lysbeth«, sagte sie und lachte freudlos. »Ich glaube nicht, dass Willy hier als sein Boy arbeiten möchte.«

Lysbeth schluckte, fasste sich aber schnell wieder. »Umso wichtiger ist es, dass du ihm wenigstens finanziell unter die Arme greifst. Vielleicht kann er sich eine kleine Farm kaufen oder so.«

Wieder lachte Stella auf, diesmal noch freudloser. »Eine Farm kaufen? Meine Liebe, er ist ein Schwarzer. Aber er könnte sich wenigstens eine Kuh oder Ziege oder Ochsen oder so kaufen und heiraten. Das wäre auch schon mal gut.« Sie biss nachdenklich auf ihre Unterlippe. »Du hast recht«, sagte sie leise. »Ich muss mich um Willys Absicherung kümmern.« Sie löste sich von der Wand und ging nach oben.

Lysbeth schaute ihr versonnen hinterher. Was hatte sie jetzt angestoßen, fragte sie sich. War es wirklich das, was sie beabsichtigt hatte?

Am gleichen Tag noch nahm Stella den Ring mit dem Rubin des Prinzen von Sansibar und suchte den Pfandleiher auf, zu dem Dritter sie einmal mitgenommen hatte, weil er seine goldene Uhr wieder abholen wollte. Dritter brachte manchmal Dinge zum Pfandleiher, wenn er kein Geld hatte und niemand ihm mehr etwas leihen wollte. Es war sein probates Mittel für aktuelle Geldsorgen.

Der Pfandleiher war einer jener Männer, deren Alter kaum schätzbar war. Er war klein und schmal, ein beweglicher, jugendlicher Körper, sein Gesicht aber war von Falten zerfurcht und seine Haare schlohweiß. Er prüfte den Ring mit der Lupe, schnalzte durch die Zähne und bot Stella einen Preis, der ihr riesig vorkam. Sie willigte sofort ein. Er erklärte ihr, dass sie den Ring innerhalb einer bestimmten Zeit bei einem gewissen Zinssatz wieder zurückholen könne. Stella schüttelte verneinend den Kopf. Sie sah keine Möglichkeit, den Ring jemals zurückzuerwerben. »Sie dürfen ihn verkaufen«, sagte sie. »Ich brauche das Geld.«

»Man weiß nie«, sagte der Mann und wiegte bedächtig den Kopf.

Stella knüllte das Geld in ihre Handtasche. Stolz erhobenen Hauptes verließ sie den Laden. An diesem Abend kaufte sie sich eine ganze Pillendose voller Kokain. Sie legte viermal in der Nacht nach. Eine ganze Nacht voller Glück. Sie sang, sie tanzte, sie spielte sogar auf dem Klavier, sie war ein leuchtender Stern, ein Wegweiser für die Menschen in ihren normalen grauen Leben. Sie wurde weder müde noch traurig, noch irgendwie unklar im Kopf.

Den ganzen folgenden Tag widmete sie dem Preis, den sie für das Glück bezahlen musste: dem zitternden Elend. Sie blieb im Bett, unter drei Decken immer noch frierend. Sie war hundemüde, und sie konnte nicht schlafen. Ihr war furchtbar übel. Aber sie hatte gewusst, was auf sie zukommen würde, und sie war bereit, den Preis zu zahlen.

Einen Tag später war sie wieder auf den Beinen, etwas blass noch, aber wieder in der Lage, das Haus zu verlassen. Sie ging zur Post und gab einen Wertbrief an Anthony Walker in Tanganjika auf. Sie schickte ihm das ganze Geld abzüglich des Rausches.

Sie hatte nur wenige Zeilen auf ein Blatt Papier geworfen.

Lieber Anthony, bitte lass das Geld Willy zukommen. Er soll es ausgeben, wofür auch immer. Von einer Reise nach Hamburg rate ihm bitte ab. Ich hoffe, es geht Dir gut. Grüß mein Afrika.

Deine Stella

Jonnys Abreise hatte sich mehrmals verschoben, nun hatte er seine Ankunft für September angekündigt. Bis dahin verbrachte Stella ihre Tage in nervöser Anspannung. Sie verlor ihren Appetit, und auf eine unheimliche Weise wirkte es, als verlöre sie ihr Wesen. Wäre sie in Afrika geblieben, hätte man denken können, dass ein Voodoozauber mit ihr veranstaltet worden war. Aber in Hamburg gab es keinen Voodoozauber.

Der August 1929 kam und mit ihm launisches, mal sonnig kosendes, mal stürmisch schüttelndes, mal nasses Schauerwetter. Manchmal im stündlichen Wechsel. Es wirkte nicht wie Hochsommer, sondern wie April. Stella wünschte sich, auch sie könne wieder etwas von einer launischen Frau bekommen, wenigstens manchmal heiter sein, wenigstens manchmal stürmisch, sogar Tränenschauer wünschte sie sich, doch sie war ständig nur angespannt und gereizt. Und von einer dumpfen Hoffnungslosigkeit erfüllt. Sie konnte sich nicht ausmalen, wie ihr Leben jemals wieder in wärmere Farben getaucht werden könnte. In einem Monat würde Jonny vor der Tür stehen, und dann würde sie wieder Stella Maukesch sein. Seit ihrer Rückkehr hatte sie noch nicht ein einziges Mal ihre Schwiegermutter aufgesucht. Und auch Edith hatte sich bei ihr nicht gemeldet, obwohl sie von Stellas Ankunft wusste, das war sicher, denn die Handels- und Schifffahrtskreise in Hamburg unterrichteten einander stets über alle Vorgänge.

Wenn Jonny wieder da war, würde alles sein wie vorher. Sie würden Edith besuchen, er würde zum Kolonialverein gehen, sie hätten Gäste und sie würde als Kapitänsfrau repräsentieren müssen. Dem blöden Geschwätz über die Dummheit der Schwarzen zustimmend lauschen und aufregende Safarierlebnisse zum Besten geben. Alles würde sein wie vorher, und alles, was vorher gewesen war, würde ein Haufen aus winzigen, spitzen, stechenden, gefährlichen Scherben sein.

Stella war gerade zurückgekehrt von einem Spaziergang, der sie von der Kippingstraße zum Innocentiapark und von dort zur Alster geführt hatte. Sie war Stunden unter freundlicher Augustsonne unterwegs gewesen. Den Impuls, ein Café aufzusuchen, hatte sie unterdrückt. Neuerdings empfand sie manchmal beklemmende Angst, unter Menschen zu gehen. Sie hatte das Gefühl, alle würden auf sie blicken und sie auslachen. Worüber die Leute lachten, wusste sie nicht, aber sie fühlte sich wie nackt und dem Spott der Menschen ausgesetzt.

Und dann war ein unerwarteter Regenschauer über ihr losgeprasselt. Bis auf die Unterwäsche klitschnass trat sie ins Haus. Bereits beim ersten Schritt bemerkte sie, dass etwas anders war. Aus dem Wohnzimmer der Eltern drang Lachen und eine Männerstimme, die Stella einen Schauer über die Haut trieb und Hitze in die Wangen. Es war eine Männerstimme, die ein eigenartiges Kauderwelsch sprach und der Lysbeth in einem ähnlichen Kauderwelsch antwortete.

Stella blieb vor der Tür stehen und lauschte. Sie konnte es nicht glauben! Aber er war es. Sie riss die Tür auf und flog Anthony in die Arme, die er sofort um sie schloss, als wäre es das Selbstverständlichste von der Welt, eine durchnässte, weinende Frau, die unverständliche Laute von sich gab, zu umarmen, sie festzuhalten und ihr ins Ohr zu flüstern: »Da bist du ja.«

Lysbeth und Käthe verließen unauffällig den Raum, Käthe kam kurz mit einem Handtuch zurück und legte es neben die beiden. Sacht schloss sie die Tür hinter sich.

Stella konnte gar nicht aufhören, zu weinen und Worte zu sagen, die sie selbst nicht verstand. Es waren englische Worte, Kisuaheliworte, deutsche Worte, die von irgendwoher in ihr Herz flogen und von dort wieder zu Anthony. Er streichelte ihren Rücken, ihre Wangen, ihre Augen, ihren Mund. Er küsste ihr die Tränen von der Wange. Und dann bot Stella ihm mit geöffneten Augen ihren Mund, und er küsste sie, auch er mit geöffneten Augen. Die Zeit veränderte sich unter ihren Küssen, der Ort veränderte sich. Und auch ihre Körpertemperatur veränderte sich. Stella dampfte in ihrer nassen Kleidung. Anthony nahm das Handtuch und rubbelte ihre Haare, bis die wie ein dunkelroter Flammenkreis um ihr Gesicht loderten.

»Ich muss mich umziehen«, sagte Stella. Sie nahm ihn an die Hand und zog ihn hinter sich her nach oben. Sie nahm ihn mit in ihr Schlafzimmer und zog sich aus. Er schaute sie an, bis sie nackt vor ihm stand. Er lächelte. Sie lächelte auch. Zwischen ihnen war ein Schritt Abstand. So blickten sie einander an und lächelten. Anthony legte die Hände an seine Brust und knöpfte sein Hemd auf. Sein Hemd, seine Hose, er zog sich aus, während er Stellas Blick mit seinen Augen festhielt. Sie lächelte nicht mehr.

Als sie im Bett lagen, war die Hitze seines Körpers wie etwas, das nicht nur Stellas kalten, durchnässten Körper wärmte, sondern durch ihre Haut bis in ihr Wesen drang. Alles geschah ganz einfach, ganz leicht. Stella öffnete sich Anthonys Liebe und ließ sie mit ihm in sich hinein, bis auch sie voller Liebe war.

Anthony liebte sie voller Begehren und Lust auf ihre Haut, ihren Duft, er schmeckte sie, er erkundete sie, er schien unersättlich danach, Stella mit seiner Lust, seinem Körper, seinem Feuer zu füllen. Behutsam und doch voller Wollen nahm er sie in Besitz. Und Stella, die anfangs einfach nur von der Woge der Überraschung und Freude überrollt worden war, gab sich dem Gefühl hin, das sie Anthony gegenüber stets vermieden hatte. Sie tat das, was in der Bibel für lieben steht: Sie erkannte Anthony. Sie erkannte ihn in seiner ganzen überwältigenden Männlichkeit. Sie spürte sein Feuer und ließ sich entzünden. Sie erkannte seine Magie und ließ sich verzaubern. Sie erkannte seine Schönheit und bewunderte ihn. Sie erkannte seine Kraft und ergab sich ihr. Sie erkannte, wie polar sie einander waren, Mann und Frau. Und sie erkannte, wie ähnlich sie einander waren, Anthony und Stella.

Sie begriff, dass diese Liebe für Anthony schon lange in ihr war, wie ein schlummernder Keim, der Wurzeln treibt, während er nach außen nicht sichtbar ist. Und sie begriff, warum sie diese Liebe so ins Dunkel hatte verdrängen müssen. Sie hatte Anthony schützen wollen. Sie hatte sich selbst schonen wollen. Aber das alles war kein Schutz und keine Schonung. Weil es tot machte. Gefühllos, weil Liebe nicht gefühlt werden durfte. Roh, hart, grob, weil Weichheit nicht sein durfte. Sie hatte das Leben verneint, weil sie das Risiko der Selbstoffenbarung und des Glücks nicht eingehen wollte.

Eine Liebe zu Anthony, das wusste Stella in diesem Augenblick, als Anthony sie mit Lust und Kraft, mit Weichheit und Wärme, mit Feuer und Leben, ja, Leben erfüllt hatte, die würde alles von ihr fordern. Alles. Dieser Liebe würde sie sich stellen müssen – mit ihrem ganzen Wesen, ihrem ganzen Sein. »Ich will es annehmen«, flüsterte sie. Kaum hörbar, aber Anthony lächelte, kaum sichtbar, aber sie sah es.

Er blieb fünf Tage lang. Fünf Tage, in denen sie sich liebten, Gespräche führten, tanzen gingen, sie ihm Hamburg zeigte und er ihr Liebesgedichte schrieb, die er ihr morgens aufs Kopfkissen legte, jeden Morgen eins. Sie erzählte ihm alles. Alles. Ihr ganzes Leben. Nur die Geburt von Angelina ließ sie aus. Nicht, weil sie ihm das verschweigen wollte, sondern weil sie dieses Erlebnis so sehr aus ihrem Bewusstsein verdrängt hatte, dass es nicht zu ihr zu gehören schien.

Und Anthony erzählte ihr von seinem Leben. Sie kannte schon sehr viel, seine Kindheitserfahrungen, sein Leben im Internat. Sie wusste noch nichts von seinen Frauengeschichten. Entzückt und kichernd hörte sie zu, als er ihr von seiner ersten sexuellen Erfahrung berichtete, der Frau eines Lehrers im Internat, die Anthony regelrecht vernascht hatte, weil sie von seiner literarischen Begabung und seiner Sensibilität so fasziniert war. Eine Abwechslung in einer Ehe mit einem Physiklehrer, der sich vor allem für die technischen Errungenschaften des Lebens interessierte.

Seine nächsten Freundinnen waren nicht mehr so interessant, Jugendlieben, wie sie viele haben, aber dann gab es einige Frauen, die Stella neugierig und ein wenig eifersüchtig machten. Interessante Frauen mit besonderer Kraft. Dann die eigentlich biedere Ehefrau eines Kaufmanns, der es besondere Freude machte, von Anthony gefesselt und verwöhnt zu werden, bis sie um ein Ende flehte. »Die hätte mich wahrscheinlich dazu gebracht, sie zu heiraten«, sagte er schmunzelnd mit einem Glanz in den Augen, der Stella wütend machte, »wenn sie nicht schon verheiratet gewesen wäre.« Ihre sexuelle Obsession war es, statt eines Gutenmorgenkusses Anthonys Schwanz in ihre Möse gesteckt zu bekommen. Sie war eine rechthaberische, unangenehme Frau, die Menschen eher abstieß, aber sobald es um Sex ging, war sie »weich wie Butter«, wie Anthony sagte. Sie hatte verstörende Wutausbrüche, die Anthony eine Weile fasziniert hatten, weil er sie begreifen wollte, aber nachdem er ein halbes Jahr lang mit ihr ein Verhältnis gehabt und bemerkt hatte, wie begrenzt das Ganze war: sexuelle Ekstase und dann wieder Wutausbrüche und Briefe, in denen sie vorschlug, Schluss zu machen, langweilte er sich mit ihr und beendete die Liaison. Was sie zu allerlei seltsamen Rachetaten hinriss wie zum Beispiel, seiner nächsten Freundin zu erzählen, dass er ihr nach wie vor leidenschaftliche Liebesbriefe schreibe und ihr erzählt habe, dass er beim Sex mit der Neuen nur an die Vorige dächte. Lauter Sachen, erklärte Anthony, die sie sich vollkommen aus den Fingern gesogen hatte. Aber die nächste Beziehung ging daran in die Brüche. Danach hatte er sich erst einmal von Frauen ferngehalten, weil ihm die destruktive Kraft, die in sexuellen Beziehungen liegen konnte, unheimlich geworden war.

»Bis ich dich das erste Mal sah«, gestand er. »Es war auf einer Party bei Victoria. Du spieltest Klavier und sangst. Und du schautest deinen Mann verliebt an. Aber er blieb kühl. Er wirkte wie ein Pfau, stolz auf seine schöne Frau, aber das war's auch. Dann hörte ich noch von seinen amourösen Geschichten. Da beschloss ich, dass ich keine Skrupel haben musste, dich lieben zu wollen.«

Anthony erzählte ihr von seinen vergeblichen Versuchen, seinen ersten Roman einem Verlag schmackhaft zu machen. Er habe so viele Absagen bekommen, sagte er, dass er eine Hauswand damit hätte tapezieren können. Als dann endlich ein kleiner Verlag seinen Erstling herausbrachte, einen kurzen Roman, eher eine Erzählung, über einen Jungen, der in Afrika groß geworden war und dann auf ein englisches Internat kam, wurde das Buch ein überraschender Erfolg. »Die Engländer lieben die Geschichte. Ich betrachte darin wie ein Eingeborener die seltsamen Sitten in der englischen Jungenerziehung.« Anthony lachte. »Kein Afrikaner kann sich vorstellen, dass in einer Schule Mutproben gemacht werden. Für sie ist das Leben voller Mutproben. Die Schule ist zum Lernen da, um Briefe schreiben und Zeitung lesen zu können. Die Schule ist der Ort, wo alles geschieht, was mit dem Leben sehr wenig zu tun hat. Was wie Kunst wirkt. Auch für die Engländer ist natürlich die Schule der Ort, wo all das geprobt wird, was im Leben keinen Platz hat. Wildwasserkanufahrten bei Temperaturen um den Gefrierpunkt zum Beispiel. Sport jeder Art. All diese Dinge, um den Körper zu stählen. Kein Afrikaner denkt jemals daran, seinen Körper zu stählen.«

Sie verlebten fünf Tage voller Magie. Anthony las ihr aus seinem neuen Roman vor, in dem eine Figur vorkam, die Luna hieß und verblüffende Ähnlichkeit mit Stella besaß. Stella mochte es, wenn sie etwas über sich erfahren konnte, als wäre sie eine andere.

Sie erfuhr, dass sie neben ihrer Schönheit und Anziehungskraft auf Männer auch etwas besaß, das vielen Männern Angst machte. Und das überraschte sie vollkommen, weil sie darüber noch nie nachgedacht hatte. Die Luna, von der Anthony schrieb, war wie eine Silbersichel, die das Wissen des Vollmonds in sich trug. Eine Bleiche, Ungenährte, die feuriger rot sein konnte als die Sonne. Eine Hungrige, die Nacht für Nacht genährt werden musste, um prall und voll zu werden. Die Luna, von der Anthony schrieb, war eine Frau, die, erfüllt, zu größter Blüte, Schönheit und Wärme wuchs, die aber ungenährt spitz, mager und kühl wurde.

In Anthonys Roman gab es auch einen Jonny, der Will hieß. Ein

Handlungsreisender, der Luna so hungern ließ, dass sie nie voll wurde. Ein Mond, der nie voll wird, ist kein Mond. Aber wenn er doch ein Mond ist und nie erfüllt wird, dann wandert er seinem Wesen zuwider. Ein Mond, der eine ungenährte Sichel bleibt, wird verrückt.

Stella lachte unter Tränen, als sie das hörte.

Irgendwann sprachen sie über Willy. Es war Stella etwas peinlich, aber Anthony schnitt das Thema so gelassen an, dass auch sie bald entspannter war und sich nicht mehr schämte, weil sie sich in ihrem ehelichen Unglück mit einem Schwarzen getröstet hatte, mit dem es gar keine wirkliche Nähe hatte geben können, weil sie einander viel zu fremd waren. Den sie darüber hinaus ins Unglück hatte stürzen müssen, weil es dazu gar keine Alternative gab. Anthony erzählte ihr, dass er Willy das Geld, das Stella ihm in Afrika gegeben hatte, hatte zukommen lassen, und auch einen Dank übermittelt bekommen habe. »Wo er genau abgeblieben ist, erfährt kein Weißer«, sagte er, »auch ich nicht. Aber, Stella, Willy hatte immer schon eine Frau und Kinder. Die lebten dicht bei Daressalam. Die sind auch verschwunden. Ich vermute, dass sie alle in ein Kikuyudorf gegangen sind. Von deinem Geld haben sie bestimmt eine Kuh gekauft.« Er schaute sie prüfend an. Sie lächelte. »Ich war ganz schön blöd«, sagte sie. »Du warst verzweifelt«, entgegnete er. »Da begeht man manchmal Blödheiten.«

Damit war das Thema zwischen ihnen beendet. Das Geld, das sie ihm von dem Rubinring geschickt hatte, wäre gewiss bei seinen Eltern angekommen, sagte er, denn er war schon seit März aus Afrika fort. »Sie werden es aufbewahren, vermute ich«, sagte er. »Du bekommst es zurück.« Er grinste verschmitzt. »Ich glaube nicht, dass du Willy noch eine weitere Kuh schuldest.«

Nach fünf Tagen fuhr Anthony mit der Bahn nach Ostende, um von dort nach Dover überzusetzen. Stella begleitete ihn. Sie wollte keine Sekunde mit ihm verlieren. Als sein Schiff vom Kai ablegte und seine Gestalt kleiner und kleiner wurde, hatte sie das Gefühl, als würde ihr etwas mit Gewalt aus der Brust gerissen, ein Stück Fleisch aus Brust und Bauch. Sie fühlte sich verwundet.

Aber als sie wieder in Hamburg war, auf ihrem Bett lag und alle Liebesgedichte, die Anthony ihr geschrieben hatte, noch einmal las, dankte sie bei allem Schmerz dafür, dass dieser Mann sie liebte. Und dass er in diesem Augenblick zu ihr gekommen war, wo sie jeden Halt verloren hatte.

Anthony hatte ihr ins Gewissen geredet. Sie dürfe ihr musikalisches und schauspielerisches Talent nicht verplempern. Er hatte gesagt, dass sie eine Verantwortung trage für ihre Gaben. »Was soll ich tun?«, hatte sie gefragt. »Ich kann mich nicht jeden Abend auf der Reeperbahn auf eine Bühne stellen und *Ach jott, wat sind die Männer dumm* singen. Das ist albern.«

»Du brauchst jemanden, der dich fordert und fördert«, hatte Anthony gesagt. »Komm nach London, da kenne ich genug Künstler, die mit dir arbeiten würden. Mit Kusshand würden sie dich unter ihre Fittiche nehmen. Was du brauchst, ist Schliff. Du bist ein Rohdiamant.«

Komm nach London! Was für ein verführerisches Angebot!

Aber sie war eine verheiratete Frau. Und sie hatte ihre Familie in Hamburg. Lysbeth. Die Mutter. Dritter. Nein, sie würde es nicht übers Herz bringen, schon wieder alle zu verlassen. Und Dritter hatte auch durchblicken lassen, dass es mit den Geschäften nicht zum Besten stand. Jonny zahlte Miete für die obere Etage. Man brauchte das Geld. Stella wusste nicht einmal, ob es möglich war, sich von Jonny scheiden zu lassen. Wahrscheinlich nicht. Was für ein Drama wäre es, wenn sie einfach nach London zu Anthony verschwinden würde, jetzt in den nächsten zwei Wochen, bevor Jonny aus Afrika zurückkam. Zu ihrer Familie, die für Stellas Verschwinden geradestehen müsste. Nein, das war ausgeschlossen.

Aber sie konnte in Hamburg versuchen, einen Musiker zu finden, der bereit war, mit ihr zu arbeiten. Einen, mit dem sie ein Repertoire entwickeln konnte. »Am besten wäre einer, der komponiert«, hatte Anthony gesagt. »Dann kann er meine Gedichte vertonen. Und alles kann dir auf den Leib geschrieben werden.« Er hatte über ihren Bauch gestreichelt und gemurmelt: »Auf diesen wundervollen Leib.«

Ja, sie wollte sich aufmachen, einen solchen Musiker zu finden. Wo auch immer.

29

Lysbeth wurde nervös. Aarons Vertrag in Berlin lief aus. Er plante, nach Hamburg zurückzukommen und sich hier als Hausarzt niederzulassen. Seine Absicht, sich als Frauenarzt zu spezialisieren, hatte er, wie er Lysbeth schrieb, aufgegeben. Dafür würde er noch weitere Assistenzzeiten durchstehen müssen. Außerdem missfiel ihm, auf welche verächtliche Weise viele der Ärzte mit Frauen umgingen. »Unseren geheimen Plan können wir in einer allgemeinen Praxis genauso durchführen wie in einer Frauenarztpraxis«, hatte er geschrieben, und Lysbeth wusste, was er meinte. Er wollte nicht mehr warten. Er wollte dem Elend der tödlichen Abtreibungen so schnell wie möglich etwas entgegensetzen.

Seit sie diesen Brief erhalten hatte, war Lysbeth von irrwitziger Unruhe erfüllt. Sie freute sich prickelnd bis in die Fingerspitzen, gleichzeitig quälte sie sich mit schrecklicher Angst. Die Gefahr, der Aaron entgegenging, ließ ihr keine Ruhe. Selbst in ihren Träumen sah sie ständig das Gespenst einer Einkerkerung Aarons vor sich. Sie erinnerte sich daran, was die Tante erzählt hatte. Ihr Geliebter war wegen des Praktizierens verbotener Abtreibungen hinter Gitter gekommen und hatte sich im Gefängnis erhängt. Lysbeth graute vor dem, was Aaron geschehen konnte, wenn er mit der ihm eigenen Kompromisslosigkeit sein Ziel verfolgte. Sie teilte dieses Ziel mit ihm, und sie war felsenfest entschlossen, ihm zur Seite zu stehen, so gut sie nur konnte, aber ihre Hilflosigkeit, was seine Gefährdung durch die Justiz anging, drückte sie nieder. Dass sie selbst auch im Gefängnis landen könnte, ängstigte sie nicht. Dann würde sie dort eben ihr Leben weiterführen, auch im Gefängnis gäbe es bestimmt Aufgaben, die sie sinnvoll erfüllen konnte.

Vor allem aber brannte sie darauf, ihre erworbenen Kenntnisse endlich anwenden zu können. Sie war mittlerweile eine recht gute Homöopathin geworden. In ihrer Familie gab es keinen – Johann natürlich ausgenommen –, der sie nicht aufsuchte, wenn ihn irgendwelche Wehwehchen plagten. Aber eine Familie zu behandeln, wenn einem der Sinn danach stand, als Ärztin tätig zu sein, gab natürlich kein Gefühl von Erfüllung.

Lysbeth hungerte danach, ihr in fast zwanzig Jahren erworbenes Wissen endlich anzuwenden. Sie wusste, dass sie heilen konnte, besser als die meisten Ärzte, und sie wusste, dass Aaron voller Respekt für ihre Fähigkeiten war. Gleichzeitig zitterte sie vor Angst, endlich auf die Probe gestellt zu werden. So absurd es war, sie zitterte vor Angst davor, endlich der Erfüllung ihres Lebenstraumes gegenüberzustehen.

Sie nahm ihre alte Gewohnheit wieder auf, lange Spaziergänge zu machen. Sie wollte mit niemandem reden. Sie wollte nicht in ihre Bücher sehen. Sie wollte am liebsten nicht einmal denken. Einfach nur Fuß vor Fuß setzen.

Aaron hatte kein genaues Datum für seine Rückkehr genannt. Sein Vertrag lief bis zum 31. August. Danach wollte er noch zu seinen Eltern fahren und anschließend an die Ostsee. Lysbeth mochte gar nicht dran denken, mit wem er an die Ostsee fuhr. Seine Briefe waren zwar regelmäßig eingetroffen, manchmal sogar zweimal die Woche. Sie kannte seinen harten Dienst und wusste jedes Wort zu schätzen, gleichzeitig hatte sein sachlicher Ton mit den kurzen Mitteilungen über sein persönliches Befinden und den langen Ausführungen über seine Patienten und die übergeordneten Ärzte sie dazu gebracht, irgendwelche Sehnsüchte, die Aaron als Mann betrafen, im Keim zu ersticken. Das fiel ihr schwerer, als sie gedacht hatte, besonders wenn sie in ihrem Zimmer saß, die Fenster weit geöffnet hatte und der Duft der Rosen ihre Nase streifte. Um sie herum lagen medizinische Bücher. Aber in ihrem Herzen kämpften Aarons Bild und die Erinnerung an seine Küsse mit ihrer Leidenschaft für die Medizin.

In der ersten Zeit, nachdem Aaron Hamburg verlassen hatte, war Lysbeth noch beglückt und erfüllt von ihrer Liebe und ihrem Zusammensein gewesen, auch wenn sie sich nie zu einem Liebespaar entwickelt hatten und der Abend mit leidenschaftlichem Tanz und nächtlichen Küssen ein einmaliges Ereignis geblieben war. Lysbeth hatte sich immer wieder daran erinnert, es hatte sie immer aufs Neue staunend spüren lassen, dass sie eine Frau war, eine Frau, die einen Mann dazu bringen konnte, etwas zu tun, was vollkommen unvernünftig war.

Doch mit der Zeit hatte diese Erinnerung sie genährt, wie eine Verhungernde von einem wunderschönen Stillleben mit Schinken und Trauben und Rotwein genährt wird. Es regte den Appetit an und ließ ein Loch im Magen spüren. In Lysbeths Fall im Herzen.

Inzwischen war selbst diese Erinnerung verblasst. Und ihre Sehnsucht hatte sich so entwickelt wie Hunger bei Menschen, die nicht genug zu essen bekommen. Irgendwann ist der Magen geschrumpft, und sie empfinden keinen Hunger mehr. Manchmal allerdings versuchte Lysbeth sich daran zu erinnern, wie es gewesen war, als sie sich verzweifelt nach Aarons Küssen gesehnt hatte und danach, in seinen Armen zu liegen. Es schien vergangen wie ein Theaterstück, das man vor langer Zeit gesehen hat und dessen Bilder sich inzwischen mit denen vieler anderer Stücke vermischt hatten. Was geblieben war, war Herzklopfen, jedes Mal, wenn sie einen Brief von ihm öffnete, und Enttäuschung, jedes Mal, wenn in dem Brief kein einziges persönliches Wort an sie gerichtet war. Doch auch die Enttäuschung schmerzte nicht mehr so sehr wie noch bei den ersten Briefen.

Inzwischen, so schien es ihr, hatte sie sich mit der Situation vollkommen arrangiert: Aaron und sie waren Freunde, und wenn er eine Praxis eröffnete, würde sie offiziell seine Sprechstundenhilfe und insgeheim seine Kollegin. Sie würden illegale Abtreibungen von höchster Perfektion für wenig Geld vornehmen, und sie würden sich fühlen wie zwei Verschworene. Dass sie Mann und Frau waren und einmal eine Nacht mit Tanz und Küssen miteinander verbracht hatten, war vergangen und für ihn bestimmt schon lange vergessen, wenn es überhaupt jemals auch nur eine untergeordnete Rolle gespielt hatte.

Dass ihr Herz während der Spaziergänge im Juli und August trotzdem schmerzte, als hätte es ein Loch, aus dem Blut tropfte, wenn sie daran dachte, dass er vielleicht aus Berlin mit einer Verlobten zu seinen Eltern fuhr und mit dieser anschließend an der Ostsee Urlaub machte, beunruhigte Lysbeth sehr. Und sie verübelte es sich auch, weil sie sich äußerst undiszipliniert und backfischhaft fand.

Während der Alsterspaziergänge wurde ihr Kopf manchmal klar. In diesen Momenten war sie in der Lage, die Schönheit der Umgebung wahrzunehmen. Die unter der Sonne funkelnden kleinen Wellen. Die weißen Villen hinter der Straße. Die lieblichen Trauerweiden, deren Grün so jung und verletzlich war. Die sommerlich gekleideten Menschen.

Irgendwann beschloss sie, aktiv zu werden und das Grübeln zu beenden. Mit aller Kraft wollte sie sich darauf konzentrieren, wie sie Aaron dabei unterstützen konnte, die Eröffnung der Praxis vorzubereiten.

Danach begann sie sich nach Praxen umzusehen, die von alten Ärzten aufgegeben wurden. So etwas war für einen angehenden jungen Arzt ein wundervoller Start, denn die alten Patienten kamen weiterhin, und er musste sich nicht erst einen neuen Patientenstamm erarbeiten. Gleichzeitig hielt sie Ausschau nach Gegenden, in denen es wenige Ärzte gab, und erkundigte sich nach leer stehenden Wohnungen, die groß genug für eine Praxis waren.

Der Briefverkehr zwischen Aaron und ihr, der inzwischen schon ein wenig eingeschlafen war, wurde wieder lebhafter. Sie schrieb ihm von den Ergebnissen ihrer Erkundigungen, und er war Feuer und Flamme. Da weder er noch sie Geld hatten, waren sie nicht in der Lage, einem alten Arzt die Praxis abzukaufen. Sie waren auch nicht in der Lage, eine teure Miete zu bezahlen. Sie mussten ganz klein beginnen.

Zum Glück hatte Aaron in der Zwischenzeit seine Doktorarbeit fertiggestellt, sodass Dr. Aaron Bleibtreu auf dem Schild stehen würde. Dr. Aaron Bleibtreu. Praktischer Arzt.

Lysbeth zerbrach sich den Kopf, was sie tun konnte, damit kein langer Leerlauf mit wenig Patienten entstehen würde.

Sie begegnete ihrer Mutter und ihrer Schwester nur noch im Vorübergehen. Sie war so beschäftigt, dass ihr gar nicht auffiel, wie sorgenvoll Käthe und Stella seit einer Woche aussahen. Da kam Käthe eines Morgens Anfang September zu Lysbeth ins Zimmer und sagte: »Du benimmst dich wie eine Mieterin, die nicht zur Familie gehört. Ich möchte mit dir und Stella gemeinsam frühstücken. Einverstanden?« Lysbeth hatte keine Verabredungen. Sie stromerte eher durch Hamburg, als dass sie einem Plan folgte. Also konnte sie die Einladung kaum abschlagen.

Am liebevoll gedeckten Tisch kam Käthe schnell aufs Wesentliche zu sprechen. »Mir fehlt die Tante. Ich habe niemanden, mit dem ich reden kann. Meine Mutter ist so früh gestorben. Ich denke oft daran, dass ich die Tante nicht allein in ihrer Kate in Laubegast sterben lassen möchte.«

»Aber Lysbeth besucht sie doch häufig«, gab Stella zu bedenken.

»Und es geht ihr gut«, fügte Lysbeth hinzu. »An Sterben denkt man bei ihr gar nicht.«

Käthe nickte. »Sie wird bald hundert Jahre alt«, sagte sie spöttisch, »da ist an Tod nicht zu denken?«

»Na gut«, räumte Stella ein. »Auch die Tante wird nicht ewig leben, aber glaubst du wirklich, dass sie jetzt noch verpflanzt werden kann? Man sagt doch immer, einen alten Baum verpflanzt man nicht.«

Lysbeth kniff die Augen zusammen, wie sie es seit einiger Zeit oft tat, wenn sie etwas genauer ins Visier nehmen wollte. »Willst du, dass die Tante kommt, oder willst du, dass *wir* mehr mit dir reden?«, fragte sie geradeheraus.

Käthe lächelte ihre Tochter an, als wollte sie sagen: Du hast es erfasst. Käthe hatte sich seit ihrem Umzug nach Hamburg sehr verändert. Es schien, als würde die junge Frau wieder zum Vorschein kommen. Als junge Frau war sie so rundlich und gut gepolstert gewesen, dass sie im Hochzeitskleid ihrer Mutter stecken geblieben war, als sie es vor ihrer eigenen Hochzeit heimlich anprobiert hatte. Im Laufe der Zeit, nach den Geburten, während des Krieges und mit all den Nöten in ihrer Ehe war sie immer dünner geworden. Ihre Brüste hatten wie leere Säckchen gehangen, und in ihre Wangen hatten sich tiefe Furchen eingegraben. In den letzten acht Jahren aber war sie wieder rundlich geworden. Das stand ihr erstaunlich gut. Ihre hageren Wangen waren wieder rund, und aus der harten Frau, die die Last der Familie auf ihren Schultern trug, war eine gemütliche Frau geworden, die ihre täglichen Einkäufe tätigte, mit den Nachbarn kleine Klönschnacks hielt und jeden Nachmittag Kaffee und Kuchen zelebrierte, wozu sich oft das eine oder andere Familienmitglied einfand. Lange Stunden saß sie in einem Sessel am Fenster zur Straße und las die Zeitung, ein Ritual, auf das sie jahrelang verzichtet, das ihr in ihrer Jugend aber viel bedeutet hatte, natürlich angeregt durch die politischen Gespräche, die ihr Vater mit den Gesellen und Lehrlingen am Tisch führte, und auch durch das Interesse, das er stets daran gezeigt hatte, sich mit ihr über die Geschehnisse in Deutschland und der Welt auszutauschen. Sie las auch wieder Romane und griff damit eine frühe Leidenschaft auf, die sie mit ihrer Mutter verbunden hatte und für die sie während der Jahre in Dresden nicht mehr die geringste Zeit und Kraft aufgebracht hatte.

Lysbeth sah ihre Mutter aufmerksam an. Käthe war fast sechzig Jahre alt. Vor zehn Jahren hatte sie ausgesehen wie eine alte Frau. Jetzt hingegen wirkte sie weicher und jünger als damals, sogar die strengen Falten im Gesicht waren verschwunden. »Die Frauen in eurer Familie sind wirklich sehr außergewöhnlich«, sagte sie nachdenklich. »Auch die Tante wirkt heute mit ihren fast hundert Jahren weniger gebrechlich als damals, als Stella und ich bei ihr wohnten und sie krank geworden war. Damals ging sie nur noch am Stock, heute bewegt sie sich so leichtfüßig, ihr könnt es euch gar nicht vorstellen.«

Stella lachte: »Zu den Frauen der Familie gehörst auch du, meine Liebe. Und um die Wahrheit zu sagen: Dich finde ich auch ziemlich außergewöhnlich.« Lysbeth errötete. Sie und außergewöhnlich? All ihre Sorgen schwappten in einem Riesenschwall über sie her. Wie verblüfft war sie, als ihr plötzlich die Tränen herunterliefen.

Sofort sprang Stella vom Stuhl auf und war neben ihr. Sie kniete sich neben Lysbeth und nahm sie in den Arm. Es war ihr einfach unmöglich, die Schwester weinen zu sehen, ohne dass auch sie in Tränen ausbrach. Käthe trank in aller Ruhe ihren Kaffee und sah ihren Töchtern zu, wie sie gemeinsam weinten.

Als Lysbeth endlich aufgehört hatte und sich tausendmal für ihre Tränen entschuldigte, und dass sie gar nicht wüsste, was plötzlich in sie gefahren sei, und als Stella wieder auf ihrem Stuhl saß und sich immer wieder dafür entschuldigte, dass sie völlig grundlos Lysbeth Gesellschaft beim Weinen geleistet hatte, sagte Käthe trocken: »Warum reden wir eigentlich nicht miteinander?«

Lysbeth schniefte. »Tun wir doch.« Stella stimmte ihr eifrig nickend zu. »Wir reden doch miteinander, Mutti«, sagte sie, und es klang fast empört. »Ich finde, dass wir eine sehr nette Familie sind.«

Käthe lachte laut auf. Es klang aber nicht wirklich fröhlich. »Wir reden miteinander«, sagte sie scharf. »Wir sagen guten Morgen, guten Abend, schönes Wetter, kalt heute, guten Appetit, wie geht es dir, danke gut.«

Ihre Stimme war laut geworden, ihre Töchter sahen sie bestürzt an. So kannten sie ihre Mutter nur aus sehr seltenen Augenblicken. Mit wachsender Dringlichkeit in der Stimme fuhr Käthe fort: »Meine liebe Stella ist in ihrer Ehe unglücklich und hat eine Woche lang einen jungen englischen Dichter in ihrem Bett. Meine Tochter Lysbeth studiert jahrelang heimlich Medizin und rennt vor irgendwelchen Gefühlen in tagelangen Märschen davon. Mein Sohn Johann ist ein brauner Schläger geworden, der nicht einmal vor seiner Frau zurückschreckt. Mein Sohn Eckhardt lässt seine Verlobte vertrocknen. Und Dritter? Na ja ... Stimmt, wir sind eine sehr nette Familie!« Sie funkelte ihre Töchter aus wütenden Augen an. »Und über all das sprechen wir nicht. Und da sagt ihr, wir reden miteinander. Dass ich nicht lache!« Nun liefen über ihre Wangen Tränen. »Ich sehne mich nach der Tante, ich möchte, dass sie hierherkommt. Mit ihr kann ich über alles reden. Und sie weiß sogar manchmal Rat.«

»Wenn sie keinen Rat weiß, hat sie wenigstens Kräuterschnaps«, sagte Stella trocken. »Der ist manchmal mehr wert.«

Lysbeth legte vorsichtig eine Hand auf die Hände, die Käthe in ihrem Schoß ineinander verknotet hatte. »Entschuldigung, Mutti. Ich wusste nicht, wie allein du dich fühlst. Ich wollte dich nicht mit meinen Sorgen belasten.«

Käthe entriss ihr zornig ihre Hände. »Belasten?«, rief sie. »Du lügst doch! Du rennst und rennst. Du redest nicht, weil du denkst, dann ist es nicht. Und das du! Ich hatte immer Angst davor, dass du die Wahrheit träumst, dass du sie fühlst, dass du sie siehst. Und dass du sie aussprichst.« Verzweifelt fügte sie hinzu: »Ich habe dir sogar verboten, von deinen Träumen zu reden, weil ich Angst vor der Wahrheit hatte. Aber jetzt hast *du* Angst vor der Wahrheit, mein Kind. Und das anzuschauen bricht mir das Herz! Ich will, dass du wieder redest!«

Lysbeth schüttelte verwirrt den Kopf, der sich anfühlte, als würden Wolken aufeinanderknallen. »Ich rede doch«, sagte sie, aber sie merkte selbst, wie wenig überzeugt das klang. Nein, sie redete nicht. Nicht über ihre Hoffnung, nicht über ihre Angst, nicht über ihre Sehnsucht, nicht einmal darüber, dass sie aufgehört hatte zu träumen.

Stella stand auf. »Liebe Leute, ich brauche einen Schnaps. Lysbeth, du hast doch einen von der Tante mitgebracht. Wo steht der?«

Lysbeth hatte letztes Mal eine Flasche vom stärkenden Herzwein der Tante mitgebracht. Als sie das jetzt sagte, mussten plötzlich alle drei sehr lachen. Die Tante wusste offenbar sogar aus der Ferne, was die Wolkenrath-Frauen brauchten.

Stella schenkte jeder von ihnen ein Glas des wunderbar nach Trauben und Kräutern duftenden Rotweines ein. »Stoßen wir an«, sagte sie feierlich. »Auf eine neue Ära! Von jetzt an sprechen wir mehr!« Sie hoben die Gläser und ließen sie gegeneinander klingen. »Du hörst auf, mich zu schonen«, betonte Käthe, als ihr Glas gegen Lysbeths klang.

»Und du kriechst gefälligst aus deinem Schneckenhaus«, forderte Stella von Lysbeth. Und zu ihrer Mutter sagte sie: »Meine Liebe, die größte Geheimniskrämerin in dieser Familie bist und bleibst du, daran gibt es ja wohl nichts zu deuteln. Wahrscheinlich hast du uns das sogar beigebracht.«

»Dann erziehe ich euch hiermit um!« Käthes Augen funkelten kämpferisch.

Lysbeth konnte nichts sagen. In ihr hatte Käthes Aussage, sie laufe vor der Wahrheit davon, einen Orkan an Gefühlen und Gedanken ausgelöst.

Als alle die Gläser wieder abgesetzt hatten, sagte sie leise: »Kann man vor der Wahrheit davonlaufen, wenn man sie doch gar nicht kennt?«

Käthe bemerkte trocken: »Du kennst sie nicht, weil du wegläufst. Wenn du stehen bliebest, würde sie dich einholen.«

Stella lachte amüsiert. »Du sprichst ja schon wie die Tante.«

Käthe musterte sie aufmerksam. »Du hast recht«, sagte sie. »Ich hätte es nie für möglich gehalten, irgendetwas von der Tante in mir zu entdecken. Aber seit ich auf die sechzig zugehe, kommt es mir so vor, als warte genau dieser Teil in mir darauf, hervorgeholt zu werden.« Sie wedelte abwehrend mit den Händen. »Nicht dass ihr denkt, ich wollte jetzt über Kräuter Bescheid wissen, es ist doch wundervoll, eine Tochter mit diesen Kenntnissen zu haben. All dieser medizinische Kram interessiert mich nicht. Nein, ihre Weisheit, ihre Menschenkenntnis, ihre trockene humorvolle Ehrlichkeit, all das hätte ich gern, und ich merke, dass es gar nicht so weit weg von mir ist. Sie ist eben meine Tante. Meine Mutter war auch sehr klug, sehr, sehr klug. Aber sie war ganz anders als die Tante, sie war viel … viel mehr Frau, viel zarter und raffinierter, aber auch sie hatte diese Weisheit in sich, auch sie konnte die Wahrheit … sehen.« Zu Käthes Überraschung traten Tränen in ihre Augen. Woher kamen denn die?

»Du vermisst deine Mutter immer noch, oder?«, fragte Stella vorsichtig.

Käthe neigte ihren Kopf schräg, als wolle sie lauschen. »Ja«, sagte sie schlicht und war überrascht davon, wie eindeutig das war. »Ja, ich vermisse sie, seit sie tot ist. Aber ich vermisste sie weniger, als die Tante bei uns war. Ich habe es damals gar nicht so gemerkt, aber jetzt merke ich, wie sehr sie mir fehlt.«

»Ich glaube, du solltest zu ihr fahren und ihr das sagen.«, riet Lysbeth, klar und praktisch. »Das glaube ich auch«, stimmte Stella zu. Sie lachte laut auf. »Aber wo bringen wir sie unter? Wir haben kein einziges Zimmer zu viel.« Sie warf Lysbeth einen schelmischen Blick zu. »Vielleicht musst du zu Aaron ziehen, wenn er nach Hamburg kommt, dann können wir der Tante dein Zimmer geben.«

Lysbeth errötete. Woher wusste Stella, dass Aaron nach Hamburg kam.

»Jetzt guck nicht wie ein Huhn, wenn's donnert«, schimpfte Stella. »Jeder weiß, dass seine Zeit in Berlin abläuft. Da du herumläufst wie ein Hase vor der Flinte, gehen wir alle davon aus, dass der Herr Doktor seine Ankunft angekündigt hat und du ... keine Träume mehr hast.«

Lysbeth fühlte sich gekränkt. Wie redete Stella denn mit ihr! Huhn, Hase ... Am liebsten wäre sie aufgestanden und gegangen, aber das wollte sie Käthe nicht antun.

Stella griff nach ihrer Hand. »Nicht eingeschnappt sein, Schwesterchen! Ich hab's nicht bös gemeint. Es ist nur so, dass nicht nur Mama sich fragt, wovor du wegläufst. Ich frag mich das auch.«

Plötzlich wurde Lysbeth zornig. »Ihr wisst alle so gut Bescheid über mich«, fauchte sie. »Wie wundervoll! Wie wär's denn, wenn ihr euch mit euren eigenen Angelegenheiten beschäftigt. Du zum Beispiel«, fuhr sie Stella an. »Soviel ich weiß, muss dein holder Gatte in den nächsten Tagen in Hamburg eintreffen. Wie hast du dann dein Eheleben geplant?«

Stellas Gesicht wurde puterrot, als fahre heiße Luft in ihr Gesicht. »Dass du so gemein sein kannst, hätte ich nie gedacht«, japste sie. »Du hast völlig recht, ich habe keine Ahnung, wie ich mein verkorkstes Eheleben führen soll.« Ihre schöne, volltönende Stimme wurde eng und hoch. »Ich möchte mich scheiden lassen, meine liebe Lysbeth. Aber im Gegensatz zu dir habe ich niemanden, der mir sagt, wie ich das bewerkstelligen kann. Leider finden meine Brüder nämlich, dass mein ›holder Gatte‹, wie du ihn nennst, ein prima Kerl ist und ich mich glücklich schätzen sollte, ihn zu haben.« Sie schlug mit der Hand auf ihren Oberschenkel. Es klatschte so laut, dass Käthe zusammenzuckte. »Kind, du tust dir weh«, sagte sie erschrocken.

»Ich tu mir weh? Er tut mir weh! Und wie! Ich will, dass er aus meinem Leben verschwindet. Ich will mich scheiden lassen, verflucht!«

Käthe war blass geworden. Lysbeth schaute ihre Schwester mitfühlend an. Sie hatte noch nie darüber nachgedacht, wie leicht es gewesen war, sich von Maximilian scheiden zu lassen. Und was für ein Glück sie gehabt hatte, so gut abgefunden zu werden, dass sie ein privates Medizinstudium bei Aaron davon bezahlen konnte. Ohne ihre Brüder, ohne die von Maximilian geschwängerte Frau wäre sie vielleicht jetzt noch mit ihm verheiratet und müsste im Haus ihrer Schwiegereltern repräsentieren als die junge Frau von Schnell. »Entschuldige, Stella«, sagte sie und blickte überrascht auf ihre Mutter, die im gleichen Augenblick das Gleiche gesagt hatte. Wofür entschuldigte Käthe sich?

Stella blickte mürrisch vor sich hin. »Keine Ahnung, wofür ihr euch entschuldigt«, sagte sie, »aber ich habe eine Ahnung davon, was bald auf mich zukommt, und ich möchte nicht gern in meiner Haut stecken.«

»Ich entschuldige mich …« Lysbeth und Käthe schauten sich an und lachten beklommen. Wieder hatten beide den gleichen Satz gesagt. Lysbeth nickte zu Käthe, und die fuhr fort: »… weil ich in der Tat gedacht habe, dass Jonny doch ein netter Mann ist. Und …« Sie stockte und fuhr dann mit leiser, beklommener Stimme fort: »Und weil ich richtig Angst davor hatte, du könntest eure Ehe aufkündigen und Jonny würde die Miete nicht mehr bezahlen. Was ihr nicht wisst, ist, dass Dritter etwas Schreckliches getan hat. Das Geschäft ist praktisch zahlungsunfähig.«

Stella zog scharf Luft durch ihre Zähne. Lysbeth richtete sich gerade auf. Wieso hatte sie nichts mitbekommen? War sie wirklich vor allem davongelaufen? Nicht nur vor sich selbst, auch vor den anderen? Wahrscheinlich war es so gewesen.

»Ich habe schon so etwas geahnt«, sagte Stella nach einer längeren Schweigepause. »Dritter ist mir nur noch aus dem Weg gegangen, und er ist ja auch ganz häufig nicht nach Hause gekommen. Eckhardt hat zu mir gesagt, dass Dritter ein Schuft ist. Und Vater wirkt sehr unglücklich.«

»Meine Goldtaler sind verbraucht«, sagte Käthe, »den Schmuck von meiner Mutter, den ich jetzt noch habe, gebe ich nicht mehr her.« Das waren entschiedene Worte, aber ihre Augen sagten das Gegenteil. Es war eine schreckliche Vorstellung für Käthe, dass ihre Tochter nur mit einem Mann zusammenblieb, damit der die Familie finanziell über Wasser hielt.

»Was hat Dritter getan?«, fragte Lysbeth sachlich. Es wunderte weder sie noch Stella, dass Dritter mal wieder etwas ausgefressen hatte. Dass er allerdings die Firma in den Ruin getrieben hatte, war neu.

»Tja«, antwortete Käthe zögernd, »ganz genau rückt keiner der Männer mit dem Sachverhalt raus. Und sie haben es auch lange vor mir verschwiegen. Aber es ist wohl so, dass durch einen Geschäftspartner und Freund ...«

Stella wurde kalt. Hugo, schoss es ihr durch den Kopf.

»Also, Dritter war hinter einem großen Auftrag her, wo eine Firma, die in mehreren Städten Filialen einrichten wollte, um ein angeblich völlig neues Produkt auf den Markt zu bringen, mit der ganzen Elektrik und Telefon und allem ausgestattet werden sollte. Der Freund von Dritter und er hatten den angeblichen Inhaber dieser Firma, der angeblich auch das Patent für das neue Produkt eingereicht und erhalten hatte, am Abend zufällig kennengelernt.«

»Aha«, sagte Stella trocken. »Ein Saufkumpan. Oder im Puff?«

Käthe überhörte den Einwurf. »Es wäre wohl ein recht schöner Gewinn dabei rausgekommen«, fuhr sie fort. »Und der Mann hat Dritter wohl auch noch dafür interessiert, mit ihm gemeinsam neue Erfindungen zu machen. Es ging wohl um die Möglichkeit, Schallplatten auf einem neuartigen Gerät zu spielen. Also, kurzum, Dritter und sein Freund haben sich ins Zeug gelegt, den Auftrag zu bekommen.«

»Weißt du, wie der Freund von Dritter heißt?«, fragte Stella vorsichtig.

»Ich habe seinen Namen vergessen«, bekannte Käthe. »Aber Alexander hat gesagt, dass Dritter mit diesem jungen Mann in der letzten Zeit oft mal auf eigene Faust Geschäfte gemacht hat.«

»Was hat Vater denn dazu gesagt?«, fragte Lysbeth.

»Alexander mag Dritters Freund nicht, deshalb war er vorsichtig, aber er hat nicht widersprochen. Nur Eckhardt hatte Bedenken. Aber er wurde überstimmt. Mit Alexanders Einverständnis haben sie dem Entdecker erst einmal ein dicken Batzen Geld zugeschustert, damit er in der Firma dafür sorgen sollte, dass die Mitteilhaber auch dafür waren, die Firma *Wolkenrath und Söhne* mit den Aufgaben zu betrauen. Alexander hatte zufällig in der gleichen Zeit die Möglichkeit, billig an all die Geräte zu kommen, die die Firma brauchte. Also haben sie zugeschlagen, auf die Zusage des Entdeckers hin.«

»Nur leider, leider«, sagte Stella ironisch. »Lass mich raten. Leider, leider war der Mann ein Verbrecher, der nur hinter dem Bestechungsgeld her war. Stimmt's?«

»Ich weiß nicht genau«, sagte Käthe bedrückt. »Auch die Männer wissen es nicht genau. Auf jeden Fall ist der Mann wie vom Erdboden verschluckt, und die Räume, in die Alexander und Dritter die Geräte bringen wollten, waren leer und unvermietet. Das Ganze ist wie eine Seifenblase geplatzt. Aber nun sitzen sie auf den Geräten, müssen sie bezahlen und haben nicht einen einzigen Pfennig Rücklage mehr. Und was besonders eigenartig ist: Der Freund von Dritter ist auch spurlos verschwunden.«

Stella pfiff durch die Zähne. Sie war sich jetzt sicher. Hugo, das Schwein!, dachte sie. Ich hab's doch gewusst.

»Dritter ist also rundum reingelegt worden«, sagte Lysbeth nachdenklich. »Seltsam, ausgerechnet Dritter, der sonst immer andere reinlegt.«

»Die Miete für die Feldstraße muss bezahlt werden«, sagte Käthe. »Das können sie nicht mehr. Alexander kann schon nicht mehr schlafen, und ich fürchte, wenn es so weitergeht, wird er mir krank.«

»Ist doch klar«, sagte Stella. »Als Erstes müssen sie in der Feldstraße noch ein Zimmer mehr vermieten. Oder sogar zwei. Ein Zimmer reicht doch vielleicht als Büro von *Wolkenrath und Söhne*. Und die Ware könnten sie hier im Keller lagern ...«

»Das haben sie auch schon überlegt.«

Lysbeth sah ihre Mutter aufmerksam an. Wieso kam es ihr so vor, als fände Käthe das Ganze zwar schlimm, aber nicht wirklich bedrohlich? Wieso kam es ihr so vor, als sorge Käthe sich vor allem um Stella, die für die Miete mit einem ungeliebten Mann verheiratet bleiben musste? Sie hatte ihre Mutter schon in wirklich verzweifelten Situationen erlebt. Da war Käthe in sich zusammengefallen und hatte gewirkt, als würde nur noch ein schwaches Fünkchen Leben in ihr glimmen.

»Du bist nicht wirklich unglücklich, Mutti. Oder?«

Käthe wendete Lysbeth in einer schnellen Drehung den Kopf zu. »Ich?«, fragte sie gedehnt. »Nicht unglücklich?« Sie machte einen Schmollmund, der Stella und Lysbeth zum Schmunzeln brachte. »Nein, du hast recht. Ich bin nicht unglücklich. Weißt du, dieses Haus kann mir nicht genommen werden. Das haben wir juristisch festgelegt. Und solange wir in diesem Haus wohnen, kann nichts wirklich Schlimmes passieren. Es gibt auch viele Möglichkeiten, aus der Misere rauszukommen. Eckhardt will zwei Windhunde kaufen und eine Zucht beginnen.«

»Eckhardt?«, fragten Stella und Lysbeth gleichzeitig. »Wieso Eckhardt, der hat doch nun mit Tieren überhaupt nichts am Hut?«, fügte Stella hinzu.

Käthe bekannte, dass Eckhardt ihr diesen Vorschlag unterbreitet hatte. Und Lysbeth hatte doch vor einiger Zeit auch schon zur Anschaffung eines Hundes geraten.

Lysbeth hob abwehrend die Hände. »Das war in einem ganz anderen Zusammenhang, wenn ich dich erinnern darf. Jetzt finde ich den Vorschlag nicht mehr gut. Jonny kommt bald. Du willst, dass die Tante bei uns wohnt. Und dann noch Hunde?«

»Zwei Hunde wird das Haus doch verkraften können«, sagte Käthe voller Überzeugung.

»Zwei Hunde?« sagte Stella zweifelnd. »Eine Zucht, das bedeutet, dass immer wieder viele kleine Hunde in diesem Haus herumwuseln. Wo sollen die denn bleiben?«

»In der großen Küche«, sagte Käthe schlicht. »Alexander hat gesagt, er baut eine Welpenkiste. In der werden die kleinen Hunde bleiben, bis sie verkauft sind. Die Hundemutter macht doch wohl alles am Anfang, die füttert die Kleinen, und die leckt ja wohl auch den Kot auf.«

»Du hast dich schon genau informiert«, staunte Stella. »Du weißt Bescheid. Meine liebe Mutter, die größte Geheimniskrämerin in dieser Familie bist ganz eindeutig du. Kannst du mir jetzt bitte erzählen, was du von uns bei dem Ganzen willst? Sag die Wahrheit: Weshalb hast du Lysbeth und mich zu diesem Gespräch geholt? Weshalb musstest du uns so provozieren, mit unseren Problemen rauszurücken? Es ging dir doch die ganze Zeit um die Hundezucht.«

»Nein!« Käthe erhob die Stimme. »Das stimmt nicht. Ich habe in der letzten Zeit gemerkt, wie allein ich mich fühle. Die Männer sind den ganzen Tag zusammen in der Feldstraße und machen ihre Geschäfte, ob gut oder schlecht spielt keine Rolle, sie machen sie gemeinsam. Und wir drei haben eigentlich gar nichts miteinander zu tun. Wir wissen nichts voneinander«, sagte sie beschwörend. »Dabei könnten wir einander bestimmt helfen. Ihr zumindest könntet mir helfen«, schloss sie.

Lysbeth lächelte. »Und?«, fragte sie. »Wie möchtest du, dass wir dir helfen?« Stella zog die Augenbrauen hoch, bis sie wie zwei Halbmonde über ihren Augen lagen. »Na? Rück raus mit der Wahrheit, Muttilein!«

»Ihr habt beide keine Kinder«, erklärte Käthe. »Ihr könntet die Hundebabys pflegen, gewissermaßen an Kindes statt.«

In Lysbeth wallte Zorn auf. »Nein, danke«, sagte sie schroff, »ich brauche keinen Hund an Kindes statt. Und ich werde auch keine Zeit haben, weil ich in Aarons Praxis als Hilfe arbeiten werde.«

Vor einer Stunde war es ihr noch fast unüberwindbar schwer erschienen, diese Absicht zu äußern, jetzt war sie ihr fast gegen ihren Willen rausgerutscht.

Durch beide, Käthe und Stella, ging ein Ruck. Sie überfielen Lysbeth mit Fragen. Wann? Wo? Wie? Alles wollten sie wissen. Und natürlich lagen auch im Nu die Probleme auf dem Tisch, derer sich Mutter und Schwester resolut annahmen. Beide versprachen, sich nach einer billigen Wohnung mit drei Zimmern oder zwei Zimmern und Flur, der als Wartezimmer genutzt werden konnte, umzuschauen. Stella schlug sogar vor, zwei Zimmer in der Feldstraße für Aarons Praxis zu nutzen, aber Lysbeth erklärte, dass eine Praxis im Parterre liegen müsse, weil viele Kranke keine Treppen steigen könnten. Käthe und Stella waren Feuer und Flamme, sich über die Einrichtung Gedanken zu machen und darüber, wie die Möbel für Wartezimmer, Arztzimmer und Behandlungszimmer möglichst billig herbeigeschafft werden konnten. Wie aufregend das Ganze wirklich war, merkte Lysbeth erst jetzt, da sie die Aufregung der beiden erlebte. Vielleicht war sie davor weggelaufen: Sie stand vor dem größten Abenteuer ihres Lebens!

Sie debattierten noch stundenlang darüber, was getan werden konnte, damit die Praxis möglichst schnell gefüllt wäre. In der Kippingstraße wie in der Koopstraße wohnten viele ältere Leute, nach wie vor Offiziere der Kaserne in der Bundesstraße. Die Männer gingen zum Militärarzt. Die Frauen hatten meistens schon ihren Hausarzt. Es war wichtig, eine Gegend in Hamburg zu finden, in der es wenige Ärzte gab.

»Ja, sag mal«, gab Stella plötzlich trocken zu bedenken, »ist es nicht so, dass Aaron die Gegend überhaupt zugeteilt wird? Sonst würden ja alle Ärzte an die Elbchaussee oder an die Alster gehen, wo die reichen Leute wohnen.«

Lysbeth schüttelte den Kopf über sich. Wieso war sie darauf nicht eher gekommen? Sie verabschiedete sich schnell von Mutter und Schwester, um Aaron einen Brief zu schreiben, in dem sie ihm alle neuen Erkenntnisse mitteilen wollte.

Als sie in ihrem Zimmer am Tisch saß, den Füller in der Hand, dachte sie, dass über Stellas Problem nicht viel geredet worden sei. Und dass die Hundebabys völlig in Vergessenheit geraten waren.

Käthe hatte ein mulmiges Gefühl im Magen. Sie hatte ihren Töchtern verschwiegen, dass Eckhardt bereits nach Sachsen gefahren war, um bei Askan von Modersen zwei Hunde zu kaufen.

30

Einen Monat zuvor, genau um die Zeit, als Anthony bei Stella zu Besuch gewesen und die ganze Familie dadurch etwas in Aufruhr geraten war, hatte sich Askan von Modersen drei Tage in Hamburg aufgehalten. Er hatte sich im Hotel *Vier Jahreszeiten* einquartiert und einen Abend mit Dritter und Eckhardt verbracht. Zuerst hatte er sie ins Hotel zum Essen eingeladen, und anschließend waren sie gemeinsam über die Reeperbahn gebummelt. Am nächsten Tag war er in die Feldstraße gekommen und hatte seine Karten offengelegt. Er hatte eine Leidenschaft für Autos, insbesondere für kleine Sportwagen, von denen er immer mal wieder einen gekauft hatte, wenn er von einer günstigen Gelegenheit gehört hatte. Manche dieser Autos waren in einem nicht besonders guten Zustand, er brauchte Ersatzteile, die aber nicht leicht zu beschaffen waren. Außerdem war er am Verkauf des einen oder anderen interessiert, um sich wieder ein neues, besseres zu kaufen. Kurzum, er war zwar in der günstigen Lage, so einem teuren Hobby zu frönen, aber auch er konnte sich mehr als zehn Autos auf einmal weder leisten noch sie so unterstellen, dass sie nicht verrotteten. Hinzu kam, dass seine Frau – er hatte nämlich vor drei Jahren geheiratet und sie hatten ein Kind bekommen, ein Mädchen, und jetzt sei sie gerade wieder schwanger, hoffentlich mit einem Jungen – in der letzten Zeit den Haussegen schief hängen ließ, weil sie der Meinung war, er halte sie zu kurz, während er Unsummen für Autos zum Fenster hinauswarf. Außerdem hatte er noch ein anderes Hobby, nämlich die Windhundzucht. Er war Mitglied eines Windhundvereins und pflegte auch da gern Kontakte nach Hamburg, denn der Windhundverein der Hansestadt war sehr aktiv. Ob sich die Firma Wolkenrath nicht vorstellen könne, Windhunde zu züchten.

Alexander war in lautes Lachen ausgebrochen. Er hatte mit Elektrohandel begonnen. Er habe sich ja schon damit abgefunden, sagte er, dass sie inzwischen mit Pullovern, Fischkonserven und allem möglichen Zeug handelten, aber Windhunde, das scheine ihm nun doch sehr abgelegen. Auch Dritter äußerte sich ablehnend. Die Geschichte mit den Autos elektrisiere ihn geradezu, sagte er. Das sei spannend. Aber Windhunde? Nein. Und Vereinsmeierei sei auch nicht das, womit man ihn hinter dem Ofen hervorlocken könne.

Nur Eckhardt war still geblieben. Windhunde? Irgendetwas daran faszinierte ihn. Sportwagen? Nein, eher nicht. Wenn er ohne Verdeck fuhr, bekam er Kopfschmerzen. Und es machte ihm Angst, zu schnell zu fahren. Aber Windhunde?

Askan und er hatten sich nicht berührt, Askan hatte ihn seltener angesprochen als seinen Vater und seinen Bruder, und dennoch hatte es zwischen ihnen ein permanentes Band gegeben, eine ständige elektrisierende Berührung aus der Ferne, die Eckhardt in ein leichtes Zittern versetzte. Askan hatte den ganzen Tag mit den Wolkenraths verbracht. Als er sich am Nachmittag verabschiedete, angeblich hatte er eine Einladung für den Abend, hatte er Eckhardt beim Abschied einen Zettel in die Hand gedrückt. *Zimmer Nr. 61. 20 Uhr.*

Eckhardt war übel vor Aufregung gewesen, als er den Zettel auf der Toilette entfaltete. Ihm wurde noch übler, als er ihn las. Was bildet Askan sich ein, dachte er zornig. Dass ich gehorche wie ein Hund? Er hat sich zu viel mit Hunden beschäftigt. Da kann er lange warten. Ich bin nicht mehr interessiert an seinen Schweinereien.

Pünktlich um acht Uhr stand er vor dem Zimmer Nr. 61. Er sah aus wie aus dem Ei gepellt. Er hatte lange gebadet, seine Haare mit Pomade gezähmt und seinen schönsten Anzug angezogen. Er hatte Parfüm unter seine Achseln gesprüht und seine manchmal etwas übel riechenden Füße mit Eau de Cologne betupft. Er hatte darauf geachtet, dass ihn niemand sah, als er die Kippingstraße verließ. Wäre es dennoch geschehen, hätte er gesagt, dass er Cynthia besuche. Das wäre natürlich gefährlich gewesen, weil es hätte auffliegen können, aber auch dann hätte er sich wieder etwas ausgedacht.

Sein Herz raste, als er vor der Tür stand. Er brachte es nicht über sich zu klopfen. Da öffnete sich die Tür ganz von allein, und Askan stand vor ihm. Das Zimmer war voller erleuchteter Kerzen, in der Mitte stand ein Tisch mit Speisen und einer Champagnerflasche. Eckhardt konnte kaum schlucken vor Aufregung. Askan zog ihn nah an sich heran und küsste ihn auf den Mund. Eckhardt meinte, er müsste sterben.

Seitdem hatte Eckhardt nur auf eine Gelegenheit gewartet, die Sache mit den Windhunden in Angriff zu nehmen. Er dachte unablässig an Askan. Er hielt es kaum aus, ohne ihn zu sein. Er verstand nicht, wie er all die Jahre ohne ihn hatte leben können. Askan hatte ihm genau erläutert, dass sie die Windhundzucht als Alibi und Bindeglied brauchten. Seine Frau und er waren beide nicht besonders aneinander interessiert. Nun, da das zweite Kind unterwegs war, hoffentlich der Sohn, gäbe es keinen Grund für ehelichen Verkehr mehr. Sie wäre darüber ebenso erleichtert wie er.

Eckhardt hatte ihm gestanden, dass er den Beischlaf mit Cynthia noch nie vollzogen hatte. Er ekelte sich irgendwie davor, und sie habe auch seit Jahren nicht mehr davon gesprochen. Am Anfang waren die Küsse noch aufregend gewesen, aber auch die Aufregung hatte sich bereits nach der Verlobung gelegt und war einem Überdruss an ihrer Küsswut gewichen. Auch diese hatte sich bald gelegt, und er glaube eigentlich, dass es ihr ganz recht sei, eine platonische Beziehung zu führen.

Askan und er waren übereinander hergefallen wie Verhungernde und Verdurstende. Als Eckhardt gegen Mitternacht ging, bedauerte er nichts.

Es entpuppte sich also als sein Glück, dass Dritter mal wieder gefehlt hatte. So nannte er es bei sich: Dritter hat wieder gefehlt. Den Vorschlag, eine Windhundzucht zu beginnen, machte Eckhardt wohlüberlegt erst, nachdem das ganze Ausmaß der geschäftlichen Katastrophe von *Wolkenrath und Söhne* deutlich geworden war. In der Firmenkasse war kein Pfennig mehr.

Dritter hatte nach der Gelegenheit gegriffen wie nach einem Strohhalm. Alexander hatte seine Skepsis überwunden und zugestimmt. Sie hatten beschlossen, ihr Büro um mindestens ein Zimmer zu reduzieren. Und sie schickten Eckhardt nach Sachsen, damit er sich mit der Windhundzucht vertraut machen konnte. Askan hatte in Aussicht gestellt, ihnen die Hündin und den Deckrüden zuerst einmal kostenlos zur Verfügung zu stellen, nach dem ersten verkauften Wurf könnten sie dann einen Teil an ihn zahlen. Oder aber den Rüden zurückgeben und sich den besten aus ihrem Wurf abrichten.

Eckhardt bestand aber darauf, die beiden Hunde von seinem eigenen Geld zu kaufen. Er fuhr zu Askan und blieb dort eine Woche als Gast der Familie. Mit zwei Hunden kehrte er nach Hamburg zurück. Cynthia schlug vor, dass die Hundezucht bei ihnen in der Elbchaussee gemacht werden sollte, ihr Garten war mehr als zehnmal so groß wie der in der Kippingstraße, der nur hundert Quadratmeter hatte. Aber Eckhardt wollte davon nichts wissen. Ebenso wenig wie er nichts davon wissen wollte, an die Elbchaussee zu ziehen, seine beruflichen Aktivitäten in der maroden Firma *Wolkenrath und Söhne* aufzugeben und Cynthia und Lydia als Hausverwalter unter die Arme zu greifen.

Bei den Wolkenraths veränderte sich innerhalb weniger Wochen eine ganze Menge. Zuerst einmal wurde das Haus voller.

Mit den beiden Windhunden, Rosa und Wulf, zogen ein anderer Geruch und eine neue Lebendigkeit ins Haus. Und die Tante hatte Käthes Wunsch zugestimmt, kaum dass diese ihn bei ihrem Besuch in Laubegast ausgesprochen hatte. Man konnte meinen, sie hätte nur darauf gewartet. Eine Woche später schon, in der zweiten Septemberwoche, kam sie mit Sack und Pack am Hamburger Hauptbahnhof an. Käthe bestimmte, dass die Tante ins Gartenzimmer neben Lysbeths Zimmer ziehen sollte. Der Tante machte es nichts aus, dass alle durch ihr Zimmer hindurchgehen mussten, wenn sie in den Garten wollten. Allerdings war es auch möglich, durch Lysbeths Zimmer zu gehen, wo die Fenster so tief nach unten gezogen waren, dass es leicht möglich war, hinauszusteigen.

Ende September kam Jonny in Hamburg an. Eine Woche vorher hatte Stella bei einem Juwelier eine Imitation des Rubinrings in Auftrag gegeben. Sie hatte den Ring aus dem Gedächtnis aufgezeichnet, er sollte vergoldet und als Stein rotes Glas benutzt werden. Es war einer der sehr billigen Juweliere, der sofort bereit war, diese Arbeit für wenig Geld zu tun. Als sie Jonny am Hafen empfing, trug sie den Glasklunker am Finger.

Stella hatte sich so geschminkt, dass ihr Gesicht einer Maske glich. Doch nicht nur ihr Gesicht war eine Maske, sein Gesicht war ebenfalls zu einer fremden Maske erstarrt. Sie umarmten einander, aber sie sahen sich nicht an. Auf dem Weg in die Kippingstraße tauschten sie Belanglosigkeiten über die Überfahrt, das Wetter in Hamburg und gemeinsame Bekannte aus. Die anderen Wolkenraths waren zu Hause geblieben, nur Alexander hatte sich bereit erklärt, seine Tochter zu begleiten.

Stella war sehr froh, dass der Vater bei ihr war und auch, dass in der Kippingstraße die ganze Familie Jonny erwartete. Käthe hatte den Tisch festlich gedeckt. Auch Cynthia und Lydia waren da. Lydia sah sehr elend aus, sie wirkte oft geistesabwesend und verhielt sich völlig anders als gewohnt. Aber keiner sprach sie darauf an. Im Mittelpunkt stand Jonny. Er informierte alle über die politische und wirtschaftliche Lage in Afrika, erzählte lustige Anekdoten über das »kindische« Verhalten der »Neger« und berichtete von der Safari, die er vor seiner Abreise noch unternommen hatte und auf der es ihm – wie schon auf seiner ersten Safari – gelungen war, einen Löwen zu erlegen. Dieses Löwenfell hatte er in seinem Gepäck mitgebracht. Das erste hatte er als kleine Bestechung im letzten Jahr benutzt. Es hatte ihm auch wirklich eine wichtige Tür geöffnet.

Alle wollten das Fell selbstverständlich sehen und waren sehr beeindruckt von der Größe des Tieres. Kurz vor Mitternacht, die Tante war schon ins Bett gegangen, schlug Jonny vor: »Stella, spiel und sing doch etwas, ich habe deinen Vortrag richtig vermisst, und nicht nur ich, so häufig wurde ich nach meiner talentierten und schönen Frau gefragt.« Zu den anderen gewandt fügte er hinzu: »Sie hat richtig Furore in Daressalam gemacht, sogar der Sohn des Sultans von Sansibar war in sie verliebt.« Er lachte jovial und wies auf Stellas Ring. »Wenn ich gewusst hätte, dass das ein Rubin ist und ein Vermögen wert, hätte ich ihm natürlich verboten, ihr so ein Liebespfand zu schenken. Aber so hat sie von meiner Unwissenheit in Schmuckdingen profitiert.« Er lachte wieder. »Erst als mich der Goldhändler von Daressalam auf den Schatz aufmerksam gemacht hat, den Stella am Finger trug, schwante mir, dass der junge Mann etwas zu tief in die Kasse gegriffen hatte … aber so sind sie nun mal, die Orientalen, sie machen jedem Gast aufwendige Geschenke.«

Stella hatte den ganzen Abend ihre Wut bezähmen müssen. Sie hasste ihn, weil er über die Schwarzen sprach wie über skurrile Tiere. Sie hasste ihn, weil er damit angab, einen Löwen getötet zu haben, denn sie wusste ganz genau, dass es ein Schwarzer gewesen war, der ihn zu dem

Löwen geführt und ihm gesagt hatte, wann er abdrücken sollte. Und sie hasste ihn für sein generöses Ehemanngehabe. Mit versteinerter Miene setzte sie sich ans Klavier und spielte die Lieder, die sie seit Anthonys Abfahrt mit ihrem neuen Lehrer, einem Pianisten von der Oper, einstudiert hatte. Der Mann war ein großer Virtuose, und sie war überglücklich, ihn getroffen zu haben. Wie er es nannte, hatte er »Lust auf niedere Künste«. Und er war begeistert von Stellas Stimme und ihrer Vortragskunst.

Mit ihm gemeinsam hatte sie im letzten Monat ein paar Claire-Waldoff-Lieder einstudiert, einige Sachen von Tucholsky und einige ganz neue Schlager von einer jungen Sängerin, die Stella sehr beeindruckte: Zarah Leander.

Nachdem sie einige Lieder gesungen hatte, schlug Jonny auf den Tisch und forderte, sie solle *Johnny, wenn du Geburtstag hast* singen, das habe er so lange nicht mehr gehört, und überhaupt, all die alten Lieder, warum sie die denn nicht mehr spiele.

Versteinerten Gesichts drehte Stella sich auf dem Hocker um. Sie wollte gerade sagen, dass er sich das Lied selbst singen dürfe, da trafen ihre Augen die ihrer Mutter und dann die ungewohnt ängstlichen ihres Bruders Dritter. »Komm, Brüderchen«, sagte sie burschikos, »schwing deinen hübschen Hintern neben mich. Spielen wir gemeinsam!«

So schnell war Dritter noch nie neben sie gehuscht. Vierhändig intonierten sie die alten Sachen, die sie schon vor acht Jahren gespielt hatten. Jonny klopfte begeistert den Takt auf dem Tisch mit. Cynthia forderte ihren Verlobten Eckhardt zum Tanz auf, in ihren Augen lag die Erinnerung an die Zeit, als die Wolkenraths in ihrem Haus in der Elbchaussee gewohnt hatten und Eckhardt sie allabendlich durch den Raum geschoben hatte. Brav folgte er ihrer Aufforderung, aber man sah ihm an, dass ihn die ganze Veranstaltung langweilte. Da sagte Lysbeth: »Was für altertümliches Zeug ihr spielt und tanzt. Heute befindet sich ganz Hamburg im Tangofieber. Wer von euch kann Tango tanzen? Sonst zeig ich es euch!«

Stella schnellte auf ihrem Sitz herum und starrte ihre Schwester an. Sie brach in ein kurzes, hohes Lachen aus. Auch Dritter nahm die Finger sofort von den Tasten. Er wandte seinen Kopf zu Lysbeth und schaute sie aus den Augenwinkeln an. Lysbeth, als habe sie gar nicht gemerkt, was sie ausgelöst hatte, erhob sich und zog Dritter von dem

Klavierbänkchen hoch. »Komm, Bruderherz, wenn hier einer Tango tanzen kann, bist du es. Stella, spiel!«

Tango war nicht gerade die Musik für ein einzelnes Klavier, aber Stella hatte einige Tangos in ihrem Repertoire, und sie machte ihre Sache so gut sie konnte. Dritter und Lysbeth legten einen Tango nach dem andern aufs Parkett. Käthe hatte die Schiebetür geöffnet, sodass auch in ihr Schlafzimmer hinein getanzt werden konnte. Eckhardt, der ein beachtliches Tanztalent besaß, versuchte, Cynthia den argentinischen Tango beizubringen, der gerade à la mode war. Eigentlich mochte Cynthia sehr gern tanzen, aber bei diesem Tanz, wo die Frau sich an den Mann schmiegt und ihm die Führung vollkommen überlässt, stellte sie sich steif und ungeschickt an. Alexander erhob sich und forderte Lydia auf. Er tanzte Tango nach der alten Schule, zackig und indem er den Kopf hin und her warf. Lydia kicherte wie ein Schulmädchen und tat es ihm gleich. Die beiden waren ein wundervolles Paar. Die Jungen stellten sich an die Seite, und als Stella geendet hatte, applaudierten alle.

Lysbeth ging zu Jonny und fragte ihn mit einem entwaffnend weiblichen Lächeln: »Tanzt du auch Tango, Jonny?«

Stella presste ihre vollen Lippen aufeinander, bis sie aussahen wie ein Strich. Sie musste sich den geringsten Anflug eines Grinsens verkneifen. Jonny hatte nur damals, als sie bei Leni Silvester feierten und Stella ihn zum Tanzen verführt hatte, ihrem Wunsch nachgegeben. Danach hatte er auf ihrer Hochzeit Walzer getanzt, ansonsten nie wieder. Aber es war immer wieder geschehen, dass er sich als Experte in Sachen Tanz ausgab.

Sie drehte den anderen wieder ihren Rücken zu und begann, ihr Tangorepertoire noch einmal von vorn zu spielen. Jonny erklärte, dass in Afrika kein Tango getanzt würde und dass, soviel er wisse, der Tango auch alles andere als ein deutscher Tanz sei. Er zumindest bevorzuge Walzer und Foxtrott.

Stella spürte in ihrem Rücken, dass Lysbeth mit sich kämpfte, ihn zum Foxtrott aufzufordern, aber dann siegte offenbar ihre Vernunft, und sie stellte sich zu Eckhardt und Cynthia, um ihr die Schritte zu erklären.

Am Morgen darauf fand Cynthia ihre Mutter mit übernächtigten Augen an einem Frühstückstisch vor, der gedeckt war, als hätte jemand

Geburtstag. Sofort verkrampfte sie sich vor Misstrauen. Die Leidensmiene der Mutter passte so gar nicht zu den Rosen und den Kerzen und all den Leckereien auf dem Tisch.

Nach einem kurzen Morgengruß setzte sie sich und schwieg abwartend. Wenn Lydia etwas auf der Seele lag, würde sie es schon äußern. Und da kam es auch schon. »Cynthia, es gibt Neuigkeiten, die du wissen solltest.« Lydia holte tief Luft. Cynthia sah sie skeptisch an. Was war los?

Sie wusste, dass ihre Mutter immer für eine Überraschung gut war. Was aber nun kam, zog ihr den Boden unter den Füßen weg.

»Ich habe die Fabrik verkauft, ebenso dieses Haus. Und ich werde am 12. Oktober heiraten. Dr. Andreas Hagedorn ist mein Steuerberater, du hast ihn schon gesehen.«

Sie konnte den Satz nicht vollenden. Cynthia war aufgestanden und hatte die Fäuste zum Himmel gereckt, als wollte sie Gott verfluchen. Nun bückte sie sich leicht und hob den Tisch zur Seite an, dass alles herunterfiel. Die Tassen zerbrachen. Der Kaffee lief auf den Boden. Die Kerzen verlöschten.

Cynthia stieß einen lauten Schmerzensschrei aus, stürmte in ihr Zimmer und schloss von innen ab.

Still sammelte Lydia alles vom Boden auf und brachte es in die Küche, wo die alte Köchin Anna saß und weinte.

Lydia konnte Cynthia verstehen und auch Anna, obwohl sie dieser gesagt hatte, dass sie selbstverständlich in ihr neues Heim mitkommen sollte. Andreas, ihr zukünftiger Mann, hatte dem bereits zugestimmt.

Trotz allen Mitgefühls für ihre Tochter war Lydia sehr erleichtert. Wenn sie die Fabrik nicht verkauft hätte, wäre sie über kurz oder lang gezwungen gewesen, Konkurs anzumelden. Dann wäre das Haus in die Konkursmasse geflossen. Sie hätte es verloren. Andreas hatte ihr vor zwei Monaten schon zu einem radikalen Schritt geraten, wenn sie überhaupt noch irgendetwas retten wolle. Dass sie einen Käufer gleich für beide Objekte gefunden hatte, grenzte an ein Wunder.

Sie hatte Andreas hingehalten, bevor sie ihm ihr Jawort gab. Sie war sich nicht sicher gewesen, ob sie noch in der Lage war, mit einem Mann zusammenzuleben. Sie hatte große Freiheiten gehabt, und sie hatte sie genutzt. Dritter war ein guter Liebhaber. Andreas war in ihrem Alter, fünf Jahre jünger, aber das fiel nicht ins Gewicht. Er hatte nur noch einen Kranz grauer Haare auf dem Kopf. Auch sein Schnäuzer war grau. Er hatte ein Doppelkinn, einen Bauch, und die Wülste unter seinen Augen zeigten, dass er gern Rotwein trank. Abends schlief er schnell ein, röchelte und schnarchte. Und am Morgen, wenn Zeit für die Liebe sein könnte, zog es ihn häufig in die Badewanne, die er in den vergangenen zehn Jahren seines Alleinlebens jeden Morgen mit einer Zeitung geteilt hatte. Er war ein alter Mann von fünfzig Jahren, neben dem Lydia mit ihren fünfundfünfzig jung und zart wirkte. Als sie ihre Entscheidung Dritter eröffnete, war der auch empört. »Was willst du denn mit so einem alten Knacker?«, hatte er geraunzt. »Der kann dich doch gar nicht befriedigen.«

Lydia hatte gelacht und gesagt: »Um mich zu befriedigen, braucht ein Mann mehr als einen großen Schwanz.« Sie hatte gekichert und sich für die vulgäre Ausdrucksweise entschuldigt. Vor allem aber auch für die Beleidigung, die er vielleicht empfunden hatte. Aber Dritter hatte ihr nur gezeigt, wie ein großer Schwanz sie befriedigen konnte, und sie hatte es sich gern zeigen lassen. »Das war das letzte Mal«, sagte sie danach. Und er erwiderte: »Das wollen wir erst mal sehen.«

Seltsamerweise hatte Cynthia sich besonders empört, weil Lydia Dritter betrogen hatte, wie sie sagte. Aber als Dr. Andreas Hagedorn mit einem Strauß Lilien bei ihr einen Anstandsbesuch machte und sich mit einem charmanten Lächeln bei ihr entschuldigte, weil er sie nicht um die Hand ihrer Mutter gebeten hatte, und nachdem er sie in aller Förmlichkeit bat, nach dem Auszug aus der Elbchaussee bei ihm in seinem Haus am Innocentiapark – Südseite, wie er betonte – zu wohnen, fühlte Cynthia sich ausreichend geschätzt und gab ihrer Mutter ihren Segen.

Mitte Oktober, zwei Wochen nach Jonnys Ankunft, schneite Aaron bei den Wolkenraths hinein, ohne dass er seine Ankunft angekündigt hatte. So hatte Lysbeth ihn nicht abgeholt, und der Familienabend war improvisiert. Das Essen war kärger, alle waren weniger schön gekleidet, aber die Stimmung war nach kurzer Zeit sehr ausgelassen. Sie sprachen nur kurz über Afrika und dann über alles Mögliche. Aaron erzählte zwar auch über seine Zeit in Berlin, aber er wollte alles von den anderen wissen, sodass bald ein lebhafter Austausch bei Tisch im Gange war, in dem nicht nur Aaron etwas über die Mitglieder der Familie Wolkenrath erfuhr, sondern auch sie endlich einmal wieder alle einander erzählen konnten, was ihnen gerade auf dem Herzen lag.

Sie sprachen freier als in den vergangenen zwei Wochen, weil Jonny, der mit der erklärten Absicht zurückgekommen war, die nationalen und monarchistischen Kräfte in Hamburg zu stärken, an diesem Abend bei einer Versammlung des Kolonialvereins war. Aaron erfuhr die ganze fatale Geschichte, wie Dritter übers Ohr gehauen worden war. Sie sprachen über die neue Idee mit der Windhundzucht. Sie erwähnten Johanns Verirrung zu den Nazis. Stella erzählte von ihrer Hoffnung, mit ihrem Pianisten ein richtiges Programm zu entwickeln und damit in kleinen Theatern und Varietés aufzutreten

Aaron äußerte sich besorgt über das Anwachsen der Arbeitslosigkeit. Die Arbeiter waren diejenigen, die er behandeln wollte, doch wenn sie gar kein Geld mehr hatten, wovon sollte er leben? Durch die steigenden Arbeitslosenzahlen gab es immer mehr Frauen, die eine Abtreibung brauchten. Und auch wenn er sich in den Dienst der Not der Arbeiterfrauen stellen wollte, so konnte er ja nicht nur von morgens bis abends Schwangerschaftsabbrüche vornehmen.

Tante Lysbeth vertrat ihre Meinung schärfer denn je. Sie nahm überhaupt kein Blatt mehr vor den Mund. Und sie sympathisierte offen mit den Kommunisten. Sie warnte vor der Gefahr der Nationalsozialisten. »Du musst die Kommunisten unterstützen«, sagte sie zu Aaron. »Wer die Lage der Arbeiter verbessern will, muss Kommunist werden. Und du bist auch noch Jude. Wenn die Braunen an die Macht kommen, bringen sie dich um, darauf kannst du Gift nehmen.«

Davon wollte Aaron nichts hören. Die Einzige, die der Tante nicht sofort vehement widersprach, war Käthe. Sie hatte in den letzten Jahren die Zeitungen genau und kritisch verfolgt. Sie hatte sich besonders intensiv mit der Politik der Nationalsozialisten auseinandergesetzt, weil ihr Sohn Johann dazugehörte; sie hatte begriffen, dass das keine kleine Gruppe von kleinen Männern war, die sich in Kampfuniformen steckten, um sich größer zu fühlen. Sie hatte begriffen, dass diese Männer bereit waren zu morden. Wenn nötig, eine ganze Bevölkerungsgruppe. Wenn nötig, jeden Roten. Wenn nötig, jeden Juden. Wenn nötig, jeden, der widersprach. Sie hatte Angst vor ihrem eigenen Sohn bekommen. Aber sie hatte auch Angst um ihren Sohn, wenn die Kommunisten sich mit den Nationalsozialisten Straßenschlachten lieferten.

Aaron wollte von Antisemitismus nichts hören. Das wäre vorbei, sagte er. Heute gäbe es Juden in allen möglichen gesellschaftlichen Positionen, an der Universität, im Geschäftsleben, in der Politik, in der Kunst. Die alten Geschichten vom Juden als Pfandleiher seien völlig überholt.

Nur Lysbeth sagte kaum etwas. Bis Stella irgendwann vorschlug: »Jetzt wird getanzt. Tango!« Sie zwinkerte Lysbeth zu, die errötete, als habe Stella einen unpassenden Witz gemacht. Aaron aber griff nach Lysbeth und sagte: »Wie lange habe ich keinen Tango mehr getanzt. Komm, mi amor, legen wir los!«

Lysbeth vermied es, ihn anzuschauen. Was beim Tango nicht auffällig war, da Mann und Frau sowieso in unterschiedliche Richtungen blickten. Mi amor! Nein, sie durfte sich nichts darauf einbilden. Es war spanisch, und der Tango kam aus Lateinamerika, und in fast jedem Lied wurde »mi amor« gesungen. Aber seine Hand auf ihrem Rücken, seine Brust an ihrer, seine körperliche Nähe, sein leichter Schweißgeruch, all das betörte sie und benebelte ihren Kopf. Wenn er nicht so ein begnadeter Tänzer gewesen wäre, der sie führte, selbst wenn sie keinen Schritt mehr vor den anderen setzen konnte, hätte sie sich verhaspelt, so aber lag sie in seinen Armen und tanzte zur Musik, als wäre das ihr Leben.

»Ich wusste gar nicht, dass ihr so wunderbar Tango tanzen könnt«, staunte Käthe, als alle wieder am Tisch saßen. Die anderen nickten zustimmend. »Wo hast du das gelernt?«, fragte Dritter, und es klang unverhohlen neidisch. Stella lächelte. Das liebte sie an ihrem Bruder Dritter. Er trug zwar ein Pokerface, und er konnte lügen, was das Zeug hielt, aber durch all das brachen immer wieder ehrliche Gefühle hindurch, besonders dann, wenn ihn etwas begeisterte oder er etwas unbedingt haben wollte.

Aaron erzählte, wie er Tango tanzen gelernt hatte. Wie sein Freund ihm die Schritte beigebracht hatte und wie er, nachdem er ein einziges Mal ein argentinisches Paar diesen Tanz hatte vorführen sehen, gewusst hatte: Tango war sein Tanz. Zuerst habe er mit einem Besenstiel getanzt. Alle lachten, aber Aaron sagte ernsthaft: »Der Besenstiel ist nicht die schlechteste erste Tanzpartnerin, um Tango zu lernen. Sie schimpft nicht. Sie leistet keinen Widerstand. Sie macht alles mit.« In Lysbeth zog sich alles zusammen. Sie hatte das Gefühl, gleich schreiend aus dem Raum laufen zu müssen. Es konnte nur Sekunden dauern, bis einer sagte: »Vom Besenstiel zu Lysbeth ist ja nur ein kurzer Schritt.« Oder: »Sprichst du grad von Lysbeth?« Oder: »Kein Wunder, dass du gut mit Lysbeth tanzen kannst, wo du mit einem Besenstil gelernt hast.« In ihre Augen traten Tränen, und in ihrer Brust schmerzte es, als ziehe einer mit einer frischen Rasierklinge Linien in ihr Herz.

Aber der Augenblick verging, ohne dass irgendjemand Lysbeth Aufmerksamkeit schenkte. Als sie wieder zuhören konnte, sprachen sie bereits darüber, dass Aaron die Absicht hatte, als Eintänzer in einem neu geplanten Varieté zu arbeiten. Er hatte den Besitzer als Patienten im Krankenhaus betreut, und der hatte ihm zugesichert, dass er sich dort am Wochenende sein Taschengeld verdienen könne. Kaum hatte Lysbeth sich vom ersten Schmerz erholt, erlitt sie den nächsten. Aaron wollte als Gigolo arbeiten? Es kam ihr nicht unwürdig vor, aber sie war sich sicher, dass eine oder sogar mehrere der Frauen dort ihn becircen und vor den Traualtar schleppen würden. Einen solchen Mann wie Aaron konnte keine Frau, die allein tanzen ging, aus ihren Fängen lassen. Es kam ihr gar nicht in den Sinn, dass nicht jede Frau den Mann lieben wollte, den Lysbeth liebte.

Lysbeths erster Blick hatte Aarons Händen gegolten, und sie war unendlich erleichtert gewesen, als sie keinen Verlobungsring daran entdeckt hatte, aber die kurze Erleichterung wich sofort wieder der nächsten Angst.

Der Abend verstrich für Lysbeth in einem Auf und Ab von Glück über Aarons Anwesenheit, banger Freude auf das, was nun kommen würde, und der verzweifelten Angst der Liebenden, nicht wiedergeliebt zu werden.

Um ein Uhr nachts kam Jonny zurück. Aaron blickte erschrocken auf die Uhr. Er hatte beabsichtigt, beim CVJM um eine Übernachtung zu bitten. »Darf ich hier bleiben?«, fragte er Käthe schüchtern. »Ich könnte vielleicht auf dem Sofa schlafen oder auf der Bank in der Küche.«

»Kommt nicht in Frage«, widersprach die Tante energisch. »Du schläfst in meinem Zimmer, und ich schlafe auf der Bank. Erstens bin ich nur halb so groß wie du, und zweitens vermisse ich meine Küchenbank schon. Ich kann einfach nicht mehr in Betten schlafen.« Trotz Aarons Protestes und vieler alternativer Vorschläge, dass er bei Stella und Jonny auf dem Sofa schlafen könne oder Dritter woanders schliefe und Aaron in Dritters Bett, blieb die Tante dabei und setzte sich schließlich durch.

Am nächsten Morgen passte die Tante, die schon in der Küche werkelte, Lysbeth ab, als diese die Treppen hoch zur Toilette gehen wollte. »Komm mal gleich zu mir, mein Kind«, sagte sie energisch. »Ich habe uns beiden schon einen anständigen Kaffee gekocht.« Augenblicklich zog in Lysbeths Körper eine wohlige Wärme ein, die sie schon vergessen geglaubt hatte. Die Erinnerung an die Morgen bei der Tante stieg in ihr auf. Der angeheizte Ofen. Der Kaffee auf dem Tisch. Das Aufschreiben der Träume auf der Bank unter der Bettdecke der Tante.

Die Küche hatte in der Mitte einen großen Holztisch, an dem Gemüse geschnipselt, Fleisch geklopft und auch Kaffee oder Tee getrunken oder gefrühstückt wurde, wenn die Mühe, das Geschirr nach oben zu tragen, zu groß erschien.

Im Herd loderte bereits ein Feuer, und die Tante hatte Tassen mit angenehm duftendem Kaffee auf den Tisch gestellt.

»So, meine Liebe, und jetzt hörst du mir mal zu«, sagte sie energisch. »Ich habe dich gestern Abend beobachtet, und ich hätte dich schütteln mögen. Das hole ich jetzt nach. Was ist los mit dir? Der Mann, den du liebst, kommt nach Hamburg, übernachtet dank meines energischen Einschreitens sogar Wand an Wand zu dir, er tanzt mit dir, sodass jeder merkt, wie zwischen euch die Funken sprühen, er plant mit dir seine Zukunft, und du sitzt da, als hätte man dich ans Kreuz genagelt. Was ist in dich gefahren?«

Lysbeth ließ den Kopf hängen. War ihr das alles so anzusehen gewesen? All ihre verwirrenden Gefühle? Nun gut, vor der Tante brauchte sie nicht zu leugnen, die hatte sowieso schon alles erfasst. »Tantchen, ich halte es, glaube ich, nicht aus, mit ihm in der Praxis zu arbeiten. Ich freue mich so sehr darauf, aber ich stelle mir vor, wie ich bei jeder schönen Frau, die zu ihm kommt, vor Eifersucht sterbe. Und wenn er dann noch heiratet und Kinder bekommt …«

Die Tante lachte ihr krächzendes Hexenlachen. »Eifersüchtig bist du? Mein liebes Kind! Der junge Mann vergeht vor Schüchternheit. Und vor Sehnsucht nach dir. Und du bist eifersüchtig. Wie widersinnig.«

»Tante!« Lysbeth funkelte die Tante aus zornigen Augen an. »Mach dich nicht lustig über mich. Aaron schüchtern? Aaron ist Arzt. Aaron will sein Taschengeld als Eintänzer im Variété verdienen. Aaron ist schön. Klug.«

Die Tante unterbrach sie: »Und du? Du bist eine wundervolle junge Frau.«

»Jung?«, schrie Lysbeth auf. »Ich bin doch nicht jung. Ich bin schon sechsunddreißig Jahre alt. Ich bin eine alte Frau!«

Die Tante wollte sich ausschütten vor Lachen. Sie verschluckte sich und forderte Lysbeth auf, ihr auf den Rücken zu klopfen, was Lysbeth sanft tat. »Alte Frau«, japste die Tante. »Du Küken! Mein Kind, das lass dir gesagt sein, mit vierzig geht so ein Frauenleben erst richtig los. Die meisten Frauen bekommen erst dann Spaß an der Sexualität.«

Lysbeth hielt den Atem an. Dabei war es ihr doch geläufig, wie selbstverständlich die Tante über alles Menschliche sprach, aber in diesem Zusammenhang jetzt über Sexualität zu sprechen raubte ihr doch die Fassung. »Tante«, erhob sie matt Einspruch.

»Papperlapapp! So, jetzt hör mir mal zu: Manchmal, wenn ich durchs Dorf gehe, oder als ich jetzt mit der Bahn nach Hamburg fuhr, oder wenn Patienten zu mir kommen, dann wundere ich mich, wirklich, ich wundere mich, wie hässlich Menschen sein können. Ist dir das nicht auch schon einmal aufgefallen?«

Lysbeth lächelte verständnislos. Wurde die Tante doch senil? Wovon sprach sie? Wieder stieß die Tante ihr krächzendes Lachen aus. »Du verstehst mich nicht, oder? Du denkst, mein Gehirn zerbröselt?« Sie kicherte. »Zum Glück merkt man es selbst nicht, wenn es zerbröselt. Man denkt, was im Kopf vor sich geht, ist normal. Aber ich sprach von etwas anderem. Jeder dieser hässlichen Menschen hat irgendjemanden, der wie wild hinter ihm her ist. Glaube mir. Da gibt es schreckliche Eifersuchtsattacken, wenn die beiden zu Hause sind.« Sie parodierte eine weibliche und eine männliche Stimme: »Du hast der Blonden mit dem grünen Hut einen schmachtenden Blick zugeworfen. Ich hab's genau gesehen, du Schwerenöter, du. Wenn du noch einmal dem Busfahrer so ein zuckersüßes ›Guten Tag‹ sagst, schlag ich dich windelweich, du …, du …« Die Tante legte ihre knochige Hand auf Lysbeths, die sich unter der Berührung etwas entspannte. »Siehst du, meine Kleine, was will ich dir damit sagen? Wenn du jemanden liebst, ist er für dich immer der Schönste, Klügste, Beste auf der Welt. So soll es sein. Und du denkst, alle anderen finden das auch. Auch so soll es sein. Denn es wäre ja gar nicht gut, wenn du denken würdest: Klar, bleibt er bei mir, sonst will ihn ja keine. Nein, wir sind eifersüchtig, weil wir den anderen für das beste männliche oder weibliche Exemplar auf der Welt halten. Und für uns selbst ist er das ja auch. Aber nur für uns selbst. Stella zum Beispiel interessiert sich nicht die Bohne für deinen Aaron. Hat sie nie getan. Und Aaron, nur nebenbei gesagt, interessiert sich nicht die Bohne für Stella. Sondern für dich. Und jetzt wirst du dort hineingehen!« Sie wies zum Gartenzimmer, wo Aaron ein provisorisches Gästelager bekommen hatte. »Und du wirst unter seine Decke kriechen und ihm zeigen, was ein Mann mit einer Frau macht, damit sie glücklich ist.« Lysbeth schüttelte sich. »Du spinnst, Tante«, sagte sie entsetzt. »So etwas tut man nicht!«

Die Tante riss die Augen ungläubig auf und grinste. »So etwas tut man nicht? Na, du bist ja gut. Was hast du nicht schon alles getan, was man nicht tut. Und ich schwöre dir, wenn du es nicht tust, lege ich mich jetzt zu dem Jungen. Ich fürchte nämlich, er ist noch Jungfrau und traut sich nicht an dich ran. Denn du bist keine Jungfrau mehr und weißt, wie das Ganze geht.«

»Nein, weiß ich nicht«, sagte Lysbeth kläglich. »Das ging doch alles von Maximilian aus.« Die Tante presste die Lippen zusammen und schüttelte missbilligend den Kopf. »Dann wird es aber Zeit!« Sie wedelte energisch mit der Hand. »Los! Husch! Husch! Kriech einfach unter seine Decke, und alles Weitere wird schon von allein geschehen. Der junge Mann tanzt wundervoll Tango, der wird mit dir unter der Decke den richtigen Tanz veranstalten.« Lysbeths Wangen brannten. Als wäre sie hypnotisiert, erhob sie sich langsam, verließ die Küche und machte ein paar Schritte, bis sie vor der Tür zum Gartenzimmer stand. Unschlüssig blieb sie stehen. Sie war gar nicht gebadet und nicht einmal gekämmt. Sie roch bestimmt aus dem Mund. Da öffnete sich die Küchentür und die Tante steckte den Kopf heraus. »Wirst du wohl gehen!«, zischte sie. »Los jetzt!«

Lysbeth drückte die Klinke hinunter.

31

Der 25. Oktober 1929 war der Tag des Triumphes für Lydias neuen Mann, Dr. Andreas Hagedorn. Alles, was er ihr geraten hatte, fand sich auf einen Schlag bestätigt. Allerdings war das auch an diesem schwarzen Tag nur wenigen außer ihm schon bewusst. Die meisten Deutschen dachten zuerst, sie hätten mit dem Börsensturz in Amerika wenig zu tun. Doch das war ein Irrtum. Das amerikanische Börsendesaster zog Deutschland so stark wie sonst kaum einen anderen Staat in Mitleidenschaft. Seine schlimmste Folge sollte der Aufstieg Hitlers werden, doch auch diese Gefahr wurde im Oktober 1929 nur von wenigen erkannt.

Andreas Hagedorn beteuerte immer wieder, dass die Tiefkonjunktur nicht über Nacht hereingebrochen war. »Im April 1929 bereits war der Einbruch der Stabilisierungskonjunktur schon nicht mehr zu übersehen«, sagte er in der Runde der Wolkenraths, in die er sofort herzlich aufgenommen worden war, nachdem Lydia ihn vorgestellt hatte. »Die Alarmzeichen haben in vielen Wirtschaftsbereichen schon im Winter schrill aufgeleuchtet.« Er sprach manchmal ein wenig so, als verfasse er einen Artikel für eine Wirtschaftszeitung, aber das verübelte ihm niemand in der Familie Wolkenrath, nicht einmal Dritter, der sogar ein wenig neidisch auf Lydia war, die so einen versierten Berater hatte.

»Zum Glück hat Lydia nicht weggeguckt wie viele andere«, betonte Andreas Hagedorn. Und als er sich vertrauter mit den Wolkenraths fühlte, gestand er Alexander hinter vorgehaltener Hand: »Was hatten wir für ein Schwein, dass wir noch einen Dummen gefunden haben, der bereit war, die Fabrik und das Haus zu kaufen, als Doppelpack gewissermaßen.«

Der Käufer war ein junger Mann, der direkt nach dem Ersten Weltkrieg nach Amerika ausgewandert war und dort eine reiche Erbin geheiratet hatte. Er selbst hatte im Verlag ihres Vaters auch nach der Heirat weiterhin als Drucker gearbeitet. Bis seine Frau tragisch gemeinsam mit ihren Eltern bei einem Autounfall ums Leben gekommen war. Ihr Bruder, nun Besitzer des Verlages, in dem er zuvor schon Juniorchef gewesen war, scheute keine Kosten, um den unerwünschten Mitteilhaber loszuwerden. Noch nicht vierzigjährig, kehrte der Witwer und Erbe zurück, fest entschlossen, sich in die feine Hamburger Kaufmannsgesellschaft einzukaufen. Die Verhandlungen hatten im August begonnen und waren im September abgeschlossen.

Als die New Yorker Börse am 25. Oktober innerhalb weniger Stunden einen Kursverlust von neunzig Prozent meldete, brach nicht nur der amerikanische Boom, sondern das gesamte Kreditsystem des Landes zusammen. Das hatte zur unmittelbaren Folge, dass die riesigen amerikanischen Auslandskredite in Windeseile gekündigt wurden. Dieser Vorgang löste einen unwiderstehlichen negativen Multiplikatoreffekt auch in Deutschland aus, das fast sechzehn Milliarden Mark an überwiegend kurzfristigen Anlagen erhalten, davon aber drei Viertel als langfristige Investitionen angelegt hatte. Insbesondere bei den AG-Großbanken schlug die Kündigung wie ein Blitz ein, denn das Verhältnis von Eigen- und Fremdkapital, das etwa eins zu drei hätte betragen sollen, lag damals bei eins zu fünfzehn, und vierzig Prozent dieses exzessiv überhöhten Fremdkapitals stammten aus ausländischen Krediten.

Ebenso wie die Menschen vor der wirtschaftlichen Rezession die Augen verschlossen hatten, geschah es mit den Nationalsozialisten. Da allerdings war Andreas Hagedorn, Sohn eines jüdischen Vaters und einer deutschen Mutter, weniger hellsichtig als in wirtschaftlichen Dingen. In der Familie Wolkenrath waren nur Käthe und die Tante durch die Entwicklung alarmiert, die anderen empfanden ihre Warnungen als hysterisch, allen voran Aaron, der jede Nachricht von gesellschaftlich anerkannten Juden stolz der Tante als Beweis für ihre ungerechtfertigten Mahnungen entgegenhielt. So zum Beispiel, als der Philosoph Ernst Cassirer für ein Jahr zum Rektor der Hamburger Universität ernannt wurde. Cassirer, der seit 1919, dem Gründungsjahr der Hochschule, eine Professur in Hamburg innehatte, übernahm damit als erster Jude die Leitung einer deutschen Akademie.

Keiner der Juden, die die Wolkenraths kannten, teilte die Sorge von Käthe und der Tante. Gegenüber den Wolkenraths, in dem Haus, in dem Lenis Familie einst gewohnt hatte und aus dem sie fast unmittelbar nach der Hochzeit von Stella und Jonny geradezu fluchtartig ausgezogen war, wohnte die Familie Solmitz. Zuerst die alte Frau Solmitz, später zogen dann ihr Sohn und ihre Schwiegertochter Luise in den ersten Stock. Die Solmitz' waren Juden, die vor zwei Generationen bereits zum Protestantismus übergetreten waren. Karl Solmitz war im Ersten Weltkrieg als Pilot geflogen, vom Kaiser ausgezeichnet und geehrt. Jonny und Karl hatten sich angefreundet, sobald sie Nachbarn geworden waren. Fliegerfreunde. Luise kam manchmal zu den Frauen Wolkenrath zu einem nachbarlichen Klönschnack. Auch sie, die bis zur Geburt ihrer Tochter 1922 als Lehrerin gearbeitet hatte, empfand Käthe und die Tante als vollkommen albern, wenn diese vor der drohenden Gefahr der Nationalsozialisten warnten.

Lysbeth war glücklich. Sie hatte nicht gewusst, dass man so glücklich sein konnte. Aaron liebte sie! Und er war völlig überrascht gewesen, als er erfuhr, dass sie das nicht wusste. Er hatte gedacht, dass er mit seiner enormen Liebe für sie nachgerade aufdringlich oder lästig gewesen wäre. Er hatte nicht gewagt zu hoffen, dass Lysbeth seine Gefühle erwiderte. »Ich dachte, ich wäre dir zu jung, zu unerfahren. Ich bin unbemittelt, kann dir nichts bieten. Muss sogar als Gigolo mein Taschengeld verdienen.« Nur unter größter Überwindung hatte er Lysbeth gestanden, dass er noch keinerlei sexuelle Erfahrungen hatte und dass er Angst habe, vielleicht impotent zu sein. Doch sein Glied war ihr geradewegs entgegengeschnellt, sobald sie ihren Morgenmantel abgelegt hatte und nackt zu ihm unter die Decke gekrochen war. Auch er war nackt, weil er in der Nacht zu müde gewesen war, um seinen Koffer auszupacken.

Lysbeth hatte ihn so aus dem Schlaf gerissen, dass ihm all seine Ängste noch nicht wieder bewusst waren. So war er über sie hergefallen wie ein Hengst. Lysbeth wunderte sich, wie feucht sie war und dass gar nichts wehtat. Es war sogar erstaunlich erregend. Doch kurz nachdem Aaron in sie eingedrungen war, bekam er schon einen Orgasmus, und Lysbeth war wieder überrascht, weil es so schnell vorbei war.

Da erst wurde ihm richtig bewusst, dass er nicht geträumt hatte und dass Lysbeth wirklich bei ihm im Bett lag. Es war ihm entsetzlich peinlich, doch Lysbeth sagte lachend: »Lieber Aaron, wenn sich hier jemand schämen muss, dann bin ich es. Ich habe mich gewissermaßen in deine Träume geschlichen. Vielleicht hättest du mich aus deinem Bett geworfen, wenn du wach gewesen wärst.«

Worauf Aaron endlich mit dem Reden aufhörte und sie mit Küssen überschüttete.

Aaron war gleich bei ihr wohnen geblieben. Er machte die Entdeckung, dass er keineswegs impotent war, dass er hingegen das Zeug hatte, seine Fähigkeiten als beweglicher und in der Führung erfahrener Tangotänzer auch im Bett anzuwenden. Lysbeth ihrerseits machte die Entdeckung, dass ihr Körper wie geschaffen dafür schien, von Aarons Körper beglückt zu werden. Immer aufs Neue staunte sie, was für einen Reichtum an Gefühlen sie in sich trug, und mit fast noch größerem Erstaunen dachte sie daran zurück, wie fade, lästig und überflüssig sie Maximilians Bemühen gefunden hatte, ihr irgendwelche sexuelle Lust abzuringen.

Sie war ständig bereit für Aaron. Und Aaron war so begierig auf Lysbeths Körper, als wolle er all die Jahre nachholen, die er als asexuelles Wesen, wie er selbst es nannte, vergeudet hatte.

Aaron wohnte noch nicht lange in der Kippingstraße, da machte Lydia Aaron und Lysbeth in der Elbchaussee mit einem Arzt bekannt, der seit Jahren ihr Hausarzt gewesen und inzwischen ein Freund geworden war. Dr. Langmuth – er betonte, dass dieser Name seinem Charakter völlig zuwiderlief – hatte im tiefsten Eimsbüttel seine Praxis, Methfesselstraße, Ecke Lappenbergsallee, im Parterre. Er wollte aufhören, konnte nicht mehr gut hören, nicht mehr gut gucken, er war müde, aber er fühlte sich verantwortlich für seine Patienten, die ihm ans Herz gewachsen waren, und er suchte nach einem Nachfolger, dem er vertrauen konnte.

Aaron gefiel dem alten Doktor auf Anhieb. In Lysbeth verguckte er sich geradezu. Und als er vernahm, was sie alles von ihrer Tante gelernt hatte, wollte er diese Tante unbedingt kennenlernen. Das geschah bereits am kommenden Tag, und von da an gehörte er zu den ständigen Gästen der Familie Wolkenrath. Und seit dem ersten Abend war er ein begeisterter Verehrer der Tante.

Im Grunde hörte er eine Woche nach dem Kennenlernen auf zu praktizieren. Nachdem Aaron einen Fuß in die Praxis gesetzt hatte, ließ Dr. Langmuth ihn fast alles allein machen. Lysbeths Anwesenheit in der Praxis genoss er sichtlich, da er, nachdem seine Frau vor einem Jahr gestorben war, keine neue Hilfe mehr eingestellt hatte und seine Papiere sich in einem entsetzlichen Durcheinander befanden. Lysbeth hatte alle Hände voll zu tun, eine neue Ordnung einzurichten. Aaron hatte alle Hände voll zu tun, sich durch die chaotischen Krankenberichte des alten Arztes zu arbeiten. Trotz allem war er immer wieder überrascht, wie modern Dr. Langmuth oft behandelt hatte und wie er in der medizinischen Forschung auf dem Laufenden geblieben war. Und das war es auch, was Dr. Langmuth weiterhin betrieb, wenn er in der Praxis war. Mit einer Lupe bewaffnet saß er im Sessel und studierte die neuesten Artikel über medizinische Forschungen, während Aaron die Patienten untersuchte und behandelte.

In Eimsbüttel wohnten vor allem Arbeiter. Die Arbeitslosigkeit hatte hier so zugeschlagen, dass Lysbeth mit einer Not bekannt wurde, die sie nicht für möglich gehalten hatte. Die Frauen wussten nicht mehr, wovon sie etwas kochen sollten. Die Kinder waren mangelernährt. Es gab öffentliche Küchen für die Arbeitslosen, aber die Frauen gingen nicht dorthin.

Dr. Langmuth hatte keine Abtreibungen durchgeführt, obwohl er oft darum gebeten worden war. Er war zornig über die Männer, die sich, wie er sagte, »nicht zurückhalten konnten«. Aber er war auch zornig auf die Frauen, die sich in diese Lage brachten. Er war dafür, dass der Paragraph 218 fiel, aber er selbst führte keine Eingriffe durch. Weniger aus moralischen oder juristischen Skrupeln, sondern weil er es sich nicht zutraute. »Ich bin Hausarzt«, sagte er, »ich kuriere Schnupfen und Durchfall, und zur Not nähe ich einen abgerissenen Hautlappen wieder an, aber da ins Innere der Frau müssen die Gynäkologen ran. Da hab ich nur bei meiner Frau rumgefummelt, das will ich bei keiner Fremden tun.«

Tante Lysbeth bereitete ihn schonend darauf vor, dass Aaron und Lysbeth in dieser Hinsicht eine andere Qualifikation und Haltung hatten. Als er endlich begriffen hatte, tat er so, als hätte er nichts begriffen. Er erwähnte das Thema einfach nicht wieder.

Tante Lysbeth sagte, sie bräuchten sich keine Sorgen zu machen. Der alte Doktor sei einverstanden. Er würde von jetzt an so tun, als wüsste er von nichts, weil das für alle sicherer wäre. Vorerst war dies Thema ohnehin bedeutungslos, denn es gab keine Anwärterin auf eine Abtreibung.

Aaron hatte viele Hausbesuche zu erledigen. Die Menschen im Viertel suchten keine Kinderärzte auf. Wenn ihr Kind krank war, riefen sie den Hausarzt. Zuerst hatten die Patienten Dr. Langmuths vermutet, Aaron wäre sein Sohn, dann hatten sie Aaron einfach als ihren neuen Arzt akzeptiert, ohne sich weiter Gedanken darüber zu machen, in welchem Verwandtschaftsverhältnis er zu Dr. Langmuth stand. So entwickelte es sich sehr schnell, dass Lysbeth die Praxis weiter betreute, während Aaron die Patienten besuchte. Dr. Langmuth hatte ihm mit der Praxis seinen klapprigen alten Mercedes überlassen. Doch Aaron wusste gar nicht, wie man ein Auto bediente. »Auch das will ich noch lernen«, bekannte er mit der ihm eigenen Begeisterungsfähigkeit. Bis dahin fuhr er mit Lysbeths Fahrrad zu seinen Patienten.

Die Praxis war übervoll. Lysbeth hatte keinerlei Scheu, die Patienten weiter zu versorgen, während Aaron fort war. Alle nannten sie Frau Doktor, ein Titel, bei dem sie nur anfangs zusammengezuckt war. Bald fand sie, dass er durchaus zu ihr passte. Jeder einzelne Patient war für sie ein Glücksfall. Sie arbeitete bis spät am Abend. Die Fälle waren manchmal deprimierend, weil oft anständige Nahrung ausgereicht hätte, um die Abwehr zu stärken, und keine Änderung der Lage in Sicht war. Lysbeth und auch die Patienten merkten schnell, dass ihre Kräuter und ihre Tinkturen besser halfen als all die Medikamente, die der alte Arzt verschrieben hatte. Auch die homöopathischen Mittel, die sie den Patienten einfach in ein Tütchen abfüllte, schlugen in den meisten Fällen wundervoll an, jedoch konnte sie die Not nicht lindern. Sie schuftete von morgens bis abends, und es war ein Sisyphuskampf. Aber Lysbeth fühlte eine solche Kraft in sich, eine so unablässig durch ihre Adern strömende Energie, dass sie am Abend zwar müde, aber nie ausgelaugt war. Und schon gar nicht zu müde, um sich über Aarons Nähe zu freuen. Auf dem Nachhauseweg. Beim Abendessen. Im Bett.

Lysbeth wachte morgens glücklich auf, und sie schlief abends glücklich ein. Am Morgen griffen die beiden Liebenden nacheinander. Sie streichelten einander, und Lysbeth war immer feucht und bereit, Aarons Schwanz als Gutenmorgengruß in sich aufzunehmen. So viel entdeckte sie mit ihm. Nie zuvor hatte sie einen Orgasmus erlebt, und als das zum ersten Mal geschah, befürchtete sie, innerlich zu zerreißen.

Sie hatte zwar Stellas Vorschlag, Maximilian einen zu blasen, einige Male aufgegriffen, um sich zu entlasten, aber es war eine befremdende Dienstleistung gewesen. Mit Aaron entdeckte sie, dass sie diesen veränderlichen männlichen Körperteil überaus faszinierend fand. Dass sie ihn gern berühren mochte und es genoss, wenn es zwischen ihren Händen seine Konsistenz veränderte, wuchs, eine andere Farbe und einen anderen Geruch annahm. Mit Aaron nahm sie erstmalig lustvoll einen Schwanz in den Mund und spielte mit ihren Lippen, ihrer Zunge und berauschte sich an seiner Lust. Selbst tagsüber, wenn sie in ihrer Praxis aneinander vorübergingen, brachten sie es nur unter Mühe fertig, einander nicht wenigstens kurz einmal zu streifen oder zu berühren. Wenn Patienten kamen, rissen sie sich zusammen. Sobald sie aber allein waren, lagen sie einander in den Armen und küssten und streichelten sich.

Seltsam war allein, dass während dieser Wochen im Oktober und November 1929, als sie so glücklich war, ihr von Zeit zu Zeit Träume in die Nacht fielen, die von Verfolgung, Gefahr und Gefängnis sprachen. Sie konnte sie nur als Ausdruck ihrer Angst um Aaron verstehen, wenn er Abtreibungen vollziehen würde.

Es dauerte erstaunlich lange, bis Aaron das erste Mal gefragt wurde, ob er helfen könne. Es war eine junge ledige Frau, Verkäuferin in einem Wäschegeschäft am Jungfernstieg. Sie hatte sich verliebt, erzählte sie weinend. Er war so zärtlich gewesen und so spendabel. Und dann sei es eben passiert. Nur ein paar Mal. Als sie ihm sagte, dass sie schwanger sei, sei er auf Nimmerwiedersehen verschwunden. »Sie können auf Alimente klagen«, sagte Lysbeth, die sich erinnerte, dass ihr Bruder Dritter monatlich zahlen musste. Was er natürlich nur dann tat, wenn Germute von Müller ihn mehrfach erinnerte und er gerade gut bei Kasse war.

Die junge Frau lachte bitter auf. »Er hat mir einen falschen Namen genannt. Und auch eine falsche Adresse. Ich habe schon versucht, ihn wiederzufinden. Aber er ist verschwunden.« Sie weinte bitterlich. »Herr Doktor, Frau Doktor, Sie müssen mir helfen. Ich gehe ins Wasser, wenn mir keiner hilft.«

Aaron und Lysbeth wechselten einen Blick. Sie hatten seit langem schon einen Plan für diesen Fall entwickelt. Also erhob Aaron sich und sagte: »Nein, ich glaube nicht, dass ich Ihnen helfen kann.« Er verließ das Zimmer. Als er draußen war, raunte Lysbeth: »Ich darf es Ihnen ja eigentlich gar nicht sagen, aber es gibt einen Arzt, der kommt am Mittwochabend nach der Sprechstunde, der macht so was.«

Die junge Frau, die in sich zusammengefallen war, als Aaron den Raum verlassen hatte, fuhr in die Höhe. »Wann?«, fragte sie. »Wie teuer?« Sie sackte wieder zusammen. »Ich habe kein Geld. Ich muss ins Wasser gehen.«

Lysbeth sagte sanft: »Ich glaube, der Arzt, der das macht, nimmt kein Geld. Sie haben ja sowieso einen Krankenschein mitgebracht. Ihre Kasse zahlt ja Ihre Untersuchung und die Behandlung.«

Die Frau machte ungläubige Augen. »Die Kasse zahlt so einen Eingriff?«

»Nein«, lächelte Lysbeth. »Aber die Kasse zahlt die Behandlung für einen Schnupfen oder Bauchweh oder Durchfall und Ähnliches. Und all so etwas könnten Sie ja haben, oder? Und außerdem werden Sie nach dem Abbruch ein paar Tage zu Hause bleiben müssen. Zum Beispiel mit einer starken Lebensmittelvergiftung oder Ähnlichem.«

Die Frau runzelte verständnislos die Stirn. Ganz langsam entspannten sich ihre Züge. »Nicht mehr als einen Tag«, sagte sie energisch. »Mehr kann ich mir nicht leisten. Aber vielleicht könnte ich ja Durchfall, Übelkeit, Erbrechen und so etwas haben?«

Lysbeth notierte sich die Worte auf der Karteikarte der Frau. »Drei Tage«, bestimmte sie. »Wenn Sie danach nicht drei Tage zu Hause bleiben, wird Doktor …«, sie räusperte sich, »… wird der Doktor das nicht machen. Das weiß ich sicher«, fügte sie hinzu.

Die junge Frau senkte ergeben den Kopf. »Na gut«, sagte sie. »Drei Tage. Ich habe noch nie gefehlt. Das wird schon gehen.«

Lysbeth verabredete mit ihr einen Termin am Mittwochabend.

Von Aaron verabschiedete sich die Patientin nicht mehr. Er war verschwunden.

Sie hatten alles genau besprochen. Es war wichtig, so unerkennbar wie möglich zu sein. Also hatten sie die ohnehin für eine Operation notwendigen Masken vor ihr Gesicht gezogen, die auch ihre Stimmen verzerrten. Aaron öffnete der Frau derart maskiert die Tür und sagte dumpf: »Es ist am besten für Sie und für mich, wenn wir einander nicht kennen.« Die Frau nickte beklommen. Sie zitterte vor Angst.

Aaron führte die Frau ins kleine Nebenzimmer, wo ein gynäkologischer Stuhl für diese Fälle stand, und erst, als die Frau lag und zur Decke starrte, während ihr die Tränen hinunterliefen, kam Lysbeth in den Raum.

Sie arbeiteten zum ersten Mal bei einer Abtreibung zusammen, und es war, als hätten sie nie etwas anderes getan. Lysbeth genoss den Luxus einer Liege, die die Beine hielt und spreizte. Sie kannte jeden Handgriff. Aaron wusste zwar theoretisch genau Bescheid, aber er hatte diese Operation noch nie gemacht. Sehr froh über Lysbeths routiniertes Vorgehen, assistierte er ihr.

Bevor die Frau aufstand, war Lysbeth wieder verschwunden. Sie hatten kein Wort miteinander gewechselt, sodass die Frau nicht wissen konnte, ob der zweite Arzt ein Mann oder eine Frau war.

Aaron ließ die Beinstützen hinunter, half der Frau in einen kleinen Nebenraum, wo sie sich auf einer Liege noch eine halbe Stunde ausruhen sollte. Aaron und Lysbeth vertrieben sich die Zeit, indem sie alle organisatorischen Dinge, die in der Praxis liegen geblieben waren, erledigten. Sie ließen der Frau eine ganze Stunde. Bevor Aaron in das Zimmerchen trat, setzte er die Maske wieder auf. Die Frau schlief. Er weckte sie sanft und sagte ihr, sie könne sich jetzt wieder anziehen. Er gab ihr hygienische Binden mit, denn er wusste, dass die der Frau zu teuer waren. In drei Tagen solle sie wieder zu Dr. Aaron Bleibtreu kommen, sagte er. »Wenn allerdings vorher etwas auftritt, was Sie besorgt, starke Blutungen, Fieber oder Schmerzen, zögern Sie keinen Augenblick und rufen sofort Dr. Bleibtreu. Der kommt in solchen Fällen.«

Die junge Frau taumelte auf leicht wackligen Beinen aus der Praxis. Lysbeth hatte eine Droschke für sie bestellt und diese vorher schon bezahlt. Die Frau hatte niemanden, der sie abholte. Lysbeth und Aaron wussten, dass sie jetzt nichts mehr für sie tun konnten.

Wie erwartet ging mit dieser Frau alles gut und auch mit den folgenden. Es sprach sich herum, und so operierten Lysbeth und Aaron bald einmal in der Woche. Es bürgerte sich so ein, dass Lysbeth die Operation vornahm und Aaron assistierte. Keiner von beiden versuchte das zu ändern.

Ihr Sicherheitssystem kam ihnen geradezu perfekt vor. Wer sollte sie identifizieren? Sie hätten die Praxis für einen Nachmittag und Abend an einen Arzt vermietet haben können, um Geld zu verdienen. Der Arzt hätte ihnen das Geld bar auf die Hand geben können. Und er hätte ihnen einen falschen Namen angegeben haben können. Wer sollte ihnen das Gegenteil beweisen? So viele Erzeuger von Kindern verschwanden unter falschem Namen. Warum sollte nicht ein Abtreibungsarzt unter falschem Namen tätig sein? Dass er kein Geld nahm? Vielleicht ein Verrückter? Wer wusste das schon.

Der einzige Haken war, dass Lysbeth den Termin mit den Frauen machte. Auch dafür suchten sie noch nach einem ungefährlicheren Weg. Bisher war ihnen keiner eingefallen.

32

Warum, so dachte Lysbeth im Dezember, als sie Richtung Dresden fuhr, darf Glück im Leben nicht lange andauern? Warum bloß? Sie hatte die ganze Zeit Angst vor etwas Bedrohlichem in der Zukunft gehabt, aber mit dem, was jetzt eingetreten war, hatte sie nicht im Traum gerechnet.

Der Bote hatte das Telegramm in die Kippingstraße gebracht, und Käthe war mit der Nachricht sofort in die Praxis geeilt. »SOS stopp Angela fort«. An Lysbeth. Von Angelas Adoptiveltern Helga und Helmut.

Lysbeth nahm den nächsten Zug. Die Tante sprang für sie in der Praxis ein. Lysbeth war entsetzlich unruhig. Was war geschehen? Angela fort. Wo war sie?

Es schien, als nähme die Fahrt kein Ende. Von Dresden musste sie mit dem Bus weiter und dann mit der Droschke. Am Morgen war Lysbeth losgefahren, spät am Abend erreichte sie endlich den Hof. Das Haus war stockduster. Vorsichtig legte Lysbeth den Weg von der Straße zum Hof zurück. Am Himmel verdeckten Wolken den Mond, nichts leuchtete ihr. Sie konnte kaum etwas erkennen. Es war mucksmäuschenstill.

Von Schritt zu Schritt wurde ihr beklommener zumute. Das Haus wirkte wie ausgestorben. Was, wenn Helga und Helmut gar nicht daheim waren? Wenn Angela etwas Schreckliches zugestoßen war und die beiden ihr nun Beistand leisteten, irgendwo. Lysbeth wurde zornig auf sich selbst. Wie hatte sie losfahren können, ohne ihre Ankunft telegraphisch zu avisieren? Jetzt stand sie hier in der Einöde und konnte sich nur in den Stall begeben, um dort zu schlafen, denn zurück käme sie vor morgen auf keinen Fall.

Sie klopfte an die Haustür. Nichts regte sich. Sie drückte die Klinke hinunter. Die Tür war unverschlossen. Im Dunkeln tappte sie über die große Diele in Richtung der nach hinten gelegenen Küche, durch deren Türschlitz ein Lichtschein drang. Vorsichtig öffnete sie die Küchentür. Da saßen zwei Gestalten am Tisch und fuhren erschrocken zusammen. Als einziges Licht züngelte schwach das Feuer im Herd. »Lysbeth«, sagte Helga, als wäre sie nicht sicher, ob sie vielleicht einen Geist vor sich hatte. »Lysbeth. Du.«

»Ja, ich«, sagte Lysbeth knapp und trat auf die beiden zu. Helmut hatte nur kurz den Kopf gehoben, jetzt stierte er wieder auf die Tischplatte, als läge dort die Erklärung für alles. Lysbeth ging energisch auf den Tisch zu, über dem die Petroleumlampe hing. Sie drehte am Knopf und entzündete die Lampe mit einem Stück Papier, das sie am Herdfeuer in Brand setzte. Endlich wurde die Küche von einem warmen Lichtschein erhellt. »Gibt es hier Tee oder Suppe?«, fragte sie. Ihr war klar, dass sie die Verantwortung dafür übernehmen musste, Leben in die beiden zu bringen.

An ihre Pflichten der Gastfreundschaft erinnert, wachte Helga langsam aus ihrer Erstarrung auf. Sie befahl Helmut knapp, im Herd Feuer nachzulegen, und besann sich darauf, dass sie extra für Lysbeths Ankunft eine Kartoffelsuppe mit Speck vorbereitet hatte. Helmut tat, wie ihm geheißen. Schweigend rührte Helga die Suppe, während das Feuer begann, die Küche zu erwärmen. Als endlich ein dampfender Teller vor Lysbeth stand und vor Helmut ein Bier und ein Korn, während Helga noch eine Kanne Tee zubereitete, rang Helmut sich die Worte ab: »Wir dachten, du kommst nicht mehr.«

Lysbeth merkte erst jetzt, wie hungrig sie war und wie durchgefroren. Der Dezember war an den Abenden eisig, und der heutige Tag war kalt und feucht gewesen. Bevor sie sich dem Drama hier widmete, so beschloss sie, wollte sie sich erst einmal stärken. Bedächtig löffelte sie den Teller leer und bat um mehr. Erst als sie den zweiten Teller geleert und dazu einen anständigen Brotknust verzehrt hatte, legte sie ihre Hände um die Teetasse und sagte: »So, nun erzählt. Was ist geschehen?«

Als hätte sie nur auf eine Erlaubnis gewartet, sprudelte es aus Helga heraus. Eigentlich eine spröde Frau, die mit Worten nicht freigiebig war, überschlugen sich ihre Sätze nun geradezu.

Seit Angela ihre Schule beendet hatte, kam es unablässig zu Streitereien. Sie hatten sie in einen fremden Haushalt gegeben, damit sie dort Erfahrungen sammeln konnte. Sie kannten die Leute nicht, das hatte die Schule vermittelt. Es war ein Gasthof, nicht weit entfernt. Am Anfang hatte Angela das Ganze noch lustig gefunden, besonders auch, weil in diesem Gasthof die Jugend ihren Treffpunkt hatte und es dort lebhaft zuging. Doch dann wurde sie irgendwie seltsam und sprach davon, dass sie nach Berlin gehen wollte, um Abitur zu machen. Berlin!

Helga und Helmut blickten Lysbeth bedeutungsvoll an, als wollten sie sagen: Angela wollte geradewegs ins Bordell gehen.

Lysbeth überlegte. Sie hatte Angela zum letzten Mal im Sommer gesehen. Da hatte sie eine Rundfahrt gemacht. Hatte als Erstes Aaron in Berlin besucht, dann die Tante in Laubegast und dann Helga und Helmut. Auch Angela war von ihrer neuen Arbeitsstelle gekommen, extra, um Lysbeth zu sehen. Bei dem damaligen Treffen war alles sehr steif zugegangen, sie hatten gemeinsam Kaffee getrunken und Helgas selbst gebackenen Kuchen gegessen. Es war um eine Kuh gegangen, die bald kalben sollte. Und um einen Knecht, den Helmut rausgeworfen hatte, als sich herausstellte, dass der Kommunist war. »Das ist zu gefährlich«, hatte Helmut gesagt. »Nicht, dass ich was gegen die Sozis habe, das sind ja auch nur Menschen, aber rund um uns sind alle völkisch eingestellt, die Bauern und die Knechte und die Gutsbesitzer sowieso. Wenn ausgerechnet ich hier einen Roten auf dem Hof hab, brennt mir nachher noch der Heuschober ab, und keiner ist's gewesen. Nein, ich hab ihm gesagt, das wird nichts mit uns!«

Lysbeth erinnerte sich daran, dass Angela ihn in diesem Augenblick sehr von oben herab gemustert hatte, mit einem verächtlichen, trotzigen Ausdruck im Gesicht. Es war Lysbeth aufgefallen, aber sie hatte keinen Ton von sich gegeben. Auch Angela hatte wenig gesprochen, und als sie sich von Lysbeth verabschiedete, hatte sie ihren Blick gemieden.

Jetzt, da Helga ihr die Geschichte erzählte, dachte Lysbeth an Angelas Schweigsamkeit damals, und es war ihr unwohl dabei, sich zu erinnern, wie gekränkt sie von dem Mädchen gewesen war. Und dass sie beschlossen hatte, so schnell nicht wieder dort hinzufahren. Denn das Kalben einer Kuh und die politische Haltung eines Knechtes interessierten sie herzlich wenig. Sie hatte den Eindruck bekommen, dass Angela sich überhaupt nicht für sie interessierte und dass sie ihr auch nichts von sich selbst erzählen wollte. Jetzt erst fragte sie sich, ob sie selbst eigentlich das Gespräch irgendwie gesteuert hatte oder ob sie einfach in ein Unwohlsein gerutscht war und nur darauf gehofft hatte, dass es bald vorbei war. Vielleicht ist es Angela genauso gegangen, dachte sie und ärgerte sich über ihre eigene Passivität.

Sie ärgerte sich auch, weil eigentlich sie selbst es gewesen war, die nur noch ein geringes Interesse an dem Mädchen gezeigt hatte. Sie war damals mit ganz anderen Dingen beschäftigt gewesen, die ihr auf der Seele lagen. Sie hatte Aaron besucht, der einen ganzen Tag mit ihr verbracht hatte und in dessen winzigem Zimmerchen sie geschlafen hatte, in seinem Bett, während er auf dem Boden nächtigte. Er hatte sie nicht ein einziges Mal berührt, als hätte sie eine ansteckende Krankheit. Gleichzeitig sprach er von einer gemeinsamen beruflichen Zukunft, als umfasse die das ganze Leben. All das hatte sie in ihrem Inneren immer wieder umgerührt wie heiße Wäsche mit dem Kochlöffel. Der Besuch bei Helga und Helmut und Angela, so gestand sie sich jetzt ein, war eigentlich ein Pflichtbesuch gewesen.

Selbstverständlich, so fuhr Helga fort, hätten sie von Angelas Hirngespinsten nichts hören wollen. Angela sollte auf den Hof zurück und ihn übernehmen. Sie erfuhren von der Wirtin des Gasthofs, dass ein Student aus Berlin seit einiger Zeit regelmäßig gekommen war und dem Mädchen schöne Augen gemacht hatte. Die Wirtin wusste nicht, wie weit das gegangen war, aber das Mädchen glühe, sagte sie, sobald er nur auftauche. Daraufhin hätten sie keinen Tag gezögert und Angela abgeholt. Die habe gezetert und geschimpft und ein Wort habe das andere gegeben, bis Helmut schließlich die Hand ausgerutscht war.

»Hand ausgerutscht?«, fragte Lysbeth entsetzt. »Er hat sie geschlagen?«

Sie war nie in ihrem Leben geschlagen worden. Sie wusste, dass es viele Familien gab, in denen die Züchtigung der Kinder üblich war, aber ihr Vater Alexander hatte sich viel zu wenig mit seinen Kindern beschäftigt, um so etwas zu tun, und Käthe hätte das auch nie zugelassen, da war Lysbeth sich ganz sicher. Sie fand die Vorstellung furchtbar, irgendjemand könne jemand anderen schlagen, den er liebe. Das schien ihr völlig widersinnig.

Sie blickte Helmut streng an. »Wie konntest du das tun?«

So geknickt er eben noch gewesen war, so stolz hob er jetzt den Kopf. »Ich bin der Vater!«, sagte er empört. »Der Vater muss für Recht und Ordnung sorgen. Angela hat sich vergangen gegen mich. Sie hat gesagt, ich sei ein alter Spießer. Ich kenne das Wort nicht mal, aber es klang wie eine Beschimpfung. Das konnte ich nicht zulassen.«

Unwillkürlich musste Lysbeth lächeln. Alter Spießer? Woher hatte sie das?

»Ja, und wie weiter?«, fragte sie. »Wieso ist sie jetzt fort?«

»Nachdem Helmut ihr den Hosenboden versohlt hatte«, erklärte Helga, »war sie lammfromm. Sie hat still ihre Sachen gepackt und ist mit uns gekommen. Bei uns war sie dann eine Woche lang. Sie war so anstellig und brav. Aber dann kam sie eines Morgens nicht zum Frühstück. Als wir sie holen wollten, war ihr Bett leer. Darauf lag ein Zettel.« Helga begann zu weinen, und Helmut ließ wieder seinen Kopf sinken, bis er fast die Tischplatte berührte. »Auf dem Zettel stand«, sagte Helga unter Schluchzern, »Liebe Eltern, nehmt es mir nicht übel, ich habe in euren Sachen spioniert. Ich konnte einfach nicht glauben, dass ich eure Tochter bin. Jetzt weiß ich endlich, dass ich recht hatte. Das erleichtert mich sehr. Es ist natürlich furchtbar, dass meine Mutter mich anscheinend gehasst hat. Ich bin sehr unglücklich. Ich fahre fort. Sucht mich bloß nicht. Wenn ihr mich wirklich finden solltet und ich zurückmuss, geht das nur mit Polizeigewalt oder schlimmsten Prügeln. Dann bringe ich mich um.«

Helga konnte den Brief offenbar auswendig. Lysbeth stellte sich vor, wie oft sie ihn gelesen hatte. Helga kramte in ihrer Schürzentasche und holte ihn hervor. Das Papier war vom vielen Glattstreichen und Berühren schon ganz dünn. Sie faltete ihn auseinander und las ihn noch einmal vor, der Text stimmte wortwörtlich mit dem überein, was sie vorher zitierte hatte.

Lysbeth schwieg. Helga und Helmut richteten ihre Augen auf sie, als hinge nun alles von Lysbeth ab.

Lysbeth hatte das Gefühl, sie müsse kotzen. Wusste das Mädchen jetzt auch, dass Stella die Mutter war? Und dass sie, Lysbeth, die ganze Zeit über gelogen hatte? Wie entsetzlich! »Wann war das?«, fragte sie mit hohler Stimme. Sie hatte den Verdacht, dass die beiden ihr etwas verschwiegen. Und das wurde sogleich bestätigt.

»Vor einer Woche«, sagte Helga.

»Und da habt ihr mir gestern erst ein Telegramm geschickt?«, fragte Lysbeth misstrauisch. Sie konnte förmlich riechen, dass etwas nicht stimmte. Dann begriff sie. »Ihr habt sie gesucht«, sagte sie. »Ihr habt die Polizei eingeschaltet, um sie zurückzuholen.«

Helmut nickte kleinlaut. Helga widersprach: »Wir haben die Polizei nicht wirklich eingeschaltet. Wir kennen den Egon von der Polizei in Laubegast, und er hat uns gesagt, dass er auch nichts tun kann. Er hat gesagt, wir müssen eine richtige Vermisstenanzeige aufgeben, und das nützt auch nichts, weil es so viele Vermisstenanzeigen gibt und kein Hahn danach kräht. Aber er hat gesagt, dass wir zum Gasthof gehen sollen und nach dem Studenten fragen. Das haben wir getan. Es war ganz einfach. Sie hatten sogar seine Adresse.«

Helga und Helmut hatten sich einen eigenen Reim auf Angelas Verschwinden gemacht. Angela hatte bestimmt von der Post aus ihren Freund informiert, und er hatte sie in der Nacht abgeholt. Er sei immer mit einem Auto gekommen, hatten die Wirtsleute gesagt.

Sie tun so, als wäre Angela nicht über die Lügen ihrer Geburt verletzt und erschüttert, dachte Lysbeth erstaunt. Sie haben es völlig ausgeblendet! Sie haben eine dumme jugendliche Liebesgeschichte daraus gemacht.

Helmut und Helga waren also nach Berlin gefahren und hatten die Adresse aufgesucht. Eine lange Straße mit hohen Häusern und Hinterhöfen. Im Hinterhof wohnte der Freund, Robert Schneider. Es ging sehr lebhaft zu in diesem Hinterhof, und Helga und Helmut hatten sehr fremd dagestanden. Es war schönes Winterwetter gewesen, drei Tage war das her. Rund um sie herum schauten die Menschen aus den Fenstern, hängten Wäsche auf die Leine oder unterhielten sich miteinander. Die Kinder spielten Fußball oder Murmeln. Überall standen Fahrräder, und sie konnten sich gar nicht vorstellen, wie jemand hier wohnen konnte, der mit einem Auto durch die Gegend fuhr. Sie beratschlagten, was sie tun sollten, denn Angelas Drohung, sie würde sich umbringen, hemmte sie gewaltig.

»Na gut«, sagte Helmut, »zu guter Letzt haben wir natürlich getan, was unsere Pflicht war. Wir konnten es doch nicht zulassen, dass dieser Schuft sie ausnutzt und ihr womöglich ein Kind andreht und sie dann sitzen lässt.«

»Sie sollte sich nur nicht umbringen«, sagte Helga, ein Bild des Jammers. »Wir wollten ihr sagen, dass sie immer zu uns zurückkommen kann, was auch geschieht.«

Sie hatten sich bei den Leuten an den Fenstern erkundigt, wo der Robert Schneider zu finden sei, und ihnen war lauthals von allen Seiten der Weg gewiesen worden. Als sie schließlich vor der Tür standen, an der »Schneider« stand, öffnete sich diese, noch bevor sie geklopft hatten, und ein riesiger Kerl im Unterhemd stand vor ihnen. »Es war entsetzlich«, bekannte Helmut, »das war ein Gorilla. Der hätte mich mit einer Hand zerdrückt, wenn ich ihm Prügel angedroht hätte.«

»Und die Vorstellung, dass der mit unserer Angela ...« Helga errötete.

»Und dann sagte er, der Robert Schneider wäre schon vor einiger Zeit ausgezogen, er hätte nur keine Lust gehabt, das Schild auszutauschen, und außerdem wäre es gar nicht so schlimm, dass es da hinge, weil er nämlich Schuster heißt …«

»Sein Lachen war scheußlich«, fiel Helga schnell ein, »wie von einem Ungeheuer. Ich war richtig froh, dass das nicht der Robert Schneider war.«

»Ja, ich auch«, stimmte Helmut zu, »aber der Schuster wusste auch nicht, wo der Schneider abgeblieben war. Vielleicht zu seinen Eltern ins Badische gezogen, sagte er. Er meinte, so etwas gehört zu haben.«

»Danach sind wir nach Hause gefahren und haben dir ein Telegramm geschickt.« In Helgas Augen, die flehend auf Lysbeth gerichtet waren, lag ein einziger Hilfeschrei.

»Was soll ich tun?«, fragte Lysbeth.

Helga und Helmut blickten sie starr an. »Was soll ich tun?«, wiederholte Lysbeth die Frage. Die beiden zuckten unisono mit den Schultern.

»Gut«, sagte Lysbeth entschieden. »Ich verspreche euch, dass ich mich sofort mit euch in Verbindung setze, wenn ich irgendetwas von Angela höre.« Die beiden starrten sie immer noch regungslos an. Lysbeth kniff die Augen zusammen. Was wollten die beiden? Da begriff sie.

»Ich werde euch auch umgehend informieren, falls ich irgendetwas zu Angela geträumt habe. Das verspreche ich.«

Beide verzogen ihr Gesicht zu einem schiefen Grinsen. Das also ist es, dachte Lysbeth erleichtert. Sie erinnerte sich nicht mehr, wann Helga etwas von ihren hellsichtigen Träumen erfahren hatte, aber wahrscheinlich hatte Angela einmal etwas erzählt oder die Tante oder sie selbst.

Bevor sie am nächsten Morgen wieder abfuhr, ließ sie sich noch die Adresse in Berlin geben. »Einfach so«, sagte sie. »Man weiß ja nie.«

Aber natürlich war es nicht einfach so. Sie hatte den Verdacht, dass Helga und Helmut an der Nase herumgeführt worden waren. Sie waren von so vielen gesehen worden. In einem Berliner Hinterhof herrschte ein ausgeprägter Nachbarschaftsgeist. Lysbeth hielt es für möglich, dass das Ganze inszeniertes Theater gewesen war. Denn warum sollte ein Student ins Badische ziehen? Das war sehr unwahrscheinlich. Und Angela hatte auch bestimmt keine Lust, zu den Eltern ihres Freundes zu ziehen. Angela wollte raus aus der Enge. Rein ins Leben. Angela wollte vielleicht mehr noch nach Berlin als zu einem Freund. Lysbeth beschloss, mit Aaron darüber zu sprechen, was man tun könne. Er hatte das Mädchen damals in Laubegast kennengelernt. Er wusste zwar nicht, dass Angela Stellas Tochter war, und das musste Lysbeth ihm auch jetzt nicht erzählen. Es reichte, wenn er wusste, dass das Mädchen ausgerissen war.

Am späten Abend, als sie wieder in Hamburg war, wollte sie aber nichts anderes als ins Bett und in seine Arme. Und am nächsten Tag beschloss sie, ihn mit der ganzen Sache nicht zu behelligen.

In der Familie konnte sie nicht offen über das Problem sprechen, weil außer der Tante und Käthe niemand davon wusste und wissen durfte. Lysbeth und die beiden Frauen hielten unter sechs Augen Kriegsrat, was getan werden sollte. Die Tante war es, die entschied. »Wir schreiben einen Brief an das Mädchen. Mit der Adresse von Robert Schneider. Wir schreiben ihr, dass wir sie lieben und ihren Entschluss respektieren und immer für sie da sind. Punkt. Sie ist achtzehn Jahre alt. Als ich achtzehn war, habe ich mir von niemandem etwas sagen lassen, und wahrscheinlich kommt das Kind nach mir.« Sie erntete, wie beabsichtigt, einhelliges Gelächter. Schnell wieder ernst, sagte Käthe: »Das ist schlau. Wenn Robert Schneider da nicht mehr wohnt, bekommen wir den Brief zurück. Eine kleine Information. Und ihr meint wirklich, wir sollten nicht noch einmal hinfahren?«

»Wir?«, fragte die Tante spöttisch. »Wer denn?«

»Am besten wäre ich«, sagte Käthe. »Mich kennen sie nicht. Mir würden sie wahrscheinlich die Tür aufmachen.« Lysbeth nickte. Aber dann entschied sie. »Keiner von uns fährt hin. Warum auch? Ich habe Helga und Helmut mein Wort gegeben, dass ich sie informiere, falls ich irgendwas erfahre. Und ich bin zu dem Schluss gekommen, dass ich ihnen auf keinen Fall Angelas Versteck verraten will. Ich will aber auch nicht mein Wort brechen. Also lassen wir alles, wie es ist. Und wenn Angela weiß, dass sie jederzeit zu uns kommen kann, ist das das Wichtigste.«

So geschah es. Lysbeth schrieb einen Brief, und die Tante setzte einen Gruß darunter. Der Brief wurde abgeschickt und kam nicht zurück. Es kam aber auch keine Antwort.

Und bald trat die ganze Angelegenheit in den Hintergrund.

33

*N*ach dem Winter war es unübersehbar: Der schwarze Freitag hatte alles verändert. Selbst Jonny Maukesch, der sich darin gefiel, die Potenz der deutschen Reedereien zu loben, bekam kalte Füße. Ungeduldig wartete er darauf, endlich ein Schiff zugeteilt zu bekommen. Er fieberte danach, wieder der Regent eines abgeschlossenen, übersichtlichen kleinen Reiches zu sein. Aber auch die Schifffahrtunternehmen lagen wirtschaftlich danieder.

Im März 1930 gaben in Hamburg die *Hamburg-Amerikanische Paketfahrt-Actien-Gesellschaft* (*Hapag*) und der *Norddeutsche Lloyd* mit Sitz in Bremen ihren Zusammenschluss zu einer Arbeits- und Interessengemeinschaft Hapag-Lloyd-Union bekannt. Es wurde verlautbart, dass die beteiligten Firmen dafür jeweils ein Kapital in Höhe von einhundertsechzig Millionen aufbrachten. Jonny war schon Wochen vorher unruhig gewesen, weil in Schifffahrtskreisen gemunkelt wurde, dass es nicht zum Besten in der Branche stände. Sein Stiefvater, der für die *Hapag* zur See gefahren war, war aus dem Kapitänsdienst entlassen worden und arbeitete neuerdings im Büro für Wilhelm Cuno, den Chef der *Hapag*. Sein Posten war zwar nicht ohne Einfluss, aber es war ihm deutlich anzumerken, dass er mit seinen fünfundsechzig Jahren Angst davor hatte, aufs Abstellgleis geschoben zu werden. Edith, nicht jünger als er, merkte man weder das Alter noch irgendwelche Ängste davor an. Nach wie vor führte sie ein großes Haus, wo die nach wie vor mächtigen Militärs und Kaufleute zusammenkamen. Auf diesen Feiern wurde offen darüber gesprochen, dass die Republik abgewirtschaftet hatte und dass es nun an der Zeit sei, die Monarchie wiederherzustellen. Diese Meinung vertrat auch, wie konnte es anders sein, General von Lettow-Vorbeck. Er beteiligte sich eine Weile interessiert am Schmieden von Plänen, wie Kaiser Wilhelm zurückgeholt werden könnte. Dieses Ziel gaben allerdings nach kurzer Zeit alle auf, die ihren Verstand noch einigermaßen beisammen hatten. Jonny hatte von Anfang an argumentiert, dass ein Kaiser, der sich in Krisenzeiten nach Holland zurückziehe und hauptsächlich daran interessiert sei, im Ruhestand auch eine Pension zu erhalten, nicht die Führungsgestalt sei, die den deutschen Karren aus dem Dreck ziehen könne. Viele hofften auf die Hohenzollern. Alle waren sich einig: Man brauchte eine Lichtgestalt, einen

Hoffnungsträger, der dem deutschen Volk eine glanzvolle Zukunft bei Abschaffung demokratischer Rechte und Sozialleistungen schmackhaft machen könnte. Edith war eine begeisterte Anhängerin Hindenburgs. Sie verkündete lauthals, dass dieser es schon richten und das Steuer herumreißen würde. Sie war eine der Ersten, die sich nicht genierte zu sagen, dass man auch die Nationalsozialisten benutzen könne, um endlich die Republik abzuschaffen, die doch, »seien wir mal ehrlich, meine Herren, uns allen schon immer ein Dorn im Auge war«. Es gab nur wenige unter ihren Gästen, die nicht etwas indigniert auf die elegante Frau im Abendkleid blickten, die offenbar nicht davor zurückschreckte, sich mit Rowdys und ungehobeltem Pack zusammenzutun. Nein, davon hielten sie nichts. Es ging doch gerade darum, wieder unter sich zu sein, wenn die deutschen Geschicke gelenkt wurden, und sich nicht mit irgendwelchen politischen Emporkömmlingen und Querköpfen abgeben zu müssen.

Nachdem die *Hapag* und der *Norddeutsche Lloyd* sich in einem Vertrag auf fünfzig Jahre verbunden hatten, feierte Edith diesen Zusammenschluss mit einem Abendessen, zu dem sie nur zehn ihrer exklusivsten Freunde eingeladen hatte. »Die Konkurrenz der beiden Großreedereien im Bereich der gesamten Überseeschifffahrt ist doch im Grunde immer schon sehr ungünstig gewesen«, sagte sie. »Auch zwei schöne Frauen sollten sich doch lieber zusammenschließen, als ihre Kräfte zu vergeuden, indem sie sich gegenseitig bekämpfen, um sich bei den Männern auszustechen.« Sie warf Stella einen bedeutungsvollen Blick zu. Stella war wie versteinert und brachte nicht einmal ein Anstandslächeln zuwege. Sie kannte keine Frau, die von einer solchen Gier besessen war, die Schönste und Begehrteste zu sein, wie Edith. Sie kannte keine Frau, aus deren Mund die Worte vom Zusammenschluss schöner Frauen lächerlicher klangen. Es war allerdings auch egal, denn Edith bemerkte Stellas Starre gar nicht.

Stella saß zwischen dem fast tauben Major a. D. von Baum und dem jungen Pastor Niedwig, an dem Edith einen Narren gefressen hatte. Stella war bei jeder dieser Zusammenkünfte dabei, weil Jonny darauf bestand, Feste und Familientreffen nicht ohne seine Frau zu besuchen. Stella langweilte sich entsetzlich, und die Farce der glücklichen Ehe ödete sie an, aber sie wusste genau, dass sie keine Chance hatte. Sie saß in der Falle.

Auch die Familie Wolkenrath hatte Probleme. Die Firma *Wolkenrath und Söhne* hatte sich nicht wieder erholt, nachdem Dritter alle Rücklagen für den vermeintlich großen Coup verschleudert hatte. Lysbeth hatte den letzten Rest des Geldes, das von ihrer Scheidung übrig geblieben war, in die Praxis gesteckt. Die monatliche Apanage von Maximilian von Schnell war in den letzten zwei Jahren radikal geschrumpft. Maximilian hatte wieder geheiratet, und er war als offizieller Juniorchef in die Firma eingetreten. Der Prokurist war in Rente gegangen, und sie hatten keinem weiteren Angestellten Prokura erteilt. Nach Auskunft der Familie von Schnell erhielt Maximilian die Hälfte des Betrages, der bis dahin monatlich an Lysbeth überwiesen worden war. Sie hatten auch eine Gehaltsbescheinigung beigelegt. Nach dem verhängnisvollen Börsenkrach in Amerika hatten die von Schnells Lysbeths Apanage noch einmal halbiert. Nun belief sie sich auf einhundert Mark im Monat, ein Betrag, der im Vergleich zum Gehalt von Maximilians ehemaliger Geliebter ein geradezu luxuriöses Leben ermöglichte, Lysbeth aber nur erlaubte, Käthe im Monat fünfzig Mark für Miete zu geben. Die Praxis warf bisher nur so viel Geld ab, dass die Miete und sämtliche Unkosten bezahlt werden konnten. Käthe akzeptierte von jedem der Bewohner in der Kippingstraße nur ein geringes Haushaltsgeld. Davon kaufte sie Lebensmittel und kochte für alle. Die Tante, die sich inzwischen vollkommen in der Küche im Souterrain eingerichtet hatte, gab das Geld, das sie für die Vermietung ihres Häuschens in Laubegast erhielt, direkt an Käthe weiter, aber auch das war nun einmal verschwindend wenig. Die Firma *Wolkenrath und Söhne* verschlang mehr, als sie einbrachte. Es war jedoch unvorstellbar, dass die drei Männer wie die übrigen Millionen Arbeitslosen zu Hause herumlungerten oder sich mit der hoffnungslosen Meute der Arbeitsuchenden in den Arbeitsämtern einfanden. Auch die Windhunde verschlangen Geld für Tierarzt, Fressen, Windhundverein. Eckhardt betonte, dass sie bald Preise bekämen und sie dann die gezüchteten Tiere für viel Geld würden verkaufen können. Aber das lag in ungewisser Zukunft. Käthe und die Tante vollbrachten täglich Kunststücke, um die ganze Familie zu ernähren und bei Laune zu halten. Der Einzige, der für Sicherheit sorgte, war Jonny mit seinem monatlichen Gehalt. Er bezahlte zweihundert Mark Miete für die obere Etage und noch einmal zweihundert Mark für alle übrigen Unkosten, ob er nun auf See war oder nicht.

Stella erhielt – postlagernd – regelmäßig sehnsüchtige Briefe von Anthony. Er war bereit, für ihre Scheidung zu bezahlen. Er wollte sie heiraten, wollte für sie sorgen, wollte sie lieben, wollte sie – mit Haut und Haar. Aber sie konnte seinen Beteuerungen nicht trauen. Er war Schriftsteller. Dichter. Das waren brotlose Gesellen, die nicht imstande waren, eine so hungrige Familie wie die Wolkenraths zu ernähren. Denn im Grunde lief es darauf hinaus: Jonny ernährte die Familie. Stella liebte ihre Familie. Also begleitete sie Jonny als spritzige, kluge schöne Ehefrau, vertrieb ihre müßige Langeweile, indem sie sich mit den Windhunden anfreundete, lernte, sie zu dressieren, und hoffte, dass Jonny bald wieder in See stechen würde, damit sie endlich nach London zu Anthony fahren konnte.

Je länger sie allerdings dieses Leben an der Seite von Jonny Maukesch führte, desto häufiger wurde sie von Resignation heimgesucht. Anthony war ein junger, attraktiver Mann, wie lange sollte er allein leben, nur getröstet durch die Hoffnung, Stella irgendwann wiederzusehen? Nein, sie wusste es wohl, das Ganze war eine Frage der Zeit. Früher oder später würde Anthony ihr seine Heirat mit einer Engländerin mitteilen.

Noch allerdings erhielt sie täglich leidenschaftliche Briefe, in denen er ihr von seiner Sehnsucht schrieb und ausführlich in Worten malte, was er in Gedanken mit ihr trieb. Oder er beschrieb witzig die Londoner Gesellschaft der Künstler und Hungerleider. Sie liebte seine Briefe. Es war ein täglicher Lichtblick in ihrem Leben, das sich Grau in Grau anfühlte. Was sie nicht tat, war, sich mit Kokain zu belügen, obwohl es neuerdings sogar in so angesehenen Kreisen wie dem um Edith gang und gäbe war zu koksen. Manchmal trank sie zu viel Alkohol. Kokain verbot sie sich bei ihrer Liebe zu Anthony.

Jonnys Laune verschlechterte sich mit jedem Tag, den er vergeblich darauf wartete, ein Schiff zugeteilt zu bekommen. Die Lage von *Hapag* und *Norddeutschem Lloyd* hatte sich durch die Union nicht verbessert. Beide Reedereien mussten den Betrieb stark reduzieren.

Wenige Tage später lud Edith wieder einmal zu einer großen Feier mit über fünfzig Gästen ein. Der neue Schnelldampfer *Europa* des *Norddeutschen Lloyd* war nach seiner ersten Atlantiküberquerung in vier Tagen, sechzehn Stunden und achtundvierzig Minuten in New York eingetroffen. Damit errang das Schiff das »Blaue Band« für die schnellste Atlantiküberquerung zwischen Bishop's Rock, Scilly-Inseln und dem Ambrose-Leuchtschiff vor New York. Trotz schlechter Wetterlage machte die bei *Blohm & Voss* in Hamburg gebaute *Europa* eine beeindruckend hohe Durchschnittsgeschwindigkeit von 27,91 Knoten. Auf diesem Fest herrschte eine ausgelassene Stimmung. Es würde nicht mehr lange dauern, so der einhellige Tenor der anwesenden Männer, und in Deutschland würde es wieder aufwärtsgehen. Die Sozialdemokraten hatten abgewirtschaftet, die Republik hatte abgewirtschaftet, bald würde man dem ganzen Spuk den Garaus machen, klang es aus vielen Kehlen. Es war Stella unheimlich, wie siegesgewiss die Gäste bei Edith davon sprachen, dass man endlich wieder zu den alten Verhältnissen zurückkehren müsse. Ohne ein Blatt vor den Mund zu nehmen, wurden Strategien entwickelt. Die Frauen wurden wie üblich behandelt, als verstünden sie gar nichts. Selbst wenn sie zuhörten, was selten der Fall war, weil außer Edith sich keine der anwesenden Damen für Politik interessierte. Stella interessierte sich allerdings auch nicht für die Themen, über die die Frauen sprachen, sie langweilte sich gehörig auf diesen Festen. Seit einiger Zeit wurde sie auch nicht mehr gebeten, Klavier zu spielen und zu singen, denn Jonny gefielen ihre neuen Lieder nicht. »Tucholsky ist ein Vaterlandsverräter«, hatte er geschimpft. Edith hatte es noch nie besonders geschätzt, wenn Stella sich hervortat. Also setzte sie sich neuerdings still neben ihren Mann und sperrte die Ohren auf.

Was sie hörte, machte ihr Angst. Sie war nicht besonders gut informiert über die politische Lage in Deutschland, hatte sich noch nie brennend für Politik interessiert, auch wenn ihr Vater, der Geselle Fritz, gestorben war, als er die Republik verteidigte. Doch um zu verstehen, worüber die Männer hier sprachen, brauchte es nicht viel politischen Verstand.

Nach dieser Feier erzählte Stella ihrer Mutter, was sie gehört hatte. »Sie planen einen Umsturz. Sie wollen die Gewerkschaften auflösen, die Sozialleistungen abschaffen und die Monarchie wiederherstellen. Es soll werden wie vor dem Krieg!« Käthe erblasste. Sie bedeutete Stella, darüber zu schweigen, besonders Jonny sollte nicht wissen, dass Stella durchaus verstand, was in diesen Kreisen gesprochen wurde. »Sie müssen nicht wissen, dass du kein Dummchen bist«, ordnete Käthe kurz an und verabredete mit Stella, dass die Frauen der Familie sich am Montagvormittag zusammensetzen sollten, wenn die Männer arbeiteten. Lysbeth würde dann nicht dabei sein, aber sie wollte auch Lydia bitten zu kommen. Was sich da zusammenbraute, musste ernsthaft besprochen werden.

So geschah es. Lydia hatte, wie mit Käthe verabredet, ihre Tochter nicht informiert. Cynthia war keine vertrauenswürdige Gesprächspartnerin, wenn es darum ging, hinter dem Rücken der Männer über Politik zu debattieren. Die Frauen setzten sich um den großen Holztisch in der Küche, wo die trächtige Hündin bald ihre Jungen werfen sollte. Es roch nach Hund und nach Kohl, weil in der letzten Zeit oft Kohlsuppen gekocht worden waren. Es war nicht besonders hell in dem Raum, nur wenig fahles Märzlicht fiel durch die kleinen Fenster. Und doch umgab die Frauen eine heimelige Behaglichkeit. Sie hatten das Feuer im Herd entzündet und Kaffeebohnen gemahlen, und der Duft nach Kaffee und warmem Apfelkuchen verdrängte bald alle anderen Gerüche. Stella erzählte, was sie am Samstag bei Edith, aber auch davor schon auf Festen und Veranstaltungen gehört hatte. Die Tante schnalzte mit der Zunge durch die Lücke des vorderen Schneidezahns, den sie seit kurzem verloren hatte. »Hm, hm …«, murmelte sie.

Käthe sprach geradewegs Lydia an: »Du hast einen klugen Mann, der dich ja wirklich vor dem Ruin gerettet hat, weil er … ich weiß nicht, entweder hatte er Beziehungen oder einen sehr guten Riecher. Ich wüsste gern, wie er die Lage jetzt einschätzt.«

Lydia lachte kurz auf. »Du veranstaltest ein Damenkränzchen und interessierst dich nur für die Meinung meines Mannes?«

Käthe errötete. Stella wollte gerade auffahren. Sie konnte es nicht ertragen, wenn irgendjemand ihre Schwester oder ihre Mutter in Verlegenheit brachte. Aber da sagte die Tante schon: »Lydia hat recht. Und natürlich hat nicht Lydias Mann sie gerettet, sondern ihr eigener Riecher, sich dem Richtigen anzuvertrauen.«

»So ist es«, stimmte Lydia knapp zu. »Es gab genügend Kerle, die alle möglichen angeblichen Wahrheiten von sich gegeben haben, die ich befolgen sollte. Mein Instinkt war mein bester Ratgeber. Jetzt allerdings brauche ich nicht einmal meinen Instinkt zu fragen. Es ist doch ganz eindeutig: Die Reichswehr besteht aus alten Militärs, die den Krieg nachträglich immer noch gewinnen wollen. Überall sitzen noch die Leute von Bismarck und Kaiser Wilhelm, das sind die alten Beamten, die alte Justiz …« Sie warf Stella einen funkelnden Blick zu. »… die alten Kapitäne.«

»Sie haben Rosa Luxemburg und Karl Liebknecht umgebracht«, bemerkte Käthe leise. »Sie haben die Räterepublik getötet.«

»Ja«, sagte die Tante in ihrer resoluten, handfesten Art. »Aber der Kapp-Putsch hat nicht geklappt.«

Käthe fuhr sie an, was sonst gar nicht ihre Art war: »Halb und halb kann man nur sagen. Sie haben den Generalstreik niedergeschlagen, und Kapp und Konsorten haben zwar nicht gesiegt, aber sämtliche Militärs, die den Putsch angezettelt haben, sind geblieben.«

Die Tante legte ihre Hand auf Käthes, die kurz wie erschreckt zusammenzuckte. Jede am Tisch wusste, dass in Käthe der alte Schmerz über Fritz' Tod aufwallte. Keine der Frauen verübelte Käthe ihre Vehemenz.

»Ich mache mir viel größere Sorgen wegen der Nazis«, sagte die Tante nachdenklich. »Ich glaube nicht, dass sie den alten Kaiser Wilhelm wiederkriegen. Hindenburg ist ein alter Knochen, ein General, der einen Stock verschluckt hat, der reißt die jungen Männer, die arbeitslos an den Ecken herumlungern, und die jungen Frauen, deren Kinder hungern, nicht zu Begeisterungsstürmen hin. Aber die Nazis …«

»Tante«, erhob Stella Einspruch. »Das ist ein versprengter Haufen. Bei der letzten Wahl haben sie mal gerade … ich weiß nicht mehr, waren es drei Prozent bekommen … vor denen müssen wir nun wirklich keine Angst haben.« Sie kicherte. »Das sind Kurze wie Johann, die ihren …«, sie räusperte sich bedeutungsvoll, »… irgendwie verlängern wollen.«

Doch die drei anderen Frauen am Tisch lachten nicht.

Lydia berichtete von Antonias Briefen aus Berlin, in denen immer wieder von Übergriffen der SA auf kommunistische Versammlungen, auf jüdische Geschäfte, ja, auch jüdische Privatleute die Rede war. Antonia hatte Angst um ihre Tochter, die mit einem jüdischen Schauspieler verheiratet war, der immer wieder Drohbriefe erhielt. »Juda verrecke!«, stand dort. »Wir kriegen euch alle!«

»Das sind doch Verrückte«, sagte Stella.

»Ja, es sind Verrückte«, stimmte Käthe zu. »Aber, Stella, dein Großvater hat 1914 auch gesagt: ›Der Krieg ist verrückt!‹ Das hat nichts geändert.«

»Und wir mussten aufpassen, dass er seine Meinung von wegen verrückt nicht zu laut von sich gab«, sagte die Tante, halb belustigt, halb resigniert.

»Diesen Großvater hätte ich gerne kennengelernt«, sagte Lydia.

Schon verloren sich die Frauen in der Erinnerung an den alten Meister Volpert. Immer neue Anekdoten fielen ihnen ein. Käthe erzählte, wie ihr Vater sich damals im Jahr 1889, als sie Alexander kennengelernt hatte, auf einer Feier bei den Eltern seines Lehrlings betrunken hatte.

Sofort waren sie bei Käthes Heimlichkeiten, dem Versteck der Goldtaler im Brautkleid ihrer Mutter. Und dann waren sie bei Käthes Mutter angelangt, der für ihre Zeit ungewöhnlich klugen Frau, die viel zu früh gestorben war.

Die vier Frauen vergaßen die Zeit, bis sie oben die Haustür zuschlagen hörten. Sie sahen einander irritiert an. Es ist zu früh für Jonny, dachte Stella. Es ist zu früh für Alexander, dachte Käthe. Und Dritter kam sowieso meistens erst gegen Mitternacht nach Hause.

Da öffnete sich schon die Tür, und Eckhardt marschierte in die Küche, rechts und links begleitet von seinen Hunden. Die Hündin sah eigenartig aus. Schmal und fast zerbrechlich auf ihren dünnen Beinen, aber der Bauch wölbte sich zu beiden Seiten hervor, als hätte sie eine Geschwulst.

»Was macht ihr denn hier?«, fragte Eckhardt befremdet, zugleich wirkte er aber irgendwie selbst wie ertappt. Er ließ seinen Blick über die Gesellschaft am Tisch gleiten. »Damenkränzchen«, bemerkte er spöttisch. Die Frauen begrüßten ihn, und seine Mutter fragte, ob er ein Stück Apfelkuchen wolle. Eckhardt behielt einen misstrauischen Blick. »Wo ist Cynthia?«, fragte er endlich, als wäre ihm jetzt erst aufgefallen, dass seine Verlobte fehlte. Stella brach in Lachen aus. »Das hast du aber erst spät gemerkt«, sagte sie fröhlich. »Vielleicht fällt dir auch auf, dass deine andere Schwester fehlt, wir sind also nicht vollzählig.«

Käthe lächelte. Das sollte ausreichen als Erklärung, dachte sie. Mehr benötigt der junge Mann nicht.

Eckhardt gab den Hunden zu fressen, verspeiste selbst drei Stück Apfelkuchen und machte sich dann auf den Weg, um mit den Hunden spazieren zu gehen.

So endete das Gespräch der Frauen. Sie mussten das Mittagessen für die Männer vorbereiten. »Der Klönschnack ist vorbei«, bemerkte die Tante bedauernd. »Warum machen wir das nicht jeden Montagvormittag?«, fragte Lydia. »Ich glaube, es kommen turbulente Zeiten auf uns zu, da ist es gut, wenn wir zusammenrücken.«

So war es beschlossene Sache. Am nächsten Montag wieder.

34

Kurz darauf, am 27. März 1930, brach das Kabinett des sozialdemokratischen Reichskanzlers Hermann Müller auseinander. Wie immer, wenn nur auf einen Anlass gewartet wird, weil eigentlich alles schon feststeht, lieferte den Grund eine scheinbar läppische Streitfrage: der kabinettsinterne Kampf um die von der SPD geforderte nochmalige Erhöhung der Beitragssätze zur Arbeitslosenversicherung um ein halbes Prozent. Alexander las am Abend aus der *Frankfurter Zeitung* vor, die ein Kunde bei ihm vergessen hatte: »Hat die Sozialdemokratie bedacht, was für unsere ganze innenpolitische Entwicklung, was daraus für die Zukunft der Demokratie in Deutschland alles erwachsen kann?«

Jonny schnaubte ein spöttisches Lachen durch die Nase. »Hat die Sozialdemokratie jemals etwas bedacht?«

Alexander überhörte den Einwurf und las weiter vor. »Hilferding meinte kopfschüttelnd: ›Um dreißig Pfennig lassen sie die deutsche Republik zum Teufel gehen!‹«

In diesem Augenblick trat Johann ins Zimmer. Er trug seine SA-Uniform, braunes Hemd, braune Hose und die gleiche Frisur wie Hitler. Wie immer, wenn Käthe ihren jüngsten Sohn ansah, bekam sie ängstliche Augen. Als Johann nun mit lauter Stimme verkündete: »Die deutsche Republik ist schon lange beim Teufel, da ist sie ja hergekommen«, holte Käthe Luft, und es zuckte in ihrer Hand, als wollte sie ihn schlagen, aber dann sackte sie in sich zusammen und schwieg für den Rest des Abends. Auch Alexander, die Tante, Stella und Eckhardt, die noch mit am Tisch saßen, schwiegen, während sich Johann und Jonny ein erbittertes Wortgefecht lieferten, wer die zukünftigen deutschen Führer sein sollten. Dass die Sozialdemokraten abgewirtschaftet hatten, freute beide. Johann aber verachtete ebenso die alten Männer, die den »Junkerstaat«, wie er es nannte, wiederherstellen wollten. »Wir brauchen frisches Blut in Deutschland«, tönte er. »Wir brauchen Kraft und Mut und Kampfgeist.« Jonny schleuderte ihm voller Verachtung entgegen, dass Hitler und seine NSDAP ein einflussloses Grüppchen sei, das aus arbeitslosen Proleten bestände, ohne Bildung und Kultur. Johann hob das Kinn und blickte Jonny aus zusammengekniffenen Augen an, aus denen der nackte Hass sprach. Jeder am Tisch wusste, dass Johann unter seiner Arbeitslosigkeit litt, aber mehr noch darunter, dass er im roten

Arbeiterviertel in Altona lebte wie der letzte Prolet, während seine Familie in der Kippingstraße Schönheit und Glanz ausstrahlte. Seine Frau, zehn Jahre jünger als Stella, sah zehn Jahre älter aus als diese, auch als Lysbeth, die es mit ihrer spröden Autorität als Einzige in der Familie fertigbrachte, Johann in seine Schranken zu verweisen. Bei Johann zu Hause hungerten alle, besonders aber Sophie, die den jeweils Kleinsten stillte und ihren Kindern die Bissen gab, die sie sich vom Munde absparte. Der Hauptgrund, warum Johann sich seit einiger Zeit mehr und mehr in der Kippingstraße einfand, war, dass er hier satt wurde. Und Käthe gab ihm immer noch etwas zu essen mit, das ihn bei seinen Kindern zur Lichtgestalt werden ließ, sobald er in der feuchten, kalten Wohnung in Altona durch die Tür trat.

Der neue Reichskanzler, der Hermann Müller schon drei Tage später ablöste, hieß Dr. Heinrich Brünig. Er war ein bis dahin der Öffentlichkeit kaum bekannter, ziemlich farbloser, im Parlament still und fleißig arbeitender, christlicher Gewerkschafter und Zentrumspolitiker.

Beim Abendessen ließ Jonny sie stolz an seinem Hintergrundwissen teilhaben, dass Generalmajor Kurt von Schleicher diesen Kanzler »erfunden« hatte.

Jonny hatte stets Vorsicht an den Tag gelegt, seine politischen Machenschaften wirklich offenzulegen. Er hatte Arbeitern Waffen untergeschoben und sie dann auffliegen lassen, jahrelang hatte er einen Spitzel aus eigener Tasche bezahlt, um zu wissen, was in Matrosenkreisen gesprochen wurde, er hatte mit anderen Hamburger Geschäftsleuten eine »Untergrundregierung« gegen die Roten gebildet, und er hatte sich zwar im privaten Kreis für all das gerühmt, jedoch immer unter dem Siegel der Verschwiegenheit. Es ging um geheime Tätigkeiten, daran ließ er keinen Zweifel. Jetzt aber trompetete er geradezu heraus, was er über Schleichers und Hindenburgs Pläne mit Brüning wusste. Schleicher war Jonnys Mann. 1913, als damals einunddreißigjähriger Berufsoffizier zum Großen Generalstab kommandiert, hatte Schleicher während des Weltkriegs bei der Obersten Heeresleitung Verwendung gefunden und war zunehmend mit politischen Aufgaben betraut worden. 1918 hatte er sich für den sofortigen Aufbau der Freikorps und ihren rücksichtslosen Einsatz gegen die sozialistische Arbeiterschaft eingesetzt. Nachdem Generalfeldmarschall von Hindenburg Reichspräsident geworden war, wurde der 1926 zum Oberst und 1929 zum Generalmajor und Chef des Ministeramts avancierte Schleicher immer mehr zum Verbindungsmann zwischen der Reichswehrführung und dem Reichspräsidenten von Hindenburg, dem einstigen Chef der Obersten Heeresleitung.

Jonny war es völlig klar, und er verkündete es auch als selbstverständliche Tatsache: Der neue Reichskanzler Dr. Brüning verstand seine Stellung nicht als die eines dem gewählten Parlament gegenüber verantwortlichen Regierungschefs, sondern als die eines einfachen Hauptmanns gegenüber seinem höchsten Vorgesetzten, dem Feldmarschall-Reichspräsidenten von Hindenburg. Dementsprechend schlug Brüning Paul von Hindenburg ein Kabinett vor, in dem der deutschnationale Reichslandbund-Präsident Martin Schiele und der konservative Kapitänleutnant a. D. Gottfried Reinhold Treviranus den Ton angaben.

Diese Regierung, die Brüning ein »Kabinett der Frontsoldaten« nannte, sah ihre Aufgabe darin, die »nationale Rechte« und nach Möglichkeit auch die rechtsextremen Kampfverbände in den Staat einzubauen, gestützt auf die Reichswehr und die diktatorischen Vollmachten des Reichspräsidenten.

»Das Kabinett ist gebildet mit dem Zweck, die nach allgemeiner Auffassung für das Reich notwendigen Aufgaben in kürzester Frist zu lösen. Es wird der letzte Versuch sein, die Lösung mit diesem Reichstag durchzuführen«, erklärte der neue Kanzler am 1. April in seiner Antrittsrede, und er vergaß auch nicht zu erwähnen, dass er während der Novemberrevolution 1918 als beinahe einziger Offizier der kaiserlichen Armee mit der Waffe in der Hand gegen die roten Meuterer gekämpft hatte.

»Das sollte ja wohl kein Aprilscherz sein«, meinte Dritter am Abend dieses Tages, als die ganze Familie ums Radio versammelt saß und sich die Wiederholung der Antrittsrede Brünings anhörte. Sogar Lysbeth und Aaron waren dabei. Sie sahen erschöpft aus, die Kranken wurden täglich mehr, das Geld allerdings, das sie verdienten, täglich weniger. »Was für eine Unverschämtheit«, empörte sich Johann. »Als ob nicht genug andere sich den Roten entgegengestellt haben!«

Jonny aber sagte von oben herab: »Du hast keinen Humor. Diese Bemerkung soll doch die Sozis provozieren.«

»Und bietet der äußersten Rechten an, gemeinsam gegen die SPD Front zu machen«, konterte die Tante.

»Aber sie sind doch auf die SPD-Stimmen angewiesen, wenn sie eine Mehrheit im Reichstag haben wollen.« Aaron schüttelte verwirrt den Kopf.

»Der Kanzler hat dem Parlament ja schon zu verstehen gegeben, dass er es nur so lange zu dulden bereit ist, wie es sich gefügig zeigt.« In Käthes Stimme lag Wut. »Das Ganze ist doch eine Farce.«

»Stimmt«, bekräftigte höhnisch Johann. »Eure Republik ist eine einzige Lüge.«

»Stimmt«, sagte nun auch Jonny, mit einem leisen überheblichen Lächeln. »Aber hinter jeder Lüge liegt eine Wahrheit verborgen.«

Stella starrte ihn überrascht an. Eine scharfe Bemerkung über Lügner lag ihr auf den Lippen. Da bemerkte Lysbeth, mit einem ebenso feinen überheblichen Lächeln: »Oh, Jonny, es ist doch immer wieder eine Freude zu erleben, wie feinsinnig psychologisch du die Politik erklärst.« Ihr Lächeln blieb, und sie blickte ihm gerade in die Augen. Jonny stutzte, runzelte die Augenbrauen, kniff die Augen skeptisch zusammen. Aber keiner am Tisch lachte. Da schwieg Jonny.

Die erste Kraftprobe fand schon vierzehn Tage nach Brünings Regierungsantritt statt: Brüning legte dem Reichstag ein mit kräftigen Steuererhöhungen gekoppeltes Schutzzoll-Programm vor und brachte damit zunächst die Deutschnationalen in schwere Bedrängnis. Im »Reichsausschuss gegen den Young-Plan« waren sie mit den Nazis verbündet. Die aber standen in heftiger Opposition zur neuen Regierung und stimmten gegen die Vorlage. Hugenberg, Führer der Deutschnationalen, und die deutschnationale Presse rieten zu gemeinsamem Stimmen mit den Verbündeten. Andererseits hatte einer der ihren, der deutschnationale Reichslandbund-Führer Schiele, den Schutzzoll-Teil des Regierungsprogramms zu verantworten.

Auch die Zentrumsfraktion war gespalten. Brünings Parteifreund Schlack rief von der Reichstagstribüne: »Dies ist die reaktionärste Regierung seit der Revolution!« Er und einige christliche Gewerkschafter stimmten gegen die Gesetzesvorlage, wogegen die Deutschnationalen mehrheitlich dafür stimmten und dabei versicherten, sie würden es Brüning schon noch heimzahlen, aber erst später.

Im Hause Wolkenrath schlugen die Wogen dementsprechend hoch. Johann spie Hass und Spott auf die Regierung Brüning, die für ihn nichts weiter als ein Erfüllungsgehilfe des abgehalfterten Adels und der Fettsäcke in der Industrie war, die die Arbeiterschaft auspressten. Jonny dagegen pries die raffinierte Strategie der Regierung, die es einzig darauf absah, den Reichstag aufzulösen und die Republik abzuschaffen.

Eckhardt sagte als Einziger in der Familie keinen Ton zu dem ganzen politischen Gerangel. Er beschäftigte sich inbrünstig mit der Buchhaltung der Firma und mit den Hunden, vor allem der Hündin, die in einer Woche werfen sollte. Er war in großen Nöten. Er wusste, dass Askan hinter Brüning und Schleicher stand. Der gesamte Landadel hatte Hindenburg zum 80. Geburtstag im Jahr 1927 ein wertvolles Geschenk gemacht. Unter Führung des erzkonservativen Multimillionärs Elard von Oldenburg-Januschau, Mitglied der deutschnationalen Reichstagsfraktion, hatten die Großagrarier Pommerns und Ostpreußens unter sich und bei der Schwerindustrie einen Millionenbetrag gesammelt und ihrem zum Staatsoberhaupt gewählten Standesgenossen zu dessen Jubelfest das ostpreußische Schloss und Rittergut Neudeck geschenkt, das der Stammsitz derer von Beneckendorff und von Hindenburg war. Seitdem gehörte Hindenburg zu den ostelbischen Großgrundbesitzern.

Askan verfocht radikal die Interessen seines Hofes und seiner Familie, auf die er sehr stolz war, besonders seit der Geburt seines Sohnes Eduard. Askan hatte sich einen zarten Oberlippenbart stehen lassen und sah damit noch eleganter und adliger aus. Er ging auf die vierzig zu, war aber immer noch schlank und ohne den geringsten Anflug von Glatze. Eckhardt, der um die Hüften herum rundlich geworden war und seit Jahren schon unter der großen runden kahlen Stelle auf seinem Kopf litt, betete Askans Schönheit an wie die eines Gottes. Er wäre ihm überallhin gefolgt, auch in die Anhängerschaft der Monarchisten. Aber ein Rest von klarem Verstand war ihm geblieben. Wenn in Deutschland die Republik zerschlagen wurde, wäre er Askan auf Gedeih und Verderb ausgeliefert.

Die Einzigen, die sich kritisch gegen den Paragraphen 175 äußerten, waren die Linken. Die Einzigen, die öffentlich mit Homosexualität sympathisierten, waren linke Künstler. Diese Gruppen waren bisher seine stille Hoffnung gewesen für den Fall, dass Askan ihn vor aller Welt fallenlassen würde. Ein Junker, der einen Kriegsversehrten wegen Homosexualität an den Pranger stellte, wäre nicht ohne linken Protest geblieben. Aber wenn die Republik abgeschafft war?

Eckhardt verbrachte schlaflose Nächte, weil er aus Träumen aufwachte, in denen er von Askan persönlich denunziert wurde und alle ihn anspuckten und demütigten, so wie einst bei den Pfadfindern. Damals hatte sein Vater ihn gerettet, doch in Eckhardts Träumen wandte auch der sich enttäuscht von ihm ab und verschwand einfach, während Eckhardt geteert und gefedert wurde.

Aaron hatte sich nie um Politik gekümmert. Ihn verwirrten die Vorgänge und die Diskussionen. Vor allem verstand er die Feindschaft zwischen Jonny und Johann nicht, und fragte ein ums andere Mal anschließend im Bett: »Lysbeth, sie sind doch beide gegen die Republik, warum hassen sie sich so?«

»Weil beide die Macht wollen«, wiederholte Lysbeth immer wieder. »Freu dich, dass sie sich bekriegen. Wenn die sich verbünden, gnade uns Gott!«

Nicht nur Eckhardt schreckte nachts aus schrecklichen Träumen hoch. Auch Lysbeth wachte fast jede Nacht von ihrem eigenen Schrei auf. Wie früher als kleines Mädchen konnte sie sich kaum beruhigen, weinte und schluchzte, aber im Gegensatz zu früher konnte sie ihre Träume nicht klar erinnern. Aaron nahm sie allnächtlich in den Arm, streichelte und tröstete sie. Aber auf seine Frage, was sie denn bloß Schreckliches geträumt habe, konnte sie keine Antwort geben. Sie wusste nur, dass es grauenhaft gewesen war.

Sosehr Jonny und Johann einander verachteten, feixten doch beide über das Abwarten der SPD. Bereits Mitte April konnte Brüning erklären, dass die erste Schlacht gewonnen sei.

Die Tante saß oft vor dem Radio, sie las täglich Zeitungen, und sie sprach mit Käthe über ihre Befürchtungen. Am Familientisch hingegen lauschte sie aufmerksam mit schrägem Kopf und sagte nur selten etwas.

Als Stella sie darauf ansprach, entgegnete die Tante: »Mein Kind, ich spare meine Kraft für wirklich Wichtiges. Ich werde keinen der Männer von ihrer Meinung abbringen, aber ich will verstehen, was sie im Schilde führen. Es gibt eine wichtige Frage, die du dir immer stellen solltest, wenn du etwas in der Politik verstehen willst, und die lautet: Wem nützt es?«

Aber als Johann gegen Hindenburg wetterte, konnte die Tante sich ein zustimmendes Lachen und bekräftigendes Kopfnicken nicht verkneifen. »Paul von Hindenburg …« Johann spuckte den Namen geradezu in den Raum. »… frisst von goldenen Tellern, an dem nagt kein Zweifel, dass er ein Junker ist und davon seinen Vorteil haben muss.«

Käthe erinnerte daran, dass Ebert monatelang von der gesamten Rechtspresse mit Verleumdungen überschüttet worden war, weil er einmal von Geschäftsleuten einen Frühstückskorb ins Haus geschickt bekommen hatte. »Er hat ihn außerdem postwendend an die Absender zurückgesandt«, fügte Alexander hinzu, was ihm einen erstaunten Blick seiner Frau einbrachte. Sie wurde aus ihm nicht schlau. Es war eindeutig, dass er nicht auf der Seite von Jonny stand. Er wollte den alten Kaiser Wilhelm auf keinen Fall wiederhaben. Die Nazis fand er degoutant, und er schämte sich für seinen Sohn Johann. Aber auch für die Sozialdemokraten hatte er kritische Worte übrig.

Johann sagte schneidend: »Hindenburg wusste, als er sein Millionengeschenk annahm, dass die Spender dafür Gegenleistungen erwarteten. Seitdem tut er alles, um die Gutsherren noch fetter zu machen, als sie schon sind.«

An diesem Abend war auch Lydia zu Gast. Empört fügte sie hinzu: »Wisst ihr, dass mit dem Geschenk sogar eine Steuerhinterziehung verbunden war?«

Alle am Tisch wandten ihr neugierig das Gesicht zu. Jonny erhob Einspruch. »Von Steuerhinterziehung kann wohl kaum die Rede sein!«

»Ach«, sagte Lydia schnippisch, »dann interessiert mich doch brennend, wie du das nennst. Neudeck ist pro forma auf den Namen von Hindenburgs Sohn ins Grundbuch eingetragen worden. Und alle Welt weiß, dass Elard von Oldenburg-Januschau, Hindenburgs neuer Gutsnachbar, das veranlasst hat, damit der Staat später keine Erbschaftssteuer kassieren kann.«

»Das sind Unterstellungen«, rief Jonny empört aus. »Hindenburg war achtzig, als ihm das Geschenk gemacht wurde, da ist es doch nur verständlich, wenn so ein großer Besitz gleich auf den Namen seines Sohnes eingetragen wird.«

»Zumindest sagst du nicht, dass es das Geschenk gar nicht gegeben hat«, schmunzelte Alexander, was ihm abermals einen erstaunten Blick von Käthe einbrachte.

»So ist es doch nicht erstaunlich, dass Hindenburg als nunmehriger Rittergutsbesitzer großes Verständnis für die Sorgen der ostelbischen und insbesondere der ostpreußischen Landwirtschaft hat«, höhnte Johann. »Er befahl doch seinem gehorsamen Kanzler, Hauptmann Brüning …«, und er zählte auf, als läse er eine lange Liste vor: »… die Aufnahme des Reichslandbund-Präsidenten Schiele ins Kabinett. Hohe Schutzzölle für die Landwirtschaft und ein erweitertes Subventionsprogramm, maßgeschneidert für die großen Rittergüter der östlichen Grenzprovinzen: die sogenannte Osthilfe.«

»Klar«, stimmte Alexander zu. »Brüning führt nur aus, was Hindenburg ihm befiehlt. Er würde auch die Leibeigenschaft wieder einführen.«

Johann genoss es sichtlich, endlich in dieser Familie nicht mehr allein dazustehen. Lydia, Lysbeth und Aaron stimmten ihm vehement zu, als er gegen die Kopfsteuer wetterte, die allgemein »Negersteuer« genannt wurde. Außer Jonny waren alle einer Meinung: Die Einführung der Kopfsteuer, die die Regierung »Bürgersteuer« nannte, sechs Reichsmark jährlich für Unverheiratete, neun Reichsmark für jedes Ehepaar, traf nur die Ärmsten. Für die Reichen bedeutete sie den Gegenwert von hundert oder hundertfünfzig der von ihnen bevorzugten, sehr exklusiven Sechs-Pfennig-Zigaretten. Für ein Dienstmädchen, einen Rentner oder für Heimarbeiterfamilien bedeuteten fünfzig oder fünfundsiebzig Pfennig weniger im Monat eine spürbare Einschränkung. Denn Dienstmädchen erhielten im Frühjahr 1930 durchschnittlich weniger als zwanzig Mark Monatslohn, für Hunderttausende von Rentnern, Heimarbeitern und andere sozial Schwache waren fünfundsiebzig Pfennig etwa so viel, wie sie am Tag für Essen und Trinken ausgeben konnten. Käthe war zwar mit den anderen einer Meinung, was die Kopfsteuer betraf, dennoch fühlte sie sich unwohl, mit einem Mal an der Seite ihres Sohnes Johann gegen die Regierung Brüning zu stehen. Sie beobachtete die Tante, die auch kaum einen Ton von sich gegeben hatte. Die warf ihr kurz einen Blick zu und zwinkerte mit dem rechten Auge. Käthe lächelte. Sie hatten sich verstanden.

Im Juni fanden sich Käthe, ihre Töchter und die Tante bei wundervollem klaren Wetter an der Alster ein, um die Ankunft des Luftschiffs *Graf Zeppelin* in Hamburg mitzuerleben. Er sollte auf dem Flughafen Fuhlsbüttel landen, aber in die Menschenmenge dort wollte sich die Tante nicht begeben. So zogen sie also einen kleinen hölzernen Handwagen hinter sich her, in dem sie eine Wolldecke und alles andere verstaut hatten, was sie für ein Picknick brauchten. Sie breiteten die Decke am Ufer nahe der Lombardsbrücke aus und genossen den Blick auf die Alster, wo gemächlich die Dampfer vorbeituckerten, der Hamburger Busverkehr auf dem Wasser. Um die Alster herum war es wie bei einem Volksfest. Nicht nur die Wolkenrath-Frauen hatten sich für ein Picknick gerüstet, die Familien lagen dicht an dicht. Kinder spielten mit dem Ball, hüpften mit einem Springseil, das von zwei Mädchen gehalten wurde und in das von der Seite eines nach dem anderen hineinlief, einige Male sprang und dann wieder herausrannte. Stella konnte nicht an sich halten und näherte sich einer solchen Gruppe von Mädchen. »Darf ich mitmachen?«, fragte sie, und erhielt ein gekichertes Ja. Die Mädchen staunten, wie gut die »Tante« mit dem Seil zurechtkam. Schwer atmend und mit roten Wangen kehrte Stella zu ihrer Familie zurück.

Der *Graf Zeppelin* war wohl das bekannteste Luftschiff der Welt. Überall in Hamburg hatten sich viele Zuschauer versammelt, um den »Giganten der Lüfte« aus der Nähe zu bewundern. Der Name erinnerte an Ferdinand Graf von Zeppelin, der 1900 den ersten Zeppelin gebaut hatte. 1908 hatte er die Firma *Luftschiffbau Zeppelin GmbH* in Friedrichshafen gegründet, wo auch der LZ 127, das bisher größte Luftschiff der Werft, gebaut worden war. Der 1928 fertiggestellte *Graf Zeppelin* galt vielen als eine Art nationaler Errungenschaft. Er hatte einen Gasinhalt von hundertfünftausend Kubikmetern, eine Motorhöchstleistung von zweitausendsechshundertfünfzig Pferdestärken und eine Länge von zweihundertsiebenunddreißig Metern. Die mittlere Geschwindigkeit lag bei hundertzehn Stundenkilometern. Großes Aufsehen hatte die erste Atlantiküberquerung des LZ 127 im Oktober 1928 erregt, bei der das zigarrenförmige Fahrzeug in einen heftigen Gewittersturm geraten war. Trotz einiger Schäden, die die Manövrierfähigkeit des Luftschiffes einschränkten, gelang dem Piloten Hugo Eckener eine sichere Weiterfahrt und Landung im Zielhafen Lakehurst, USA. Damit hatte Eckener, der seit dem Tod Zeppelins im Jahr 1917 das Werk führte, demonstriert, dass Zeppeline, die sich gegen die zunehmende Konkurrenz der Flugzeuge behaupten mussten, in der Lage waren, Passagiere schnell, sicher und bequem in die USA zu bringen.

Als der Zeppelin über der Alster auftauchte, brandete begeistertes Händeklatschen und lauter Jubel rund um den See auf. Die zwanzig Passagiere, die in der Gondel Platz hatten, schauten nach unten, und man konnte ihnen ansehen, wie stolz sie angesichts dieses Empfangs waren.

Der Zeppelin entschwand Richtung Fuhlsbüttel und wurde zu einer winzigen Zigarre. Da packten die Wolkenrath-Frauen den Rhabarberkuchen und die Thermoskanne mit dem Kaffee aus. »Kinder«, sagte die Tante, nachdem sie die Leckereien genossen hatten, »ich bin froh, dass wir hier jetzt mal zusammensitzen, ohne dass jederzeit einer der Männer reinkommen kann. Manchmal habe ich das Gefühl, das Haus hat Ohren.«

»Tante, dein Rhabarberkuchen ist einfach göttlich«, schwärmte Stella mit vollem Mund. »Und ich glaube, du hast wie immer recht, unser Haus hat Ohren. Ich glaube, dass Jonny mich irgendwie bespitzelt. Er traut mir nicht.«

»Zu Recht, oder?« Lysbeth lächelte ihre Schwester so an, dass es keinen Zweifel daran gab, wie sehr sie ihr vertraute.

»Keiner traut keinem«, sagte Käthe traurig. »Was ist nur aus uns geworden?«

»Wieso?«, fuhr Stella auf. »Ich trau dir, ich trau der Tante, Lysbeth sowieso, ich trau auch meinen Brüdern und Lydia und …«, sie kicherte, »… und den Hunden, alle wie sie da sind, trau ich sowieso. So treuen Augen muss man trauen.«

Käthe stimmte in das Lachen der Frauen ein, aber es war ihr anzusehen, dass sie dem Frieden im Hause Wolkenrath nicht traute. Seit die Hündin ihre Welpen geworfen hatte, gab es eine Art Erweichung des Umgangs miteinander. Oft, wenn alle zusammensaßen, hatte jeder einen Welpen auf dem Arm, den er streichelte. Es hatte sich schnell herausgestellt, dass jedes Familienmitglied einen anderen Liebling hatte, und es war vorauszusehen, dass der Abschiedsschmerz groß sein würde, wenn die kleinen Tiere in zwei Wochen aus dem Haus gehen würden. Sie hatten alle verkauft, Eckhardt war von großem Stolz erfüllt. Nur einen Rüden wollte er behalten. So konnte er zwei Zuchtrüden verleihen, was auch noch einmal Geld brachte.

»Bitte, Kinder, lasst uns einmal nicht über Hunde reden«, forderte die Tante. »Das ist neuerdings unser Hauptgesprächsthema, aber ich habe ein anderes Anliegen!«

Die drei Frauen sahen sie aufmerksam an.

»Schieß los«, sagte Stella. »Ich bin bereit.«

Die Tante lächelte liebevoll. Auch Käthe und Lysbeth sahen Stella mit dem gleichen gerührten Ausdruck an. Stella war eine erwachsene Frau von über dreißig, aber sie sah so jung und geradezu kindlich aus, dass man einfach vergaß, wie alt sie und wie schwierig ihre Lage war. Sie hatte ein hellrotes Tuch durch ihre dunkelroten Locken gebunden und trug ein Kleid aus dem gleichen Stoff wie das Tuch. Es war zwar ein braves Hemdblusenkleid, am Hals ein Kragen und durchgeknöpft, mit schmaler Taille und weitem Rock, aber Stella wirkte darin wie ein gegen alle Konventionen aufbegehrendes junges Mädchen. Die Tante strich ihr zart über die Wange. »Meine Kleine, du bist sehr tapfer«, sagte sie. Sie blickte Käthe und Lysbeth streng an. »Erstens will ich mit euch über Stella sprechen.« Lysbeth nickte und öffnete den Mund, um etwas zu sagen, aber die Tante hob die Hand und gebot ihr Einhalt. »Zweitens: Ich möchte wissen, was du in der letzten Zeit träumst.« Sie wandte sich Käthe zu. »Und ich will drittens darüber sprechen, was wir tun können, um die arme Sophie zu unterstützen. Wenn das so weitergeht, ist sie nämlich bald tot.« Käthe zuckte zusammen. Lysbeth und Stella verzogen skeptisch ihre Gesichter. »Ja, ja«, bekräftigte die Tante. »Und eins könnt ihr mir glauben: Wenn die sechs Blagen zu uns kommen, gehe ich nach Laubegast zurück.«

Sie hatte das zwar trocken verkündet, aber man sah ihr an, dass sie sich wirklich Sorgen um Johanns Frau machte, die nach der Geburt ihres fünften Kindes, die erst vier Monate zurücklag, schon wieder schwanger war.

»Man sollte ihn operieren lassen«, sagte Stella, eine Auffassung, die sie auch ihrem Bruder gegenüber schon kundgetan hatte, als er der Familie die Geburt seines fünften Kindes mitteilte. »Am besten ist, man nimmt ihm alles da unten ab, dann kann er vielleicht auch endlich die Krakeelerei auf der Straße lassen.«

Die Frauen kicherten einvernehmlich, auch Käthe, die aber einen sehr besorgten Gesichtsausdruck beibehielt.

»Gut«, sagte sie ernst, als das Kichern abgeebbt war. »Du hast drei Themen genannt, mit welchem willst du beginnen?«

»Mit mir«, verkündete Stella und funkelte einmal rundum, dass man meinte, die Alster müsste es widerspiegeln. »Also, meine liebe Tante, rück mit der Sprache raus! Womit bereite ich dir Sorgen ?«

Lysbeth schlug die Augen nieder, als schäme sie sich für ihre Gedanken. Käthe betrachtete Stella skeptisch. Die Tante aber kam sofort zur Sache. »Kein Mensch mit Augen im Kopf kann übersehen, dass du deinen Mann … nun, sagen wir, nicht gerade über die Maßen … begeisternd … findest.«

Stella brach in lautes Lachen aus. Es klang allerdings nicht wirklich fröhlich. »Begeisternd?«, japste sie. »Du hast wirklich recht, ich finde ihn alles andere als begeisternd, um die Wahrheit zu sagen, ich finde ihn … was ist das Gegenteil von begeisternd? Anödend? Ja, du hast wirklich recht: Ich finde ihn nicht begeisternd.« Sie richtete sich hoch auf und holte tief Luft. »Ich bin nicht begeistert davon, Jonnys Frau zu sein.« Man merkte ihr an, dass es ihr nicht leichtfiel, so ehrlich zu sein. Lysbeth seufzte erleichtert. Und auch Käthe wirkte, als würde sie Stellas Ehrlichkeit freuen.

»Aber du bist von Anthony begeistert«, sagte die Tante vorsichtig. »Und du wärst begeistert davon, seine Frau zu sein.«

Stella schwieg. Die drei Frauen sahen sie mit einem Blick an, der sagte: Schweig und denk. Wir warten. Was du dann auch sagst, werden wir akzeptieren.

Von Stella war jede Kindlichkeit gewichen. Sie wirkte jetzt wie eine Frau, die es gewohnt war, einsame Entscheidungen zu fällen. Die drei wussten allerdings, dass Stella nicht die Frau war, die sich mit Jammertiraden aufhielt, wenn sie eine Entscheidung getroffen hatte, die sich als nicht »begeisternd« herausstellte. Stella hatte früh gelernt zu reiten. Und so war sie bis heute. Eine Reiterin. Sie setzte sich aufs Pferd und trieb es in eine Richtung, die sie selbst bestimmte. Sie bestimmte die Geschwindigkeit, und sie hielt die Zügel, wenn das Pferd ausbrechen wollte. Sie fiel vom Pferd und verletzte sich auch. Aber sie rappelte sich wieder auf die Füße und schwang sich erneut aufs Pferd. Und selbst wenn sie die Richtung nicht genau kannte, blieb sie diejenige, die oben saß. Da war keine Zeit für Jammerei. Sie tat, was getan werden musste, und sie zahlte den Preis, der gezahlt werden musste.

So blickte sie auch sehr erstaunt auf, als die Tante sagte: »Liebst du Anthony?«

Käthe und Lysbeth legten eine Dringlichkeit in ihren Blick, der Stella peinlich war. Sie guckte kurz hoch, dann zum Boden. »Was denkt ihr denn?«, brach es schließlich aus ihr hervor. »Dass ich es mit jedem Beliebigen treibe?«

Die Tante sagte mit einem verhaltenen Schmunzeln: »Das würde ich dir auch nicht verübeln. Aber so ist es ja wohl nicht. Es ist ja eher so, dass du mit einem Mann verheiratet bist, den du nicht begeisternd findest, und von einem Mann begeistert bist, der aber in London lebt. Das kommt mir mit meinem geringen Erfahrungsschatz, was Männer betrifft, nicht erfüllend vor.«

Käthe nickte zustimmend. Sie wusste, wovon die Tante sprach.

Allein Lysbeth wirkte kühl und distanziert, als sie sagte: »Jonny ist Kapitän, bei ihm verkehrt der Hamburger Geldadel, er hat nie Geldprobleme, ich finde, er macht Stella sehr wertvolle Geschenke ... zu Weihnachten und zum Geburtstag.« Ihre kalten Augen zeigten, was sie von alldem hielt. Aaron machte ihr fast jeden Tag ein Geschenk, seit sie ein Liebespaar waren. Kleine Geschenke, die meist nichts kosteten, wie eine am Wegesrand gepflückte Blume oder ein Schälchen Erdbeeren oder eine Liebeserklärung auf einem Zettelchen, den er ihr aufs Kopfkissen legte. Bei Aaron verkehrten abgesehen von seinen Patienten kaum Menschen, weil er am Abend zu müde war, um Freundschaften zu pflegen. Manchmal gingen sie zu Feiern von anderen Ärzten, die Aaron von irgendwoher kannte und die ebenso verarmt waren wie er. Eines zumindest war vollkommen sicher: Der Hamburger Geldadel würde nie bei Aaron verkehren, auch nicht in seiner Praxis. Lysbeth hatte mit Maximilian kennengelernt, was Stella mit Jonny erfuhr: Ein goldener Rahmen, in dem unter prächtigen Teppichen Lüge, Verrat, kurzum menschliche Ärmlichkeit lag. Bei den von Schnells waren so dicke Haufen unter den Teppich gekehrt worden, dass man die Balance verlor, wenn man darüberging.

Stella sah ihre Schwester hilflos an. Lysbeths Kälte tat ihr weh. »Du meinst, dass ich mich oberflächlich an dem schicken Leben mit Jonny festklammere?«, fragte sie mit zittriger Stimme.

Käthe war bleich geworden. Die Tante schaute noch besorgter als zuvor. Lysbeth musterte die drei Frauen der Reihe nach, und es war ihr anzumerken, dass sie in der Praxis gelernt hatte, genau hinzuschauen, eine möglichst klare Diagnose zu treffen und dann präzise zu handeln. Sie drückte sich nicht, sie kehrte nichts unter den Teppich.

»Ich glaube, du stehst damit nicht allein da«, sagte sie nach längerem Überlegen. »Wir alle leben in einem schönen Rahmen. Unser Haus ist wirklich schön. Die Nachbarschaft ist nett. Vater und die Brüder können gefahrlos bankrottgehen, wir haben zu essen. Und wer sichert uns den ganzen Kram? Dein Jonny!«

Das hatte anklagender geklungen, als sie beabsichtigt hatte. Schnell korrigierte sie sich. »Ich finde dich nicht oberflächlich und euch auch nicht«, sagte sie in die Richtung ihrer Mutter und Tante. »Aber vielleicht bin ich selbst in dieser Hinsicht ein wenig oberflächlich geworden.« Sie schluckte. »Ich weiß gar nicht, was aus Aaron und mir würde, wenn wir nicht mehr in der Kippingstraße wohnen könnten.«

»Nun macht mal halblang«, widersprach Käthe. »Soviel ich weiß, hat niemand von Stella verlangt, mit einem ungeliebten Mann zusammenzubleiben, damit wir in der Kippingstraße wohnen können. Das Haus gehört mir, es ist bezahlt, und es steht gar nicht zur Debatte, dass wir jemals dort ausziehen müssen.« Sie wandte sich mit Entschiedenheit an Lysbeth: »Meinetwegen kann Stella sich scheiden lassen. Aber das ist ja nun mal nicht immer so einfach, wie es bei dir war. Ich glaube nicht, dass er sich einverstanden erklären würde. Jonny weiß, was er an Stella … was er an dem Rahmen hat. Stella würde einen langen Kampf führen müssen, vor Gericht sehr schmutzige Wäsche waschen und Beweise erbringen für das, was Jonny ihr Schlimmes angetan hat. Ich fürchte, das ist nicht so einfach.«

Stella nickte bedrückt. »Ihr glaubt doch nicht, dass ich über all das nicht schon lang und breit nachgedacht habe. Jonny will sich nicht scheiden lassen, und ich kann ihm nichts nachweisen. Er hingegen könnte mich sofort abservieren, wenn er wollte. Zeugen für mein wenig vorbildliches Verhalten würde er schon zusammenkriegen.« Sie lachte bitter. »Ich bin sicher, dass er insgeheim sammelt. Geheimdienst liegt ihm.«

»Eins ist mir wichtig, Stella«, sagte Käthe und legte ihre Hand auf Stellas Fäuste, die sie in ihrem Schoß geballt hatte. »Du musst nicht mit ihm zusammenbleiben, damit er die Miete zahlt. Für so etwas finden sich Wege. Darauf kannst du dich verlassen.«

Stella lächelte traurig. »Um die Wahrheit zu gestehen, ich habe wirklich geglaubt, ihr bräuchtet Jonnys Geld. Aber vielleicht habe ich mich auch nur vor der Einsicht gedrückt, dass ich gar keine Chance gegen ihn habe. Er würde nicht mal ausziehen. Meine einzige Chance wäre, heimlich nach London zu gehen und dort unterzutauchen.« Sie lachte freudlos. »Dann hättet ihr Jonny an der Backe. Und er würde euch das Leben zur Hölle machen, darauf könnt ihr euch verlassen.«

»Auch damit kämen wir zurecht«, entgegnete Käthe.

»Aber ich käme nur schwer damit zurecht, dass du fort wärst«, murmelte Lysbeth. »Du könntest ja nie mehr kommen.«

Die Tante schüttelte ihren Kopf, als hätte sie im Hals eine Sprungfeder. Sie sagte nichts, schüttelte nur ihren Kopf.

Es gab auch nichts mehr zu sagen, diese Erkenntnis stahl sich in die Köpfe der vier Frauen, die da an der Alster auf der Picknickdecke saßen und völlig vergessen hatten, warum sie dorthin gekommen waren.

Als hätte sie Angst, dass das Schweigen sie erdrücken könnte, räusperte Käthe sich und probierte einen Satz. »Also, Stella, wir stehen hinter dir, was du auch tust.« Die Tante und Lysbeth nickten, aber es wirkte wenig überzeugt. Jede der vier Frauen wusste, dass Stella in ein Gefängnis gesperrt war. Ihre einzige Hoffnung konnte sein, dass eine Hamburgerin aus gutem Hause von Jonny ein Kind bekäme. Dann würde er sich scheiden lassen. Hoffentlich.

Vorsichtig tastete Käthe sich an das nächste Thema heran. Sophie. Wie sollten sie helfen? Aber Stellas Ehe ließ alle anderen Schwierigkeiten leicht aussehen. Schnell hatten sich die vier Frauen darauf geeinigt, dass die Tante, Käthe und Stella jeweils einen Vormittag in der Woche Sophie besuchen, ihr mit ihren jeweiligen Möglichkeiten zur Hand gehen und ihr etwas zu essen mitbringen sollten. Lysbeth hatte keine Zeit dafür, war aber bereit, Sophie und ihre Kinder medizinisch zu behandeln, ohne dafür Geld zu nehmen.

Blieben die Träume.

Käthe und Stella konnten nicht mitreden, blickten aber neugierig und im weiteren Verlauf des Gesprächs zunehmend erstaunter auf die Tante und Lysbeth. Die Tante unterzog Lysbeth nämlich einer Art Kreuzverhör, und Lysbeth zierte sich, sträubte sich, blieb unklar, hielt sich im Vagen, ganz entgegen der Art, die sie üblicherweise zeigte.

Sie träume, selbstverständlich, und es seien auch manchmal unangenehme Träume, sicher, wie das bei Träumen so sei, aber sie könne sich nicht erinnern und verstehe auch die Dringlichkeit nicht, mit der die Tante ihr zu Leibe rücke.

Lysbeth wirkte zunehmend zart und zerbrechlich. Immer schon langgliedrig und schmal, hatte sie in den letzten aufregenden Monaten mit leidenschaftlicher Liebe und Arbeit viel zu häufig das Essen vergessen und zu wenig Schlaf gehabt. Sie sah besorgniserregend dünn aus, und unter ihren Augen lagen tiefe Schatten. Käthe war kurz davor, einzugreifen und ihre Tochter vor den Fragen der Tante zu beschützen. Aber irgendetwas an Lysbeths Antworten ließ sie davor zurückscheuen.

Da sagte die Tante: »Lysbeth, du verschweigst etwas. Vielleicht sogar vor dir selbst. Du solltest es sagen. Jetzt. Ich nämlich träume in der letzten Zeit.« Ihre Stimme versagte. Sie räusperte sich. »Ich habe ewig nicht mehr geträumt, oder so wie alle träumen, aber das jetzt ist anders. Und ich will wissen, ob du das Gleiche träumst.«

Lysbeths Augen, die ausweichend in alle Richtungen gehuscht waren, richteten sich jetzt konzentriert auf die Tante. Lysbeths Gesichtsfarbe veränderte sich, auch der Hals und die Arme nahmen eine minimal veränderte Tönung an. In ihre Augen trat wässriger Glanz. »Du träumst von Aaron«, stieß sie hervor, als ginge es über ihre Kraft.

»Stimmt«, bestätigte die Tante. »Und du?«

Lysbeth senkte den Kopf und begann lautlos zu weinen. Käthe und Stella blickten in versteinertem Entsetzen auf Lysbeth.

»Was träumst du?«, fragte sanft die Tante.

»Immer wieder holen sie ihn ab«, schluchzte Lysbeth. »Ich höre sie an die Tür schlagen. Ich höre sie die Treppen hochkommen. Und ich weiß, sie holen ihn ab. Sie nehmen ihn mit. Und er wird nie wiederkommen.« Sie weinte hemmungslos.

»Mein Gott!«, stieß Käthe erschüttert aus. Stella regte sich nicht. Ihre aufgerissenen Augen waren voller Entsetzen.

»Ich träume auch, dass sie kommen und wüten und ihn holen wollen. Aber sie finden ihn nicht«, sagte die Tante. Lysbeth weinte weiter.

»Hast du gehört?«, sagte Käthe streng. »In den Träumen der Tante finden sie ihn nicht.«

Lysbeth hob den Kopf. »Sie finden ihn nicht?«, fragte sie verwirrt. »Aber er ist doch da. Bei mir. Im Bett.«

»In meinen Träumen nicht«, erklärte die Tante. »Aber das macht es nicht weniger gefährlich. Für dich!« Käthe und Stella gaben gleichzeitig ein erschrockenes »Nein!« von sich. Keine lachte. Keine sagte: Wir leben noch ein Jahr zusammen.

In Lysbeths zartes Gesicht stahl sich ein hoffnungsvolles Lächeln. »Sie finden ihn nicht?«, flüsterte sie. »Und das macht es gefährlich für mich?«

»Kinder«, sagte die Tante resolut. »Ich weiß nicht, was los ist. Aber da ist etwas Bedrohliches im Gange.« Sie wandte sich an Lysbeth: »Eure Abtreibungen werden immer gefährlicher, je mächtiger die Rechte wird. Für die ist das Mord, was ihr tut. Auf Mord steht die Todesstrafe.«

Stella zuckte zusammen. In ihren Körper zog Spannung ein. Man sah ihr an, dass sie jeden töten würde, der ihrer Schwester etwas zuleide täte. Und das wäre keine leere Drohung. Stella war imstande zu töten, wenn es um ihre Schwester ging.

Lysbeth lachte leise. »Niemand wird Aaron und mich hindern, weiterzumachen. Ihr müsst nur einen Tag in unsere Praxis kommen, dann würdet ihr mit anpacken. Das Elend ist unermesslich, die Kinder hungern, die Frauen sind ausgelaugt, die Männer keine Männer mehr. Das Einzige, was sie noch haben, um eine winzige Weile glücklich zu sein, ist körperliche Liebe. Aber das Kind ist zu einem qualvollen Hungertod verurteilt, wenn es geboren wird. Keiner kann es ernähren.«

Ihre Mutter, die Tante, ihre Schwester sahen sie an, und in ihren Blicken lag uneingeschränktes Verstehen. Keine wollte Lysbeth von ihrem Weg abbringen. Aber alle hatten sie Angst um sie.

»Also müssen wir weiter träumen«, entschied die Tante, und ihr krächzendes Lachen klang nicht nach Galgenhumor, sondern nach echter Erleichterung. »Aber, mein Kind, von jetzt an erinnerst du dich gefälligst genau an deine Träume. Wir müssen wissen, woher die Gefahr droht. Wir müssen rechtzeitig handeln, damit wir dich und Aaron schützen können.«

»Eines ist schon mal sicherer denn je«, sagte Stella leise. »Solche Gespräche wie hier dürfen wir nicht mehr im Haus führen. Jonny und Johann dürfen auf gar keinen Fall etwas über dich und Aaron wissen. Sie sind beide gefährlich für euch. Und am besten sprechen wir auch nicht vor Vater und den Brüdern über eure Praxis. Dritter verplappert sich, wenn er sich wichtig machen kann oder wenn es irgendwie einen Vorteil bringt. Eckhardt … weiß nicht, lieber nicht ausprobieren. Und Vater brauchen wir damit nicht zu belasten.«

»Du sagst es«, stimmte Käthe zu. »Wir vier müssen sehr vorsichtig sein.«

Damit war es besiegelt. Es war zwar nicht neu, dass die Frauen Geheimnisse vor den Männern hatten, aber dass es so eine eindeutige Verabredung gab, war zum letzten Mal geschehen, als Stella und Lysbeth zur Tante geschickt worden waren, damit Stella heimlich ihr Kind gebären sollte.

Rund um die vier Frauen hatte es sich am Alsterufer geleert. Es war spät geworden. Der Zeppelin war längst in Fuhlsbüttel gelandet. Stella drehte und wendete ihren Kopf. »Ich glaube, ich habe mir ein bisschen den Nacken gezerrt«, sagte sie. »Ich hab einfach zu angestrengt hochgeguckt. Tut euch der Nacken nicht weh?«

Die Tante wiegte probehalber leicht den Kopf hin und her. Sie knurrte missbilligend. Auch sie schien Schmerz zu empfinden.

»Mutter und ich haben auf der Decke gelegen«, erklärte Lysbeth, »du hast gestanden, die Tante gesessen, ihr habt den Kopf in den Nacken gelegt. Ich hab's euch gesagt.«

»Besserwisser, Besserwisser ...«, maulte Stella. Lysbeth kündigte die Behandlung mit ein paar homöopathischen Kügelchen an, die sie zu Hause liegen hatte. Als wäre dies ein Signal, räumten sie ihre Siebensachen zusammen und marschierten, den Holzwagen hinter sich herziehend, nach Hause.

Erst am Abend, als sie im Bett lag und sich das Gespräch noch einmal durch den Kopf gehen ließ, fiel Käthe auf, dass sie gern über Eckhardt gesprochen hätte. Wieder einmal nicht, dachte sie. Irgendwie scheue ich davor zurück. Warum bloß?

Als Alexander sie fragte, wie ihr Ausflug gewesen sei, kam sie sich fast ehebrecherisch vor, als sie nur vom Zeppelin erzählte und alles andere verschwieg. Problemlos hätte sie das Gespräch über Sophie erwähnen können, aber es schien ihr angenehmer, gar nichts zu sagen, als einen Teil herauszupicken. Sie wunderte sich über ihr Gefühl von Schuld Alexander gegenüber. Sie hatte ihm so viel verschwiegen, und nie war es ihr wie Verrat vorgekommen. Irgendwie beruhigte es sie, dass sie sich jetzt schlecht dabei fühlte, ihm wichtige Angelegenheiten vorzuenthalten. Es zeigte, dass sie einander näher waren als jemals zuvor.

35

Bald schon schlugen die Wogen in der Kippingstraße wieder hoch. Der Reichstag lehnte mit den Stimmen der SPD die Kürzung aller Beamtengehälter ab. Da verkündete der Kanzler, dass er »auf die Fortführung der Behandlung der Regierungsvorlage nun keinen Wert mehr« lege. Noch am Abend erließ Hindenburg, gestützt auf seine Vollmachten gemäß Artikel 48 der Weimarer Verfassung, eine Reihe von Notverordnungen, die alle vom Reichstag abgelehnten Gesetze zu geltendem Recht erklärten.

Die Wolkenraths wie der Großteil der deutschen Öffentlichkeit waren entsetzt über diesen Missbrauch des Notverordnungsrechts, das nur in Zeiten höchster Gefahr Anwendung finden sollte. Johann triumphierte über das Chaos, in das sich »das System«, wie er es neuerdings nannte, ritt. Im Reichstag fand sich rasch eine Mehrheit unter Führung der SPD zusammen, die die sofortige Wiederaufhebung der Notverordnungen forderte.

Nach der Reichsverfassung hatten Hindenburg und Brüning diesem Verlangen des Parlaments zu entsprechen, und dies taten sie auch. Die Verordnungen wurden wieder außer Kraft gesetzt, was Johann zu Spotttiraden über die Schlappschwänze um Hindenburg und Brüning hinriss. Aber das Aufatmen, das nun durch die Reihen des Parlaments ging, war verfrüht. Schon wenige Tage später, am 26. Juli 1930, kamen neue Notverordnungen, mit denen zahlreiche Steuern, darunter die von allen Parteien abgelehnte »Negersteuer«, eingeführt wurden, außerdem die vom Reichstag verworfene allgemeine Kürzung der Beamtengehälter, eine Reduzierung der Sozialleistungen sowie weitere Schutz- und Hilfsmaßnahmen für die ostelbische Landwirtschaft. Gleichzeitig wurde der Reichstag aufgelöst.

Bei den Wolkenraths gab es eigenartige Fraktionen. Am feindseligsten standen sich Johann und Jonny gegenüber. Oft mussten Käthe oder Alexander schlichtend eingreifen, indem sie die beiden Kontrahenten daran erinnerten, dass es einige Gemeinsamkeiten zwischen ihren Ansichten gab. Was allerdings zu wütenden Reaktionen auf beiden Seiten führte. Jonny drohte damit, nicht mehr zum Abendessen zu erscheinen, wenn dieser Rowdy da wäre, und Johann verlangte von seiner Familie, zu ihm zu stehen, da Blut doch dicker sei als Wasser. Aber trotz ihrer offenkundigen gegenseitigen Abneigung zog es beide immer wieder zum gemeinsamen Abendessen und zu ihren Streitgesprächen, als wäre es von großer Bedeutung, den anderen wenn schon nicht zu überzeugen, so doch wenigstens ins Abseits zu drängen.

Der Rest der Familie war zunehmend angeödet von den Streitereien. »Das sind Scheingefechte«, sagte die Tante anschließend beim Abwaschen zu Stella und Käthe. »Sie wollen beide das Gleiche, sie wollen die Republik abschaffen. Die wichtige Frage, nämlich, was wir tun können, um die Republik zu verteidigen, bleibt bei unseren Abendessen völlig unberührt.«

So sah es auch Käthe. Die bislang unpolitische Stella suchte neuerdings das Gespräch mit Mutter und Tante, weil auch sie meinte, etwas tun zu müssen. Ihr Hauptantrieb war die Angst um Lysbeth. Sie nahm die Träume der Schwester und der Tante sehr ernst, und sie war bereit, jeden Kampf zu führen, um die Schwester zu beschützen.

Am 14. September sollten Neuwahlen sein. Jonny hoffte mit dem Reichspräsidenten und der Regierung, dass eine Stärkung des Zentrums und der gemäßigten Rechten herauskäme und ein reibungsloser Übergang zur Monarchie möglich würde. Hindenburg wie Brüning, aber auch Reichswehrführung, Kirchen und nationale Verbände wünschten eine baldige Rückkehr der Hohenzollern, und sie fühlten sich stark genug, der Republik den Garaus zu machen.

Lysbeth und Aaron waren beim Abendessen nie dabei. Sie kamen erst viel später nach Hause. Dann saß Alexander oft schon mit Eckardt beim Schachspiel. Jonny und Dritter waren wieder fortgegangen, allerdings in unterschiedliche Richtungen. Dritter traf sich mit irgendwelchen dubiosen Geschäftsfreunden, während Jonny mit hochangesehenen Hamburger Reedern, Kaufleuten und Kapitänen zusammenkam. Käthe, die Tante und Stella erledigten den Abwasch, räumten die Küche auf und versorgten die Hunde. Lysbeth und Aaron aßen belegte Brote in der Küche, wo Käthe und die Tante endlich klare Worte fanden.

»Die irren sich«, sagte die Tante. »Wir haben über drei Millionen Erwerbslose, die Löhne und die Sozialleistungen sinken, die Lebensmittelpreise werden nur durch Schutzzölle künstlich stabil gehalten. Der Winter steht vor der Tür, und er wird das Elend noch vergrößern. Da ist es völlig wirklichkeitsfremd, sich von den Wahlen eine konservative Mehrheit zu erhoffen.« Käthe wiederholte Alexanders Worte, der als Einziger kein Blatt vor den Mund nahm, wenn er sowohl Jonny als auch Johann widersprach. »Die Reichstagsauflösung ist eine höchst überflüssige, törichte und äußerst gefährliche Herausforderung aller Radikalen im Land. Und wir werden uns vor Wanderpredigern und Sektierern der deutschen Innenpolitik nicht retten können.« Auch Stella hatte beim Abendbrot geschwiegen. Aber es war ihr schon zur Gewohnheit geworden, anschließend Mutter und Tante beim Abwasch ihre Fragen zu stellen und ihre Meinung vorsichtig zu formulieren. »Die Sozialdemokraten können die Republik doch nicht retten, wenn sie immer nur stillhalten«, sagte sie nun. »Nein«, stimmte Käthe zu. »Sie haben stillgehalten, als der Krieg entschieden wurde, sie haben stillgehalten, als all die alten Militärs in ihren Ämtern geblieben sind, nachdem sie den Kapp-Putsch verloren hatten.« »Sie haben nicht nur stillgehalten«, sagte Lysbeth schroff. »Sie haben auf Arbeiter geschossen.« Stella erinnerte sich: Es war die sozialdemokratische Regierung gewesen, unter der Fritz, Stellas Vater, umgebracht worden war. Sie beschloss, die Kommunisten zu wählen. Sie sagte das niemandem. Sie hatte schon lange gelernt, Geheimnisse zu bewahren.

Das Wahlergebnis vom 14. September übertraf die schlimmsten Befürchtungen: Zwar blieb die Linke ziemlich stabil, wobei sich der SPD-Anteil am Gesamtergebnis von 28,8 auf 24,5 Prozent verringerte, während der der Kommunisten von 10,6 auf 13,1 Prozent anstieg. Das kann nicht nur meine Stimme gewesen sein, dachte Stella stolz. Es muss noch ein paar mehr geben, die nachdenken.

Die bürgerlichen Republikaner, die nach einem Zusammenschluss der Deutschen Demokratischen Partei mit dem halbfaschistischen Jungdeutschen Orden als Deutsche Staatspartei aufgetreten waren, hatten geringfügige Verluste, ihr Stimmenanteil sank von 4,9 auf 3,8 Prozent. Zentrum und Bayerische Volkspartei kamen sogar mit noch geringeren Einbußen davon, und ihr gemeinsamer Anteil verminderte sich nur von 15,2 auf 14,8 Prozent.

Auf der rechten Seite aber brachte ein politischer Erdrutsch eine völlig neue Konstellation: Die beiden großen bürgerlichen Rechtsparteien verloren rund die Hälfte ihrer Wähler. Der Anteil der Deutschen Volkspartei ging von 8,7 auf 4,5 Prozent zurück, der der Deutschnationalen von 14,2 auf 7 Prozent. Von mehr als einem Dutzend Splitterparteien der gemäßigten bis extremen Rechten, die bei den Reichstagswahlen von 1928 zusammen 15,7 Prozent der Stimmen für sich gewonnen hatten, waren einige auf der Strecke geblieben, fünf hatten sich zu mehr oder weniger ansehnlichen Gruppen entwickelt, davon drei, nämlich die Wirtschaftspartei, die konservative Deutsche Landvolkpartei und der Christlich-soziale Volksdienst zu Fraktionen mit zusammen mehr als sechzig Abgeordneten. Aber die bis dahin unbedeutende Partei, Hitlers NSDAP, zog nun mit hundertsieben Abgeordneten in den neuen Reichstag ein. Ihr Stimmenanteil schnellte von 2,6 Prozent im Jahr 1928 auf 19,2 hoch. Damit wurde die NSDAP die zweitstärkste Partei hinter der SPD, die 32,0 Prozent der Stimmen erhielt. In Hamburg, das machte Johann besonders stolz, hatte jeder fünfte Wähler für die NSDAP gestimmt.

Johann kam an diesem Abend nicht zum Essen in die Kippingstraße. Jonny auch nicht. Er war zu einem Empfang im Hause Woermann eingeladen. Stella begleitete ihn. Man hatte sich auf einen Sieg der bürgerlichen Rechten eingestellt. Man war darauf vorbereitet gewesen, in Deutschland endlich wieder Ordnung herzustellen, eine monarchistische Ordnung, in der die Gewerkschaften endlich wieder in ihre Schranken verwiesen würden. Die Mehrzahl der Gäste zeigte sich vom Erdrutschsieg der Nationalsozialisten überrascht, der Schreck allerdings hielt sich in Grenzen.

Stella, seit kurzem geradezu gierig danach, Politik zu begreifen, und zwar nicht nur im jeweiligen Tagesgeschehen, sondern entsprechend dem Satz der Tante: Du musst immer darauf gucken: Wem nützt es?, sperrte ihre Augen und Ohren auf, um genau mitzukriegen, was diese Leute eigentlich bewegte, die Republik aufheben zu wollen. Sie verstand, dass es nicht so sehr der Kaiser war, den die Männer zurückhaben wollten, im Grunde wollten sie lieber noch Bismarck. Sie wollten all das ausmerzen, was für sie Sand im Getriebe der Durchsetzung ihrer Interessen war: Jede Möglichkeit für die Arbeiter, Macht auszuüben. Gewerkschaften, Streiks, soziale Errungenschaften, all das war den Gästen dieses Abends ein Dorn im Auge. Aber ist es nicht genau das, was die Nazis auch wollen?, überlegte Stella. Warum nur hassen sie einander so? Sie nahm sich vor, die Mutter und die Tante zu fragen.

Im Laufe des Abends allerdings stellte sie fest, dass durchaus nicht alle Gäste im gleichen Ausmaß unglücklich über den Erfolg der NSDAP waren wie die Mehrheit. Es fielen zwar böse Worte über das rechtsextreme Grüppchen, das nun über Nacht zur zweitstärksten Partei im Reich geworden war. Vor allem aber verübelte man der NSDAP, dass ihr der ersehnte Sturm auf die roten Bastionen eindeutig misslungen war. Sie hatte nicht den Linken, sondern den »Freunden« aus dem nationalen und gemäßigt rechten Lager die Stimmen entzogen. Die Gäste im Hause Woermann wussten, dass damit Brünings Innenpolitik gescheitert war. Das Wahlergebnis ließ keine Koalitionsmöglichkeit erkennen, wie er es sich erträumt hatte. Die Nazis und Deutschnationalen hatten vorher schon verlautbaren lassen, dass sie jede Zusammenarbeit mit dem »System« ablehnten. Die bürgerliche Mitte war so geschwächt aus der Wahl hervorgegangen, dass sie allein keine Mehrheit im Reichstag bilden konnte. Nun war aber den meisten Gästen durchaus bewusst, dass der Begriff »bürgerliche Mitte« auf sie nicht zutraf. Sie wollten die Republik stürzen. Und sie würden es auch gemeinsam mit den Nazis tun, wenn diese nicht so degoutante Rowdys wären. Die Damen im Abendkleid, die Herren im Frack rümpften die Nase über die unkultivierten Proleten, die sich in der SA zusammengefunden hatten, die Theater stürmten und sich auf der politischen Bühne ungehobelt benahmen.

Stella dämmerte, warum Johann und Jonny einander bekriegten. Beide wollten zwar die Herrschaft, die alleinige Macht. Jonny aber wollte die Macht für diejenigen, die vor dem Krieg schon die Herren gewesen waren, Johann wollte sie für die Knechte. Beide wollten den Sieg, der durch den Krieg nicht erreicht worden war. Beide hassten die Roten. Jonny hasste Johann nicht, er verachtete ihn. Johann hasste Jonny nicht, er fühlte sich minderwertig und krakeelte herum, um sich endlich stark zu fühlen.

Am Tag der Reichstagseröffnung wurde Stella in ihrer Theorie bestätigt. Es war der 13. Oktober. Johann kam am Morgen schon in die Kippingstraße und sagte mit einem verschwörerischen Augenzwinkern zu seinen Brüdern: »Ihr müsst heute Radio hören. Heute zeigen wir Deutschland, wer wir sind.«

»Ihr?«, höhnte Jonny. »Ihr seid ein versprengter Haufen von dummen Jungs, die Krieg spielen, weil sie 1914 zu jung waren und danach die Hose voll hatten und nicht mehr an die Front gekommen sind.«

Johann baute sich vor Jonny auf und hob die Fäuste. Jonny warf ihm einen überheblichen Blick aus seinen blitzend blauen Augen zu. Johann schluckte. »Wir ziehen heute mit einhundertsieben Abgeordneten in den Reichstag ein«, sagte er gepresst. »Du wirst schon sehen.«

Bevor Jonny etwas sagen konnte, stapfte Johann zur Tür, drehte sich dort um, schlug klackend die Hacken seiner Stiefel zusammen, riss den Arm in die Höhe, sodass er von der Schulter bis zu den Fingerspitzen eine Linie bildete und schrie: »Heil Hitler!«

Dritter brach in lautes Lachen aus. Die Tante rief hinter Johann her: »Mein Junge, hör auf mit dem albernen Kram!« Aber Johann hörte sie nicht mehr. Die Haustür krachte hinter ihm zu, dass die Scheibe zitterte. Die Familie, die bis auf Lysbeth und Aaron vereint am Tisch saß, bestätigte sich gegenseitig darin, dass es nun wirklich an der Zeit war, Johann und die übrigen jungen Männer von der SA zur Ordnung zu rufen.

Die Aufforderung, am Radio die Ereignisse des Tages zu verfolgen, vergaßen sie. So waren Lysbeth und Aaron die Ersten, die von aufgeregten Patienten hörten, was geschehen war.

Die NSDAP hatte eine kleine Kostprobe dessen geliefert, was man von ihrer »Machtergreifung« erwarten durfte: Mit dem Ruf »Deutschland erwache, Juda verrecke!« zogen die einhundertsieben Abgeordneten der Hitler-Partei in den Plenarsaal ein und entledigten sich ihrer Jacketts, sodass die darunter getragenen – von der preußischen Regierung verbotenen – braunen Uniformhemden, Koppel und Schulterriemen sichtbar wurden. Am meisten erschütterte Lysbeth jedoch, dass gleichzeitig SA-Trupps im ganzen Berliner Westen die Schaufensterscheiben derjenigen Geschäfte und Warenhäuser einschlugen, von denen sie annahmen, dass sie in jüdischem Besitz seien. Dabei verprügelten sie Passanten und Verkäufer, die an den Zerstörungen und den sie begleitenden Plünderungen Anstoß nahmen, und misshandelten einige Leute, die sie für Juden hielten. Organisator und Leiter dieser Aktion war der ehemalige Berufsoffizier und Freikorpsführer Wolf-Heinrich Graf von Helldorff, der schon am Kapp-Putsch teilgenommen hatte und nun oberster SA-Führer von Berlin-Brandenburg sowie NSDAP-Fraktionsführer im preußischen Landtag war. Hitler hatte als Österreicher kein Reichstagsmandat erwerben können. Er residierte in München, wo er sich mit Spenden reicher Gönner ein altes Palais, nun »Braunes Haus« genannt, gekauft und seinen Bedürfnissen entsprechend umgebaut hatte. Am Tag nach den Berliner Vorkommnissen erklärte er gegenüber der Presse, es habe sich bei den »Rowdys und Ladendieben« um »kommunistische Provokateure« gehandelt, die seine disziplinierte SA hätten in Misskredit bringen wollen.

Johann wirkte etwas verwirrt, als ihn Dritter fragte, was denn nun stimme. Heftig antwortete er, der Führer habe recht. Die Roten seien nun mal verdammte Lügner und Provokateure, aber in seinen flackernden Augen war deutlich zu erkennen, dass er aus seinem Führer nicht richtig schlau wurde.

»Er will salonfähig sein«, erklärte Alexander kalt. »Er ist bestimmt nicht mal glücklich über die Demonstration seiner Leute im Reichstag. Hitler will von den Leuten um Hindenburg anerkannt werden.« Käthe lächelte. In der letzten Zeit verstand sie wieder, warum sie diesen Mann einmal geliebt hatte. Seit Dritter das Geschäft so gut wie ruiniert hatte und Alexander sich nur noch täglich darum bemühte, seine Söhne davor zu bewahren, stempeln gehen zu müssen, aber keinerlei Ambitionen mehr verfolgte, ein reicher, angesehener Hamburger Kaufmann zu werden, hatte er sich sehr verändert. Er klagte nie mehr. Er hatte überhaupt nichts Gehetztes mehr an sich, stattdessen hörte er besser zu, dachte länger nach und drückte vor allem unmissverständlich aus, was er dachte, auch auf die Gefahr hin, irgendjemanden zu verärgern. Er wirkte, als hätte er mit dem Ziel auch den Respekt vor den Leuten verloren, zu denen er früher so brennend gern gehören wollte.

Sowohl Johann als auch Jonny waren einige Tage lang stiller als sonst. Jonny ging seinem Schwager aus dem Weg. Johann kam nur kurz zum Essen und versteckte sich hinter einer großen Müdigkeit, die ihn angeblich überfallen hatte, weil die Kinder nachts so unruhig waren.

Lysbeth hingegen suchte seit dem 13. Oktober das Gespräch am Familientisch über politische Ereignisse. Sie war es, die sagte: »Ich glaube, dass es nicht mehr lange dauert, und Jonny und Johann werden an einem Strang ziehen.« Ihre Brüder lachten sie aus, aber ihre Eltern und die Tante nickten nachdenklich.

Einige Tage zuvor hatte Hitler vor dem Reichsgericht in Leipzig, wo gegen einige jüngere Reichswehroffiziere wegen Verdachts des Hochverrats verhandelt wurde, als Zeuge aussagen müssen. Diese Gelegenheit war von ihm dazu benutzt worden, sich als einen Mann darzustellen, der rohe Gewalt, erst recht jeden gewaltsamen Umsturz, zutiefst verabscheue.

»Unsere Bewegung hält Gewalt für überflüssig, sie hat Gewalt nicht nötig. Die Zeit wird kommen, in der die deutsche Nation unsere Ideen begreifen wird, und dann werden 35 Millionen Deutsche hinter mir stehen«, hatte Hitler vor Gericht erklärt. »Wenn wir dann im Besitz der konstitutionellen Rechte sind, werden wir den Staat so formen, wie wir es für richtig halten.« Daraufhin wurde der Zeuge vom Präsidenten des Reichsgerichtssenats gefragt: »Auch das auf konstitutionellem Wege?«, worauf Hitler mit einem schlichten »Ja« geantwortet hatte.

Daran erinnert, dass er einmal – 1923 in München – gedroht habe, nach seiner Machtergreifung würden Köpfe rollen, entgegnete Hitler: »Ich darf Ihnen versichern: Wenn die nationalsozialistische Bewegung in ihrem Kampfgeist siegt, dann wird ein nationalsozialistischer Staatsgerichtshof kommen, dann wird der November 1918 seine Sühne finden, dann werden auch Köpfe rollen!«

In seiner weiteren Aussage, deren Wahrheit er mit einem Eid bekräftigte, versicherte Hitler, nur mit streng legalen, verfassungsmäßigen Mitteln an die Macht kommen zu wollen. Er beteuerte seinen Wunsch, nur mit der Reichswehr und niemals gegen sie und die Staatsautorität den Sieg zu erringen. Es gehe ihm und seiner Partei ja gerade darum, Armee und Staat zu stärken. Auch wolle er keine Revolution im herkömmlichen Sinne, keine »Rätewirtschaft« und Disziplinlosigkeit, vielmehr die Wiederherstellung von Zucht und Ordnung. Wenn er gelegentlich von einer »Nationalen Revolution« spreche, dann meine er damit nur den leidenschaftlichen Protest gegen Deutschlands Knebelung durch die schmachvollen Friedens- und Versklavungsverträge.

Diese Ausführungen machten in der deutschen und ausländischen Presse Schlagzeilen. Von nun an äußerte Jonny sich zurückhaltender über die Proleten im Reichstag. Auf einem Fest ihrer Schwiegermutter im November verstand Stella, warum. Es waren nicht nur einige Offiziere der Reichswehr als eindeutige NSDAP-Anhänger erschienen, nein, es gab eine allgemeine Sympathie unter den anwesenden Kaufleuten und Adligen für Hitler. General von Lettow-Vorbeck lobte ausdrücklich Oberst Ludwig Becks leidenschaftlichen Einsatz für die drei nationalsozialistischen Leutnants seines Regiments, die in Leipzig unter Anklage gestanden hatten. Und General von Seeckt, der ehemalige Reichswehr-Chef, der inzwischen Reichstagsabgeordneter der Deutschen Volkspartei geworden war und bei den Offizieren höchstes

Ansehen genoss, hatte kurz und energisch erklärt, die Verfolgung von Nationalsozialisten in der Armee verstoße gegen den Korpsgeist; die Hitler-Anhänger seien »gute Leute«.

Nach diesem Fest, das in dem üblichen Glanz vonstatten gegangen war, den Edith um sich herum verbreitete, zog Stella ihre Schwester Lysbeth in einem Augenblick beiseite, als niemand sie hören konnte, nicht einmal die Tante und die Mutter. »Lysbeth«, sagte sie drängend, »ich glaube, da passiert etwas Fatales. Ich glaube, dass diese Generäle, Grafen und Geldadligen glauben, sie könnten Leute wie Johann benutzen, um ihre Ziele durchzusetzen. Und ...«; Lysbeth vollendete den Satz: »... und Hitler glaubt, er könnte Leute wie Jonny benutzen, um seine Ziele durchzusetzen. Meinst du das?«

Stella nickte verzagt. »Vor allem glaube ich, dass es furchtbar für Aaron und dich sein kann, wenn die sich verbünden.« Leise setzte sie hinzu: »Deine Träume machen mir zu schaffen, Schwesterchen. Ich weiß, dass damit nicht zu spaßen ist. Findest du wirklich, dass ihr diese Abtreibungen weitermachen müsst?«

Lysbeth lächelte müde. »Du weißt nicht, was in Hamburg los ist«, sagte sie. »Wir haben immer noch zu essen. Und sogar Sophie und ihre Kinder verhungern nicht, weil wir uns um sie kümmern. Aber das Elend ist entsetzlich. Ganz viele Erwerbslose haben *nichts*.« Sie legte eine Hand auf ihr Herz, das in der letzten Zeit manchmal verrückt spielte. Stellas Augen wurden noch ängstlicher. Ihre Schwester sah krank aus. »Diese Frauen werden immer noch schwanger«, sagte Lysbeth traurig. »Viele würden gar keine Geburt mehr überstehen. Und wenn, würde alles noch entsetzlicher. Für die Kinder, die schon da sind. Für die Frauen. Für die Neugeborenen. Wenn sie denn überhaupt am Leben bleiben.« Lysbeths Blick verlor sich im Nichts. »Nein, Stella«, sagte sie endlich. »Es ist kein Mord, was Aaron und ich tun. Es wäre Mord, es nicht zu tun.«

Am 1. Dezember bereitete sich Jonny sehr sorgfältig auf eine Abendveranstaltung vor. Er badete, parfümierte sich, zog einen Frack, dazu passende gewienerte Schuhe an und setzte einen Zylinder auf. Er besuchte den Hamburger Nationalclub von 1919, wo er zu seiner großen Ehre Mitglied geworden war. An diesem Abend sprach dort Adolf Hitler. Es war sein zweiter Besuch an diesem Ort. 1926 hatte er dort schon mal eine Rede gehalten. Etwa fünfhundert Honoratioren kamen, darunter *Hapag*-Chef Wilhelm Cuno. Jonny war sehr beeindruckt davon, dass kaum eine wichtige Person aus Hamburgs Wirtschaft und Politik fortgeblieben war. Hitler erläuterte allgemeine Grundgedanken. »Früher hatten wir ein stehendes Heer von etwa achthundertvierzigtausend Mann, ebenso viele Menschen wurden durch die Kriegsindustrie beschäftigt. Diese sind zu Arbeitslosen geworden. Der Krieg wird als Zerstörer der Wirtschaft hingestellt. Das ist eine Unwahrheit. Manche sagen, nach einigen Jahrzehnten sind wir ja mit den Tributen, Reparationen fertig. Ich aber sage, schon viel früher sind wir selbst fertig. Denn wir gelangen nicht an die Rohstoffquellen. Diese und die Absatzmärkte werden nur durch die Kraft der Völker gewonnen. Aber es handelt sich nicht lediglich darum, im Innern Boden zu gewinnen. Es ist Irrsinn, wenn Deutschland verhungern soll, wo doch nebenan faule Völker weite Gebiete unausgenutzt lassen.«

Nach diesem Abend war Jonny noch überzeugter von dem Satz: Was für die Reichswehr gut ist, das muss auch für die Industrie gut sein. Es gab doch auch schon so viele, die hinter den Nazis standen. *Stahlverein*-Chef Fritz Thyssen, Hermann Reusch von der *Gutehoffnungshütte* und Emil Kirdorf, Hüter der politischen Fonds der rheinisch-westfälischen Schwerindustrie hatten mehr oder weniger offen die NSDAP gefördert. In diesem Winter waren auch Georg von Schnitzler von den *IG Farben*, der *Wintershall*-Konzernchef August Rosterg und sein Partner Günter Quand, Exkanzler Cuno von der *Hapag*, der Kölner Privatbankier Kurt Freiherr von Schröder, Wilhelm von Finck von der *Allianz-Versicherung* sowie der zurückgetretene Reichsbankpräsident Dr. Schacht dazugekommen.

Jonny führte einige Gespräche unter vier Augen. Danach hatte er begriffen, dass die Herren der Wirtschaft ebenso wie die Reichswehrgeneräle Hitler und seine NSDAP wie ein Werkzeug sahen. »Man muss sich seines Einflusses nur geschickt bedienen«, sagte Lettow-Vorbeck. »Mit seiner Hilfe erlangen wir endlich das, wonach wir seit dem November 1918 streben«, sagte von Killinger, ein guter Freund von Jonny. »Worum geht es uns denn?«, schnarrte Jonnys Stiefvater, Klaus von Warnecke, und man hörte ihm an, dass er die Meinung seines Chefs, Exkanzler Cuno von der *Hapag*, wiedergab. »Abschaffung der Gewerkschaften und Tarifverträge, strengste Bestrafung jeder Aufsässigkeit des Arbeiterpacks, Beseitigung der Sozialversicherung und vor allem der Arbeitslosenunterstützung, Sprengung aller Fesseln des Versailler Vertrags und massive Wiederaufrüstung zur Erlangung neuer Weltgeltung und neuen Lebensraums.«

Die Chancen, so verkündeten sie neuerdings nicht nur hinter vorgehaltener Hand, standen für eine baldige Machtergreifung der Rechten unter der Führung Hitlers besonders günstig. Die Weltwirtschaftskrise sorgte für Massenarbeitslosigkeit, und die Sorge um die Arbeitsplätze nahm den Belegschaften die Lust zu streiken und beraubte so die SPD und die mit ihr verbündeten Gewerkschaften ihrer stärksten Waffe.

An Weihnachten 1930 wurde selbst neben dem Tannenbaum gestritten. Es gab 4,9 Millionen Erwerbslose, von denen aber nur noch knapp die Hälfte Unterstützung aus Mitteln der Arbeitslosenversicherung bezog, der Rest war auf Krisenfürsorge und Wohlfahrt angewiesen. Aarons und Lysbeths Arbeit fand unter diesen Bedingungen statt. Der friedliche Aaron war gereizt. »Warum wehrt sich keiner?«, fragte er kämpferisch nach dem Verzehr des Weihnachtsbratens. »Wogegen?«, gab Jonny süffisant die Frage zurück. Und nun geschah, was lange nicht mehr stattgefunden hatte und was besonders für Jonny und Aaron neu war. Die Tante richtete sich so hoch auf, dass sie fast so groß wirkte wie Jonny. Mit strenger, kalter Stimme sagte sie: »In den Fabriken und Zechen wurden als Erste die gewerkschaftlich organisierten Sozialdemokraten und Kommunisten entlassen. Wer also soll einen Streik organisieren? Der Kapp-Putsch ist damals durch einen Generalstreik vereitelt worden. Wenn im kommenden Jahr, und ich halte das für möglich, Reichswehr und NSDAP gemeinsam mit den Industrieführern, dem Landadel und dem Bürgertum die Republik stürzen, werden die Arbeiter tatenlos zusehen. Das ist aus unserer Republik geworden.«

Alle schwiegen. Sogar Jonny sagte nichts mehr. Die Tante saß da auf ihrem Stuhl wie ein Vertreter des Jüngsten Gerichts. Einen Moment lang fühlte Jonny sich unsicher. Dann hob er sein Schnapsglas und sagte: »Prost, auf die deutsche Zukunft!«

Keiner stieß mit ihm an.

36

In den ersten Wochen des Jahres 1931 wurde Jonny immer gereizter. Er war aus Afrika zurückgekehrt, weil er wieder zur See fahren wollte. Schreibtischarbeit war nichts für ihn. In Daressalam war er wenigstens noch sein eigener Herr gewesen und viel herumgereist, hier aber in Hamburg war er eine Art Sachbearbeiter in der Afrikaabteilung des *Handelshauses Woermann*. Er unterstand Vorgesetzten, die er für weniger erfahren hielt als sich selbst. Und seine Stellung hatte auch keine Perspektive. Er stand, wie er es selbst ausdrückte, »Gewehr bei Fuß«, um in See zu stechen. Er galt als Afrikakenner, und er war angesehen wegen seiner politischen Tätigkeit im Untergrund nach dem Krieg. Er kannte die gesamte Hamburger Schifffahrtselite, aber all das bewirkte nicht, dass ihm endlich ein Schiff zugeteilt wurde.

Die Krise in der Linien- und Trampschifffahrt war enorm. Alle Reedereien ohne Ausnahme nahmen ein Schiff nach dem anderen aus dem Verkehr. Sie sparten Leute ein, sie behaupteten, die deutschen Heuersätze seien zu hoch. Im Februar geriet die Reederei *Vogemann* in die Schlagzeilen. Ihr Frachter *Vogtland* wechselte auf hoher See seine Flagge und fuhr von da an unter der Fahne der Republik Panama. Damit umging das Schifffahrtunternehmen die deutschen Heuersätze und Sozialabgaben. Die Hamburger Reederei besaß einen altehrwürdigen Ruf. Sie bestand seit 1886 und besaß mit *Vogtland* und *Vogesen* zwei Schiffe von beachtlicher Größe. Die Reeder erklärten die Ausflaggung öffentlich als »Akt der Notwehr«. Durch die Panama-Flagge sparte die Firma vierundvierzig Prozent an Abgaben und Soziallasten.

Es gab keine Möglichkeit für die deutschen Behörden, gegen den Flaggenwechsel irgendwie rechtlich vorzugehen. Für die Besatzung war das Ganze katastrophal. Neben der Gehaltskürzung verloren die Seeleute auch den Anspruch auf den Arbeitgeberbetrag zur Sozialversicherung. Aber niemand wehrte sich. Die Reederei entließ hemmungslos. So wurde zwar das Gehalt geringer und die Arbeitsbelastung größer, aber jeder, der weiter arbeiten durfte, gehörte zu den Gewinnern.

Kurze Zeit später, Jonny war schon dabei, die Hoffnung aufzugeben, starb überraschend der Kapitän Jansen, der für die *Hamburg-Amerika-Linie* unterwegs gewesen war, an Herzversagen. Jonny ließ all seine Beziehungen spielen, und so legte er Mitte März vom Hamburger

Hafen ab. Die Hand militärisch an die Mütze gelegt, stand er auf der Kapitänsbrücke, als der Dampfer sich in Bewegung setzte. Stella stand am Kai. Sie hatte sich dick eingemummelt, es war kalt in Hamburg, und sie wartete nur darauf, endlich weggehen zu dürfen. Aber selbstverständlich musste sie ausharren, bis der salutierende Jonny ihren Augen entschwunden war. Wie all die anderen Menschen neben ihr winkte sie mit einem großen weißen Taschentuch. In ihren Augen standen Tränen der Rührung. Was absurd war, denn sie hatte bereits an Anthony telegraphiert, dass sie in einer Woche bei ihm eintreffen werde. In einer Woche würde Jonny weit genug fort sein, dass keine Gefahr einer plötzlichen Rückkehr bestand. Dennoch schnürte die Rührung angesichts dieses großen Dampfers, auf dem ganz oben ihr Jonny stand, ihr die Kehle zu, und sie musste weinen.

Sobald Jonny aber kleiner und kleiner wurde, drehte Stella sich um, bestellte eine Droschke und ließ sich nach Hause fahren, wo sie sofort sämtliche Spuren von Jonny aus ihren Zimmern entfernte, als müsse sie den Teufel austreiben. Käthe, Lysbeth und Stella hatten beschlossen, dass die Tante in der nächsten Zeit in Stellas Schlafzimmer übernachten sollte. Die Tante hatte zwar Einspruch eingelegt, aber der war nicht geduldet worden. Der Boden in der Küche war im Winter eiskalt gewesen, Feuchtigkeit kroch nachts durch die nur wenig über der Erde liegenden Fenster herein, es roch nach Tieren und Essen, denn die Hunde schliefen dort, und die Familie nahm inzwischen fast alle Mahlzeiten dort ein, weil so die Kohlen für den großen Kachelofen im Wohnzimmer gespart werden konnten.

Stella beabsichtigte, mindestens einen Monat lang in London zu bleiben. In dieser Zeit sollte die Tante in Stellas Bett schlafen, was, auch wenn sie meinte, weiche Matratzen würden ihrer Wirbelsäule schaden, von allen weiblichen Mitgliedern der Familie mit Nachdruck gefordert worden war.

Stellas Abfahrt war für den 19. März geplant. In ihre Reisevorbereitungen platzte die Aufregung über ein politisches Attentat. Am 15. März wurde der Bergedorfer KPD-Funktionär Ernst Henning im Bus von jungen Nazis erschossen. Alle wunderten sich, wieso die es unbedingt auf den recht unbekannten Ernst Henning abgesehen hatten. Henning war seit Kriegsende in Bergedorf politisch aktiv. Der gelernte Former, ursprünglich SPD-Mitglied, hatte 1920 zur KPD gewechselt und gehörte seit 1928 der Bürgerschaft an. Wegen seiner Beteiligung am Schiffbeker Aufstand 1923 hatte er vier Jahre im Gefängnis gesessen. Am Abend des 14. März hatte Henning in Kirchwerder über »Die Ausplünderung der Werktätigen in Stadt und Land« einen Vortrag gehalten. Gegen Mitternacht hatte er mit seinem Genossen Louis Cahnbley den letzten Autobus nach Bergedorf genommen. Im Bus überfielen ihn drei junge Nationalsozialisten. Sie gaben mindestens zwölf Schüsse ab, die Henning sofort töteten und Cahnbley verletzten. »Warum Henning?«, fragte Stella die Mutter. Die schüttelte ratlos den Kopf. »Anscheinend ballern sie wild in der Gegend rum«, sagte sie deprimiert. »Und es kann jeden treffen.« Einen Tag später wurden die drei Täter verhaftet, und das Geheimnis, warum Henning, wurde gelüftet. Die jungen Männer hatten sich geirrt! Sie hatten geglaubt, den KPD-Bürgerschaftsabgeordneten Etkar André vor sich zu haben. Pech für Henning!

Die Tante und Lysbeth waren immer alarmierter. Neuerdings träumten beide von diesen Dingen: Attentate, Schießereien. Lysbeth hatte von einem riesigen Scheiterhaufen geträumt, allerdings wurden dort keine Hexen verbrannt, sondern Bücher. Aber die schrien ebenso verzweifelt wie Menschen. Sie sprachen nur miteinander darüber, sie wollten die anderen nicht beunruhigen. Aber Käthe war ohnehin beunruhigt.

Die Ermordung Hennings war das zweite politische Attentat in Hamburg innerhalb von zwei Tagen. Am 13. März hatte ein nationalsozialistischer Polizist einen Beamten im Polizeihaus schwer verletzt. Der parteilose jüdische Regierungsrat Oswald Lassally hatte den Polizeiwachtmeister Friedrich-Franz Pohl zu sich gebeten, weil er ihn wegen dessen Betätigung für die NSDAP vernehmen wollte. Pohl weigerte sich, zog dann plötzlich seine Dienstpistole und schoss Lassally nieder.

Hennings Beisetzung war auf den 21. März festgelegt. Es war klar, dass es auf dem Hauptfriedhof Ohlsdorf eine antifaschistische Massendemonstration geben würde. Ernst Thälmann, der KPD-Vorsitzende, sollte die Trauerrede halten. Käthe hatte beschlossen mitzugehen. Der Tante wurde die Teilnahme verboten. Man wusste nicht, ob die Nazis vor einer Beerdigung zurückschreckten. Lysbeth und Aaron waren unabkömmlich in ihrer Praxis. Da sagte Alexander: »Ich gehe auch dahin.« Er lächelte seine Frau in seiner charmanten Weise an und fügte schmeichelnd hinzu: »Hand in Hand schreiten wir ...« Seine Söhne lachten, aber Käthe traten Tränen in die Augen. In diesem Augenblick wurde sie von Liebe zu Alexander überflutet. Als würde aus einer verstopften Quelle mit einem Mal frisches Wasser sprudeln. Sie drückte seine Hand.

Stella fuhr von Hamburg mit dem Zug nach Ostende in Belgien. Von dort nahm sie ein Schiff nach Dover. Die Überfahrt war nicht sehr lang, aber entsetzlich stürmisch. Um Stella herum erbrachen sich Männer und Frauen. Stella war noch nie seekrank geworden. Der Geruch von Erbrochenem allerdings bewirkte auch bei ihr einen Brechreiz. Sie beschloss, den Ort zu verlassen, wo all die Menschen waren. Also marschierte sie direkt auf einen Matrosen zu und sagte: »Bringen Sie mich zum Kapitän!« Sie hatte es wohl so energisch befohlen, dass er ohne jeden Widerspruch gehorchte. Der Kapitän war ein weißhaariger Engländer, der sehr elegant wirkte. Stella bemühte ihr charmantestes Lächeln und gab sich als Frau des deutschen Kapitäns zur See Jonathan Maukesch zu erkennen. In ihrem besten Englisch erläuterte sie ihre Lage und bat darum, sich still aufs Mannschaftsdeck setzen zu dürfen. Sie würde auch keine Mühe machen, nicht stören, einfach nur sitzen, wo keine Seekranken waren. Der Kapitän reagierte äußerst höflich. Er sei entzückt, der so bezaubernden Frau eines deutschen Kollegen irgendwie zu Diensten zu sein. Ihr stehe alles zur Verfügung, einschließlich seiner Kajüte. »O nein«, antwortete Stella. »Bei diesem Seegang brauche ich frische Luft. Ich will nicht drinnen sein. Weisen Sie mir bitte einen Platz zu, wo ich sitzen oder stehen kann und nicht störe.«

So wurde ein Liegestuhl für Stella auf ein Deck geschafft, wo kein Passagier Zugang hatte und sich vor allem die Offiziere und der Kapitän aufhielten. Stella legte sich in den Liegestuhl zwischen einen orientalisch anmutenden Kissenberg, der extra zu ihrer Gemütlichkeit aus der Kapitänskajüte geholt worden war, und genoss die Überfahrt. Der Wind peitschte die Wellen, deren Gischt hochspritzte und mit kleinen Tröpfchen Stellas Gesicht benetzte. Es wurde dunkel. Sterne blinkten zwischen Wolken hindurch. Stella mummelte sich in eine Decke ein und dachte an Anthony und das, was sie erwartete. Sie war sehr aufgeregt. Es fühlte sich ein wenig wie Angst an. Aber das wies sie weit von sich. Es gab keinen Grund für Angst. Oder doch?

Sie hatten einander über eineinhalb Jahre lang nicht mehr gesehen. Es war viel geschehen. Ja, sie hatte ihre Seele an ihn festgeklammert, ohne Anthonys Briefe, ohne seine Liebesgedichte, ohne das Bewusstsein seiner Existenz hätte sie sich vielleicht nicht anders zu helfen gewusst, als wieder zu Kokain oder anderen Drogen zu greifen. Morphium war in Mode gekommen. Wer einen Arzt privat kannte, war gut dran. Besonders gern aber bedienten die Ärzte sich selbst. Manchmal hatten Aaron und Lysbeth große Pupillen und wirkten jenseits aller Alltagssorgen. Dann hatte Stella schon vermutet, dass auch die beiden ihrer Berufsdroge verfielen, aber sie hatte sich schnell zur Ordnung gerufen. Die beiden schufteten, bis sie umfielen. Da war kein Morphium im Spiel.

Ja, Stella hatte Anthony bitter nötig gehabt. Sie war zwar mehr oder weniger heimlich weiter zu ihrem Gesangslehrer gegangen, aber das bot keine Befriedigung, weil ihr Sinnen und Trachten nicht der Auseinandersetzung mit der Musik galt, sondern dem Auftritt. Sie lechzte danach, auf einer Bühne zu stehen und im Kontakt mit dem Publikum ihre Kunst zum Besten zu geben. Das war ihr verwehrt. Jonny hätte sie eigenhändig von einer Bühne gezerrt, wenn sie es gewagt hätte, öffentlich aufzutreten. Sie hatte versucht, ihre innere Leere mit Aktivitäten im Windhundverein zu füllen. Aber sie war zu klug, um nicht zu merken, dass sie sich damit selbst belog.

Im Windhundverein trafen sich adlige Snobs und solche, die etwas für adlige Snobs übrighatten. Leute wie Askan von Modersen, als dessen Marionette Stella ihren Bruder Eckhardt schon lange durchschaut hatte. Stella wusste, dass Eckhardt homosexuell war. Sie hatte in ihrer Zeit auf der Reeperbahn und auch in ihrer Zeit als kleiner Gesangsstar während des Krieges genügend Männer kennengelernt, die sich zu Männern hingezogen fühlten. Die waren weder angenehmer noch unangenehmer als andere Männer auch. Das Einzige, was sie von anderen Männern unterschied, war, dass sie nicht Haltung und Blick veränderten, wenn eine schöne Frau in ihre Nähe kam, aber sofort, sobald eine bestimmte Art von Mann auftrat. Und auch wenn sie es zu verbergen versuchten, war deutlich zu spüren, wenn ein Objekt ihrer Begierde sich näherte.

Stella war lange unsicher gewesen, ob Eckhardt wirklich zu dieser Art Männer gehörte. All seine seltsamen Verhaltensweisen waren ja immer mit seiner Kopfverletzung im Krieg erklärt worden. Und seine Verlobte Cynthia war auch so sonderbar, dass ein Mann schon seltsam werden konnte, der mit ihr zu tun hatte. Seit Stella aber ihren Bruder gemeinsam mit Askan von Modersen auf Windhundschauen und Wettbewerben erlebt hatte, hatte sie keinen Zweifel mehr. Die beiden waren ein Liebespaar. Askan allerdings hatte eine vollendete Camouflage. Eine Ehe, Kinder, einen Erben. Und wenn Eckhardt ihm nicht mehr zur Verfügung stände, wüsste Askan bestimmt, wo er Partner für gewisse Stunden finden könnte. Eckhardt hingegen hing mit hündischem Blick an dem schneidigen Gutsherrn, der sich in seiner Freizeit mit der Windhundzucht und mit schnittigen Autos beschäftigte. Askan konnte Eckhardt mit einem Fingerschnippen fallenlassen. Stella hatte es voller Mitleid für ihren Bruder erkannt: Eckhardt war süchtig nach Askan. Er war Askan hörig.

War sie süchtig nach Anthony? War sie Anthony hörig?

In ihren Liegestuhl gekuschelt, über sich ein paar blinkende Sterne, um sich herum vom Dampfer gerolltes, gestampftes, wütend zurückklatschendes Meer, richtete Stella unwillkürlich ihren Rücken stolz auf und streckte ihr Kinn angriffslustig vor. Nein, sie war niemandem hörig. Ihre Seele hatte sich an Anthony festgehalten, aber wenn er inzwischen eine andere kennengelernt hatte, die besser zu ihm passte, würde Stella sofort loslassen.

Stella hielt das für möglich. Sie bereitete sich innerlich darauf vor. Anthony war Dichter, Schriftsteller. Er liebte es zu schreiben. Auch Liebesgedichte. Auch Briefe. Vielleicht war Stella für ihn ein Objekt geworden wie die Damen im Mittelalter für die Minnesänger: Eigentlich ein Objekt seiner Phantasie, jemand, an den er seine Gesänge adressieren konnte, weil Liebe nun einmal einen Adressaten braucht. Wenn Stella diese Gedanken weiterverfolgte, verhedderte sie sich. Denn wenn Anthony wirklich eine andere Liebe gefunden hatte, hätte er ja für diese Bilder aus Worten malen können. Und er hätte nicht so beglückt darauf reagieren müssen, dass Stella mindestens einen Monat lang zu ihm zu Besuch kommen wollte.

Stella schüttelte ihre Locken, die sich in der feuchten Meeresluft geringelt hatten. Schluss mit der Grübelei!, befahl sie sich. Ich werde alles sehen, wenn ich dort bin.

Und sie sah.

Anthony erwartete sie mit einem großen Strauß roter Rosen in der Hand am Kai in Dover. Es war aber kein normaler Strauß: An jedem

Stiel war wie ein kleines Etikett ein Zettel mit einer Gedichtzeile, einem Satz oder nur einem Wort mit einer Schleife angebracht. Es war ein Rosenstrauß voller Liebeserklärungen, Huldigungen an Stellas Körper, von den Fesseln bis zu jeder einzelnen Locke, und Absichtserklärungen, auf welche Weise er Stella zu lieben gedachte.

Sie fiel ihm in die Arme. Und plötzlich, sie wusste gar nicht, wie ihr geschah, musste sie furchtbar weinen. Anthony hielt sie, der Strauß Rosen mit den vielen Etiketten fiel ihm aus der Hand, als er Stellas Rücken, ihre Haare, ihren Nacken streichelte. Er küsste ihren Mund, und Stella merkte erstaunt, dass auch auf seinen Lippen salziges Tränenwasser lag. Nach einer kleinen Ewigkeit bückte Anthony sich, um den nun etwas ramponierten Blumenstrauß aufzuheben. Stella las einige der Sätze und lachte und weinte gleichzeitig.

Anthony war in einem sehr schicken Auto gekommen. Es blinkte in dezentem Silbergrau. Man konnte das Verdeck zurückklappen, aber dafür war es viel zu kühl und feucht. Stella vermutete, dass er es sich geliehen hatte, denn ein junger Dichter konnte sich so einen Wagen ganz ohne Zweifel nicht leisten. Anthony setzte sich hinters Steuer und fuhr los.

Er wohnte in einem Stadthaus, das Stella ein wenig an ihr Haus in der Kippingstraße erinnerte. Es war aber kleiner und höher. Auf jeder Etage lagen zwar, wie in der Kippingstraße, zwei durch eine Flügeltür verbundene Zimmer, dazu ein weiterer kleiner Raum, der als Küche oder Schlafzimmer benutzt wurde. Wie in der Kippingstraße gab es drei Stockwerke, hier allerdings diente eine ganze Etage als Bibliothek und Arbeitszimmer. Stella staunte. In der Kippingstraße wohnten neun Menschen, dieses Haus gehörte Anthony ganz allein. Im Erdgeschoss lagen ein Gästezimmer, ein Hobbyraum und ein bezauberndes, wie eine Veranda eingerichtetes Gartenzimmer. Es gab viel Licht in diesem Haus, bunte Farben an den Wänden und eine Menge afrikanischer Bilder, Möbel und Gegenstände.

Noch nie war Stella in einem solchen Haus gewesen. Ihre drei Zimmer, die sie mit Jonny bewohnte, waren ihr immer sehr elegant vorgekommen. Jetzt, da Anthony sie durch sein Haus führte, dachte sie, dass bei ihnen in der Kippingstraße doch alles sehr vollgestopft war. Und dass die Möbel sehr dunkel wirkten und alles irgendwie eng.

Das Haus hatte seinen Großeltern gehört, und er hatte es geerbt, erklärte Anthony. »Meine Großmutter ist gestorben, und mein Großvater ist zu seiner Schwester aufs Land gezogen«, sagte Anthony. »Ich wollte das Haus nie haben, es war dunkel und voller alter Möbel. Es gab keine Elektrizität, und ich habe darin immer gefroren.« Er umarmte Stella und vergrub sein Gesicht in ihren Haaren. Dort flüsterte er: »Erst als ich aus Hamburg kam, habe ich mich entschlossen, es schön zu machen. Für dich. Für uns.«

Stella war beklommen zumute. Sie würde wieder nach Hamburg zurückkehren, so viel stand fest. Sie liebte Anthony, so viel stand auch fest. Jede Pore ihres Körpers antwortete unablässig auf jede seiner Regungen. Aber die Zeit bei ihm würde eine Ausnahmezeit sein, Ferien, kein Alltag. Nie würden sie Alltag miteinander erleben.

Aber sie behielt diese Gedanken für sich. Sie wollte die kostbare Zeit nicht durch Probleme verdunkeln. Jeder Tag sollte ein Fest sein, und jede Nacht sollte Anthony entschädigen für die leeren Zeiten ohne Stella. Und wie ein Eichhörnchen wollte Stella Glück und Befriedigung auf Vorrat sammeln, um in kargen Zeiten davon zu zehren.

Nicht nur die Nächte, auch die Tage übertrafen alles, was Stella sich hatte erträumen können. Sie fühlte sich wie in einer ganz anderen Welt. Aber einer, in die sie gehörte. Am zweiten Abend schon veranstaltete Anthony eine kleine Party, zu der er all seine Freunde eingeladen hatte. Es war eine bunte Gesellschaft von Menschen, die Stella fremder vorkamen als diejenigen, die sie in Afrika kennengelernt hatte. Die Männer trugen Pullover, die Frauen lange Hosen. Die Frauen setzten sich öffentlich bei den Männern auf den Schoß. Sie verhielten sich alle so ungezwungen, dass es Stella manchmal peinlich war. Anthonys Freunde kamen nicht nur aus England. Ein Paar kam aus Paris, er war Russe, sie Spanierin. Er war Maler, sie Illustratorin für Kinderbücher. Er war zu einer Vernissage nach London gekommen, sie wollte die Zeit nutzen, um Verleger für Kinderbücher kennenzulernen. Auch Anthonys Verleger war gekommen, ein älterer Herr, der als Einziger formell gekleidet war, was aber ebenso selbstverständlich dazugehörte wie ein Freund, der es nicht für nötig gehalten hatte, seinen Malerkittel auszuziehen, weil er, wie er sagte, nur kurz auf ein Bier und etwas zu essen vorbeigekommen war.

Es waren hauptsächlich Künstler, die Anthony um sich geschart hatte, seit er in London lebte. Schauspieler, Regisseure, Sänger, Maler, auch

Modeschneider. Seltsamerweise, so fand Stella, war unter ihnen nur noch ein anderer Dichter. Miguel kam aus Spanien und sprach ein sehr lustiges Englisch, das Stella kaum verstehen konnte. Überhaupt stellte sie fest, dass es ihr ungeheuere Mühe bereitete, sich zu unterhalten. Sie verstand vieles nicht, besonders wenn alle in einer angeregten Diskussion durcheinanderredeten. Aber sie beobachtete die Menschen, ganz besonders die Frauen, die ihr wahnsinnig attraktiv vorkamen. Sie achtete darauf, ob eine der Frauen eine besondere Vertraulichkeit mit Anthony an den Tag legte, aber eigentlich taten das alle. Sie verhielten sich wie eine große Familie von Brüdern und Schwestern, ähnlich vertraut, fröhlich und intim wie Stella und Dritter.

Anthony machte Stella mit Ernest bekannt, einem Musiker, der, wie Anthony erklärte, ein wundervoller Jazzbassist sei, aber auch Texte schreibe und Stücke komponiere. »Ich glaube, ihr werdet euch gut verstehen«, sagte Anthony. Ernest setzte sich sofort mit Stella ans Klavier und ließ sich von ihr einige Lieder vorsingen, die sie in Hamburg einstudiert hatte. Stellas Lehrer hatte mit ihr zunehmend anspruchsvollere Sachen geübt. Vieles von Kurt Weill mit Texten von Bertolt Brecht. Ernest war begeistert. Er kannte sie alle. Claire Waldoff, Kurt Weill, Bert Brecht.

Stella deutete die Lieder nur an, sie sang leise, wollte auf keinen Fall in dieser Gesellschaft im Mittelpunkt stehen. Da kam eine andere junge Frau, in ihrem Schlepptau ein Mann. Sie trug raspelkurze Haare, er einen dicken schwarzen Bart, eine große Brille mit dickem schwarzem Rand und schulterlange Haare. Stella hatte noch nie so ein Paar gesehen. Die beiden stellten sich neben das Klavier, es gab eine kurze Unterredung mit Ernest, und schon legten die drei los, dass die Wände wackelten. Ernest haute in die Tasten, und die beiden sangen, allerdings ohne Text, einfach nur Töne. Das Ganze fügte sich zu einem Klang, der Stella in den Körper fuhr. Auch die anderen Gäste wackelten mit den Hüften, wippten mit den Füßen, einige warfen Töne ein, es entstand ein ganz eigener Klangteppich, der sich über die Gesellschaft legte. Anthony kam zu ihr, legte den Arm um ihre Schultern und wackelte mit seinen Hüften, sodass Stella mit ihm wackeln musste. Es war ihr peinlich, aber niemand achtete auf sie. So wurde sie schließlich übermütig und tanzte ausgelassen und ohne jede Regel gemeinsam mit Anthony.

Es war, als würden Fesseln von ihr abfallen. Fesseln, die ihre natürlichen Bewegungen steif gemacht hatten, die ihr Lächeln eingefroren, ihre Stimme gedämpft hatten. Stella verwandelte sich wieder in die Frau, die sie früher gewesen war, bevor sie die Gemahlin von Jonathan Maukesch wurde. Nein, auch während des Krieges in den Lokalen, in denen sie für die Offiziere gesungen hatte, war sie nicht wirklich frei und natürlich gewesen. Vielleicht war sie es nie wieder gewesen, seitdem sie im Zustand der Volltrunkenheit im Alter von dreizehn Jahren geschwängert worden war.

Es hatte Momente gegeben, in denen sie die Maske abgelegt, in denen ihr Wesen sich Bahn gebrochen hatte, aber diese Momente fanden im Privaten, in ihrer Familie, mit ihrem Gesangslehrer statt. Jonny gehörte für sie zur Öffentlichkeit, in der sie sich in Acht nehmen musste.

Tag für Tag entspannte Stella sich mehr. Alles wurde so unfassbar leicht. Das Zusammenleben mit Anthony war einerseits voller Kameradschaft, andererseits voller Begehren. Sie waren Freunde, die miteinander Spaß haben konnten, sich respektierten, alltägliche Notwendigkeiten gemeinsam bewältigten, die einander unterstützten und auch kritisierten, was ihre Kunst betraf. Und sie waren Mann und Frau, die einander liebten wie Mann und Frau. Sie standen einander nicht nach in der Kraft ihres Begehrens. Immer wieder gab es Momente, in denen sie übereinander herfielen, weil es sie trieb, dem anderen so nahe zu kommen, wie es nur irgend möglich war.

Ernest hatte Stella unter seine Fittiche genommen, und es dauerte nicht lange, da traten sie gemeinsam in einer kleinen Kneipe auf, die allabendlich Künstlern unterschiedlicher Richtung die kleine Bühne zur Verfügung stellte. Natürlich ohne Vertrag. Natürlich ohne Geld.

Im Laufe der Zeit merkte Stella, dass Anthony bei diesen Leuten nicht nur sehr anerkannt war, sondern auch irgendwie eine Sonderstellung hatte. Anfangs dachte sie, es läge an seiner Afrikavergangenheit, aber die meisten der Künstler waren schon irgendwo in der Welt gewesen oder kamen von irgendwoher. Allmählich dämmerte ihr, dass Anthony etwas gelungen war, wonach die anderen zumeist vergeblich strebten: Er verdiente Geld mit seinem Schreiben.

Es schien so, als wäre er geradezu berühmt. Offenbar wurden seine Bücher von vielen gelesen. Stella fragte ihn danach, und er wehrte ab. »Mein erstes Büchlein über das englische Internatsleben war einfach ein Renner. Sie wollen sogar einen Film draus machen. Zumindest haben sie mir einen Vertrag vorgelegt, dem ich zustimmen soll. Ich weiß noch nicht, ob ich das tun will.«

Stella begriff, dass Anthony ihr nicht alles erzählt hatte, was seinen Erfolg betraf. Sie fragte niemanden danach, denn sie wollte Anthony auf keinen Fall ausspionieren. Aber immer wieder fiel ihr auf, wie viel Respekt ihm auch von älteren Künstlern entgegengebracht wurde. Anscheinend hatte er Erfolg und sich gleichzeitig nicht korrumpieren lassen. Anscheinend war er wirklich gut.

Aber er sprach nicht darüber. Hingegen sprach er über Stellas Begabungen, die sie jetzt endlich pflegen und der Öffentlichkeit zugänglich machen müsse. Stella wusste nicht, ob es auf seine Beziehungen zurückzuführen war, auf jeden Fall kam eines Abends ein dicker Mann mit dicker Zigarre auf sie zu, als sie ein paar Sachen von Tucholsky, Brecht und Weill gesungen hatte, und sagte: »Ich möchte eine Stunde Programm von dir. Kannst du das?«

Ohne zu zögern, nickte Stella und lachte. Eine Stunde Programm? Kein Problem.

Der Mann war der Chef eines in London bekannten Varietés, wo Tänzerinnen aus Paris auftraten und wo sogar schon Josephine Baker getanzt hatte. »Dort zu singen ist ein Ritterschlag«, sagte Anthony. »Danach kannst du überall auf der Welt auftreten.«

Ein Monat verging. Es war scheußliches Nieselwetter in London, kalt und feucht, doch aus Stella war in diesem Monat wieder der Sonnenschein geworden, der sie früher einmal gewesen war. Sie entschloss sich, ihren Aufenthalt auf jeden Fall bis zum Sommeranfang zu verlängern. Lysbeth und sie hatten ein System ausgeklügelt, wonach Lysbeth Stella einmal wöchentlich ihre Post schickte. Stella schickte einmal wöchentlich einen Brief an Jonny nach Hamburg, der von Lysbeth dort aufgegeben wurde. Jonny schickte ihr aus jedem Hafen eine Postkarte. Stella rechnete mit seiner Rückkehr nicht vor Herbst. Natürlich bestand die Gefahr, dass Stellas Abwesenheit in Hamburg auffiel, aber auch da hatten Lysbeth und sie sich einiges ausgedacht. Sollte Edith zum Beispiel eine Einladung an ihre Schwiegertochter aussprechen, würde Lysbeth sagen, dass Stella mit ihrer alten Tante nach Dresden gefahren sei, weil diese dort ihren Hausstand komplett auflösen wollte, um ganz nach Hamburg zu ziehen. Edith hatte die Tante noch nie gesehen, und sie konnte sich bestimmt auch nicht vorstellen, dass ein Hausstand aus nur einem Koffer bestehen konnte. Aber wie Lysbeth schrieb, hatte Edith bisher noch nichts von sich hören lassen. Und Stella rechnete auch nicht unbedingt damit. Die Verhältnisse zwischen Edith und ihr waren im Grunde geklärt: Edith hielt nichts von ihr, suchte keinen Kontakt, aber duldete sie als Ehefrau ihres Sohnes. Wenn der Sohn fort war, gab es keine Verbindung zwischen den beiden Frauen. Das war zwar ungewöhnlich zwischen Schwiegermutter und Ehefrau, ebenso wie es ungewöhnlich war, dass zwischen Jonnys und Stellas Eltern nicht der geringste Kontakt bestand. Sie hatten sich auf der Hochzeit gesehen und danach nie wieder. Aber Edith lebte nun einmal nach ihren eigenen Regeln, und Käthe war viel zu stolz, um einer »eingebildeten Ziege«, wie sie Edith nannte, hinterherzulaufen. Edith war noch nie in der Kippingstraße gewesen und behandelte ihren Sohn eigentlich immer noch so, als wäre er Junggeselle. Einer, der einmal einen Irrtum begangen hatte. Den sie ihm verzieh. Den sie bereit war zu übersehen. Stella war dieses Arrangement sehr angenehm.

Sie richtete sich in Anthonys Leben ein, und es war vertrauter, als es jemals mit Jonny gewesen war. Bald schon hatten sie ihre Rituale entwickelt, die Stella an die Zeit auf der Farm der Walkers in Afrika erinnerten. Anthony schrieb immer noch an dem Roman, der in Kenia und Deutsch-Ostafrika spielte. Er hatte seine Kindheit Anfang des Jahrhunderts bereits beschrieben und den Protagonisten im Gegensatz zu sich selbst während des Krieges dort als Jugendlichen leben lassen. Er hatte reichhaltige Erkundigungen eingezogen, und es hatte ihm sichtlich Spaß gemacht, eine Jugend zu beschreiben, die nicht wie die seine durch einen Aufenthalt in einem englischen Internat gestört worden war. Er hatte eine ergreifende Liebesgeschichte zu einem Kikuyumädchen eingeflochten, das während des Krieges von Engländern getötet worden war. Was zwar nicht auf irgendeine persönliche Grausamkeit zurückging, den jungen Mann aber trotzdem in eine solche Identitätskrise brachte, dass er seine Eltern verließ, sobald der Krieg beendet war, und sich zu einer Reise durch Afrika aufmachte. »Lehr- und Wanderjahre durch Afrika«, spottete Anthony. »Wie Goethes *Wilhelm Meister*, nur englisch und afrikanisch.«

Es war ein Abenteuerroman, der Stella so fesselte, dass sie täglich danach fieberte, die von Anthony geschriebenen Seiten vorgelesen zu bekommen. Bereits in Afrika hatte er ihr vorgelesen, was er geschrieben hatte, aber inzwischen war es ausgereifter, hatte einen roten Faden bekommen.

Stella liebte es, in Anthonys Bibliothek zu stöbern. Er besaß viele Bildbände über Kunst, und Stella betrieb anhand seiner Bücher ein kleines privates Kunststudium. Von vielen der Künstler hatte sie noch nie etwas gehört, und mehr noch als die Bücher begeisterte es sie, wenn Anthony ihr davon erzählte, was dieser oder jener Maler ihm bedeutete. Ganz besonders liebte sie die alten Holländer, und dann einen Wiener Maler namens Klimt, der farbenprächtige, sehr raffinierte Bilder von Frauen malte. Anthony machte sie bekannt mit den Bildern eines holländischen Malers namens Vincent van Gogh, der in Paris gelebt und mit nur siebenunddreißig Jahren Selbstmord begangen hatte. Stella wurde schier verrückt vor Begeisterung über dessen Art, die Welt zu sehen und zu malen. »Den hätte ich gern kennengelernt«, sagte sie, und Anthony entgegnete lächelnd, dass der arme Kerl sich dann wahrscheinlich nicht umgebracht hätte.

Es war keineswegs nur Anthonys innere und äußere Welt, um die sich ihr Leben drehte, und auch nicht die der anderen, mit denen sie viel zusammenkamen, es war auch Stella selbst, die »arbeitete«, wie Anthony es nannte. Mindestens einmal in der Woche trat sie irgendwo auf, und sie war schon so etwas wie ein Geheimtipp geworden. Stella wurde gefeiert als die Interpretin moderner deutscher Musik. Wenn ihr das Ganze zu ernst wurde, flocht sie Lieder aus ihrem alten Repertoire ein, und sie sang Lieder von den Comedian Harmonists, die sie sehr liebte. *Veronika, der Lenz ist da* zum Beispiel riss die Londoner zu Begeisterungsstürmen hin, obwohl sie den Text gar nicht verstanden. Stella strahlte so viel Fröhlichkeit und Quirligkeit aus, dass es keinen gab, der von ihr nicht begeistert war.

Als Anthony sagte: »Bleib doch bis zum Sommer«, überlegte Stella nicht lang. Sie setzte sich hin und teilte ihrer Familie ihre Entscheidung mit. Am liebsten hätte sie die Zeit auf ihr ganzes Leben verlängert, aber diesen Gedanken verbot sie sich.

37

Lysbeth und Aaron waren dünn geworden. Sie arbeiteten zu viel. Und sie aßen zu wenig. Als hätte das Elend um sie herum bewirkt, dass auch sie vor Hunger darbten. Ihre Gespräche drehten sich ausschließlich um die Patienten. Am Sonntag kümmerten sie sich um die Buchhaltung, und oft fuhr Aaron auch dann noch mit Lysbeths Fahrrad zu Kranken. Am Abend fielen sie sterbensmüde ins Bett, brachten es gerade noch fertig, einander zu umschlingen, dann fielen sie in tiefen Erschöpfungsschlaf. Ebenso wie sie wenig aßen, hatten sie wenig Sex. Es war ein hartes, lustloses Leben geworden, das sie miteinander teilten.

Käthe und die Tante beobachteten das Ganze mit Sorge, aber Lysbeth behauptete steif und fest, dass sie sehr glücklich sei und so lebe, wie sie es sich immer gewünscht habe. Was sie nicht sagte, war, dass sie Angst vor ihren Träumen hatte, die sie regelmäßig überfielen, wenn Aaron und sie einander geliebt hatten oder wenn sie mehr gegessen und weniger gearbeitet hatte. Es waren schreckliche Träume von Feuer und Gewalt und Angst, vor allem aber von entsetzlicher Angst, Aaron zu verlieren.

Lysbeth befand sich in einem unauflöslichen Gewissenskonflikt. Sie wusste, dass Aaron es für seine Pflicht hielt, Abtreibungen durchzuführen, größtenteils kostenlos. Aber sie träumte davon, dass er in Gefahr war, abgeholt zu werden.

Sie dachte, seine Gefährdung hinge mit den Abtreibungen zusammen. Allmählich wünschte sie sich selbst, er möge damit aufhören. Aber immer wenn sie vorsichtige Andeutungen machte, verschloss Aaron sich. Sie wurde drängender in ihrer Forderung, dass sie wenigstens einmal darüber sprechen müssten, wie sie der Gefahr durch ihre illegale Tätigkeit noch besser begegnen könnten. Aaron reagierte abwehrender. Und dann geschah, was noch nie geschehen war: Sie stritten sich so sehr, dass am Abend im Bett jeder an die äußerste Kante rückte. Lysbeth weinte lautlos. Diese Entfernung von Aaron schien ihr unerträglich. Aber sie hatte Angst, ihm nahe zu kommen, weil er in seiner Wut so schreckliche Dinge gesagt hatte. Er wolle von nun an die Aborte allein durchführen und er bedaure es, sich von ihr so abhängig gemacht zu haben, das sei unverzeihlich, er sei sehr zornig über sich selbst, er bitte sie nur noch, ihm ein paar Mal zu assistieren, bis er so sicher sei, dass er allein operieren könne.

In dieser schlaflosen Nacht beschloss Lysbeth, dass sie selbst dafür sorgen musste, die Abtreibungen von nun an allein durchzuführen. Sie wusste, dass Aaron damit nicht einverstanden sein würde, aber sie wusste ebenfalls, dass sie einen Weg finden würde, ihn dazu zu bringen. Nach diesem Entschluss schlief sie endlich ein. Sie wachte auf, weil etwas Warmes zart über ihren Rücken glitt. Sie brauchte eine Weile, um sich zurechtzufinden. Aaron streichelte ihren Rücken, ihre Taillenbeuge, nun wanderte seine Hand zu ihrem Bauch, ihren Brüsten. Es war ein sehr schönes Aufwachen, aber es dämmerte Lysbeth auch allmählich wieder, dass sie sich schrecklich gestritten hatten. »Darf ich jetzt wieder dein Liebster sein?«, fragte Aaron mit zärtlicher, leicht scherzhafter Stimme, aber Lysbeth hatte keinen Zweifel daran, dass es ihm ernst war mit der Absicht, ihr wieder nah zu kommen. Sie warf sich herum in seine Arme. »Du bist immer mein Liebster gewesen«, murmelte sie und küsste ihn leidenschaftlich.

»Es kommt mir vor wie eine Ewigkeit, dass wir das nicht mehr getan haben«, sagte Aaron, als er nach ihrer stürmischen Liebesbegegnung wieder zu Atem gekommen war. »Mir auch«, sagte Lysbeth und dachte: Es wird sich etwas ändern, mein Lieber, und es soll dir nicht schlecht dabei gehen.

Sobald sie die Tante allein erwischte, teilte sie ihr klipp und klar ihre Träume, ihre Angst und die ganze Problematik mit. »Ich will, dass Aaron mir die Abtreibungen allein überlässt«, sagte sie. »Du hast das auch allein gemacht, bevor ich da war. Es muss allein gehen.«

»Natürlich geht es allein«, pflichtete die Tante bei, und sie ließ keinen Zweifel dran, dass sie Lysbeths Entschluss sehr vernünftig fand. »Aber ich fürchte, dass Aaron anderer Meinung ist.«

»Davon können wir ausgehen.« Lysbeth lächelte die Tante listig an. »Was meinst du wohl, warum ich mit dir darüber sprechen will?«

Die Tante lachte ihr lang nicht gehörtes krächzendes Hexenlachen. »Du willst ihn verzaubern, und ich soll dabei helfen«, sagte sie amüsiert. »So ist es doch wohl?«

»Genauso ist es.« Lysbeth errötete leicht. »Ich will ihn gern selbst verzaubern, aber es wäre gut zu wissen, dass du mich dabei unterstützt.«

Die Tante lachte noch lauter. »Gut so, mein Kind«, sagte sie. »Sehr gut.«

Mittlerweile war Lysbeth hochrot im Gesicht. »Ich habe mir überlegt, dass ich ihn in einem günstigen Augenblick fragen muss. Und dass er aus dieser Tretmühle raus muss, damit es überhaupt einen günstigen Augenblick geben kann.«

Die Tante war nun ernst geworden. Sie kniff die Augen zusammen und musterte Lysbeth nachdenklich. »Er liebt dich natürlich«, sagte sie, während sie in ihrer Musterung fortfuhr, unter der sich Lysbeth sehr unbehaglich fühlte. »Und er liebt dich natürlich auch, wenn du eine magere Ziege bist.« Lysbeth wollte auffahren, aber dann lächelte sie dankbar. Die Tante war wie immer ehrlich. Und sie wollte ihr helfen. Am besten tat Lysbeth daran, einfach nur zuzuhören.

»Wir leben in eigenartig fanatischen Zeiten«, sagte die Tante, und es klang, als versuche sie selbst, eine Erklärung für Unverständliches zu finden. »Die Vernunft ist ein Luxusartikel geworden. Umso wertvoller ist sie.« Sie richtete ihre alten, klugen Augen auf Lysbeths, die ihr vertrauensvoll entgegenblickten. »Aaron und du, ihr seid auch fanatisch geworden. Eine völlige Einseitigkeit im Leben. Nur noch schuften. Nur noch dienen.« Ihr Blick war jetzt kalt. »Und so seht ihr auch aus. Wie fanatische Asketen. Die nicht mehr essen, nicht mehr lachen, keinen Spaß mehr haben und keine Liebe mehr machen. Oder?« Lysbeth nickte erschrocken. Die Tante hatte recht. Es hatte keinen Spaß mehr gegeben, nur noch Arbeit, und die Arbeit war Dienen.

»Diese Art von Dienen ist auch überheblich«, sagte die Tante mit schneidender Ehrlichkeit. »Es ist die Überheblichkeit des Asketen, der seinen menschlichen Bedürfnisse misstraut und sie sich verbietet. Als Entschädigung für die Entsagung klopft er sich auf die Schulter und sagt: Ich bin ein besserer Mensch als die anderen. Aber das ist Unfug!«

Lysbeth errötete wieder. Sie fühlte sich durchschaut. Es war etwas dran an den Worten der Tante. Auch wenn sie es nicht gern wahrhaben wollte. Sie hatte sich wie eine Retterin gefühlt. Die Retterin der Armen in Eimsbüttel, die Retterin der bedauernswerten Frauen, die gegen ihren Willen schwanger geworden waren, die Retterin der hungernden Kinder, die alle möglichen Krankheiten bekamen. Aber sie hatte dabei ihre Bescheidenheit verloren. Sie selbst hatte gehungert ohne Not. Sie hatte sich das Lieben versagt, obwohl sie doch einen Liebsten hatte. Sie hatte sich die Freude versagt, obwohl es doch Grund zur Freude gab.

»Was soll ich tun?«, fragte sie geradeheraus.

Wieder lachte die Tante. »Das fragst du mich?« Sie legte ihre alte, knochige Hand auf Lysbeths, die ebenso knochig war. »Hattest du nicht einmal gelernt, auf deine Intuition zu hören? Intuition ist die Schwester der Vernunft. Iss vernünftig, schlaf vernünftig, liebe vernünftig und arbeite vernünftig. Und alles wird sich von allein regeln. Und sorg dafür, dass auch Aaron wieder einen anständig gefüllten Magen, einen ausgeruhten Geist und ein ruhiges, gutes Gefühl von seiner potenten Männlichkeit hat. Und dann sag ihm, dass du von nun an die Aborte allein durchführen wirst, weil dies die Gefahr halbiert. In Krisenfällen wirst du ihn dazu rufen, das ist doch selbstverständlich.«

Lysbeth nickte. Genauso wollte sie es machen. »Kräuter?«, fragte sie noch, aber eigentlich wusste sie schon, was die Tante sagen würde. Und so war es auch. »Keine Kräuter! Leben!«, beschied sie.

Wenn Lysbeth sich etwas vorgenommen hatte, setzte sie es umgehend in die Tat um. Zwei Wochen später bereits hatte sie wieder etwas Speck auf den Rippen, wie die Tante wohlgefällig bemerkte, und bei Aaron war es ebenso. Er war zwar nach wie vor so vertieft in seine Arbeit, dass er es nicht bewusst mitbekam, aber er aß, wenn Lysbeth dafür sorgte. Und sie sorgte dafür. Er schlief auch am Morgen eine Stunde länger, weil sie ihn später weckte, und er besann sich schnell auf ihre noch nicht so lange vergangenen Liebesrituale, zum Beispiel am Abend vor dem Einschlafen.

Erfreulicherweise gab es in diesen zwei Wochen keine Abtreibung. Dann kam eine junge Frau zu Lysbeth in die Praxis, als Aaron wie so oft zu Hausbesuchen unterwegs war. Die junge Frau bat darum, dass bei einer Freundin von ihr, die in Berlin wohne und dort aber niemanden kenne, ein Schwangerschaftsabbruch vorgenommen würde, und zwar kostenlos, so wie es auch bei ihr vor einem halben Jahr gemacht worden war. Lysbeth stimmte zögernd zu. Sie legte den Termin auf Mittwoch der kommenden Woche. Es fiel ihr nicht leicht, das für sich zu behalten, aber sie wusste genau, was sie vorhatte.

Sie würde Aaron von dem Termin erzählen, wenn klar war, dass er auf keinen Fall mehr daran teilnehmen könnte. Da sie es war, die seine

Termine für Hausbesuche organisierte, die überhaupt für die Organisation der Praxis zuständig war, bereitete es ihr kein Problem, den Mittwochnachmittag so voller Termine zu packen, dass Aaron unmöglich rechtzeitig in der Praxis zurück sein konnte. Sie wollte es ihm am Mittwochmittag erzählen. Ein kurzfristiger Notfall, so wollte sie das Ganze erklären. Am besten zwischen Tür und Angel, wenn er schon mit anderen Sorgen beschäftigt war.

Alles lief nach Plan. Mittwochvormittag arbeiteten sie gemeinsam in der Praxis. Es gab gerade eine sehr verbreitete Magen-Darm-Infektion, die für unterernährte Kinder sehr gefährlich war. Sie hatten keine andere Möglichkeit, als Kamillentee und Zwieback zu empfehlen, Lysbeth gab jeweils passende homöopathische Kügelchen dazu, besonders häufig gab sie Pulsatilla, das Mittel für weinerliche, zarte Wesen, die eine Stärkung brauchen, um wieder auf die Beine zu kommen. Aaron war vor allem damit beschäftigt, Herz und Lunge abzuhorchen, um etwaige Folgeschäden rechtzeitig zu erkennen. Die Hausbesuche galten genau denjenigen, die bereits mit hohem Fieber, Lungenentzündung oder völliger Entkräftung im Bett lagen.

Am Mittag fuhren sie gemeinsam in die Kippingstraße, um dort zu essen. Auch diese Sitte hatte Lysbeth neuerdings eingeführt. Sie benutzte jetzt ihr eigenes Fahrrad, und Aaron fuhr auf Dritters, der dieses großzügig zur Verfügung gestellt hatte. Käthe und die Tante hatten gekocht, und so aßen die vier miteinander, deftige Hausmannskost, angereichert mit von der Tante ausgewählten Kräutern, die verhinderten, dass Lysbeth und Aaron anschließend müde wurden. Allerdings legten sich die beiden sogar neuerdings regelmäßig nach dem Essen eine halbe Stunde ins Bett, und das alles hatte schon Wunder gewirkt. In ihr Leben war wieder Freude und Schwung eingekehrt, und sie machten ihre Arbeit wieder mit Neugier und Energie.

Jetzt erst merkten sie, wie ausgelaugt sie gewesen waren und dass Welten dazwischen lagen, aufopfernd am Rand des Zusammenbruchs zu dienen oder mit Freude und Engagement seine Arbeit zu tun. Diese Mittagspause war ihnen heilig geworden, und Lysbeth schirmte sie von allen Kranken ab. Ebenso hatte Lysbeth den Sonntag von jeder Arbeit befreit.

Sie hatte Eckhardt gefragt, ob er bereit wäre, ihre Buchhaltung zu übernehmen, und Eckhardt hatte ohne jedes Zögern zugesagt. Ganz offensichtlich war ihm eine Distanz zu Dritter sehr wichtig. Er verübelte es dem leichtsinnigen Bruder, dass er die Firma in den Ruin getrieben hatte. Dritter benutzte die verbleibenden zwei Firmenräume auch für seine geschäftlichen Unterredungen, die stets mit einem oder mehreren Gläsern Weinbrand besiegelt wurden und die Eckhardt allesamt höchst suspekt waren. Bei diesem Gespräch mit Eckhardt hatte Lysbeth erst bemerkt, wie viel Groll Eckhardt seinem Bruder und Geschäftspartner Dritter gegenüber hegte. Aber wie immer ballte er die Faust in der Tasche, und wahrscheinlich ahnte Dritter nicht einmal etwas davon. Auf jeden Fall hatte sich Eckhardt mit akribischer Genauigkeit der Buchhaltung der Praxis angenommen und, obwohl sie ihm einen monatlichen Obolus entrichteten, ging es ihnen seitdem finanziell seltsamerweise besser. Vielleicht lag es daran, dass Eckhardt die Abrechnungen an die Krankenkassen aufstellte, vielleicht lag es auch daran, dass er die Rechnungen für die wenigen Patienten mit hohem Einkommen kalkulierte. Auf jeden Fall waren Lysbeth und Aaron sehr überrascht gewesen, dass sie am Ende des Quartals einen recht guten Schnitt gemacht hatten.

Lysbeths und Aarons Leben hatte sich tatsächlich sehr zum Guten gewendet, seit sie sich so entsetzlich gestritten hatten. Lysbeth war felsenfest entschlossen, dies nicht wieder gefährden zu lassen und ihren in jener Nacht gefassten Plan auch bis zum Ende durchzusetzen. Also verführte sie Aaron an diesem Mittag, ohne sich von seinem halbherzigen Einwand, sie hätten doch nicht viel Zeit, beirren zu lassen. Es fiel ihr nicht schwer, ihn zu erregen. Schnell kam er in den Zustand, den sie an ihm so liebte: Er war fordernd und drängend, gleichzeitig jedoch wurde er offener und weicher. »Ich bin Wachs in deinen Händen«, hatte er einmal gesagt, und genau das fühlte sie. Mit unterdrücktem Stöhnen ergoss er sich in ihr, und sie nahm ihn voller Liebe auf. Sie verhüteten schon lange nicht mehr. Sollte Lysbeth schwanger werden, wollten sie es als Geschenk annehmen. Aber Lysbeth rechnete nicht mehr damit. Es gab Frauen, die nicht schwanger wurden, obwohl sie sich sehnlich ein Kind wünschten. Anscheinend gehörte sie dazu.

Weich und aufgelöst streichelte und küsste Aaron sie. »Siehst du«, sagte er mit leichtem Schuldbewusstsein in der Stimme, »jetzt habe ich keine Zeit mehr, um dich zu verwöhnen. Du bist zu kurz gekommen.«

Lysbeth lachte zärtlich. »Heute Abend, mein Lockenlöwe«, sagte sie und fuhr ihm durch die dicke Mähne. Zweifellos würde Aaron es nie zulassen, dass sie zu kurz käme. Am Abend würde er sie befriedigen, wie auch immer. Doch auch jetzt war Lysbeth zufrieden.

Als sie einander kurz darauf vor dem Haus umarmten, um in unterschiedliche Richtungen davonzuradeln, sagte sie: »Ach, übrigens, mein Lockenlöwe, heute Abend um sechs kommt eine junge Frau zum Abortus.«

Durch Aaron fuhr ein größerer Schreck, als Lysbeth erwartet hatte. »Das schaff ich nicht«, rief er entsetzt. »Das krieg ich auf keinen Fall hin.«

»Sorg dich nicht«, antwortete Lysbeth beruhigend. »Ich schaff es auch allein.«

»Du durftest das nicht annehmen«, stieß Aaron ärgerlich hervor.

»Es ist ein Notfall, ich konnte es nicht ablehnen.«, versuchte Lysbeth ihn zu beschwichtigen. »Eine Studentin aus Berlin. Im zweiten Monat. Es wird nicht schwer sein. Sie ist jung und gesund. Die Schwangerschaft ist noch nicht weit fortgeschritten. Ich kann es allein. Wenn du dazukommst, ist gut, wenn nicht, lass mich nur machen.«

Aaron stand unschlüssig neben seinem Fahrrad. Er runzelte die Stirn. Lysbeth hatte sich auf diese Situation gut vorbereitet. Sein offenkundiger Missmut brachte sie nicht aus dem Konzept. »Oder traust du mir nicht zu, dass ich das allein schaffe?«, fragte sie mit kokettem Lächeln und fuhr ihm abermals durch die Locken. »Mein Lockenlöwe«, raunte sie und küsste ihn. »Hauptsache, du kommst heute Abend rechtzeitig nach Hause. Du hast noch etwas vor. Mit mir.«

Über Aarons Gesicht glitt ein verwirrtes Lächeln, in dem einige Gefühle ihren Widerstreit ausdrückten. So kannte er Lysbeth nicht. Sie war nicht kokett. Sie sprach nicht davon, dass sie sexuelle Zuwendung erwartete. Wenn sie überhaupt über Sexualität sprachen, ging das von ihm aus. Sie war da eher scheu. Aber es gefiel ihm, wie sie sich verhielt. Das sah Lysbeth ihm an. Sie drückte seine Hand und schwang sich dann auf ihr Fahrrad. »Bis heut Abend!«, rief sie über die Schulter zurück. »Und vergiss mich nicht!«

»Wie könnte ich …«, murmelte Aaron. Kopfschüttelnd radelte er in Richtung Grindelviertel davon. Dort wohnten viele jüdische Familien, die sich bei Aaron in die Behandlung begeben hatten. Es fiel ihnen leichter, einem jüdischen Arzt zu vertrauen.

Er spürte noch Lysbeths Körper an seinem, ihre Lippen auf seinem Mund. In ihm fühlte sich alles weich und warm und entspannt an. Als er in die Wohnung der ersten Patientin trat, hatte er bereits vergessen, dass Lysbeth heute eine Abtreibung allein durchführen würde.

Lysbeth hatte Zeit, alles vorzubereiten. Mittwochnachmittag räumte sie immer die Praxis auf, sortierte alle Papiere, die sie anschließend Eckhardt geben würde. Während sie das tat, wurde ihr bewusst, dass nicht allein Eckhardts ordnende Hand dafür gesorgt hatte, dass sie mehr Geld einnahmen. In der letzten Zeit hatten sie einige wohlhabende neue Patienten bekommen. Anfangs hatten sie es gar nicht bemerkt, aber nun stach es Lysbeth in die Augen. Der Anteil ihrer jüdischen Patienten hatte in den letzten Wochen unglaublich zugenommen. Zuerst waren es die jüdischen Arbeiter oder Arbeitslosen gewesen, die sich von den übrigen Patienten in nichts unterschieden außer vielleicht im Namen, nun aber waren reiche Juden hinzugekommen, nicht übermäßig viele, aber sie hatten den Schnitt der Einnahmen verändert. Anscheinend hatte es sich herumgesprochen, dass Aaron ein vertrauenswürdiger jüdischer Arzt war.

Lysbeth freute sich nicht, als sie ihre Unterlagen sortierte und noch einmal sortierte. Ja, es war unübersehbar: Die Patienten in ihrer Praxis bestanden zur Hälfte aus Juden. Und von den wohlhabenden waren mehr als achtzig Prozent Juden. Lysbeth wurde sehr mulmig zumute. Sie schalt sich deswegen und fragte sich, ob die in der jüngsten Vergangenheit zunehmende Verunglimpfung der Juden auch sie schon infiziert hatte. Aber sie wusste, das war lächerlich. Für sie war Aaron kein Jude, für sie war er Aaron. Und die jüdischen Kinder, die bei ihnen in Behandlung waren, rührten sie nicht mehr und nicht weniger als die anderen. Sie sahen oft nicht einmal anders aus. Dunkle Locken und Hakennase und dunkle Augen und diese Adlerschärfe in den Gesichtszügen, wie sie in manchen Karikaturen gezeichnet wurde, diese Charakteristika trafen zwar auf Aaron zu, aber bei weitem nicht auf alle ihrer Patienten. Nein, das mulmige Gefühl hatte wieder mit der Bedrohung für Aaron zu tun, die sie spürte. Sie schob es weg. Gut, dass sie den Abbruch heute allein tun würde. Sehr gut. Und sie würde dafür sorgen, dass das auch in der Zukunft so bliebe.

Um Punkt achtzehn Uhr klingelte es an der Praxistür. Lysbeth war vorbereitet. Sie trug einen weißen Kittel. Eine weiße Haube und einen Mundschutz. Allein ihre Augen und ihre Hände waren erkennbar. Sie öffnete die Tür und unterdrückte einen Schrei. Vor ihr stand Angela. Sie hatte sich sehr verändert. Aus dem Backfisch mit den Rundungen, die Lysbeth immer ein wenig wie auf den Körper aufgesetzt vorgekommen waren, war eine junge Frau geworden, deren Körper wie eine Mischung aus Stella und Lysbeth aussah. Sie war größer als Stella, hatte eindeutig Brüste und Hüften, aber sie war feingliedriger, mit längeren Armen und Beinen. Um ihr schönes Gesicht, dessen Züge sich anscheinend von Käthes Mutter auf Stella und nun auf Angela vererbt hatten, lag eine wilde lange Lockenmähne. Vor zwei Jahren, als Lysbeth ihre Nichte das letzte Mal gesehen hatte, hatte diese den modernen Bubikopf getragen, jetzt wirkte sie wie ein Wesen aus einer anderen Welt. Keine junge Frau trug lange Haare, geschweige denn lange Locken, Angela aber hatte nicht einmal einen Zopf geflochten. Ihre schwarze Lockenmähne ließ die von Fritz geerbten hellgrauen Augen noch auffälliger leuchten. Darüber lagen wie Vogelschwingen die runden Augenbrauen ihrer Mutter. Ihre Nase hatte die perfekte Rundung, die auch Stellas Nase aufwies, und ihr Mund war fein und sensibel, und Lysbeth dachte einen erschrockenen glücklichen Moment lang, dass er dem ihren glich. Sie starrte Angela an, als hätte sie sie noch nie gesehen. Die junge Frau trug einen halblangen weiten Rock, der ebenfalls der augenblicklichen Mode ins Gesicht schlug. Dazu flache Schuhe und eine in den Rock gesteckte brave weiße Bluse. Sie sah aus wie eine Zigeunerin.

Angela hatte Lysbeth nur kurz angeschaut. Ohne ein Wort war sie eingetreten, als Lysbeth ihr den Weg frei gemacht hatte. Sie blickte zu Boden, als schäme sie sich. Sie folgte Lysbeth bis zu dem kleinen Raum, wo die Operation vorgenommen werden sollte. Lysbeth nuschelte, dass sie sich frei machen solle und auf den Stuhl legen, der die Beine spreizte. Ihre Stimme zitterte. Zum Glück war sie durch den Mundschutz ohnehin so verzerrt, dass Angela sie nicht erkennen konnte. Mit zitternden Knien begab Lysbeth sich aus dem Raum in ihre kleine Küche. Dort ließ sie sich auf einen Stuhl fallen, holte tief Luft und schenkte sich ein großes Glas Wasser ein. Normalerweise trank sie nichts vor der Operation, um völlig sicherzugehen, auch auf gar keinen Fall durch einen Druck auf der Blase von ihrer Konzentration abgelenkt zu werden. Aber sie musste ihre zitternden Hände unter Kontrolle bringen, ihr rasendes Herz zur Ruhe. Sie legte die Hände auf die Knie und atmete einige Male so gleichmäßig, wie es ihr möglich war. Doch ihr Herz schlug immer noch viel zu schnell, ihre Hände gehorchten ihr nicht.

Es bleibt dir nichts anderes übrig, du darfst Angela nicht länger allein lassen, befahl sie sich. Zum Glück lagen alle Instrumente schon bereit, sie hatte nichts dem Zufall überlassen wollen. Nun aber hatte der Zufall ihr bewiesen, dass er nicht zu beherrschen war.

Mit schweren Beinen ging sie zu ihrem kleinen Operationszimmer, wo Angela schon auf dem Stuhl lag, die Beine gespreizt, die Augen ergeben geschlossen. Wie groß ihre Not sein muss, dachte Lysbeth. Sie stellt keine einzige Frage. Wie ein Schaf, das zur Schlachtbank geführt wird.

Lysbeth atmete noch einmal bewusst ein und aus, dann begann sie mit ihrer Arbeit. Was Lysbeths Wille nicht vermocht hatte, geschah ganz von allein: Sie spürte ihren Herzschlag nicht mehr, ihre Hände verrichteten ruhig, gelassen und sicher ihre Arbeit. Angela gab keinen Mucks von sich, aber Lysbeth, die sie ständig im Blick hatte, entging nicht, dass aus Angelas geschlossenen Augen unablässig Tränen strömten. Das war Lysbeth nicht unbekannt. Die Frauen weinten, stöhnten, übergaben sich. Manche schrien vor Schmerz, die meisten aber lagen ebenso still wie jetzt Angela und weinten vor sich hin. Lysbeth hatte sich bereits damals, als sie der Tante assistiert hatte, abgewöhnt, sich von dem Schmerz der Frauen berühren zu lassen. »Mach deine Arbeit mit Sympathie und Solidarität, aber leide nicht mit«, hatte die Tante damals gesagt. »Du brauchst deine Aufmerksamkeit, um zu arbeiten, Mitleid führt nur zu Zögern im falschen Augenblick.«

Als Angela zusammenzuckte, hielt Lysbeth eine Sekunde in ihren Bewegungen inne. Ihr Magen verkrampfte sich. Sie wollte Angela Trost zusprechen. Doch im selben Augenblick erinnerte sie sich an die Worte der Tante und schalt sich selbst aus. Du verlangsamst die Qual, sagte sie sich. Jeder Trost ist eine Unterbrechung. Außerdem würdest du noch Gefahr laufen, dass sie deine Stimme erkennt. Reiß dich jetzt zusammen!

Es half. Ruhig und konzentriert führte sie die kleine Operation zu Ende. Es war nicht einfach gewesen, die junge, fest verschlossene Gebärmutter zu öffnen, aber sie hatte es so sanft wie möglich getan. Nun war alles entfernt. Die Schwangerschaft war beendet, und Lysbeth hatte so sauber und sorgfältig gearbeitet wie immer. Sie hatte Aaron nicht vermisst. Es war eine Arbeit, die sie wirklich gut allein bewältigen konnte.

Als alles vorbei war, half sie Angela vom Stuhl und führte sie zu dem kleinen Raum, in dem sie eine Liege stehen hatten. Sie deckte Angela zu und sagte ihr, sie könne so lange schlafen, wie sie wolle. Angela hatte ihre Augen nur kurz geöffnet, um von dem Stuhl zur Liege zu kommen, nun hatte sie sie wieder fest verschlossen und nickte nur. Immer noch sickerten Tränen aus ihren Augenwinkeln.

Lysbeth zog den Vorhang zu, hinter dem sich die Liege befand, Aaron und sie hatten die Tür ausgehängt und stattdessen einen Vorhang angebracht, um sicherzugehen, dass sie die Frau, die dort lag, jederzeit hören und auch durch den Vorhang lugen konnten, um regelmäßig zu kontrollieren, wie es der Frau ging.

Lysbeth werkelte in dem Operationsraum, reinigte die Geräte, räumte alles fort, und die ganze Zeit überlegte sie angestrengt, wie sie jetzt weiter vorgehen sollte. Angela einfach nach Hause fahren lassen? Sich zu erkennen geben? Sie wusste es nicht. Sie hatte Angst um Angela. Wieso fuhr sie nach Hamburg, um eine Abtreibung vornehmen zu lassen? In Berlin gab es doch bestimmt auch Möglichkeiten. Und wo war eigentlich der junge Mann, der zu der ganzen Geschichte dazugehörte?

Von Zeit zu Zeit lugte Lysbeth durch den Vorhang. Angela schien eingeschlafen zu sein. Sie atmete ruhig und rührte sich nicht. Umso besser, dachte Lysbeth. Eine Stunde war vergangen. Sie ging in ihre Küche und kochte sich einen starken Kaffee. Den brauchte sie jetzt. Sie saß in der Küche, trank ihren Kaffee und starrte leer vor sich hin, als die Tür klappte. Lysbeth fuhr zusammen. Das war Aaron! Den hatte sie ganz vergessen. Da öffnete sich auch schon die Küchentür, und Aaron stapfte energischen Schritts auf sie zu. Er baute sich vor ihr auf und sagte: »Ich habe nachgedacht, meine Liebe. Du hast mich an der Nase herumgeführt. Du willst mich ausschalten. Ich soll mit den Aborten nichts mehr zu tun haben. Was soll das? Ich erwarte klare, ehrliche Worte.«

Er hatte laut gesprochen. In Lysbeths Kopf ratterte es. Was sollte sie jetzt tun? Ihn darauf aufmerksam machen, dass die Patientin noch da war? Ihm von ihren Träumen erzählen? Ihm alles beichten, was sie sich ausgedacht hatte, um ihn zu schützen?

»Aaron, willst du einen Kaffee?«, fragte sie mit sanfter Stimme. »Ich habe gerade einen gekocht. Und übrigens …«

»Und übrigens«, donnerte er, »will ich von dir klaren Wein eingeschenkt bekommen! Kein verlogenes Gesäusel mehr. Mein Lockenlöwe und so … Ich will es nicht mehr hören!«

Er war sehr zornig.

Da stand Angela in der Tür. Sie rieb sich die Augen. »Entschuldigung«, sagte sie mit kleiner Stimme. »Ich glaube, ich habe geschlafen …«

Da weiteten sich ihre Augen, sie starrte Lysbeth an wie ein Gespenst. Sie taumelte. Bevor sie zu Boden fiel, konnte Aaron sie gerade noch auffangen. »Ach, du grüne Neune«, murmelte er. »Ich hab doch gesagt, du sollst es nicht allein machen.«

Sie legten Angela vorsichtig auf den Boden, Lysbeth holte ein Kissen für ihren Kopf. Aaron füllte ein Glas mit Wasser. Trotz all ihrer widerstreitenden Gefühle ärgerte Lysbeth sich darüber, dass Aaron meinte, sie hätte etwas falsch gemacht und deshalb wäre die junge Frau jetzt ohnmächtig geworden.

Angela öffnete die Augen. »Wer ist das?«, flüsterte sie mit Blick auf Aaron.

»Der Arzt, dem die Praxis hier gehört«, erläuterte Lysbeth knapp.

Aaron baute sich vor der jungen Frau auf, die auf dem Boden liegen blieb und ihn von unten anschaute. »Ja, ich bin für alles, was hier geschieht, verantwortlich«, sagte er mit autoritärer Entschiedenheit. Lysbeth lächelte unwillkürlich. Er glaubte immer noch, dass etwas schiefgelaufen war und die junge Frau ihr etwas vorzuwerfen hatte. Jetzt ärgerte es Lysbeth nicht mehr. Er wollte sie schützen. So wie sie ihn hatte schützen wollen.

»Ich glaube, ich sollte jetzt mal vorstellen«, sagte sie, und wieder stahl sich ein Lächeln auf ihr Gesicht. Denn natürlich war sie nicht wirklich in der Lage, die beiden einander vorzustellen. Eine ehrliche Vorstellung würde lauten: Angela, die Tochter meiner Schwester, die von ihren Adoptiveltern weggelaufen ist, und Aaron, mein Liebster.

»Dies ist Dr. Aaron Bleibtreu und dies ist Angela, die Tochter guter Freunde, die seit einiger Zeit in Berlin lebt.« Sie blickte Aaron bedeutungsvoll an, und er verstand. Dies war also die entflohene Angela. Er bot Angela die Hand. »Erfreut, Sie kennenzulernen«, sagte er konventionell. Angela hielt die Hand fest und hievte sich daran hoch.

»Quatsch mit Soße, wir kennen uns doch! Du warst mit Lysbeth bei der Tante. Du hast dich eigentlich nicht verändert. Aaron.« Aaron lachte leise, zog sie zum Küchentisch und setzte sie dort auf einen Stuhl. »Aber du hast dich verändert, Angela. Du bist nicht wiederzuerkennen.« Er musterte sie aufmerksam. »Doch, die Augen … aber sonst?«

»Jetzt machen wir uns erst mal einen starken Kaffee …«, schlug Lysbeth vor. Mit Blick auf Angela korrigierte Aaron sie: »… guten Kräutertee, und dann erzählt ihr mir, was geschehen ist.«

Angela sah Lysbeth fragend an. Weiß er, was du hier tust?, lautete die Frage in ihrem Blick. Lysbeth nickte.

Bald darauf schlürften sie den heißen Tee. Sie schwiegen. Jeder schien darauf zu warten, dass der andere begann. Aaron seufzte theatralisch. »Gut, also, liebe Angela, ich schlage vor, dass wir ehrlich miteinander sind. Und um ganz ehrlich zu sein, ich wäre beinahe mit Lysbeth nach Berlin gefahren, um dich zu suchen. Aber sie wollte es nicht.«

Angela hob trotzig das Kinn an. Sie sagte nichts, aber ihre Mimik sagte genug. Ihr hättet mich auch nicht gefunden, verstand Lysbeth. Keine Chance.

»Ich war dagegen«, sagte sie leise. »Ich fand, dass du das Recht hattest, dein Glück zu suchen. Hast du es gefunden?« Ihr Herz klopfte aufgeregt. Angela kam ihr vor wie ein scheues Tier. Scheue Tiere fliehen, wenn man ihnen zu nahe kommt.

Aber Angela lachte nur spöttisch auf. »Du hast mich eben von einer großen Last befreit, liebe Tante Lysbeth, darüber bin ich schon mal sehr glücklich.« Lysbeth und Aaron stimmten nicht in ihr Lachen ein. Da wurde auch Angela wieder ernst. »Glücklich?«, sagte sie nachdenklich. »Ich weiß nicht, ob es Glück ist, was ich gefunden habe. Aber es ist genau das, was ich wollte.«

Sie verstummte. Ihr Blick wanderte nach innen.

Lysbeth fürchtete, Angela würde nun von ihrer Entdeckung sprechen, dass ihre Eltern sie adoptiert hatten. »Hast du eine Schule gefunden?«, fragte sie schnell. »Eine Liebe?«

Die Fragen schienen ihr zwar gewagt, aber einerseits wollte sie auf keinen Fall, dass das Thema der Adoption angeschnitten würde, und außerdem wollte sie es wirklich wissen. Es gab keine Frau, die nach einer

Abtreibung nur glücklich war, von einer Last befreit zu sein. Schon gar nicht, wenn das Kind von einem geliebten Mann war.

Angelas Blick kehrte zurück. »Ja«, sagte sie schlicht. »Beides.« Sie blinzelte Lysbeth verschmitzt an, und für einen Moment erkannte diese in der jungen Frau wieder die kleine Angela. »Du denkst natürlich, dass es nicht zusammenpasst, eine Abtreibung zu machen und eine Liebe zu haben, aber du kannst mir glauben: Es passt.«

Aaron nickte zustimmend. Er kannte viele Frauen, die eine Abtreibung machen wollten, obwohl sie mit einem Mann glücklich waren.

»Ich putze tagsüber Treppenhäuser«, erläuterte Angela da auch schon ihre Lage. »Am Abend gehe ich aufs Abendgymnasium. In einem Jahr mache ich Abitur. Robert studiert. Jura. Und außerdem ...« Sie räusperte sich, ihr Blick huschte unsicher zwischen Aaron und Lysbeth hin und her. »Robert ist Kommunist«, fuhr sie mit fester Stimme fort. »Er ist sehr aktiv. Ein Kind hätte es nicht gut bei uns.« Sie machte eine nachdenkliche Pause. Als sie wieder zu sprechen anhob, merkte man, dass es ihr schwerfiel, die richtigen Worte zu finden. »Weißt du, Tante Lysbeth, du hast mich gefragt, ob ich mein Glück gefunden habe. Ich glaube, ich musste lernen, dass *Glück* sich manchmal ganz anders bemerkbar macht als durch glücklich sein. Ich habe *mein* Glück gefunden, das, wofür ich bereit bin, viel zu bezahlen, auch mit Trauer, auch mit Aufgeben, mit Schmerz, mit Verlust.« In ihren Augen standen jetzt Tränen, ihr Mund sah sehr verletzlich aus. Lysbeth schluckte. Das Mädchen war erstaunlich erwachsen geworden. Aaron nickte wieder zustimmend. Er wusste genau, wovon Angela sprach. Lysbeth zu lieben und Arzt zu sein, das war sein Glück, und er war bereit, dafür alles zu zahlen, was notwendig war. Jede Entbehrung, jeden Schmerz, jede Mühe. Aber er war unter keinen Umständen bereit, auf Lysbeth oder auf seinen Beruf zu verzichten, wie viel Leid es ihn auch kosten würde, denn ansonsten würde er auf sich selbst verzichten.

Es war schummrig im Raum geworden.

»Ich mache einen Vorschlag.« Lysbeth lächelte, aber das konnten Angela und Aaron nur noch ahnen, nicht mehr sehen. »Wir gehen jetzt nach Hause und essen dort. Die Tante wird überglücklich sein, Angela wiederzusehen.«

Angela ließ den Kopf hängen. »Robert wartet bei Freunden auf mich«, sagte sie entschuldigend. »Ich kann nicht mitkommen.«

Diesen Einwand ließen Lysbeth und Aaron nicht gelten. Aaron entschied, dass die Frauen mit einer Droschke in die Kippingstraße fahren sollten, und er wollte sich mit dem Fahrrad in die Bornstraße begeben, wo Angelas und Roberts Freunde wohnten. Die Bornstraße war nicht weit von der Kippingstraße. Robert und Aaron wären in einer Viertelstunde zu Fuß dort.

So geschah es.

Aaron und Robert verstanden sich auf Anhieb. Die Tante konnte sich gar nicht fassen vor Freude, Angela zu sehen. Immer wieder streichelte sie ihr die Wange. Käthe standen vor Freude Tränen in den Augen, aber sie tat so, als würde sie Angela nur ein paar Mal zufällig gesehen haben, als diese noch sehr klein war. Beide Frauen drängten Angela Speisen auf, die diese ablehnte. Lysbeth hatte nicht erklärt, unter welchen Umständen sie sich wieder getroffen hatten. Die Tante allerdings begriff bald, dass Angelas geringer Appetit etwas mit Lysbeths heutiger Tätigkeit zu tun hatte, und kochte einen Tee, den sie ausschließlich Angela hinstellte. »Der tut dir gut«, sagte sie knapp. »Jetzt eine Tasse, vorm Einschlafen noch eine und morgen früh auch. Er wirkt zusammenziehend auf Gefäße. Du wirst sehen.«

Niemand außer Angela und Lysbeth hatte ihre Worte vernommen. Angela sah Lysbeth fragend an. Die nickte lächelnd. Angela verzog zwar den Mund, weil der Tee bitter schmeckte, aber sie trank ihn ohne Widerspruch. Und sie leistete auch keinen Widerspruch, als die Tante nach einer Stunde, in der gegessen und getrunken und geredet worden war, als gelte es, in kurzer Zeit das ganze Leben voreinander auszubreiten, bestimmte: »So, jetzt gehen Angela und Robert ins Bett. Sie sind müde. Sie legen sich am besten in …« Sie räusperte sich und verschluckte Stellas Namen, »… das Ehebett oben. Ich schlafe daneben. Wenn etwas ist …«

Keiner widersprach. Keiner fragte. Es geschah genau so.

Als die Männer nach Hause kamen, lagen die Gäste schon oben im Bett.

Lysbeth empfand eine tiefe Dankbarkeit an den Zufall oder das Schicksal, je nachdem, wie man es nennen wollte. Sie war dankbar, weil Angela ausgerechnet zu ihr gekommen war. Weil Stella nicht daheim war. Weil die Tante neben dem Mädchen schlief und jeden Mucks hören würde. Weil Angela den Brüdern nicht begegnet war, denen die Ähnlichkeit zwischen Angela und der jungen Stella vielleicht aufgefallen wäre.

Ohne sich zu verständigen, passten Käthe und die Tante am nächsten Morgen auf, dass Angela und Robert erst nach unten kamen, als die Männer schon fort waren. Und Käthe sorgte dafür, dass Alexander mit seinen Söhnen etwas früher das Haus verließ als sonst.

Aaron bestand darauf, dass Lysbeth ihn allein in die Praxis gehen ließ und die Zeit bis zur Abreise der jungen Leute noch mit ihnen verbrachte. »Meinetwegen kannst du auch mal einen ganzen Tag lang wegbleiben«, sagte er spöttisch. »Das finde ich nur gerecht. Von nun an gehen wir eben getrennte Wege. Du machst die Aborti allein und ich mach danach die Praxis allein.«

Lysbeth fiel zögernd in sein Lachen ein. Sie fühlte sich von ihm ausgebootet. Aber sie dachte, wenn das der Preis ist, damit er an den Abbrüchen nicht mehr teilnimmt, muss ich nun mal in den sauren Apfel beißen.

Angela hatte sich sehr gut erholt. Sie frühstückte mit kräftigem Appetit. Beim Abschied brach sie in lautes Weinen aus, als sie Lysbeth, der Tante und Käthe dankte.

Lysbeth begleitete die beiden noch bis zum Dammtor, und dort musste sie der abermals weinenden Angela versprechen, ganz bald nach Berlin zu kommen.

So bald sollte es dann doch nicht sein.

Lysbeth und Aaron traten in eine neue Phase ihrer Beziehung, und beide hätten weit von sich gewiesen, worum es wirklich ging, nämlich um Machtkampf. Sie stritten sich über alle möglichen Nebensächlichkeiten. Aaron fühlte sich von Lysbeth zu einer Marionette herabgewürdigt, seit sie ihn von der Abtreibung, die zufällig die von Angela war, ausgeschlossen hatte. Lysbeth hingegen war nicht bereit, von ihrer Position abzurücken, dass sie von nun an die Aborti allein durchführen werde, geschweige denn, sich zu entschuldigen, weil sie Aaron heimlich, still und leise ausgebootet hatte.

Sie stritten sich über alles mögliche andere. Aaron nannte sie eine »alte Meckerziege«, was Lysbeth wahnsinnig kränkte, weil es sie an frühere Zeiten erinnerte, da sie von ihrem Bruder Dritter als »magere Ziege« bezeichnet worden war. Lysbeth nannte ihn einen »arroganten

Halbgott in Weiß«, was ihn unendlich verletzte, weil er nun wirklich ein anderer Arzt sein wollte als diejenigen, die er während seiner Ausbildungszeit kennengelernt hatte. Weder arrogant noch Halbgott.

Sie fanden aus dem Streit nicht wieder heraus. Lysbeth war felsenfest entschlossen, Aaron nicht wieder an einer Abtreibung teilnehmen zu lassen. Aaron fühlte sich ihr hilflos ausgeliefert.

Sie machte die Termine. Sie hatte den ersten Kontakt zu den Patienten. Davon profitierte er enorm, weil sie ihm den Rücken freihielt für die medizinischen Tätigkeiten, die nur er tun konnte. Allerdings stellte er fest, dass er das nie hinterfragt hatte und ihm eigentlich, wenn er ehrlich war, bewusst sein musste, dass Lysbeth alles, was er tat, auch tun konnte und noch eine Menge dazu. Er fühlte sich wirklich gedemütigt.

Lysbeth kannte ihre Qualitäten recht gut. Sie hatte während des Krieges als Krankenschwester und bald als OP-Schwester gearbeitet. Sie hatte der Tante assistiert. Sie hatte mit Aaron heimlich studiert. Sie hatte Homöopathie gelernt. Sie hatte eine große praktische und theoretische Erfahrung. Aber sie war nun einmal keine Ärztin. Und sie hatte keinen Doktortitel. Alles, was sie tat, konnte sie nur tun, weil Aaron sie schätzte und als gleichwertig ansah. Bisher war sie ihm immer sehr dankbar gewesen. Jetzt aber kämpfte sie wie eine Hyäne um ihr Privileg, Abtreibungen vorzunehmen. Sie tat es, weil sie Aaron liebte und schützen wollte, aber sie teilte ihm das nicht mit. Sie schaltete ihn einfach aus.

Aaron fühlte sich ihr entsetzlich ausgeliefert. Er wusste, dass er die Praxis nur auf diese Weise führen konnte, weil Lysbeth mit ihren gewaltigen Fähigkeiten da war. Er merkte, dass er gar keine Lust hatte, ohne sie zu arbeiten. Manchmal hasste er sie.

Beide kämpften auf ihre Weise. Lysbeth setzte sich einfach durch. Als Aaron begann, unberechenbar am Mittwochabend in der Praxis zu erscheinen, und er sie zweimal dabei ertappt hatte, wie sie gerade den OP-Raum aufräumte, während die Frau sich noch ausruhte, setzte Lysbeth keine Termine mehr auf den Mittwochnachmittag oder -abend, sie begann einfach, Aaron an bestimmten, unterschiedlichen Tagen mit Hausbesuchen zu beschäftigen, wenn sie vorhatte, allein zu operieren. Sie nahm sogar Geld dafür, das sie nicht in die gemeinsame Kasse tat. Sie machte sich nicht einmal Gedanken darüber, dass das nicht besonders ehrlich war. Sie legte einfach ein Konto an, auf das sie diese

Summen einzahlte. Sie hatte das Gefühl, dass sie es einmal brauchen könnten. All das tat sie für Aaron.

Er hingegen fühlte sich von Tag zu Tag hilfloser. Aber er stellte sie nicht wirklich zur Rede. Er beharrte nicht darauf, dass sie mit ihren Beweggründen rausrücken sollte. Er versuchte nicht, sie zu verstehen. Er kämpfte wie um sein Überleben. Er entzog ihr seine Liebe, weil seine Abhängigkeit von ihr ihn wahnsinnig machte. Er schlief an der äußersten Kante des Bettes und rührte sie nicht mehr an. Er verschloss sein Inneres vor ihr wie ein letztes Refugium

Lysbeth litt. Aber sie war bereit, es in Kauf zu nehmen, um Aaron zu schützen. So trieben sie langsam auseinander.

Über eine gemeinsame Reise nach Berlin wurde nie mehr gesprochen.

38

Ende August kam Stella zurück. Sie war fast ein halbes Jahr lang in London gewesen. Sie hatte sich verändert. Nicht nur äußerlich, aber auch äußerlich. Ihre Haare waren lang gewachsen. Anthony liebte ihre langen Locken, und er hatte sie gebeten, sich nicht in diese unsägliche Pagenkopfarmee einzureihen. Sie trug lange, lockige offene Haare und weiche, schwingende Röcke. Lysbeth stockte das Blut vor Schreck, als sie ihre Schwester zum ersten Mal so sah. Die Ähnlichkeit mit Angela war verblüffend.

Als Lysbeth und Aaron am Abend der Ankunft von Stella im Bett lagen, löschte Aaron nicht sofort das Licht und rollte sich auf seine Seite, sondern begann endlich mal wieder ein Gespräch in einem normalen Ton. Lysbeth ging sofort darauf ein, ängstlich darauf bedacht, die entspannte, freundliche Stimmung bloß nicht zu gefährden. Sie sprachen darüber, wie verändert Stella aus London zurückgekehrt war. »Es ist erstaunlich«, sagte Aaron, »welche verheerende Wirkung manche Männer auf Frauen ausüben. Ich stelle es immer wieder fest. Männer sind irgendwie viel mehr durch berufliche Nöte zu erschüttern. Frauen kriegen das selten hin.« Er lächelte Lysbeth mit seinem feinen, neuerdings immer etwas traurigen Lächeln an. »Außer bei uns natürlich«, sagte er. »Nichts und niemand kann mir so den Boden unter den Füßen wegziehen wie du.« Lysbeth streichelte vorsichtig seine Hand. »Das ist ja wechselseitig«, meinte sie leise. »Und niemand kann mich so glücklich machen wie du.« Er nickte. Nach einer Weile, in der sie schweigend Hand in Hand gelegen hatten, äußerte er seine Überraschung darüber, wie ähnlich Stella und Angela aussahen. »Ich habe es vergessen«, gestand er. »In welchem Verwandtschaftsverhältnis steht Angela noch gleich zu dir? Tante hat sie gesagt, aber was für eine Tante?«

Lysbeth schmerzte das Herz, weil sie schon wieder lügen musste. Sie wollte es Aaron nicht zumuten, ein Geheimnis vor ihrer Schwester und auch vor der Tochter ihrer Schwester hüten zu müssen. Sie wusste, wie schwer es war, dieses Geheimnis zu bewahren. Das sollte nicht auch er noch tun müssen. Also antwortete sie ausweichend. Aaron bemerkte das natürlich. Einen Moment lang war er wieder versucht, sich komplett von ihr zurückzuziehen, aber dann sagte er: »Lysbeth, du bist nicht ehrlich. Ich halte das nicht mehr aus. Ich will keine unehrliche Frau.«

Lysbeths Herz wurde immer schwerer. Sie konnte ihn gut verstehen. Sie hatte entsetzliche Angst, diese kostbare gute Stimmung zwischen ihnen wieder zu zerstören. Aber sie würde Aaron lieber verlieren, als ihn in Gefahr zu bringen oder ihn mit Dingen zu belasten, die zu schwer für ihn waren.

»Es tut mir leid«, sagte sie leise. »Ich belüge dich nicht. Ich betrüge dich nicht. Aber es gibt einfach Grenzen in der Offenbarung. Lass mir Zeit. Bitte.«

Aaron dachte nach. »Nein«, sagte er schließlich. »Ich lasse dir keine Zeit mehr. Ich halte deine Geheimniskrämerei nicht mehr aus. Ich will doch nur wissen, in welchem Verwandtschaftsverhältnis Angela zu dir und zu Stella steht. Das ist doch nicht weltbewegend.« Er hatte sich in Empörung geredet. Jetzt kam die ganze Enttäuschung, die sich in ihm aufgestaut hatte, heraus. »Wenn du nicht ehrlich zu mir sein kannst, will ich nicht mehr mit dir leben«, sagte er plötzlich, erschrocken über seine eigenen Worte. »Dann ziehe ich aus.«

Lysbeth hatte das Gefühl, als täte sich ein Abgrund vor ihr auf, der kurz davor war, sie hinabzuziehen. »Gut, dann musst du ausziehen«, sagte sie leise und verfluchte gleichzeitig ihren Stolz. »Ich lasse mich nicht erpressen.«

Am 27. September 1931 fanden Bürgerschaftswahlen in Hamburg statt. Die NSDAP erreichte 26,2 Prozent der Stimmen. Mit dreiundvierzig von hundertsechzig Mandaten wurde sie zweitstärkste Partei hinter der SPD mit 27,8 Prozent und sechsundvierzig Mandaten. Sie hatten den Wahlkampf mit dem Slogan »Ende der SPD-Bonzenwirtschaft!« geführt. Damit verlor die große Koalition aus SPD, DDP und DVP ihre Mehrheit.

Die KPD war als Sprecher der Arbeitslosen aufgetreten. »Wir werden die Reichen aus ihren Villen und Luxuswohnungen in die Obdachlosenasyle umquartieren und in die Wohnungen der Reichen kinderreiche Proletenfamilien einziehen lassen«, hatten sie versprochen. Sie erhielten 21,86 Prozent der Stimmen. SPD und KPD hatten gemeinsam 48 Prozent der Stimmen.

Am 3. Oktober trat der Senat zurück, führte aber zunächst die Geschäfte weiter, weil die Regierungsneubildung nicht vorankam.

Die Rechte jubelte. Damit war die »Reformregierung« endlich beseitigt. Dass die SPD mit der KPD zusammengehen würde, glaubte niemand.

Am gleichen Tag kehrte Jonny Maukesch, Kapitän zur See, von seiner großen Fahrt zurück, die länger als ein halbes Jahr gedauert hatte. Wie es sich gehörte, erwartete ihn seine Frau Stella neben seiner Mutter und seinem Stiefvater an den Landungsbrücken. Ihre Freunde aus London hätten sie nicht erkannt. Stella hatte ihre langen Haare am Hinterkopf zu einer strengen Rolle festgesteckt. Sie hatte ihre Locken so glatt gezogen, wie es nur irgend möglich war. Und wirklich lugte nicht eine einzige vorwitzige Strähne aus dem Haaraufbau hervor. Es sah aus, als trüge Stella einen dunkelroten Helm auf dem Kopf. Zur Vervollkommnung der Verkleidung hatte sie noch einen dunkelbraunen Hut aufgesetzt, von dem ein zarter Schleier über ihre Augen fiel.

»Du siehst aus, als gingst du zu einer Beerdigung«, spöttelte Dritter angesichts seiner in einen dunkelbraunen Wintermantel, Hut und Handschuhe gekleideten Schwester. Sie lächelte nicht. Sie sagte auch nicht, dass dem in gewisser Weise so war. Ihr Gesicht war perfekt geschminkt. Ihre Lippen stachen etwas zu rot aus der dezenten Aufmachung hervor. Sie dachte: Die Leiche bin ich.

Das war nur die halbe Wahrheit. Die Frau, die Jonny an den Landungsbrücken abholte, war tatsächlich nichts als eine Hülle. Jonny Maukeschs Frau war tot. In dieser Hülle aber lebte eine ganz andere Frau. Als hätte sich ein Tier in einem verlassenen Kadaver eingerichtet und würde dort, geschützt, wachsen. Irgendwann allerdings, das war Stella schmerzlich bewusst, würde sie die starre Hülle sprengen müssen – oder sie würde in ihr ersticken.

Seit ihrer Rückkehr Ende August war sie allerdings nur damit beschäftigt, die körperliche Trennung von Anthony zu verkraften. Er hatte sie am Tag vor dem Abschied noch einmal so gefeiert, wie sie es bis dahin noch nie kennengelernt hatte. »Das ist ja wie Geburtstag«, hatte sie gerührt gesagt, und er hatte ohne jeden Spott geantwortet: »Ja, es ist, als wäre ich durch dich neu geboren.« Er hatte ihr Abschiedsgeschenke gemacht, Gedichte, einen Schal und Ohrringe. Der Schal hatte die gleiche Farbe wie ihre Haare, und die Ohrringe hatten einen tropfenförmigen Granatstein, der für Stella wie geschaffen schien.

Anthony hatte ihr beim Abschied in Dover einen Brief mitgegeben, in dem er alles noch einmal aufgeschrieben hatte, was er ihr in der Nacht zuvor gesagt hatte. Er würdigte sie von den Füßen bis zu den Haaren. Der Brief war schnell feucht von Stellas Tränen. Sie hatte nicht gewusst, dass es möglich war, mit Worten so liebevoll gespiegelt zu werden.

In der Nacht hatte er auch Kritisches gesagt, hatte ihre Angst, ihre Ehe zu verlassen, als »spießbürgerliche Scheiße« tituliert. »Was soll Schlimmes geschehen, das nicht schon geschehen ist?«, hatte er gefragt. »Du ziehst zu mir nach London, und Jonny muss irgendwie reagieren. Oder auch nicht. Wovor hast du Angst? Es gibt nichts Schlimmeres als den jetzigen Zustand. Was kann er dann tun? Die Scheidung einreichen. Dir die Schuld geben. Na und? Weiter den Kopf in den Sand stecken und verheiratet bleiben und so tun, als wärst du nur kurz verreist? Na und?«

Sie hatten diese Diskussion schon oft geführt, und Stella hatte ihn nicht überzeugen können, wenn sie davon sprach, dass sie nicht weglaufen könne und ihre Familie, ihre Mutter, ihre Schwester mit dieser Problematik in Hamburg allein lassen. »Er wird seinen ganzen Hass gegen sie richten«, hatte sie verzweifelt gesagt. »Ich darf sie damit nicht allein lassen.«

Aber Anthony hatte ihr nicht geglaubt. Das waren die Augenblicke, wo er in Selbstzweifeln versank. Wo er sagte: »Vielleicht kann ich dir nicht genug bieten. Vielleicht liebst du mich eben doch nicht genug. Vielleicht bin ich für dich nur ein Abenteuer, und du wartest immer noch auf den Mann, zu dem du dann wirklich gehen willst.«

Das war das Schrecklichste für Stella. Dann versank er in seinen Selbstzweifeln, sprach davon, dass Jonny eben ein richtiger Kerl sei und er nur ein Hänfling. Dass sie bestimmt diese Männer mit den breiten Schultern und dem befehlenden Blick liebe und nicht ihn, der sie immer anschmachte. »Anthony, hör auf«, sagte sie dann hilflos und versuchte, ihm nahe zu kommen. Aber er hörte nicht auf, und irgendwann wurde sie zornig und sagte Dinge, die ihr hinterher leidtaten.

In seinem Brief ging er auch darauf noch einmal ein. Er sagte, dass er bereit sei, für sie zu sorgen. Dass ihre Familie jederzeit bei ihm willkommen sei. Dass Stella keine Angst haben müsse, ihre Familie nicht wiederzusehen, wenn sie nach London komme. Dass er aber auch bereit sei, auf sie zu verzichten, wenn sie das Gefühl habe, sich nicht wirklich für ihn entscheiden zu können.

Seitdem quälte Stella sich damit, ob er vielleicht recht habe. Ob sie ihn vielleicht wirklich nicht so stark liebe, dass sie bereit sei, die Konsequenzen in Kauf zu nehmen, wenn sie Jonny verließe. Sie trug Anthonys Ohrringe Tag und Nacht. Sie nahm seinen Schal mit ins Bett. Sie hatte den Brief schon so viele Male gelesen, dass er ganz zerknüllt und abgegriffen war. Sie brachte täglich einen Brief für ihn zur Post und nahm einen an sie adressierten in Empfang. Aber sie merkte täglich mehr, dass es zwischen ihr und Anthony einen riesigen Unterschied gab. In ihren Briefen beschrieb sie die kleinen Dinge, die täglich passierten. Das Wetter. Die Hunde. Die Familie. Am Schluss stand der Satz: Ich liebe Dich und sehne mich nach Dir. Auch Anthony beschrieb sein Leben, das sie sich nun ja gut vorstellen konnte, schrieb von den Freunden und dem Wetter in London. Aber im Gegensatz zu ihr beschrieb er auch seine Gedanken und Gefühle. Und häufig lag irgendetwas für sie dabei. Ein kleines Geschenk, irgendetwas, das ihm im Laufe des Tages ins Auge gefallen war und wobei er an Stella gedacht hatte.

Erst nachdem sie aus London zurück war, fiel Stella auf, dass sie Anthony noch nie ein Geschenk gemacht hatte. Zu seinem Geburtstag und zu Weihnachten hatte sie ihm Pakete geschickt. Und er hatte sich gewaltig darüber gefreut. Hamburger Spezialitäten, von Käthe gestrickte Socken, ein Foto von Stella mit den Hunden.

Aber war es nicht eigentlich so, dass sie sich lieben ließ? War es nicht eigentlich immer so gewesen?, fragte sie sich. Und war Jonny vielleicht der erste und einzige Mann in ihrem Leben gewesen, den sie geliebt hatte? Bei dem sie gekämpft hatte, um ihm nah zu sein?

Sie war Anthony sehr dankbar. Er hatte sie so viel vom Leben und von sich selbst kennenlernen lassen, was ihr bis dahin fremd gewesen war. Mit ihm, durch ihn hatte sie sich selbst wieder gefunden, die quirlige lebenshungrige Stella. Aber liebte sie ihn wirklich genug, um die Brücken in Hamburg hinter sich abzubrechen?

Ihre Briefe waren innerhalb der sechs Wochen, bis Jonny in Hamburg ankam, immer kürzer geworden, hölzerner. Sie erzählte immer weniger von sich selbst. Was hätte sie auch schreiben sollen? Ich weiß nicht, ob ich Dich genug liebe?

Das wollte sie Anthony nicht antun. Dabei merkte sie aber nicht, dass sie ihm viel mehr antat, indem sie nichts von sich schrieb. Anfangs war es noch so, als versuche Anthony, die Leere in ihren Briefen mit der Fülle seiner begeisterten Erinnerung, der Intensität seiner Gefühle und dem Werben um eine gemeinsame Zukunft auszugleichen. In der letzten Woche vor Jonnys Rückkehr aber waren auch seine Briefe kürzer und unpersönlicher geworden. Seltsamerweise ärgerte das Stella sehr. Sie hatte das Gefühl, er wolle sie bestrafen, indem er ihr etwas entzog.

Nach dem dritten Brief von ihm, der in diesem fremden Ton gehalten war, schrieb Stella zwei Tage lang nicht.

Jonny ging als Letzter vom Schiff. Er war sonnengebräunt, seine blauen Augen blitzten. Er umschloss Stella mit seinen Armen, die durch die Uniform hindurch die männliche Kraft spüren ließen, mit der er zurückkam. Sein Kuss war kurz, aber fordernd. Sein Geruch war ihr sehr vertraut.

An diesem Abend kamen Edith und ihr Mann mit in die Kippingstraße, wo eine große Gesellschaft um den Tisch herum zusammensaß und Jonnys Rückkehr feierte. Auch Cynthia war da, auch Lydia und ihr Mann.

Stellas Locken hatten sich aus ihrer Frisur gelöst, und auch sie selbst hatte sich gelöst. Sie genoss den Abend, die große fröhliche Familie. Selbst Johann hatte es sich nicht nehmen lassen zu kommen. In seiner braunen Uniform saß er gegenüber von Jonny am Tisch. Er verhielt sich ungewöhnlich ruhig und gab nicht eine einzige Provokation von sich. Aaron war der Einzige, der fehlte. Er habe sehr viele Hausbesuche zu machen, entschuldigte Lysbeth ihn, aber es war ihr anzusehen, wie unglücklich sie war. Auch sie verließ den Tisch kurz nach dem Essen, an dem sie sich wie ein Spatz beteiligt hatte. Die Blicke ihrer Mutter und der Tante folgten ihr sorgenvoll. Erst in diesem Augenblick fiel Stella auf, dass ihre Schwester elend aussah und dass sie seit ihrer Rückkehr aus London noch kein Gespräch mit ihr geführt hatte, in dem sie sich nach Lysbeths Befinden erkundigt hatte.

Ich denke immer nur an mich, dachte sie erschrocken. Ich bin oberflächlich und egoistisch. Es war das erste Mal, dass sie so etwas über sich dachte. Schnell schob sie das scheußliche Gefühl fort, das dem Gedanken folgte. Nein, entschied sie, ich bin doch hier in Hamburg, weil ich an meine Familie denke und nicht egoistisch bin.

In diesem Augenblick erzählte Jonny eine witzige Anekdote über einen Matrosen, der über Bord gegangen und gerettet worden war. Die ganze Gesellschaft lachte, und Stella stimmte mit ein.

Als sie neben Jonny im Bett lag, waren beide betrunken. Die Situation kam ihr vertraut und fremd vor. Irgendwie auch aufregend fremd. Jonny griff nach ihrem Körper. Sein Begehren war eindeutig und fordernd. Es steckte Stella an.

Vielleicht konnte es geschehen, überlegte sie am nächsten Morgen, weil Anthony nie so grob ist, nie ohne Aufmerksamkeit für mich, meinen ganzen Körper. Anthony griff nie nur einfach nach ihren Nippeln, knetete die ein wenig und langte ihr dann zwischen die Beine. Oder schob sich dann einfach in sie, ohne viele Umstände zu machen, wie es in der letzten Nacht geschehen war. Es war eine Art grober männlicher Inbesitznahme gewesen, die sie überwältigt und erregt hatte. Allerdings schien es ihr am nächsten Morgen schal. Das war keine Liebe gewesen. Keine wirkliche Vereinigung von Mann und Frau. Sie fühlte sich nicht satt und genährt, wie es ihr in London gegangen war, wenn sie nach einer Liebesnacht neben Anthony aufgewacht war. Dann spürte sie ihn noch überall an und in sich. An diesem Morgen hingegen kam ihr das Ereignis der vergangenen Nacht wie ein plötzlich entzündeter fiebriger Infekt vor, der sie ermattet zurückgelassen hatte. Ihr war ein bisschen übel, sie hatte zu viel von dem Absinth getrunken, den Jonny aus Frankreich mitgebracht hatte. Sie hatte noch nie Absinth getrunken, aber schon viel davon gehört. Sie hatte Lust gehabt, das Getränk zu probieren. Er schmeckte nach Käutern und Lakritze, und sie trank ihn mit Wasser vermischt. Dennoch hatte sie heute einen gewaltigen Kater.

Sie fühlte sich beschmutzt, und sie hatte das Gefühl, von nun an Anthony nie wieder in die Augen blicken zu können. Ich werde ihm schreiben, dass ich wieder mit Jonny geschlafen habe, dachte sie in traurigem Trotz. Ich schreibe, dass es mit uns doch keinen Sinn hat. Ich bin nun mal die Gattin des Kapitäns zur See Jonny Maukesch. Und ich passe auch viel besser zu diesem ignoranten Grobian als zu dem sensiblen und feinsinnigen Anthony, der in der Lage ist, aus mir eine Frau zu machen, die sich selbst nicht wiedererkennt. Aber eben nur für kurze Dauer. Dann kommt die oberflächliche Frau wieder zum Vorschein, die ihre weiblichen Reize nur einsetzt, um irgendetwas zu bekommen. Irgendwelche egoistischen Bedürfnisse zu befriedigen. Die viel zu selbstverliebt ist, um einen anderen Menschen zu lieben.

Und eigentlich, dachte Stella an diesem verkaterten schrecklichen Morgen, da Jonny neben ihr im Bett Alkohol und Mann und Tabak ausdünstete, eigentlich hat Anthony meine Selbstverliebtheit mit seiner Liebe und Begeisterung noch gesteigert. Jonny passt viel besser zu mir. Er nimmt mich wie eine Hafennutte. Er verachtet mich eigentlich. Ich bin sein Besitz. Er zahlt für mich, und ich habe zur Verfügung zu stehen. Er erniedrigt mich. Anthony hat mich behandelt wie ein wertvolles Geschenk. Er hat mich gepflegt, genossen, gewürdigt. Für ihn war ich ein seltenes Kleinod. Für Jonny bin ich austauschbar. Eine Frau. Na und. Davon gibt es viele. Wenn ich es nicht bin, ist es eine andere. Aber ich bin nun mal *seine* Frau. Das ist das Einzige, was mich für ihn bedeutsam macht.

Stella verabscheute sich an diesem Morgen. Und sie verabscheute Anthony gleich mit, weil sie wusste, wie sehr sie ihn verletzen konnte.

Jonny warf sich in die Politik, kaum dass er wieder in Hamburg war. Er hatte zu vielen einflussreichen Leuten während seiner jeweiligen Aufenthalte Kontakt gehabt, war hier von einem Konsul, da von einem Minister eingeladen worden. Alle hatten sich besorgt und interessiert über die internationale Lage geäußert. Die Wirtschaftskrise hatte die ganze Welt erfasst. Die Arbeiter in Frankreich, Spanien, England, Italien machten ihren Regierungen ebenso zu schaffen wie die in Deutschland.

Überall gab es Arbeitslose, überall wurden Sozialleistungen gefordert, die die Unternehmer nicht zu tragen bereit waren. Alle fragten sich, wie dem Einhalt zu bieten war.

Während dieser Krisenzeit hatte sich das Kabinett Brüning mit Notverordnungen des Reichspräsidenten beholfen, den Leipziger Oberbürgermeister Carl Friedrich Goerdeler zum Preiskommissar ernannt, im Juli 1931 den Zusammenbruch der Darmstädter und Nationalbank auffangen müssen, die Reparations- und Zinszahlungen an das Ausland eingestellt und ein neues Osthilfe-Gesetz erlassen. Alle Sparmaßnahmen, die die Regierung Brüning traf, wirkten sich in erster Linie zu Lasten der Arbeitnehmerschaft aus: Die Rückerstattung zu viel gezahlter Lohnsteuer wurde eingestellt, eine Krankenschein- und Rezeptgebühr eingeführt: die Gehaltsabzüge erhöhten sich drastisch, wogegen die Leistungen der Sozialversicherung stark eingeschränkt wurden. Zugleich hielt die Regierung, bei sinkenden Einkommen der Bevölkerung, die Preise künstlich stabil und verteuerte billige importierte Lebensmittel durch hohe Zölle.

Die Sozialdemokraten hielten still. Sie ließen die Notverordnungen nicht vom Reichstag aufheben, und alle Misstrauensanträge gegen Brüning ließen sie scheitern. Doch im Gegenzug konnten sie nur ganz geringfügige Korrekturen bei besonders unsozialen Maßnahmen durchsetzen. Schweigend nahmen sie es hin, dass die parlamentarische Demokratie und alle sozialen Errungenschaften Stück für Stück demontiert wurden. Denn jeder Widerstand hätte zum Sturz des Kabinetts Brüning und seinen Ersatz durch eine rechte Militärdiktatur, womöglich durch eine Regierung Hitler geführt, und davor schreckten die Sozialdemokraten ebenso zurück wie vor der einzigen Alternative, einem Bündnis mit den Kommunisten, das – wie sie meinten – den Generälen einen höchst willkommenen Anlass zum blutigen Einschreiten der Reichswehr geboten hätte.

Jonny war mittlerweile überzeugt davon, dass man die Leute, Nazis wie Johann, wunderbar einspannen konnte, um die überall in Europa stärker werdenden Kommunisten auszuschalten.

In der Familie Wolkenrath stand er mit dieser Meinung allein da.

Besonders deutlich wurde das, als Lydia einen Tag nach dem jüdischen Neujahrsfest Anfang Oktober am Abend in die Kippingstraße stürmte und ausrief: »Antonia liegt im Krankenhaus. Sie wurde von

Nazis zusammengeschlagen. Wir müssen etwas tun, so geht es nicht weiter!«

Es war ein kalter Abend. Lysbeth und Käthe saßen mit der Tante neben dem Kachelofen im Wohnzimmer. Stella bereitete sich auf eine Abendgesellschaft bei den von Killingers vor. Killinger war während des Krieges als Pilot geflogen, und nun bildete er Piloten aus.

Die drei Frauen saßen also am Kachelofen und lasen gerade in der Zeitung über den Vorgang, bei dem Antonia krankenhausreif geschlagen worden war. Rund fünfzehnhundert SA-Männer sowie Angehörige des *Stahlhelms* hatten am Berliner Kurfürstendamm ein kleines Pogrom veranstaltet. Im noch immer sozialdemokratisch regierten Freistaat Preußen war die SA verboten. Das Verbot des *Stahlhelm*s war 1930 auf Ersuchen Hindenburgs aufgehoben worden. Der Reichspräsident hatte dies zur Bedingung gemacht, um an den offiziellen Feiern aus Anlass des Abzugs der letzten Besatzungstruppen aus dem Rheinland teilzunehmen. SA und *Stahlhelm* hatten den jüdischen Feiertag dazu benutzt, um »Ordnung zu machen«. Sie waren über die Besucher der nahe dem Kurfürstendamm gelegenen Synagoge in der Fasanenstraße hergefallen und hatten Dutzende von Teilnehmern des Gottesdienstes sowie zahlreiche Gäste der umliegenden Cafés und Restaurants brutal zusammengeschlagen, Protestierende mit Reitpeitschen, Stöcken und Stiefelabsätzen misshandelt und einige Gaststätteneinrichtungen völlig demoliert.

Antonia gehörte noch zu den am leichtesten Verletzten. Sie hatte ein paar Rippenbrüche, Prellungen und eine Wunde unter dem Auge, die genäht werden musste. Käthe war erschüttert. Sie mochte Antonia. Ihr gefielen die Geschichten, die Lydia über sie erzählte: Helene-Lange-Schülerin und später dann Teil einer Gruppe von Berliner Frauen, die für das Frauenwahlrecht kämpften. Ebenso wie Lydia hatte sie mit ihrer damals kleinen Tochter an Konferenzen gegen den Krieg teilgenommen, und ebenso wie Lydia hatte sie in ihrer eigenen Ehe immer wieder Kompromisse gemacht. Antonias zeitweilige Liebschaft mit Alexander hatte Käthe mit stillschweigendem Einverständnis bedacht. Lydia erzählte, dass Antonias Tochter sie angerufen und gebeten habe, nach Berlin zu kommen, um ihrer Mutter, die seelisch stärker als körperlich verletzt sei, wieder auf die Beine zu helfen. Antonia habe nämlich unmittelbar, nachdem sie aus einer Bewusstlosigkeit wieder zu sich kam, beschlossen, Deutschland für immer zu verlassen und nach Frankreich zu ziehen.

Lysbeth lauschte, starr vor Entsetzen. Ihre Träume! Blut, Gewalt, Gefahr für Aaron! Ging es etwa gar nicht um die Bedrohung durch die Abtreibungen? Durch ihren Kopf rasten die vergangenen Wochen. Die Qual, die sie bereit gewesen war zu ertragen. Die Entfremdung von Aaron, die sie auf sich genommen hatte, nur um ihn zu schützen. Jetzt dachte sie, dass sie ihre Träume vielleicht völlig falsch verstanden hatte. Wenn die Gefahr gar nicht von der Justiz ausging, sondern von den braunen Schlägerhorden? Wenn in Wirklichkeit Johann für Aaron eine Bedrohung darstellte?

Lysbeth wurde heiß und dann eiskalt. In ihrem Kopf verwirrte sich alles.

»Keine schlechte Idee, Deutschland zu verlassen«, sagte die Tante ruhig. »Warum hat Antonias Tochter etwas dagegen?«

Lydia sah sie befremdet an. »Die Tochter ist in Berlin verheiratet. Sie hat selbst eine Tochter … Der Mann ist Schauspieler. Er hat ein festes Engagement!«

»Ja und?« Die Tante zog die Augenbrauen hoch. Unwillkürlich musste Lysbeth lächeln. Die Taubenflügelbrauen. Die Tante hatte sie immer noch.

Käthe lachte. »Lydia, die Tante meint, dass es durchaus möglich ist, seine erwachsenen Kinder zu verlassen, verstehst du nicht?«

Lydia errötete. Darin steckte ein unausgesprochener Vorwurf. Zumindest verstand sie es so. Cynthia wohnte auch jetzt wieder bei ihr. Sie selbst hatte geheiratet, obwohl eigentlich ihre Tochter im Heiratsalter war. Sie selbst hatte einen Mann gefunden, eine Liebe, in der sie sich endlich niederließ, in der sie eine glückliche Frau war. Und auch vorher hatte sie die durchaus befriedigende sexuelle Beziehung zu Dritter sehr genossen. Als ihre Tochter in dem Alter war, in dem sie selbst ihr Frausein entdecken sollte. Und jetzt sollte ihre Tochter eigentlich selbst Kinder bekommen. Aber sie, Lydia, schleppte ihr Töchterchen wie ein Baby mit sich herum. Und sie wagte zwar viel, aber sie wagte nicht alles. Weil sie eine Tochter hatte.

Hatte sie nicht selbst schon einmal erwogen auszuwandern? Ja, das hatte sie. Und hatte es nicht auch Zeiten gegeben, in denen sie davon geträumt hatte, einen ganz neuen Weg einzuschlagen? Einen Weg als Künstlerin, als Märchenerzählerin zu Zeichnungen von Heinrich Vogeler? Ja, das hatte sie. Aber das war nie erlaubt gewesen. Zuerst, weil sie ihrer kleinen Tochter nicht das Zuhause entziehen wollte. Und dann, weil ihre Tochter ein Zuhause brauchte, in dem sie schlafen, essen, leben konnte.

Wenn die Tante jetzt so einfach behauptete, eine Mutter dürfe auch gehen, um ihr eigenes Leben zu führen, stellte das eine Menge von Lydias Lebensentscheidungen in Frage.

Auch in Käthe arbeitete es. Sie hatte zwar schon lange begriffen, dass sie sich damals für Fritz hätte entscheiden dürfen. Aber niemand konnte sagen, was dann wirklich aus ihren Kindern geworden wäre. Und aus ihr selbst. Und heute war sie sehr glücklich, einen Mann wie Alexander an ihrer Seite zu haben. Sie konnte sich keinen Besseren vorstellen. Nicht einmal Fritz. Nein, sie konnte sich nicht vorstellen, wie Fritz heute mit ihr leben würde. Fritz war vor mehr als einem Jahrzehnt gestorben. In dieser Zeit war viel geschehen.

Lysbeth war in völlig anderen Gedankenkreisen versunken. Im Grindelviertel wohnten viele Juden. Es gab die Bornplatzsynagoge, die Neue Dammtor-Synagoge, die Talmud-Tora-Schule am Grindelhof. Die jüdische Gemeinde umfasste ungefähr fünfundzwanzigtausend Menschen. Eine wachsende Anzahl von ihnen waren Aarons Patienten. Er hatte sich vorsichtig nach einer Wohnung umgehört, weil er niemandem auf die Nase binden wollte, dass es mit Lysbeth und ihm nicht zum Besten stand. Er hatte vorgegeben, es sei für einen Verwandten. Eine Zweizimmerwohnung in der Bornstraße im zweiten Stock wurde am 1. Januar frei. Dort konnte er einziehen. Er hatte zu Lysbeth gesagt, dass er bereit sei.

»Ich fahre Weihnachten zu meinen Eltern«, hatte er mit gesenktem Kopf gesagt, ihren Blick mied er schon seit langem. »Dann kommen wir uns hier nicht bei romantischen Ritualen in die Quere.«

Lysbeth hatte genickt. In ihr aber hatte ein Feuersturm getobt. Romantische Rituale! In die Quere kommen! Was dachte er sich? Kurz erwog sie, ihn anzubrüllen. Kurz zuckte es in ihren Fäusten, mit denen sie gegen seine Brust trommeln wollte. Sie drehte sich auf dem Absatz um und verließ den Raum.

Die Berliner Aktion war von Graf Helldorff organisiert und geleitet worden. Er wurde zwar juristisch verfolgt, aber zu guter Letzt freigesprochen. Im *Völkischen Beobachter*, dem Zentralorgan der NSDAP, verherrlichte sein Anwalt Dr. Frank die »Tat« seines Mandanten und bezeichnete es als »erfreulich, dass eine deutsche Jugend in gerechter Entrüstung am jüdischen Neujahrstag durch den Kurfürstendamm zog, die Fenster der Hurentempel einschlug und das jüdische und sonstige Gelichter in diesen Lasterhöhlen in wahrhaft christlichem Zorn züchtigte ... Jede andere Nation hätte sich wohl gefreut, auch noch eine gesund empfindende Jugend, die sich gegen so viel unchristliche Last und Erbärmlichkeit zur Wehr setzt, zu besitzen.« Johann brachte die Zeitung in die Kippingstraße mit. Lysbeth bat ihn, sie dort zu lassen. Sie wolle sie gern lesen.

Lysbeth setzte alle Zeit und Energie darein, sich möglichst umfassend zu informieren. Sie las alles. Auch die Presse der NSDAP, und neuerdings fragte sie sogar ihren Bruder Johann, bis der, zuerst geschmeichelt, dann entnervt, keine Antworten mehr wusste.

Am 11. Oktober 1931, nachdem ein Versuch, die letzte republiktreue Bastion, die SPD-Regierung des Landes Preußen, mittels Volksentscheid zu stürzen, nur eine Unterstützung von 37 Prozent durch die Wähler gefunden hatte und damit gescheitert war, versammelte sich die gesamte deutsche Rechte in Bad Harzburg.

Jonny war dabei. Diese Versammlung war keine spontane Aktion. Es hatte umfangreiche Einladungen gegeben, und die meisten waren ihr gefolgt. Jonny war beileibe nicht der wichtigste der Gäste. Er fühlte sich sehr geschmeichelt, als er die Einladung erhielt, und war sofort entschlossen hinzufahren.

Bad Harzburg, das zum Land Braunschweig gehörte, wo seit dem September 1930 eine Koalition der Deutschnationalen und Nationalsozialisten regierte, war von Geheimrat Hugenberg als Tagungsort vorgeschlagen worden, und von ihm ergingen auch die Einladungen, denen fast ausnahmslos Folge geleistet wurde. Die ganze alte Geld- und Machtelite der wilhelminischen Epoche kam in Bad Harzburg zusammen, dazu ihr Nachwuchs, die Führer der Freikorps und Kampfverbände. Die Deutschnationalen hatten ihre Reichstags- und Landtagsabgeordneten vollzählig entsandt, darunter General v. Seeckt, den Vertrauensmann der Reichswehr. Auch das gesamte Führerkorps des *Stahlhelm* erschien, an seiner Spitze Seldte, Duesterberg und der Schatzmeister Dr. Erich Lübbert, Chef des *Dyckerhoff & Widmann*-Konzerns. Dazu kamen knapp zwanzig pensionierte Generäle und Admirale. Jonny gesellte sich zuerst zu den Militärs, er zählte sich immer noch eher zu den Offizieren zur See als zu den Kaufleuten. Und er war immer noch sehr geschmeichelt, wenn er von Adligen, Prinzen und Fürsten als einer der ihren behandelt wurde. Sein Großvater, Ediths Vater, war Fleischer gewesen, und Edith hatte alles dafür getan, als höheres Töchterchen durchzugehen. Jonny ging als Admiral durch, so stolz war seine Haltung, so befehlsgewohnt blitzten seine Augen.

Das Haus Hohenzollern war durch die Prinzen Eitel Friedrich und August Wilhelm von Preußen vertreten, die anderen einstmals regierenden Häuser wurden repräsentiert von Karl Eduard Herzog von Sachsen-Coburg und Gotha, dem Erbprinzen zur Lippe und den Prinzen von Hessen. Vom *Alldeutschen Verband*, der während des Weltkriegs die weitestgehenden Annexionsforderungen gestellt hatte, erschienen Graf Brockdorff und Baron von Vietinghoff-Scheel sowie der alte Heinrich Glass, einer der eifrigsten Kriegstreiber vor 1914.

Die Großindustrie hatte Fritz Thyssen und Ernst Poensgen, beide von den *Vereinigten Stahlwerken*, entsandt, dazu eine stattliche Reihe von Generaldirektoren und Verbandspräsidenten, an ihrer Spitze Emil Kirdorf, der Hüter des »Ruhrschatzes«. Der Großgrundbesitz wurde von den Führern des *Reichslandbundes* Eberhard Graf von Kalckreuth und Wilhelm Freiherrn von Gayl angemessen vertreten. Emil vom Stauß vom Vorstand der *Deutsche Bank AG* und Hjalmar Schacht, der langjährige Präsident der *Reichsbank*, waren als Repräsentanten der Hochfinanz und Bankwelt erschienen. Rudolf Blohm von der Hamburger Werft *Blohm & Voß* als Vertreter des hanseatischen Geldadels.

Bevor die Veranstaltung begann, standen die Herren in lockeren Gruppen beieinander, rauchten und debattierten. Jonny war etwas erschlagen von der Menge der illustren Persönlichkeiten und fragte sich einen peinlichen Moment lang, ob bei seiner Einladung vielleicht ein Missverständnis vorgelegen hatte. Schnell schob er das Gefühl eigener Bedeutungslosigkeit fort und stellte sich neben Rudolf Blohm, den er gut kannte.

Aus dem Bereich der Politik hatten sich die Führer aller kleinen Parteien rechts vom Zentrum eingefunden, auch die Reste der einst von Gustav Stresemann geführten Deutschen Volkspartei. Und zu dieser Elite der deutschen Rechten, alle im Gehrock oder in Uniformen der

Kaiserzeit und im vollen Schmuck ihrer Orden, stießen plötzlich, wie ein gigantischer Chor, der auf die große Opernbühne marschiert, an die zweihundert Männer in Braunhemden und mit Hakenkreuz-Armbinden: die gesamte einhundertsiebenköpfige NSDAP-Reichstagsfraktion und das Führerkorps der nationalsozialistischen Kampfverbände, an ihrer Spitze Hitler, Hermann Göring, Minister Dr. Wilhelm Frick, SA-Stabschef Ernst Röhm, der Berliner Gauleiter der NSDAP, Dr. Josef Goebbels, und Gregor Strasser, ein ehemaliger Freikorpsoffizier der Schützenbrigade von Epp und nunmehriger Reichsorganisationsleiter der Hitler-Partei. Über Jonnys Rücken liefen Schauer der Erregung. Was die Nazis sich trauten, war ungeheuerlich. Sie demonstrierten den befrackten Herren ihre geballte männliche Potenz.

Die Nazis waren die mit Abstand stärkste politische Kraft der Rechten seit den Septemberwahlen 1930. Das ließen sie alle anderen spüren. Sie rissen sofort die Führung an sich. Zwar ließen sie auch die anderen zu Wort kommen und pathetische Reden halten – Hugenberg durfte den Zusammenschluss aller vertretenen Gruppen zu einer *Nationalen Front* bekannt geben und verkünden: »Geächtet sei jeder, der unsere Front zerreißen will!« – aber sie ließen keinen Zweifel daran aufkommen, dass nur Hitler als Führer der Rechten in Frage kam.

In einer Pause stellte Jonny sich zu einem Kreis von Herren, die mit Rudolf Blohm ein vertrauliches Gespräch führten.

Einer der Herren, offenbar ein bekannter Fabrikant, sagte: »Gut, dass meine Frau nicht hier ist. Sie hätte die Kleiderordnung sehr bemängelt.« Er lachte zwar, aber es war ihm anzusehen, wie wenig akzeptabel er die Braunhemden fand. »Hitler ist vor zwei Tagen in Berlin von Brüning und Hindenburg empfangen worden«, raunte da ein anderer Herr im Gehrock. Hindenburg, dieser Name klang in den Kreisen, die hier versammelt waren, wie ein Ritterschlag. »Ja«, stimmte Blohm zu, der anscheinend wohlinformiert war über Hitlers Audienz in Berlin. »Diese Unterredungen wurden beide von General von Schleicher arrangiert.« Er schmunzelte. »Sie sind wohl für Hitler nicht sonderlich gut verlaufen, der Feldmarschall-Reichspräsident gewann wohl keinen überragenden Eindruck, aber anscheinend kommt keiner mehr an Hitler vorbei.«

Während des gesamten Tagungsverlaufs wurde immer wieder davon gemunkelt: Der Feldmarschall-Reichspräsident hatte den ehemaligen

Gefreiten Hitler in sein Palais eingeladen, und auch der Reichskanzler war gezwungen gewesen, die Meinung des Naziführers zu wichtigen Fragen der Politik zu erkunden. Jonny sah Hitler mit anderen Augen. Er lauschte neugierig, worum es bei dem Gespräch mit Brüning gegangen war, nämlich um die Frage, ob die NSDAP bereit wäre, einer Verlängerung der Amtszeit Hindenburgs, die 1932 ablief, zuzustimmen, was Hitler entschieden verneint hatte. Das beeindruckte Jonny sehr. Dieser Mann hatte wirklich Schneid! Auch als Brüning Hitler anbot, er werde, sobald er im Verlaufe des Jahres 1932 die vollständige Streichung der Reparationen und das Einverständnis der Westmächte mit einer Wiederaufrüstung Deutschland erreicht habe, als Kanzler zurücktreten und damit den Nationalsozialisten den Antritt der Macht erleichtern, sofern Hindenburg weiter im Amt bleiben könnte, winkte Hitler ab.

Die Nazis zeigten deutlich und voller Verachtung: An Kompromissen mit dem »System«, dem sie auch Brüning zurechneten, waren sie nicht interessiert. Aber Hitler hatte sich mit seiner Audienz bei Brüning dem Bürgertum und vor allem der Reichswehr als akzeptabler Politiker und Staatsmann von Format empfohlen. Natürlich war er immer noch für viele gemäßigt rechte Nationalliberale und Konservative ein Bürgerschreck, zumindest aber ein allzu lauter und dreister Emporkömmling. Jonny jedoch begann, ihn zu bewundern.

Diese Bewunderung schlug jäh in Verachtung um, wenn die Nazis Fehler machten. Und das geschah immer wieder. Aber sie bügelten sie auch immer wieder aus.

Ein eklatanter Fehler unterlief ihnen, als die Polizei im Hotel *Boxheimer Hof* in der Nähe von Worms nach einem Hinweis von einem abtrünnigen NSDAP-Landtagsabgeordneten detaillierte Pläne der Hitler-Partei für den Tag X fand. Am Tag der Machtübernahme durch die nationalsozialistischen Kampfverbände sollten alle politischen Gegner »vorsorglich« in sofort einzurichtende Konzentrationslager gebracht und bei etwaigem Widerstand auf der Stelle erschossen werden. Auch jeder Verstoß gegen die – schon detailliert vorbereiteten und am Tage der »Machtergreifung« in Kraft tretenden – Notverordnungen sollte mit dem Tode bestraft werden. Schusswaffen waren unverzüglich an SA und SS abzuliefern; der Geldverkehr sollte vorübergehend eingestellt, alle privaten Konten gesperrt werden. Für Juden war unter anderem vorgesehen, dass sie keine Lebensmittel mehr erwerben durften.

Der Verfasser dieser *Boxheimer Dokumente*, deren Veröffentlichung ungeheures Aufsehen erregte, war der im hessischen Justizdienst stehende Richter Dr. Werner Best, ein prominenter Nazi- und SS-Führer in Hessen. Das gegen Dr. Best von der Reichsanwaltschaft sofort eingeleitete Strafverfahren wegen Verdachts der Vorbereitung zum Hochverrat wurde bald wieder wegen angeblichem Mangel an Beweisen eingestellt. In der Begründung hieß es, dem Beschuldigten sei nicht nachzuweisen, dass seine Pläne nicht den behaupteten Zweck hätten, nämlich die »Abwehr eines kommunistischen Aufstands«.

Jonny war nicht entsetzt über die Ziele und die Methoden, er war allein voller Verachtung für die mangelnde Vorsicht.

Lysbeth hingegen verfolgte das Dokument Zeile für Zeile. Die Juden sollten keine Lebensmittel mehr bekommen? Das hieß doch, sie sollten verhungern! Sie sprach mit Käthe. Mit der Tante. Sie erzählte ihnen alle Träume, an die sie sich erinnerte. Und auch die, an die sie sich kaum mehr erinnerte. Sie erzählte ihnen endlich, was zwischen Aaron und ihr vorgefallen war. Während sie erzählte, spürte sie die unendliche Erleichterung, die ganze Last nicht mehr allein zu tragen, und sie fragte sich, was zum Teufel sie dazu getrieben hatte, all diese einsamen Entscheidungen zu fällen. So wunderte es sie auch nicht, als die Tante sie gehörig ausschimpfte. Käthe hingegen schwieg. Und als ihre Mutter sie in den Arm nahm und sagte: »Mein armes Mädchen«, konnte Lysbeth endlich spüren, dass sie nicht allein die ganze Last der Welt tragen musste.

Die Tante bekannte sich mitschuldig. Immerhin war sie am Beginn der Konspiration gegen Aaron beteiligt gewesen. »Und«, so sagte Käthe und brachte damit endlich den notwendigen Humor in die Debatte, »du warst schon immer eine, die Frauen empfiehlt, ihre Männer zu übertölpeln.«

»Stimmt«, gestand die Tante. »Stimmt. Die meisten Männer haben das auch verdient. Aber doch nicht Aaron.« Sie blickte Lysbeth in einer Mischung aus Strenge und schlechtem Gewissen an. »Man muss wissen, wo die Grenze ist«, sagte sie autoritär. Käthe und Lysbeth mussten lachen, und die Tante stimmte ein.

»Und jetzt?«, fragte Käthe. »Wir können doch nicht zulassen, dass Aaron einfach so in die Bornstraße zieht.«

»Papperlapapp«, entgegnete die Tante. »Das tut er doch sowieso nicht. Er liebt Lysbeth doch.«

Lysbeth sah sie zweifelnd an. »Natürlich! Natürlich!«, bekräftigte die Tante. »Aber trotzdem müssen wir überlegen, wie es weitergehen soll. Denn das eine ist, dass er hier wohnen bleibt. Viel schwerer wiegt, dass wir begreifen müssen, wie gefährdet er wirklich ist.«

Lysbeth seufzte. Das hätte sie auch gern gewusst. Außerdem war sie wirklich nicht so sicher, was Aarons Liebe betraf. Sie waren nicht liebevoll miteinander. Bestenfalls gab es kühle geschäftliche Übereinkünfte. Meistens aber feindseliges Misstrauen. Bei all ihrer Angst um Aaron vergaß Lysbeth ebenso wie die Tante und Käthe, dass Angela gesagt hatte, ihr Robert sei Kommunist. Kommunisten sollten nach den *Boxheimer Dokumenten* sofort an die Wand gestellt und erschossen werden. Keine von ihnen dachte bei Gefährdung an Angela und Robert.

Aaron durchlebte die einsamste Phase seines Lebens. Er widmete sich ausschließlich seiner medizinischen Tätigkeit. Freunde hatte er schon seit einiger Zeit selten gesehen, und ohne Lysbeth bereitete ihm die Freizeit sowieso keinen Spaß. Er machte seine Arbeit, und darin sah er seine Zukunft. Ich habe geliebt, dachte er sich, als wäre sein Leben nun beendet. Ich habe gelernt, ich habe gelitten. Natürlich würde er weiter lernen, leiden und vielleicht auch lieben. Aber nie mehr geliebt werden.

Was ansonsten in Deutschland geschah, ging ziemlich an ihm vorbei, auch wenn er als Arzt vorwiegend in kommunistischen und jüdischen Haushalten tätig war. So bekam er nicht mit, dass jede Saalschlacht zwischen Linken und SA-Leuten, die linke Versammlungen sprengten, von der Hugenberg-Presse zu einem »marxistischen Aufstandsversuch« umgefälscht wurde. Und da er sich vorwiegend in jüdischen und kommunistischen Haushalten aufhielt, bekam er den Hass gegen Juden auch nicht mit.

Jonny dagegen verfolgte die deutsche Politik wie ein Spürhund. Er versuchte, sie zu lesen wie eine Schatzkarte. Er schnappte auf, was ihm insgeheim zugetragen wurde. Er lauschte, wenn erzählt wurde, was gar nicht für seine Ohren bestimmt war. So erfuhr er, dass Brüning Deutschland zu einer Monarchie machen wollte, indem er Hindenburgs Amtszeit verlängerte, ihn auf Lebenszeit zum Regenten der Hohenzollern machte und dann einen der Kronprinzensöhne zum Kaiser. Hindenburg aber war dagegen. Der Thron gebühre dem allein »rechtmäßigen« Monarchen, Wilhelm II. und niemandem sonst.

Jonny wusste weit vor Brüning, dass dieser bald ausgedient hatte. Für seinen Plan, Hindenburg zum Regenten auf Lebenszeit zu machen, hätte er eine Zweidrittelmehrheit im Reichstag und im Reichsrat der Länder benötigt. Hitler hatte schon zu erkennen gegeben, dass seine NSDAP einer Verlängerung der Amtszeit des Reichspräsidenten nicht zustimmen würde. Jonny verzog verächtlich den Mund, als er hörte, dass Brüning mit der SPD-Führung verhandelt hatte. Er spekulierte darauf, dass die Sozialdemokratie seine Pläne mit gewissen Einschränkungen zu unterstützen bereit war, um eine Nazidiktatur zu vermeiden.

Wie dumm kann ein Kanzler sein, dachte Jonny kopfschüttelnd. Die weitere Entwicklung gab ihm schnell recht. Von drei Seiten wurde heftig intrigiert mit dem Ziel, Brüning als Kanzler zu stürzen. Und seltsamerweise gab es kaum jemanden, der das nicht durchschaute. Außer Brüning selbst.

Da war zunächst Hitler, dessen gerade erst beschworenes Bündnis mit Hugenberg und der *Harzburger Front* in die Brüche zu gehen drohte, weil den Deutschnationalen klar geworden war, dass die Nazis die Macht mit niemandem teilen wollten, schon gar nicht mit abgetakelten Exzellenzen und Fürsten. Hitler tauchte jetzt immer häufiger im Berliner Regierungsviertel auf, wo er stets im Hotel *Kaiserhof* Quartier nahm und mit einflussreichen Leuten Gespräche unter vier Augen führte, unter anderem mit dem Staatssekretär Obbot Meißner, dem Leiter des Büros des Reichspräsidenten, der schon Eberts rechte Hand gewesen war und nun überlegte, wie er sich mit dem möglichen Hindenburg-Nachfolger Hitler arrangieren könnte. Mit Interesse hörte sich Meißner Hitlers Vorschlag an, zunächst Hindenburg wiederwählen zu lassen, und zwar mit den Stimmen der NSDAP, dafür aber Brüning fallenzulassen und eine nationale Regierung mit Hitler als Kanzler einzusetzen.

Doch damit war, wie Meißner rasch herausfand, Hindenburg nicht einverstanden. Er wollte sich nicht von Hitler die Bedingungen diktieren lassen. Und als daraufhin deutlich wurde, dass die Nazis und selbst seine alten Freunde, die Deutschnationalen, nicht bereit waren, ihm die Strapazen einer Neuwahl zu ersparen, da wandte sich ein Teil des Grolls des alten Herrn gegen seinen, wie er fand, reichlich ungeschickten Kanzler, der ihn in einen Konflikt mit gerade jenen nationalen Kräften gebracht hatte, von denen er 1925 zum Reichspräsidenten gewählt worden war.

Am 10. Dezember erklärte die Deutsche Volkspartei, dass sie sich nicht mehr an die alte Koalition gebunden fühle, und verlangte Neuwahlen. Neun Tage später forderte die NSDAP im Falle des Regierungseintritts das Amt des Ersten Bürgermeisters und die Leitung der Polizeibehörde. Es wurde so viel getratscht und geplaudert über all diese Treffen, dass Jonny den Eindruck bekam, er müsse Hindenburg und seinen Leuten einmal eine Lektion in Geheimhaltung erteilen. Das sagte er natürlich niemandem. Und es war vielleicht auch gar nicht nötig, dachte er bald, denn die ganze Entwicklung verlief äußerst vielversprechend, wer nun auch immer an die Macht kommen sollte.

Ende 1931, kurz vor Einbruch des Winters und begleitet von ernsten Reden der Direktoren über bevorstehende weitere Personaleinsparungen, wurden Werbeaktionen des *Stahlhelm* und der SA in zahlreichen Betrieben, besonders im Ruhrbergbau zu einem großen Erfolg für die mit den Firmenleitungen Hand in Hand arbeitenden Veranstalter.

Und um die Jahreswende 1931/32 waren nur noch etwa dreiundzwanzig Prozent der marxistischen Gewerkschafter voll beschäftigt, dreiundvierzig Prozent mussten stempeln gehen, die Übrigen sich mit Kurzarbeit begnügen.

Als das Jahr 1931 zu Ende ging, beschloss Jonny, der NSDAP im Geiste beizutreten. Eine Mitgliedschaft war ihm noch zu gefährlich. Aber er wusste, dass es nicht mehr lange dauern würde.

Stella, die Anthony einen kalten Abschiedsbrief geschrieben hatte, stand zwischen der Alternative, sich umzubringen oder nach London zu fahren und Anthony zu bitten, ihr zu verzeihen. Ohne ihn, das war ihr sofort, nachdem sie den Brief abgeschickt hatte, klar gewesen, würde sie nicht mehr leben können.

Und Lysbeth, die es wochenlang nicht übers Herz gebracht hatte, Aaron zu bitten, die Wohnung in der Bornstraße einem anderen zu überlassen, sagte genau um Mitternacht zu Aaron, der nur auf Drängen der Tante in der Kippingstraße zum Jahreswechsel geblieben war: »Wenn du in die Bornstraße ziehst, ich schwör's dir, ich fackle das ganze jüdische Viertel ab!«

39

Im Februar 1932 wettete Jonny auf den Ausgang des ganzen Theaters. Er beobachtete das Gerangel und die Intrigen auf der politischen Bühne wie ein Zuschauer, der sich auch bei dramatischsten Szenen ein amüsiertes Lächeln nicht verkneifen kann, weil er das Ende schon kennt. »Hindenburg bleibt Reichspräsident«, sagte er, »und Hitler wird sein Kanzler. Hitlers Kabinett besteht aus Reichswehrführung und Nazis. Mit Notverordnungen hebeln sie die Gewerkschaften aus. Hindenburg stirbt, und Hitler schafft auf einen Streich die Republik ab.« »Und dann?«, fragte Maximilian von Schnell, mit dem Jonny sich immer noch gut verstand und regelmäßig traf, ohne dass einer aus der Familie Wolkenrath es wissen musste. »Was geschieht dann, was besser ist als heute?« »Nicht viel«, antwortete Jonny. »Im Grunde haben wir jetzt schon den Einfluss, den wir brauchen. Aber dann ist endlich der Druck weg. Keine Kommunisten, keine Sozis, keine Gewerkschafter. Endlich wieder Ruhe im Reich.«

Maximilian hielt dagegen. Selbstverständlich halte er nichts von Gewerkschaften, er sei schließlich Unternehmer. Aber er könne sich nicht vorstellen, dass Hindenburg wirklich den Parvenü Hitler als Kanzler einsetzen würde. »Zwei Flaschen Schampus«, sagte er. »Wer gewinnt, zahlt.« Jonny schlug ein.

Der greise Hindenburg entschied sich, noch einmal für das Amt des Reichspräsidenten zu kandidieren. Noch stand nicht fest, ob die Rechte einen Gegenkandidaten aufstellen würde. Hugenberg schlug seinem *Harzburger-Front*-Partner Hitler vor, entweder den Generaldirektor Albert Vögler von den Vereinigten Stahlwerken oder den Kaiser-Sohn Prinz Oskar von Preußen zu benennen, aber Hitler lehnte beide rundweg ab. Stattdessen entschloss er sich, selbst zu kandidieren, worauf die Deutschnationalen, empört über diesen Verrat am Harzburger Bündnis, den *Stahlhelm*-Führer Duesterberg aufstellten.

Besonders amüsierte Jonny sich darüber, dass die SPD zur Wahl Hindenburgs aufrief. Nur die Kommunisten stellten einen eigenen Kandidaten gegen drei zur Auswahl stehende Feinde der Republik auf: Ernst Thälmann.

Der Wahlkampf war ebenso erbittert wie verworren. Am Familientisch der Wolkenraths blieb nur noch Johann mit einem klaren

Feindbild übrig: Alle außer Hitler waren Verräter an der deutschen Sache.

Jonny diskutierte nicht mehr gegen ihn. Er wartete ab. Sein Spruch lautete: Du musst zur richtigen Zeit am richtigen Ort in der richtigen Gesellschaft sein.

Käthe war entsetzt über die Entwicklung. Alte Gewerkschafter, die noch in der Zeit der Illegalität gegen den »Staat der Junker und Militärs« gekämpft hatten, warben jetzt für den kaiserlichen Generalfeldmarschall und Großgrundbesitzer von Hindenburg. Dritter, der Politik für ein Spiel hielt, dessen Regeln er nicht verstand und aus dem er sich infolgedessen heraushielt, amüsierte sich köstlich darüber, dass Hindenburg neuerdings im Clinch lag mit seinen Standesgenossen und alten Kameraden, die ihn auf das heftigste attackierten, während ihm die verhassten Roten und Schwarzen zujubelten. General Ludendorff warf Hindenburg öffentlich vor, dass er sich von den ostelbischen Junkern mit dem Millionen-Geschenk des Guts Neudeck habe schmieren lassen. Dr. Goebbels wagte sich im Reichstag mit der Äußerung hervor: »Sage mir, wer dich lobt, und ich sage dir, wer du bist. Hindenburg wird gelobt von der Berliner Asphaltpresse und von der Partei der Deserteure.« Damit meinte er die SPD. Deren Abgeordneter, der einarmige Kriegsinvalide Dr. Kurt Schumacher, nannte Dr. Goebbels einen »dummdreisten Bengel«, »der selber den Krieg nur vom Hörensagen kennt«, und sprach von der »moralischen und intellektuellen Verlumpung«, der die Nazis Vorschub leisteten. Die *Deutsche Zeitung,* ein stramm konservatives Blatt, das 1925 für Hindenburg agitiert hatte, wandte sich jetzt heftig gegen ihn: »Es handelt sich darum, ob die … Verräter und Pazifisten mit Hindenburgs Billigung Deutschland endgültig zum Untergang führen sollen«, umgekehrt setzten sich für Hitler, den »böhmischen Gefreiten«, wie Hindenburg ihn nannte, die ostelbischen Junker, zahlreiche Exgeneräle und -Fürsten, zu guter Letzt sogar der frühere Kronprinz Wilhelm von Preußen ein, dessen Familie der kaisertreue Hindenburg die Rückkehr auf den Thron hatte sichern wollen.

Auch Stella hielt sich in der politischen Debatte zurück. Sie wollte Ernst Thälmann wählen, so viel stand fest. Aber das durfte Jonny nicht einmal ahnen.

Stella bereitete sich innerlich auf ihre Abreise vor. Jonny würde in ein paar Wochen wieder in See stechen. Sie hatte dem verletzten und wortkarg gewordenen Anthony die Einwilligung abgerungen, sie im April in London zu empfangen, damit sie wenigstens miteinander sprechen könnten.

Bei den Reichspräsidentenwahlen am 13. März 1932 erhielt Hindenburg die mit Abstand meisten Stimmen; ganz knapp, mit 49,6 Prozent verfehlte er die erforderliche absolute Mehrheit. Hitler bekam mit 11,3 Millionen Stimmen und einem Anteil von 30,1 Prozent nicht annähernd das Resultat, das er sich erträumt hatte; Duesterberg konnte nur 2,5 Millionen Stimmen, weniger als sieben Prozent, für sich gewinnen, und Thälmann erreichte mit knapp fünf Millionen Stimmen den beachtlichen Anteil von 13,2 Prozent, woraus zu schließen war, dass zahlreiche Sozialdemokraten lieber für ihn als Hindenburg gestimmt hatten. Stella trank ganz für sich allein ein Glas Schampus auf dieses gute Ergebnis ihres Favoriten, dem sie nur übel nahm, dass er Jonny so verflixt ähnlich sah.

Der zweite Wahlgang fand am 10. April statt. Da war Jonny schon Richtung Afrika unterwegs, und Stella war nur in Hamburg geblieben, weil sie unbedingt ihre Stimme abgeben wollte. Einen Tag später brach sie auf. Die Ergebnisse der Wahl erfuhr sie in London.

Es hatte einen triumphalen Sieg Hindenburgs mit 53 Prozent der Stimmen gegeben. Hitler hatte 36,8 Prozent, Thälmann 10,2 Prozent der Stimmen errungen. »Fast zwei Drittel aller Deutschen sind gegen Hitler, mehr als die Hälfte für die parlamentarische Demokratie.« Stella, die Anthony mit ihrem neuen politischen Interesse überraschte, war mit diesem Ergebnis sehr zufrieden, weil sie es für einen Sieg der Republik hielt.

Anthony hingegen entsetzte sich darüber, dass ein Drittel aller Deutschen Hitler gewählt hatte. In der englischen Presse waren die *Boxheimer Dokumente* veröffentlicht worden, ebenso Auszüge aus Hitlers Buch *Mein Kampf*. Dass es nach diesen offenen Verkündigungen, einen Terrorstaat anzustreben, auch nur einen einzigen Menschen gab, der diese »Inkarnation des Teufels« wählte, bewies Anthony, dass die Deutschen im Allgemeinen verrückt und gefährlich seien.

Ansonsten bekümmerte ihn viel mehr, was aus der Frau, die sich vor einem halben Jahr tränenreich von ihm verabschiedet hatte, geworden war. Stella trug eine Frisur wie Greta Garbo, sie glättete ihre Haare täglich mit einem Eisen. Sie hatte keinen Gesangsunterricht mehr genommen und auch das Klavier nicht mehr angerührt. Sie bewegte sich anders, irgendwie zackiger, männlicher. Und ihre Ehrlichkeit war schroff geworden.

Anthony begriff bald, dass sie nicht ohne Not ein Kettenhemd übergeworfen hatte. Sie hatte sich entschieden, mit Anthony ehrlich zu sein. Aber Offenheit war ungewohnt für sie geworden. Gleich am ersten Abend, ohne Händchenhalten und Küsse, hatte sie ihm mitgeteilt, was sie bewogen hatte, ihm einen Abschiedsbrief zu schreiben. Es klang spröde und eher wie das Ergebnis eines harten inneren Kampfes als nach einem echten Bedürfnis. Sie hatte ihm den Sex mit Jonny gestanden und ihren darauffolgenden Selbstekel. Sie hatte ihm gesagt, dass der Abschied von ihm ihr wie Selbstmord vorgekommen war. Sie hatte ihn um Verzeihung gebeten.

Anthony hatte zugehört, geschwiegen, genickt. Er hatte ihr gesagt, wie fremd sie ihm erscheine, und sie hatte zugestimmt. Auch sie selbst komme sich fremd vor. Aber sie habe sich fest vorgenommen, zu ihm ehrlich zu sein. Seit Jahren schon unehrlich in ihrer Ehe, sei sie zu dem Schluss gekommen, dass sie auch unehrlich zu sich selbst gewesen sei. Und immer wenn es unangenehme Gefühle gegeben habe, sei sie irgendwie davor weggelaufen. »Unehrlich, oberflächlich, ohne Mitgefühl und Engagement für dich, für uns, aber auch für mich selbst. So war ich, bin ich vielleicht immer noch. Aber eines habe ich mir geschworen: Zu dir werde ich ehrlich sein, so ehrlich, wie ich zu mir selbst sein kann.«

Anthony waren die Tränen in die Augen gestiegen. Stella, die kreidebleich, mit blassen Lippen vor ihm saß, rührte ihn. Er griff nach ihrer Hand. »Wir sollten uns neu kennenlernen«, sagte er. »Sieben Monate sind eine lange Zeit.«

Und er gestand ihr, dass er nach ihrem Abschiedsbrief viele törichte Dinge getan habe. Zu viel getrunken. Sich bei einer öffentlichen Lesung in der Bewunderung der jungen Frauen gesuhlt, und anschließend sei er sogar mit einer ins Hotelbett gegangen. Durch Stella zuckte ein wilder Schmerz. Junge Frauen. Sie selbst war hoch in den dreißigern, abgenutzt, eine alte Frau. Sex im Hotelzimmer. Das Schlucken fiel ihr schwer. Aber sie gab keinen Ton von sich.

Und es war nicht bei der einen geblieben, fuhr Anthony fort. Er habe versucht, sich zu betäuben, sich zu beweisen, dass er Stella nicht brauche, versucht, sein angeschlagenes männliches Ego zu stärken, indem er sich bewies, dass er für viele Frauen durchaus attraktiv war.

»Alles ganz junge Frauen?«, fragte Stella ängstlich.

Anthony sah sie überrascht an, dann prustete er los. »Bullshit«, sagte er. »Darum ging es doch nicht. Es ging um meine Selbstbestätigung.« Ernst fügte er hinzu: »Es war sehr schal, es folgte immer ein Kater.« Er streichelte ihre Hand. »Vielleicht bin ich wie du: Oberflächlich und unehrlich mir selbst gegenüber. Aber es lief auch nur kurze Zeit, dann habe ich aufgehört ...« Er lächelte verschmitzt, »... und habe die ganze Tragödie in meinen Roman eingebaut. Mein Verleger war begeistert.«

Stella bat darum, in seinem Gästebett zu schlafen. Sie bewegte sich in den folgenden Tagen wie auf Zehenspitzen durchs Haus. Anthony ebenso. Ganz allmählich erst kamen sie einander wieder nahe. Sie begannen mit vorsichtigen Küssen, fassten sich an die Hand, sahen sich einmal länger in die Augen und blickten dann schnell wieder weg. Und als sie schließlich voreinander standen und sich gegenseitig auszogen, geschah dies sehr behutsam, sehr langsam, jeder Knopf, der geöffnet wurde, jedes Kleidungsstück, das beiseitegelegt wurde, alles wurde gewürdigt. Sie waren sich bewusst, wie groß das Risiko war, wirklich zu lieben. Und dass sie es miteinander eingehen wollten.

Sie erkundeten einander, als wären ihre Körper einander völlig fremd. Und in gewisser Weise war es ja auch so. Es war viel geschehen. Sie spürten die Narben auf der Seele nicht nur innen, sie spürten sie auch auf ihrer Haut. Aber ihre Ehrlichkeit, ihre Bereitschaft, sich dieser Liebe ganz hinzugeben, verliehen ihren Berührungen, ihren Küssen, ihren Zärtlichkeiten, ihrem Begehren die magische Kraft, den Schmerz zu lindern, die Verletzungen zu heilen.

Lysbeth war alarmiert. Aaron hatte sich zwar bereit erklärt, in der Kippingstraße wohnen zu bleiben, sie schliefen sogar wieder Arm in Arm, aber beide waren voreinander auf der Hut. Aaron misstraute ihr, und sie wusste, dass das berechtigt war, aber sie fand keinen Weg, ihm von ihren Ängsten zu erzählen.

Hindenburgs Sieg hatte Lysbeth nicht im Geringsten gefreut. Auch wenn er von Sozialdemokraten gewählt und von der Rechten angegriffen worden war, blieb er doch ein Monarchist, zudem einer, der schon fast scheintot war.

Es gab genügend Vorfälle, die Lysbeths Angst schürten. Bereits am Vorabend des ersten Wahlgangs der Reichspräsidentenwahl, am 12. März, waren die Kampfverbände der NSDAP, die fast vierhunderttausend Mann starke SA und die etwa fünfzigtausend Mann zählende SS in Alarmbereitschaft versetzt worden; mehr als dreißigtausend Mann hatten einen Ring um Berlin gebildet, auf Abruf bereit, die Reichshauptstadt zu besetzen und auf bewährte Weise »Ordnung« zu schaffen. Lydia hatte sich zu dem Zeitpunkt gerade in Berlin aufgehalten und war daraufhin sofort abgereist, weil ihr die braune Meute schreckliche Angst gemacht hatte. Sie hatte auch Antonia nicht länger abgeraten, Deutschland zu verlassen, vielmehr hatte sie sogar deren jüdischem Schwiegersohn empfohlen, sich am besten auch schon nach einer Bleibe in Frankreich umzugucken. Der hatte nur gelacht. An seinem Theater gebe es nicht den geringsten Anflug von Antisemitismus.

Die preußische Landespolizei beschlagnahmte bald darauf bei einer Haussuchung im Berliner SA-Hauptquartier einige Unterlagen, aus denen – ähnlich wie bei den *Boxheimer Dokumenten* – deutlich hervorging, dass die SA einen Staatsstreich und ein anschließendes Terrorregiment für den Fall vorbereitete, dass Hitler zum Reichspräsidenten gewählt würde. Als Erstes sollten Kommunisten und Gewerkschafter liquidiert und Juden aus der Gesellschaft ausgesondert werden. Lysbeth war wie ein Spürhund hinter all diesen Informationen her. Um noch mehr über Hitlers Absichten zu erfahren, kaufte sie sich sein Buch *Mein Kampf*. Es war schon 1925 der erste und 1926 der zweite Band herausgekommen, beide zum stolzen Preis von zwölf Reichsmark. Lysbeth hatte die »Volksausgabe« in einem Band gekauft, die unverschämterweise im Bibelformat erschienen war. Es war ihr sehr schwergefallen, in eine Buchhandlung zu gehen und für dieses Buch Geld hinzulegen, aber sie wollte einfach alles wissen über die braune Gefahr.

Die preußische und auch die bayrische Landesregierung wandten sich an den Reichskanzler und forderten Sofortmaßnahmen gegen die drohende Gefahr eines braunen Putsches. Doch Brüning fürchtete, eine Kraftprobe vor dem zweiten Wahlgang könnte sich negativ für Hindenburg und ihn selbst auswirken. Nach dem glücklichen Ausgang der Reichspräsidentenwahl aber fühlte er sich stark genug. Noch am Wahlsonntag rief er das Kabinett zusammen, und nachdem er dessen Zustimmung erhalten hatte, legte er dem wiedergewählten Hindenburg ein Dekret zur Unterschrift vor, das die Auflösung der Privatarmee Hitlers sowie ein generelles Uniformverbot für alle politischen Organisationen vorsah.

»Es wird ihn Mühe kosten«, vermutete die Tante, »Hindenburg zur Unterzeichnung dieser Notverordnung zu bewegen. Die Reichswehrführung wird nicht begeistert sein über die Auflösung der nationalsozialistischen Bürgerkriegsarmeen.« Am 13. April gab Hindenburg widerwillig seine Zustimmung, und schon am nächsten Tag trat das SA- und SS-Verbot im ganzen Reich in Kraft. Lysbeth, die mit der Lektüre von *Mein Kampf* begonnen hatte und von Seite zu Seite mehr begriff, dass Aaron in Lebensgefahr schweben würde, sobald die Nazis an die Macht kämen, empfand eine so große Erleichterung, als sie von dem SA- und SS-Verbot hörte, dass sie einen ganzen Tag lang meinte, jede Schwerkraft verloren zu haben. Am Abend lud sie Mutter und Tante ein. Sie hatte eine Flasche Sekt und eine Flasche Eierlikör mitgebracht. Als sie ins Bett ging, Aaron kam wie häufig erst gegen Mitternacht, war sie betrunken. Gemeinsam hatten die drei Frauen beide Flaschen geleert.

Im Reichstag tobten die Nazis, angeführt von Hermann Göring, gegen den »roten« General, der »den Novemberverbrechern zuliebe der nationalen Sache in den Rücken gefallen« sei.

Lysbeth merkte erst jetzt, wie verkrampft sie in den letzten Monaten gewesen war. Endlich waren die Nazis ihrer Privatarmee beraubt. Aber am kommenden Abend kam Johann zu ihnen, in der üblichen SA-Uniform, und sagte von oben herab: »Hitler hat Befehl gegeben, sich ›streng legal‹ zu verhalten. Es ist noch nicht der Augenblick für einen bewaffneten Aufstand.« Er betonte höhnisch das »noch«, und Lysbeth hatte augenblicklich wieder die Nackenschmerzen, die ihr seit einiger Zeit zu schaffen machten.

Doch immer wieder bei der Lektüre der Zeitungen schöpfte sie Hoffnung. Auch wenn sie Stellas Berichte aus London las, in denen die Schwester ungewohnt politisch genau die Stimmung in England beschrieb. Es gab eine große Bereitschaft unter den Siegermächten, die dem Deutschen Reich auferlegten Rüstungsbeschränkungen zu lockern. Und auch die internationale Situation besserte sich. Die Weltwirtschaftskrise begann abzuflauen. Das würde auch in Deutschland bald Wirkungen auf die Arbeitslosigkeit, auf die allgemeine Armut zeitigen.

Ob die beschworene baldige Ausstattung der Reichswehr mit schweren Geschützen, Panzern und Flugzeugen wirklich etwas Positives war, bezweifelte Lysbeth, aber auch die Aufrüstung würde sich günstig auf den Arbeitsmarkt auswirken und die bereits leicht rückläufige Erwerbslosigkeit weiter vermindern.

Es gab weitere Nachrichten, die in Lysbeth Hoffnung weckten, dass der schreckliche Hunger, den sie täglich unter ihren Patienten erlebte, bald weniger würde. Das neue Ostsiedlungs-Programm des Reichskommissars für die Ostsiedlung, Hans Schlange-Schöningen, das er in der Woche nach dem Wahlsieg Hindenburgs anlaufen ließ und das einigen Hunderttausend unter Erwerbslosigkeit leidenden Familien staatlich geförderte Bauernhöfe in den Ostprovinzen verschaffen sollte, zum Beispiel.

Allerdings sagte Käthe dazu nur: »Das wird Brüning den Kopf kosten. Mit Landvergabe zu Lasten der großen Güter ist nicht zu spaßen.«

Ausnahmsweise schaltete sich Eckhardt in das Gespräch ein. »Enteignung angestammten Grundbesitzes ist Agrarbolschewismus. Kein Gutsbesitzer wird das zulassen.«

»Aha?«, entgegnete Alexander in einer Schärfe, die ihm allgemeine Aufmerksamkeit einbrachte. »Enteignung? Ich habe das nicht so verstanden. Nach meinem Verständnis sollen die großen Güter nicht enteignet, sondern nur – gegen großzügige Entschädigung aus der Staatskasse und weitere Osthilfe-Subventionen – verkleinert und rentabel gemacht werden. Aber du wirst mich sicher eines Besseren belehren. Denn deine Freundschaft mit Askan von Modersen scheint dir ja tiefe Einblicke in die wirklichen Zusammenhänge der Junker zu geben.«

»Klar«, sagte Dritter leichthin. »Die sind gewöhnt an ein Herrenleben mit Jagdgesellschaften, Ausflügen zu den Spielcasinos von Zoppot, Pferderennen und geselligem Umgang mit den Reichswehroffizieren.«

Eckhardt war blass geworden. Er griff fahrig nach seinem Bierglas und kippte es hastig hinunter. Alle sahen ihn an, als erwarteten sie eine Bemerkung von ihm. »Auf dem Lande sind keine Neuerungen erwünscht«, sagte er lau. »Man ist dort nicht gut auf Brüning zu sprechen.«

»Auf dem Lande?«, fragte Alexander, wieder in diesem strengen Ton, in dem er zuvor mit seinem Sohn gesprochen hatte, und Käthe dachte: Er spricht über ganz etwas anderes, das hier ist eine Konversation in Geheimsprache. Was meint er wirklich? »Du scheinst die Sitten auf dem Lande gut zu kennen. Soviel ich weiß, hat dein … Freund … ein Gut in Schlesien. Das ist nicht ostelbisch. Oder stecken die alle unter einer … Decke?«

»Ich habe gelesen«, sagte die Tante in einem Ton, als sprächen sie gerade über ein unverfängliches, aber sehr interessantes Thema. »Sie holen sich ihre Erntearbeiter aus Polen, kolonnen- und paschweise, was bedeutet: Jeder Arbeiter hat eine – um ein Drittel billigere – weibliche Arbeitskraft, seine Frau oder irgendein kräftiges Mädchen, mitzubringen, und einige Dutzend solcher Paare bilden eine Schnitterkolonne, mit deren Anführer ein Akkordvertrag vereinbart wird.«

»Ah«, bemerkte Dritter. »Ich verstehe. Da können neue Siedler nur stören. Die würden ja auch Erntehelfer brauchen. Was machen die eigentlich alles?«

»Es sind Schnitter und Binder, Rüben- und Kartoffelhacker oder -einsammler«, erläuterte die Tante.

»Und sie begnügen sich bestimmt mit unglaublich niedrigen Löhnen und wenig Lebensmitteln …«, überlegte Dritter laut. »Und sie arbeiten von Sonnenaufgang bis zum Einbruch der Dunkelheit.« Er sah seinen Bruder an. »Macht Askan das auch so? Woher nimmt der seine Arbeiter?«

»Weiß nicht«, murmelte Eckhardt.

»Sie nehmen erbärmlichste Unterkunft und totalen Mangel an sanitären Einrichtungen ohne Murren hin, so habe ich gelesen, und sind so fleißig und demütig, dass sie im Gegensatz zu den eigenen Leuten, dem Stammpersonal der Güter, nicht mit der Reitpeitsche auf Trab gebracht werden müssen. Sie treiben sich selber zur Erfüllung des Akkords an«, führte die Tante weiter aus.

»Idyllisches Landleben«, sagte Dritter sarkastisch. »Und da will Brünings Reichskommissar Schlange-Schöningen mit seiner Reform eingreifen.«

»Er will Hunderttausende von Großstädtern in Ost- und Westpreußen sowie in Hinterpommern ansiedeln. Das kann gar nicht gut gehen«, empörte sich Eckhardt. »Und dann sollen die Osthilfe-Subventionen künftig vorrangig den Kleinbauern zugute kommen. Kein Wunder, dass sich die ostpreußischen Agrarier wehren.«

Der sehr offenherzige Führer der ostelbischen Junker, Elard von Oldenburg-Januschau, formulierte in den kommenden Tagen, und im

Hause Wolkenrath wurde es laut vorgelesen, es gehe jetzt darum, dem »deutschen Volk eine Verfassung einzubrennen, dass ihm Hören und Sehen vergeh!«.

Am 14. Mai hörte Lysbeth morgens im Radio, dass Schleicher seinem Minister einen Tag zuvor mitgeteilt habe, die Reichswehr-Generalität habe ihm das Vertrauen entzogen. Groener hatte seinen Rücktritt eingereicht.

Am nächsten Morgen war Lysbeths Hals steif. Jede kleinste Bewegung nach rechts oder links verursachte ihr solche Schmerzen, dass sie dabei aufschrie. Aaron verbot ihr, in die Praxis zu gehen, aber sie legte sich eine Halskrause um, die den Hals starr hielt, sodass sie keine Bewegungen machen konnte, und ging weiter ihrer Arbeit nach. Wenn sie zu Hause im Bett bliebe, würde sie verrückt werden vor Angst.

Das Pfingstfest verbrachte Lysbeth auf strenge Anordnung der Tante im Bett, wo sie von der Tante, Aaron und Käthe verwöhnt und gepflegt wurde.

Am gleichen Tag sagte Stella in London zu Anthony, sie werde sich scheiden lassen und ihn – sofern er ihr einen Antrag mache – heiraten.

Wenig später, am 30. Mai, forderte Hindenburg den Reichskanzler Brüning auf, Schlange-Schöningen sofort zu entlassen und die Ostsiedlungs-Vorlage zurückzuziehen. Brüning fühlte sich sicher. Was Jonny, wäre er am Wolkenrath-Tisch gewesen, zu verächtlichem Lachen gebracht hätte und was Alexander schon lange wunderte. Aus dieser Sicherheit heraus bot Brüning den Rücktritt seines ganzen Kabinetts an. Hindenburg akzeptierte ohne Zögern, verabschiedete Brüning frostig und ernannte noch am selben Tagen einen neuen Kanzler: Franz von Papen.

Lysbeth mochte nicht mehr einschlafen. Es gab zwar auch Nächte, in denen sie traumlos durchschlief, aber wenn sie träumte, war es entsetzlich. Immer wieder träumte sie von schreienden Büchern. Von Feuer. Und die im Feuer verbrennenden, qualvoll sterbenden Bücher nahmen die Gesichter von Aaron und neuerdings auch von Angela und Robert an. Lysbeth versuchte, das Feuer zu löschen, aber wie hinter eine Glasscheibe gesperrt, musste sie ohnmächtig zuschauen.

Sie war nicht als Einzige alarmiert. In vielen Familien in Eimsbüttel gab es Kommunisten oder Gewerkschafter. Sie alle nahmen kein Blatt vor den Mund. »Wer für Hitler ist, ist für Terror« oder: »Wer für Hitler ist, ist für Krieg«, so klang es laut und vernehmlich. Wer aber war für Hitler? Das war entsetzlich undurchschaubar für Lysbeth. War nicht auch eigentlich Hindenburg für Hitler, obwohl er sich von den Sozialdemokraten hatte wählen lassen?

Die Arbeitslosigkeit hatte ungefähr sechs Millionen erfasst, aber nur jeder siebente oder achte von ihnen erhielt noch eine sehr gekürzte Unterstützung aus der Arbeitslosenversicherung. Die anderen waren »ausgesteuert« worden, hatten keine Versicherungsansprüche mehr, sie waren auf die Wohlfahrt oder auf Almosen angewiesen.

Diejenigen, die noch arbeiteten, klagten unter der ständig wachsenden Antreiberei. Sie hatten alle möglichen chronischen Beschwerden, aber niemand ließ sich mehr krankschreiben. In Aarons und Lysbeths Praxis brodelte es vor Schmerz, Hunger und Leid. Aaron, der bis in die Nacht hinein Hausbesuche machte, lernte noch viel mehr Elend kennen. Auch er wurde nachdenklich. Und manchmal sprach sogar er von Angst. Bis er eines Abends sagte: »Lysbeth, ich glaube, ich kann verstehen, warum du die Aborti vor mir geheim hältst. Ich habe lange nachgedacht. Vielleicht sollte ich dir sogar danken. Aber weißt du, ich habe auch Angst um *dich*! Vielleicht sollten wir ganz damit aufhören, bis die Zeiten besser sind.«

Lysbeth fiel aus allen Wolken. Wie bitte? Aaron wollte keine Abtreibungen mehr machen? »In schlechten Zeiten wollen wir den Frauen nicht helfen?« Ihr Mund war sehr trocken. Sie befeuchtete ihre Lippen mit der Zunge. »In guten Zeiten? Wenn es weniger Not gibt?« Sie starrte Aaron an, plötzlich richtig wütend. »Wann soll das denn sein?«, brach es aus ihr heraus. »Bis dahin sind wir tot.« Sie erschrak. Was hatte sie da gesagt? Ihr baldiger Tod kam ihr plötzlich so real vor.

Aaron sah sie besorgt an. »Lysbeth, begreif doch. Das Elend ist riesig. Unsere Hilfe ist an allen Ecken nötig. Wenn du ausfällst, weil du ins Kittchen kommst, ich weiß nicht, was ich täte!« Er ergriff Lysbeth an ihren Schultern und schüttelte sie leicht. »Lysbeth, du bist unersetzlich, in jeder Hinsicht.« Er stieß hervor: »Ich liebe dich. Nur dich.«

Lysbeth konnte sich nicht rühren. Was hatte er da gesagt? Liebe? Sie ließ langsam den Kopf hängen. In ihr war eine große Leere. »Danke, Aaron«, war alles, was sie herausbrachte.

Von Papen? Wer ist das? Das fragten sich nicht nur die Wolkenraths. Er war den meisten unbekannt. Bald aber hatten es alle aus den Zeitungen erfahren. Er war ein ehemaliger Berufsoffizier aus münstlerländischem Uradel, der Schwiegersohn des saarländischen Keramikkonzernherrn von Boch – in Firma *Villeroy & Boch* – und Mitglied des ebenso feudalen wie reaktionären Berliner »Herren-Clubs«. 1920 war er Mitglied der Zentrumspartei und deren Abgeordneter im preußischen Landtag geworden, wo er in der Fraktion als monarchistischer Außenseiter gegolten hatte. Zusammen mit dem Duisburger Industriellen Klöckner gehörte er zu den Hauptaktionären des Zentrumsblatts *Germania* und verfügte über beste Beziehungen zur rheinischen und saarländischen, aber auch zur französischen Industrie, zur Reichswehrführung und zum katholischen Klerus. Auch als Reichskanzler ließ er sich am liebsten mit »Herr Major« anreden. Was ihm bei Alexander und Dritter einen Pluspunkt einbrachte, war, dass er ein schneidiger Herrenreiter sein sollte.

Lydias Mann, der dem Zentrum nahestand und viele einflussreiche Leute aus der Partei kannte, erzählte, dass man über von Papen sage, er sei oberflächlich, streitsüchtig, eitel, falsch, ehrgeizig, verschlagen, intrigant. Niemand nehme ihn so richtig ernst.

Alexander und Käthe trafen sich ungefähr einmal monatlich mit Lydia und ihrem Mann. Manchmal waren »die Kinder« dabei, manchmal nicht. Diesmal saßen sie zusammen mit Eckhardt und Cynthia im Wohnzimmer, als Lydias Mann sagte: »Von Papen müsste eigentlich schwul sein, er hat alles von denen.« Alexanders Blick legte sich sinnend auf seinen Sohn. Eckhardt schaute kurz zurück, griff fahrig nach seinem Bierglas und kippte den Inhalt hinunter. Käthe legte den Kopf schräg und verfolgte das kurze Intermezzo zwischen ihrem Mann und ihrem Sohn. »Wirklich?«, fragte sie gedehnt. »Sind homosexuelle Männer so? Ich weiß wenig über die. Man kennt so gar keinen. Eigentlich schade.«

Cynthia kicherte. »Schade? Ich danke Gott, dass ich so einem perversen Lüstling noch nicht begegnet bin.«

Ihre Mutter lächelte spöttisch. »Lüstling? Dir würde doch wohl keine Gefahr drohen.«

»Aber Mutti!« Cynthia sah ihre Mutter streng an. »Die verführen kleine Jungs, sie geben ihnen Geld … oder Bonbons … und dann …« Verschämt brach sie den Satz ab.

»Ich bezweifle das.« Käthe widersprach mit der ganzen ihr zur Verfügung stehenden Autorität. Alle blickten sie aufmerksam an. »Ich glaube, dass homosexuelle Männer sich einfach nur von Männern angezogen fühlen und mehr nicht. Ich glaube nicht, dass man ihnen deshalb bestimmte Charaktereigenschaften zuordnen kann. Gehört Gustaf Gründgens nicht dazu? Habe ich das nicht mal gehört? Deshalb kann man doch nicht verallgemeinern, dass jeder Homosexuelle Schauspieler ist.«

Zum Entsetzen ihrer Tochter Cynthia sagte Lydia: »Damals, auf der Konferenz gegen den Krieg, da waren einige Männer, Dichter, glaube ich, die mir sehr … wie soll ich sagen … hübsch vorgekommen sind. Es waren nette Jungs. Ich glaube, sie waren vom anderen Ufer.«

»Na ja, Künstler«, sagte ihr Mann herablassend. »Die sind manchmal anders. Die haben ja auch Narrenfreiheit.«

Seine Worte riefen nachdenkliches Schweigen hervor. Bis Käthe sagte: »Ich glaube, das Wort Narrenfreiheit stammt aus der Zeit, als die Könige und Kaiser sich Narren hielten, die ihnen unangenehme Wahrheiten sagen durften. Ich glaube, wir leben in einer Zeit, wo wir ein paar mehr Narren bräuchten. Ob sie sich nun zu Männern hingezogen fühlen oder nicht. Ehrliche Menschen, die für ihre Überzeugungen einstehen.«

Lydia und Alexander nickten einvernehmlich. Cynthia strich ihren Faltenrock glatt. Eckhardt stürzte abermals einen Schwung Bier hinunter. Lydias Mann sah sie mit einem so kalten Blick an, dass Käthe erschrak. In diesem Augenblick fragte sie sich, was sie eigentlich über ihn wusste. Es war wenig. Bisher hatte es nicht mehr sein müssen.

Das Zentrum schloss von Papen sofort aus. Er bildete sein Kabinett vorwiegend aus Deutschnationalen: Wilhelm Freiherr von Gayl wurde neuer Reichsinnenminister. Er war einer der führenden Gegner des Programms gewesen, Menschen in den Osten umzusiedeln. General Kurt von Schleicher übernahm das seit dem Sturz Groeners verwaiste Reichswehrministerium. Magnus Freiherr von Braun, der gleichfalls zur Hugenberg-Partei gehörte, hatte das Reichsministerium für Ernährung und Landwirtschaft übernommen und wurde zugleich Nachfolger Schlange-Schöningens als Reichskommissar für die Ostsiedlung, die damit als beendet angesehen werden konnte. Und da Baron von Braun selbst Rittergutsbesitzer auf Neucken, Rappeln und Palpasch im Kreis Preußisch-Eylau sowie auf Oberwiesenthal, Kreis Löwenberg, war, durften seine ostelbischen Standesgenossen auf neue Subventionen hoffen. Das wichtigste Ressort, das Auswärtige Amt, erhielt einer der reaktionärsten Berufsdiplomaten, Konstantin Freiherr von Neurath.

Als Stella die Kabinettsliste von Anthony aus der Zeitung vorgelesen bekam, zitierte sie aus dem Kopf Kurt Tucholsky, der 1929 schon gespottet hatte »Guter Neurath ist teuer«.

Lasst ihn ruhn.
Der tut, was sie alle tun:
Er nimmt das Geld von seinem Land
und spuckt dem Geber auf die Hand.
Gut leben. Mit Cliquen intrigieren.
Die Republikaner sabotieren.
Auf den Arbeiter pfeifen. Zum Rennen gehn.
Die Welt durch ein Monokel sehn.
Uns überall schaden, dass es so knallt –:
das tut jener für sein Gehalt.
Merke, zum Schlusse des Gedichts –:
Uns kostet das viel.
Ihn kostet das nichts.

»Übersetzen«, bat Anthony. Stella gab sich Mühe, natürlich gelang ihr kein Reim, aber der Inhalt war leicht übersetzt. Anthony staunte. »1929 schon? Wieso kann das in Deutschland immer so weitergehen, ohne dass anständig Widerstand geleistet wird?«

Das »Kabinett der Barone«, so wurde von Papens Kabinett auch in England genannt, nahm als Erstes eine drastische Kürzung der Sozialleistungen vor mit der Begründung: »Der Staat darf nicht zu einer Art Wohlfahrtsanstalt werden.« Es führte neue Steuern ein und löste den Reichstag auf, in dem es keine Mehrheit hatte. Die Neuwahlen sollten am 31. Juli sein.

Als Lysbeth während ihrer Mittagspause, die sie allein in der Praxis mit Kaffee und einem Butterbrot verbrachte, im Radio hörte, dass Papens Kabinett das Verbot von SA und SS aufgehoben hatte, legte sich bleierne Schwere auf sie. Nur mit Mühe überstand sie den Nachmittag.

Auf dem Heimweg kaufte sie sich eine Flasche Eierlikör. Sie vermied es, irgendjemandem im Hause zu begegnen, legte sich ins Bett und betrank sich. Als Aaron in der Nacht heimkam, war Lysbeth zwar betrunken, aber gleichzeitig glasklar. Sie hatte einen Entschluss gefasst, und den führte sie jetzt aus. Sie deckte ihre Karten auf. Jede einzelne Unwahrheit. Sie erzählte ihm, dass Angela Stellas Tochter war. Sie berichtete ihre Träume, ihre Ängste, ihre Strategien, ihn von den Abtreibungen fernzuhalten. Und sie sprach von all ihren politischen Recherchen, die sie vor ihm geheim gehalten hatte. Die *Boxheimer Dokumente* zum Beispiel waren an ihm völlig vorübergegangen. Anfangs hatte der Alkohol ihr geholfen, aber beim Sprechen war sie schnell nüchtern geworden. Es bereitete ihr unendliche Erleichterung, endlich den Mund aufzumachen. Jetzt erst merkte sie, wie schwer es auf ihr gelastet hatte, all das allein zu tragen.

Aaron gab keinen Mucks von sich. Er lauschte regungslos. »Das kann nicht sein«, sagte er am Schluss ihres Monologs. »Das kann ich nicht glauben.« Lysbeth krampfte ihre eiskalt gewordenen Finger ineinander. Er wollte ihr nicht glauben? Sie fühlte sich um eine Antwort betrogen. Er hätte irgendein Gefühl äußern sollen. Aber doch nicht die Weigerung, ihr zu glauben! Wenn ich Stella wäre, würde ich jetzt aufspringen und ihn anschreien, dachte sie. Aber sie war nicht Stella. Sie krampfte ihre kalten Hände noch fester ineinander, blieb starr auf ihrem Stuhl sitzen und schwieg. Jetzt merkte sie wieder, dass sie zu viel getrunken hatte. Ihr war schwindlig und ein bisschen übel.

Aaron faltete seine Hände ebenfalls. Seine Knöchel waren weiß. Er hielt den Blick auf seine Hände gesenkt. So saßen sie eine ganze Weile.

»Das stimmt nicht«, durchbrach Aarons Stimme das lastende Schweigen.

Lysbeth konnte ihre Wut kaum mehr zähmen. »Was stimmt nicht?« Ihre Stimme klirrte wie gegeneinandergeschlagene Eiszapfen.

Aaron sah sie traurig an. »Es stimmt nicht, dass ich es nicht glauben kann. Ich weiß das alles. Ich habe auch Angst. Im Grindel gibt es wenige, die keine Angst haben. Ich kann nur nicht glauben, wie sehr wir uns gequält haben.« Entsetzt sah Lysbeth, wie Aarons Augen in Tränen schwammen. »Ich habe mir schon überlegt, dass es für dich vielleicht besser wäre, wenn wir uns trennen. Einen Juden als Mann zu haben könnte zu gefährlich werden.«

»Spinnst du?« Jetzt brach die ganze aufgestaute Spannung aus Lysbeth heraus. Sie knallte mit der Faust auf die Bettdecke. »Was bist du nur arrogant, aufgeblasen, selbstgerecht!« Aaron blinzelte sie verwirrt an. Zwei vereinzelte Tränen kullerten seine Wange herunter. Lysbeth sah die Tränen und begann sofort auch zu weinen. »Wenn du noch ein einziges Mal von Trennung sprichst, um mich zu schützen, bringe ich dich um.«

Aaron griff, unter Tränen lachend, nach ihrer Hand. »Lysbeth, darf ich dich dann auch umbringen, wenn du mich mit einsamen Entscheidungen schützen willst?«

Lysbeth nickte. Gemeinsam, die Hände über der Bettdecke ineinander verschlungen, lachten und weinten sie.

Der Wahlkampf verursachte einen Lärm ohnegleichen. So viel und so kostspieligen Aufwand, wie die NSDAP in den Wahlkampf steckte, hatte es noch nie gegeben. Hitler reiste in seinem eigenen Flugzeug von einer Stadt zur andern. Goebbels fuhr in einem Limousinenkonvoi in die Kleinstädte und Dörfer. Es war kein Geheimnis, dass sie Unmengen von Geld von Industriekonzernen und Großbanken erhielten.

Hitler versprach allen Arbeitslosen gute Arbeit, allen Beschäftigten höhere Löhne, allen Bauern weniger Steuern und steigende Preise für ihre Erzeugnisse, allen Verbrauchern billigere Lebensmittel, allen Handwerkern sozialen Aufstieg und allen kleinen Gewerbetreibenden bessere Geschäfte und wirksamen Schutz vor der Konkurrenz der Warenhäuser und Ladenketten. Den Militaristen verhieß er eine große starke Armee, mächtiger als die von 1914, den Kriegsopfern hingegen Wahrung des Friedens und höhere Renten, und einmal, im Berliner Lustgarten, prophezeite Hitler gar: »Im Dritten Reich wird jedes deutsche Mädchen einen Mann finden!«

Während der »Führer« sich für inneren Frieden, Ruhe und Ordnung, Verbrechensbekämpfung und Brechung des Terrors aussprach, überfielen seine uniformierten Trupps immer häufiger einzelne politische Gegner und schlugen sie tot oder krankenhausreif, stürmten linke Zeitungsredaktionen und Gewerkschaftshäuser, sprengten Versammlungen oder veranstalteten »Propagandamärsche« durch bürgerliche Wohnviertel, bei denen sie in Liedern und Sprechchören wilde Morddrohungen gegen Juden, Marxisten und Liberale ausstießen.

Aaron wurde immer häufiger zu Verletzten gerufen, auch die Kinder der Juden im Grindel kamen immer häufiger mit Verletzungen nach Hause, weil andere Kinder Steine nach ihnen geworfen, sie getreten oder eingekreist und verprügelt hatten. Aaron entwickelte ein nervöses Augenzucken. Lysbeth gewöhnte sich an ihre Nackenschmerzen.

Am 17. Juli marschierte Johann als Teil der SA von Hamburg und Schleswig-Holstein unter Polizeischutz mit elftausend Mann in die »roten Hochburgen« in Altona, das zu Preußen gehörte. Dorthin, wo er selbst wohnte. Und als würde er sich von der Schmach reinwaschen wollen, im Arbeiterviertel, Tür an Tür mit »Roten« zu wohnen, kämpfte er bei diesem »Altonaer Blutsonntag« in vorderster Linie wie ein Terrier. Er verbiss sich als einer der Letzten in die Sozialdemokraten und Kommunisten, die der SA als »rote Front« entgegentraten und sie aus ihren Vierteln vertrieben. Es gab neunzehn Tote und zweihundertfünfundachtzig Schwerverletzte. Die preußische Regierung verstärkte daraufhin die Polizeikräfte, um weitere Zusammenstöße solchen Ausmaßes zu verhindern.

Johann ließ sich von Aaron wegen einer Platzwunde über dem Auge, die genäht werden musste, und dem verstauchten rechten Handgelenk behandeln. Er sagte, er ginge zu Aaron und Lysbeth der Bequemlichkeit halber, und weil sie »Familie« seien, aber man merkte ihm die grimmige Genugtuung an, Aaron und Lysbeth zu zeigen, wie gewalttätig die »Roten« waren.

Die Nazis erreichten ihr Ziel insofern, als die politischen Auswirkungen ihrer Partei zugute kamen. Jeder blutige Krawall, ganz gleich, wer der Angreifer war, vermehrte das Sicherheitsbedürfnis der Bürger und ließ ihre Sehnsucht nach einem »starken Mann«, der für Ruhe und Ordnung sorgen konnte, immer größer werden.

Das Land Preußen war die letzte sozialdemokratisch geführte Landesregierung im Reich, Kabinett des Ministerpräsidenten Otto Braun und seines Innenministers Carl Severing.

Am 20. Juli, drei Tage nach dem Blutsonntag, elf Tage vor den Reichstagswahlen, gab von Papen bekannt, dass er die Tatenlosigkeit der preußischen Regierung angesichts des wachsenden Terrors auf den Straßen nicht länger dulden könne. Er habe deshalb den Reichspräsidenten ersucht, die preußische Regierung Braun-Severing abzusetzen, und zwar aufgrund einer Bestimmung der Reichsverfassung.

Deren Artikel 48 gab dem Reichspräsidenten die Vollmacht, im Falle einer schweren Gefährdung der öffentlichen Sicherheit und Ordnung mit einer »Notverordnung« in die Rechte der Länder einzugreifen und deren Regierungen abzusetzen.

Da der preußische Innenminister Severing sich geweigert habe, diesen Anordnungen Folge zu leisten, seinen Sessel zu räumen und das Kommando über die preußische Polizei abzugeben, sei über Berlin und die Provinz Brandenburg der Belagerungszustand verhängt worden und die vollziehende Gewalt auf den zuständigen Reichswehr-Befehlshaber, General Gerd von Rundstedt, übergangen.

Wie von Papen weiter bekannt gab, waren auch der sozialdemokratische Polizeipräsident von Groß-Berlin, Albert Grzinki, Vizepräsident Dr. Bernhard Weiß und der Kommandeur der Berliner Schutzpolizei, Oberst Magnus Heimannsberg, ihrer Ämter enthoben und vorläufig in Haft genommen worden, weil sie dafür verantwortlich seien, dass die Polizei in jüngster Zeit bei politischen Krawallen »deutlich Partei für die Kommunisten« ergriffen habe.

Die ganze Familie verfolgte die Vorgänge vor dem Radio. Fassungslos sagte Käthe: »Das ist ein kalter Staatsstreich!« Selbst Dritter war entsetzt: »Jetzt muss die SPD doch wohl das Signal zum Losschlagen geben. Was wollen sie sich denn noch gefallen lassen?«

»Wir haben sechs Millionen Arbeitslose«, gab Alexander zu bedenken. »Wir haben schon einen kleinen Bürgerkrieg. Bekommen wir dann einen großen?«

»Bürgerkrieg?«, fragte Käthe schneidend. »Was wir haben, ist doch kein Bürgerkrieg. Wir haben eine sich zusammenrottende Rechte, die die Bürger einschüchtert und entmachtet. Ein kalter Staatsstreich ist kein Bürgerkrieg!«

40

Mitte Juli, an einem Freitagabend, öffnete sich die Wohnzimmertür in der Kippingstraße mit einem Ruck, und da stand Stella, an ihrer Seite Anthony. »Stella!« Als hätte ein Chor ihren Namen intoniert, klang es aus Käthes, Alexanders, Tante Lysbeths und Dritters Mund. Eckhardt weilte mit dem Windhundverein auf Askans Gut, wo ein Hunderennen geplant war. Johann war bereits zum Essen da gewesen und dann »in Sachen Wahlkampf«, wie er es nannte, wieder aufgebrochen. Lysbeth und Aaron wurden erst später erwartet.

Stella wirbelte von einem zum andern, schloss ihre Mutter in die Arme und dann die Tante, bei der sie einen Moment innehielt und sie dann besorgt anschaute. »Geht's dir gut?« Die Tante nickte. »Warum? Geht es denn dir gut, mein Kind?« »Du wirkst dünner als sonst«, antwortete Stella. »Bist du krank?« »Nein.« Die Tante schüttelte den Kopf.

»Aber sie ist oft müde in der letzten Zeit«, sagte Käthe und machte ein ebenso besorgtes Gesicht wie Stella. »Dieses Land kann einen schon müde machen«, erklärte die Tante. »Aber wie ich sehe, bist du nicht allein gekommen, Stella.« Sie blickte zu Anthony, der in der Tür stehen geblieben war.

Stella zog Anthony zum Tisch und erklärte, dass sie unbedingt zu den Wahlen in Hamburg sein wollte. Was sie über Deutschland gelesen habe, sei furchterregend gewesen. Möglicherweise habe die englische Presse es noch ein wenig schlimmer dargestellt, als es wirklich sei, aber selbst, wenn man die Hälfte abzog, dann war es noch furchterregend. »Und Anthony wollte mich nicht allein lassen. «Sie lächelte. »Und ich wollte ihn nicht allein lassen. Also ist er mitgekommen.«

»Was ist denn hier los?« Lysbeth und Aaron traten ins Zimmer. Stella flog auf ihre Schwester zu, die diesem Ungestüm nicht standhalten konnte und rückwärts gegen Aaron taumelte, der auf diese Weise gleich beide Schwestern im Arm hatte.

Der Tisch wurde ausgezogen, und bald gab es das bei den Wolkenraths übliche Gespräch, in dem laut kreuz und quer erzählt wurde, was jedem widerfahren war.

»Jetzt zu euch«, sagte Käthe, als Stella und Anthony aufbrachen, um in einem kleinen Hotel nahe dem Dammtor-Bahnhof zu übernachten. »Anthony weigert sich, mit mir in meinem Ehebett zu schlafen«, hatte Stella diese Entscheidung unbefangen kommentiert. »Also müssen wir das Ehebett bald mal rausschmeißen und ersetzen.«

»Zu uns?«, fragte Stella gedehnt. »Was soll mit uns schon sein?« In ihren Augenwinkeln lag Schalk.

»Keine Witze«, entgegnete die Tante. »Ehebett raus, Anthony rein, was habt ihr vor?« Anthony guckte von einem zum andern und bemühte sich angestrengt zu verstehen. Er lernte seit zwei Jahren Deutsch, und sprach schon recht gut. Sobald aber schnell gesprochen wurde, verstand er nichts mehr. »Wir fielen in Liebe«, sagte er nun. »Und wir stehen zusammen, in Liebe.« Stella kicherte. »Besser kann man es nicht ausdrücken. Ich stehe zu Anthony.«

»Und ihr bleibt jetzt beide hier?«, fragte Käthe, leicht alarmiert, weil sie sich gerade vorstellte, wie sich Jonnys Rückkehr, mit der im November gerechnet wurde, abspielen würde.

»Nein«, antwortete Stella unbekümmert. »Wir fahren nach den Wahlen zurück nach London, und ich komme dann im November zurück, um mit Jonny die Scheidung zu besprechen.«

Man konnte förmlich hören, wie rund um den Tisch tief eingeatmet wurde.

»Das finde ich wundervoll«, sagte die Tante, erhob sich und umarmte gleichzeitig Stella und Anthony. »Meinen Segen habt ihr!« Ihr Gesicht, das in den letzten Monaten klein und sorgenvoll geworden war, hatte sich von innen erhellt. Die alte Frau, die durch ihre schrecklichen Träume und Sorgen in sich zusammengefallen war, blühte vor aller Augen auf und strahlte, als wäre sie in Licht gehüllt. Viel mehr als Stellas und Anthonys offenes Bekenntnis zu ihrer Liebe berührte die Tante alle im Raum. In diesem Augenblick spürte Lysbeth, die sich immer nur um Aaron gesorgt hatte, dass sie überhaupt keinen Blick mehr für die Tante gehabt hatte. Sie ist so alt, dachte sie erschrocken. Ich werde es nicht ertragen, wenn sie stirbt. Und als gäbe es einen Zusammenhang, fuhr plötzlich eine überwältigende Angst um Angelina durch sie. Es war nur ein Moment, dann war es wieder vorbei.

Als Stella gegangen war, drängte Lysbeth darauf, dass die Tante sich nicht am Abwasch beteiligen, sondern sofort ins Bett gehen sollte. »Hör auf, mich zu rumzukommandieren!«, herrschte die Tante sie an. »Ich gehe ins Bett, wann ich es will, du grünes Gemüse!«

Am 31. Juli 1932 brachten die Reichstagswahlen folgendes Ergebnis: Die SPD hatte im Vergleich zur Wahl 1930 zehn Mandate verloren. Siebenhundertfünfzigtausend frühere SPD-Wähler waren zu den Kommunisten gegangen, die neunundachtzig Mandate erworben hatten, zwölf mehr als bisher. Das Zentrum hatte sieben Mandate hinzugewonnen und jetzt fünfundsiebzig, die BVP drei hinzugewonnen und jetzt zweiundzwanzig, die DNVP hatte leicht verloren, von 2,5 Millionen Stimmen auf 2,1, was bedeutete, dass sie siebenunddreißig Mandate hatte, vier weniger als bisher. Aber die NSDAP hatte ihre Wähler mehr als verdoppelt. 13,7 Millionen Menschen hatten sie gewählt. 1930 waren es 6,4 gewesen. Bisher hatte sie hundertsieben Mandate gehabt, nun waren es zweihundertdreißig.

Und 1930 war schon von einem Erdrutsch die Rede gewesen.

»Insgesamt haben die beiden Linksparteien zugenommen«, sagte Stella im Bemühen, irgendetwas zu finden, das zuversichtlich stimmte. Aber sie stand mit ihrem Optimismus allein da. »Natürlich«, sagte die Tante in einem streitlustigen Ton. »Die Nazis haben ihre Mandate zwar im Vergleich zu den Wahlen von 1930 mehr als verdoppeln können, aber gegenüber den Reichspräsidentenwahlen vom Mai haben sie nur noch knapp dreihunderttausend Stimmen hinzugewonnen. Sie haben nicht die absolute Mehrheit. Müssen wir uns jetzt schon darüber freuen?«

Lydias Mann zeigte ausnahmsweise einmal ohne jede Zurückhaltung sein politisches Engagement. Seine Zentrumspartei und ihre bayerische Schwester waren gestärkt aus dem Wahlkampf hervorgegangen und hatten zusammen zehn Mandate mehr als 1930 errungen. Von den Deutschnationalen waren weitere vierhunderttausend Wähler zu drei Vierteln zur Hitler-Partei abgewandert. Er lud spontan einige Freunde zu einem Umtrunk nach der Wahl ein. Stella und Anthony gingen einfach mit. »Wir ersetzen Eckhardt«, verkündete Stella dem Fast-Schwiegervater ihres Bruders. Eckhardt hatte sich entschlossen, über die Wahl hinaus Gast der Familie Modersen zu bleiben. Er verstand sich sehr gut mit Askans Frau und auch mit seinen Kindern. Er war dort ein gern gesehener Gast.

Alle übrigen Parteien, auch die Demokraten, die Deutsche Volkspartei, das Landvolk und die Wirtschaftspartei, die zusammen im alten Reichstag noch weit über hundert Sitze gehabt hatten, waren zu bedeutungslosen Splitterparteien mit insgesamt nur vierzehn Mandaten zusammengeschrumpft.

Überall, ob bei den Kommunisten, den Nazis, dem Zentrum, den Sozialdemokraten wurde aber vor allem die Niederlage der Regierung von Papen gefeiert. Sie hatte im neuen Reichstag jetzt mehr als neunzig

Prozent der Stimmen gegen sich. »Selbst wenn von Papen nun eine Koalition mit den Nazis eingeht, hat er keine Mehrheit im Parlament«, sagte Lydias Mann triumphierend. »Dabei hatte sein ›Kabinett der Barone‹ doch kurz vor den Reichstagswahlen triumphale außenpolitische Erfolge«, warf Alexander ein. »Die ihm unverdient in den Schoß gefallen sind«, rief Lydia aus. »Das alles hat Brüning vorbereitet, man kann gegen ihn sagen, was man will.«

Die endgültige Streichung aller Reparationsforderungen an Deutschland sowie die Anerkennung seiner vollen Gleichberechtigung mit den anderen Nationen hatte im ganzen deutschen Volk Genugtuung ausgelöst. Trotzdem hatte es sich fast geschlossen gegen Papen entschieden. Auf der Feier bei Lydia und ihrem Mann war niemand so indiskret zu sagen: »Wenn die demokratischen Parteien der Mitte und der Linken zu einem antifaschistischen Kampfbündnis bereit wären, hätten sie jetzt die Mehrheit im Reichstag.«

Die Tante war zwar nicht dort, aber sie sagte es laut, wo sie auch war. Und sie sagte auch: »Wenn es jetzt nicht geschieht, ist es zu spät. Das habe ich in meinem Rheumazeh.« Sie hatte gar keinen Rheumazeh, aber wenn sie den erwähnte, meinte sie es ernst.

Seltsamerweise begann Prälat Kaas, der Führer des Zentrums, gleich nach den Wahlen Verhandlungen mit den Nationalsozialisten über eine eventuelle schwarz-braune Koalition, während von Papen gemeinsam mit der Reichswehr-Führung und den Deutschnationalen die *Harzburger Front* unter Einbeziehung rechter Zentrumskreise zu erneuern trachtete. Aber alles scheiterte an den Forderungen der Nazis, mindestens das Kanzleramt, die Ministerien des Innern, der Justiz und der Wirtschaft, die Herrschaft in Preußen sowie ein Reichsamt für Propaganda unter der Leitung Goebbels' und ein weiteres für Luftfahrt unter dem Kommando Görings zu bekommen. Also wurden Neuwahlen nötig, die für November ins Auge gefasst wurden.

Während der Verhandlungen ging eine Terrorwelle durch das Land. In Königsberg, in Schleswig-Holstein, in Braunschweig, in Oberschlesien und an weiteren Orten wurden von SA-Trupps Bomben geworfen und Häuser in Brand gesteckt, missliebige Stadtverordnete und Redakteure nachts in ihren Wohnungen überfallen und schwer verletzt oder gar ermordet. Gleichzeitig wurde im oberschlesischen Beuthen unter großer Anteilnahme der Bevölkerung fünf Nazis – ausnahmsweise einmal – der Prozess gemacht, weil sie in Potempa einen kommunistischen Arbeiter nachts aus dem Bett geholt und den Wehrlosen vor den Augen seiner Mutter auf bestialische Weise ermordet hatten. Alle fünf wurden zum Tode verurteilt.

Stella, die ihre Abreise vorbereitete, nahm dies zum Anlass, um abermals Optimismus auszustrahlen. Sie hatte unter der deprimierten Stimmung in ihrer Familie sehr gelitten, hatte ihrer Schwester wie früher die Mutter einfach verboten zu träumen. »Du lässt das jetzt!«, hatte sie gesagt. »Du hast die Tante ja schon angesteckt. Und siehst du, wie schlecht sie aussieht?«

Sie ergriff jede Gelegenheit, um einen Funken Fröhlichkeit in der Kippingstraße zu verbreiten. Aber die Tante sagte nur kurz angebunden: »Bevor dein Jonny in Hamburg einläuft, werden die Jungs schon begnadigt sein, darauf kann ich dir einen Giftsaft kochen.«

Hitler telegraphierte den abgeurteilten Mördern ungeniert: »Meine Kameraden! Angesichts dieses ungeheuerlichsten Bluturteils fühle ich mich mit Euch in unbegrenzter Treue verbunden. Eure Freiheit ist von diesem Augenblick an eine Frage unserer Ehre, der Kampf gegen eine Regierung, unter der dies möglich war, unsere Pflicht!«

Die Tante erwähnte wieder ihren Rheumazeh, als sie das in der Zeitung las.

Stella wollte trotz all der politischen Wirren und trotz des Rheumazehs mit Anthony nach London reisen. Aus drei geplanten Wochen in Hamburg waren bereits vier geworden. Immer wieder schob Stella die Abreise auf, als warte sie noch auf etwas, das unbedingt geschehen musste. Aber im Grunde ging es darum, dass sie sich im Haus ihrer Familie unabkömmlich fühlte. Und dass sie Angst hatte, nicht dort zu sein, wenn die Tante starb. Die Tante beteuerte zwar, dass sie keinerlei Beschwerden habe, aber Stella hatte auch nach dem ersten Schreck immer wieder die Hinfälligkeit der Tante bemerkt. In Momenten, da sie sich unbeobachtet fühlte, sackte die alte Frau einfach weg. Sie schloss die Augen und fiel in sich zusammen. Manchmal schnarchte sie nach einigen Sekunden, manchmal aber schien sie nur von der Welt wegzutreten. Wenn Stella das mitbekam, schmerzte ihr das Herz. Sie schalt sich zwar aus, denn hundert Jahre waren nun wirklich ein stattliches Alter. Und sie hätte sich auch auf das Ableben der Tante vorbereiten können, aber Stella hatte sich selbst in dem magischen Kinderglauben gelassen, dass die Tante unsterblich war. Gegen jede Logik, Erfahrung und allgemeine Meinung, aber die Tante konnte so viel, warum nicht unsterblich sein?

Stella und Anthony hatten sich die ganze Zeit über in dem kleinen Hotel am Dammtor aufgehalten. Stella war nur selten hoch in ihre Wohnung gegangen. Sobald sie die Räume dort betrat, überfiel sie ein ungutes Gefühl. Es war irgendwie miefig da. Im Grunde ahmte die Einrichtung einen Stil nach, der in Gutshöfe und Schlösser gepasst hätte. Die zwei fünfundzwanzig Quadratmeter großen Zimmer, die hoch und nur durch eine Schiebetür getrennt, also wirklich großzügig waren, wirkten dadurch aber überladen. Stella hatte sich an den freien Raum und die Farbigkeit in Anthonys Haus gewöhnt, sie fragte sich, wieso Jonny und sie mit so wenigen Büchern hatten auskommen können. Bücher, Bilder und afrikanische Möbel gemixt mit ein bisschen viktorianischem Prunk, darin fühlte Stella sich zu Hause.

Hätte sie ihre Familie mitnehmen können, wäre sie leichten Herzens und für immer nach London gegangen. Hätte sie Anthonys Haus und Freunde und die Clubs, in denen sie sang und spielte, nach Hamburg mitnehmen können, wäre sie die glücklichste Frau der Welt gewesen. Selbstverständlich vorausgesetzt, Jonny würde sich einfach in Luft aufgelöst haben.

Aber sie mochte auch so in der Kippingstraße sein. Das Familienleben spielte sich ohnehin im Wohnzimmer und in der Küche im Souterrain ab.

Eckhardt war mit den Hunden zurückgekehrt, mittlerweile waren es vier, zwei Weibchen und zwei Rüden, die sich erstaunlich gut vertrugen. Stella liebte es, mit den Hunden im Garten herumzubalgen. Es machte ihr gar nichts aus, schmutzig zu werden. Nicht einmal abgeleckt zu werden, störte sie besonders.

Sie tollte gerade mit den Hunden im Garten herum, als sie hörte, wie die Glocke, die vor der Haustür hing, betätigt wurde. Der Klöppel schwang hin und her. Ein metallener ungeduldiger Klang.

Stella sprang durchs Gartenzimmer, die Treppen hoch und zur Haustür. Es war Abendbrotzeit. Käthe und die Tante bereiteten in der Küche das Essen vor. Bald würde die Familie eintrudeln. Anthony war am Hauptbahnhof, weil er sich nach Zug- und Schiffsverbindungen erkundigen wollte. In ein paar Tagen wollten sie abreisen.

Die Hausglocke wurde richtiggehend malträtiert. Stella riss die Tür auf und wollte schon schimpfen, da erstarrte sie mitten in der Bewegung. Vor ihr stand ihr jüngeres Ebenbild. Und ein junger Mann.

Auch die junge Frau rührte sich nicht.

Durch Stellas Gehirn rasten Suchkommandos. Das ist meine Tochter. Wie hieß sie noch gleich? Das kann nicht sein. Was macht sie hier? Könnte es Dritters Tochter sein? Ja, es könnte Dritters Tochter sein. Sie hat Fritz' Augen! Sie hat Fritz' Augen! Verdammt!

»Wer sind Sie?«, fragte der junge Mann. Durch Stella ging ein Ruck.

»Ich bin Stella«, sagte sie kühl. »Und du bist Angelina, wenn ich mich recht erinnere, oder heißt du anders?«

Angela nickte stumm.

»Kommt rein.« Stella drehte sich um und legte mit größter Anstrengung die paar Stufen zurück, die zum Wohnzimmer führten. Ihre Beine waren weich, als verwandelten sich die Muskeln und Knochen gerade in Gelee. Ihre Hände zitterten. Sie öffnete einladend die Tür und wies zur Chaiselongue, die vor dem Fenster stand. »Setzt euch.«

Angela und der junge Mann gingen brav auf das Sofa zu, an dem schon mit Suppentellern gedeckten Esstisch vorbei. Sie setzten sich nebeneinander, mit dem Rücken zum Fenster, und Stella setzte sich einfach auf den Sessel, der schräg daneben stand. Sie schlug ihre Beine übereinander, strich den Rock glatt, legte die Hände sittsam auf eine Sessellehne, sah die junge Frau an und wartete ab. Sie wirkte sehr kühl und ungerührt, und das war auch ihre Absicht, aber sie musste die Beine verschränken und die Hände ineinanderlegen, sonst wären sie vielleicht ihrer Kontrolle entglitten und hätten gezuckt und gezittert.

»Woher kennen Sie mich?«, fragte das Mädchen. Ihr Kinn bebte, als würde sie gleich anfangen zu weinen. Stella überlegte. Was sollte sie sagen? Ich habe dich geboren? »Ich kenne dich gar nicht«, sagte sie wahrheitsgemäß.

»Aber Sie kennen meinen Namen«, beharrte das Mädchen. Stella meinte, ihren eigenen Dickschädel zu erkennen.

»Den habe ich mir ausgedacht«, sagte Stella. Auch das entsprach der Wahrheit. Den Namen Angelina hatte sie sich ausgedacht. »Weil du aussiehst wie ein Engel.«

Angela runzelte die Stirn und guckte, als hätte sie eine Verrückte vor sich. Der junge Mann griff nach Angelas Hand. »Wo ist Tante Lysbeth?«, fragte er. »Wir hatten gehofft, sie hier anzutreffen?«

Tante Lysbeth? Daher wehte der Wind.

»In der Küche. Unten.« Wieder sprach Stella die Wahrheit. Es erleichterte sie, nur die Wahrheit zu sagen. Denn es war tatsächlich so, dass sie nicht genau wusste, ob sie vielleicht verrückt geworden war. Wieso sah die Frau aus wie sie und hieß wie ihre Tochter? Es war einfach unmöglich, dass sie eine Tochter hatte, die eine erwachsene Frau war. Die Tante. Der Schlüssel war die Tante. Die würde alles aufklären. Aber Stella war außerstande, aufzustehen und nach unten zu gehen. Sie wies mit dem Kinn zur Tür. »Raus, runter und da hört ihr sie schon. Sie ist in der Küche.«

Der junge Mann erhob sich sofort. Es war ihm anzusehen, wie unheimlich ihm das Ganze war. »Komm«, sagte er zu Angela und wollte sie hochziehen. »Geh du«, forderte sie knapp. »Ich warte hier.«

Unschlüssig blickte er von Stella zu Angela, drehte sich zögernd um und durchquerte den Raum. Als die Tür hinter ihm zufiel, sagte Angela im gleichen fordernden Ton, in dem sie eben zu ihrem Freund gesprochen hatte: »Wer bist du?«

Stella zögerte. Am liebsten hätte sie die Hexentechnik beherrscht, sich jetzt per Zauberspruch an einen anderen Ort zu versetzen. Nach London. Die Zeit zurückdrehen. Nie nach Hamburg gekommen sein.

»Kannst du zaubern?«, fragte sie, als würde sie sich erkundigen, ob Angela sticken oder stricken gelernt habe.

»Wer bist du?«, wiederholte Angela ihre Frage dringlicher.

»Ich glaube …« Stellas Blick huschte durch den Raum, sie räusperte sich, presste ihre Lippen aufeinander. Dann legte sie den Kopf schief und lächelte. »Ich glaube, ich bin deine Mutter.«

Angela ruckte kurz vor, als wollte sie prüfen, ob sie auch wirklich sitze. Sie öffnete den Mund wie ein nach Luft schnappender Fisch, schloss ihn ebenso. Ihre Hände flogen auf wie lahme Tauben und fielen nieder wie abgeschossen. »Das ist eine Lüge!«, stieß sie aus.

»Wahrscheinlich«, sagte Stella, nun zitterte sie nicht mehr. »Wahrscheinlich. Ich warne dich. In diesem Haus wird gelogen, dass sich die Balken biegen. Ein Wunder, dass es überhaupt noch steht.«

Vorsichtig wurde die Tür geöffnet, und die Tante lugte hindurch. Sie öffnete sie weiter. Hinter ihr stand der junge Mann.

»Tante«, rief Angela aus. »Wer ist diese Frau?«

Die Tante beachtete sie gar nicht. Sie ging auf Stella zu und griff nach ihren Händen. »Stella, lass dir erklären …« Da erst kam Leben in Stella zurück. Sie schüttelte die Hände der Tante ab, sprang auf und schrie: »Du hast mich die ganze Zeit an der Nase herumgeführt. Du hast mich belogen! Diese Frau …«, sie wies auf Angela, »… spaziert hier herein und verlangt, dich zu sprechen …«

»Nein«, widersprach der junge Mann, wahrscheinlich guten Willens, Stella zu beruhigen, »Wir wollten mit Tante Lysbeth sprechen und mit Aaron.«

Stella schnellte zu ihm herum und ging auf ihn los. Er wich einen Schritt zurück. »Was hast du da gesagt?«, fragte sie beängstigend langsam und ruhig. »Wiederhol das.«

»Er hat gesagt, dass er zu mir wollte«, ertönte Lysbeths Stimme von der Tür. Abermals kreiselte Stella herum. Wie ein Tier, das sich nach allen Seiten verteidigen muss. Sie hatte nicht mitbekommen, dass Lysbeth nach Hause gekommen war. Mit geballten Fäusten stürmte sie auf ihre Schwester zu. Angela schrie auf. Der junge Mann wollte dazwischengehen, aber die Tante hielt ihn mit einem Blick zurück.

Lysbeth wich keinen Zentimeter zurück. »Du hast recht«, sagte sie leise, aber deutlich. »Das ist deine Tochter Angela, und ich habe dir seit zwanzig Jahren die Wahrheit verheimlicht, was sie betrifft.«

Stella heulte auf wie ein verletztes Tier. Wie ein Echo heulte auch Angela auf. »Zeit, die Karten auf den Tisch zu legen«, sagte die Tante.

»Nein danke«, schrie Stella und drängte sich an Lysbeth vorbei aus der Tür. »Nein danke!« Sie raste die Treppen hinunter, knallte die erste und dann die zweite Haustür hinter sich zu. Sie war wie von Sinnen.

So rannte sie ihrem Vater in die Arme. Dem Mann, der für sie ihr Vater war, auch wenn sie wusste, dass ihre Mutter von Fritz geschwängert worden war.

Alexander hielt sie fest, und auch als sie sich losreißen wollte, ließ er nicht locker. Er war über siebzig Jahre, nicht besonders groß und immer noch schlank. Er arbeitete nicht körperlich, und er trieb keinen Sport, aber der Griff, mit dem er Stella an den Schultern hielt, war von enormer Kraft. Stella drehte und wendete sich wie ein trotziges Kind. »Hiergeblieben, Stella«, sagte er ruhig. »Ausreißen gildet nicht!« Das war der Ausdruck, den Stella als kleines Mädchen gebraucht hatte, wenn ihr etwas missfiel: Das gildet nicht. In diesem Augenblick brach sie zusammen. Sie fiel ihrem Vater in die Arme und durchnässte sein weißes Hemd mit der Sturzflut ihrer Tränen. Alexander hielt sie, klopfte leicht auf ihren Rücken und sagte immer wieder: »Nu, nu …«

»What happens to Stella?« Anthonys Stimme drang an Stellas Ohr. Warum muss er ausgerechnet in diesem Augenblick hier aufkreuzen?, dachte Stella, verärgert über die Willkür des Zufalls. In Ermangelung einer aufklärenden Antwort blieb sie einfach an der Brust ihres Vaters liegen. »Keine Ahnung«, antwortete dieser. »Aber es muss schlimm sein.« Er drehte Stella leicht zur Seite. So lag nur noch ein Arm auf ihrer Schulter. Sie behielt einfach die Augen geschlossen. »Stella, what happened?«, fragte Anthony alarmiert. »Wir gehen jetzt einfach nach Hause«, sagte Alexander sanft. »Komm, Stella, meine Tochter.«

Er hätte alles sagen können, Stella hätte ihre Hacken in die Erde gebohrt und wäre nicht vom Fleck zu bewegen gewesen. Aber das! Nie im Leben hätte sie ihm antun können, jetzt nicht mitzugehen. Sie hasste ihn dafür. Aber sie hätte ihm nicht antun können, jetzt nicht seine Tochter zu sein.

Beide Männer stützten Stella wie eine Kranke, aber beide hatten auch einen festen Griff. So gelangten sie ins Wohnzimmer, wo Lysbeth, die Tante und Käthe sie mit schuldbewussten Blicken empfingen. Angela weinte, und ihr Freund hielt sie ähnlich, wie Alexander und Anthony es bei Stella taten. Wie eine Kranke und doch mit festem Griff.

»Was ist hier los?«, fragte Alexander, der die beiden jungen Leute noch nie gesehen hatte. »Was ist hier los?«, wiederholte Anthony die Frage mit seinem englischen Akzent, was ihm einen aufmerksamen Blick des jungen Mannes einbrachte. Anthony ging einfach auf die beiden zu, reichte ihnen die Hand und stellte sich vor. »Anthony Walker. Aus London.«

Zum Glück sagt er nicht: »Nice to meet you«, oder so etwas, dachte Stella. Dann hätte ich ihn eigenhändig erwürgt. Aus dem ganzen Gefühlschaos, das in der letzten halben Stunde in ihr tobte, stieg jetzt so etwas wie Galgenhumor auf. Sie war kurz davor zu sagen: Anthony, darf ich dir meine Tochter vorstellen. Doch da sagte diese schon: »Angela, Stellas Tochter.«

Anthony lächelte freundlich, schüttelte ihr die Hand, ebenso wie dem jungen Mann, der sich als Robert, Angelas Verlobter, vorstellte.

Alle sahen ihn erstaunt an. Er hat gedacht, er hätte mal wieder nicht richtig verstanden, dachte Stella. Eine Sekunde lang wollte sie ihn an der Hand aus dem Raum, aus dem Haus ziehen.

Aber sie ließ den Augenblick verstreichen. Käthe schrie auf: »Die Suppe!« Sie eilte aus dem Zimmer und kehrte kurz darauf mit einem großen Topf voll dampfender Kürbissuppe zurück. »Beinahe wäre sie angebrannt.« Sie schnaufte. Und sie tat das, was schon ihre Mutter und davor ihre Großmutter und was auch ihre Tante getan hatte. Sie sagte: »Setzt euch an den Tisch. Essen hält Leib und Seele zusammen.« Die Tante folgte als Erste, Alexander und Lysbeth sogleich. Und auch Anthony und Robert saßen im Nu vor ihrem Suppenteller, als hätten sie schon lange darauf gewartet, endlich etwas zu essen zu bekommen. Nur Stella und Angela trödelten. Als wüssten sie, dass es schwieriger sein würde, unversöhnlich zu kämpfen, wenn man miteinander am selben Tisch gespeist hatte. Und natürlich war es auch so: Mit vollem Magen war es schwieriger, punktgenau anzugreifen oder so zu fliehen, dass sich einem keiner in den Weg stellen konnte.

Anthony und Robert hatten die Plätze neben sich frei gehalten, und so saßen sich Stella und ihre Tochter schräg gegenüber. Sie sahen einander nicht direkt an, aber beide hatten sich aus den Augenwinkeln im Blick. Die Ähnlichkeit war verblüffend. Angela trug ihre langen dunklen Haare in zwei Zöpfen, Stella hatte ihre Locken zu einem Zopf im Rücken geflochten. Beide hatten die gleiche Gesichtsform, Augenbrauen, Augen, Wangen. Nur die Farbe ihrer Augen war unterschiedlich, Angelas Nase war noch ein wenig zarter und feiner gewachsen, und ihr Mund glich mehr dem von Lysbeth. Die Ähnlichkeit sprang trotzdem jedem ins Auge.

Am Tisch wurde schweigend die Suppe gelöffelt, jeder hing seinen eigenen Gedanken nach. Trotzdem wich die Spannung ganz leicht.

Als Aaron ins Zimmer trat und sah, wer am Tisch saß, stieß er einen Laut der Überraschung aus. Dann begrüßte er alle flüchtig, auch Angela und Robert, als hätte er sie wie die anderen erst gestern gesehen.

In diesem Augenblick beschloss Stella, alles schnell hinter sich zu bringen. Gleich könnten ja auch noch ihre Brüder eintrudeln. Aus einem ihr selbst unerfindlichen Grund war das für sie das Allerschrecklichste, was sie sich vorstellen konnte: dass Dritter und Eckhardt dabei waren, wenn die ganze Wahrheit aufgedeckt wurde. Ihr Leben offengelegt. Und Lysbeths ebenso. Sie hatte schon begriffen, dass Lysbeth den Kontakt zu Angelina gehalten oder wieder aufgenommen hatte, wahrscheinlich gehalten seit der Geburt. Sie war damals vernarrt in das Baby gewesen, erinnerte Stella sich. Sie hatte damals Himmel und Hölle in Bewegung gesetzt, damit Stella den Säugling nicht weggab oder er wenigstens bei der Tante oder Lysbeth selbst bleiben konnte. Wie alt waren wir damals, überlegte Stella. Ich war noch ein Kind.

»Ich war noch ein Kind, als ich dich geboren habe«, sagte sie in Angelas Richtung. Anthony verzog das Gesicht, als wäre er verärgert, weil er schon wieder nicht richtig verstanden hatte. Stella wendete sich direkt an ihn. »She is my daughter!« Sie wies auf Angela, als wäre nicht sowieso klar, um wen es sich drehte.

»Oh!« Anthony sah Angela interessiert an. »She is beautiful.«

Seine Reaktion brachte Stella aus dem Konzept. Wieso empörte er sich nicht, dass sie ihm ihre Tochter verschwiegen hatte?

»Wie alt bist du?«, fragte er Angela.

»Zwanzig«, antwortete sie höflich.

»Twenty?« Er sah Stella aufmerksam an. »Wie alt bist du? I forgot … thirty?«

»Ja, sie ist viel zu jung, um meine Mutter zu sein«, platzte Angela heraus. »Jetzt hört endlich auf mit der Verrücktmacherei!« Angela dachte nach. Ihre Augen füllten sich mit Tränen. Sie wandte ihr Gesicht Lysbeth zu. »Du bist meine Mutter. Jetzt hab ich's. Na klar! Du hast all die Jahre so getan, als wärst du eine entfernte Tante, dabei bist du meine Mutter.« Sie fauchte: »Wie feige bist du! Und jetzt gibst du sogar noch deiner Schwester die Schuld!« Sie weinte. »Einen Moment lang habe ich überlegt, du könntest meine Mutter sein, als ich die Papiere gefunden habe, wo das mit der Adoption stand. Aber dann konnte ich einfach nicht glauben, dass du mich weggegeben hast …«

Aaron setzte sich starr auf, als hätte er plötzlich einen Stock verschluckt. Sein Gesicht wurde bleich. Er wandte Lysbeth ganz langsam sein Gesicht zu. Man sah ihm an, was er dachte. Das ist das Ende. Diese Lüge ist eine zu viel. Ich ertrag es nicht. Ich sterbe.

Lysbeth war ebenso blass wie er. Auch ihr sah man an, was in ihr vorging: Ja, ich habe zu viel gelogen. Kein Mensch wird mir noch irgendwas glauben. Das ist das Ende. Ich sterbe.

Vor lauter Schreck über die unerwartete Wendung der Stimmung am

Tisch, erstarrte auch Stella. Stumm sah sie ihre verzweifelte Schwester an.

»Papperlapapp!«, fuhr die Stimme der Tante dazwischen. »Stella, jetzt fängst du an zu erzählen!«

Es fiel Stella unendlich schwer, den Satz zu sagen, der gesagt werden musste. »Ich wurde vergewaltigt. Da war ich dreizehn.« Trotzig sah sie Angela, Robert und Aaron der Reihe nach an. Anthonys Blick hätte sie nicht ertragen können. »Angela wurde 1912 geboren. Da war ich vierzehn.«

Anthonys Hand legte sich auf ihre. Seine war warm, ihre sehr kalt. Etwas in ihr schien zu schmelzen. Ihre Stimme zitterte. »Eine vierzehnjährige Mutter war ein Schandfleck für die ganze Familie.«

»Warum hast du keine Abtreibung machen lassen?«, fragte Angela, als hätte das nichts mit ihr zu tun.

»Die Schwangerschaft war zu weit fortgeschritten«, erläuterte die Tante. »Stella hat es am Anfang nicht gemerkt.«

Angela seufzte schwer auf. In diesem Seufzer kam ihr ganzer innerer Widerstreit zum Ausdruck. Sie hatte selbst gerade eine Abtreibung hinter sich. Was hätte sie getan, wenn sie das Kind hätte bekommen müssen?

»Warum habt ihr mich weggegeben?«, fragte sie leise. Sie sah Käthe an. »Warum habt ihr nicht gesagt, ich wäre dein Kind? Du hattest doch schon Kinder, da wär doch eins mehr nicht ins Gewicht gefallen.«

Käthe dachte nach. »Ja, vielleicht wäre das eine Möglichkeit gewesen …«, sagte sie gedehnt, aber man sah ihr an, dass es nie eine Möglichkeit gewesen war.

»Wir Männer wussten nichts davon, ich erfahre es erst jetzt«, erklärte Alexander. »Du musst wissen, dass die Frauen in unserer Familie eine Menge Geheimnisse haben.«

»Und sie auch bewahren, koste es, was es wolle«, fügte Aaron hinzu. Er war im Verlauf der vergangenen Viertelstunde sehr aufgeblüht. Lysbeth hatte ihn nicht angelogen. Das war nicht das Ende. Er starb nicht.

»Und jetzt der weitere Teil der Geschichte«, forderte Stella mit Blick auf ihre Schwester.

Lysbeth beichtete. Sie erzählte, dass sie es nicht ausgehalten hatte, die kleine Angelina gänzlich aus ihrem Leben verschwinden zu lassen. Sie erzählte, wie sie zu ihr und ihren Adoptiveltern Kontakt gehalten hatte. Und sie erzählte auch, dass diese furchtbar unglücklich waren, weil Angela bei ihnen ausgerissen war.

Dann ergriff Angela das Wort und berichtete von ihren letzten Jahren in Berlin. Die Abtreibung ließ sie aus. Sie sprang einfach sofort zum Anlass ihres Besuches. »Robert wird von den Nazis in Berlin gesucht. Er muss eine Weile untertauchen.«

Durch die Menschen, die mit Angela und Robert am Tisch saßen, ging ein Ruck. Alle starrten Robert an. »Was hast du getan?«, fragte die Tante.

»Ich habe ein Pamphlet gegen Graf Helldorff verfasst. Ich habe eine Karikatur von ihm gezeichnet, und ich habe gesagt, dass er ein stadtbekannter Spieler und Rumhurer ist. Er hat gedroht, mich umzubringen. Ich wäre nicht der Erste. Es muss einfach Gras über die Sache wachsen. Dann kann ich zurück. Können wir solange vielleicht hierbleiben?«

»Mein Bruder ist Nazi«, platzte Stella heraus. »Wusstet ihr das nicht?«

Angela sprang auf. »Mit Nazis will ich nichts zu tun haben.« Ihre Augen funkelten zornig, und Käthe musste unwillkürlich lächeln, weil die Kleine sie so sehr an Stella erinnerte.

»Der Nazi heißt Johann. Wir sind keine Nazis«, sagte Lysbeth ruhig. »Das weißt du ja wohl. Setz dich wieder hin.«

Sie beratschlagten, wie sie Robert untertauchen lassen konnten. Ihn vor Johann zu verstecken, war noch das geringste Problem. Die beiden sollten einfach nach oben in Stellas Wohnung ziehen und auch oben essen. Käthe sagte allerdings, ihr wäre wohler zumute, wenn auch ihre beiden anderen Söhne, Dritter und Eckhardt, nichts von ihrer Anwesenheit wüssten. Eckhardt hätte sich in letzter Zeit mit den schlesischen Junkern verbandelt, und Dritter sei nun mal einfach nicht besonders zuverlässig.

Alexander nickte zustimmend, zog dann seine Uhr aus der Hemdtasche und sagte: »Wenn du sie richtig verstecken willst, musst du dich beeilen. Deine Söhne können jederzeit hier sein.«

Sofort kam Leben in die Tante. »Rauf mit euch«, sagte sie. »Ich bezieh euch das Bett frisch, es riecht bestimmt nach alter Frau.« Sie grinste. »Endlich kann ich aus diesem weichen Ehebett raus. Stellt mir die Küchenbank nach oben, dann schlaf ich in Stellas Wohnzimmer.«

Robert protestierte höflich, aber die Tante ließ nichts gelten. Sie trieb alle an, die Spuren der jungen Leute zu beseitigen. »Ihr könnt sowieso von Glück sagen, dass Johann nicht schon längst zum Essenfassen gekommen ist.«

Da hörten sie die Haustür gehen. Hastig öffnete Käthe die Schiebetür zu ihrem Schlafzimmer. »Rein da. Und rührt euch nicht.«

Es war Dritter, der so sehr mit sich selbst beschäftigt war, dass ihm die zwei überflüssigen Teller überhaupt nicht auffielen. Lysbeth lockte ihn geschickt nach unten in die Küche, indem sie sagte, er müsse einmal nach der Hündin gucken, die benehme sich schon den ganzen Tag so seltsam. Eckhardt, der mit seinem Bruder gekommen war, nur länger gebraucht hatte, um seine Schuhe zu wechseln, wurde gleich mit hinuntergeschickt. Lysbeth wusste natürlich nicht, dass die Hunde im Garten lagen, von Stella vergessen, nachdem es an der Tür geklingelt hatte. Sie vermutete die Hunde in der Küche, aber dort waren sie nicht. Dritter und Eckhardt machten sich sofort daran, sie zu suchen. Lysbeth fürchtete, dass sie nun das ganze Haus durchkämmen würden. Ihr Herz begann zu rasen. Sie wusste, dass Angela und Robert gerade aus dem Schlafzimmer nach oben verfrachtet wurden. In diesem Augenblick bellte es aus dem Garten. Die Hunde hatten Dritter und Eckhardt gehört und machten sich bemerkbar. Lysbeth fiel ein Stein vom Herzen.

Stella und Anthony konnten nicht noch länger in Hamburg bleiben, Anthony hatte die Billets für die Bahn- und Schiffsfahrt gekauft. So blieb für Angela und Stella nur ein Nachmittag, den Stella in ihrem Wohnzimmer verbrachte, wo sie mit ihrer Tochter Kaffee trank und Kuchen aß und redete. Angela erzählte ihr davon, was in Berlin geschah, und Stella begriff, dass ihre Tochter ebenso wie Robert an Leib und Leben gefährdet war, weil sie sich, wie sie sagten, »dem antifaschistischen Kampf« dreimal so viel widmeten wie ihren Studien. Zuerst war es nur Robert gewesen, in den letzten beiden Jahren aber war Angela dazugestoßen. »Keiner darf tatenlos bleiben«, verkündete sie leidenschaftlich.

Stella empfand keine Liebe für die junge Frau, aber sie hatte plötzlich Angst um Angela. Sie erkannte so viel von sich selbst in ihr. Wenn sie sich in Angelas Alter dem Kampf gegen den Krieg verschrieben hätte, wäre sie nur durch den Tod aufzuhalten gewesen.

Am 2. September 1932 bewahrheitete sich, was die Tante vorhergesagt hatte: Die fünf Mörder wurden begnadigt. Ihre Freilassung wenige Monate später war bereits absehbar.

Angela und Robert wurden davor gewarnt, nach Berlin in ihre Wohnung zurückzugehen. Sie trafen sich in Hamburg mit einem Freund bei Hagenbeck, wo sie so taten, als kennten sie einander nicht. Er sagte ihnen, ihre Wohnung sei vollkommen verwüstet worden. Trotzdem kehrten sie von Hamburg nach Berlin zurück, begannen dort aber ein Zigeunerleben. Wohnten mal hier und mal dort. Angela beendete im gleichen Monat ihre Schule mit der Hochschulreife, aber dann war sie nur noch damit beschäftigt, Flugblätter zu schreiben, zu vervielfältigen und zu verteilen. Und nach der Auflösung des Reichstags beteiligte sie sich ebenso wie Robert am Wahlkampf für die KPD.

Im November, dem Wahlmonat, war Stella schon wieder in Hamburg. Sie hatte Jonny wie beim letzten Mal am Hafen abgeholt und ihm einen freundlichen Empfang bereitet. Diesmal würde sie nicht mit ihm schlafen, daran hatte sie keinen Zweifel. Seltsamerweise gab es auch keine Probleme damit. Jonny zog sich schnell zurück, nachdem er Stellas Abwehr bemerkte. Er war höflich zu ihr, aber es gab eine große Fremdheit zwischen ihnen.

Trotzdem schob sie das Gespräch über eine Trennung von Tag zu Tag auf.

41

Die Neuwahlen fanden am 6. November statt. Die Deutschen waren sehr wahlmüde, insgesamt wurden 1,5 Millionen Stimmen weniger abgegeben als bei der Wahl zuvor. Die SPD verlor noch einmal etwa siebenhunderttausend Stimmen an die Kommunisten. Aber in Stella brandete ein stiller Jubel auf: Die großen Verlierer waren die Nazis, die nun vierunddreißig Abgeordnete weniger hatten. Die KPD hatte zwei Abgeordnete mehr. Auch das Zentrum hatte verloren und jetzt nur noch siebzig Sitze statt fünfundsiebzig.

Obwohl die Nationalsozialisten noch immer die mit Abstand stärkste Fraktion im Reichstag bildeten, hatten sie doch einen schweren Rückschlag erlitten; der Mythos vom unaufhaltsamen Vormarsch war erschüttert, die NSDAP noch weiter entfernt von der absoluten Mehrheit, die Hitler sich erträumt hatte, während die Linke nun, insgesamt gesehen, stärker geworden war als die Nazipartei.

Auch die *Harzburger Front* brachte keine Mehrheit mehr zustande.

Am 17. November erbat und erhielt das Kabinett von Papen vom Reichspräsidenten seine Entlassung. Nun begann ein wochenlanges Ringen um die Macht, aber nicht mehr zwischen großen Parteien und Blöcken, die zusammen die Mehrheit des Volkes repräsentierten, sondern nur noch zwischen einzelnen Cliquen, die die Interessen bestimmter Gruppen der Industrie und des Großgrundbesitzes, der Banken und der Generalität vertraten.

Die Herren, die in den Wochen vor Weihnachten 1932 und zu Beginn des neuen Jahres im kleinen Kreis, mal mit-, mal gegeneinander konspirierten und intrigierten, waren samt und sonders erklärte Feinde der Republik und der parlamentarischen Demokratie. Sie waren auch sämtlich bereit, Deutschland dem Faschismus auszuliefern. Der Kampf zwischen ihnen ging nur noch darum, wer mit wem und mit welchen Nazis die Regierung übernehmen sollte. Selbstverständlich verlautbarten sie es nicht so, aber jeder, der einen kritischen Verstand hatte, konnte das aus den Nachrichten entnehmen.

Seltsamerweise hielt Lydias Mann sich neuerdings bedeckt, wenn bei den gemeinsamen Abenden harte, ehrliche Worte fielen. Und Käthe fiel auf, dass Lydia ihn immer spitzer attackierte und zu provozieren versuchte.

»Dass sich das Volk, trotz enormer Propaganda, massivem Druck des Staatsapparats und wildem Terror der Nazi-Kampfverbände, trotz Massenarbeitslosigkeit, wachsendem Elend und Schikanen aller Art von Seiten der Unternehmer zu fast zwei Dritteln gegen die faschistische Diktatur ausgesprochen hatte, spielt doch keine Rolle mehr«, sagte sie scharf. »Die Macht in unserem deutschen Staat hat nicht das Volk und auch nicht die Parteien, sondern die Konzerne und die mit ihnen verbündeten Militärs. Ein paar Bankiers, eine Handvoll Mächtiger in der Industrie, einige Vertrauensleute der Großagrarier, Zechenbesitzer und Schlotbarone, ein paar Hofschranzen des Feldmarschall-Präsidenten und ein intriganter Schreibtisch-General.« Sie sah ihn herausfordernd an. »Die entscheiden über das Schicksal eines von ihnen unter Ausnutzung der Weltwirtschaftskrise in Abhängigkeit und Elend gehaltenen

Sechzig-Millionen-Volks.« Doch er schwieg, schmauchte seine Zigarre und tat so, als hätte das Ganze nichts mit ihm zu tun. Käthe stimmte Lydia zu, und sogar Alexander war vollkommen auf ihrer Seite. Beiden fiel allerdings auf, dass der Haussegen in Lydias bislang so glücklicher neuer Ehe schief hing.

In der nächsten Woche schimpfte Lydia: »Wo leben wir denn? Wir sind ein Volk von ein paar Fettwänsten und Millionen Hungerleidern. Den Arbeitern, die nicht erwerbslos sind, haben die Unternehmer seit 1930 die Löhne um durchschnittlich dreißig Prozent gekürzt. Und sie haben die Antreiberei verschärft. Ohne nennenswerte Investitionen haben sie die Arbeitsproduktivität während der letzten drei Krisenjahre ständig erhöht. Dabei ist der Lebensstandard der Arbeiterschaft unter das Existenzminimum gesunken.« Ihr Mann zog an seiner Zigarre. »Und wir?«, rief sie wütend aus. »Was tun wir? Beteiligen uns an konspirativen Gesprächen, essen gut und reden uns ein, dass die Nazis auch nicht so schlimm sind …«

»Lydia, jetzt gehst du zu weit!« Man sah Lydia die Erleichterung an, dass er endlich reagiert hatte. »Du warst Unternehmerin, du weißt, dass Firmen kaputtgehen, wenn man Wohlfahrtsunternehmen daraus macht. Ohne mich wärst du bankrott gegangen.« Vor Käthes und Alexanders Augen brach Lydia innerlich zusammen. Aus der leidenschaftlichen Kämpferin wurde in einer Sekunde eine resignierte, hoffnungslose Hausfrau. Sie bot ihren Gästen fahrig Tee und Wein an, knabberte an Salzgebäck und begann ein Gespräch über das Wetter.

Käthe und Alexander wussten, dass es noch viel zu sagen gab über die gefährliche Entwicklung in Deutschland. Aber sie gingen auf das Thema Wetter ein. Kurz darauf verabschiedeten sie sich.

Auf dem Rückweg gestand Käthe ihrem Mann, dass sie schon seit einiger Zeit den Eindruck hatte, Lydias Mann würde sich verändert zeigen. Alexander sagte verächtlich: »Er ist Steuerberater. Seine Mandanten sind Unternehmer. Er kann sich wahrscheinlich nicht gegen sie stellen. Und wenn die Löhne einsparen können, ist es ihnen egal, wer den Arbeitern den Mund verbietet.«

Kurz vor seinem Rücktritt hatte das Kabinett von Papen mittels Notverordnung die Unternehmer ermächtigt, bei »Gefährdung der Weiterführung des Betriebes« die tariflich abgesicherten Löhne und Gehälter bis zu zwanzig Prozent zu senken und von der 31. Wochenstunde an den vereinbarten Stundenlohn um bis zu fünfzig Prozent zu kürzen. Damit war das Tarifrecht praktisch außer Kraft gesetzt. Gleichzeitig war abzusehen, dass im Frühjahr 1933 ein wirtschaftlicher Aufschwung einsetzen würde.

Nach dem November 1932 schrieb Thomas Mann an den von der Regierung Papen abgesetzten preußischen Kultusminister Adolf Grimme von der SPD: »... Das Rasen der nationalistischen Leidenschaften ist nichts weiter als ein spätes und letztes Aufflackern eines schon niedergebrannten Feuers, ein sterbendes Wiederaufflammen, das sich selbst als neue Lebensglut missversteht ... Was heute in Deutschland wieder sein Haupt erhebt, die Mächte der Vergangenheit und der Gegenrevolution, wäre längst nicht mehr vorhanden, es wäre ausgetilgt worden, wenn nicht die deutsche Revolution von einer Gutmütigkeit gewesen wäre, die echt deutsch war und die wir nicht tadeln, sondern bewundern wollen. Aber die deutsche Republik muss den Glauben an ihre Kraft und ihr Recht lernen; sie soll wissen, wie stark sie im Grunde ist und welche unerschütterten moralischen und geistigen Kräfte ihr auch heute zur Seite stehen, wo scheinbar das Feindliche triumphiert. Das ist Episode.«

»Der Mann macht keine Hausbesuche«, sagte Aaron trocken, als Lysbeth ihm den Brief vorlas, der im *Vorwärts*, der sozialdemokratischen Zeitung, abgedruckt war.

»Episode? Welch Irrtum!«, sagte auch die Tante. Sie war um den Jahresausklang 1932 im Bett geblieben. »Ich fühle mich nicht nach Feiern«, erklärte sie ihren Rückzug. »Ich habe mir auch überlegt, dass es jetzt vielleicht langsam mal Zeit zu sterben ist. Meint ihr nicht auch?« Käthe und Lysbeth, die ihr das Essen ins Gartenzimmer brachten, wo die Tante schlief, seit Jonny wieder zurück war, lachten beklommen. »Nein, meine ich nicht«, rief Aaron vom Nebenzimmer, wo er auf einem Sessel am Fenster saß und ein Buch las, etwas, das er seit Jahren nicht mehr getan hatte. Aber Lysbeth hatte ein Machtwort gesprochen. »Zwischen Weihnachten und Sylvester schließen wir die Praxis«, hatte sie gesagt. »Keine Widerrede.« Und sie nahm ihm *Mein Kampf* ab, als er das Buch lesen wollte

Aaron genoss die Tage, als wäre ihm ein Stück Leben in Freiheit geschenkt worden. Seine einzige medizinische Tätigkeit war, bei der Tante Herz und Lunge abzuhorchen. Beides war komplett in Ordnung.

»Ich habe eine Patientin, die ist hundertzwölf Jahre alt. Und die ist rüstig und wohlauf. Das muss sie auch sein, weil ihre Enkelin senil und pflegebedürftig ist.« Die Tante lachte krächzend. »Hier ist niemand senil und pflegebedürftig, nur ich selbst«, rief sie zu ihm hinüber. Sie verstanden einander leicht, denn die Zimmer waren nur abgetrennt durch eine hölzerne Schiebetür, die auf Wunsch der Tante geschlossen war, seit sie ins Gartenzimmer verfrachtet worden war. »Angela ist zwar nicht senil, aber sie braucht uns, und sie wird uns noch mehr brauchen«, sagte Käthe. Man hörte ihr die Sorge um das Mädchen an, ihr Enkelkind, von dem sie, seit die beiden jungen Leute nach Berlin zurückgegangen waren, nichts mehr gehört hatte.

Nach den Wahlen im November kam keine Regierungsneubildung zustande. Es wurde verhandelt und verhandelt.

Am 25. Januar 1933 fand eine riesige Demonstration in Berlin statt. Lange Kolonnen mit roten Fahnen zogen durch die Innenstadt. Über hundertdreißigtausend Gewerkschafter, Kommunisten, Sozialdemokraten und Parteilose marschierten aus den Proletariervierteln des Nordens und Ostens, aus Neukölln, aus Spandau und anderen, noch weiter entfernten Vororten in die Innenstadt: Uniformierte Straßenbahner und Omnibusschaffner, Arbeiter von der *AEG*, von *Borsig*, *Osram* und *Siemens*, von der *Knorr-Bremse AG*, vom Osthafen und sogar vom *Stahl- und Walzwerk Hennigsdorf*. Die Setzer und Drucker der *Reichsdruckerei* und der großen Zeitungsverlage hatten ihre Betriebsfahnen mitgebracht. *Arbeiter-Samariter-Bund* und *Rote Hilfe* teilten am Straßenrand heiße Getränke aus, denn es war schneidend kalt; Reichsbanner, Rotfrontkämpferbund und Sozialistische Arbeiterjugend sicherten die Marschkolonnen gegen Überfälle. Sogenannte »fliegende Abteilungen« des Massenselbstschutzes standen mit ihren Fahrzeugen als Eingreif-Reserve bereit. Bei achtzehn Grad Kälte und eisigem Wind demonstrierte die Berliner Arbeiterschaft vier Stunden lang gegen die faschistische Herausforderung. Am selben Tag kam es auch in München, Augsburg, Dresden, Erfuhrt, Dortmund und in mehreren Städten des Ruhrgebiets zu Protestmärschen und Massenkundgebungen gegen die Nazis und ihre reaktionären Verbündeten.

In der Kippingstraße wurden Zeitungen geblättert, Berichte gelesen, Meinungen ausgetauscht. Angela war dabei gewesen, das wussten alle, die von Angela wussten. »Das zeigt doch«, sagte Käthe mit herausforderndem Blick auf ihren Schwiegersohn Jonny Maukesch, »dass die Arbeiter nicht für Hitler sind.«

»Die Arbeiter?«, fragte er kühl zurück. »Wer sind denn die Arbeiter? 1919 zogen dreihunderttausend Arbeiter durch Berlin, weil sie die Revolution wollten, und sie waren bewaffnet. Dies ist nicht mal mehr die Hälfte. Und bewaffnet ist die andere Hälfte, die für Hitler ist.«

Käthe verstummte. Jonny auch. Er war an diesem Tag Mitglied der NSDAP geworden. Er hatte abgewartet, wollte den richtigen Zeitpunkt erwischen. In den letzten Wochen war klar geworden: Der richtige Zeitpunkt ist jetzt. Die Macht ist bei Hitler. Es hatte sich dann noch etwas verzögert, aber an diesem Tag hatte es endlich geklappt. Jonny war Parteimitglied.

Am 28. Januar, einem Samstag, begann ein Wochenende, das in der Familie Wolkenrath niemand je vergessen würde. Am Samstag erfuhren sie aus dem Radio, dass Reichskanzler General von Schleicher vom Reichspräsidenten entlassen worden war.

»Wird er jetzt Hitler ernennen?«, fragte Käthe erschrocken.

»Hindenburg ist Generalfeldmarschall, Schlossherr und Großgrundbesitzer, hervorgegangen aus dem exklusiven 3. Garderegiment zu Fuß. Der soll einen gerade erst eingebürgerten ehemaligen Gefreiten der Landwehr-Reserve ohne erlernten Beruf zum Kanzler ernennen?« Alexander schüttelte ungläubig seinen Kopf.

Aaron hatte in den Weihnachtstagen trotz Lysbeths Protest doch noch *Mein Kampf* gelesen. Hitler hatte darin sehr detailliert beschrieben, was er in Deutschland nach seiner Machtergreifung zu tun gedachte. Er wollte Konzentrationslager für seine politischen Gegner einrichten, Köpfe rollen lassen, Juden-Pogrome sollten zur ständigen Einrichtung werden. Aaron las in jenen Tagen stets und ständig daraus vor, auch wenn Jonny dabei war. Sogar Heiligabend hatte er sich eine besonders scheußliche Stelle im Kapitel »Volk und Rasse« ausgesucht, wo Hitler erläutert, dass die Arier die Kulturbegründer seien, die Juden aber die Gegenfigur. Die Juden hätten sich zwar als Religionsgemeinschaft getarnt, seien aber in Wirklichkeit ein »Volk mit bestimmten rassischen Eigenarten«, aus denen ihre verderbliche Rolle in der Geschichte der Menschheit zu erklären sei. In jeder historischen Phase entdeckte Hitler den Juden als »Parasiten im Körper der anderen Völker«.

Jonny weigerte sich, mit Aaron darüber zu sprechen. »Man darf das nicht so ernst nehmen«, sagte er. »Jeder Politiker hat seine Philosophie.«

Montagmorgen, am 30. Januar 1933, ernannte Hindenburg den Vorsitzenden der NSDAP Adolf Hitler zum neuen Reichskanzler eines »Kabinetts der nationalen Konzentration«. Der Vizekanzler war Heinrich von Papen. Jonny verlangte seinen Schampus von Maximilian.

Lysbeth und Aaron hatten ganz normal ihre Praxis geführt. Ihnen war nichts Besonderes aufgefallen. In Hamburg war alles ruhig. Erst am Abend, als sie in der Kippingstraße eine alarmierte Familie antrafen, die voller Sorge um Angela und Robert war, erfuhren sie davon, dass sie von nun an von einem Kanzler Hitler regiert wurden.

Lysbeth wurde sehr still. Stella versuchte, sie noch damit zu beruhigen, dass nicht nur Nazis in diesem Kabinett saßen. Deutschnationale waren dabei, einige Parteilose, zum Beispiel Konstantin Freiherr von Neurath, der Reichsaußenminister blieb. Johann war schon seit Anfang des Jahres nicht mehr in die Kippingstraße gekommen, aber sie wussten von Sophie, dass er hauptberuflich SA-Mann geworden war. Jonny, der sich während des Wochenendes erstaunlich oft »für einen Spaziergang« verabschiedet hatte, bat Stella um ein Gespräch unter vier Augen.

»Ich werde Vater«, sagte er. »Greta wohnt in der Bundesstraße. Sie ist eine einfache, tüchtige Frau. Das Kind kommt nächste Woche. Sie will, dass du es weißt. Wenn es nach mir gegangen wäre, hättest du es nicht erfahren. Was hältst du davon, wenn wir das Kind annehmen?«

»Annehmen?«, fragte Stella fassungslos. »Du meinst adoptieren?«

»Ja. Zum Beispiel.«

»Nein, Jonny«, sagte Stella mit unerwarteter, kalter Wut. »Du bist schon der Vater. Du musst nicht adoptieren. Und das Kind hat auch eine Mutter, Greta, wie du sagtest.« Ihre Hände begannen zu zittern.

»Stella, nun werd nicht hysterisch«, sagte Jonny und versuchte, nach ihren Händen zu greifen, die sie ihm sofort entzog. »Was ist denn schon geschehen? Wir haben kein Kind. Es ist doch nur verständlich, dass ich mir einen Erben wünsche. Ich will dich nicht verlassen. Alles bleibt beim Alten. Wenn es nach mir gegangen wäre, hättest du es nicht erfahren. Aber Greta hat gedroht, dass sie es dir sagt, wenn ich es nicht tue.«

Stella war außer sich vor Wut. Du bist eine so blöde Kuh, sagte sie sich. Wieso hast du nicht mitbekommen, dass er vor seiner Abreise eine Frau geschwängert hat? Eine Freundin hatte? Wieso bist du nicht in der Lage gewesen, den Kerl kurz und knapp abzuservieren, wie Lysbeth? In flagranti hättest du ihn ertappen können. Stattdessen hast du die Scheidung aufgeschoben und aufgeschoben.

»Aber ich will dich verlassen«, sagte sie. »Schon lange. Und jetzt ist es genau der richtige Zeitpunkt. Wie sagst du immer? Alles zu seiner Zeit.«

Er griff hart nach ihrem Handgelenk. »Das wirst du nicht tun«, knurrte er. »Denn dann könnten deine Schwester Lysbeth und ihr Galan große Probleme bekommen. Weißt du, was die in ihrer Praxis treiben? Nun, ich weiß es.«

Gleich sagt er, dass er auch von Angela weiß, dachte Stella. Gleich sagt er, dass er alles weiß. Alles.

»Aua!«, sagte sie. »Lass mich los!«

Er gab ihre Hand frei. Er stand auf und zog sein Jackett an. Eine Minute später war er fort. Zum Abschied hatte er noch gesagt: »Zwischen uns ist ja wohl jetzt alles klar.«

Lysbeth konnte nicht schlafen. Als sie tief in der Nacht endlich hörte, dass Aaron schlief, stand sie leise auf und griff sich *Mein Kampf*. Sie schlich nach oben ins Wohnzimmer und blätterte in dem Buch herum. Aaron hatte viele Stellen angestrichen. Sie las hier und dort. Dann löschte sie das Licht und ging wieder hinunter, wo sie sich dankbar an Aarons warmen Körper kuschelte. Sie schlief keine Sekunde.

Am nächsten Morgen stand sie früh auf und machte eine Einkaufsrunde. Sie besorgte Brötchen beim Bäcker Ecke Bundesstraße. Sie kaufte beim Fleischer Aufschnitt, als wäre es für ein Fest. Sie ging zum Blumenladen und kaufte einen großen Strauß roter Rosen.

Aaron wachte vom intensiven Kaffeeduft auf. Lysbeth hatte bereits in ihrem Zimmer den kleinen runden Tisch vor dem Fenster für sie beide gedeckt. Aaron rieb sich die Augen und richtete sich im Bett auf. Lysbeth ergriff den Rosenstrauß, kniete vor dem Bett nieder und hielt Aaron die Rosen entgegen wie eine Klingelbüchse fürs Rote Kreuz.

»Aaron«, rief sie aus. »Ich liebe dich! Darf ich um deine Hand anhalten?«

Aaron lächelte verlegen. Was war das für ein Theater? Lysbeths

Augen begannen zu verschwimmen. »O Gott, Lysbeth, du weinst ja.« Aaron versuchte, Lysbeth hochzuziehen, aber die blieb vor dem Bett auf den Knien, als wäre sie in der Kirche und bete ihn an.

»Lysbeth, steh auf«, bat Aaron.

»Nicht bevor du mir eine Antwort gegeben und die Rosen angenommen hast«, sagte Lysbeth entschieden. »Ich möchte deine Frau werden. Unverzüglich. Morgen schon.«

»Aber du durchbrichst die Regeln«, sagte Aaron lächelnd.

»Ja. Das tue ich.« Und feierlich fügte Lysbeth hinzu: »Ich breche unsinnige Regeln, gestern, heute und immerdar. Und ich will dir eine gute Frau sein, in guten wie in schlechten Tagen, gestern, heute und immerdar.«

Nachwort

Vor ungefähr fünfzehn Jahren, als die letzte der Tanten meines Mannes fast hundertjährig gestorben war und nun zur Debatte stand, was mit dem Haus in der Kippingstraße geschehen sollte, begaben sich mein Mann und ich zwecks Entrümpelung in die ehemalige Herrschaftsküche im Souterrain. Dort empfing uns ein beeindruckendes Durcheinander von zauberhaften afrikanischen Möbeln und Kultgegenständen, zerschlissenen Polstermöbeln, Kleidung und Hüten aus dem vorigen Jahrhundert, Autoreifen und Fahrrädern.

Mittendrin eine alte Seekiste. Sie fiel mir sofort ins Auge. Neugierig hob ich den Deckel: Fotoalben lagen dort und eine hölzerne Zigarrenkiste aus Kuba, gefüllt mit vergilbten Briefen. An Entrümpeln war nicht mehr zu denken. Ich setzte mich auf einen der alten Sessel und vergaß die Welt um mich herum. Bald schon saß mein Mann ebenso versunken neben mir.

Die Fotoalben zeigten schicke junge Leute aus den Zwanzigerjahren des vorigen Jahrhunderts in Autos, die man heute in Museen findet. Auf Windhundschauen prämiierte Hunde. Einen hübschen jungen Kapitän auf hoher See und an Land, und dann mit seiner wirklich umwerfend schönen und extravagant gekleideten Frau in Afrika. Auf Elefanten reitend, mit Schwarzen auf Safari, zu Gast beim Sultan von Sansibar, von dem, so wurde berichtet, die Frau des Kapitäns einen goldenen Ring mit einem dicken Rubin geschenkt bekommen hatte.

Anschließend machten wir uns an die Lektüre der Briefe, die in der Zigarrenkiste verwahrt waren. Ich erschrak. Was für verworrene Familienbeziehungen breiteten sich da vor mir aus! Schreckliche Dinge offenbarten sich vor allem meinem Mann. Unter anderem erfuhr er, dass sein Vater während des Faschismus viereinhalb Jahre in Fuhlsbüttel im Gefängnis gesessen hatte, denunziert von seinem eigenen Bruder.

Wir sanierten das Haus und wohnten dort einige Jahre mit Kindern, Aupairmädchen und Hund. Die Entdeckung der Seekiste aber ließ uns nie mehr los. Ich löcherte meinen Mann und meine Schwiegermutter mit Fragen zur Geschichte des Hauses und der Familie. Vor meinen

Augen und Ohren webten sie einen bunten Teppich aus Menschen und Politik.

Vor fünf Jahren entschied ich mich, alles aufzuschreiben. Leidenschaftliche Geschichtenerzählerin, die ich bin, mischte ich reale Menschen, Ereignisse und Zusammenhänge mit den Farben meiner Phantasie. Hinzu fügte ich die Ergebnisse meiner historischen Recherchen. So entstand ein buntes Bild, das Realität und Fiktion nicht mehr unterscheiden lässt.

Vieles ist wirklich geschehen, so oder ähnlich, anderes habe ich mir ausgedacht, nichts in diesem Roman ist mehr so, dass irgendjemand sagen könnte, es war doch ganz anders.

Leseprobe

Aus dem dritten Teil der Geschichte
der Familie Wolkenrath

Die Wege der Wolkenraths
FISCHER Taschenbuch
ISBN 978-3-596-18630-3

1

»Magie des Feuers«, dachte sie. »Gleichgültig, wer es entzündet hat oder was er verbrennt, Feuer besitzt eine geheimnisvolle Macht.«

Hand in Hand mit ihrer Tochter sah Stella die Flammen rot und gelb und golden mit grünen und schwarzen Sprenkeln in den Nachthimmel lodern. Es war ein dramatisches Spiel aus kraftvollen Farben und wilder Bewegung, das sie unwillkürlich in seinen Bann zog.

Beim Aufwachen hatte sie noch gedacht, dass sie der dringlich ausgesprochenen Bitte ihrer Tochter, sie zu begleiten, doch nicht Folge leisten wollte, vielleicht einfach so tun, als wäre sie unpässlich geworden, ein Grund wäre ihr schon eingefallen, aber nun, da sie hier stand, wusste sie, dass es richtig war, nicht gekniffen zu haben.

Sie musste einfach hier sein und sich von der Gewalt dieses Scheiterhaufens erschüttern lassen. Feuer wandelt, dachte sie, als erinnerte sie sich an eine Gedichtzeile, Feuer transformiert, Feuer ist eine Metamorphose, was vorher etwas war, ist nachher etwas anderes. Feuer ist ein Lehrer.

Es war der 15. Mai 1933. Angela und Stella standen im Schutz des Dunkels. Und das war gut so. Die Männer, ungefähr tausend an der Zahl, sollten sie nicht sehen. Wahrscheinlich wäre den beiden Frauen nicht einmal etwas Schlimmes geschehen, wenn sie entdeckt worden wären, dort am Hamburger Kaiser-Friedrich-Ufer auf dem Weg neben dem Isebekkanal, wo sie sich an einen dicken Baumstamm lehnten, als wollten sie mit ihm verschmelzen. Die Männer, vorwiegend Studenten, krakeelten aus voller Kehle in die Nacht, dass sie alles Undeutsche dem Feuer in den Rachen würfen, und sangen inbrünstig Lieder von echtem deutschen Geist. Sie dachten nicht an Frauen, sondern waren vollauf mit dem Ritual der Metamorphose von Papier zu Asche beschäftigt. Zugleich schickten sie kampfwütiges Wollen in die Flammen, denn das Feuer sollte nicht nur Papier verbrennen, sondern eine ganze Welt, eine Welt des Geistes, eine Welt, die von Neuem träumt, sei es auf dem Theater wie Bertolt Brecht, im Roman wie Heinrich Mann, in der Zeitung wie Kurt Tucholsky oder an den Universitäten wie Ernst Cassirer. Nichts sollte in Deutschland einen Verstand durcheinanderrütteln, alten Glauben durch neue Erkenntnisse erschüttern können. Kein Einstein und Konsorten. Und dass der Mensch sich selbst auf eine Weise anschauen müsste, dass er beunruhigend Neues über sich erfahren könnte, wie Freud es gelehrt hatte, sollte weg aus der Welt, zumindest aus der deutschen. Dass Eigentum und Macht nicht mehr betrachtet würden als gottgegeben oder schicksalsbedingt, sondern veränderbar wie die Roten es lehrten, dass Homosexualität nicht mehr eine Erbsünde wäre wie bei manchen Theaterautoren oder dass die höhere Gesellschaft in ihren niederen Beweggründen analysiert würde wie bei Heinrich Mann, all das und mehr sollte den Flammen zum Opfer fallen.

Ein deutscher Geist denkt nicht gern, dachte Stella spöttisch. Lieber handelt eine deutsche Faust.

Angelas Hand krampfte sich um Stellas, die den Schmerz willkommen hieß und irgendwie beruhigend empfand. Was dort verbrannt wurde, während die uniformierten Männer immer wilder sangen, doch unbeirrbar wie mit einer Stimme, diszipliniert und mit Regel und Einsatz, das war sie selbst. Das waren ihre Lieder, ihre Revuen, ihre Gedichte, ihre Hoffnungen. Das war ihre Zukunft. Das war ihre Liebe.

Dort auf dem Scheiterhaufen verbrannte ihre Schwester Lysbeth, die seit zwei Monaten einen jüdischen Nachnamen hatte und nun keinen Pfennig mehr von der Familie ihres wegen Untreue schuldig geschiedenen Gatten Maximilian von Schnell erhielt. Dort verbrannte Lysbeths Mann, Dr. Aaron Bleibtreu. Dort verbrannte Anthony, der Mann, den Stella liebte und dessen Bücher nur deshalb nicht auf den Scheiterhaufen geworfen wurden, weil sie nicht ins Deutsche übersetzt waren. Dort verbrannte die Freiheit, im Haus der Familie Wolkenrath in der Kippingstraße sagen zu können, was man dachte.

Und wer aus den Flammen groß aufstieg wie der Geist aus der Flasche war Jonny Maukesch, ihr Mann. Nur er konnte fortan das nackte Leben retten. Das Leben von Stellas Familie. Nicht ihre Würde, nicht ihre Hoffnungen, nicht ihre Seelen, aber ihr Überleben. Stumm, gedemütigt, versteckt, aber nicht tot.

»Angela, du musst damit aufhören«, flüsterte sie.

Sie musste den Schrei mit aller Kraft unterdrücken, der aus ihrer Brust herausbrechen wollte. Selbst den Schluchzer stopfte sie in die Kehle zurück. Ihre Augen blieben trocken. Auch in ihr loderte Feuer und verbrannte zu Asche, was dort gehegt und gepflegt, gewachsen und geformt worden war, ebenso wie die Tausende von Büchern, an deren Umschlägen die Flammen leckten wie zärtliche Liebhaber, sie umschlangen und anknabberten, bis sie mit ihnen verschmolzen und sie auflösten und wandelten.

Angela lachte böse auf. Sie warf trotzig ihren Kopf herum und zischte: »Ich? Aufhören? Kuschen? Niemals!«

Nun war es an Stella, die Hand ihrer Tochter zu drücken, bis diese einen leisen Schmerzenslaut von sich gab. Angelas Worte hatten sie ernüchtert. Sie wusste, dass dies die Wahrheit war: Angela war nicht bereit, mit ihrem Leben zu bezahlen, um zu überleben. Angela war nicht bereit, mit ihrer Würde, ihren Hoffnungen, ihrer Persönlichkeit zu zahlen, nur um weiterzuleben. Eher würde sie sterben.

Stella schauderte. Die Kälte der Mainacht kroch durch ihren Sommermantel hindurch.

Die Männer dort am Feuer trugen Uniformen, und ihre von den Flammen angestrahlten Gesichter leuchteten fiebrig rot, erhitzt durch Machtrausch, Begeisterung und Feuer. Kalt vor Hass und Ekel betrachtete Stella einen nach dem andern. Die Gesichter, die Rücken, den Triumph, die Erregung, die feiste Freude um die singend aufgerissenen Münder, die breitbeinige Haltung, die vorgereckten Nacken.

Ja, sie wusste es: Sie würde Angela nicht vor ihnen schützen können. Wenn diese Männer Stellas Tochter zwischen ihre Finger bekämen, würden sie sie ebenso verbrennen, wie sie es dort mit den Büchern taten. Die alten germanischen Riten, Sonnenwendfeiern und all der übrige Kram, erstanden auf, seit Hitler von Hindenburg als Reichskanzler eingesetzt worden war und erst recht, seit die Deutschen ihn in »freien« Wahlen zu ihrem Führer erkoren hatten. Ebenso wenig würde Stella ihre Schwester Lysbeth schützen können. Lysbeth war genauso unbeugsam wie Angela. Sie würde weiter ihre Patienten behandeln, und wenn die Nazis noch so sehr zum Boykott von jüdischen Ärzten aufriefen und die Patienten sogar daran hinderten, in Aarons Praxis zu gehen. Stella würde die Tante nicht schützen können, die weiterhin ihrem Abscheu gegen die braunen Barbaren lauthals Ausdruck verleihen würde. Und eben auch ihre Tochter Angela nicht, die vor ein paar Tagen in Hamburg aufgekreuzt war, eine vollkommen veränderte Frau, nicht mehr schwarzhaarig sondern blond, die Haare über den Ohren zu Schnecken gerollt und bieder gekleidet. »Ich bin Jennifer Hudson«, hatte sie zur Begrüßung gesagt und Stella in der Tür förmlich die Hand entgegengestreckt. Sie sprach mit englischem Akzent, immer, selbst wenn sie mit Stella allein war.

»Lass uns gehen«, sagte Stella und umschlang die Schulter ihrer Tochter, die sich widerstrebend vom Baum löste und fortführen ließ. Bis zur Hoheluftchaussee schob Stella ihre Tochter. Dort umarmte Angela die Mutter und raunte in ihr Ohr: »Du musst mitmachen. Du musst einfach.«

Jetzt erst löste sich etwas in Stella, und sie begann zu weinen. Sie hielt sich an Angela fest und schluchzte: »Aber wie denn? Ich muss doch auf dich aufpassen.«

Zwei Wochen später, Ende Mai, es war ein schöner milder Tag, saßen vier Frauen aus drei Generationen der Familie Wolkenrath in Lysbeths und Aarons Zimmer im Erdgeschoss der Villa in der Kippingstraße, von wo sie in den Garten blicken konnten, in dem der Flieder gerade ausgeblüht hatte und der Rhododendron dicke Knospen trug. Auf dem Rasen tollten gerade die beiden jüngsten Windhunde herum. Sie waren etwas mehr als ein Jahr alt, schmale Tiere auf hohen Beinen, denen aber jetzt schon anzusehen war, das sie bald Preise in der Windhundschau erringen würden ebenso wie die vier übrigen Tiere derselben Rasse, die um die vier Frauen herumlagen und eine friedliche Atmosphäre verbreiteten. Die Tiere, die Eckhardt züchtete, seit sein früherer Liebhaber Askan von Modersen ihm dies als verbindende Tätigkeit vorgeschlagen hatte, waren besonders elegant im Wuchs. Die beiden Rüden waren für die Rasse ungewöhnlich kräftig, die Weibchen erinnerten an Rehe. Die Hunde gehörten zum Leben in der Wolkenrath-Villa hinzu wie die Menschen. Und sie ahnten Stimmungen und Gefühle stärker als jene. Sie waren ausgelassen, wenn die Menschen fröhlich waren, wenn es Streit gab, legten sie sich ruhig auf den Boden, als wollten sie ein gutes Beispiel geben, wenn einer weinte, sprangen sie an ihm hoch, um zu trösten.

Die vier Frauen hatten die Fenster verschlossen, ebenso die Türen. Keiner sollte hören, was sie sprachen.

Angela war mit ihren einundzwanzig Jahren die Jüngste. Ihre Mutter Stella wirkte mit ihren fünfunddreißig Jahren weitaus älter und reifer, und man nahm ihr die Mutterschaft über Angela ab, obwohl sie nur vierzehn Jahre älter war. Stella war in den letzten Monaten gealtert. Das Leben in der Falle passte nicht zu ihr. Stella wollte freiwillig handeln, lieben und den Mann verlassen, für den ihr Herz sich geschlossen hatte. In ihrem Ehegefängnis riss sie ständig gedanklich an ihren Ketten, das strengte sie an und machte sie alt. Auch Lysbeth, ihre ältere Schwester, die während der vergangenen Jahre nach ihrer Scheidung von Graf Maximilian von Schnell, seit ihrem heimlichen Medizinstudium und ihrer Liebe zu Aaron eine bemerkenswerte Wandlung von einer ältlichen gouvernantenhaften Bohnenstange zu einer weichen liebreizenden jungen Frau durchgemacht hatte, war seit dem Machtantritt der Nazis am 30. Januar 1933 um Jahre gealtert. Nur die Tante, über hundert Jahre alt, wirkte merkwürdig ungerührt und frisch.

»Kinder«, sagte sie energisch, während sie den nach herbstlicher Wehmut duftenden englischen Tee in die Tassen goss, »jetzt macht mal nicht solche miesepetrigen Mienen. Glaubt mir, der Hitler verschwindet ebenso wie Bismarck, wie der Kaiser, wie Ludendorff und das ganze andere Gesocks. Wer bleibt, sind wir.«

Sie lächelte Angela an. »Wenn eine von uns geht, gibt es schon die nächste. Und wir werden immer besser, von Generation zu Generation.«

Angela lachte nervös. »Tantchen«, widersprach sie vehement, »wer könnte besser sein als du? Aber darum geht es gar nicht ...«

»Papperlapapp«, schnaubte die Tante. »Ich weiß, wovon ich spreche. Stellas und Lysbeths Großmutter, deine Urgroßmutter also, die ihr ja leider alle nicht kennengelernt habt, die war genau so eine Ausnahmeschönheit wie du und wie Stella.«

Sie nickte liebevoll zu Lysbeth, und alle verstanden, dass sie Lysbeth nicht beleidigen wollte, aber ihr die Ehrlichkeit gebot, zwischen einer Schönheit wie Lysbeths, die mit den Jahren und vor allem mit dem Liebesglück gewachsen war, und dieser Schönheit, die sowohl Stella als auch Angela bereits in die Wiege gelegt bekommen hatten, zu unterscheiden. Wobei selbst Angela erkennen konnte, dass ihre Mutter wirklich eine Ausnahme war. Stella war einfach schön, egal, wie schlecht sie aussah, egal, wie erschöpft, traurig oder resigniert sie war.

»Deine Urgroßmutter, liebe Angela, war wie Stella und wie du. Aber sie konnte nicht zur Schule gehen, nicht studieren, nicht frei über ihr Leben verfügen. Oder nehmen wir mich und Lysbeth. Ich musste mich noch zwischen einem Leben als Frau und einem als Heilerin entscheiden. Lysbeth darf bereits beides.«

Die Tante lächelte. »Und wie gut ihr das bekommt.«

Stella hob die Teetasse und sagte: »Mama wird nicht ewig weg sein, lasst uns reden, solange Zeit ist.«

Lysbeth nickte zustimmend. Es war auf ihre Initiative zurückgegangen, dass dieses Treffen ohne ihre Mutter stattfand. Käthe hatte seit einiger Zeit ein schwaches Herz, und Lysbeth wollte sie auf keinen Fall noch mehr belasten. Käthe hatte schon genug Sorgen: Ihr jüngster Sohn Johann war ein fanatischer Nazi, Mitglied der NSDAP und der SA, der seine Frau Sophie am laufenden Band schwängerte – neuerdings mit dem Schlachtruf »für den Führer«. Ihr Sohn Dritter, der eigentlich wie sein Vater und sein Großvater Alexander hieß, aber als dritter Alexander zur besseren Unterscheidung kurzerhand Dritter genannt wurde, hatte sich seit kurzem der Swing-Jugend angeschlossen hatte, die aber von den Nazis als undeutsch verfemt wurde. Ihr ältester Sohn Eckhardt hatte seit der Machtergreifung der Braunen eine ganz eigenartige Wandlung zum Oberaufpasser über die Einhaltung aller Regeln durchgemacht. Ihre Tochter Lysbeth hatte im Schnellverfahren einen Juden geehelicht und ihre Enkelin Angela, die sich in Jennifer Hudson verwandelt hatte, war mit Robert, einem Kommunisten, verlobt. All das belastete Käthe sehr. Dem wollte Lysbeth nicht noch mehr hinzufügen. Und dieses Gespräch würde Käthe sehr besorgen, so viel war sicher.

Angela blickte alle Frauen der Reihe nach flammend an, so flammend, dass die Tante ihr krächzendes Lachen ausstieß und Stella und Lysbeth unwillkürlich lächelten.

»Ihr müsst mitmachen«, stieß sie hervor. »Als Hitler von Hindenburg eingesetzt wurde, hat die KPD angeboten, zum Generalstreik aufzurufen. Das haben SPD und Gewerkschaftsbund abgelehnt. Seitdem sind in Berlin und Hamburg, überall, Genossen wie Schwerverbrecher in die Gefängnisse geworfen worden, und wenn sie zurückkommen, erkennt man sie kaum wieder. Unsere Zellen sind entsetzlich dezimiert. Wir müssen den Nazis das Handwerk legen!«

Die Tante schüttelte ihren Kopf, plötzlich sah sie aus wie eine senile Greisin, aber dann blickte sie Stellas Tochter an, so klar, dass der Verstand in ihrem alten Schädel unübersehbar war: »Mein Kind, du wirst Hitler und seinen Jüngern nicht das Handwerk legen. Du nicht, und wir auch nicht. Irgendwann wird er selbst es tun. Wer zu hoch hinaus will, fällt irgendwann tief. Hitler belügt sich selbst, und er belügt alle andern. Komischerweise glauben sie ihm, diesem Schmierenkomödiant, das ist wirklich eigenartig, aber deine Zellen, wie du das nennst, die sind machtlos, so viel steht fest.«

Angela schnaubte empört. Stella nickte. Lysbeth erhob Einspruch: »Aber wir können doch nicht einfach zusehen, wie alles zerstört wird, was uns wertvoll ist. Wir müssen etwas tun!«

»Wir tun etwas!«, rief Angela. »Zum 1. Mai haben wir ein Flugblatt verfasst, dass die Arbeiter sich nicht an der Nazi-Feier beteiligen sollen.«

»Und?«, fragte die Tante schnippisch. »Hat es etwas genützt?«

Angela holte tief Luft, wollte gerade zu einem Redeschwall ansetzen, da schnitt Lysbeth ihr das Wort ab. Interessiert fragte sie: «Wie macht ihr das mit den Flugblättern? Das ist doch entsetzlich gefährlich.«

Angela schluckte. »Es gibt überall welche, die helfen«, sagte sie leise. »Bei uns um die Ecke ist ein Blumenhändler, der hat uns angeboten, die Flugblätter bei ihm im Keller abzuziehen.«

»Aber woher bekommt ihr die Wachsmatrizen?«, fragte Lysbeth sachlich weiter.

Angela wurde unruhig, ihr Blick huschte von Lysbeth zu Stella. Die Tante lachte ihr altes krächzendes Krähenlachen. Die Köpfe der jungen Frauen flogen zu ihr herum. »Angela denkt, du wärst vielleicht ein Spitzel«, sagte sie trocken zu Lysbeth. »Ich sehe förmlich, wie es in ihrem Kopf rattert. Gleich denkt sie, wir drei sind Spitzel, und erwartet, dass die Tür aufgeht und die Gestapo erscheint.«

Lysbeth blickte ungläubig auf die junge Frau, die sie liebte wie eine eigene Tochter. Angela war während der Worte der Tante errötet. Stella beugte sich vor und betrachtete ihre Tochter forschend. »Das glaubst du nicht wirklich?«, fragte sie hart.

In Angelas Augen traten Tränen. »Ihr wisst nicht, was los ist«, stieß sie hervor. Die Genossen haben sich schon eine Weile auf die Illegalität vorbereitet. Robert ist sofort am Tag nach Hitlers Ernennung in den

Untergrund gegangen. Mich haben sie ein paar Tage später geholt und verhört ...« Sie spuckte das Wort den drei Frauen geradezu ins Gesicht. Alle drei hielten den Atem an. Jede von ihnen wusste aus unterschiedlichen Quellen, wie diese »Verhöre« vonstatten gingen. Lysbeth hatte Männer medizinisch versorgt, die danach freigelassen worden waren. Sie hatte Schreckliches von anderen gehört, weil unter den Arbeiterfamilien in Eimsbüttel die Nachrichten unter der Hand weitergegeben wurden, wenn einer etwas erfuhr. Anfangs hatte sie es nicht glauben wollen, aber seit Februar brachen die Verhaftungen, Verhöre und Todesfälle zuerst von Kommunisten, dann auch von Sozialdemokraten und Gewerkschaftern nicht mehr ab. Jetzt im Mai, nach all den Verboten, den Einschüchterungen, den Einkerkerungen wusste jeder, dass es lebensgefährlich war, irgendetwas mit Kommunisten zu tun zu haben.

Stella kannte die andere Seite. Die Worte, die auf den vornehmen Gesellschaften und Festen bei Edith von Warnecke, ihrer Schwiegermutter, fielen. Die Worte, die Jonny von sich gab. Die Härte und Entschiedenheit, mit der alles fortgeschafft werden sollte, das die Republik symbolisierte. Allen voran die Roten.

Die Tante verstand etwas von Menschen, von Macht, von Gewalt und von Angst. Von Intelligenz und von Dummheit. Und sie wusste, dass der Spruch: »Wer Hitler wählt, wählt den Krieg«, in viel weiterem Sinne galt, als die Kommunisten ihn gemeint hatten. Hitler führte bereits Krieg. Und Goebbels und Göring und seine übrigen Schergen ebenfalls. Zu diesem Krieg gehörte die Dämonisierung des Feindes. Die scheibchenweise Beseitigung all derer, die sich möglicherweise gegen Hitler stellen konnten, und das Abschließen von Bündnissen mit denjenigen, die erst später ausgeschaltet werden sollten. Hitler und seine Leute waren schlaue kriegführende Strategen. Sie wussten sehr wohl, dass diejenigen, die ihre Ziele nicht teilten, in der Übermacht waren. Aber Gegner, die einander bekriegen, stellen keine Übermacht mehr dar. Die Kommunisten waren diejenigen, die die Gefahr des Nationalsozialismus als erste erkannt und benannt hatten. Sie waren diejenigen, die kämpfen wollten. Niemand sonst. Sie mussten als erste fortgeschafft, am besten getötet werden. Die Tante hatte alle Dokumente, die sie über Hitler und die seinen in die Finger bekommen konnte, seit Jahren ebenso aufmerksam verfolgt wie Lysbeth. Sie wusste, dass Hitler Deutschland auch von Juden »säubern« wollte, aber sie wusste ebenso, dass die Juden jetzt noch nicht dran waren. Noch gehörten sie zu sehr zum allgemeinen Leben dazu. Noch hatten sie zu viel Einfluss, nicht nur in Deutschland, auch in der Welt. Zuerst einmal mussten sie isoliert werden. Davor jedoch mussten alle anderen beseitigt werden, die in der Lage waren, sich Hitler mit der Waffe in der Hand entgegen zu stellen. Die Tante war sich auch bewusst, dass Hitler es eilig damit hatte, jedes freie kritische Denken zu unterbinden, weil seine Versprechen sich bald als hohle Phrasen entpuppen würden. Und wenn dann ein einziger kritischer Geist riefe: »Der Kaiser trägt gar keine Kleider«, würde Hitler schnell als der entlarvt werden, der er war: Ein ungebildeter, unreifer, politisch unerfahrener, menschlich unsicherer Gernegroß, dessen Griff nach der Macht ebenso krank war wie seine Angst vor Vernichtung.

Zudem kannte die Tante die Verbohrtheit all derjenigen, die von Hitler das Heil erhofften. Sie glaubten, nun würde wieder hart durchgegriffen und die Wirren der Weimarer Republik hätten endlich ein Ende. Die Schmach, die Verlierer des Krieges zu sein, die wirtschaftliche Not, die irritierende Freiheit und die Wirren der Republik, all das könnte durch den Heiland Hitler ein Ende finden. Endlich wieder eine Obrigkeit! Und diese Obrigkeit hatte sich so stilisiert, dass die Verehrung religiöse Züge trug. Nicht nur, dass Hitler seine Reden mit »Amen« oder sonstigen religiösen Phrasen beendete, die Menschen huldigten ihm wie einem Übermenschen. Ja, so hatte Luise Solmitz, die Nachbarin in der Kippingstraße, gerade vor ein paar Wochen gesagt: »Hitler ist ein Übermensch.«

Die Tante wusste, dass in diesem neuen deutschen Staat im Grunde Kriegsrecht herrschte. Im Krieg erschoss man seine Feinde bestenfalls, schlimmstenfalls ließ man den ganzen Hass, die Wut und all die verquälten Herrschaftsphantasien des bislang Geduckten an ihnen aus. Johann gehörte seit ihrer Gründung zur SA, die neuerdings der Polizei angeschlossen war. Endlich hatte er wieder Arbeit und Brot. Die Tante konnte sich vorstellen, was er mit Kommunisten anstellte, die er im Morgengrauen aus ihren Wohnungen trieb. Ihr Blick tastete Angelas Gestalt ab. Gab es irgendeinen bleibenden Schaden, den sie davongetragen hatte? Angela trug die blonden Haare in der Mitte gescheitelt, zu Zöpfen geflochten und über den Ohren zu einer Schnecke gerollt, so wie es der »Führer« gerne hatte. Aber wie sahen ihre Ohren darunter aus? Angelas Hände lagen jung und unversehrt in ihrem Schoß.

Der Blick der Tante kreuzte sich mit dem von Lysbeth. Beide dachten in diesem Augenblick das gleiche. Was haben sie ihr angetan?

»Ich hatte unverschämtes Glück«, bemerkte Angela da trocken. »Am Tag vorher habe ich einen falschen Ausweis bekommen. Ich soll Kontakt mit englischen Genossen halten, sie haben mir einen englischen Ausweis besorgt. Seitdem bin ich Jennifer Hudson. Der Polizist, der mich auf der Wache in Empfang nahm, war durch die ›Verwechslung‹ der gesuchten Verlobten von Robert mit Jennifer Hudson vollkommen durcheinander gebracht. Ich habe auf englisch geschimpft, dass man mich bei einer Bekannten meiner Eltern, Gabriele Schwarz, aus dem Bett geholt hat – Gabriele und ich wohnen wirklich zusammen, seit Robert im Untergrund verschwunden ist – und ich habe protestiert, Robert und diese Angela seien mir noch nie begegnet. Da hat er mich wirklich und wahrhaftig laufen lassen.«

»Ja, die Engländer sind unsere großen Freunde«, sagte Lysbeth bitter. Stella wies sie zurecht: »Willst du dich jetzt gefälligst freuen. Das ist doch prima gelaufen.«

»Seitdem lebe ich unter falscher Identität. Robert und ich wissen nichts voneinander. Alle Kontakte zwischen mir und den Genossen gehen über einen geheimen Briefkasten.«

»Welche Nachrichten?«, fragte die Tante.

Angela sah sie kühl an. »Die Nachrichten, die ich von England mitbringe, und diejenigen, die ich dorthin bringen soll. Zum Beispiel die über die Aufrüstung, die hier läuft.«

»Aufrüstung?« Stella riss die Augen auf.

»Was denkst du denn?«, fragte Angela wütend zurück. »Dass Hitler sich Tag und Nacht damit beschäftigt, wie er Deutschland den Frieden bringen kann?«

»Aber wenn er Krieg führen will«, sagte Lysbeth nachdenklich, »warum ist er dann so gut Freund mit England? Und warum kümmern sich seine Leute dann so inbrünstig darum, Juden zu quälen? Diese Juden sind doch oft Männer, die Soldaten waren.«

Sie erinnerte die anderen daran, wie sich der Geschäftsinhaber vom *Kaufhaus Bucky* am 1. April, dem Boykotttag gegen die Juden, mit seinem Eisernen Kreuz, Auszeichnung 1. Güte, vor die Tür seines Kaufhauses gestellt hatte.

»Ja«, stimmte Stella trotz des bedrückenden Gesprächs in plötzlicher Fröhlichkeit zu, »und erinnert ihr euch noch, wie Max Haack am Neuen Steinwall jedem Kunden zehn Prozent Rabatt und einen Luftballon gegeben hat, und alle kamen und kauften? Zu der Zeit gab es noch mehr Kommunisten und Sozis, es wimmelte von Kunden bei ihm, und der beschissene Boykott verwandelte sich vor seinem Laden fast in ein Volksfest. Und mein guter Jonny, wie schrecklich fand er es, dass die Hafenarbeiter auf der ganzen Welt, vor allem in Nordafrika, sich weigerten, deutsche Schiffe zu entladen.«

»Sie haben die jüdische Gemeinde gezwungen, nach Casablanca zu telegrafieren, in Deutschland würde kein Jude verfolgt«, lächelte nun auch Lysbeth.

»Ja, sie haben Angst vor der Reaktion in der Welt. Auf den Judenboykott könnte ein Deutschlandboykott folgen, das wäre schlecht für Hitlers Pläne«, äußerte die Tante.

»Ich verstehe das sowieso nicht«, bemerkte Lysbeth bedrückt. »Hitler hat gesagt, er will die Arbeitslosigkeit beseitigen, er will für wirtschaftlichen Aufschwung in Deutschland sorgen, aber der Außenhandel, der Export ist doch eine wichtige wirtschaftliche Größe. Überall auf der Welt gibt es jüdische Geschäftsleute. Hitler glaubt doch nicht, dass er die Juden hier verfolgen und mit denen in der Welt Handel treiben kann.«

Stella blickte sie mitleidig an. Ebenso die Tante. Natürlich, Lysbeth litt. Und sie war diejenige von ihnen, die wirklich Grund zum Leiden hatte. Was ihr wertvoll war, die gemeinsame Arbeit mit Aaron, und überhaupt Aaron, ihr Allerliebster, das war so gefährdet, dass die Frage bestand, ob man ihnen nicht besser raten sollte, Deutschland zu verlassen. Sie alle hatten die *Boxheimer Dokumente* gelesen und auch *Mein Kampf*, sie wussten, worauf sie sich bei den Nazis einzustellen hatten, Hitler hatte in seinen Schriften kein Blatt vor den Mund genommen. Er wollte die Juden ausrotten, das hatte er angekündigt. Aaron war Jude.

»Meine Güte, Kinder«, sagte die Tante etwas ungeduldig, »wir sind uns doch einig, oder? Hitler gehört vom Tisch. Aber wir sind auch nicht dumm, oder? Wir haben es mit der ganzen Garde zu tun, nicht nur mit solch armen Würstchen wie Johann, der einfach nicht verkraftet, dass er dem Weltkrieg nicht die entscheidende Wendung zum Sieg verpassen konnte.« Stella und Lysbeth blickten betreten vor sich hin. Johann war immerhin ihr Bruder, und es war nicht angenehm, einen solchen Bruder zu haben. Es war noch nie angenehm gewesen, denn Johann verfügte schlichtweg über gar nichts, was einen Menschen angenehm machen konnte. Er besaß keinen Charme wie Dritter, dem man alles verzieh, wenn er einen mit seinem Schwerenöterblick anschaute, wenn er den Arm um einen legte und sagte: »Schwesterchen, lass uns tanzen.« Er besaß auch nicht die geheimnisvolle Tragik von Eckhardt, der einmal, und das war lange her, weil er damals sehr jung gewesen war, anrührende Worte in schönen Sätzen von sich geben konnte, und der selbst heute noch weitaus geschickter sprechen und schneller denken konnte als sein jüngerer Bruder Johann, obwohl ihm im Krieg ein Kopfschuss und die Nacht, die er halbtot im Schützengraben gelegen hatte, den Verstand fast geraubt hatte. Johann war nicht schön wie Stella, und er war auch kein Künstler wie sie. Er war nicht mutig wie Lysbeth, und er verfügte über keine besonderen Gaben wie sie. Er war nicht eigenwillig wie seine Mutter Käthe. Und auch nicht leichtsinnig wie sein Vater Alexander. Er war einfach nur klein und unscheinbar und mittelmäßig und erfolglos. Aber er war gierig. Er war über alle Maßen gierig nach all dem, was er nicht hatte, seinen Geschwistern aber neidete. Er wollte mächtig und mutig und bedrohlich und stark und erfolgreich und etwas ganz besonders Glanzvolles sein. Denn das war er auf gar keinen Fall: Er besaß keinen Glanz, im Gegenteil, es war, als verschlucke er Glanz, als würden Menschen, die vorher geglänzt hatten, in seiner Gegenwart grau und geradezu durchsichtig.

Johann also war ein Bruder, für den sich Stella und Lysbeth schämten, und irgendwie warfen sie sich auch im Stillen jede für sich vor, dass sie vielleicht Schuld trügen an der ganzen Entwicklung, weil sie diesen Bruder noch nie gemocht hatten. Er hatte Lysbeth bei der Mutter verpetzt, wenn sie mit ihrer überbordenden traumgenährten Phantasie Theaterstücke mit den Geschwistern inszeniert hatte, die verstörend unkindlich gewesen waren. Er hatte Stella schon sehr früh eine undeutsche Nutte geschimpft und von ihr verlangt, sich wie eine anständige deutsche Frau zu kleiden und zu verhalten.

Zudem wussten beide Schwestern, dass sie sich seiner Frau Sophie gegenüber nicht besonders loyal verhielten, nun, sie verhielten sich gar nicht, sie taten einfach so, als gäbe es sie nicht. Und Sophie mied die Kippingstraße, als könnte sie sich dort mit der Pest infizieren. Sie hatte inzwischen sechs Kinder geboren, und Stella und Lysbeth hatten noch nicht ein einziges davon gesehen. Allein Käthe besuchte Sophie regelmäßig in der kleinen Wohnung in Altona und kam jedes Mal mit einem so stillen traurigen Ausdruck im Gesicht zurück, dass Stella zornig zu Lysbeth sagte: »Es bricht ihr das Herz, kann man nichts dagegen tun?« Und Lysbeth antwortete stets mit dem gleichen Satz: »Mutters Herz ist schon gebrochen, wir müssen nur aufpassen, dass sie nicht daran stirbt.«

Lysbeth war die Wächterin des Herzens ihrer Mutter geworden. Sie gab ihr regelmäßig homöopathische Mittel, sie führte sie zum Spaziergehen aus, wenn es ihr zeitlich nur irgend möglich war. Sie hatte ihr den Kaffee verboten, aber daran hielt Käthe sich nicht. Und sie hatte von ihr verlangt, dass sie unbedingt ihr Herz von einem Internisten oder aber auch von Aaron untersuchen lassen sollte. Zu einem Internisten war Käthe nicht gegangen, von Aaron hatte sie Blutdruck und Herztöne überprüfen lassen, die sich als vollkommen in Ordnung erwiesen hatten. Aaron hatte ihr Blut abgenommen und es in einem Labor untersuchen lassen. Die Ergebnisse gaben keinen Anlass zur Sorge. Lysbeth wusste trotzdem, dass Käthes Herz nicht in Ordnung war. Und Stella wusste es auch. Von der Tante ganz zu schweigen, die aber kein Wort darüber verlor, sondern Käthe nur regelmäßig von ihrem Herzwein zu trinken gab. Bereits nach einem Gläschen dieses Weines wurde Käthe heiter, und ihr stilles Gesicht begann wieder zu sprechen.

Elke Vesper
Die Frauen der Wolkenraths
Roman

Dresden im Jahr 1889: Die zwanzigjährige Käthe Volpert heiratet den zehn Jahre älteren Alexander Wolkenrath. Ein eleganter Mann, jeder Zoll ein Kavalier – dass er aus einer verarmten Familie stammt und nichts gelernt hat, stört Käthe wenig. Sie bekommen fünf Kinder. Die zwei Töchter – beide an einem 13. geboren – entwickeln ganz unterschiedliche, außergewöhnliche Fähigkeiten. Die Verantwortung für die große Familie liegt allein bei Käthe. Als sie Dresden schließlich verlassen müssen, ist sie froh, dass sie in einer Urne – getarnt als die Asche ihrer Großmutter – einen Notgroschen dabei hat. Wird ihr der Beutel voller Goldtaler helfen, die Zukunft zu meistern?

496 Seiten, broschiert

Weitere Informationen finden Sie auf
www.fischerverlage.de

AZ 596-70320/1